HANNAH RICHELL | Geheimnis der Gezeiten

Das Buch

Dora Tide ist fast noch ein Kind, als ihr kleiner Bruder beim Spielen zwischen den steilen Klippen an der Küste Dorsets plötzlich verschwindet. Ein Augenblick der Unachtsamkeit führt zur Katastrophe, nach der die Familie Tide auseinanderbricht. Als junge Frau kehrt Dora zurück nach Dorset, in das Zuhause ihrer Kindheit, und sucht Antworten auf die Fragen, die sie seit jenem Tag verfolgen. Wo waren die Eltern, als Dora damals mit ihren Geschwistern am Meer spielte? Welches Geheimnis verbirgt ihre Mutter Helen bis zum heutigen Tag vor ihrer Tochter? Nach all den Jahren wird Dora mit einer Wahrheit konfrontiert, die Helen ihr viel zu lange verschwieg und die alles verändert. Für die beiden Frauen ist der Moment gekommen, sich der Vergangenheit zu stellen …

»Eine meisterhaft erzählte Familiensaga!« *Daily Mail*
»Eine mitreißende Geschichte!« *Lea*

Die Autorin

Hannah Richell wurde in Kent geboren und wuchs in Buckinghamshire und Kanada auf. Nach ihrem Studium arbeitete sie einige Jahre im Verlagswesen. Heute lebt die Autorin mit ihrer Familie im australischen Sydney. Ihr Debütroman *Geheimnis der Gezeiten* wurde in mehrere Sprachen übersetzt und begeisterte Leser und Presse. Auch ihr zweiter Roman *Das Jahr der Schatten* erscheint im Diana Verlag. Eine Leseprobe finden Sie am Ende dieses Buches.

HANNAH RICHELL

Geheimnis der Gezeiten

ROMAN

Aus dem Englischen
von Christiane Burkhardt

Diana Verlag

Die Originalausgabe erschien 2012 unter dem Titel
Secrets of the Tides bei Orion Books,
an imprint of The Orion Publishing Group Ltd, London.

Herzlichen Dank an Orion für die freundliche Genehmigung
der Fotos im Anhang: © Mark Rusher

MIX
Papier aus verantwortungsvollen Quellen
FSC® C014496
FSC
www.fsc.org

Verlagsgruppe Random House FSC® N001967
Das für dieses Buch verwendete
FSC® zertifizierte Papier *Holmen Book Cream*
liefert Holmen Paper, Hallstavik, Schweden.

Taschenbucherstausgabe 09/2014

Redaktion | Claudia Krader
Umschlaggestaltung | t.mutzenbach design, München,
unter Verwendung der Covergestaltung von © Anne Kragelund;
istockphoto/Pgiam; istockphoto/gioadventures
Satz | Leingärtner, Nabburg
Druck und Bindung | GGP Media GmbH, Pößneck

Printed in Germany
ISBN 978-3-453-35787-7

www.diana-verlag.de

Für M, J & G

Herz und Hirn in Fieberqualen,
Kummer, Leid und Schmerzen mahlen.
Ängstlich Stöhnen, irres Lachen,
Alles Elend wird erwachen.
Einmal erst emporgeschwebt
Und Pandoras Büchs' entronnen,
Wird's die Menschheit überkommen.
Nur die Hoffnung überlebt.

Henry Wadsworth Longfellow,
Die Maske der Pandora

Prolog

Ein halb leerer Zug rattert durch Felder und Wiesen, nimmt Kurs auf die betongraue Stadt. Im hintersten Winkel des letzten Waggons sitzt zusammengekauert eine junge Frau. Die Haare fallen ihr wie ein Vorhang ins Gesicht und verbergen ihre Tränen. In ihrer Manteltasche steckt eine antike Brosche. Ihre Finger fahren über das kühle Rund und drehen das Schmuckstück im Rhythmus der ratternden Räder hin und her. Als sie es gar nicht mehr erträgt, lockert die junge Frau ihren Griff und rammt sich den Dorn tief in den Handballen.

Das tut weh, aber sie hört nicht auf. Sie presst den Dorn tiefer hinein, bis warmes Blut über ihr Handgelenk rinnt und scharlachrot auf den Boden des Abteils fällt.

Endlich ruckelt der Zug und wird langsamer. Bremsen quietschen.

Am Ziel ihrer Reise verstaut sie die blutige Brosche tief in ihrer Manteltasche, greift nach ihrem Rucksack und springt auf den Bahnsteig.

Menschen hasten an ihr vorbei. Zwei Frauen umarmen sich mit spitzen Freudenschreien. Ein großer Mann mit Turban eilt zum Ausgang. Ein pickliger Teenager tritt unruhig von einem Bein aufs andere und starrt zur Anzeigetafel empor, während er sich Chips in den Mund stopft. Es herrscht aufgeregtes Treiben, während sie wie erstarrt auf dem Bahnsteig stehen bleibt und tief Luft holt.

Schilder weisen den Weg zur U-Bahn, doch sie beachtet sie nicht, sondern wirft sich den Rucksack über die Schulter und geht zum Ausgang. Sie benutzt einen belebten Fußgängerüberweg und wendet sich dann nach links, in Richtung Brücke. In der Ferne ragt Big Ben auf, es ist drei Minuten vor zwölf.

Sie zögert nicht, sie weiß, wo sie hinwill und was getan werden muss. Dann sieht sie den Fluss, und der Anblick der schwarzen Wassermassen, die eine Schneise durch die Stadt schlagen, jagt ihr einen Schauder über den Rücken. In ihrer Vorstellung ist die Wasseroberfläche stets grau und glatt gewesen, nicht dunkel und zähflüssig wie Öl. Aber egal, es gibt kein Zurück mehr.

In der Mitte der Brücke bleibt sie stehen und lehnt ihren Rucksack gegen die Mauer. Sie sieht sich um, klettert über das Geländer und klammert sich auf der anderen Seite daran fest.

Ihre Turnschuhe ragen gefährlich weit über den Betonsims hinaus. Sie hält sich an der Mauer fest und zuckt zusammen, als ihr blutiger Handballen über den Stein schrammt. Dann dreht sie sich um, sodass sie zum Wasser hinunterblickt. Der Wind zerzaust ihr Haar, peitscht es ihr ins Gesicht und treibt ihr Tränen in die Augen. Sie blinzelt sie weg.

»He!«, ruft jemand hinter ihr. »He, was machen Sie da?«

Ihr läuft die Zeit davon.

Sie starrt wie hypnotisiert auf das graue Häusermeer am Horizont und lässt mit einem letzten Seufzer das Geländer los. Sie fällt und fällt und fällt.

Das eiskalte Wasser raubt ihr den Atem. Sie kämpft gegen

den Drang an, zu strampeln und zu paddeln, statt sich der Tintenschwärze anheimzugeben, dem Gewicht ihrer Kleider, das sie wie einen Stein nach unten sinken lässt.

Als Big Ben die Mittagsstunde schlägt, ist sie verschwunden. Die dunkle Tiefe hat sie verschlungen.

Dora

Gegenwart

Es ist schon spät, als Dora nach Hause kommt. Sie schließt die schwere Metalltür der ehemaligen Knopffabrik auf und steigt die drei Stockwerke zu ihrer Wohnung hoch. Im Treppenhaus ist es kalt und dunkel, aber als sie den Schlüssel im Schloss dreht, hört sie Musik und verheißungsvolles Töpfeklappern und Besteckklirren.

Sie ruft: »Ich bin wieder da, Schatz!«, schlüpft aus ihren Pumps mit den mörderisch hohen Absätzen und wirft sie auf den stetig anwachsenden Schuhhaufen neben der Haustür. Eine feuchte Schnauze und ein riesiges braunes Augenpaar kommen hinter dem abgewetzten Ledersofa hervor, gefolgt von einem langen wedelnden Schwanz. »Hallo, Gormley«, sagt sie und tätschelt liebevoll das Hinterteil des Hundes. »Hattest du einen aufregenden Tag?«

Dans schokoladenbrauner Labrador wedelt erneut mit dem Schwanz, gähnt und trollt sich dann wieder ins Wohnzimmer.

»Nicht in die Küche kommen«, hört sie Dan rufen. »Ich koche gerade. Was Experimentelles, frei nach Heston Blumenthal. Du wirst begeistert sein.«

Dora muss grinsen, denn sie wissen beide, dass Dan nicht kochen kann. Sie schaut die Post auf dem Tisch neben der

Tür durch – nichts als Rechnungen. »Ich dachte, der Kühlschrank war leer?«, fragt sie misstrauisch.

»Äh, nein. Oh, Mist!« Etwas zerbricht.

»Warst du einkaufen?«

»So was in der Art. Bitte noch nicht reinkommen, ich bin gleich so weit.«

Dora betritt das Wohnzimmer, einen großen, hellen offenen Raum mit deckenhohen Fenstern. Aus den Augenwinkeln nimmt sie etwas wahr, das sie zusammenzucken lässt. Doch als sie ihr Spiegelbild in den Fensterscheiben erkennt, beruhigt sie sich wieder. Sie ist nervös. Gehorsam bleibt sie im Zimmer, macht ein paar Lampen an und stellt Dans Kunstbände zurück in das Regal neben dem Fernseher. Gormley hat sich bereits in seinem Körbchen neben dem Sofa zusammengeringelt und verfolgt mit einem Auge jede ihrer Bewegungen. Dora sieht sich um und fragt sich, wann sie wohl das Gefühl haben wird, hier richtig zu *wohnen*. Ein halbes Jahr leben sie nun schon hier, haben aber höchstens ansatzweise mit den anstehenden Renovierungsarbeiten begonnen. Die nackten Backsteinwände sind weiß gestrichen, die Dielenböden abgeschliffen und eingelassen. Es ist sauber und geräumig. Trotzdem hat man das Gefühl, in einem Ausstellungsraum zu leben, der erst noch eingerichtet werden muss. Sie haben einfach noch keine Zeit gehabt, ihn in ein echtes Zuhause zu verwandeln. Andere Dinge waren wichtiger.

»Du darfst jetzt reinkommen«, ruft Dan.

Dora stößt die Tür zur Küche auf, die kurz an dem kaputten Linoleumboden hängen bleibt, bis sie ihr mit der Schulter einen Stoß gibt und sie mit einem lauten Knall auffliegt.

Dan steht neben der wackeligen aufgebockten Tischplatte, die vorübergehend als Küchentisch herhalten muss. Stolz zeigt er auf zwei dampfende Schälchen Tomatensuppe und einen

Teller mit gebuttertem Weißbrot. Hinter ihm sieht sie die geöffnete Dose auf der Küchentheke. Sie geht auf ihn zu, umarmt ihn und küsst sein unrasiertes Kinn.

»Das ist der Höhepunkt des Tages.«

»Echt, war der so schlimm? Wie ist deine Präsentation gelaufen?«

Dora zuckt mit den Schultern. »Schwer zu sagen, der Kunde hat sich ziemlich bedeckt gehalten.«

»Aber dein Chef war zufrieden?«

»Ich denke schon. Doch noch zufriedener wird er sein, wenn der Auftrag zustande kommt. Das wäre ein echter Coup für die Agentur – und natürlich für mich«, fügt sie noch hinzu. »Es wäre mein Etat.«

Dan löst sich aus der Umarmung und führt sie zum Tisch. »Los komm, lass uns essen, bevor es kalt wird.«

Dora setzt sich und greift nach einer Scheibe Brot. »Danke.«

»Gern geschehen.« Er schiebt ihr einen Becher Tee hin. »Alles in Ordnung? Du siehst ein bisschen blass aus.«

»Alles bestens, ich hatte nur einen anstrengenden Tag. Ich bin müde.«

Er mustert sie besorgt. »Du arbeitest zu viel.«

»Alles bestens«, wiederholt sie schulterzuckend. »Aber erzähl, wie war es bei dir?«, lenkt sie von sich ab. »Hast du viel geschafft?«

Wie auf Knopfdruck beginnt Dan zu strahlen. »Es war fantastisch! Ich hatte einen Riesendurchbruch und weiß jetzt genau, wie meine nächste Arbeit aussehen wird. Kate Grimshaw hat auch zurückgerufen und ihren Auftrag für drei Skulpturen bestätigt. Ich werde also in den nächsten Monaten viel zu tun haben.«

»Das ist ja großartig!« Dora hebt ihren Becher und prostet ihm damit zu. »Das sind tolle Neuigkeiten.« Beide wissen, dass Dan dringend auf eine neue Inspiration gewartet hat.

Seine letzten Bronzeskulpturen, die von einer winzigen Londoner Galerie ausgestellt wurden, sind zwar von einer bekannten Kunstsammlerin erworben worden, aber seitdem hat sich Dan unter Druck gefühlt, etwas Besseres nachzulegen. Dora weiß, wie sehr ihn das gequält hat, deshalb ist sie erleichtert, zu hören, dass er endlich eine Eingebung hatte. »Möchtest du mir davon erzählen?«

Dan schüttelt den Kopf. »Nein, diesmal nicht, tut mir leid. Es soll eine Überraschung sein.«

»Dann bin ich gespannt. Ich darf das hintere Zimmer also in der nächsten Zeit nicht betreten?«

»Ja. Es ist übrigens ein Atelier und kein Zimmer.«

Sie grinst in ihre Suppe hinein, und sie verfallen in einträchtiges Schweigen, schlürfen ihre Suppe und starren in ihre leeren Schälchen.

»Ich spüle ab«, schlägt sie vor.

»Warte, ich habe dir das hier besorgt«, sagt er und hält ihr zwei braune Kapseln entgegen.

»Was ist das für ein Zeug?«, fragt sie und betastet sie misstrauisch. »Das sieht so aus, als könnte man Pferde damit betäuben.«

»Das sind Vitamine. Mr. Singh vom Lebensmittelladen meint, du solltest anfangen, die zu nehmen.« Er strahlt sie an. Dora nimmt sie ihm aus der Hand, um sie neben ihre leere Suppenschale zu legen.

»Danke«, sagt sie und fragt sich, wie viele Leute er wohl schon eingeweiht hat. Ihr wird klar, dass sie dringend reden müssen. Aber nicht jetzt, wo er gerade so euphorisch von seiner Arbeit berichtet. Das hat Zeit.

In derselben Nacht wacht sie auf, weil Regen auf das Dach über ihrem Bett prasselt und Dan panisch durchs Zimmer läuft.

»Brauchst du Hilfe?«, fragt sie und stützt sich in der Dunkelheit auf.

»Nein, bleib du im Warmen liegen. Ich schaff das schon.« Sie hört, wie er über einen Topf stolpert, woraufhin Wasser auf den Boden klatscht. »Dieses bescheuerte Dach!«

Sie lächelt in sich hinein, während er die ausgeklügelte Ansammlung von Töpfen und Pfannen neu arrangiert, bis das Geräusch von Wasser, das auf Blech tropft, sich mit dem Rauschen des Regens vermischt.

»Bald ist Sommer«, sagt sie aufmunternd.

»Hm«, sagt er nur, was sie beunruhigt. Normalerweise ist er der Optimist. Als der Makler ihnen die verfallene alte Fabrik gezeigt hat, hat er sie stolz als »Loft« angepriesen. Das war natürlich stark übertrieben. In Wahrheit standen sie im schäbigen, baufälligen Obergeschoss einer Fabrik im Londoner East End. Doch die Fabrik besitzt viel Potenzial und ausreichend Platz für Dans raffinierte Bronzeskulpturen. Aber bis daraus die schöne, moderne Loftwohnung wird, die Dora bei der ersten Besichtigung vor sich gesehen hat, liegt ein weiter Weg vor ihnen. Die Realität ist jedoch ziemlich gewöhnungsbedürftig. Seit sie das alte Gebäude gekauft haben, ist es Dan, der ihre ständigen Sorgen wegen faulender Dielenböden, lecker Leitungen und undichter Stellen im Dach zerstreut.

»Komm zurück ins Bett. Morgen ist auch noch ein Tag«, schlägt sie vor.

»Das sagen wir schon seit einem halben Jahr.«

»Ich weiß. Aber wir werden uns darum kümmern, einverstanden?«

Dan gibt auf und schlüpft zu ihr unter die Decke, wärmt seine kalten Füße an den ihren, sodass sie laut aufschreit. »Tut mir leid, aber du bist so schön warm.«

Sie kehrt ihm den Rücken zu und schmiegt sich an ihn. Sie liegen Löffelchen. Er hat die Arme um ihre Taille gelegt, und seine rauen, kräftigen Hände ruhen auf ihrem Bauch. Sie kann seinen Atem im Nacken spüren und merkt, dass er bereits eindöst. Sie beneidet ihn darum, so schnell einschlafen zu können: der Schlaf des Gerechten. Sie kann das schon lang nicht mehr, und jetzt, wo sie wach liegt, verselbstständigen sich ihre Gedanken.

Zunächst zieht die Bewerbung um den Sunrise-Cereals-Werbeetat wieder an ihrem inneren Auge vorbei. Sie denkt an ihre Präsentation zurück. Eigentlich hat sie ein gutes Gefühl gehabt, aber jetzt, wo sie im Dunkeln daliegt und auf den Regen lauscht, kommen ihr Zweifel. Sie weiß, dass sie sich da nicht hineinsteigern darf, sonst liegt sie die nächsten Stunden wach. Also versucht sie, sich darauf zu konzentrieren, ihre Zehen zu entspannen. So steht das doch in den Ratgebern gegen Schlaflosigkeit? Man soll mit den Zehen beginnen und sich dann die Beine hocharbeiten, jeden Körperteil einzeln nacheinander entspannen. Bis man die Nase erreicht hat, ist man längst eingeschlafen.

Dora ist erst bei den Knien angelangt, auf die sie sich nur schwer konzentrieren kann. An Entspannung ist nicht zu denken. Panik steigt in ihr auf. In den letzten Nächten war es genauso, plötzlich fand sie sich in einem eiskalten Klammergriff wieder, glaubte, von einer schweren Last schier erdrückt zu werden. Doras Herz hämmert wild gegen ihre Rippen.

»Dan?«, fragt sie in die Dunkelheit hinein. Doch es kommt keine Antwort, nur das Prasseln des Regens und das laute Pochen ihres Herzens sind zu hören.

»Dan, bist du wach?« Sie stupst ihn an.

»Hm«, stöhnt er. »Nein.«

»Wir müssen reden.« Sie hält es einfach nicht mehr aus.

Dan verstärkt seine Umarmung. »Schlaf weiter. Das mit dem Dach besprechen wir morgen.«

»Es geht nicht ums Dach.« Sie schluckt, um den schlechten

Geschmack in ihrem Mund loszuwerden. »Es … es geht um das Baby.«

Sie spürt, wie seine Arme erstarren und seine Atmung kurz aussetzt. »Was ist mit dem Baby?«, murmelt er.

»Ich finde, wir müssen darüber reden.«

»Jetzt?«

»Ja.«

Dan stützt sich im Dunkeln auf einen Ellbogen und sieht sie an. »Was ist?«

Sie holt tief Luft und versucht, ihr Zittern zu kontrollieren. »Es kommt mir vor, als würden wir uns einfach nur treiben und vom Leben mitreißen lassen. Ich finde, wir sollten eine bewusste Entscheidung treffen. Ein Kind ist eine Riesenverantwortung. Wie können wir über ein Kind nachdenken, wo wir nicht einmal ein richtiges Dach über dem Kopf haben?« Dora hört den hysterischen Unterton in ihrer Stimme.

Dan schweigt einen Moment. »Wir werden die Wohnung renovieren. Mach dir darüber keine Sorgen. Die neuen Aufträge bringen frisches Geld rein. Jetzt, wo es Frühling wird, können wir das Dach reparieren lassen. Und anschließend kümmern wir uns um die feuchten Stellen in Küche und Bad. Bleiben nur noch ein paar kosmetische Reparaturen.« Er unterdrückt ein Gähnen. »Wir haben von Anfang an gewusst, dass die Fabrik aufwendig renoviert werden muss. Ich dachte, du wärst dazu bereit?«

»Das war ich auch, ich meine, das *bin* ich auch«, verbessert sie sich. »Es geht nicht nur um die Wohnung. Es geht um viel mehr.« Sie schluckt. »Fragst du dich nie, ob du reif genug für ein Kind bist?«

Schweigen.

»Ich weiß nicht genau, ob ich Mutter werden möchte«, sagt sie kleinlaut. »Das ist eine Riesenverantwortung. Wir wären dann kein Paar mehr, sondern – eine Familie.«

Dan seufzt. »Das geht bestimmt allen werdenden Eltern so, Dora. Das ist ganz natürlich. Ich weiß, dass es nicht geplant war.« Er gähnt erneut. »Aber es ist doch aufregend, findest du nicht? Eine Familie.« Er schweigt kurz. »Ich finde, das hört sich gut an.«

Dora ändert ihre Lage, starrt in die Leere über ihren Köpfen. Für Dan ist immer alles so einfach. Er sieht alles schwarzweiß, und genau das liebt sie so an ihm. Aber ihr Leben ist nicht schwarz-weiß. Es besteht aus Grauschattierungen wie eine Gewitterwolke auf einem Ölgemälde über dem Kamin. Aber wie soll sie das einem so unbeschwerten Mann wie Dan, einem geborenen Optimisten, bloß begreiflich machen?

»Dora, geht es um deine Familie? Um ... na ja, du weißt schon?«

Sie nickt in der Dunkelheit, bringt aber kein Wort heraus.

»Ich weiß, wie schrecklich das war. Und nach allem, was du mir darüber erzählt hast, weiß ich auch, dass es dich belastet. Aber glaub mir, Dora, ich möchte verstehen, wirklich verstehen.«

Sie liegt da wie erstarrt.

»Gleichzeitig ist das eine Chance. Deine Chance, dich weiterzuentwickeln, verstehst du?« Sie spürt, wie er den Griff um ihre Taille verstärkt, wie seine Hände sanft und beruhigend über ihren Bauch streichen. »Es ist ein neues Leben, ein Neuanfang. Nur wir beide und unser Baby. Wir werden eine Familie sein. Möchtest du das nicht?«

Dora weiß nicht, was sie sagen soll. Natürlich möchte sie mit Dan zusammen sein. Sie liebt ihn und ihr gemeinsames Leben in London. Er ist ihr Fels in der Brandung. Gleichzeitig fühlt sie sich wie gelähmt. Die Jahre vergehen, doch sie ist immer noch das Mädchen von damals. Nichts hat sich verändert, zumindest nichts Wesentliches. Wie kann sie sich bloß einbilden, ein Kind zu bekommen, für einen anderen Menschen Verantwortung zu übernehmen, wo sie doch in der Vergangenheit so verantwortungslos gehandelt hat! Wie kann sie darüber nachdenken, eine Familie zu gründen, wenn diejenige, in der sie aufgewachsen ist, kaputtgegangen ist? Die Familie, die sie geliebt und für unzerstörbar gehalten hat. Im Grunde hat sie gar keine eigene Familie verdient und auch keinen Neuanfang mit Dan. Sie verdient es nicht, glücklich zu sein. Aber wie soll sie ihm das bloß beibringen?

»Schlaf weiter«, murmelt Dan in ihren Nacken hinein. »Du wirst sehen, bei Tageslicht betrachtet sieht alles ganz anders aus. Wir reden morgen weiter.« Er lockert seine Umarmung etwas, und sie merkt, dass er wieder wegdöst. »Morgen fühlst du dich besser«, flüstert er.

»Nacht«, sagt sie, bevor sie sich in seinen Armen umdreht und in die Schwärze des Schlafzimmers starrt. Dan täuscht sich. Sie weiß, dass sie sich auch morgen nicht besser fühlen wird. In den letzten zehn Jahren hat sie sich jeden Morgen gewünscht, besser zu sein, sich besser zu fühlen. Nur um jeden Morgen in der traurigen Gewissheit aufzuwachen, dass sie schuld ist am Zerfall ihrer Familie. Manchmal hat sie das Gefühl, von allen verlassen, von ihnen abgeschnitten worden zu sein. Aber dann fällt ihr wieder ein, dass es ihre Schuld ist, dass sie jetzt überall verstreut sind wie Trümmer eines Schiffswracks. Sie erlebt ihre Schuld wie einen heftigen, pochenden Schmerz.

Während Dan anfängt, leise zu schnarchen, schließt Dora die Augen. Sie wünscht sich, ebenfalls vom Schlaf übermannt zu werden, weiß aber, dass das dauern wird. Stattdessen eilen ihre Gedanken zurück in die Vergangenheit, zurück zu der breiten baumgesäumten Zufahrt. Sie glaubt, den Wind in den großen Platanen rauschen zu hören, die salzige Meeresluft zu riechen. Als sie um die Ecke biegt, ragt er vor ihr auf, der große alte Landsitz auf den Klippen von Dorset. Mit seinen weißen Wänden strahlt er in der Sonne wie ein Leuchtfeuer.

Als sie näher kommt, sieht sie den Efeu, der sich an der Fassade emporrankt, sich um die Dachrinne des grauen Schieferdachs windet. Sie tritt noch näher und sieht die massive, verwitterte Eichentür. In Gedanken stößt sie die Tür auf, das glatte Holz unter ihren Fingern fühlt sich vertraut an. Sie betritt den kühlen, dunklen Flur, in dem die Schritte vieler Generationen der Familie Tide widerhallen. Sie passiert eine offene Tür, ignoriert die elegante dunkelhaarige Frau, die sich über einen Schreibtisch mit Büchern und Unterlagen beugt. Sie wendet sich von dem Gekicher ab, das durch das knarrende Treppenhaus hallt, und kommt an einem gut aussehenden blonden Mann vorbei, der im Wohnzimmer sitzt und in die Zeitung auf seinem Schoß schaut. Sie ignoriert den Lockruf des Hauses und begibt sich stattdessen zum Wintergarten, wo es verführerisch nach Rosen und Flieder duftet. Sie huscht weiter über den Rasen, dem Sirenengesang des Meeres entgegen, das sich in der Ferne an den Klippen bricht.

Als sie den knorrigen alten Kirschbaum im Obstgarten erreicht, dreht sie sich um und betrachtet das Haus, schaut zu seinen breiten Schiebefenstern empor. Sie starrt sie an, sucht nach Antworten in ihren Schatten, aber die Scheiben werden von der grellen Sonne geschwärzt.

Clifftops, ihr einstiges Zuhause.

Dan bewegt sich seufzend im Schlaf, und als Dora die Hände auf ihren noch flachen Bauch legt und an die Zukunft denkt, weiß sie endlich, was sie tun muss. Sie kann sich nicht länger verstecken. Sie muss in das Haus auf den Klippen zurückkehren und sich ihrer Vergangenheit stellen.

Helen

Sechzehn Jahre zuvor

Helen stand im Flur und musterte den stetig anwachsenden Berg von Koffern, Taschen, Schuhen und Mänteln. Von ihr aus konnte Ostern gern ausfallen. Allein schon das Packen: Wäschehaufen mussten sortiert, der Kühlschrank abgetaut und im Trockenschrank nach lang nicht benutzten Strandhandtüchern gesucht werden. Anschließend galt es, alles im ächzenden Kofferraum des Autos zu verstauen. Richard saß währenddessen bis zur letzten Minute in seinem Arbeitszimmer und telefonierte, und die Mädchen irrten wie in Zeitlupe ziellos durchs Haus, was Helen zur Weißglut trieb.

Sie betrat die Küche, um den Mülleimer zu leeren, und sah, dass Dora dort über ihren Frühstücksflocken saß und verträumt in den Garten starrte.

»Du isst doch nicht immer noch deine Cornflakes?«, fragte sie, während sie mit der überquellenden Mülltüte kämpfte.

»Doch.«

»Beeil dich«, sagte sie und schaffte es endlich, die Tüte vom Eimer zu befreien und zuzubinden. »Ich muss die Spülmaschine anstellen.«

Dora nickte und führte einen Löffel Frühstücksflocken zum Mund. Zufrieden verließ Helen die Küche und machte sich auf die Suche nach Cassie. Sie ging davon aus, dass sie oben in ihrem Zimmer war und packte. Aber dann sah sie, wie ihre Älteste halb angezogen auf ihrem Bett lag und ein Taschenbuch las, wobei sie träge an ihren Haarspitzen lutschte. Das war der Tropfen, der das Fass zum Überlaufen brachte.

»Hab ich dir nicht gesagt, dass wir spätestens um zehn losmüssen?«, schrie Helen. »Sonst kommen wir in den Stau.« Sie sah sich entnervt in Cassies unaufgeräumtem Zimmer um. »Und hab ich dich nicht gestern Abend gebeten, dieses Chaos zu beseitigen? Du hast noch nicht einmal angefangen zu packen!«

»Entspann dich, Mum! Dafür brauche ich fünf Minuten. Ich weiß wirklich nicht, warum du dich so aufregst. Wir bleiben doch nur eine Woche bei Grandma und Grandpa. Dad und du, ihr führt euch auf, als würden wir zu einer Polarexpedition aufbrechen.«

Dieser Zynismus war neu. Helen sah, wie Cassie sich wieder ihrem Buch zuwandte, und musste sich schwer beherrschen, es ihr nicht wegzunehmen und aus dem Fenster zu werfen. Stattdessen holte sie tief Luft und zählte bis drei. Mit ihren elf Jahren war Cassie nicht auf den Kopf gefallen. Sie wusste genau, welche Knöpfe sie drücken musste.

»Nun, ich werde dich kein zweites Mal darum bitten«, sagte Helen warnend und verließ das Zimmer. Das war wenig überzeugend, aber ihr fiel kein geeignetes Druckmittel ein. Sie konnten sie schließlich schlecht hierlassen, auch wenn der Gedanke durchaus verlockend war.

Sie knallte Cassies Tür zu und ging in ihr eigenes Zimmer. Sollte sie ein Kleid oder noch eine Hose einpacken? Eine Hose wäre praktischer, aber sie wusste, dass ihre Schwiegermutter erwartete, dass sie sich am Ostersonntag etwas mehr Mühe gaben. Helen musterte das grüne Seidenkleid in ihrem

Schrank und anschließend die schwarze Cordhose, bevor sie klein beigab und das Kleid auf den wachsenden Stapel legte. Wenigstens dieses Jahr konnte sie versuchen, sich nicht mit Daphne anzulegen.

»Das ist hübsch, habe ich das schon mal an dir gesehen?«, fragte Richard, der gerade ins Zimmer kam und das Kleid im Koffer entdeckte.

Helen verdrehte die Augen. »Höchstens eine Million Mal.«

»Oh ... Nun, es ist entzückend. Sind wir so weit?«

Helen stellten sich sämtliche Nackenhaare auf. Sie hatte schließlich nicht den ganzen Vormittag telefoniert! »Die Mädels trödeln noch«, sagte sie und kämpfte mit dem Reißverschluss ihres Koffers, bis Richard sich mit seinem ganzen Gewicht darauf stützte. »Aber wir sollten in etwa anderthalb Stunden aufbrechen.«

Das war optimistisch gedacht, aber wenn sie ehrlich war, machte ihr die Verspätung nichts aus. Sie war sowieso nicht wild darauf, nach Dorset zu fahren, um dort eine Woche mit Small Talk, Spaziergängen und langweiligem Teetrinken mit Richards Eltern zu verbringen. Sie wusste, dass es bei den Tides Tradition war, sich an Ostern in dem großen Haus zu versammeln. Und sie wusste auch, wie sehr Richard sich darauf freute, sie und die Mädchen in sein Elternhaus mitzunehmen. Aber sie wäre in den Ferien lieber daheimgeblieben, um einkaufen zu gehen, ein bisschen zu lesen, in der Küche herumzuwerkeln und vielleicht ein wenig im Garten zu arbeiten. Doch das war unrealistisch, denn dazu würde es niemals kommen. In puncto Familientraditionen konnte sich Daphne Tide stets durchsetzen.

»Mum ist schon ganz aus dem Häuschen, dass wir kommen«, sagte Richard, so als könnte er Gedanken lesen. »Anscheinend hat sie die ganze Woche für uns gebacken. Und Dad will mit den Mädchen segeln gehen.«

»Wie schön«, sagte Helen und zwang sich, das Lächeln ihres Mannes zu erwidern. Sie würde sich fügen so wie jedes Jahr, ihrer Familie zuliebe. Sie würden schließlich nur eine Woche in Clifftops verbringen.

Eine Dreiviertelstunde später, nachdem Helen noch einmal durchs Haus gewischt, den Kofferraum umgepackt und in letzter Minute panisch nach Doras fehlendem Badeanzug gefahndet hatte, schlossen die Tides ihr Reihenhaus im Norden Londons ab und stiegen ins Auto. Wie durch ein Wunder schafften sie es bis nach Winchester, bevor auf dem Rücksitz Streit ausbrach.

»Das ist nicht fair«, jammerte Dora. »Nie darf ich die Musik bestimmen.« Helen konnte im Rückspiegel sehen, wie sie mit einem neuen Boy-Band-Album herumwedelte.

»Du hast einfach einen furchtbaren Geschmack«, sagte Cassie.

»Quatsch!«

»Und ob!«

»Greif bitte ein«, murmelte Richard leise, während er auf die beiden Mädchen zeigte und einen weiteren der vielen Wohnwagen überholte, die sich wegen der Osterfeiertage im Schneckentempo westwärts bewegten.

Helen drehte sich auf dem Beifahrersitz um und warf jeder Tochter einen mahnenden Blick zu. Cassie saß zusammengesunken in der Ecke und hatte den Kopf zum Fenster gedreht. Ihr Gesicht versteckte sie hinter einem Vorhang blonder Haare. Sie war ein Dickkopf, und Helen wusste, dass sie ihren Blick nicht erwidern würde. Also wandte sie sich Dora zu, deren grüne Augen sie unter dem schiefen, selbst geschnittenen Pony flehentlich ansahen. Helen seufzte. »Würdest du dich bitte beruhigen? Dein Vater versucht, sich auf den Verkehr zu konzentrieren.«

»Aber ich bin dran, die Musik zu bestimmen!« Dora lief rot an.

»Wenn ihr nicht aufhört, euch zu streiten, wird überhaupt keine Musik gehört.«

»Aber …« Dora verstummte unter dem Blick ihrer Mutter, und Helen wandte sich wieder nach vorn.

»Alles in Ordnung, mein Schatz?« Richard löste eine Hand vom Lenkrad und legte sie auf ihren Arm.

»Hm«, sagte sie nickend und starrte auf die endlose Reihe Katzenaugen, die auf sie zurasten. Einer ihrer Migräneanfälle kündigte sich an, und sie hätte lieber ihre Ruhe gehabt, statt wummernde Popmusik über sich ergehen zu lassen. Aber selbst die war ihr lieber als einer von Cassies Wutanfällen. Sie seufzte leise. Auch nach zwölf Jahren verlief die Fahrt kein bisschen entspannter als damals.

Helen wusste noch genau, wann sie zum ersten Mal mit Richard nach Clifftops gefahren war. Es war ein grauer Märztag mit bewölktem Himmel gewesen, sodass man sich fragte, ob je wieder die Sonne scheinen würde. Sie hatte im Wagen gesessen und nervös mit den Lederfransen an ihrer Handtasche gespielt, während Richard aufs Lenkrad getrommelt hatte und sie zu dem Haus fuhr, in dem er aufgewachsen war. In dem seine Eltern lebten, die – wenn alles nach Plan lief – bald ihre Schwiegereltern sein würden.

»Sie werden dich lieben«, versicherte er ihr. »Fast so sehr, wie ich dich liebe.«

»Und das Baby?«, fragte sie und fuhr sich mit einer beschützenden Geste über den kaum sichtbaren Bauch.

Richards Blick folgte ihren Händen, bevor er sich wieder auf die Straße konzentrierte. »Ich mach das schon. Alles wird gut, vertrau mir.«

Und das hatte sie auch getan, was seltsam war, da sie sich

erst seit wenigen Monaten kannten. Helen studierte im letzten Jahr Altphilologie, und der etwas ältere Richard war gerade dabei, sein Architekturstudium abzuschließen, um in das Büro seines Vaters einzutreten. Sie hatten sich kennengelernt, wo sich die meisten Studenten kennenlernen: im Pub. Und es hatte auf Anhieb zwischen ihnen gefunkt.

Richard war groß und blond, hatte kornblumenblaue Augen, breite Schultern und das stabile Selbstbewusstsein eines verwöhnten Einzelkindes. Helen war aufgefallen, dass er sie von der Bar aus beobachtete. Sie hatte es gewagt, ihm zuzulächeln, und wie er ihr später erzählte, hatte er sich wegen dieses Lächelns Knall auf Fall in sie verliebt. Liebe auf den ersten Blick hatte er das genannt. Er war an ihren Tisch gekommen und hatte sich vorgestellt. Ihr gefiel, wie er das tat: so ganz ohne Umschweife, ohne blöde Anmachsprüche, ohne ein anzügliches Grinsen und ohne seinen Freunden zuzuzwinkern. Er machte einen aufrichtigen, sympathischen Eindruck. Und wenn sie aus ihren überschaubaren Erfahrungen mit Männern etwas gelernt hatte, dann das, dass so etwas wirklich selten ist.

Sie verabredeten sich mehrmals, und es war immer sehr nett. Er nahm sie zu Rugby-Spielen mit und bot ihr seinen Mantel an, wenn sie auf der Tribüne fror. Er reservierte einen Tisch in romantischen Restaurants und gab ihr einen Schnellkurs in Architektur, indem er sie durch die Stadt führte und ihr Bauwerke und Baustile zeigte, die er bewunderte. Sie hatten erbittert über Politik gestritten und konnten sich nie auf einen Film einigen, aber all das spielte keine Rolle, wenn sie spätabends zusammen ins Bett gingen. Ihre Gegensätze entfachten eine tiefe Leidenschaft. Mit Richard zusammen zu sein war eine ganz neue Erfahrung für Helen. Er wirkte deutlich erwachsener als ihre früheren Freunde, war aufmerksamer und selbstbewusster. Selbst als sich ihr der Magen zusammenzog vor Entsetzen, weil sie feststellen musste, dass sie schwanger war, hatte er sich als Fels in der Brandung erwiesen. An seiner Blässe und den zitternden Händen konnte sie sehen, dass er erschrocken war, trotzdem sagte er auf Anhieb das Richtige: Es sei ihre Entscheidung, und egal wie sie ausfalle – er halte zu ihr. Als sie dann beschlossen hatte, das Baby zu behalten, machte er ihr in der Woche darauf einen Heiratsantrag, während ihr vom Tisch eines italienischen Restaurants ein wunderschöner antiker Diamantring entgegenfunkelte.

»Wir tun genau das Richtige, Helen. Lass uns diesem Baby den nur denkbar besten Start ins Leben geben. Lass uns ein gemeinsames Leben aufbauen.«

Helen war sich dessen anfangs nicht so sicher gewesen. Es war furchterregend genug, sich für das Baby zu entscheiden. Mutter zu werden, war eine Sache ... aber Ehefrau? »Viele bekommen heutzutage Kinder und heiraten nicht«, hatte sie gesagt. »Wir können auch eines dieser modernen Paare sein.«

»Nein, Helen«, hatte er gesagt. »Ich liebe dich. Wenn wir ein Kind bekommen, dann sollten wir auch tun, was sich gehört.«

»Wo sollen wir wohnen? Womit sollen wir Geld verdienen? Ich wollte reisen, mir einen Job suchen.«

»Ich habe ein paar Rücklagen. Meine Familie ... nun ja, es geht uns nicht schlecht. Wir schaffen das schon! Wir werden dieses Kind bekommen, und wenn es ein wenig älter ist, machst du Karriere. Ein Kind ist schließlich keine lebenslange Freiheitsstrafe«, scherzte er. »Du musst nicht alles aufgeben, Helen.«

Er hatte so beruhigend gewirkt, ihr strahlend den Ring angesteckt und sofort vorgeschlagen, nach Dorset zu fahren, damit sie seine Eltern kennenlernen konnte. Und so hatte

Helen nur ungläubig auf den großen Stein gestarrt, der so extravagant an ihrem Ringfinger funkelte. Es war romantisch, aber eben auch furchteinflößend. Und eines stand fest: Ihr Leben würde nie mehr so sein wie vorher.

Bei ihrem ersten Besuch waren sie direkt zum Strand gefahren, um sich nach der langen Fahrt die Beine zu vertreten. Richard hatte auf einen romantischen Strandspaziergang gehofft, aber das bleifarbene Meer brandete an den Kiesstrand, und ein unangenehmer Wind umtoste sie, zerrte an ihren Mänteln. Fröstelnd stolperten sie die Küste entlang, bis sie beide klein beigaben und mit eingezogenen Köpfen zum Wagen eilten.

»Na, das war ja ein voller Erfolg«, scherzte Richard und drehte die Autoheizung auf. »Es gibt wirklich nichts Schöneres als einen englischen Frühling.«

Helen musste trotz ihrer Nervosität lachen und legte eine Hand auf sein warmes Knie.

Er fuhr durch einen verschlafenen Weiler namens Summertown, vorbei an winzigen bonbonfarbenen Cottages und über gefährliche, kurvenreiche Landstraßen, bis sie schließlich ein unscheinbares schmiedeeisernes Tor passierten und eine lange gewundene Auffahrt hinauffuhren. Die Reifen knirschten laut auf dem Kies, als sie an den windgepeitschten Platanen vorbeirollten, die den Weg zum Haus säumten.

»Da wären wir«, rief Richard und zeigte auf ein großes steinernes Bauwerk, das düster vor ihnen aufragte. »Das ist Clifftops, mein Zuhause.«

Helen wusste noch, wie ihr der Atem gestockt hatte. Keine Ahnung, was sie erwartete, aber bestimmt nicht so ein schönes altes Haus, das zwischen den Zweigen der sich biegenden Bäume hindurchschimmerte. Ein wunderschönes Landhaus aus dem neunzehnten Jahrhundert und perfekt proportioniert. Es bildete ein attraktives L auf dem Felsvorsprung – ganz so, als wäre es die leidenschaftlichen Umarmungen des Meeres leid und hätte sich halb von ihm abgewandt. Ein Großteil der weißen Außenmauern war mit Efeu bewachsen, der auch die Fassade emporrankte. Die war von breiten Schiebefenstern unterteilt, und in ihrer Mitte befand sich eine im Lauf der Jahre verwitterte Eichentür, eingerahmt von einem steinernen Bogen. Das Haus war hell erleuchtet, ein warmes orangefarbenes Licht drang aus den Fenstern, während am anderen Ende des Schieferdachs ein Kamin vielversprechenden taubengrauen Rauch in den sich verdunkelnden Himmel schickte.

Unterhalb des Hauses konnte Helen eine lang gestreckte Rasenfläche entdecken, die zu einem eingezäunten Obstgarten führte, hinter dem das schäumende Meer lag. Sie brauchte das Haus gar nicht erst zu betreten, um zu wissen, dass es eine spektakuläre Aussicht bot. Schon das Haus an sich war zum Niederknien schön, ein Landsitz wie aus dem Bilderbuch. Doch wegen seiner abgeschiedenen Lage auf den windgepeitschten Klippen über der Lyme Bay wirkte es ganz besonders eindrucksvoll. In Helens Fantasie lud es regelrecht zu romantischen Rendezvous und geheimen Schmugglertreffen ein.

»Du hättest mir ruhig sagen können, dass du ein Landedelmann bist«, rief sie, während sie beim Gedanken an die spießige Doppelhaushälfte ihrer Eltern innerlich zusammenzuckte.

»So groß ist es auch wieder nicht«, sagte Richard lachend. »Das täuscht.«

»Von wegen«, schnaubte sie.

Er drückte besänftigend ihre Hand, aber je näher sie dem Haus kamen, desto mehr schien es sich auf dem Felsvorsprung auszubreiten und stolz in den Himmel zu ragen.

»Jetzt weiß ich auch, woher es seinen Namen hat«, brachte Helen schließlich heraus. Und auf einmal fürchtete sie sich davor, seine Eltern kennenzulernen und zwei Tage in einer solch einschüchternden Umgebung zu verbringen.

Zum Glück bereitete ihnen das Haus einen wärmeren Empfang als das Meer. Daphne und Alfred Tide waren hocherfreut, ihren Sohn zu sehen, und die Begrüßung verlief problemlos. Helen fand Richards Vater sogar richtig charmant. Alfred war eine ältere Ausgabe seines Sohnes. Er war groß, breitschultrig, hatte silbergraues Haar, ein sympathisches Lächeln und Richards klare blaue Augen. Als Helen durch die Eichentür trat, schüttelte er begeistert ihre Hand und zwinkerte Richard anerkennend zu, als er dachte, sie bemerke es nicht. Anschließend wandte sich Helen an Daphne, Richards Mutter. Ein Blick genügte, um zu wissen, dass es nicht leicht sein würde, die attraktive, grauhaarige Dame zu beeindrucken. Sie besaß markante, ernste Züge, stahlgraue Augen und eine Haltung, die auf den jahrelangen Besuch eines Schweizer Mädchenpensionats schließen ließ. Sie trug ein schickes blaues Wollkleid und eine Perlenkette, und auf einmal kam sich Helen, die in ihrem besten Kleid neben ihr stand, billig und schäbig vor.

Daphnes Begrüßung war freundlich gewesen, aber Helen spürte den kühlen, durchdringenden Blick, als sie sich umdrehte, um Alfreds lebhafte Fragen zu beantworten. Es war der Raubtierblick einer Mutter, die die Partnerin ihres Sohnes auf Schwächen oder Anzeichen für mögliches Liebesleid hin untersucht.

Sie hatten den Tee im Wohnzimmer eingenommen, an einem Feuer, das im gemauerten Kamin knackte und prasselte. »Das mag euch übertrieben vorkommen«, hatte Alfred halb entschuldigend gesagt, nachdem sie sich auf den verblichenen

Chintzsofas niedergelassen hatten, »aber heute ist es kühl, und da dachte ich, so ein Kaminfeuer ist genau das Richtige.«

Helen hatte gelächelt und ihre Hände an den Flammen gewärmt. Sie war dankbar für die Wärme, die das Kaminfeuer abstrahlte, während sie Höflichkeitsfloskeln austauschten. Sie sprachen über Richards und Helens Fahrt nach Dorset, über Daphnes neue Kissenbezüge und das stürmische Wetter, bevor Richard sich räusperte und sagte, er habe etwas zu verkünden. Helen verspannte sich und versuchte, den beunruhigten Blick zu ignorieren, den Daphne Alfred zuwarf.

Er begann mit den guten Neuigkeiten. »Helen und ich haben beschlossen zu heiraten.«

»Oh«, rief Daphne. »Ach du meine Güte, was für eine Überraschung!« Nach einer kurzen Pause sagte sie noch einmal: »Ach du meine Güte«, und spielte mit einem Strang ihrer Perlenkette. Diese Nachricht schien ihr die Sprache verschlagen zu haben, sodass sie sich Hilfe suchend nach ihrem Mann umsah. Alfred räusperte sich, aber Richard kam ihm zuvor.

»Helen ist schwanger.«

Alfred konnte sich gerade noch zusammenreißen. Hilflos sah er seine Frau an.

»Wir wissen, dass das ein wenig plötzlich kommt«, gab Richard zu und sah erst seine Mutter, dann seinen Vater und schließlich wieder seine Mutter an. »Ihr werdet einen Moment brauchen, um euch an die Vorstellung zu gewöhnen. Doch im Grunde braucht ihr nur zu wissen, dass wir uns lieben, uns auf dieses Kind freuen und beschlossen haben, noch in diesem Sommer zu heiraten.«

Das Schweigen wurde unerträglich, bis Daphne endlich ihre Sprache wiederfand. »Nun, mein Schatz, da hast du recht: Das kommt wirklich ziemlich plötzlich. Meine Güte, vielleicht sollten wir darauf etwas trinken. Was meinst du, Alfie, Liebling?«

Alfie war froh, irgendetwas tun zu können, und trat dankbar in Aktion. »Ja, natürlich, Daffy. Eine hervorragende Idee. Whiskey, Sherry? Oder wollen wir eine Flasche Schampus aufmachen? Ich glaube, wir haben noch welchen im Keller.«

»Ich hätte gern einen Sherry«, erwiderte Daphne rasch, der eindeutig nicht zum Feiern zumute war. »Ich glaube, ein kleiner Sherry wird auch Helen guttun«, fügte sie noch hinzu. »Du siehst ein wenig blass aus, Liebes.«

Helen wollte nicht unhöflich sein und stimmte mit einem kurzen Nicken zu.

Das ließ sich Alfred nicht zweimal sagen. Er schien eine Ewigkeit zu brauchen, um Gläser und Karaffe aus dem Esszimmer zu holen. Während Daphne die Falten ihres Kleides glatt strich, ließ Helen die lässige Eleganz des Wohnzimmers auf sich wirken. Die Möbel waren hübsch und wiesen Gebrauchsspuren auf. Verblichene geblümte Bezüge und abgewetzte Perserteppiche verliehen dem Zimmer eine behagliche Atmosphäre. Neben einem alten Reisewecker stand eine Vase mit ersten Frühlingsblumen, Blütenblätter waren über den ganzen Kaminsims verstreut. Ein heller Kaschmirschal lag quer über einer verschnörkelten Ottomane. Überall Kuriositäten und Antiquitäten: ein altes Barometer an der Wand, angelaufene Silberrahmen auf einem Tisch, eine bunte Mischung von Lampen und Bildern und ein durchgesessener Chesterfieldsessel neben der Tür, bei dem die Füllung aus einer zerschlissenen Armlehne quoll. Die Einrichtung war sehr schick – vielleicht ein bisschen zu überladen für Helens Geschmack. Trotzdem musste sie anerkennen, dass sie von gutem Geschmack und Stil zeugte.

»Setz dich, mein Lieber«, drängte Daphne Richard, der vor den Terrassentüren nervös auf und ab ging. Er gehorchte, setzte sich neben Helen und nahm ihre Hand. Sie spürte den Schweißfilm auf seiner Handfläche, und beide zuckten zusammen, als ein Holzscheit auf das Kamingitter fiel und Funken den Kamin hochschickte.

Schließlich kehrte Alfie zur allgemeinen Erleichterung zurück. Er reichte Gläser herum und brachte einen halbherzigen Toast aus.

»Auf das glückliche Paar!«

Sie tranken schweigend.

»Nun«, sagte Daphne bemüht fröhlich. »Erzähl uns doch ein wenig von dir, Helen.«

Der Nachmittag hatte sich ewig hingezogen. Abends nahmen sie eine unbehagliche Mahlzeit in einem ziemlich prunkvollen, holzvertäfelten Esszimmer ein. Sie saßen an einem großen Mahagonitisch, der mit Leinentischwäsche, Silberbesteck und zwei riesigen Kandelabern gedeckt war. Letztere tauchten die Tischgesellschaft in ein warmes goldenes Licht. Während Daphne das Fleisch servierte und Gemüse herumreichte und Richard von ihren gemeinsamen Plänen berichtete, sah Helen zu, wie flüssiges Wachs an einer der Kerzen herablief und eine klebrige Pfütze auf dem weißen Tischtuch bildete.

»Am besten, wir ziehen so schnell wie möglich nach London. Wir werden uns nach einer Wohnung umschauen, bevor ich in die Firma einsteige.« Er streckte den Arm aus und drückte liebevoll Helens Hand. »Es ist alles sehr aufregend.«

»Ja. Natürlich kann Helen dann euer neues Zuhause hübsch einrichten. So hat sie etwas zu tun, bis das Baby kommt«, sagte Daphne zustimmend.

Helen runzelte die Stirn und warf Richard einen spöttischen Blick zu, der ihm jedoch entging, weil er gerade nach dem Wein griff.

»Du solltest mit Edmund reden«, schlug Daphne vor. »Er hat Wohnungen in ganz London und kann dir bestimmt weiterhelfen, Richard. Warum rufst du ihn nicht an?« Als sie Helens neugierigen Blick bemerkte, sagte sie erklärend: »Edmund ist mein Bruder, Richards Onkel. Ein ganz reizender Mann und völlig vernarrt in Richard.«

Helen nickte höflich, während sie ausgiebig auf einer grünen Bohne kaute. Insgeheim fragte sie sich, welche Familie »Wohnungen in ganz London« haben konnte. Hier, bei seinen Eltern, wirkte Richard noch selbstbewusster und erwachsener als sonst. Unwillkürlich verglich sie sein Auftreten mit dem, das sie an den Tag legte, wenn sie ihre Eltern besuchte. Sosehr sie sich auch anstrengte, sie kam sich dabei immer vor wie ein störrischer Teenager und nicht wie eine Erwachsene.

Während die Unterhaltung ohne ihre Beteiligung dahinplätscherte, sah sich Helen verstohlen in dem prunkvollen Zimmer um. An einer Wand hingen Gemälde, Stillleben und Landschaftsbilder, die verführerisch im Kerzenlicht schimmerten. Es gab eine Mahagonikommode, auf der alles Mögliche stand, darunter ein eleganter silberner Champagnerkübel, der aussah, als könnte er eine Politur vertragen, eine verstaubte alte Kristallkaraffe, eine handgeschnitzte Schale mit Zitronen und eine sehr hübsche Porzellanvase, auf der zwei Frauen unter den Zweigen einer Trauerweide abgebildet waren. Dieses künstlerische Durcheinander bildete einen starken Kontrast zum sterilen Esszimmer ihrer Eltern mit Teewagen, Tellerwärmer und den guten, auf Hochglanz polierten Sherrygläsern in der Vitrine. Es lagen Welten zwischen dieser Umgebung und dem ordentlichen Haushalt ihrer Mutter.

Das Essen zog sich in die Länge, doch Helen zwang sich trotz ihrer Übelkeit, alles aufzuessen, was Daphne ihr aufgetan hatte. Bis sie irgendwann wirklich nicht mehr konnte und sich Müdigkeit vorschützend entschuldigte.

»Aber natürlich«, sagte Daphne. »Du musst erschöpft sein.

Ich habe das blaue Zimmer für dich vorbereitet, Liebes. Ich hoffe, du hast es dort bequem.« Richard hatte ihr bereits erzählt, dass sie in getrennten Zimmern übernachten würden. In dieser Hinsicht waren seine Eltern altmodisch.

»Bestimmt«, sagte sie. »Danke, Mrs. Tide.«

»Oh, bitte nenn mich Daphne. Wir sind jetzt schließlich eine Familie.« Die falsche Freundlichkeit wurde mit lautem Schweigen quittiert.

»Ja, danke, Daphne. Nun, gute Nacht allerseits.«

»Gute Nacht«, riefen die anderen betont munter, während sie den Rückzug antrat.

Helens Erleichterung war enorm, als sie sich die knarrende Treppe zum Gästezimmer hinaufschleppte. Sie ließ sich angezogen auf das breite Messingbett fallen und atmete tief durch. Die verblichene Pracht setzte sich auch hier fort. Das Zimmer sah wunderschön aus. Die Wände waren in einem hellen Taubenblau tapeziert, in einer Ecke stand ein hübscher Schminktisch, vor seinem teilweise blinden Spiegel stand ein samtbezogener Hocker. Verstaubte, ledergebundene Bücher reihten sich in einem massiven Mahagoniregal aneinander, kleine weiße Spitzenkissen lagen auf dem Sofa im Erker, von dem aus man einen fantastischen Blick in den Garten hatte. Auf dem Nachttisch stand ein kleiner Übertopf mit Schneeglöckchen, und am Fußende des Bettes lag ein kuscheliger, handgemachter, von der Sonne ausgeblichener Quilt. Fernab des Kerzenlichts und der Gespräche spürte Helen plötzlich die nächtliche Kälte. Sie fröstelte und legte sich den Quilt über die Beine, wobei sie den intensiven Duft nach frischer Wäsche, Bienenwachs und Geld in sich aufsog.

Clifftops zu betreten bedeutete, eine ganz neue Welt zu betreten. Eine Welt, in der der Boden unter Helens Füßen zu schwanken schien, sodass sie jeden Moment stolpern und hinfallen konnte. Sie legte die Hände auf den Bauch und fragte sich zum millionsten Mal, ob es ein Fehler gewesen war, das Baby zu behalten. Ob sie wirklich bereit war, ihre Träume und Ambitionen für das kleine Wesen aufzugeben, das sich in ihr eingenistet hatte. Ob es nicht Wahnsinn war, sich an einen Mann zu binden, den sie im Grunde kaum kannte. An eine Familie, deren gesellschaftliche Stellung meilenweit von ihrer kleinbürgerlichen Herkunft entfernt war. Währenddessen versuchte sie vergebens, die gereizten Stimmen zu ignorieren, die aus dem Erdgeschoss zu ihr emporhallten.

Am nächsten Morgen sah die Welt ein wenig freundlicher aus. Alle waren ausgeruht, und beim Frühstück im Wintergarten wurde nicht mehr von Hochzeiten oder Babys gesprochen. Trotzdem war Helen dankbar, als Richard vorschlug, einen Spaziergang zu zweit zu unternehmen.

»Warum heißt es Golden Cap?«, fragte sie und kam sich plump vor in den geliehenen Gummistiefeln und dem sich im Wind bauschenden Regenumhang.

»Na ja, die Klippe, die du vor uns sehen kannst, ist der höchste Punkt der Südküste Englands. Sie hat ihren Namen vom gelben Sandstein des Gipfels. Ich habe darin immer eine Art goldene Krone gesehen.«

Helen starrte auf den kahlen Fleck, der die Klippe krönte. Im trüben Licht des bedeckten Himmels wirkte es nicht golden, sondern eher schmuddelig und senffarben.

Richard schien Gedanken lesen zu können. »An einem Sonnentag sieht es eindrucksvoller aus. Von dort hat man eine tolle Aussicht. Der Weg ist es wert, das verspreche ich dir.«

»Wie lang lebt deine Familie schon in Clifftops?«

»Oh, schon eine ganze Weile«, überlegte Richard laut und nahm ihre Hand, um sie zu wärmen. »Die Geschichte ist sogar ziemlich romantisch. Mum und Dad haben das Haus zufällig auf ihrer Hochzeitsreise entdeckt. Damals war es unglaublich heruntergekommen. Der Bauer, dem das Grundstück gehörte, hatte viel Geld verloren und war anschließend schwer erkrankt. Es war also kaum mehr als eine Ruine. Dad hat den alten Knaben überredet, es zu verkaufen, und es Mum zur Hochzeit geschenkt. Seitdem haben sie viel Liebe und Arbeit hineingesteckt. Natürlich verschlingt der Kasten jede Menge Geld, aber sie lieben ihn. Ich glaube, ihre Leidenschaft für Clifftops hat mich dazu gebracht, in die Fußstapfen meines Vaters zu treten und Architektur zu studieren.«

Helen nickte. »Es ist ein wirklich ungewöhnliches altes Haus.«

»Du magst es auch, nicht wahr?«

Helen spürte, wie wichtig ihm ihre Antwort war. »Es ist unvergleichlich«, erwiderte sie, was nicht gelogen war. Beim Rundgang durchs Haus war sie sich vorgekommen wie auf einem Filmset. Jedes Zimmer barg andere Überraschungen, die darauf warteten, an regnerischen Nachmittagen erkundet zu werden. Aber sie hatte schon nach einem Nachmittag beziehungsweise nach einem Wochenende genug. Sie würde verrückt werden, müsste sie in so einem abgelegenen, zugigen alten Haus auf den Klippen leben. Mit nichts als dem winzigen Weiler Summertown in der Nähe. Zum Glück lag ihre gemeinsame Zukunft in London.

»Komm«, sagte Richard plötzlich. »Wer zuerst oben auf dem Gipfel ist.«

»Warte«, protestierte Helen. »Das ist nicht fair. Ich bin schließlich zu zweit.« Aber Richard sauste bereits den Hang hinauf, wobei der Wind seine Wachstuchjacke bauschte und sein dickes helles Haar dermaßen zerzauste, dass Helen über seine kleiner werdende Gestalt lachen musste.

Als sie am Nachmittag ihre Tasche packte, hörte sie Stimmen aus dem Garten. Sie spähte aus dem offenen Fenster und sah Daphne und Alfred nebeneinander im Blumenbeet hinter dem Haus stehen. Sie befreiten die Pflanzen vom Wintermulch.

»Sie wirkt so ruhig, geradezu reserviert. Glaubst du, sie liebt ihn?«

Alfred murmelte etwas, das sie nicht hören konnte.

»Sie ist hübsch, wenn nicht sogar schön«, fuhr Daphne fort. »Aber ich kann einfach nicht verstehen, wie er so blöd sein konnte. Gut, er ist ein heißblütiger junger Mann, und natürlich will er sich die Hörner abstoßen. Ich dachte nur, wir hätten ihm etwas anderes beigebracht.«

»Wir haben ihm Verantwortungsgefühl beigebracht. Ich bin stolz darauf, wie er reagiert hat.« Alfred versuchte, seine Frau aufzumuntern.

Daphne senkte ihre Stimme, aber Helen verstand sie trotzdem: »Ich meine, wie gut kennt er sie eigentlich? Er ist eine gute Partie. Woher will er wissen, ob das Kind überhaupt von ihm ist? Glaubst du, sie spielt mit ihm, legt ihn herein?«

Helen wurde rot vor Zorn, schaffte es aber nicht, wegzuhören.

»Er ist nicht blöd, mein Schatz. Und er sagt, dass er sie liebt.«

»Aber Richard hat gestern Abend selbst zugegeben, dass sie sich erst seit wenigen Wochen kennen. Das ist der helle Wahnsinn, wenn du mich fragst.«

»Dabei vergisst du jedoch, dass ich mir bei dir auch vom ersten Tag an sicher war«, sagte Alfred und erwiderte Daphnes Blick.

»Ach, du alter Schmeichler, komm her.« Als sich Alfred vorbeugte, um seine Frau liebevoll zu umarmen, trat Helen vom Fenster zurück. Ihr Magen zog sich schmerzhaft zusammen.

Wie konnten sie es wagen, sie als berechnend hinzustellen? Ihr zuzutrauen, dass sie ihren Sohn bewusst hereingelegt hatte? Sie versuchte, das Richtige für das Baby, für ihr Enkelkind, zu tun, und sie erhoben solche Anschuldigungen? Helen war außer sich vor Wut. Für Richard würde sich nichts ändern. Er würde seinen Uniabschluss und in der elterlichen Firma eine tolle Karriere machen. Nein, wenn jemand reingelegt worden war, dann ausschließlich sie! Sie musste ihre Träume vom Reisen und Unterrichten aufgeben, sie musste verrauchte Pariser Cafés und die spanische Sonne gegen schmutzige Windeln und schlaflose Nächte eintauschen. Wie konnten sie sie nur für eine dermaßen jämmerliche, bemitleidenswerte Gestalt halten, die sich zu so etwas herabließ? Helen warf ihre restliche Habe in die Reisetasche. Sie konnte es kaum erwarten, von Clifftops und Daphne Tide wegzukommen.

Danach war alles ganz schnell gegangen: Helen hatte noch im Sommer ihren Abschluss gemacht, kurz darauf hatten Richard und sie in kleinem Kreis standesamtlich geheiratet. Wenige Monate später war Cassie zur Welt gekommen – ein winziges zerknittertes rosa Bündel mit blauen Augen und einem goldblonden Haarflaum. Helen hatte ihre Tochter nur ansehen müssen, um zu wissen, dass sie das Richtige getan hatte. Später würde sie genug Zeit haben, Karriere zu machen. Vorerst genügte es ihr, das Baby im Arm zu halten und seinen warmen, süßen Duft einzuatmen.

Die Mutterschaft ging mit einer unglaublichen, unvergleichlichen Liebe einher. Mit einer so urwüchsigen, reinen Liebe, dass Helen das Gefühl hatte, zu einem ganz anderen Menschen zu werden.

Auf Daphne hatte ihre Tochter dieselbe besänftigende Wirkung. Zu Helens Überraschung stand ihre Schwiegermutter schon einen Tag nach der Geburt mit einem kleinen Strauß später Sommerblumen an ihrem Bett.

»Aus dem Garten von Clifftops«, sagte sie zu Helen und übergab ihn einer übermüdeten Krankenschwester. »Sind Sie so nett und stellen sie ihn ins Wasser?« Dann wandte sie sich wieder Helen zu. »Darf ich?«, fragte sie und streckte die Arme nach dem Baby aus. Helen unterdrückte die spontane Regung, ihre Tochter an sich zu drücken, und reichte sie ihr.

»Sie ist wunderschön«, säuselte Daphne und gab dem Baby den kleinen Finger. »Ihrem Vater wie aus dem Gesicht geschnitten.«

Helen gestattete sich ein kleines, triumphierendes Lächeln und sah, wie Daphne die unglaublichsten Grimassen für das Baby zog.

»Sag, Helen, warum hast du sie Cassandra genannt?«

Helen zuckte mit den Schultern. »Ich habe den Namen schon immer gemocht. Wir nennen sie Cassie.«

Daphne schnaubte kurz auf. »Selbstverständlich kenne ich die Klassiker, aber war Cassandra nicht eine ziemlich tragische Figur?«

»Ja, am Ende schon. Aber sie war auch eine Prinzessin, eine der Töchter von König Priamos – und eine Seherin. Außerdem ist es nur ein Name«, fügte Helen hinzu, als sie merkte, dass Daphne skeptisch blieb.

Beide Frauen schwiegen und warfen dem kleinen, schwer atmenden Bündel in Daphnes Armen bewundernde Blicke zu.

»Ich habe noch etwas mitgebracht«, sagte Daphne unvermittelt. »Etwas, das du für Cassandra aufbewahren sollst, bis sie älter ist. Es ist in meiner Handtasche.« Mit einer Geste forderte Daphne Helen auf, die Tasche zu öffnen. Helen griff hinein und zog ein winziges, lederbezogenes Schmuckkästchen heraus. Als sie den Verschluss vorsichtig öffnete, lag darin auf schwarzem Samt eine kostbare antike Brosche in

Gestalt eines Schmetterlings. Der Körper des Insekts war aus feinsten Goldfäden gesponnen und mit ein paar wenigen Diamanten besetzt, während die Flügel aus Perlmutt bestanden. Helen hielt sie ins Licht, drehte sie hin und her und brachte die Diamanten in dem grellen Krankenhauslicht zum Funkeln.

»Sie ist wunderschön.«

»Ja, nicht wahr? Es ist das erste Schmuckstück, das mir Alfred geschenkt hat. Es hatte seiner Großmutter gehört, und jetzt soll es Cassandra bekommen – meine erste Enkeltochter. Würdest du es für sie aufbewahren?«

»Aber natürlich.« Lächelnd sah Helen zu Daphne empor. »Danke, das ist sehr großzügig.«

»Ja, nun ...« Auf einmal sah sich Daphne verlegen um. »Wo stecken die Kerle bloß? So lang kann es doch auch nicht dauern, einen Kaffeeautomaten ausfindig zu machen!«

Helen hatte das winzige Schmuckkästchen sorgfältig in ihrer Handtasche verstaut, bevor sie die Arme ausstreckte und ihr Baby zurückforderte.

Anderthalb Jahre später war Dora zur Welt gekommen. Da sich die neue Generation der Tides dadurch verdoppelt hatte, festigte sich auch Helens Position innerhalb der Familie. Daphne und Alfred vergötterten ihre Enkelinnen. Helen brauchte nur in ihre Gesichter zu sehen, um zu wissen, dass sie ihr das »Hereinlegen« ihres Sohnes verziehen hatten. Doch selbst nach zwölf Jahren fühlte sich Helen immer noch unwohl, wenn sie in dem eleganten alten Haus zu Besuch war. Sie ging durch die Zimmer und Flure, ohne ihren Platz zu kennen, ohne sich den Tides wirklich zugehörig zu fühlen. Und wenn sie ehrlich war, hatte sie nie das Gefühl, gut genug für Daphnes perfekten, blauäugigen Sohn zu sein.

»Da ist es«, rief Richard und riss sie aus ihren Gedanken. Er zeigte auf den glitzernden Ozean in der Ferne. »Da ist das Meer, Mädels, und schaut nur, die Sonne kommt raus.«

Dora beugte sich vor und drückte dabei gegen Helens Rückenlehne. »Ich sehe es.«

Auch Helen konnte es sehen, und obwohl sie sich nicht gerade auf diese Ferien freute, hob sich auch ihre Stimmung beim Anblick des spektakulären smaragdgrünen Tals mit seinen Feldern und Wäldern, die bis hinunter ans Meer reichten. Sie kurbelte das Fenster herunter und überließ sich der frischen Frühlingsluft. Auf einmal war London sehr weit weg.

»Gleich sind wir da«, sagte Richard und lenkte den Wagen über schmale, von Hecken gesäumte Landstraßen, die förmlich vor Schlüsselblumen und wilden Narzissen überquollen. Dabei drückte er das Gaspedal durch. Wenige Hundert Meter später fuhren sie mit knirschenden Reifen die lange Auffahrt von Clifftops hinauf.

Und da stand es, das Haus, wie schon seit mehr als hundert Jahren, und hob sich strahlend weiß vom hellblauen Himmel ab. Seit Helens erstem Besuch hatte es sich kaum verändert. Bald darauf sah Helen, dass die Haustür offen stand und Daphne und Alfred im Schatten des steinernen Torbogens geduldig darauf warteten, ihre Gäste begrüßen zu können. Helen fragte sich, woher sie wohl wussten, dass sie kamen. Standen sie schon seit Stunden dort und warteten, bis sie in der Auffahrt auftauchten? Beim Gedanken daran musste sie lächeln.

Richard sah ihre sich kräuselnden Lippen und tätschelte aufmunternd ihre Hand. »Euer Schloss wartet schon«, sagte er zu Cassie und Dora.

Nachdem sie vor den Stufen zur Haustür gehalten hatten, sprang Dora aus dem Wagen und rannte auf ihre Großeltern zu. »Grandma! Grandpa! Wir sind da!« Sie warf sich in Alfreds ausgebreitete Arme und quietschte vor Vergnügen, als er sie hoch in die Luft warf.

»Dein Vater wird sich noch eines Tages den Rücken ausrenken«, sagte Helen leise zu Richard, während sie beide zusahen, wie Alfred Dora herumschwenkte. »Sie wird langsam zu groß dafür.«

»Ach, lass ihn nur, wenn es ihm Spaß macht«, sagte Richard liebevoll.

Auch Cassie schien es kaum noch erwarten zu können. Sie griff nach ihrer Tasche und stapfte über den Kies, um ihre Großeltern zu begrüßen, während Helen und Richard immer noch mit ihren Gurten, diversen Landkarten und Einwickelpapierchen kämpften.

»Cassandra«, rief Daphne und streckte die Arme nach ihrer ältesten Enkelin aus. »Lass dich anschauen! Wie groß du geworden bist. Und die schönen langen blonden Haare. Wie hübsch! Ist sie nicht hübsch, Alfred?« Daphne trat einen Schritt zurück und musterte Cassie, bis diese nervös von einem Bein aufs andere trat und die Augen niederschlug, weil es ihr unangenehm war, so angestarrt zu werden.

»Und ob«, pflichtete Alfred ihr bei. »Sie sieht aus wie Rapunzel. Hallo, Cassie, mein Mädchen, wie geht es dir?« Er drückte sie an sich, während Dora neben ihm begeistert auf und ab hüpfte.

»Daphne, Alfred«, sagte Helen und begrüßte sie an der Tür. »Wie schön, euch zu sehen. Frohe Ostern!«

»Und jetzt zu dir, Liebes. Wie war die Fahrt? Es gab hoffentlich nicht allzu viel Verkehr?«

»Es ging, aber jetzt sind wir ja da.« Helen lächelte höflich.

»Nun, wir freuen uns, euch hier zu haben, nicht wahr, Alfred?« Daphne zog ihren Cardigan enger um die Schultern und drehte sich nach ihrem Sohn um. Schwer bepackt stapfte er mit mehreren Taschen, Eimern und Schaufeln auf sie zu.

»Meine Güte, Richard«, rief Daphne, »lass das stehen, mein Lieber. Nachher ist noch genug Zeit zum Auspacken. Kommt rein, kommt rein, ich habe Osterwecken gebacken. Ihr sehnt euch bestimmt nach einer schönen Tasse Tee.«

»Und ob«, stimmte Dora ihr zu. »Mum und Dad haben sich gestritten, ob wir irgendwo anhalten sollen oder nicht. Mum war dafür, aber Dad meinte, wir sollten weiterfahren.«

Helen spürte, wie sie rot wurde.

Richard hüstelte. »Das war kein richtiger Streit, Dora, nur eine kleine … Diskussion.«

Jetzt war Daphne diejenige, die höflich lächelte. »Nun, wie dem auch sei, lasst uns hineingehen. Cassandra, Pandora, mir nach.«

Sie stürmten ins Haus, und Helen blieb zurück, um Richard mit den Taschen zu helfen. »Warum besteht sie darauf, sie so zu nennen? Sie weiß doch, dass die Mädchen das hassen«, zischte sie leise.

Richard zuckte mit den Schultern. »So heißen sie nun mal.«

Helen fügte sich. Dagegen ließ sich nichts einwenden.

Helen brauchte sich gar nicht umzusehen, als sie durch den Flur zum Wohnzimmer ging. Sie wusste, dass alles noch genauso aussehen würde wie bei ihrem letzten und vorletzten Besuch. Derselbe Duft nach Blumen und Bienenwachs hing in der Luft, dieselben abgewetzten Perserteppiche lagen quer über dem Steinboden. Im Wohnzimmer, inmitten goldener Staubpartikel, die in der Sonne funkelten, sah sie den antiken Reisewecker, der auf dem Kaminsims laut tickte, die vertraute, verblichene Tapete und das übliche, knarzende Holzmobiliar. Genau das war Clifftops, hier änderte sich nie irgendwas.

»Setz dich.« Daphne lief geschäftig hin und her. »Du musst müde sein. Mach es dir bequem, während ich mich um den Tee kümmere. In einer Minute bin ich wieder da.«

Helen setzte sich auf eines der Chintzsofas und ließ sich in eine wilde Mischung unterschiedlich gemusterter Kissen sinken. Die meisten davon hatte Daphne selbst genäht. Cassie ließ sich am anderen Ende des Zimmers in den durchgesessenen Ledersessel direkt neben der Tür fallen. Richard zauste im Vorbeigehen zärtlich ihr Haar, bevor er gegenüber von Helen auf dem Sofa Platz nahm. Dann warf sich Dora in Richards Arme, der sie lachend auf seinen Schoß zog. In dieser kleinen Geste erkannte Helen die immer größer werdende Kluft zwischen ihren beiden Töchtern: Die neunjährige Dora war noch naiv und kindlich, während Cassie von Tag zu Tag störrischer, unabhängiger und erwachsener wurde.

Ihre Tochter machte eine fast unheimliche Verwandlung durch. Cassies Zimmertür, die einst hatte offen stehen müssen, damit Licht aus dem Flur einfiel, war jetzt fast immer geschlossen. Und erst letztes Wochenende war ein kleines, aber unübersehbares, handgeschriebenes Schild aufgehängt worden, das dazu aufforderte, vor dem Eintreten zu klopfen. Helen wusste, dass das eine ganz natürliche Entwicklung war. Doch es tat trotzdem weh zu merken, wie Cassie zu ihr auf Distanz ging und mehrere Schritte hinter ihr lief, wenn sie Lebensmittel oder neue Schuhe einkauften. Ganz so, als schämte sie sich für sie. Dora dagegen war nach wie vor ein kleines Mädchen, das gern Händchen hielt und zum Kuscheln kam.

Aber bei genauerer Betrachtung waren die beiden schon immer sehr verschieden gewesen. Und das nicht nur äußerlich, obwohl das sicherlich der auffälligste Unterschied war: Mit ihren blonden Haaren, der blassen Haut und den eisblauen Augen kam Cassie ganz nach Richards Familie. Dora dagegen ähnelte Helen. Sie hatte die dunklen Haare ihrer Mutter geerbt, ihre olivbraune Haut und ihre algengrünen Augen. Richard nannte sie »meine kleine Zigeunerin«.

Cassies Geburt war mit einer regelrechten Kakophonie einhergegangen. Sie hatte aus Leibeskräften geschrien und diese Angewohnheit lang beibehalten. Sie war ein schwieriges, schwer zu durchschauendes Baby gewesen und hatte sich stets gegen den Schlaf gewehrt. Helen hatte sich wahnsinnige Sorgen über Reflux und so gemacht, bis sich Cassie allmählich in ein trotziges Kleinkind und schließlich in ein stürmisches Mädchen verwandelt hatte. Jetzt, wo sie langsam in die Pubertät kam, rechnete Helen mit ganz neuen Herausforderungen. Helen liebte Cassies Kämpfernatur, aber manchmal raubte sie ihr auch den letzten Nerv.

Doras Geburt war vollkommen anders verlaufen – sie war schnell und lautlos zur Welt gekommen, so lautlos, dass Helen vor Angst fast gestorben war, weil sie dachte, irgendetwas stimme nicht. Bis die Hebamme Dora einen festen Klaps auf den Po gegeben und diese ihren kleinen Mund geöffnet hatte, um ein leises, protestierendes Wimmern auszustoßen. Anders als Cassie hatte sich Dora von Anfang an eingefügt. Sie saß zufrieden in einer Babyschaukel und lutschte an ihrer Faust, während ihre grünen Augen der Mutter durch das Zimmer folgten, bis Helen wieder daran dachte, ihr die Windel zu wechseln oder sie zu füttern.

Cassie hatte im Supermarkt auf dem Boden gelegen und schreiend um sich getreten, bis sie die Frühstücksflocken bekam, die sie wollte. Dora war glücklich und zufrieden, solange sie dasselbe hatte wie ihre Schwester. Cassie zog sämtliche Kleider aus dem Schrank und probierte sie an, bis es im Zimmer aussah, als hätte eine Bombe eingeschlagen. Und Dora räumte alles wieder ordentlich zurück, damit ihre Schwester keinen Ärger bekam. Cassie naschte und spionierte Weihnachtsgeschenke aus, während Dora geduldig auf den großen Tag wartete und Angst hatte, die Überraschung zu ruinieren. Cassie sprang sofort in den tiefsten Teil des Pools, während

Dora zögerlich eine Zehe ins Wasser streckte, bevor sie sich vorsichtig vom Beckenrand hinabgleiten ließ. Helen staunte, dass sie zwei so verschiedene, faszinierende Wesen zur Welt gebracht hatte. Je älter sie wurden, desto mehr traten die Unterschiede hervor.

Als Helen dort saß und ihre Mädchen betrachtete, stachen ihr erstmals Cassies knallrote Fingernägel ins Auge. Sie wiesen dasselbe leuchtende Rot auf wie der teure Nagellack, den Helen sich unlängst gegönnt hatte. Cassie, der der Blick ihrer Mutter nicht entgangen war, starrte kurz auf ihre Finger, bevor sie wieder aufsah und unschuldig zurücklächelte. Helen schluckte ihren Ärger hinunter. Sie würde später ein ernstes Wort mit ihrer Tochter reden. Ja, Cassie kam eindeutig in eine schwierige Phase.

»Und, wie läuft es in der Schule, Mädels?«, erkundigte sich Alfred und brach so das Schweigen. »Dein Vater hat mir erzählt, dass du den Übertritt aufs Gymnasium spielend geschafft hast, Cassie?«

Cassie nickte. »Ja, ich denke schon.«

»Sie ist wirklich gut«, sagte Helen. »Die Lehrer sind fest davon überzeugt, dass Cassie eine große Zukunft vor sich hat. Vorausgesetzt, sie gibt sich Mühe.«

Cassie senkte verlegen den Kopf.

»Und unser kleiner Panda hier macht sich auch gut in der Schule, nicht wahr?«, fügte Richard hinzu. »Letzte Woche war sie Drittbeste bei einem Rechtschreibwettbewerb.«

»Ja«, sagte Dora. »Ich musste *Philosophie* buchstabieren.« Sie buchstabierte das Wort langsam. »Ich habe eine Eins mit Stern bekommen.«

»Prima«, jubelte Alfred.

»Was habe ich nur für kluge Enkelinnen«, sagte Daphne und kam mit einem Tablett herein, auf dem sich nach Zimt und Nelken duftende Osterwecken sowie eine dampfende

Teekanne befanden. »Ziert euch nicht lang, sondern greift zu.«

Cassie sprang als Erste auf. Sie schnappte sich einen halben Weck und ging damit zur Terrassentür. »Darf ich kurz raus?«

»Nein, Liebes«, hob Helen an. »Wir sind doch gerade erst ange...«

Aber Daphne hatte sie bereits unterbrochen. »Natürlich, Cassandra«, sagte sie gut gelaunt. »Lauf nur! Die frische Landluft wird dir guttun. Vielleicht begegnest du Bill im Obstgarten. Wir haben vor Kurzem ein paar furchtbare Stürme gehabt. Er überlegt, ein Osterfeuer vorzubereiten.«

Helen stellten sich sämtliche Nackenhaare auf. Sie waren keine zehn Minuten da, und schon untergrub Daphne ihre Autorität. Sie atmete tief durch. Bleib ganz ruhig, sagte sie sich. Im Grunde war es egal, und wenn Cassie außer Sichtweite war, konnte das auf keinen Fall schaden.

»Erzähl mir nicht, dass sich der alte Bill Dryden immer noch um das Grundstück kümmert, Dad. Er muss fast siebzig sein«, staunte Richard.

»Fast«, pflichtete ihm Alfred bei. »Aber der Mann ist topfit.«

Während sich Vater und Sohn über Haus- und Grundprobleme unterhielten und Cassie durch die Terrassentür verschwand, wandte sich Daphne an Helen.

»Seit wann trägt Cassandra Nagellack, Helen? Ist sie nicht noch etwas zu jung für so einen Unsinn?«

Helen lächelte süß und ärgerte sich über die Missbilligung, die ihrer Schwiegermutter deutlich ins Gesicht geschrieben stand. »Oh, das ist nur eine Ausnahme wegen der Ferien. Jeden Tag darf sie das nicht.«

Warum log sie? Warum sagte sie nicht einfach, sie sehe Cassie heute auch zum ersten Mal mit lackierten Nägeln –

ihre Idee sei das ganz bestimmt nicht gewesen? Ganz einfach, weil sie dann wie eine hilflose, inkompetente Mutter wirken würde.

»Tsts«, machte Daphne missbilligend. »Diese jungen Dinger heutzutage können gar nicht schnell genug erwachsen werden. Jungs, Kleider, Make-up. Dafür ist später noch genug Zeit.«

Helen machte sich auf einen längeren Sermon gefasst, aber Daphne überraschte sie mit einem abrupten Themenwechsel. »Und, wie läuft es so in London, Helen? Geht es euch gut? Habt ihr viel zu tun?«

»Ja«, sagte Helen und nickte.

»Ihr habt also nicht so bald vor, aus der Stadt rauszuziehen?«

Fängt das schon wieder an, dachte sie.

»Nein, Daphne«, sagte Helen mit Nachdruck. »Wie du weißt, liegt unser Lebensmittelpunkt in London.«

Daphne schnaubte. »Ich bin der Meinung, dass eure Lebensqualität deutlich besser wäre, wenn ihr aufs Land ziehen würdet.«

»Wir haben eine hervorragende Lebensqualität. London ist eine so wunderbare, aufregende Stadt. Sie hat den Mädchen viel zu bieten.«

»Ich kann mir vorstellen, dass es dort aufregend ist – für ein junges Paar«, setzte Daphne spitz hinzu. »Ich finde einfach nur, dass eine Familie aufs Land gehört. Ich mache mir Sorgen um die Mädchen.«

»Dafür gibt es überhaupt keinen Grund. Sie entwickeln sich prima. In ihrem Alter brauchen sie Inspiration, Chancen und Abenteuer, meinst du nicht auch?«

»Na ja«, murmelte Daphne wenig überzeugt.

»Was willst du damit sagen?«, stieg Helen darauf ein. »Siehst du das anders?«

»Ich kann mir nicht helfen, aber Cassie wirkt in sich gekehrt. Sie ist ein so ernstes, reserviertes Ding. Ich habe von diesen städtischen Schulen gehört. Keine frische Luft, keinen Auslauf. Das kann ihr nicht gut tun.«

Helens Wangen färbten sich rot. »Cassie geht es prima. Sie ist froh und munter.«

»Ich dachte nur …«

»Wir können unser Leben dort nicht einfach so aufgeben, Daphne. Ich habe meine Arbeit, mein Forschungsprojekt am University College London. Und das ist sehr wichtig für mich.«

Daphne schnaubte. »Ich fürchte, ich sehe das einfach etwas anders als ihr modernen Frauen. Bei mir kamen Mann und Kinder stets an erster Stelle.«

Helen tobte innerlich über diese Anschuldigung. Daphne fand es egoistisch von ihr, dass sie die Familie an London fesselte. Dabei kam es überhaupt nicht infrage, dass sie ihr Leben dort aufgaben, um ihre Zelte vor Daphnes und Alfreds Haustür aufzuschlagen. Dann würde Daphne sich nur noch mehr in ihr Leben einmischen. Helen konnte sich nichts Schlimmeres vorstellen.

»Du fängst doch nicht schon wieder davon an, dass wir umziehen sollen, oder, Mum?«, eilte Richard Helen zu Hilfe. »Wir sind gerade erst angekommen. Gib uns wenigstens Gelegenheit, eine heiße Tasse Tee zu trinken und einen Osterweck zu essen, bevor du dieses Thema anschneidest. Apropos Osterwecken«, fuhr er übergangslos fort. »Die sind köstlich. Darf ich noch einen haben?«

»Aber natürlich, mein Lieber«, sagte Daphne und schenkte ihrem Sohn ihr wärmstes Lächeln. »Bedien dich. Du siehst ein bisschen dünn aus. Ich muss dich etwas aufpäppeln, solange du hier bist. Du darfst uns schließlich nicht zusammenklappen, nicht wahr?«

Himmel hilf, dachte Helen und drehte den Kopf zum Garten, um ihre glühend roten Wangen zu verbergen.

»Sie meint es nicht böse«, sagte Richard kurz darauf, als sie im Obergeschoss ihre Koffer auspackten.

»Sie weiß genau, was sie tut«, schnaubte Helen und warf ein paar Slips und Socken in eine Schublade. »Das geht schon so, seit ich sie kenne.« Richard war nur schwer begreiflich zu machen, wie sehr sie sich von Daphnes kritischen Bemerkungen erniedrigt fühlte. Für sich genommen waren sie tatsächlich nur unsensibel oder schlimmstenfalls taktlos. Aber in der Summe hatte Helen das Gefühl, regelrecht davon erdrückt zu werden.

»Sie ist eine einsame alte Frau, die ihre Familie vermisst und sich wünscht, dass wir in die Nähe ziehen.«

»So alt ist sie nun auch wieder nicht. Und einsam? Von wegen! Sie hat deinen Vater, und soweit ich das beurteilen kann, ist sie die Seele und das Rückgrat der hiesigen Gemeinde. Wenn es nicht gerade um Kuchenstände und Feste des Landfrauenverbandes geht, dann um Laienspielaufführungen und Wohltätigkeitsveranstaltungen. Und sie vermisst auch nicht uns, sondern dich. Dich und die Mädchen.« Helen öffnete den Kleiderschrank und griff nach einem Bügel für ihr verknittertes Kleid.

»Jetzt sei doch nicht so.«

»Wie bin ich denn? Ich bin ihre ständige Kritik einfach leid. Ich weiß, dass sie das nicht versteht, aber ich brauche meine Arbeit. Ohne sie würde ich durchdrehen. Ich kann hier keinen auf Hausfrau machen, und das weißt du auch!«

»Ja.« Richard ging quer durch das Zimmer und nahm ihre Hand. »Und genau deswegen liebe ich dich. Helen, niemand verlangt, dass du deinen Job aufgeben sollst.«

»Ach nein?« Sie musterte ihren Mann.

»Natürlich nicht. Zumindest ich nicht. Ich weiß, wie wichtig er dir ist. Ich finde es toll, dass du etwas gefunden hast, das dich so begeistert. Und ehrlich gesagt: Wenn es dir gut geht, geht es unserer Familie auch gut oder etwa nicht?«

Etwas besänftigt schüttelte Helen seine Hand ab und griff nach ihrem Kleid.

»Ich wünschte nur, du würdest nicht immer so tun, als wäre es eine Strafe hierherzukommen«, sagte Richard leise. »So schlimm ist es schließlich auch wieder nicht.«

Helen entgegnete nichts darauf und strich stattdessen die Falten ihres Kleides glatt, bevor sie es in den Schrank hängte.

Richard seufzte und versuchte es noch einmal: »Es würde mir so viel bedeuten, wenn ihr euch vertragt.«

»Ich bemühe mich seit mittlerweile zwölf Jahren, Richard. Vielleicht solltest du dieses Gespräch mit deiner Mutter führen.«

Helen warf ihr Kosmetiktäschchen auf den Schminktisch. Bei seinem Anblick fiel ihr wieder Cassies Nagellack ein, und erneut runzelte sie gereizt die Stirn. Normalerweise war ihre Beziehung zu Richard liebevoll und stabil. Manchmal sogar fast langweilig liebevoll und stabil. Aber sobald das Thema auf Daphne und Clifftops kam, wurde die Atmosphäre sofort angespannt. Egal, was Daphne tat – Richard schien seine Mutter stets zu verteidigen. Früher fand Helen das bewundernswert, aber langsam nervte es. Was war eigentlich mit ihr? Sie war schließlich seine Frau, und sie war es zunehmend leid, stets an zweiter Stelle zu stehen. Sie griff nach ihrem Mantel und ging zur Tür.

»Wohin willst du?«

»Nur kurz frische Luft schnappen.«

»Soll ich dir Gesellschaft leisten?«

»Im Moment nicht.« Sie wusste, dass es falsch war, ihre Wut an Richard auszulassen, aber sie konnte nicht anders.

Etwas an dem alten Landsitz ließ sie ein wenig durchdrehen.

»Gut, aber komm nicht zu spät zum Abendessen«, rief Richard ihr nach. »Mum macht einen Braten, mein Lieblingsessen. Und wie wir beide wissen, bin ich furchtbar unterernährt, nicht wahr?« Er tätschelte seine stattliche Taille.

Helen musste trotz allem lächeln.

Die Stimmung zwischen den beiden Frauen blieb die ganze Woche über angespannt, aber Helen achtete strikt darauf, das Fass nicht zum Überlaufen zu bringen. Wenn sie ehrlich war, hatte Richard recht: So schlimm war es nicht, in Dorset zu sein. Die Familie gewöhnte sich langsam ein, passte sich dem neuen Tagesrhythmus an. Die Mädchen streunten über das Grundstück, atmeten frische Meeresluft und tankten Sonne. Im Bach am Ende des Obstgartens ließen sie Stöckchen um die Wette schwimmen, machten lange Spaziergänge auf den Klippen und durften länger aufbleiben als sonst. Sie spielten mit Alfred Karten oder sahen sich alte Spielfilme an. Helen fand Zeit, auf dem Erkersofa einen der verstaubten Romane aus der Hausbibliothek zu lesen, und sah zu, wie die Wolken über den Himmel zogen. Daphne kochte, was das Zeug hielt, der Herd brachte einen nicht versiegenden Strom aus Kuchen und Pies, köstlichen Schmortöpfen und Braten hervor.

Am Ostersonntag standen Alfred und Richard extra früh auf und versteckten überall im Garten Schokoladeneier für die traditionelle Ostereiersuche. Helen trug ihr grünes Seidenkleid und zwang die Mädchen Daphne zuliebe, aufeinander abgestimmte, bestickte Kleider anzuziehen. Und da es das Wetter ausnahmsweise einmal gut mit ihnen meinte, verbrachten sie Stunden unten am Strand, ließen Drachen steigen, suchten Muscheln, planschten in den Gezeitentümpeln und picknickten auf dem Kiesstrand.

Das Meer war zu kalt zum Schwimmen, aber an ihrem allerletzten Tag zog sich Richard gewissermaßen als Mutprobe bis auf die Unterhose aus und warf sich in die Wellen. Helen saß auf einer der Decken und sah zu, wie er im Wasser herumtobte und die Mädchen am Ufer kicherten. Sie kam nicht umhin, seine kräftigen Schultern und langen, schlanken Beine zu bewundern. Er war ein gut aussehender Mann und hatte sich seit ihrer Begegnung an der Uni vor etwas mehr als zehn Jahren kaum verändert. Vielleicht hatte er ein bisschen weniger Haare am Hinterkopf und dafür ein paar Lachfalten mehr, aber das war auch schon alles. Er alterte gut.

Während sie ihn ansah, stellte sie sich vor, er würde seine nassen Arme um sie legen, seine kalte, salzbedeckte Haut an sie pressen, und staunte, wie sehr sie ihn plötzlich begehrte. Es war schon eine Weile her, seit sie sich das letzte Mal geliebt hatten. Vielleicht würde sie nachher einen Annäherungsversuch wagen, hübsche Unterwäsche anziehen und ihn überreden, früh zu Bett zu gehen.

Während Helen vom Ufer aus zusah, rannte Richard in die Wellen, seine Haut war rot vor Kälte. Er ließ ein langes Stück Seetang über seinem Kopf kreisen und machte damit erst Jagd auf Dora und dann auf Cassie. Beide kreischten entzückt auf, als er den schleimig grünen Tang nach ihnen warf. Grinsend griff Helen zu ihrer Kamera.

Sie brauchte einen Moment, um das Bild scharf zu stellen – die drei hatten sie fast erreicht, als sie endlich auf den Auslöser drückte: ein Moment, den sie so für immer festgehalten hatte. Im Vordergrund ragte Cassie empor, während ihr der Wind das blonde Haar ins Gesicht peitschte. Ein ernstes Augenpaar starrte direkt in die Linse. Kurz dahinter kam Dora mit rosigen Wangen und einem breiten Grinsen und schließlich Richard, der bis über beide Ohren strahlte, während er das Wasser aus seinen Haaren schüttelte wie ein

Hund. Ein unschuldiger Moment, den sie für die Nachwelt eingefangen und versiegelt hatte wie kostbaren Wein. Während Helen sie so betrachtete, wurde ihr plötzlich bewusst, dass das der Inbegriff von Glück war. Sie führte vielleicht nicht ganz das Leben, das sie sich erträumt hatte, aber schlecht war es nicht.

Während sie die Arme um die Knie geschlungen hatte, auf dem Kies saß und sah, wie ihr Mann und ihre Töchter unbeschwert lachend über den Strand liefen, lächelte Helen in sich hinein.

Es stimmte, was man so sagt. Am Ende zählt nur die Familie.

Dora

Gegenwart

Die ganze Woche hat es in London geregnet, bis endlich am Samstag der Sonnenaufgang einen schönen Tag verheißt. Dora zieht die Vorhänge zurück, um die Sonne wie eine blassgelbe Narzisse am Himmel aufblühen zu sehen. Sie lässt die Dächer von Hackney aufleuchten – auf einmal blitzt und blinkt die stahlgraue Stadtlandschaft.

»Das ist ein Zeichen«, sagt Dan und drückt liebevoll ihre Schulter, während er mit dem Kaffeebecher an ihr und dem Küchentisch vorbeigeht.

Dora hofft, dass er recht hat. Mit ihr war die ganze Woche nichts anzufangen. Tagsüber im Büro war sie zerstreut, und nachts quälten sie Albträume. Sie weiß gar nicht mehr, wie es ist, sich normal zu fühlen. Heute, am Tag der Abreise nach Dorset, fühlt sie sich regelrecht krank. Sie hat die Woche damit verbracht, sich wiederholt das unangenehme Telefonat mit ihrer Mutter ins Gedächtnis zu rufen. Die unausgesprochene Frage: Warum ausgerechnet jetzt?, hatte merklich zwischen ihnen gestanden.

»Ich wünsche mir nach wie vor, du würdest mitkommen.« Sie weiß, dass Dan arbeiten muss, hofft aber insgeheim, dass er es sich anders überlegt.

»Tut mir leid, mein Schatz, das würde ich wirklich gern, aber ich muss mich richtig ins Zeug legen. Außerdem ist es bestimmt besser, wenn ich nicht mitkomme. Dann können Mutter und Tochter in Ruhe reden und sich vielleicht wieder aneinander annähern.«

Dora beißt sich auf die Unterlippe.

»Wie dem auch sei«, fährt er fort. »Vielleicht ist es deine Neuigkeit, die euch wieder zusammenbringt. Ihr könnt das feiern ... euch unter Tränen umarmen. Ich bin kein Experte dafür, aber tun das Mütter und Töchter nicht in der Regel?«

Dora schweigt. Die Tides haben im Laufe der Jahre viele Tränen vergossen, wenn auch keine Freudentränen. »Das ist nicht meine Neuigkeit, sondern unsere Neuigkeit«, sagt sie schließlich.

Dan greift nach ihrer Hand. Nacheinander drückt er jeden ihrer Finger. Die Geste bringt sie fast zum Weinen. »Ich weiß, dass du nach so langer Zeit Angst vor diesem Treffen hast. Aber du tust das Richtige, du wirst schon sehen. Helen wird sich freuen«, sagt er, zieht sie noch enger an sich und küsst sie auf die Nasenspitze. »Dir wird nichts passieren, vertrau mir.«

»Ja«, sagt Dora. »Du hast recht.« Aber sie umarmt ihn besonders fest und saugt für alle Fälle seinen Duft ein, um ihn sich fest einzuprägen.

Direkt nach dem Frühstück bricht sie auf und hofft vergebens, nicht in den Wochenendverkehr zu kommen. Es dauert gut anderthalb Stunden, bis sie ihr kleines Auto durch die verstopften Verkehrsadern der Stadt manövriert hat und die M3 erreicht. Gerade als ihr Fuß wegen des ständigen Kupplungtretens zu protestieren beginnt, bekommt sie freie Fahrt. Erleichtert drückt sie das Gaspedal durch. Sie verliert ihren Lieblingsradiosender und stellt einen neuen ein, in dem ein dämlicher DJ erzählt, wie »geil« die letzte Nacht war. Zum Glück geht ihm der Gesprächsstoff aus, sodass er eine Reihe auswechselbarer Tanznummern auflegt, die Dora von dem Knoten in ihrem Magen ablenken.

Schließlich verlässt sie die Autobahn und folgt einer Reihe gewundener Landstraßen, die bald vertrauteren Straßen und Wahrzeichen weichen. Obwohl sie das Meer noch nicht gesehen hat, lässt sie das Fenster herunter und atmet tief durch. Die Kupplung knackt hörbar, als sie den Motor auf einer steilen Strecke auf Touren bringt. Beim Erreichen der Anhöhe sieht sie endlich das kleine verschlafene Nest am Meer, das sich gleich einer Patchworkdecke vor ihr ausbreitet. Nach dem monotonen Grau Londons sind die funkelnden Farben fast schockierend intensiv. Die Landschaft ist so schön, dass es fast wehtut.

Auf den letzten Kilometern lässt Dora die bonbonfarbenen Häuser, die verwitterten Markierungspfosten für Wanderwege über die Klippen, die Weißdornhecken und hübschen Cottagegärten einfach auf sich wirken. Sie setzt den rechten Blinker, winkt kurz einer Gruppe von Wanderern zu, die vor ihr die Straße überquert, und beschleunigt, als sie das schmiedeeiserne Tor erreicht. Sie schaut nach oben und nimmt den Anblick von Clifftops in sich auf.

Seit Dora ein kleines Mädchen war, hat das Haus eine magische Anziehungskraft auf sie ausgeübt. Weil es so malerisch gelegen ist, so bezaubernd aussieht. Als sie jetzt darauf zufährt, schimmern die weißen Steinmauern rosa in der Nachmittagssonne, und sie staunt über den Auftrieb, den ihr das gibt. Es ist gar nicht so düster wie in ihren Träumen. Es ist schön.

Sie fährt die Auffahrt hinauf. Das Haus blitzt wiederholt zwischen Platanen und Hecken auf. Beinahe glaubt sie, den Entzückensschrei ihres Vaters zu hören: »Euer Schloss wartet schon.« Sie rechnet fast damit, ihre Großeltern auf der Türschwelle vorzufinden, die sie mit einem warmen Lächeln und offenen Armen willkommen heißen. Doch ihre Kindheit ist lang vorbei, und sie schüttelt die Erinnerungen ab.

Viel zu früh hält das Auto mit knirschenden Reifen auf dem Kies. Dora bleibt einen Moment sitzen, lauscht auf das leise Summen des Motors, der erstirbt. Der Knoten in ihrem Magen hat mittlerweile die Ausmaße einer Bowlingkugel. Sie ignoriert ihn und greift nach ihrem Handy, schickt schnell eine SMS an Dan. *Geschafft! X*. Sie drückt auf Senden und dreht das Handy in ihrer Hand hin und her, den Blick auf den steinernen Torbogen gerichtet. Sie muss nur noch aus dem Wagen steigen, über die Kiesauffahrt laufen und an die verwitterte Eichentür klopfen. Doch die letzten Meter kommen ihr unüberwindlich vor, wie nackter, rutschiger Fels, den sie irgendwie hinaufklettern muss. Allein beim Gedanken daran bekommt sie Gänsehaut.

Es ist zu spät, um umzukehren. Sie könnte wenden und wieder wegfahren, bevor Helen ihre Ankunft überhaupt mitbekommen hat. Sie könnte vor Einbruch der Dunkelheit zu Hause sein, sich in der vertrauten Londoner Großstadthektik geborgen fühlen und Trost in Dans Armen suchen. So schlecht ist ihr Leben gar nicht. Von außen betrachtet ist sie erfolgreich – eine tolle Karriere, ein eigenes, wenn auch baufälliges Zuhause, ein liebevoller Partner. Ihr Leben in London ist etwas, worauf sie stolz sein, ja worum man sie sogar beneiden kann. Wenn sie weiterhin an der Oberfläche verweilen, den Abgründen ausweichen kann, die sich in ihr auftun und ihr das furchtbare Gefühl geben, in ein tiefes Loch zu stürzen. Und wenn sie die furchtbaren Albträume, die Panikattacken vergessen kann, dann wird alles gut. Wozu den dunklen Schlamm der Vergangenheit aufwühlen? Was erhofft sie sich eigentlich davon? Sie muss das nicht tun. Es war Wahnsinn herzukommen. Was vorbei ist, ist vorbei. Besser, man rührt nicht mehr daran.

Während sie ihre Flucht plant, spürt Dora, wie sich ihr Herzschlag beruhigt. Sie greift zum Zündschlüssel, aber als ihre Finger das kalte Metall des Handys streifen, gibt es einen schrillen Piepton von sich. Sie wirft einen Blick darauf. Es ist eine SMS von Dan: *Sei tapfer! X*.

Sie schluckt.

Dan.

Das Baby.

Plötzlich wird ihr klar, dass Flucht keine Lösung ist. Ein neues Leben wächst in ihr heran. Ihr fällt wieder ein, wie Dan ihr vor noch keiner Woche gegenübersaß und ihr die Vitamine entgegenstreckte, Hoffnung und Vorfreude in den Augen. Das genügt, um ihre Fluchtpläne zunichtezumachen. Sie kann nicht fortlaufen, sie muss sich dem stellen, was auf sie wartet. Das ist sie Dan schuldig, ihrer gemeinsamen Zukunft und allem, was sie mit sich bringen mag.

Dora holt tief Luft, zieht mit zitternden Händen den Schlüssel aus dem Zündschloss und öffnet die Wagentür.

»Es wird Zeit, mich der Vergangenheit zu stellen«, flüstert sie, während sie auf den Hauseingang zuläuft.

Cassie

Fünfzehn Jahre zuvor

Cassie stand direkt am Ufer und sah zum Horizont. Das Meer breitete sich vor ihr aus. Es war seltsam glatt, wie Metall, das vom schweren grauen Himmel flach gepresst wurde. Nur ein dünner Strahl Wintersonne drang durch die Wolkendecke, beleuchtete einen Streifen Wasser direkt vor ihr, der auffunkelte wie ein Spiegel. Genau auf diesen silbernen Fleck konzentrierte sich Cassie. Sie ließ Steine über das Wasser schnellen, warf einen nach dem anderen geschickt hinter die Brandungswellen und sah zu, wie sie über die schimmernde Oberfläche hüpften, bis sie ihren Schwung verloren und sanken. Sechs Hüpfer waren ihr Rekord. Sie beugte sich vor, um einen weiteren Stein aufzuheben, fuhr über seine kalte, nasse Oberfläche. Sie hielt die Luft an, als er sprang und sprang und dann in den Wellen versank.

»Nicht schlecht«, sagte ihr Vater und ging auf sie zu.

Cassie zuckte mit den Schultern. Das war meilenweit vom Neunerrekord ihres Großvaters entfernt.

»Es wird kalt.« Richard schlug fröstelnd den Mantelkragen hoch. »Wir sollten zurück zum Haus gehen. Deine Mutter und deine Schwester werden glauben, dass wir ins Wasser gefallen sind.«

Sie konnte sich kein Lächeln abringen. Stattdessen warf Cassie ihren letzten Stein in Richtung Horizont und drehte sich zum Strandweg um. Die flackernden Lichter von Clifftops waren gerade noch erkennbar.

»Alles in Ordnung, Cass?«, fragte Richard und legte einen Arm um ihre Schultern, während sie gemeinsam über die Kiesel stolperten. »Der Tag war ganz schön anstrengend. Es ist vollkommen normal, sich traurig oder wütend oder beides zu fühlen. Trauer kann ziemlich verwirrend sein.«

Cassie nickte unmerklich. Sie wusste nicht recht, wie ihr zumute war. Ihre Großeltern waren seit wenigen Tagen tot, und man hatte sie erst vor wenigen Stunden ins Grab hinabgelassen. Es fühlte sich immer noch unwirklich an.

»Es geht mir gut.« Sie schwieg und dachte kurz nach. »Und wie geht es dir, Dad? Geht es dir gut?«

Er schien über die Frage zu staunen. »Ja, mein Schatz, alles in Ordnung«, sagte er ein bisschen traurig und nahm ihre Hand. »Es fühlt sich nur an wie eine Riesenverschwendung, findest du nicht? Gerade eben ist jemand noch da und im nächsten Moment nicht mehr. Es fällt schwer, das zu begreifen.«

Cassie nickte und tat so, als sähe sie die Tränen nicht, die in seinen Augen glitzerten. Ihr Anblick sorgte dafür, dass sie wieder so einen schmerzhaften Kloß im Hals bekam.

»Aber der Gottesdienst hätte ihnen gefallen«, fügte Richard hinzu.

»Ja«, pflichtete ihm Cassie bei.

Daphne wäre tatsächlich begeistert gewesen über die vielen Menschen in der Dorfkirche, und Alfred hätte die traurigen Lieder und das Tennyson-Gedicht zu schätzen gewusst, das Richard tapfer und mit fester Stimme vorgetragen hatte. Die Trauerfeier war ernst gewesen und hatte lang gedauert. Cassie hätte ihren Großvater lieber im Blumenbeet grabend und ihre Großmutter in der Küche herumwerkelnd in Erinnerung behalten, anstatt diese zwei dunklen Holzsärge vor sich zu sehen, die nebeneinander in die kalte, feuchte Erde hinabgelassen wurden. Beim Aufprall der ersten Erdklumpen auf dem Holz war ihr von dem dumpfen Laut übel geworden. Aber zumindest war sie dabei gewesen, sie hatte an der ernsthaften Erwachsenenwelt von Verlust und Trauer teilgehabt. Ausnahmsweise einmal war sie nicht wie ein kleines Kind behandelt worden.

»Glaubst du an den Himmel?«, fragte sie plötzlich und konzentrierte sich auf regelmäßige Schritte über den Strand, anstatt den Blick ihres Vaters zu erwidern.

Das war eine Frage, mit der sie sich seit jenem mitternächtlichen Anruf beschäftigte, der die Familie vor einer Woche mit der Nachricht geweckt hatte, die Großeltern seien tödlich verunglückt. Sie waren auf dem Rückweg von einer Landwirtschaftsausstellung in Bridport von der vereisten Straße abgekommen.

Cassie war neugierig auf den Treppenabsatz hinausgeschlichen, hatte zwischen den Säulen des Treppengeländers hindurchgespäht und gesehen, wie ihr Vater unten im Flur stand, das Telefon zwischen Ohr und Schulter geklemmt. Neben ihm saß auf der untersten Stufe ihre Mutter, deren langes Seidennachthemd wie Wasser um ihre Füße wogte. Obwohl sie nicht hören konnte, was am anderen Ende der Leitung gesagt wurde, entnahm sie der Reaktion ihres Vaters, dass es ernst war. Er erinnerte sie an eine von Doras Marionetten, bei denen sich die Fäden verheddert hatten und denen dann jegliche Körperspannung fehlte. Er war am Boden zerstört.

Er hatte aufgelegt, und Cassie hatte zugesehen, wie Helen ihn umarmte und tröstete, bis Richard sich schließlich aufrichtete und mit einem Ärmel über die Augen wischte. Dann hatte er sich an seine Frau gewandt und ausnahmsweise einmal ratlos gewirkt.

»Und jetzt?«

Cassie hatte die Antwort ihrer Mutter gar nicht erst abgewartet. Der Anblick ihres weinenden Vaters hatte ihr klargemacht, dass sie nicht länger spionieren durfte. Sie hatte sich aufgerichtet und war auf Zehenspitzen in ihr Zimmer zurückgeschlichen – wohl wissend, dass keine guten Nachrichten auf sie warteten.

Eine Woche voll überschäumender Gefühle, Anspannung und Trauer lag hinter ihnen. Das Verhalten ihrer Eltern schwankte zwischen liebevollen Umarmungen und heftigen Streitereien. Besonders hitzig waren die Diskussionen geworden, als es um die Beerdigung ging. Richard hatte zu bedenken gegeben, Cassies und Doras Anwesenheit könnte unangebracht sein. Er hatte Angst, es könnte sie überfordern, ja verstören. Doch Helen hatte darauf bestanden.

»Wir können sie nicht für immer vor dem Leben beschützen, Richard«, hatte sie argumentiert. »Sie sind schließlich keine kleinen Kinder mehr.«

Cassie hatte das insgeheim gefreut. Sie wollte vor nichts beschützt und schon gar nicht von der ernstesten Sache ausgeschlossen werden, die ihrer Familie je zugestoßen war. Sie wollte wie die Erwachsene behandelt werden, die sie beinahe war. Schließlich war sie fast dreizehn.

»Ich weiß nicht recht«, stammelte Richard, dessen Worte sie an den windgepeitschten Strand zurückholten. »Das ist eine ziemlich schwierige Frage, Cassie. Es gibt viele verschiedene Theorien über Leben und Tod, darüber, was danach kommt.«

Cassie sah ihn erstaunt an. Normalerweise konnte er jede Frage beantworten, die sie ihm stellte. Es war verstörend, ihn so verunsichert zu erleben.

Sie erreichten den Zaun am Ende des Strandes. Richard kletterte darüber und reichte Cassie die Hand. Dann stiegen sie beide den Pfad zum Haus hinauf. Es war anstrengend, und Atemwölkchen bildeten sich in der kalten Winterluft.

»Woran glaubst du?«, fragte sie und sah ihren Vater an.

»Ehrlich gesagt weiß ich das nicht genau. Ich fände es schön, wenn nach diesem Leben noch etwas kommt. Aber ich bin nicht sicher, ob mir die Vorstellung von einer Wiedergeburt gefällt. Was, wenn ich als Schwein wiedergeboren werde?«

»Oder als Ratte?«, schlug sie vor.

»Oder als Schnecke.«

Cassie kicherte.

»Das mit dem Himmel klingt ziemlich vernünftig«, sagte Richard schließlich. »Mir gefällt die Vorstellung, dass Mum und Dad irgendwo da oben sind und auf uns aufpassen. Ich möchte daran glauben.«

»Du glaubst also an Gott?«

Richard schwieg. »Ja, wahrscheinlich schon.« Sie gingen ein Stück weiter. »Und du, Cassie, glaubst du an Gott?«

Cassie zuckte mit den Schultern und lutschte an einer Haarsträhne. Sie hatte noch nie richtig darüber nachgedacht. Sie sang die langweiligen Kirchenlieder in der Schule mit, fiel nach jedem Gottesdienst ins Gebet mit ein – aber nur, weil sie die Lehrer dazu zwangen. Sonst hätte sie nachsitzen müssen. Wenn sie in die Kirche ging und betete, dann nur, um nicht erwischt zu werden.

Bei näherer Betrachtung kam es ihr etwas albern vor, sich einen unsichtbaren grauhaarigen Mann vorzustellen, der im Himmel auf seinem Thron saß und auf sie aufpasste. Wo war er denn gewesen, als ihre Großeltern von der Straße abgekommen waren? Warum hatte er nicht auf sie aufgepasst? Sie waren gute Menschen gewesen. Sie konnte sich nicht vorstellen, dass einer von beiden etwas wirklich Böses getan hatte.

Nicht so wie sie, die Süßigkeiten im Laden an der Ecke stahl oder Charlotte Crumb im Schulbus aufzog, bis das dumme, rotgesichtige Mädchen bittere Tränen weinte. Das ergab einfach keinen Sinn. Vielleicht kamen und gingen die Menschen bloß. Vielleicht verschwand man einfach, wenn man tot war, versank spurlos wie die Steine, die sie kurz zuvor ins Meer geworfen hatte.

»Ich glaube eher nicht an Gott«, sagte sie schließlich. »Dafür passieren viel zu viele schlimme Dinge.« Sie biss sich auf die Unterlippe. »Und wenn es einen Gott gibt – warum bleibt er dann unsichtbar? Warum beweist er uns nicht, dass er da ist, statt uns alle im Ungewissen zu lassen? Er könnte viele Probleme lösen, wenn er sich zeigen und rufen würde: Tara! Hier bin ich!«

Richard lächelte traurig. »Es ist gut, die Dinge zu hinterfragen, Cassie. Du wirst wirklich erwachsen, was?«

Cassie nickte. Sie fühlte sich anders als das Mädchen, als das sie heute Morgen aufgewacht war.

Dora und Helen saßen am Küchentisch, als Cassie und Richard durch die Hintertür hereinkamen.

»Da seid ihr ja«, sagte Helen. »Ich wollte gerade einen Suchtrupp losschicken. Hattet ihr einen schönen Spaziergang?«

»Es ging so.« Cassie quälte sich aus ihrer Jacke und ihren Stiefeln. Sie war dankbar über die Wärme, die der Herd abstrahlte, hielt ihre steif gefrorenen Hände vor den Ofen und rieb sie aneinander. Dann schlenderte sie Richtung Flur.

»Nicht so schnell, junge Dame«, rief Helen. »Dein Vater und ich möchten mit dir reden.« Helen zeigte auf einen freien Stuhl am Tisch, und Cassie ließ sich widerwillig hineinplumpsen. Richard setzte sich neben sie. Auf einmal wirkte er sehr nervös.

»Was ist?«, fragte Dora. Sie sah von ihrer Mutter zu ihrem Vater und dann zu Cassie. Cassie zuckte mit den Schultern, sie hatte nicht die leiseste Ahnung.

Es war ihr Vater, der das Schweigen brach. »Wir wollten euch fragen, was ihr davon haltet, wenn wir hierherziehen, nach Clifftops?«

Dora fiel die Kinnlade herunter. »Wir sollen hier wohnen?«

»Ja«, sagte Richard.

»Für immer?«, wollte Dora wissen.

Cassie verdrehte die Augen. »Nicht für immer, du Dummkopf. Willst du nicht irgendwann von zu Hause ausziehen?«

»Ich weiß, was du meinst, Panda«, mischte sich Richard ein. »Ja, es wäre für immer. Wir würden das Haus in London aufgeben und unseren Lebensmittelpunkt hierher verlegen. Das könnte toll werden, meint ihr nicht? Wir alle zusammen in meinem Elternhaus.«

Beredtes Schweigen.

»Außerdem haben sich das eure Großeltern so gewünscht«, fügte er hinzu. »Das steht in ihrem Testament.« Er sah sie nacheinander an. »Es war ihr innigster Wunsch, dass Clifftops in der Familie bleibt. Es war ihnen so wichtig, dieses Haus gemeinsam zu restaurieren. Und das macht es … na ja … auch sehr wichtig für mich.« Sie alle hörten, dass Richards Stimme brach.

»Was ist mit der Schule?«, fragte Dora, die versuchte, die Tragweite dieses Vorschlags zu erfassen.

»Ihr würdet beide hier zur Schule gehen«, erwiderte Helen und gab Richard Zeit, sich wieder zu fassen.

Dora wurde nachdenklich. »Dürfen wir dann einen Hund haben?«

»Hm, mal sehen«, sagte Helen zögernd.

»Cassie, du bist so still«, sagte Richard schließlich. »Was sagst du dazu?«

Cassie zuckte mit den Schultern. Sie verstand nicht, warum ihre Eltern sie mit der Frage belästigten. »Ihr habt euch doch sowieso schon entschieden, oder etwa nicht?«

»Na ja, aber was ihr denkt, ist uns auch wichtig.«

»Wenn ich jetzt sage, dass ich nicht herziehen will, würden wir dann in London bleiben, in unserem Zuhause?«, fragte Cassie und musterte beide.

»Tja, nicht unbedingt«, stammelte Richard. »Aber wir können etwas tun, um euch den Übergang zu erleichtern.«

»Was ist mit dir, Mum?«, fragte Cassie. »Möchtest du umziehen?« Sie konnte nicht anders, sie musste einfach Unfrieden stiften.

»Dein Vater ... er ... äh ...« Jetzt geriet ihre Mutter ins Stottern. Richard warf ihr einen Blick zu, und Helen verbesserte sich rasch. »Was ich damit sagen will, ist Folgendes: Wir finden beide, dass es für die Familie das Beste ist. Ein aufregender Neuanfang, eine neue Schule und neue Freunde. Dein Vater kann einige Projekte von hier aus leiten, andere von London aus. Er wird für eine Weile pendeln.«

»Und was ist mit deinem Job?«

Helen seufzte erschöpft. »Nun, ich kann mir hier bestimmt einen neuen Job suchen.« Die Gereiztheit in ihrer Stimme war nur schwer zu überhören.

Cassie dachte kurz nach. Das wäre eine große Veränderung. Sie würde ihre Freundinnen vermissen, die Geschäfte, die Freiheiten der Großstadt. Die Möglichkeit, einfach in die U-Bahn oder den Bus zu steigen und einen neuen Stadtteil zu entdecken. Aber Clifftops bot andere Freiheiten: den Strand, die schöne Umgebung, Wandermöglichkeiten und vor allem das riesige alte Haus. Man müsste morgens nicht mehr so lang vor dem Bad anstehen, in der Küche nicht mehr über Dora und die Eltern stolpern oder einen Stuhl vor die eigene Zimmertür stellen, wenn man seine Ruhe haben wollte.

Sie würden sich in dem riesigen alten Haus verlieren wie die Pennys in ihrer Spardose. Das könnte toll werden.

»Es ist also beschlossene Sache?«, fragte Dora.

Cassie sah, wie ihre Eltern einen kurzen Blick tauschten. Schweigen breitete sich aus.

Schließlich schluckte Richard. »Ja, Dora«, sagte er liebevoll. »Es ist beschlossen. Wir werden hier alle neu anfangen.«

Er nahm Helens Hand. Cassie sah, wie ihre Mutter rot wurde und das Gesicht zum Fenster drehte. Sie fragte sich, ob sie die Einzige war, die die pulsierende Ader an der Schläfe ihrer Mutter sah, ein wildes Pochen direkt unter der Haut.

Es war Ende Februar, als die Tides schließlich ihr winziges Londoner Reihenhaus räumten und in das riesige, prächtige Clifftops zogen. Sie hatten den Vortag mit nervigem Packen und dem Aussortieren von Büchern, Kleidern und Spielzeug verbracht, die Wohltätigkeitsorganisationen gespendet wurden. Sie hatten zugesehen, wie ihr Hab und Gut in Luftpolsterfolie gewickelt, in Kartons verpackt und versiegelt worden war. Es gab jede Menge zu organisieren, viel zu telefonieren und so manchen Abschied. All das war von häufigen, heftigen Streitereien ihrer Eltern begleitet worden, bis sie schließlich auf der Schwelle des Reihenhauses standen, die Tür ein letztes Mal hinter sich abschlossen und London den Rücken kehrten. Cassie war erleichtert, als es endlich so weit war.

Das Nachmittagslicht wurde schnell schwächer, als sie endlich Clifftops erreichten und wie Eindringlinge auf Zehenspitzen zur Hintertür liefen.

»Nun«, sagte Richard. »Da wären wir.« Er fröstelte und stampfte auf den Steinboden in der Küche. »Lasst uns die Heizung anstellen. Es ist eiskalt.« Er machte sich an einem Thermostat zu schaffen, bevor er sich über den Herd beugte.

»Ich werde Tee kochen«, schlug Helen vor. Sie öffnete einen Schrank und sah sich Blechen und Kuchenformen gegenüber. Sie versuchte es mit zwei weiteren Schränken. »Wo sind die Tassen?«

»Versuch's mit dem da«, schlug Richard vor und zeigte auf einen Eckschrank neben dem Kühlschrank.

Seufzend lief Helen mit schweren Schritten durch die Küche, und Cassie, die spürte, dass sich ein weiterer Streit anbahnte, schlich lautlos hinaus.

Es war seltsam, durch das alte Haus zu laufen. Sie schlich über die Flure und lief auf Zehenspitzen durch sämtliche Zimmer. Sie machte Lampen an und überlegte, wie es sich anfühlte, jetzt, wo das ihr Zuhause war. Alles war noch genauso, wie ihre Großeltern es hinterlassen hatten: Jeder Stuhl stand an seinem Platz, jedes Kissen war aufgeschüttelt. Der Tisch im Wintergarten war mit Gartenhandschuhen und Samen bedeckt. Im Wäscheschrank stapelten sich die weiße Leinentischwäsche und das gestärkte Bettzeug. Sogar die antiken Uhren im Wohnzimmer tickten noch und zählten die Zeit, als wäre nichts vorgefallen.

Cassie entdeckte ein halb gelöstes Kreuzworträtsel im Arbeitszimmer ihres Großvaters und den Stickrahmen ihrer Großmutter. Nadel und Faden waren sorgfältig in das letzte, unvollendete E des Sinnspruches *Home is Where the Heart Is* gesteckt. Und da war dieser Geruch, dieser typische Geruch, den Cassie stets mit dem Haus verbinden würde. Ein seltsam staubiges Zedernholzaroma, das sie daran erinnerte, wie weit sie von London und ihrem alten Leben entfernt waren.

Cassie ging von Zimmer zu Zimmer, sie fühlte sich nervös und irgendwie unbehaglich, rechnete jeden Moment damit, Daphne oder Alfred vor sich auftauchen zu sehen. Es war unheimlich. Sie schienen nach wie vor anwesend zu sein, und sie war dankbar, als sie vor der Küche auf ihre Schwester traf, die am Fuß der Hintertreppe saß.

»Es fühlt sich seltsam an, nicht wahr?«, sagte Dora leise.

»Ja«, musste Cassie zugeben.

Sie drückte die Schwingtür auf und sah, wie sich ihre Eltern mitten im Zimmer umarmten. Cassie beobachtete schweigend, wie sich ihr Vater aus der Umarmung löste und das Gesicht ihrer Mutter musterte.

»Wir haben das Richtige getan, oder?«, fragte er. Helen lächelte kurz und ernst, wobei sie mit ihren Fingern über die Steilfalte auf seiner Stirn strich.

»Hör auf, dir Sorgen zu machen«, sagte sie. »Wir kriegen das schon hin. Uns bleibt gar nichts anderes übrig.«

Sie tranken Tee aus Daphnes Geschirr und sahen zu, wie die Möbelwagen die Auffahrt verließen. Erst als die Heizkörper klapperten und ächzten, und sich die Kartons vor ihnen auftürmten, begriffen sie die wahre Tragweite ihres Umzugs.

Cassie staunte, wie schnell sie sich einlebte, nachdem sie ihre letzten Habseligkeiten ausgepackt, sich an die kratzige neue Schuluniform und an das Meeresrauschen gewöhnt hatte, das sie nachts in den Schlaf wiegte. Sie stellte fest, dass ihr neues Zuhause viele Vorteile hatte. Das Landleben ließ ihr viele Freiheiten. In London hatten ihre Eltern immer wissen wollen, wo sie war und was sie machte. Aber irgendwie waren sie hier an der Küste nicht so vorsichtig. Cassie genoss ihre neu gewonnene Freiheit. Als der Winter langsam dem Frühling wich, erkundete sie die Wanderwege über die Klippen und blieb häufig stehen, um sich an einem schiefen Pfosten oder einem umgestürzten Baum festzuhalten, auf die Wellen zu starren und sich in Tagträumen zu verlieren.

Dora nervte nach wie vor. Sie war ihr ständig im Weg, ging

an ihre Sachen, rannte ihr nach oder wollte dauernd wissen, was sie machte. Vielleicht lag es an der Geräumigkeit des neuen Zuhauses oder der Weite der sie umgebenden Landschaft – auf jeden Fall machte es Cassie nicht mehr so viel aus, von ihrer Schwester verfolgt zu werden. Es machte sogar Spaß, am Samstagmorgen gemeinsam zum Dorfladen zu gehen, das Taschengeld für Süßigkeiten auszugeben und sich dann an die Promenade zu setzen und zuzusehen, wie die Wellen an den Strand rollten, die Möwen mit den Flügeln schlugen und über ihnen in der Luft kreisten.

Ihr Vater schien das Landleben ebenfalls zu lieben. Er bemühte sich, nicht zu oft nach London zu pendeln, und obwohl er es an vielen Abenden nicht bis nach Hause schaffte, kam er zuverlässig jeden Freitagabend. Dann hatte er innige Umarmungen und ein breites Lächeln für sie parat.

Anscheinend hatten sie sich den neuen Gegebenheiten mühelos angepasst. Alle – bis auf Helen.

Helen schien den Umzug maßlos zu bedauern. Sobald die Kartons ausgepackt waren, schlug ihre Stimmung um. Sie stampfte durchs Haus wie ein launischer Teenager und verzog das Gesicht, wenn sie einen Schrank oder eine Kommode öffnete und darin stapelweise Porzellan, Kristallgläser oder alte Kleidung vorfand, weil sich niemand überwinden konnte auszumisten. Sie erinnerte Cassie an einen Tiger im Käfig, der Frust und eine unbändige Gereiztheit ausstrahlte.

»Was zum Teufel sollen wir mit dem ganzen Zeug?«, pflegte sie zu stöhnen und verzweifelte an dem ganzen verstaubten Kram.

»Wir können damit tun und lassen, was wir wollen, Schatz«, sagte Richard und versuchte sie zu besänftigen, indem er ihr tröstend den Arm um die Schultern legte. »Das ist unser Zuhause.«

»Warum komme ich mir dann vor wie in einem Museum?« Helen schüttelte seinen Arm gereizt ab. »Ich habe das Gefühl, ständig von deiner Mutter beobachtet zu werden.«

»Es dauert eben eine Weile, bis wir uns eingelebt haben. Die Kinder scheinen es zu lieben, nicht wahr?« Er warf Cassie und Dora einen erwartungsvollen Blick zu, die gehorsam nickten. »Ich weiß, dass es eine ziemliche Herausforderung ist, Helen, das geht mir genauso. Aber ich bin es meinen Eltern einfach schuldig, mich um das Haus zu kümmern. Es ist schließlich ihr Erbe.« Helen sagte nichts darauf, deshalb ließ er nicht locker: »Ich weiß, dass es ein bisschen vollgestopft ist und nicht alles deinem Geschmack entspricht. Aber betrachte es bitte als dein Haus. Als dein neues Projekt, wenn du so willst – jetzt, wo du nicht mehr arbeitest. Es könnte Spaß machen, meinst du nicht auch? Tu, was du für richtig hältst, damit es sich wie dein Zuhause anfühlt.«

Helen beäugte ihn misstrauisch. »Mein Projekt?«

»Ja, mein Schatz. Tu, was du tun musst, damit du hier glücklich wirst.«

Und Cassie sah, wie ihre Mutter die Arme vor der Brust verschränkte und den Blick durch das Zimmer schweifen ließ. Dabei entging ihr nicht das gefährliche Glitzern in Helens Augen.

Während sich jeder der Tides auf seine Art mit dem Umzug arrangierte, blieb etwas beim Alten: Bill Dryden war nach wie vor ein vertrauter Anblick auf dem Anwesen. Seine gebeugte Gestalt war häufig vom Haus aus zu sehen, wie sie sich über ein Blumenbeet beugte oder im Gemüsebeet grub – genau wie früher, als ihre Großeltern noch gelebt hatten.

Cassie mochte Bill. Er war, was ihr Großvater als feinen Kerl bezeichnet hätte. Wenn sie es manchmal leid war, durchs große Haus zu streifen, ging sie hinaus und folgte den trägen

Tabakschwaden, bis sie ihn gefunden hatte. Sie mochte es, einfach dazusitzen und ihm beim Arbeiten zuzusehen. Manchmal schwiegen sie einvernehmlich, manchmal unterhielten sie sich blendend. Er behandelte sie nicht wie ein kleines Kind, sondern sprach mit ihr wie mit einer Erwachsenen und schien stets Wert auf ihre Meinung zu legen.

An einem Samstag wollte sie sich gerade frühmorgens auf die Suche nach ihm machen, als Dora sie an der Hintertür abpasste.

»Wohin gehst du?«

»Raus.«

»Wohin?«

»Ich habe kein bestimmtes Ziel.«

»Darf ich mitkommen?«

Cassie seufzte. »Von mir aus. Aber du brauchst Gummistiefel, es ist matschig draußen.«

Dora durchwühlte bereits den Haufen neben der Hintertür nach ihren roten Gummistiefeln. »Ich hab sie«, rief sie. »Wir können gehen.«

Cassie hielt Dora die Tür auf, dann schlenderten sie den Rasen zum Bach hinunter. Ihre Stiefel schmatzten einvernehmlich durchs nasse Gras. Endlich hatte es aufgehört zu regnen. Die Luft war frisch und brachte ihre Wangen zum Prickeln. Ab und zu kam die Sonne kurz hinter den grauen Wolken hervor und tauchte sie in ein blassgoldenes warmes Licht. Cassie sah, wie sich knallgelbe Narzissen in den Beeten hin und her wiegten.

»Wohin gehen wir?«, fragte Dora nach einer Weile.

»Keine Ahnung. Wir laufen einfach nur rum.«

Sie sprangen über den schmalen Bach und liefen dann durch das alte verrostete Tor, das zum Obstgarten führte. Die ersten Knospen bildeten sich an den Spitzen der Zweige, ein schwaches Grün, das sich von der braunen Rinde abhob. Eine Zeit lang liefen die beiden Schwestern ziellos zwischen den Bäumen umher, bis der Wind ihnen ein Klopfen von Metall auf Holz zuwehte.

»Hör mal«, sagte Cassie. »Das ist Bill. Los, komm!« Sie stürmte den Hang hinab, sodass Dora ihr hinterherrennen musste, und erreichte rechtzeitig die Lichtung am Ende des Obstgartens, um zu sehen, wie der gebeugte grauhaarige Mann mit einer schweren Axt auf ein knorriges Stück Holz einhieb. »Bill«, rief sie. »Bill, wir sind's.«

Der ältere Mann drehte sich um und blinzelte, bevor er breit lächelte. »Na, wenn das nicht meine beiden Lieblingsmädchen sind! Hallo, ihr zwei, wie geht's?«

Dora rannte an Cassie vorbei und warf sich in seine Arme.

»Hoho, Nellie«, rief er und wappnete sich gegen die heftige Umarmung des kleinen Mädchens. »Du hast mich beinahe umgeworfen.«

Dora kicherte. »Ich heiße nicht Nellie, sondern Dora.« Das war ihr kleiner Privatscherz.

Cassie fing Bills Blick auf und lächelte.

»Und Cassie«, sagte er in dem singenden Tonfall der Gegend. »Hab ich aber ein Glück. Meine Betty liegt mir immer noch damit in den Ohren, dass ich euch mal mitbringen soll. Sie möchte einen von ihren Schokoladenkuchen backen, und zwar extra für …«

»Wir kommen«, sagte Cassie sofort. Betty Drydens Schokoladenkuchen war legendär.

»Prima«, sagte Bill strahlend.

»Was machst du da?«, fragte Dora und stieß mit der runden Kappe ihres Gummistiefels gegen den Asthaufen.

»Nur ein bisschen aufräumen. Ich mache Kleinholz für den nächsten Winter.«

»Können wir dir helfen?«, fragte Dora erwartungsvoll.

»Gern. Ich muss noch viele Zweige einsammeln, aber das ist harte Arbeit.«

Dora hopste aufgeregt auf und ab. »Ich fange hier an.«

Sie sauste davon, und Cassie sah amüsiert zu, wie ihre kleine Schwester mit einem riesigen Ast kämpfte, der im hohen Gras lag.

Bill kicherte. »Deine Schwester ist winzig, hat aber einen starken Willen. Sie erinnert mich an einen kleinen Welpen. Sie hat so viel Energie, dass sie gar nicht weiß, wohin damit.« Er griff zu einem Taschentuch und tupfte sich die Stirn damit ab.

Cassie grinste. Sie wusste genau, was er meinte. Dora sah aus wie ein kleiner Hund, der sich in einen Riesenknochen verbeißt. Sie setzte sich auf einen Baumstumpf und sah ihr eine Weile zu, wobei sie ihre bestiefelten Beine baumeln ließ.

»Und, wie läuft's oben im großen Haus, Cassie? Genießt ihr das Leben am Meer?«

»Ja, es ist toll.«

»Alles gut in der Schule?«

»Hm.« Cassie sah fasziniert zu, wie Bill eine Pfeife aus der Tasche zog, sie mit Tabak stopfte und sie dann im Mundwinkel baumeln ließ.

»Schon Freunde gefunden?«, fragte er und zündete sich die Pfeife mit einem Streichholz an.

»Ja.« Und das war nicht gelogen. Sie hatte keine Probleme, sich mit ihren Mitschülern anzufreunden. Alle hatten sie herzlich aufgenommen, fast schon ein bisschen ehrfürchtig, weil sie aus dem weit entfernten London kam.

»Und, wie geht es deinen Eltern?«

Cassie schwieg. Sie wusste nicht recht, wie viel sie ihm verraten durfte. Sie beschloss, ehrlich zu sein. »Dad geht es gut. Er liebt es, wieder hier zu sein. Aber Mum wäre, glaube ich, lieber in London geblieben.«

»Ach ja?« Er zog ein paar Mal an seiner Pfeife und stieß den Rauch langsam aus, sodass sich eine große Wolke bildete.

»Ja. Dad ist beruflich viel unterwegs, aber wenn er da ist, scheinen sie die ganze Zeit zu streiten.« Cassie sah kurz zu ihrer Schwester hinüber, um sicherzustellen, dass sie außer Hörweite war. »Dora hasst das. Sie ist dann immer ganz beunruhigt.«

»Tatsächlich?«

»Ja, ich glaube, sie hat Angst, dass sie sich scheiden lassen. Dann müssen wir wieder nach London zurückziehen und bekommen nie einen Hund.«

»Und was ist mit dir, Cassie? Beunruhigt dich das?«

Cassie zuckte mit den Schultern. »Eigentlich nicht. Ich möchte keinen Hund.«

Bill hüstelte.

»Ich glaube, Mum braucht einen Job.«

Bill nickte weise. »Da hast du wahrscheinlich recht.«

»Weißt du, manchmal frage ich mich, ob sie sich überhaupt lieben.« Das war ihr so herausgerutscht, und als sie merkte, was sie da gesagt hatte, errötete sie verschämt.

»Liebe ist etwas Seltsames, Cassie.«

Cassie sah auf.

»Liebe ist wie dieser Obstgarten. Schau dich ruhig um! Im Moment gibt es nicht viel zu sehen, nicht wahr? Er wirkt ein wenig verschlafen, ja sogar vernachlässigt. Aber es ist ein Zyklus: Winter, Frühling, Sommer, Herbst. Echte Liebe, also innige, wahre Liebe ist genauso: Sie schlägt Wurzeln, wächst und ändert ihre Gestalt. Manchmal scheint sie nachzulassen, dann steht sie wieder in voller Blüte. Nichts bleibt für immer gleich. Die Dinge verändern sich, das Leben geht weiter. Aber wenn es wahre Liebe ist, Liebe, die eine Familie verbindet, dann ist da immer so ein Brodeln unter der Oberfläche, das nur darauf wartet, wieder zum Vorschein zu kommen.«

Cassie sah zu den Zweigen des Apfelbaums empor, unter dem sie saß. Sie waren braun und kahl, aber hie und da entdeckte sie grüne Schösslinge, Knospen, die bald aufblühen und in Kürze dicke Äpfel hervorbringen würden, unter denen sich die Äste bogen.

»Und du, liebst du Mrs. Dryden auf diese Art?« Cassie hielt den Atem an, sie wusste nicht, ob sie so eine persönliche Frage stellen durfte.

Aber Bill nickte feierlich. »Ja«, sagte er. »In diesem Sommer sind wir fünfzig Jahre verheiratet, und ich möchte keinen Tag davon missen – nicht einmal die Tage, an denen wir uns gestritten haben wie Hund und Katz. Ich bin mir sicher, dass es bei deinen Eltern genauso ist, Cassie. Tief in ihrem Herzen lieben sie sich.«

Cassie nickte und fühlte sich ein wenig besser.

»Worüber redet ihr?«, fragte Dora. Triumphierend zerrte sie den riesigen Ast hinter sich her.

»Wir retten bloß die Welt«, sagte Bill leise.

»Oh.« Dora war enttäuscht. »Soll ich noch mehr Äste holen?«

»Ich freue mich sehr über deine Hilfe«, sagte Bill lächelnd. »Aber ist das nicht euer Vater, der da von oben ruft?«

Cassie drehte den Kopf, und Dads tiefe Stimme war unverkennbar aus dem Garten zu vernehmen.

»Zeit für den Strand«, rief Dora. Sie sauste den Hang hoch und winkte kurz.

Cassie sah Bill entschuldigend an. »Tut mir leid. Dad hat uns einen Strandausflug versprochen.«

Bill lachte. »Das kann ich gut verstehen, damit kann mein Feuer nicht mithalten. Aber sehen wir uns die Tage mal bei uns? Kommt vorbei, wann immer ihr wollt. Meine Betty würde sich freuen.«

»Wir werden kommen.«

»Prima.«

Cassie winkte und machte dann auf dem Absatz kehrt, eilte den Hang zu ihrem wartenden Vater hinauf.

Weitere vertraute Gesichter erschienen: Gesichter aus ihrem früheren Leben in London. Im Mai kam Violet Avery zu Besuch. Sie war Helens älteste Freundin. Die beiden Frauen waren so verschieden wie Tag und Nacht, aber schon seit Schulzeiten miteinander befreundet. Violet erzählte den Mädchen gern, wie ihre Mutter sie einmal gegen einen brutalen Jungen auf dem Spielplatz verteidigt und ihm gegen das Schienbein getreten hatte, nachdem er Violet als Schwabbelpudding beschimpft hatte. Cassie und Dora beteten sie förmlich an.

Sie war faszinierend und vollkommen anders als ihre Mutter, mit knallrotem Lippenstift, heiser-verruchtem Lachen und dem tiefen Ausschnitt, der niemals fehlen durfte. Sie fuhr mit ihrer alten gelben Ente nach Clifftops und ließ den Kies aufspritzen, als sie vor der Haustür abrupt zum Stehen kam.

»Huhu«, rief sie und schwankte auf schwindelerregend hohen Absätzen die Treppen hoch, wobei sie einen großen Strauß gelber Rosen und eine Flasche Gin umklammerte. »Was muss man hier als Frau tun, um sich einen anständigen Drink zu verdienen?«

Cassie und Dora hatten aus dem Wohnzimmerfenster gestarrt und waren entzückt herbeigeeilt.

»Du bist gekommen«, quietschte Dora.

»Natürlich bin ich das. So schnell werdet ihr mich nicht wieder los. Langsam, Mädels«, flehte sie, als sie aufgeregt an ihr zerrten. »Diese Schuhe sind wirklich nicht zum Laufen gedacht – oder zum Umarmen.«

»Dein Haar ist gelb«, rief Dora.

»Ja, gefällt es dir? Ich wollte wissen, ob Blondinen wirklich mehr Spaß im Leben haben.« Violet fuhr sich durch ihre Frisur und zwinkerte Cassie zu. »Ein abschließendes Urteil steht noch aus. Hier, Dora, nimm du die Blumen. Und Cassie, du nimmst das hier.« Sie drückte ihr die große Ginflasche in die Hand. »Pass auf, die ist für deine Eltern. So«, sagte sie und sah zum Haus empor. »Am besten, ihr Mädels gebt mir jetzt eine Schlossführung.«

Dora zerrte sie durch die Haustür, während Cassie hinterherlief, die Flasche fest an die Brust gepresst. Sie musterte Violets wiegende Hüften und versuchte, sie nachzuahmen.

Sie belegten sie bestimmt eine gute Stunde mit Beschlag, bis Helen sie fortschickte und ihnen Tee vor dem Fernseher versprach, wenn sie kurz hinaus zum Spielen gingen. Dora sauste sofort davon, aber Cassie, die die Erwachsenenwelt nur widerwillig verließ, ging bloß aus der Küche und lungerte vor der offenen Türe herum. Sie hörte das Klirren von Eiswürfeln und wartete auf faszinierende Frauengespräche.

»Also«, sagte Violet mit gedämpfter Stimme. »Rück raus mit der Sprache.«

Helen schnaubte kurz auf. »Was soll ich dir groß erzählen? Du siehst ja, wie es hier ist. Verschlafen ist noch untertrieben.«

»Ich finde, es ist das perfekte Idyll. Dieses Haus ist einfach überwältigend. Es gibt Frauen, die würden einen glatten Mord für das begehen, was du hast, Helen: einen reizenden Mann, tolle Kinder, ein Landhaus.«

Cassie konnte hören, wie Violets silberne Armreife klirrten.

»Ich weiß«, sagte Helen seufzend. »Ich will nicht undankbar sein, aber es ist einfach so öde hier. Ich fühle mich wie in der Falle. Ehrlich gesagt habe ich Angst, dass ich so werde wie meine Schwiegermutter.«

»Verstehe. Sobald du anfängst, Kuchen zu backen und dir

die Haare blau zu färben, bekommst du Ärger. Aber bis dahin ist es noch ein weiter Weg.«

Helen lachte. »Es tut gut, dich zu sehen, Vi.«

»Es tut gut, *dich* zu sehen.« Die beiden Frauen stießen miteinander an, und es wurde still in der Küche, während sie tranken.

»Mir ist nur so langweilig«, stöhnte Helen schließlich. »Für Richard ist es toll. Er hat nach wie vor seinen Job, und den Umzug haben wir sowieso bloß ihm zu verdanken. Ihm und seinem übertriebenen Pflichtgefühl diesem Haus gegenüber, dem sogenannten Vermächtnis seiner Eltern. Gott bewahre, dass wir Alfred und Daphne enttäuschen und dieses Anwesen verkaufen!«

»Er trauert noch, Helen«, sagte Violet leise.

»Oh, ich weiß, ich klinge hoffnungslos egoistisch. Ich fühle mit ihm, ich fühle wirklich mit ihm. Aber wir sind seine Familie. Ich habe ihm immer gesagt, dass ich keine gute Hausfrau abgebe. Und trotzdem sitze ich jetzt auf dem Land fest. Ich versuche, ihn zu unterstützen, und frage mich die ganze Zeit, wo mein Leben geblieben ist.«

»Ha«, schnaubte Violet. »Dein Leben. Fang was Neues an. Genieße das Nichtstun. Ich beneide dich weiß Gott darum. Ich würde sonst was dafür geben, nicht um vier Uhr früh auf den Blumenmarkt zu müssen.«

»Aber du liebst deinen Job«, rief Helen empört. »Würde dir plötzlich jemand den Laden wegnehmen, würdest du ihn bestimmt vermissen.«

»Na ja, das vielleicht schon. Aber es geht nicht um mich, oder? Sondern um dich, und du solltest diese Veränderungen begrüßen. Warum wirst du nicht eine von den Frauen, die den Tag mit Einkaufen und Kaffeetrinken verbringen? Lass dich in den Elternbeirat wählen. Gründe einen Literaturkreis. Lern kochen.«

»He, ich kann kochen!« Helen war empört.

»Und ich bin Mutter Teresa.«

Cassie unterdrückte ein Kichern. Das konnte sich nur Violet erlauben. Insgeheim waren sie alle der Meinung, dass Helens Kochbegeisterung ihre Fähigkeiten bei Weitem überstieg. Sie alle litten unter ihren Braten, die schmeckten wie Schuhsohle, ihren katastrophalen Kuchen und dem undefinierbaren schwabbeligen Zeug, das angeblich Pudding sein sollte. Es brachte nur niemand übers Herz, Helens Seifenblase zum Platzen zu bringen. Niemand außer Violet.

»Warum suchst du dir nicht eine Stelle als Lehrerin?«, fuhr Violet fort. »Gute Lehrer werden doch immer gebraucht?«

»Hm«, sagte Helen wenig überzeugt. »Ich weiß nicht, ob das auch für Altphilologen gilt.«

»Hör auf, in Selbstmitleid zu versinken«, mahnte Violet.

Cassie hörte, wie weitere Eiswürfel in Gläsern klirrten und schäumendes Tonic Water eingeschenkt wurde. »Fest steht, dass du tun und lassen kannst, was du willst. Du bist jung, talentiert und siehst nicht schlecht aus. Such dir einen Job. Fang an zu stricken. Bekomm noch ein Kind. Nimm dein Leben wieder in die Hand, verstanden? Wenn du aktiv wirst, wirst du dich gleich besser fühlen.«

In diesem Moment merkte Cassie, dass Violet zu viel getrunken hatte. Ihre Mum war nicht mehr jung, und sie würde mit Sicherheit nicht anfangen zu stricken oder weitere Kinder zu kriegen. Schon beim Gedanken daran wurde Cassie übel.

»Richard ist ein guter Mann«, sagte Violet plötzlich wehmütig. »Betrachte ihn nicht als Selbstverständlichkeit, Helen. Glaub mir, es macht keinen Spaß, Single zu sein. Ich war letztes Wochenende mit Roger aus. Du wirst nie erraten, was er getan hat – bei unserer ersten Verabredung, noch bevor wir unseren Krabbencocktail intus hatten.«

Cassie merkte, dass Violet zu einer langen, gefühlsüberfrachteten Suada anhob, und beschloss, es gut sein zu lassen. Sie entfernte sich lautlos von der offenen Tür und begann, das Gehen in Violets Schuhen mit den mörderisch hohen Absätzen zu üben.

Es war das Gemälde, das Helen letztlich zum Umdenken bewog. Sie schleppte es eines Samstagnachmittags nach Hause, als sie von einer Einkaufstour aus der Stadt kam. Sie taumelte beladen mit zwei Tüten Lebensmitteln und einem riesigen rechteckigen, in braunes Packpapier eingeschlagenen Paket ins Haus.

»Was ist denn das, Mum?«, fragte Cassie und stieß mit dem Fuß dagegen.

»Das, meine Tochter, ist Kunst! Wunderschöne, die Seele berührende Kunst.«

»Darf ich gucken?«

»Natürlich. Ihr dürft alle gucken. Ihr werdet heute Abend einer großen Enthüllung beiwohnen.« Helen ging sorgsam mit dem Paket um, liebkoste seine Bindfäden und fuhr fast ehrfürchtig über das braune Einwickelpapier. So glücklich hatte Cassie sie seit dem Umzug nicht mehr gesehen.

»Ist es für das Haus?«

»Ja.« In Helens grünen Augen loderte ein Feuer. »Es ist genau das, was dieser alte Kasten braucht. Aber jetzt sieh zu, dass du weiterkommst, Cass. Ich habe noch zu tun.«

Kurz vor dem Abendessen beorderte Helen sie alle ins Wohnzimmer.

»Trara!«, rief sie und scheuchte sie mit mädchenhafter Aufgeregtheit hinein. Sie betrachteten nacheinander das Bild und ließen es auf sich wirken. Das Zimmer war völlig verändert. Cassie, Richard und Dora standen stumm da und staunten, während Helen hinter ihnen abwartend und voller Vorfreude von einem Bein aufs andere trat. »Na, was haltet ihr davon?«

Helen war nicht untätig geblieben, nachdem sie aus der Stadt zurückgekehrt war. Viele der alten Möbel, die den Raum okkupiert hatten, waren an die Seite geschoben oder komplett entfernt worden. Daphnes schöner Perserteppich stand zusammengerollt in einer Ecke. Nippes und antike Uhren waren verschwunden, das verstaubte alte Barometer zeigte hartnäckig auf Sturm. Die verblichenen Chintzsofas waren geblieben und standen hufeisenförmig vor dem Kamin. Die Beistelltische und eleganten Lampen waren entfernt worden. Das Zimmer war nur noch ein schwacher Abklatsch seiner einstigen Pracht. Es gab nur einen Blickfang, ganz so wie Helen es gewollt hatte, nämlich das riesige neue Gemälde an der gegenüberliegenden Wand, das sie alle in seinen Bann zog.

»Ist das nicht atemberaubend?«, sagte Helen erneut, diesmal zu Richard.

Cassie beäugte das Bild skeptisch und spürte, wie Dora sich Schutz suchend an sie schmiegte, während Richard sich räusperte.

»Er ist ein Genie, nicht wahr?«, schwärmte Helen.

»Wen genau meinst du?«, fragte Richard verwirrt.

»Tobias Grey, der hiesige Künstler. Ich war in seiner Galerie in Bridport und habe mich einfach in dieses Bild verliebt. Ich musste es unbedingt haben. Ich wusste, dass es dieses Zimmer verändern wird.«

Cassie wandte sich wieder dem Bild zu und versuchte, es auf sich wirken zu lassen. Es war ein Seestück aus dick aufgetragenen Ölfarben. Der Ozean breitete sich bedrohlich über die ganze Leinwand aus. Zähflüssige Farbwirbel türmten Tintenblau auf Grün und schufen eine große schäumende Wasseroberfläche, die düster und unheimlich wirkte. Am unteren Rand des Bildes waren ein Kiesstrand und ein dünner Streifen Land in der Farbe ausgeblichener Knochen zu sehen, während in einer Bildhälfte Felsen und wetterumtoste Klippen aufragten. Und ganz oben, aus den Tiefen eines stürmischen Himmels, fiel ein einsamer Lichtstrahl auf einen winzigen Fleck Wasser und tauchte ihn in ein silbriges Schimmern. Der einzige Lichtstrahl in einer ansonsten düsteren Landschaft. Cassie lief ein Schauder über den Rücken.

»Es gehört zu der Serie *Träume vom Ertrinken*. Ist es nicht unglaublich?«, fuhr Helen fort.

Richard räusperte sich erneut. »Es ist, äh, ziemlich düster.«

»Darum geht es doch gerade«, rief Helen gereizt. »Es löst etwas in einem aus. Dieser einsame Lichtstrahl, der über das Wasser tanzt – ist der nicht wunderschön?« Sie schien gar keine Antwort auf ihre Frage hören zu wollen, denn sie fuhr atemlos fort. »Er hat mir erzählt, dass es die ungehemmte Brutalität der Natur verkörpert.«

»Ich mag es nicht«, hörte sich Cassie laut sagen.

»Ach, papperlapapp! Hat denn keiner von euch ein Gespür für Kunst?«, rief Helen.

»Es ist groß. Riesig. Es sieht teuer aus«, fügte Richard hinzu.

»Ah, ich verstehe«, sagte Helen schneidend. »Das beunruhigt dich also. Geht es ums Geld?«

»Äh, nein, aber … wie teuer war es denn?«

»Ich dachte, du hast gesagt: Hauptsache, es macht dich glücklich?«

»Ja«, stimmte Richard zu. »Das habe ich gesagt.« Cassie merkte, dass ihr Vater denselben geduldigen Ton anschlug, den er benutzte, wenn er ihr bei den Mathehausaufgaben half. »Aber wir können unser Geld nicht einfach so für riesige Gemälde rauswerfen. Was hat dir denn an dem Aquarell nicht gefallen, das vorher über dem Kamin hing?«

»Richard, muss ich dir das wirklich erklären?«, fragte Helen kühl. »Dir gefällt es vielleicht, im Haus deiner Mutter zu wohnen, aber mir nicht. Es wird Zeit, etwas zu verändern.«

»Das tun wir ja auch«, versuchte es Richard erneut. »Behutsam und gemeinsam. Ich weiß, dass ich dir vorgeschlagen habe, das Haus zu deinem Projekt zu machen. Aber ich hätte es gern, dass ich um Rat gefragt werde. Ich würde gern etwas gemeinsam mit dir aussuchen. Das hier«, er machte eine weit ausholende Geste, »geht mir etwas zu schnell.«

»Richard, es sind Wochen vergangen. Wir können nicht für den Rest unseres Lebens in einem Mausoleum leben.«

»Das erwarte ich auch gar nicht.«

»Aber ich soll dich jedes Mal um Rat fragen, wenn ich einen Sessel verrücke, ein Bild umstelle?«

»Jetzt mach dich nicht lächerlich.« Richard seufzte und merkte, dass er die Schlacht verloren hatte. Er sah zu dem Bild auf und zuckte sichtlich zusammen. »Es ist nur so düster und«, er suchte krampfhaft nach den richtigen Worten, »deprimierend.«

»Nun, ich kann es zurückbringen. Der Künstler hat mir einen Spezialpreis gemacht. Er hat mir einen Nachlass von zweihundert Pfund gegeben.«

Richard riss die Augen auf. »Einen Nachlass von zweihundert Pfund? Wie viel hat es denn gekostet?«

»Drei.«

»Dreihundert?«, fragte Richard verwirrt.

»Nein, dreitausend.« Schweigen. »Was ist?«, fragte Helen. »Warum siehst du mich so an?«

»Helen, wir haben das Geld nicht dafür.«

»Quatsch! Was ist mit dem Geld, das dir deine Eltern hinterlassen haben?«

»Das ist kein Fass ohne Boden, mein Schatz. Wir müssen Erbschaftsteuer bezahlen, uns um den Erhalt des Hauses kümmern. Die Isolierung muss erneuert werden, und der Boiler pfeift auch aus dem letzten Loch.«

Richard fuhr sich seufzend durchs Haar.

»Wir schwimmen nicht gerade im Geld. Alles steckt in diesem alten Gebäude und dem dazugehörigen Grundstück. Wir müssen vorsichtig sein.« Er sah sich um und bemerkte plötzlich die zwei aufmerksam gespitzten Ohren. Mit einem vielsagenden Blick wandte er sich wieder an Helen. »Mädchen, warum geht ihr nicht raus zum Spielen?«

»Was ist mit Tee?«, fragte Dora. »Ich habe Hunger.«

»Iss ein Toastbrot«, sagte Helen gereizt. »Ich komm gleich und mach dir eines.«

Cassie trottete schulterzuckend zur Tür. »Komm, Dora. Ich mache uns einen Käsetoast.«

Die beiden Mädchen schlurften aus dem Wohnzimmer und versuchten, die lauten Stimmen zu ignorieren, während die Tür hinter ihnen zufiel.

Sie wussten beide, dass wieder dunkle Gewitterwolken im Anzug waren.

Dora

Gegenwart

Dora fühlt sich wie ein ungebetener Gast, als sie vorsichtig an die Haustür klopft. Lautes Schweigen empfängt sie. Ihr wird klar, dass ihre Mutter im Garten sein muss. Sie läuft um das Haus herum, öffnet das Holztor und geht in Richtung Terrasse. Dabei versucht sie das Gefühl abzuschütteln, Landfriedensbruch zu begehen.

Aus der Ferne hat Clifftops ausgesehen wie aus dem Bilderbuch. Aber als Dora den Garten betritt, bemerkt sie kleine Veränderungen. Er ist immer noch schön. Die Bäume im Obstgarten biegen sich unter den späten Frühlingsblüten, der ganze Garten rauscht und raschelt in der Wärme. Aber kleine Details lassen das Anwesen ungepflegt wirken. Ein Schubkarren rostet neben dem Misthaufen vor sich hin, der Rasen ist nicht gemäht und mit Gänseblümchen und Löwenzahn durchsetzt. Blätterhaufen vom letzten Herbst türmen sich neben der Terrasse. Dora sieht eine tropfende Regenrinne und Farbe, die von den Fensterrahmen blättert. Einzeln betrachtet ist das alles zu vernachlässigen – nichts, was ein guter Handwerker nicht in wenigen Tagen beheben könnte. Aber in ihrer Gesamtheit lassen sie das Haus abgenutzt und ein wenig heruntergekommen wirken. So hat sie das alte Anwesen nicht in Erinnerung.

»Hallo, du kommst gerade rechtzeitig zum Tee.«

Dora zuckt zusammen, als sie die Stimme hört. »Hallo, Mum, puh, hast du mich erschreckt!«

Helen kommt hinter einem Rankgitter mit Clematis hervor und geht Dora entgegen. Dabei zieht sie die Gartenhandschuhe aus und streicht sorgfältig die Bluse glatt, bevor sie ihre Tochter umarmt. Die Umarmung ist steif und unbeholfen, und Dora merkt, dass die Lippen ihrer Mutter ihre Wange kaum berühren.

Helen zieht sich wieder zurück und mustert sie kritisch. »Du siehst müde aus«, sagt sie schließlich.

Dora merkt, dass sie mit einer Haarsträhne spielt, die sich aus ihrem Pferdeschwanz gelöst hat, und steckt die Hände wieder in die Hosentaschen. »Ein bisschen, ja.«

»Wie war die Fahrt?«

»Gut, danke. Du siehst gut aus, Mum. Und der Garten ... steht in voller Blüte.« Dora zuckt innerlich zusammen. Sie ist nervöser als gedacht.

»Ja«, pflichtet Helen ihr bei und betrachtet besorgt den Garten. »Er macht auf jeden Fall viel Arbeit – jetzt, wo ich ganz auf mich gestellt bin.« Die beiden Frauen bleiben einen Moment nebeneinander stehen und mustern schweigend Helens riesiges Aufgabengebiet. »Los, komm rein! Ich setze Teewasser auf.«

Dora folgt ihrer Mutter ins schattige Haus und nutzt die Gelegenheit, die vor ihr hergehende Helen zu mustern. Sie hat sich kaum verändert. Sie ist eine modebewusste Frau von knapp fünfzig und wirkt fit in der Baumwollhose und dem salbeigrünen T-Shirt. Dora bemerkt ihren dicken, dunklen Bob, der inzwischen grau durchsetzt ist, und auch ein paar Falten mehr um ihre jadegrünen Augen. Aber sie ist nach wie vor schön.

Helen legt ihre Gartenhandschuhe auf die Küchentheke

und füllt den Teekessel. »Ich fürchte, ich habe keinen losen Tee mehr. Ich habe es heute früh nicht mehr geschafft, einkaufen zu gehen. Findest du es schlimm, wenn ich Teebeutel nehme?« Sie hält eine Schachtel mit teuer aussehenden Earl-Grey-Beuteln hoch.

Dora lächelt kaum merklich. Sie trinkt normalerweise extrem starken schwarzen Tee, zubereitet aus Supermarktteebeuteln, der zehn Minuten lang gezogen hat. »Kein Problem«, sagt sie und spricht sofort weiter, um keine Pause entstehen zu lassen: »Und, wie gefällt dir das Landleben?«

»Oh, ganz gut. Wir hatten einen herrlichen Frühling, das Wetter war warm. Die Einheimischen haben sich darüber aufgeregt, dass der Dorfladen schließen wollte. Sie haben Petitionen eingereicht und so. Und natürlich haben die Vorbereitungen auf das Event des Jahres bereits begonnen.«

Dora sieht ihre Mutter fragend an.

»Du erinnerst dich an das alljährliche Landfrauenfest? Die hiesigen alten Jungfern backen schon wie verrückt Kuchen und arrangieren Blumen. Die Konkurrenz soll dieses Jahr sehr groß sein, vor allem in den Kategorien Marmeladen und Obstkuchen.«

Die Stimme ihrer Mutter trieft nur so vor Zynismus, und Dora muss grinsen. Helen konnte mit den Dorfritualen und dem damit einhergehenden Klatsch noch nie etwas anfangen. Es ist wirklich eine Ironie des Schicksals, dass ausgerechnet ihre Mutter in dem alten Haus zurückgeblieben und zu einer Art Wiedergängerin Daphnes geworden ist.

»Oh, und hast du gehört, dass der gute Bill Dryden vor ein paar Monaten gestorben ist?«, fährt Helen fort. »Bauchspeicheldrüsenkrebs. Du erinnerst dich an ihn? Er hat sich um das Anwesen gekümmert. Seine arme Frau Betty ist am Boden zerstört.«

Helen gießt kochendes Wasser in eine Kanne und stellt

wild zusammengewürfeltes Geschirr auf ein Tablett. Dora sieht zu und wird auf einmal ganz traurig. Sie erinnert sich an Bills lange, kräftige Arme, die sie durch die Luft schwenkten, bis ihr Kichern zaghaftem Protest wich und er sie wieder herunterließ. Sie hat ihn seit Jahren nicht mehr gesehen, aber die Erinnerung an ihn ist frisch.

»Er war so ein reizender Mann«, fährt Helen fort, klappert mit Teetassen und sucht in der vollen Besteckschublade nach Silberlöffeln. »Er ist so in seinem Job aufgegangen und konnte wunderbar mit euch Kindern umgehen. Es gab eine schöne Trauerfeier. Die Kirche war zum Bersten voll.«

»Das ist gut«, murmelt Dora nach wie vor betroffen. »Ich mochte Bill sehr.«

»Wie dem auch sei«, sagt Helen plötzlich energisch. »Sollen wir den Tee mit in den Wintergarten nehmen? Zu dieser Tageszeit ist es dort besonders schön.«

Sie schlägt den höflichen Ton an, den sie für Gäste reserviert hat, und Dora merkt, dass ihre Mutter genauso nervös ist wie sie. Daraufhin geht es ihr etwas besser.

Helen nimmt das Tablett, und Dora verlässt hinter ihr die Küche, geht an der offenen Tür zur Bibliothek vorbei und wirft eine Blick auf den alten Eichensekretär ihrer Mutter, der wie immer überquillt von Unterlagen und Büchern. Sie kommt an einem Tisch im Flur vorbei, auf dem zahlreiche Familienfotos stehen. Ihre silbernen Rahmen sind im Laufe der Zeit staubig und fleckig geworden. Da stehen ein Hochzeitsfoto von Daphne und Alfred in Sepiatönen, ein Schnappschuss von Cassie, der sie grimmig und stocksteif in ihrer Schuluniform zeigt, und ein Foto von Dora als Baby, auf dem sie auf einer karierten Wolldecke liegt und ihre Hand im Mund hat. Dahinter steht ein kleineres Bild, das sie schon ganz vergessen hatte. Sie schaut es sich näher an. Es zeigt Cassie, ihren Vater und sie am Strand.

Cassie sieht hübsch aus, sie muss elf oder zwölf sein. Ihr blondes Haar weht im Wind, und ihre ernsten blauen Augen schauen direkt in die Kamera. Sie sieht, wie sie hinter ihr herrennt, ein dünnes, junges Mädchen, das beim Lachen die Zähne zeigt. Hinter ihnen steht ihr Vater. Seine Wangen sind gerötet, und sein Lächeln ist breit, während er Meerwasser aus seinem nassen, hellen Haar schüttelt. Man könnte meinen, er wäre gerade schwimmen gewesen. Obwohl sie nur eine vage Erinnerung an diesen Tag hat, kann sie sich an ein kühles Osterpicknick erinnern. Trotzdem zuckt sie beim Anblick des Fotos zusammen. Weil es sie zu dritt an der Küste zeigt. Sie sehen so jung und glücklich und unschuldig aus, dass sich ihr Magen schmerzhaft zusammenzieht. Sie fragt sich, wie ihre Mutter den Anblick erträgt. Ein Schauer läuft ihr über den Rücken, und sie wendet sich von dem Bild ab, beeilt sich, Helen einzuholen, die bereits mit dem Teetablett den Flur verlassen hat.

Sie betreten den sonnendurchfluteten Wintergarten und nehmen in knackenden Rattansesseln Platz. Die Nachricht, die sie zu verkünden hat, lastet schwer auf ihr, noch wagt sie es nicht, den Mund aufzumachen. Sie muss die richtigen Worte finden. Deshalb lässt sie Helen mit ihrem Monolog über das Leben in Summertown fortfahren, hört aber nur mit halbem Ohr zu und schielt zu einer riesigen schillernden Schmeißfliege hinüber, die auf dem einzigen geschlossenen Fenster herumkrabbelt. Sie fliegt gegen die Scheibe und versucht verzweifelt, der bedrückenden Atmosphäre zu entfliehen.

Das Gefühl kenne ich, denkt Dora.

»Und, wie geht es dir? Wie lebt es sich so in London? Und wie geht es Daniel?« Helens Fragen reißen sie aus ihrem Tagtraum.

Dora beschließt, mit harmlosen Themen zu beginnen. »Dan

geht es gut. Seine letzte Ausstellung war ein Erfolg, und er hat ein paar neue Aufträge. Eine Frau aus Highgate hat drei seiner Bronzeskulpturen für ihren Garten bestellt. Deshalb konnte er dieses Wochenende nicht mitkommen.« Dora schweigt, überlegt, ob der richtige Moment gekommen ist, drückt sich aber davor, Tacheles zu reden. »Und ich wurde befördert.«

»Ach ja?«, sagt Helen.

»Ja. Ich bin jetzt Senior Account Manager. Wir konnten einen neuen Kunden an Land ziehen, einen Hersteller von Frühstücksflocken, den wir einem unserer größten Konkurrenten abgejagt haben. Ich habe es erst gestern erfahren. Für den Rest der Branche kam das ziemlich überraschend – mein Chef ist total aus dem Häuschen«, fügt sie hinzu, wohl wissend, dass sie zu viel redet.

»Das ist ja toll«, erwidert Helen und nippt erneut an ihrem Tee. Dora schweigt, sieht den Schatten eines Vogels über die Wand am anderen Ende des Wintergartens gleiten. Sie weiß nicht recht, wie es weitergehen soll.

Die Schmeißfliege stellt plötzlich ihr hektisches Summen am Fenster ein, und es wird totenstill im Raum.

»Und, geht es dir gut?«, fragt Helen und sieht von ihrer Tasse auf. »Du siehst ein wenig blass aus.«

Erst müde, jetzt blass. Dora staunt, wie sehr sich die simplen Beobachtungen ihrer Mutter nach Kritik statt nach aufrichtiger Besorgnis anhören.

»Es … es geht mir gut.« Sie überlegt eine Minute. »Doch, es geht mir gut«, wiederholt sie. Dann holt sie tief Luft und spricht es laut aus: »Ehrlich gesagt bin ich schwanger.«

Ob es daran liegt, dass Dora es in die angespannte Atmosphäre hineinsagt, oder an der Erleichterung, die Nachricht endlich losgeworden zu sein, kann sie nicht sagen. Vielleicht ist es auch nackte Angst, die sie treibt. Plötzlich bemerkt sie entsetzt, dass sie weint. Ihr Körper zittert und bebt, während sie in die Stille hineinschluchzt.

Etwa eine Minute lang weint sie unkontrolliert, die Tränen strömen nur so über ihr Gesicht. Sie versucht vergeblich, sich zusammenzureißen und die verlaufene Wimperntusche unter den Augen wegzuwischen, fährt sich mit dem Ärmel über die Wangen und greift nach ihrer Teetasse. Sie ist tief gedemütigt. So hat sie sich das nicht vorgestellt. Sie nimmt ein paar Schlucke von ihrem kalten Tee und sieht dann ihre Mutter an. Helen sitzt wie erstarrt in ihrem Sessel, ihre Züge sind wie versteinert, und sie ist blass geworden. Dora mustert sie forschend, wartet auf Fragen, auf eine Bemerkung, auf den Hauch von Besorgnis oder Freude. Doch Helen bleibt stumm wie eine Statue.

Dora wartet. Sie glaubt, keine Luft mehr zu bekommen, und auf einmal beschleicht sie ein seltsames Gefühl: Vielleicht ist das gar nicht die Wirklichkeit. Vielleicht ist das nur einer ihrer Albträume. Vielleicht ist sie ein Geist. Ihr Kopf fühlt sich so leicht an. Winzig. Unsichtbar.

Schließlich hält sie es nicht länger aus. »Mum?«, fragt sie. »Hast du nicht vor, etwas dazu zu sagen? Irgendetwas?« Ihre Verlegenheit weicht Wut.

Helen schweigt, ihre Teetasse hängt zwischen Schoß und Lippen in der Luft. Dann stößt sie einen leisen Seufzer aus, er hört sich an wie ein Rauschen in den Bäumen.

Dora starrt ihre Mutter an. »Mum? Ich bekomme ein Baby. Hast du verstanden, was ich gesagt habe?«

»Ja, ich habe dich verstanden, Dora.«

»Und?«

»Was soll ich deiner Meinung nach dazu sagen?«

»Nun, ich bin da keine Expertin, Mum. *Herzlichen Glückwunsch* ist weitverbreitet.« Dora kann ihre Wut nicht länger unterdrücken. Sie ist nicht daran gewöhnt, Klartext mit ihrer Mutter zu reden. In der Vergangenheit hat sie Konfrontationen strikt vermieden, versucht, einen Mittelweg zu finden. Aber was zu viel ist, ist zu viel.

»Nun, dann herzlichen Glückwunsch«, sagt Helen, aber Dora merkt, dass sie ihr nach wie vor nicht in die Augen schauen kann.

Sie schüttelt fassungslos den Kopf. »Du kannst dich einfach nicht für mich freuen, was?«

Helen schweigt.

»Ich weiß nicht, warum ich mich überhaupt herbemüht habe. Ich habe gehofft, dass sich die Dinge anders entwickeln. Dass wir die Vergangenheit hinter uns lassen können. Ich habe gedacht, dass meine Nachricht …« Ihre Stimme erstirbt. »Ich habe mich getäuscht, nicht wahr? Nichts hat sich geändert.«

Helen starrt weiterhin in den Garten. Das sieht aus wie eine Aufforderung zum Gehen, und Dora empfindet es als Schlag ins Gesicht. Das Blut steigt ihr zu Kopf. Sie knallt ihre Tasse auf den Tisch und springt auf. Dann bricht es plötzlich aus ihr heraus.

»Weißt du was, Mum«, sagt sie auf dem Weg zur Tür. »Fast hätte ich mir eingeredet, dass ich mich all die Jahre getäuscht habe. Dass du mich insgeheim immer noch liebst, es mir nur nicht mehr zeigen kannst. Nicht nach dem, was passiert ist.« Sie stößt ein verbittertes Lachen aus. »Du hast mir leidgetan. Ich habe geglaubt, du wärst zu kaputt, um mir deine Gefühle zeigen zu können. Aber da habe ich mich offensichtlich getäuscht.« Sie schüttelt den Kopf und lacht zynisch. »Meine Güte, und wie ich mich getäuscht habe! Und da ich die Schuld trage an dem, was an jenem Tag passiert ist, gibt es für uns kein Zurück mehr. Du wirst mir niemals vergeben, oder? Seitdem sind Jahre vergangen, aber du kannst mich nach wie vor kaum ansehen.«

Schweigen breitet sich aus, bis Helen schließlich den Kopf dreht, um Dora anzusehen. Selbst aus der Ferne kann sie das bernsteinfarbene Funkeln in den grünen Augen ihrer Mutter erkennen.

»Ich … ich möchte … ich versuche …«, stottert Helen und verstummt. Sie zuckt ergeben mit den Schultern und wendet sich dann wieder dem Garten zu.

»Ich … ich … was? Was denn, Mum? Warum kannst du es mir nicht einfach sagen? Warum bestrafst du mich? Was ist nur mit dir los? Warum kannst du nicht mit mir reden?«

Sie steht an der Tür, wartet mit weit aufgerissenen, tränennassen Augen und hofft, dass ihre Mutter ihr sagt, sie täusche sich. Dass sie aufsteht, sie in die Arme nimmt und ihr tröstende Worte zuflüstert. Aber der Oberkörper ihrer Mutter bleibt abgewandt, ihr Blick weiterhin auf die sich wiegenden Bäume geheftet.

Dora starrt sie eine Weile an, während erneut Wut in ihr aufwallt. Dann dreht sie sich um und verlässt den Raum. Sie muss sich beherrschen, die Tür nicht hinter sich zuzuknallen.

Cassie

Vierzehn Jahre zuvor

Es gab schlechte Neuigkeiten. Cassie wusste es bereits, als Dora in ihr Zimmer gerannt kam, dabei über die langen Beine ihres zu großen rosa Schlafanzugs stolperte und sich mit einer brennenden Frage an sie wandte.

»Was ist Glück im Unglück, Cassie?« Sie warf sich zitternd aufs Fußende des Bettes und steckte ihre Füße unter die Decke.

»Wo hast du das denn her?«, fragte Cassie, die Doras Worte aus der warmen Geborgenheit des Schlafes gerissen hatten. Hinzu kam der Schreck über die eiskalten Zehen an ihrem Schienbein.

»Von Mum. Das hat sie gesagt, als sie gestern Abend mit Violet telefoniert hat«, erklärte Dora. »Normalerweise führt ein Unglück zu Tränen, oder? Zumindest Dad sagt das.«

»Ja«, pflichtete Cassie ihr bei. Aufgeschlagene Knie, gebrochene Gliedmaßen, zerbrochenes Geschirr, zerbeulte Autos – ihr fiel kein Unglück ein, das nicht mit einem Drama endete. Soweit sie das beurteilen konnte, brachte ein Unglück nie Glück mit sich.

»Vielleicht bekommen wir einen Welpen?«, schlug Dora erwartungsvoll vor.

»Hm«, murmelte Cassie skeptisch unter der Decke. Das würde bestimmt nie passieren.

»Glaubst du, in der Schule friert die Heizungsanlage wieder ein, und wir dürfen alle nach Hause gehen?«

»Keine Ahnung, Dora«, seufzte Cassie erschöpft. »Warum gehst du nicht zu Dad und belästigst ihn mit deinen Fragen. Es ist noch so früh.«

Dora trollte sich beleidigt, sodass Cassie sich wieder in die schlafwarme Decke kuscheln konnte. Sie wollte die dunkle Wolke unangenehmer Gedanken, die ihren Kopf füllte, noch eine Weile fernhalten. Nein, kein Unglück brachte Glück mit sich.

Später an diesem Morgen baten Richard und Helen die Mädchen, sich zu setzen, und überbrachten ihnen dann die Nachricht.

»Ein Baby?«, rief Dora.

»Ja, genau«, sagte Richard stolz.

Cassie und Dora sahen sich an.

»Ist das das Glück im Unglück?«, fragte Dora ihre Mutter.

Helen musste laut lachen. »Du hast mich beim Telefonieren belauscht?«

»Nein. Na ja, vielleicht«, gab Dora errötend zu.

»Ja, ich denke schon«, pflichtete Helen ihr lächelnd bei. »Wir hatten nicht vor, weitere Kinder zu bekommen. Es ist einfach so passiert. Aber trotzdem freuen wir uns riesig.« Helen streckte den Arm aus und drückte Richards Hand. »Hoffentlich geht es euch genauso.«

»Hättet ihr nicht verhüten können?«, fragte Cassie dreist.

Richard hüstelte.

»Was heißt das, verhüten?«, fragte Dora.

»Na ja«, meinte Helen geduldig, »Verhütung ist etwas, das ein Paar tut, wenn es sich liebt, aber keine Kinder haben will.«

»Sharon Tate aus der Zehnten hätte das auch tun sollen«, fügte Cassie wissend hinzu.

»Ja, nun ja, wie eure Mutter schon sagte, Sex und Verhütung sind etwas für Erwachsene. Für Erwachsene, die sich lieben«, betonte Richard. »Und du hast recht, Cassie, wir hätten verhüten können«, stimmte er ihr zu und versuchte, seine Verlegenheit zu überspielen. »Aber jetzt, wo eure Mutter schwanger ist, sind wir entzückt. Und?« Er schwieg erwartungsvoll. »Was sagt ihr dazu?«

»Ich bin auch entzückt«, sagte Dora und seufzte glücklich. »Eine kleine Schwester.«

»Oder ein Bruder«, rief ihr Richard in Erinnerung.

»Es wird eine Schwester«, sagte Dora fest entschlossen.

Schweigen. Cassie spürte, wie sie von der Erwartungshaltung ihrer Eltern schier erdrückt wurde.

»Und Cassie, was hältst du davon? Freust du dich?«

»Ja«, sagte Cassie schließlich. »Das ist toll.«

Ein Luftzug war zu spüren, als Richard laut aufatmete. »Wir wussten, dass ihr euch freuen würdet. Hab ich's dir nicht gesagt, Helen? Die Mädchen werden sich freuen, habe ich gesagt. Ein Baby!« Er strahlte sie an. »Aber keine Sorge, ehe ihr euch's verseht, bringen wir euch bei, wie man ein Fläschchen warm macht und Windeln wechselt.«

»Igitt, schmutzige Windeln, nein danke«, sagte Dora kichernd.

»Ein Baby«, wiederholte Richard und schüttelte staunend den Kopf. »Wer hätte gedacht, dass dieses alte Haus die Geburt eines neuen Tide erlebt? Mum und Dad wären begeistert gewesen.«

Cassie konnte das plötzlich weich gewordene Gesicht ihres Vaters kaum ertragen. Sie wandte sich ab, konzentrierte sich auf die Szene vor dem Küchenfenster. Der Boden war mit Raureif bedeckt, am Horizont stand ein dünner Streifen blassen Himmels. Darüber lasteten dunkle schwere Haufenwolken, als wollten sie die gefrorene Erde erdrücken, sie langsam ersticken. Plötzlich wollte sie nur noch weg. Obwohl es draußen kalt war, wollte sie sich ins Freie stürzen und einfach nur rennen, bis ihre Lunge brannte und ihre Beine nachgaben. Dann würde sie sich fallen lassen und zulassen, dass der Raureif ihre Kleider durchdrang, über ihre Haut kroch und sie mit Eis bedeckte.

»Erde an Cassie.« Richard fuchtelte vor ihrem Gesicht herum, um ihre Aufmerksamkeit zu erregen. »Meine Güte, du stehst ja völlig neben dir! Hast du mich gehört? Ich habe dich gefragt, ob du noch Tee willst.«

Cassie schüttelte den Kopf und sah wieder zum Fenster hinaus. Sie konnte sich kein Lächeln abringen. Ein Baby, das waren keine guten Neuigkeiten.

Die Schwangerschaft verwandelte Helen. In den kommenden Monaten schien sie anzuschwellen und zu reifen wie der Riesenpfirsich in Doras Lieblingsbilderbuch. Sie hatte sich nie groß für den Haushalt interessiert, aber plötzlich begann sie mit einer neu entdeckten Begeisterung zu waschen, zu putzen und leider auch zu kochen, bis Richard behutsam vorschlug, sie möge sich etwas Energie für das Baby aufsparen. Keiner von ihnen konnte noch eine von ihren komplizierten, ungenießbaren Mahlzeiten hinunterbringen.

Ihre Schwester blühte mit Helen auf, umflatterte ihre Mutter mit kaum verhohlener Aufregung wie eine Motte das Licht. Helen hatte ihnen erzählt, das Baby könne bereits ihre Stimmen hören, weshalb Dora endlos auf ihren dicken Bauch einplapperte. Cassie dagegen kam sich einfach dämlich vor, als sie das versuchte. Außerdem fiel ihr nichts ein, was sie ihm sagen wollte, also überließ sie es Dora, mit ihrem idiotischen Gebrabbel fortzufahren.

Auch ihr Vater konnte seine Aufregung kaum verbergen. Er kam jedes Wochenende nach Hause und bereitete alles auf die Ankunft des neuen Familienmitglieds vor. Ein neues Kinderzimmer musste gestrichen, das alte Gitterbett abgeschliffen und lackiert werden. Er baute Holzregale, die er mit neuen Büchern und Spielsachen füllte, und machte sich dermaßen energisch an die Arbeit, als könnte er damit die Geburt des Babys beschleunigen.

Dass Cassies Körper ebenfalls eine seltsame, unangenehme Verwandlung durchmachte, während Helens Bauch anschwoll, war keine große Hilfe. Quasi über Nacht wuchsen Haare an den unmöglichsten Stellen. Aus ihrer Haut platzten eitrige rote Pickel, und in peinlichen Momenten wurde ihr heiß, und sie begann zu schwitzen. Zum Beispiel, wenn Miss Mackintosh, die hübscheste Lehrerin der Schule, sie ansprach. Am schlimmsten war jedoch, dass Brüste wuchsen, wo vorher flache rosa Brustwarzen gewesen waren. Sie musterte und betastete sich halb genervt, halb fasziniert vor dem Schlafzimmerspiegel. Sie wusste nicht recht, ob sie die Neuzugänge mochte, und schämte sich in ihren zu engen Schulblusen. Insgeheim hoffte sie, Helen würde etwas bemerken und einen Einkaufsbummel vorschlagen, so wie die Mütter ihrer Klassenkameradinnen. Eine Art Ritual für Mutter und Tochter: ein neuer BH, ein Milkshake. Mit etwas Glück würde sie auch Ohrlöcher gestochen bekommen wie Tamara Hopkins. Aber Helen war viel zu sehr mit ihrem eigenen Leben beschäftigt und mit dem, das in ihr heranwuchs. Die Tage vergingen, Cassies Entwicklungsschub blieb unbemerkt. Sie wurde immer gereizter, bis sie sich schließlich an Helens Geldbörse vergriff, eine Zwanzigpfundnote herausnahm und damit das Kaufhaus in Bridport betrat.

Alles, was sie wollte, war ein BH. Wie kompliziert konnte

das schon sein? Sie trieb sich eine Weile im Erdgeschoss herum und nahm all ihren Mut zusammen, um sich für irgendetwas aus der erstaunlichen Lingerieauswahl zu entscheiden. Es gab kleine Spitzenteile, sportliche T-Shirt-BHs, hübsche Sachen mit Blümchenmuster und Schleifen und riesige hängemattenähnliche Dinger, deren komplexe Konstruktion ein bisschen furchterregend war.

Schließlich erbarmte sich eine freundliche, grauhaarige Verkäuferin mit einer Brille mit Goldrand auf der Nase. »Kann ich dir helfen, Liebes?« Sie lächelte auf sie herunter.

Cassie hätte am liebsten die Flucht ergriffen, aber sie wollte auf keinen Fall ohne BH nach Hause zurückkehren. Sie konnte unmöglich weiterhin so zur Schule gehen. Ihre Bluse war mehr oder weniger durchsichtig, und sie hatte gemerkt, wie einige Jungen sie angestarrt hatten.

»Ich brauche einen BH«, murmelte sie schließlich.

»Nun, hier bist du goldrichtig. Gehen wir in eine Umkleidekabine, einverstanden? Dort nehme ich Maß, und dann kannst du verschiedene Modelle anprobieren. Du wirst sehen, wir werden im Nu etwas für dich gefunden haben.«

Cassie nickte und folgte der Frau zu den Umkleidekabinen. Die Verkäuferin holte ein Maßband hervor und redete mit ihr, während sie Cassies Maße ermittelte. »Bist du heute allein unterwegs, Schätzchen?«

»Ja.«

»Es ist dein erster BH, nicht wahr?«

»Ja.«

»Ich weiß noch, wie ich meinen ersten BH bekam. Meine Mum und ich sind in einen witzigen kleinen Laden in Exeter gegangen. Das Ding war furchtbar unbequem, ganz anders als die heutigen Modelle, die weich und dehnbar sind. Das liegt am Lycra, ein Material, das unser Leben regelrecht revolutioniert hat. Egal, wer Lycra erfunden hat – er hat einen Orden verdient! Deine Mum kauft Lebensmittel, nicht wahr? Und du sollst dich allein zurechtfinden wie ein großes Mädchen?«

»Meine Mum ist tot.« Cassie wusste auch nicht genau, warum sie das sagte, es war ihr einfach so herausgerutscht.

»Oh!« Die Hände der Frau erstarrten, das Maßband fiel zu Boden, wo es ein unentwirrbares Knäuel bildete. »Oje. Das tut mir leid. Und ich rede solchen Unsinn! Du armes Ding.« Ein peinliches Schweigen entstand. »Nun, mach dir keine Sorgen, Liebes. Wir werden im Nu einen bequemen BH für dich finden. Du bist in guten Händen. Ich habe noch keinen Busen erlebt, für den ich nicht das richtige Modell gefunden habe.«

Cassie schenkte der Frau ein schwaches Lächeln und schämte sich, als sie Tränen in den Augen der Frau glänzen sah. Keine Ahnung, warum sie gelogen hatte, aber das ließ sich nicht mehr rückgängig machen.

Die Frau gab sich viel Mühe. Sie brachte ihr vier BHs in die Kabine. Cassie probierte sie alle an und machte sich keine zwanzig Minuten später in ihrem ersten jungfräulich-weißen 70-A-Cup auf den Heimweg. Es war ein schlichtes Baumwollmodell mit einer winzigen lila Schleife in der Mitte.

»Sie wäre sehr stolz auf dich«, verkündete die Frau, als Cassie das Kaufhaus verließ.

Cassie sah sie verwirrt an.

»Deine Mutter, Liebes. Sie wäre so stolz auf dich – weil du jetzt fast erwachsen und eine richtige Frau bist.« Sie zwinkerte Cassie zu, die verlegen errötete.

Auf dem Heimweg musste Cassie ständig an diese Worte denken. Die Verkäuferin täuschte sich. Ihre Mutter war nicht stolz auf sie. Sie hatte nicht mal bemerkt, dass sie zur Frau heranwuchs. Ihre Mum hätte genauso gut tot sein können, so wenig beachtete sie sie. In Cassie brodelte es, während sie allein mit dem Bus nach Hause fuhr, ihre Mutter, ihr ungeborenes Geschwisterchen und die neuen BH-Träger verfluchte, die schmerzhaft in ihre Schultern schnitten.

Am Abend war sie immer noch wütend auf Gott und die Welt. Als sie sah, wie Dora am Küchentisch saß und sich konzentriert über die unförmige Decke beugte, die sie für das Baby strickte, war das einfach zu viel für sie. Sie setzte sich rittlings auf den Stuhl neben Dora und wartete, bis ihre Schwester gehorsam von dem gelben Wollknäuel in ihrem Schoß zu ihr aufsah.

»Ist dir eigentlich klar, dass nichts mehr so sein wird wie vorher, wenn das Baby da ist, Dora?«

Dora sah verwirrt drein. Sie hatte die Maschen gezählt und konzentriert die Zungenspitze zwischen die Lippen geklemmt. »Und eine fallen lassen. Was hast du gesagt, Cassie?«

»Ich sagte, dass nichts mehr so sein wird wie vorher, wenn das Baby da ist.«

»Wie meinst du das?«

»Babys brauchen viel Aufmerksamkeit. Mum und Dad werden müde und zerstreut sein.«

Dora nickte. »Hm, hm.«

Cassie sprach weiter. »Es wird ihr kleiner Liebling werden, weißt du, und die meiste Aufmerksamkeit bekommen. Du wirst nicht mehr das Nesthäkchen sein, Dora. Wir beide können da nicht mehr mithalten, verstanden?«

Dora dachte einen Moment nach.

»Ich betrachte das Baby nicht als Konkurrenz. Mum und Dad werden uns noch genauso lieb haben wie zuvor. Auf jeden Fall scheinen sie sich sehr zu freuen. Ich finde das toll.« Sie hob das Strickzeug, um ihre Fortschritte zu begutachten, und Cassie entdeckte mehrere große Löcher in dem langen, seltsam zipfeligen Gebilde. Die Decke war die reinste Katastrophe, aber Dora zupfte einfach ein paar Mal daran und begann dann erneut, langsam und gleichmäßig mit den Nadeln zu klappern.

Cassie schüttelte den Kopf.

»O Dora, bist du naiv! Glaub, was du willst, wenn es dir damit besser geht, aber insgeheim weißt du genau, dass ich recht habe. Nichts wird mehr so sein wie vorher.« Sie konnte sich einfach nicht beherrschen und spürte, wie Boshaftigkeit in ihr aufstieg. Sie musste sie loswerden, mit jemandem teilen. »Mach dich lieber auf einiges gefasst. Von nun an sind wir auf uns gestellt, Dora«, fuhr sie fort. »Wir beide gegen den Rest der Welt. Das weißt du doch, oder?«

Dora schien kurz über die Worte ihrer Schwester nachzudenken, bevor sie nickte. »Ich denke schon.«

Angesichts Doras bedrückter Miene beruhigte sich Cassie wieder etwas, konnte es aber nicht lassen, leise nachzusetzen: »Wir müssen zusammenhalten, verstehst du? Das tun Schwestern nun mal.«

Dora nickte erneut, schien diese Unterhaltung allerdings nicht fortsetzen zu wollen. Sie senkte den Kopf und fuhr langsam und gleichmäßig mit ihrem Eins-rechts-eins-links-Muster fort, bis Cassie sich langweilte und das Zimmer verließ.

Ein paar Nächte später wachte Cassie davon auf, dass sie etwas Warmes, Feuchtes zwischen den Beinen spürte. Sie machte ihre Nachttischlampe an und sah an sich herunter. Dabei entdeckte sie einen Blutfleck auf ihrem hellen Baumwollnachthemd. Sie seufzte.

Endlich hatte sie ihre Tage bekommen.

Sie hatten im Biologieunterricht darüber geredet. Mrs. Nelson hatte das Gekicher und die dämlichen Witze der Mädchen ignoriert und gesagt, es lohne sich, ein paar Binden oder Tampons für diesen großen Moment parat zu haben, in dem sie zur Frau würden. Seitdem hatte Cassie das Thema mit ihrer Mutter vertiefen wollen, doch irgendwie hatte sich das nie so richtig ergeben. Das bereute sie jetzt.

Cassie schleppte sich aus dem Bett und schlich leise über den Flur ins Bad. Als sie es erreichte, hörte sie ein merkwürdiges, gedämpftes Weinen. Sie würde ihm auf den Grund gehen, sobald sie ihr Problem behoben hatte.

Erst zog sie sich das Nachthemd über den Kopf und wusch sich mit einem Waschlappen. Im Badezimmerschrank entdeckte sie eine alte Packung Binden, die ihrer Mutter gehörten. Sie sahen riesig aus, viel größer als die, die ihnen die Lehrerin im Unterricht gezeigt hatte. Sie zog die Schutzfolie ab und legte den riesigen Keil in eine alte Unterhose aus dem Trockenschrank. Sie fühlte sich starr und dick zwischen ihren Beinen an, bequem war das nicht. Doch für den Moment musste das genügen. Sie griff nach einer Schlafanzughose, schlüpfte hastig hinein und begann dann, den knallroten Fleck aus ihrem Nachthemd zu reiben.

Fort, verdammter Fleck, fort, sag ich! Plötzlich kam ihr dieses Zitat aus Macbeth in den Sinn.

Der Fleck war nicht mehr rot, sondern blass teebraun, aber er war nach wie vor da. Sie versteckte das schmutzige, befleckte, zerknitterte Nachthemd ganz hinten im Trockenschrank, bevor sie das Licht ausmachte und in den Flur zurückkehrte.

Es war noch dunkel, aber unter der Schlafzimmertür ihrer Eltern kam ein schwacher Lichtstrahl hervor. Wieder durchbrach ein katzenartiges Maunzen die unheimliche Stille. Cassie ging zur Tür und wusste nicht recht, ob sie weitere Nachforschungen anstellen sollte. Doch umkehren wollte sie auch nicht. Im Näherkommen sah sie, dass die Tür einen Spaltbreit aufstand. Das Wimmern wurde lauter und verstummte dann. Sie hörte, wie sich ihre Eltern leise unterhielten. Sie blieb vor der Schwelle stehen, holte tief Luft und stieß dann vorsichtig die Tür auf. Angesichts der Szene, die sich ihr darbot, riss sie die Augen auf.

Helen und Richard saßen zusammen im Bett, sie hatten sich mehrere Kissen in den Rücken geschoben. Laken und Bettdecke lagen zerknittert am Fußende. Ihr Vater sah mitgenommen aus, so als hätte er noch kein Auge zugetan. Er hatte den Arm beschützend um Helens Schulter gelegt, während sie beide verzückt auf ein kleines, in ihren Armen liegendes Bündel starrten. Ein weiterer markerschütternder Schrei durchbrach die Stille, und Helen nahm das in Decken gehüllte Bündel in eine Hand, um sich mit der anderen das Nachthemd aufzuknöpfen. Dann tauchte ein kleiner rosa Kopf auf, der friedlich an Helens Brust andockte.

»Er hat Hunger«, hörte sie ihre Mutter sagen.

Cassie fühlte sich extrem unbehaglich. So als sei sie mitten in etwas hineingeplatzt, habe einen heiligen Moment entweiht, bei dem sie nichts zu suchen hatte. Sie wollte das Zimmer rückwärts verlassen, wünschte sich sehnlichst, unbemerkt zu bleiben, aber irgendetwas verriet sie, denn plötzlich sah Richard auf.

»Cassie«, rief er überrascht, als er sie in der Schlafzimmertür entdeckte. »Komm rein. Komm rein und begrüße deinen Bruder.«

Cassie tapste zögernd über den Teppich und beugte sich vor, um höflich den gewickelten Säugling zu bestaunen. Er war rosig, plump, hatte geschwungene Lippen und kniff die Augen zusammen. Sein Gesicht sah aufgedunsen aus und seine Nase platt gedrückt, als hätte er zehn Runden im Boxring hinter sich. Sie konnte die sich verzweigenden blauen Adern unter der pergamentdünnen Haut und blonden Flaum auf seinem Kopf sehen. Er hatte genau dieselbe Haarfarbe wie sein Vater.

Das Baby interessierte sich ausschließlich für die Brust, an die es angedockt hatte. Cassie musste an die neugeborenen Labradorwelpen denken, die sie sich letzten Sommer in Mr. Plummers Scheune angeschaut hatten. Sie waren enttäuschend schleimig und durchsichtig gewesen und hatten sich um die geschwollenen Zitzen ihrer Mutter gebalgt.

»Na, was sagst du?«, fragte Richard. »Ist er nicht hinreißend?«

»Hm«, pflichtete Cassie ihm bei. »Ich dachte, du wolltest ihn im Krankenhaus zur Welt bringen?«, sagte sie vorwurfsvoll zu Helen.

»Nun, so hatten wir es vor, aber dieser kleine Kerl hatte wohl andere Pläne. Du hättest deinen Vater sehen müssen, Cass. Er war vollkommen überfordert, bis die Hebamme ihm übers Telefon Anweisungen gegeben hat. Aber das ging schon, denn dieses Baby hatte es eilig.«

»Ehrlich gesagt, habe ich kaum etwas getan. Deine Mutter und dein Bruder haben die Hauptarbeit erledigt.«

Ein lautes Türenknarren ertönte, und sie sahen auf.

»Was ist?«, fragte Dora gähnend. »Warum seid ihr alle wach?«

»Komm rein und begrüße deinen neuen Bruder«, forderte Richard sie auf.

»Er ist da? Jetzt schon? Warum habt ihr mich nicht geweckt?«

»Komm schon, Schätzchen, sieh ihn dir an«, drängte sie Richard.

Das ließ sie sich nicht zweimal sagen. Dora sprang aufs Doppelbett und landete mit einem dumpfen Knall auf der Matratze.

»Vorsicht«, sagte Helen warnend und presste das Bündel schützend an ihre Brust.

Cassie sah, wie Dora sich auf die Unterlippe biss und kurz zu ihr hersah. Cassie belohnte ihre Schwester mit einem wissenden Blick: Siehst du, hab ich's dir nicht gesagt?

Dora errötete und sah schnell wieder weg, bevor sie sich kleinlaut zu ihrem Vater auf die Bettkante setzte. »Entschuldigung.«

»Ist ja gut, Panda«, sagte Richard beruhigend und legte einen Arm um ihre Schulter. »Du musst ganz sanft zu ihm sein. Er ist noch so klein.«

Dora nickte und berührte das Baby in Helens Armen. »Wie heißt er?«

Cassie und Dora tauschten einen weiteren verstohlenen Blick. Erst Cassandra. Dann Pandora. Sie waren beide neugierig, mit welchem Namen aus der griechischen Mythologie Helen diesen Tide strafen würde.

»Er heißt Alfred, nicht wahr, Richard?«

Richards Kopf fuhr herum. »Ich dachte, du hättest dich für Hektor entschieden?«

Helen schüttelte den Kopf. »Sieh ihn dir doch an! Er ist Alfred wie aus dem Gesicht geschnitten.«

»Alfie«, rief Dora. »Wie Grandpa?«

»Ja«, sagte Richard und strahlte gerührt. »Wie Grandpa.«

»Baby Alfie«, wiederholte Dora zufrieden. »Das passt zu ihm.«

»Ja«, meinte Helen. »Und wie.«

In diesem Moment stieß Alfie einen leisen gurgelnden Schrei aus.

»Er ist so süß«, rief Dora. »Seht euch nur seine winzigen Nägel an!«

Während Helen, Richard und Dora angesichts von Alfies zehn perfekten Finger- und Zehennägeln entzückte Schreie ausstießen, verabschiedete sich Cassie unbemerkt von diesem Familienidyll und schlüpfte wieder in ihr Zimmer.

Nein, so etwas wie Glück im Unglück gab es nicht, das spürte sie tief in den Knochen.

Dora

Gegenwart

Dora rennt durch den eichenvertäfelten Flur und stürmt aus der Haustür, hinaus in die blendende Nachmittagssonne. Sie weiß nicht wohin, sie weiß nur, dass sie diesem Haus entfliehen und irgendwie das Gesicht ihrer Mutter verdrängen muss, das sie vor sich sieht. Dieses verspannte, blasse Gesicht, das sich angesichts der Nachricht von ihrer Schwangerschaft von ihr abgewandt hat. Im Moment erträgt es Dora einfach nicht, mit Helen unter einem Dach zu sein.

Als sie den Garten im Laufschritt in Richtung Obstgarten durchquert, nimmt sie ihre Umgebung kaum wahr, bis sie den schlammigen Klippenwanderweg erreicht. Der Boden ist nach wochenlangem Frühlingsregen matschig, und sie konzentriert sich darauf, den Pfützen auszuweichen. Ihre unpraktischen Ballerinas schmatzen im Schlamm, und es läuft ihr bereits kaltes Wasser in die Schuhe und tränkt den Saum ihrer Jeans. Aber das ist ihr egal. Mit gesenktem Kopf marschiert sie weiter und versucht, den Vorfall im Wintergarten zu verarbeiten.

Helens Reaktion hat Dora tief getroffen. Dass es kein einfaches Gespräch sein würde, hat sie gewusst, doch insgeheim hat Dora sich etwas mehr von ihrer Mutter erhofft – eine freudige Regung, ein ermutigendes Wort trotz Trauer und

Leid. Doch jetzt fühlt es sich an, als hätte Helen sich noch mehr von ihr abgeschottet. Sie trennt eine Kluft, die sie anscheinend nicht überwinden können.

Wo ist nur die Mutter ihrer Kindheit geblieben? Die Mutter, die sie nachts zu sich ins Bett holte und an sich drückte, wenn es draußen gewitterte? Oder die sie mit rosa Lotion einrieb, als sie sich die Windpocken aufkratzte? Die Frau, die Etiketten in ihre Schuluniform nähte, ihr Pausenbrote schmierte, sie abends zu Bett brachte, ihre aufgeschlagenen Knie desinfizierte, ihre fiebernde Stirn küsste und ihre Tränen trocknete? Die Mutter ihrer Kindheit scheint nichts mehr mit der eiskalten Frau in Clifftops zu tun zu haben. Dora könnte weinen vor Frust und Schmerz.

Dora erreicht das Ende des Wanderwegs, die Weißdornhecken zu beiden Seiten enden, und findet sich auf den Klippen wieder, von denen man einen guten Blick über die Lyme Bay hat. Sie merkt, dass sie unbewusst die ausgetretenen Pfade ihrer Kindheit beschritten hat. Links liegt der Strand, rechts die verwitterte Kirche. Und direkt vor ihr das ruhige, glitzernde Meer. Sie sieht die Sonne auf dem Wasser funkeln, ein silbernes Kräuseln in der Brise. Langsam beruhigt sich ihr wild klopfendes Herz wieder. Nebel zieht auf, aber noch ist es warm. Dora weiß, dass es noch ein paar Stunden hell sein wird. Wenn schon, denn schon, denkt sie und macht sich mit einem grimmigen Lächeln auf den Weg zur Kirche.

Die Kirche sieht noch genauso aus, wie sie sie in Erinnerung hat. Es ist ein schlichtes weißes Gebäude mit bunten Rundbogenfenstern und einem grob gezimmerten Kreuz über dem Portal. Sie ist von einer eingefallenen Natursteinmauer und Hunderten verstreuter Gräber umgeben. Die Grabsteine scheinen aus dem Boden zu sprießen wie Wildblumen. Dora zögert einen Moment, bevor sie das Holztor passiert.

Ein, zwei Minuten lang läuft sie zwischen den Gräbern umher, fährt mit der Hand über warmen Stein, liest Namen, Geburts- und Sterbedaten. Manche Gräber sind überwuchert, ihre Grabsteine bloße Ruinen. Die einst so sorgfältig in den Stein gemeißelten Worte sind so verwittert, dass sie unlesbar geworden sind. Andere wiederum scheinen gut gepflegt zu sein, niedergelegte Blumen bezeugen Trauer und einen nach wie vor spürbaren Verlust. Viele Tote sind Seeleute, Seelen, die sich das tosende Meer im Lauf der Jahre geholt hat. Während Dora langsam zur letzten Ruhestätte ihrer Großeltern geht, wünscht sie sich, Blumen mitgenommen zu haben.

Sie bleibt beinahe am selben Fleck stehen wie vor fünfzehn Jahren, als sie zusehen musste, wie Alfreds und Daphnes Holzsärge in die Erde hinabgelassen wurden.

Die Erinnerung an diesen Tag ist seltsam verschwommen, aber als sie dort steht, spürt sie wieder die kalte Hand ihres Vaters, der ihre fäustlingsbewehrte umfasst. Sein Griff war schmerzhaft, er klammerte sich an sie wie ein Ertrinkender. Anschließend kehrten sie gemeinsam nach Clifftops zurück. Dora saß zitternd auf der Schwelle und sah eine endlos lange Schlange gebrechlicher, alter Menschen aus dem Dorf an sich vorbeiströmen. Bald waren ihre Wangen blau von ihrem mitleidigen Kneifen. Der Kühlschrank platzte aus allen Nähten wegen der Eintöpfe und Kuchen, die sie mitbrachten. Nach einer Weile wurde ihr klar, dass Cassie die einzig richtige Entscheidung getroffen hatte. Also überließ sie die Erwachsenen sich selbst und machte sich auf die Suche nach ihrer Schwester.

»Cassie?« Sie rüttelte an der Klinke zu Cassies Zimmer.

»Was ist?«, lautete die erstickte Antwort.

»Darf ich reinkommen?«

Sie hörte ein Seufzen, gefolgt vom Scharren von Stuhlbeinen. Als Dora erneut versuchte, die Klinke hinunterzudrücken, flog die Tür auf. Cassie saß auf dem Bett, einen Nagellackflakon in der Hand.

»Was machst du da?«

»Na, wonach sieht das wohl aus?«

Dora wusste, dass es besser war, Cassies Launen unkommentiert zu lassen, denn es brauchte nicht viel, um sie bis zur Weißglut zu reizen. Manchmal genügte eine harmlose Bemerkung, um aus dem Allerheiligsten ihrer Schwester verbannt zu werden. Also nahm sie stumm Platz und sah aus sicherer Entfernung zu, wie Cassie geschickt eine dicke Schicht schwarzen Nagellack auf jeden ihrer Zehennägel auftrug. Ihre Mutter würde ausflippen.

»Cass?«, hob sie schließlich an.

»Hm?« Sie machte sich nicht mal die Mühe aufzusehen.

»Was glaubst du, wie fühlt es sich wohl an, tot zu sein?«

Cassie drehte sich um und musterte Dora mit ihren kalten blauen Augen. Ihre Hand war zwischen Flakon und Zehennägeln hängen geblieben. Sie schien kurz über die Frage nachzudenken. »Wahrscheinlich ganz okay. Du weißt schon, friedlich und ruhig.« Sie verstummte. »Wie in einer warmen Badewanne, wenn man sich einfach nur treiben lässt, bis der Kopf ganz leer ist.«

»Es tut also nicht weh?«

»Nein, wenn man tot ist, spürt man gar nichts mehr. Dann ist alles vorbei.«

Dora weiß noch, dass sie sich daraufhin etwas besser gefühlt hat. Sie sah zu, wie Cassie sich vorbeugte und das zusammengerollte Klopapier zwischen ihren Zehen entfernte, bevor sie den Lack mit einem Finger kontrollierte. Zufrieden drehte sie sich zu Dora um. »Mir ist langweilig. Kommst du mit?«

»Wohin?«

»Nach draußen. Ich kann diese vielen alten Leute nicht mehr ertragen. Das ist so deprimierend.«

Dora ließ sich nicht zweimal bitten. Sie folgte ihrer Schwester die Treppe hinunter, griff nach ihrer Winterjacke und den Schuhen und rannte hinaus in den Garten. Sie stolperten über den Rasen, gingen zum Bach hinunter, der durch den Obstgarten floss. Dort sahen sie schweigend zu, wie ihre Stöckchen in Richtung Meer trieben.

Dora zuckt unter dem Ansturm an Erinnerungen zusammen, und obwohl die Sonne noch wärmt, schlingt sie fröstelnd die Arme um ihren Körper. Ist das der Moment gewesen, von dem an alles bergab ging? Anschließend dauerte es nur noch wenige Wochen, bis die Familie London verließ und nach Clifftops zog. Ist das der Anfang vom Ende gewesen?

Sie schaut wieder auf die Gräber ihrer Großeltern. Sie kann keine Blumen für sie niederlegen, aber sie kann etwas anderes tun. Sie kniet sich hin und jätet das Unkraut, das ihre Grabsteine umwuchert. Dabei ignoriert sie die feuchte Erde, die ihre Jeans an den Knien durchnässt. Währenddessen lauscht sie auf die Wellen, die gegen die Klippen schlagen. Sie rollen vor und zurück – die Brandung kennt keine Pause.

Sie macht weiter, bis sie sämtliches Unkraut entfernt hat. Dann steht sie auf und schaut zum Horizont. Die Sonne verblasst am Himmel, sinkt tiefer zur Erde. Dora weiß, dass sie zum Haus zurückkehren muss. Es ist zu spät, um noch nach London zu fahren, sie wird über Nacht bleiben müssen.

Sie reißt sich zusammen, bringt es aber nicht über sich, auch nur einen kurzen Blick auf den neueren, sauberen Grabstein neben dem ihrer Großeltern zu werfen. Sie kehrt der Kirche den Rücken zu und passiert das Tor, steuert den schlammigen Weg an, der sie nach Hause bringen wird.

Helen

Elf Jahre zuvor

Wie immer herrschte frühmorgens das reinste Chaos. Am letzten Schultag vor den Sommerferien hasteten sie wie verrückt durchs Haus und versuchten, pünktlich wegzukommen. Helen hätte sich am liebsten die Haare gerauft.

»Hast du meine Turnschuhe gesehen, Mum?«

»Sie stehen neben der Haustür, dort wo du sie ausgezogen hast, Dora.« Sie drehte sich um und stellte Milch und Müslischalen auf den Tisch. »Alfie, setz dich hin, du fällst sonst noch um und tust dir weh.« Alfie grinste sie an und beugte sich auf dem Küchenstuhl gefährlich weit nach hinten. »Alfie, ich meine es ernst. Geh von der Lehne runter!«

Langsam zog er sich auf den Sitz zurück.

»Wo ist Cassie?«

Dora zuckte mit den Schultern. »Noch im Bett.«

Helen stöhnte laut auf. »Was ist nur mit dem Mädchen los!« Sie rannte aus der Küche und eilte zum Fuß der Treppe. »Cassie! Komm sofort runter. Du kommst sonst zu spät zur Schule.«

Richard erschien oben an der Treppe und kämpfte mit einer Krawatte. Sein Haar war nass vom Duschen, und eine deutlich sichtbare Rasierwunde verunstaltete sein Gesicht, die sich knallrot von seiner blassen Haut abhob. »Guten Morgen, Schatz.«

»Sagst du Cassie bitte, dass sie sofort runterkommen soll? Sonst verpasst sie wieder den Bus.«

Richard drehte sich um und lief wieder nach oben.

Manchmal kam sich Helen wirklich vor, als hätte sie vier Kinder zu betreuen. Sie eilte zurück in die Küche.

»Ich kann sie nicht finden, Mum, sie sind nicht da.«

»Was ist nicht da, Dora?«

»Meine Turnschuhe.«

»Nun, hättest du sie gestern Abend aufgeräumt, müssten wir nicht jeden Morgen dieses Spielchen spielen.«

Dora verdrehte die Augen und trampelte vernehmlich in Richtung Wintergarten.

Helen kehrte in die Küche zurück und konzentrierte sich wieder auf das Frühstück. »Hast du ihr Bescheid gesagt?«, fragte sie, als Richard auftauchte. Sie wuselte um ihn herum, nahm gleichzeitig das Brot aus dem Toaster und schenkte Orangensaft ein.

»Ich hab's ihr gesagt.«

»Und, kommt sie runter?«

»Sie war noch im Bett, als ich ihr Zimmer betreten habe, aber sie weiß Bescheid.« Richard setzte sich an den Küchentisch und griff nach einer Scheibe Toast. »Hast du Marmelade gekauft?«

»Du weißt doch, wie viel ich diese Woche zu tun hatte. Wann hätte ich da noch einkaufen sollen?« Das klang aggressiver als beabsichtigt, aber zum Glück ging Richard nicht darauf ein.

»Soll ich auf dem Heimweg im Supermarkt vorbeischauen?«, fragte er vorsichtig.

»Nein.« Sie schüttelte den Kopf. »Danke«, setzte sie noch hinzu.

Richard zuckte mit den Schultern. »Weißt du«, fuhr er fort und bestrich eine Scheibe Vollkorntoast mit Butter. »Wenn Cass zu einer vernünftigen Zeit schlafen gehen würde, hätten wir nicht jeden Morgen dieses Theater.«

Helen seufzte. Sie tat ihr Bestes, aber Cassie machte mal wieder eine schwierige Phase durch und ließ sich von niemandem etwas sagen. »Hast du sie gefunden?«, fragte sie, als Dora hereinkam, und war dankbar, das Thema wechseln zu können.

»Ja.«

»Und wo waren sie?«

»In Alfies Spielzeugkiste. Er muss sie dort eingeräumt haben.«

Richard lächelte nachsichtig. »Was für ein komischer Kerl. Hallo, Panda, hast du gut geschlafen?«

»Ja, danke.«

Helen entging der vielsagende Blick nicht, den Richard ihr zuwarf. Er stellte stets Vergleiche zwischen den beiden Mädchen an, aber das war nicht fair. Sie waren so unterschiedlich! Wie Hund und Katz. Dora ähnelte ihrem Vater, sie war ausgeglichen und zuverlässig. Cassie war temperamentvoller, und das war auch gut so.

»Apropos Alfie«, sagte Helen. »Wo steckt er?«

Alle drei verstummten und lauschten auf einen kleinen Jungen, der Unsinn machte. Es war verdächtig still.

»Toll«, sagte Helen. »Ich sehe nach ihm.«

Sie fand ihn auf dem Wohnzimmersofa. Er klebte vor dem Fernseher, trug nach wie vor seinen Schlafanzug mit dem Dinosauriermotiv. Sein strohblondes Haar stand ihm noch mehr vom Kopf ab als sonst, weil es so elektrisch aufgeladen war. Neben ihm lag ein Berg Cornflakes. Helen konnte gerade noch den Rand einer Schale darunter hervorblitzen sehen.

»Hast du dir selbst Frühstück gemacht, Alfie?«, fragte sie und versuchte, das ganze Ausmaß des Schadens zu erfassen.

Er nickte und steckte ein Patschhändchen in den Berg, um sich Cornflakes zu nehmen, und steckte sie sich in den Mund, wobei er den Blick nicht von dem Zeichentrickfilm abwandte.

»Hattest du Hunger?«

Er nickte erneut. »Alfie hat alles verschüttet.« Er sah mit kornblumenblauen Augen zu ihr auf. »Tut mir leid, Mummy.«

Sämtlicher Ärger über das Chaos war sofort wie weggeblasen. »Ist schon in Ordnung. Aber das nächste Mal bittest du einfach mich oder eine deiner Schwestern, dir zu helfen.«

»Ich kann das selber«, beharrte er und stopfte sich noch mehr Frühstücksflocken in den Mund.

»Gut, Alfie, aber bei uns gibt es keine Selbstbedienung, verstanden?«

»Warum?«

»Wenn wir alle immer gleich an die Schränke gehen würden, wären die Vorräte im Nu weg.«

Er sah sie neugierig an. »Warum?«

»Weil Mummy nur einmal in der Woche einkaufen geht.«

»Warum?«

»Weil Mütter das so machen.«

»Warum?«

Helen seufzte. Anscheinend war er bereits in der Fragephase. Sie verlegte sich auf eine Antwort, die diesem Gespräch ein für alle Mal ein Ende machen würde. »Darum.«

Es schien zu funktionieren. Er wandte sich wieder dem Fernseher zu und schwieg einen Moment, bis er sich strahlend zu ihr umsah. »Mummy ist lieb.«

Sie grinste dümmlich zurück, seine Worte brachten ihr Herz einfach zum Überlaufen.

Ein paarmal versuchte sie noch, Cassie aus ihrem Zimmer hervorzulocken, kämpfte währenddessen mit der Spülmaschine, verabschiedete sich kurz angebunden von ihrem Mann und stritt mit Alfie über den Plastikdinosaurier, den er einfach nicht zu Hause zurücklassen wollte. Dann sorgte Helen dafür, dass sich die Mädchen warm anzogen, schnallte Alfie in den Kindersitz und sprang ins Auto. Dieser Tag konnte heiter werden.

Sie erreichte gerade das Ende der Auffahrt, als ein Traktor in Sichtweite kam. »Verdammt«, fluchte sie und schlug frustriert auf das Lenkrad ein. Sie würde wieder zu spät zur Arbeit kommen.

»Verdamm, verdamm, verdamm«, plapperte Alfie auf dem Rücksitz.

Sie musterte sein pausbäckiges kleines Gesicht im Rückspiegel und zuckte schuldbewusst zusammen. Richard ermahnte sie stets, nicht vor den Kindern zu fluchen, aber sie vergaß es ständig.

»Dadam, dadam, dadam, Alfie. Das hat Mummy gesagt«, hob sie fröhlich an.

»Verdamm noch mal«, erwiderte Alfie kichernd. Er war schon fast drei und schließlich nicht blöd.

Helen seufzte. Das würde ihr zweifellos neue Rügen einbringen. Sie stand bereits bei Mrs. Kendall, Alfies Kindergärtnerin, auf der schwarzen Liste. Erst gestern hatte man sie beiseitegenommen und ihr missbilligend mitgeteilt, dass sie ihren Sohn pünktlich abzuholen habe. Eine einmalige Verspätung könne vorkommen, nur leider entwickle sich das bei ihr zu einer schlechten Angewohnheit.

Egal!, tröstete sie sich. Nur noch ein Tag, dann würden die Sommerferien beginnen. Kein langes Aufbleiben bis in die Puppen, um desinteressierten, gähnenden Schülerinnen Nachhilfe zu geben. Kein wildes Gehetze durch Dorset, kein schlechtes Gewissen, weil sie Alfie zu spät abholte, zumindest nicht in den nächsten sechs Wochen.

Ihre Schuldgefühle fraßen sie in letzter Zeit regelrecht auf. Helen liebte ihren Job, aber es wurde zunehmend schwieriger, ihre verschiedenen Lebensbereiche unter einen Hut zu bekommen. Ständig hatte sie das Gefühl zu versagen. Als Ehefrau, als Mutter, als Angestellte – dabei bemühte sie sich wirklich. Das Ganze war wie ein kompliziertes Puzzle. Doch sobald ein Teil an der richtigen Stelle lag, schien sich ein anderes wieder zu lösen.

Sie hatte sich erst am Wochenende darüber bei Richard beklagt, aber der hatte sie erst recht wahnsinnig gemacht: Sie könne ja ihren Job an der Uni aufgeben, wenn ihr alles zu viel würde. Sie seien schließlich nicht auf ihr Gehalt angewiesen. Vielleicht tue es ihr gut, etwas mehr Zeit zu Hause zu verbringen. Anschließend hatte er sie auf die mottenzerfressenen Vorhänge im Wohnzimmer aufmerksam gemacht, die ersetzt werden mussten, sowie auf die dicke Staubschicht im Bücherregal.

»Was ist?«, hatte er verwirrt gefragt, als sie vor Wut kochte. »Warum siehst du mich so an? Ich versuche nur, dir zu helfen. Ich weiß, dass du deinen Job liebst, aber wir dürfen das Haus nicht verwahrlosen lassen. Du musst dich nicht so unter Druck setzen – nicht uns zuliebe. Warum entspannst du dich nicht ein wenig und genießt das Landleben, statt Tag für Tag nach Exeter zu düsen?«

Am liebsten hätte sie ihm den Topf, den sie gerade in der Hand hielt, an den Kopf geworfen. Glaubte er wirklich, sie würde zu Hause bleiben und Regale abstauben? Kannte er sie wirklich so schlecht? Sie hatte nicht im Mindesten vor, ihren Job aufzugeben. Er war eines der wenigen Dinge, die sie begeisterten. In ihm konnte sie endlich wieder sie selbst sein statt eine spießige Hausfrau oder erschöpfte Mutter.

Helen folgte dem Traktor um eine weitere Haarnadelkurve und wollte gerade noch einen Schwall Flüche ausstoßen, der für die jungen Ohren auf dem Rücksitz gänzlich ungeeignet war, als das Fahrzeug endlich an die Seite fuhr und sie vorbeiließ. Dann war die Straße vor ihr zum Glück frei, und keine zwanzig Minuten später eilte sie wieder über den Kindergartenparkplatz zum Wagen. Zum Glück hatte sie es geschafft, der schlecht gelaunten Mrs. Kendall zu entgehen, indem sie Alfie einer hübschen jungen Kindergärtnerin, deren Namen sie nicht kannte, in die Arme gedrückt und ihm beim Abschied fröhlich zugewinkt hatte. »Amüsier dich, kleiner Mann, wir sehen uns heute Nachmittag!« Alfies Unterlippe hatte leicht gezittert, aber die junge Frau, die ihn auf dem Arm hatte, hatte ihn geschickt mit einer großen roten Lokomotive abgelenkt.

Sie ließ ihn nach wie vor ungern zurück, konnte aber nicht leugnen, dass sie das Gefühl liebte, das sie wenige Minuten später durchströmte, als sie wieder im Auto saß, das Radio aufdrehte und aufs Gaspedal trat. Sie wusste, was sie fühlte: reine, unverfälschte Freiheit. War das normal, dass sie sich so sehr danach sehnte, allein zu sein? Oder machte sie das zu einer schlechten Mutter? Zu einer schlechten Ehefrau?

Nun, dachte sie mit einem traurigen Lächeln, während sie auf die zweispurige Autobahn fuhr und beschleunigte, auf jeden Fall war sie eine schlechte Ehefrau. Daran musste Richard sie nicht erst erinnern, wie so oft in letzter Zeit. Der Streit gestern Abend war keine Ausnahme gewesen. Sie wusste nicht mal mehr, wie er angefangen hatte. Es war scheußlich gewesen, sie hatte Richards verbitterte Worte noch im Ohr.

»Müssen wir wirklich in diesem Chaos leben?«, hatte er gefragt und sein unberührtes Abendessen in den Mülleimer geworfen. »Ich halte das einfach nicht mehr aus. Das ist doch nicht zu viel verlangt, oder?«

»Nein, du verlangst wirklich gar nichts«, hatte sie gezischt. »Genauso wenig wie Cassie, Dora und Alfie! Keiner von euch denkt, dass er mir was abverlangt, aber das summiert sich, und ich muss mich zerreißen. Ich habe überhaupt keine Zeit mehr für mich. Ich weiß gar nicht mehr, wer ich eigentlich bin.«

»Ach, sei nicht so melodramatisch! Andere Frauen schaffen es auch, Beruf und Familie miteinander zu vereinbaren, und ich habe dir erst dieses Wochenende gesagt …«

»Nun, dann hättest du eben eine dieser Überfrauen heiraten müssen!«

So hatten sie sich im Kreis gedreht, und aus den jüngsten Familienstreitigkeiten und Reibereien war ein echtes Zerwürfnis geworden. Sie hatte Richard angesehen, der in der Küche vor ihr stand und dessen Mund auf- und zuklappte wie bei einer Comicfigur, und sich dabei nur auf ein kleines, irritierendes Haarbüschel konzentrieren können, das ihm aus einem Nasenloch spross und sich hilflos im Rhythmus seiner Worte bewegte. In diesem Moment war ihr klar geworden, dass ihre Gefühle für ihn bis zur Unkenntlichkeit verblasst waren. Sie wusste nicht, was sie überhaupt noch für ihn empfand. Von ihrer jugendlichen Verliebtheit war jedenfalls so gut wie nichts übrig geblieben. Sie hatte dagestanden wie hypnotisiert und sich gefragt, wie es nur so weit hatte kommen können.

In all den Jahren hatte sie oft darüber nachgedacht und sich gefragt, warum sie seinen Heiratsantrag angenommen hatte, obwohl sie sich kaum kannten. Die einzige Schlussfolgerung, zu der sie gelangt war, lautete, dass er sie mit falschen Versprechungen hereingelegt hatte. Nicht mit Absicht, das nicht, aber es hatte sich einfach so entwickelt. Denn als ihr Richard am Abend des Heiratsantrags gegenübergesessen hatte, stand so viel Bewunderung und Hoffnung in seinen

Augen, dass sie geglaubt hatte, er sei genau der Richtige für sie. Er war nicht nur attraktiv und intelligent und das, was ihre Mutter eine gute Partie nannte, sondern auch noch leidenschaftlich und abenteuerlustig.

Im Lauf der Zeit wuchs Helens Enttäuschung im gleichen Maß, in dem ihr klar wurde, dass Richards Sinn für Spontaneität und Abenteuer äußerst kurzlebig gewesen war: ein winziges Strohfeuer, das kurz aufgelodert und dann für immer verloschen war. Es hatte sich alles äußerst vielversprechend angelassen. Und nun konnte Richard – wie sie inzwischen wusste – dieses Versprechen nicht einlösen. Er schien ihre Enttäuschung zu bemerken. Wie sollte es auch anders sein, wenn sie so frustriert, widerborstig und launisch war. Aber sein vorsichtiges Abtasten, seine angedeuteten Versuche, Frieden zu schließen und die Wogen zu glätten, irritierten sie erst recht. Ehrlich gesagt wäre es ihr lieber gewesen, er hätte getobt und so etwas wie Leidenschaft bewiesen. Aber mit jedem Tag, an dem sie seine verstohlenen ängstlichen Blicke, seine drögen konservativen Ansichten, seine behutsamen Küsse, seine Angewohnheit, die Schuhe perfekt im Schrank aufzureihen oder die Zeitung ordentlich zusammenzulegen, ertrug – mit jedem dieser Tage wuchs ihre Wut, bis sie kurz davorstand zu explodieren.

In Wahrheit hatte ihre Beziehung einen kritischen Punkt erreicht. Sie hatten sich in eine Sackgasse manövriert, aus der sie nicht mehr herauskamen. Unternahm einer von ihnen einen Annäherungsversuch oder versuchte, sich zu vertragen, ging etwas schief. Seine gut gemeinten Bemühungen, ihre Last zu verringern, sorgten nur dafür, dass sie erst recht wütend wurde und sich schuldig fühlte. Wohingegen ihre Versuche, ihren Frust und ihre Enttäuschung hinunterzuschlucken, alles nur schlimmer machten und sie endgültig die Geduld mit ihm verlor. Ihre wenigen, unbeholfenen Versöhnungsversuche brachten sie erst recht auseinander wie Magneten, die sich gegenseitig abstoßen.

Im Grunde trauerte sie um das Leben, das sie verdient zu haben glaubte, um das Leben, das sie gern mit ihm geteilt hätte. Sie wünschte sich Abwechslung, Kultur, eine lebendige Großstadt, Reisen und Abenteuer. Dass ausgerechnet sie jetzt in einem verschlafenen Nest am Meer hockte und durch das verfallene Zuhause seiner Kindheit irrte, war einfach unfassbar. Sie hatte ihm von Anfang an gesagt, dass sie Karriere machen, in London leben wollte und dass das Leben seiner Mutter nichts für sie sei. Und trotzdem hockten sie jetzt hier, als eine Art Wiedergänger von Daphne und Alfred Tide. Wegen seines übertriebenen Familiensinns hatte sie ihre Träume aufgegeben und auf ihre Ambitionen verzichtet. Und all das nur, um das Vermächtnis seiner toten Eltern anzutreten.

An allem war nur dieses verdammte Haus schuld! Es schien zwischen ihnen zu stehen, einen riesigen dunklen Schatten auf ihre brüchige Beziehung zu werfen. Sie war schließlich nicht blöd, sie wusste, dass sie nie mehr wegziehen würden und dass er Clifftops nur mit den Füßen voraus verlassen würde. Aber sie ertrug es einfach nicht. Sie war noch keine vierzig, viel zu jung, um sich mit dem beschaulichen Landleben und den entsprechenden Hobbys zufriedenzugeben. Allein beim Gedanken daran stellten sich ihr sämtliche Nackenhaare auf.

Helen sauste in ihrem kleinen Auto davon, sie kurbelte das Fenster herunter, damit der Wind ihr das Haar aus der Spange riss und zerzauste. Der Wetterbericht hatte ein warmes Wochenende vorhergesagt, und sie war froh, dass die Ferien vor der Tür standen. Im Moment genoss sie es, allein zur Arbeit zu fahren und die Sonne aufzusaugen. Der Tag war viel zu schön, um über ihre unglückliche Ehe nachzugrübeln. Sie musste eine Vorlesung halten, ein paar Arbeiten benoten, und anschließend würde sie frei haben.

Sie drehte das Radio auf und trat aufs Gaspedal. Endlich konnte sie spüren, wie das Blut in ihren Adern rauschte und ihre Haut im Sommerwind prickelte. Endlich fühlte sie sich lebendig. Es würde ein schöner Tag werden.

Keine zwanzig Minuten später fuhr Helen auf den Universitätsparkplatz. Wie durch ein Wunder war sie pünktlich. Sie versuchte, den gegenüberliegenden Parkplatz zu ignorieren, allerdings vergeblich. Der kleine grüne Sportwagen stand bereits dort, seine verbeulte Motorhaube funkelte fröhlich in der Sonne. Sie spürte, wie ihr plötzlich ganz heiß wurde, und versuchte, das Gefühl zu verdrängen. Sie griff nach ihren Büchern und Unterlagen, die sich über den gesamten Rücksitz verteilt hatten, und ging in Richtung altphilologische Fakultät. Das war nichts als der Tagtraum einer albernen Hausfrau und damit harmlos.

»Endlich, der letzte Tag mit den Nervensägen!«, rief Dekan Childs, als sie an seiner offenen Tür vorbeiging. »Kommen Sie nachher mit in den Pub, um das zu feiern?«

»Ja«, stimmte sie überrumpelt zu. Sie hatte das Jahresabschlussessen der Fakultät ganz vergessen.

»Gut, prima.« Der grauhaarige Professor nickte. »Es ist schön, dass Sie so gute Ergebnisse vorweisen können. Außerdem interessiert mich, wie Ihr Unterricht in diesem Semester funktioniert hat. Ich habe nur Gutes von den Studenten gehört.«

»Toll«, rief Helen mit gespielter Begeisterung. »Bis nachher!«

Sie wollte weiteren Small Talk vermeiden, eilte bis ans Ende des Flurs und machte laut seufzend die Tür zu ihrem Büro hinter sich zu. Damit wurde nichts aus dem Mittagessen in der Mitarbeiterkantine, wo sie ihm vielleicht zufällig begegnet wäre.

Allein beim Gedanken an ein mögliches Aufeinandertreffen zog sich ihr Magen sehnsüchtig zusammen. Sie betrachtete sich in dem kleinen Spiegel, den sie an die Rückseite der Tür gehängt hatte. Ihr schulterlanges Haar war nach der Fahrt mit dem Auto gelockt und zerzaust, ihre windgepeitschten Wangen waren rosig. Sie hatte sich sorgfältig zurechtgemacht, versuchte, jung zu wirken, ohne es zu übertreiben. Der bunt gemusterte wadenlange Rock, die schmale weiße Bluse mit dem braunen Ledergürtel und den Stiefeln waren dafür ideal. Sie sah wirklich nicht schlecht aus für eine Mutter von drei Kindern, obwohl das jetzt auch keine Rolle mehr spielte. Ihre Anstrengungen schienen umsonst gewesen zu sein.

Der Vorlesungssaal war halb leer, als Helen ihn betrat. Nur ein paar ungewöhnlich pünktliche Studenten saßen schon an ihrem Platz. Sie ging zum Podium, ordnete ihre Unterlagen und ging ein letztes Mal ihre Dias durch. Um halb zehn war sie fertig, und als die letzten Nachzügler ihre Plätze einnahmen, dimmte Helen das Licht, räusperte sich und fing an.

»Die Ilias. Von allen Epen Homers ist sie wahrscheinlich das berühmteste und beliebteste. Und in seinem Zentrum, im Kern der Tragödie, steht eine Frau: Helena von Troja. Tochter. Schwester. Ehefrau. Ehebrecherin. Opfer – oder vielleicht doch Täterin?« Sie legte eine Pause ein, um die Wirkung ihrer Worte zu unterstreichen. »Im Laufe der Jahrhunderte ist sie mit allen möglichen Namen belegt worden …«

Helen sah sich im Raum um. Im Dämmerlicht hatten ein paar Studenten damit begonnen, wie wild in ihre Blöcke zu kritzeln. Sie konnte sehen, wie sich ein, zwei andere in ihren Sitzen zurücklehnten, die Arme verschränkten und zur Leinwand über ihren Köpfen emporsahen. Ganz rechts entdeckte sie einen weiteren Studenten, der den Kopf auf den Tisch gelegt und sich offensichtlich auf ein Nickerchen eingestellt hatte. Sie drückte auf ihre Fernbedienung und zeigte eine Reihe von Bildern: Ausschnitte von Fresken und Vasen, auf denen Helena zu sehen war. Dann ließ sie ein Dia stehen, Evelyn de Morgans berühmtes Porträt aus dem neunzehnten Jahrhundert.

»Sie ist zweifellos eine der spannendsten Frauen in der antiken Mythologie. Ihretwegen rückten Tausende von Schiffen aus, und noch bevor wir sie in der Ilias kennenlernen, hat sie ein tragisches, umstrittenes Leben hinter sich.«

Aus den Augenwinkeln sah Helen, wie die Tür zum Vorlesungssaal aufging. Kurz stand ein Mann in der Tür, der von hinten beleuchtet wurde. Er schlich zu dem Sitz, der ihm am nächsten lag, woraufhin sich die Tür wieder schloss und den Raum erneut in Dunkelheit tauchte. Das Ganze hatte höchstens ein, zwei Sekunden gedauert, doch Helen hatte die unverkennbare Silhouette ihres Überraschungsgastes trotzdem erkannt.

»Wir … wir wissen … äh … wir wissen natürlich, dass Helena eine große Schönheit war.«

Helen bemühte sich, nicht die Fassung zu verlieren. Konzentrier dich auf die Vorlesung. Konzentrier dich auf die Vorlesung! Sie sah wieder auf das Dia auf der Leinwand, schluckte ihr Unbehagen hinunter und sprach weiter.

»Aber wir müssen tief in den Text eintauchen, um wirklich zu verstehen, was Helena ausmacht und wofür sie steht. Wenn wir uns Euripides' Theaterstück *Helena* anschauen, das er im fünften Jahrhundert vor Christus geschrieben hat, werden wir mit einem ganz anderen Bild dieser Frau konfrontiert. In der Eingangsszene steht Helena …«

Schon bald hatte sie die Anwesenheit des Überraschungsgasts vergessen und vertiefte sich in die Vorlesung. Danach forderte Helen ihre Zuhörer zu Fragen auf. Normalerweise wagten sich die Studenten nur selten aus der Deckung, doch erstaunlicherweise hob eine Studentin die Hand. »Ja, Jenny, Sie haben eine Frage?«

»Äh ja, ich wollte fragen, ob wir vielleicht etwas mehr Zeit für unsere Seminararbeiten bekommen könnten?«

Helen war enttäuscht. Sie hatte auf etwas gehofft, das mit der Vorlesung zu tun hatte. »Die Arbeiten müssen am ersten Tag des neuen Semesters abgegeben werden. Wenn Sie den Termin nicht schaffen, kommen Sie bitte in meine Sprechstunde. Noch weitere Fragen?« Sie wollte ihnen gerade schöne Ferien wünschen, als eine tiefe Baritonstimme die Stille durchbrach.

»Ja.«

Helen fiel das Herz in die Hose. »Äh, ja, Mr. …« Sie tat so, als kenne sie ihn nicht.

»Grey. Tobias Grey. Ich bin Gastdozent für Kunst und hoffe, Sie haben nichts dagegen, dass ich mir heute Ihre Vorlesung angehört habe. Ich fand sie faszinierend.«

»Danke, Mr. Grey«, erwiderte Helen höflich. »Haben Sie eine Frage?«

»Ja. Ich fand interessant, was Sie zu dem Konflikt zwischen Pflicht und Neigung gesagt haben, vor den Helena sich gestellt sieht«, fuhr er fort. »Was will uns Homer Ihrer Meinung nach damit sagen? Soll das Frauen warnen, Ehebruch zu begehen? Oder findet er es richtig, dass Helena mit Paris nach Troja durchgebrannt, dass sie ihrem Herzen gefolgt ist?«

Helen atmete tief durch. Sie spürte die durchdringenden Blicke ihrer Studenten.

»Nun, da sprechen Sie einen interessanten Punkt an, Mr. Grey. Genau diesem Konflikt sollen die Studenten in ihren Seminararbeiten auf den Grund gehen.« Sie zwang sich, seinem funkelnden Blick auszuweichen, und sah sich im Saal um. »Ich glaube, das ist eine Frage, die sich nicht so leicht mit Ja oder Nein beantworten lässt. Es gibt weitere Faktoren, die in Helenas Leben und in der Tragödie eine Rolle spielen. Helena ist eine komplexe Frau in einer schwierigen Situation. Ohne Ihnen allzu viel zu verraten, kann ich sagen, dass ich mich wirklich darauf freue, nächstes Semester genauer auf die Interpretationen ihres Dilemmas von meinen Studenten einzugehen.«

Ein hörbares Stöhnen war die Folge, als die wenigen verbliebenen Zuhörer merkten, dass Helen kein Wort über ihre eigenen Theorien verlor. Sie gab ihnen keinerlei Anhaltspunkte für ihre Seminararbeiten. »Und, hat sonst noch jemand eine Frage?«

Nichts. Nur das Rascheln von Unterlagen und Taschen, während die Studenten ihre Sachen packten.

»Gut. Ich wünsche Ihnen allen wunderschöne Ferien und freue mich, einige von Ihnen nächstes Jahr in meinem Seminar *Sexualität und Geschlecht in der Antike* begrüßen zu dürfen.«

Alle hasteten zur Tür. Auf einmal füllte sich der Raum mit dem Stimmengewirr der Studenten, die von der ihnen bevorstehenden Freiheit beflügelt wurden. Helen sammelte kopfschüttelnd ihre Sachen ein. Sie verstand diese Studenten einfach nicht. Zu ihrer Zeit waren die Leute offener und interessierter gewesen.

»Wow.« Tobias kam ihr im Flur entgegen. »Das war toll, Helen.«

»Hallo.« Sie schämte sich, dass sie errötete. »Was machst du denn hier? Ich dachte, du hättest heute eigene Seminare?«

»Ich bin seit gestern fertig und nur gekommen, um mein Büro aufzuräumen. Dann habe ich spontan beschlossen, mal zu gucken, was sich so in der Altphilologie tut. Das hat dich doch nicht gestört, oder?«

»Nein, ich hoffe nur, du fandst es nicht zu langweilig?« Sie wusste, dass sie nach einem Kompliment heischte, aber seine Anerkennung war ihr wichtig.

»Es war faszinierend. Du bist eine geborene Rednerin. Die Kids waren wie hypnotisiert.«

»Ha, das glaube ich kaum! Hast du nicht gesehen, dass Kim Winslow in der hintersten Reihe fast eingeschlafen ist?«

Tobias schüttelte lächelnd den Kopf. »Du bist zu streng mit dir. Bei Kim ist es schon ein Wunder, dass sie überhaupt aufgetaucht ist.«

Helen grinste, und ein verlegenes Schweigen entstand.

Er räusperte sich. »Hör zu, hättest du Lust, heute mit mir zum Mittagessen zu gehen? Ein Abschiedsessen vor den großen Ferien? Ich lade dich ein.«

Sie spürte, wie er sie durchdringend ansah, und wandte sich wieder dem Rednerpult zu, konzentrierte sich auf ihre Unterlagen.

»Schließlich muss ich keine Seminararbeit bei dir abgeben. Also kannst du mir mehr über Helenas Konflikt zwischen Pflicht und Neigung erzählen.«

Sie wusste, dass er mit ihr flirtete und das nicht zum ersten Mal. Aber es war das erste Mal, dass er sie zum Essen einlud. Sie spürte, wie sich vor lauter Aufregung die Härchen an ihren Armen aufstellten.

»Wir haben ein Abschlussessen mit der Fakultät«, sagte sie und brachte ihre Unterlagen durcheinander.

»Oh, das ist aber schade.« Tobias war enttäuscht. »Ich kenne das ideale Lokal ...«

Helen bekam furchtbare Panik. »Ich könnte versuchen, das Essen abzusagen.« Das war ihr einfach so herausgerutscht.

»Im Ernst?«

»Ja. Da gehen sowieso nur die alten Knacker hin. Und es gibt bestimmt noch viele solcher Arbeitsessen.«

»Das wäre toll, Helen. Bist du dir sicher?«

Helen überlegte kurz. »Ich werde Kopfschmerzen vorschützen müssen. Nachdem alle weg sind, können wir uns davonschleichen. Sonst könnten sie es persönlich nehmen, wenn du verstehst, was ich meine.«

»Sehr vernünftig.« Er grinste sie an. Um seine Augen bildeten sich attraktive Lachfältchen, und sie spürte, wie ihr ganz heiß wurde.

»Wie wär's, wenn ich dich anrufe, sobald sie weg sind? Dann können wir los, wenn dir das passt?«

»Klar. Du wirst es nicht bereuen, Helen. Das Lokal ist toll, es gibt dort die besten Linguine mit Scampi, die man sich nur vorstellen kann.«

Sie lächelte. »Klingt köstlich.«

Während des restlichen Vormittags schien sich der Minutenzeiger von Helens Uhr nur noch in Zeitlupe zu bewegen. Sie versuchte sich abzulenken, indem sie die Ablage machte und ihre Lexika ins Regal räumte, doch ihre Gedanken kehrten immer wieder zu Tobias zurück.

Es war schon eine Ewigkeit her – fast drei Jahre. Sie hatte seine Galerie zum ersten Mal betreten, um sich wegen eines Platzregens unterzustellen. Nach einem Streit mit Richard war sie damals wutentbrannt aus dem Haus gestürmt und nach Bridport gefahren, weil sie einfach nur wegwollte. Sie war ziellos durch die Straßen gelaufen, bis sie vor einem plötzlichen Regenguss Schutz suchen musste. Also hatte sie das kleine Atelier betreten, nur um ein paar Minuten im Trockenen zu sein.

Die Galerie war leer gewesen, als sie hereinkam. Und so hatte sie ihren tropfenden Regenschirm an die Wand neben der Tür gelehnt und sich die Bilder angesehen, die sie auf Anhieb faszinierten.

Es waren düstere Ölgemälde von der Küste von Dorset,

ganz gegenständlich in ihrer Schilderung der Naturgewalten. Sie war durch den Ausstellungsraum gegangen, hatte sich alle sorgfältig angesehen und war davon regelrecht elektrisiert worden. Die Bilder spiegelten genau den Sturm der Gefühle wider, der in ihr tobte, seit sie an die Küste gezogen waren. Sie wusste, dass sie da über etwas Wunderbares gestolpert war, vielleicht sogar über jemanden.

»Kann ich Ihnen helfen?« Ein junger Mann war aus dem Hinterzimmer gekommen. Groß und muskulös, mit breiten Schultern und kurz rasiertem dunklen Haar. Er besaß markante Züge, faszinierende braune Augen, attraktive Lachfältchen und war braun gebrannt. Zu einfachen Jeans trug er ein mit Farbe bekleckstes hellblaues Hemd, dessen Ärmel hochgekrempelt waren und ein keltisches Tattoo auf seinem Bizeps entblößten. »Brauchen Sie Hilfe?«, fragte er erneut und wischte sich die Hände an einem Lappen ab.

»Ich schaue mich nur ein wenig um, wenn Sie nichts dagegen haben«, sagte sie. Als er näher kam, geschah etwas Seltsames: Ihr Herz schlug einen Purzelbaum, und sie musste sich zum nächstgelegenen Bild umdrehen, um seinem Blick auszuweichen.

»Gefällt es Ihnen?«, fragte er.

Sie spürte seine Nähe, starrte aber weiterhin auf die Leinwand. »Ja, sehr.«

»Die Natur – wir sind ihr ausgeliefert, nicht wahr?« Er drehte sich um und wies mit dem Kinn auf das Unwetter und den Regen, der gegen die Fensterfront seiner Galerie prasselte. »Ich nehme an, Sie sind deshalb hereingekommen? Der Regen hat Sie hereingetrieben.«

Helen wurde verlegen, aber er grinste nur. »Keine Sorge, an Regentagen habe ich immer mehr Besucher. Bloß keine Höflichkeit vortäuschen! Sie sind meine erste Besucherin heute, also freue ich mich, Sie zu sehen.«

Helen nickte und lächelte schüchtern. Auf einmal wurde sie sich ihres tropfnassen Aufzugs deutlich bewusst. Er sprach mit einem leichten gälischen Akzent. Vielleicht war er Ire, genau konnte sie ihn jedoch nicht einordnen. Sie kannte sich nicht gut mit Akzenten aus.

»Das ist mein Interessengebiet.« Er drehte sich um, um einen erneuten Blick auf das Bild zu werfen. Es zeigte ein winziges Segelboot, das von dem riesigen, tosenden Ozean beinahe zermalmt wurde. »Die Brutalität der Natur.« Er schwieg. »Das ist Ehrfurcht gebietend, stimmt's?«

Sie merkte, dass sie ihn immer noch anstarrte, also wandte sie sich wieder dem Bild zu und nickte. Sie wusste nicht, ob er das Wetter oder seine Arbeit meinte, aber er hatte in beiden Punkten recht. Er trat näher, und sie spürte einen warmen Lufthauch.

»Kommen Sie, ich führe Sie herum«, schlug er ihr mit einem plötzlichen Lächeln vor. »Ich heiße Tobias. Tobias Grey.«

»Ich heiße Helen«, erwiderte sie und schüttelte seine ausgestreckte Hand. Gleich darauf machte sie einen Satz rückwärts, weil sie ein elektrischer Schlag zu treffen schien, sobald sich ihre Finger berührt hatten.

Sein Grinsen wurde breiter. »Kommen Sie, oben gibt es jede Menge weitere Bilder.«

Sie war ihm eine halbe Stunde durch die zwei Stockwerke seines Ateliers gefolgt, während er ihr seine Techniken und Vorbilder ausführlich erklärte. Schließlich stand sie mit einem großen, in braunes Packpapier gewickelten Ölgemälde wieder draußen. Tief in ihrer Tasche steckte eine kleine Visitenkarte mit seiner Telefonnummer.

»Rufen Sie mich einfach an, wenn es doch nicht zum Zimmer passt«, hatte er vorgeschlagen, während er sie hinausbegleitet hatte. »Sie können es umtauschen. Sie sollen schließlich glücklich damit werden.« Er schwieg kurz. »Oder Sie rufen mich einfach so an?« Sein spitzbübischer Blick hatte Bände gesprochen.

Sie hatte kein Wort herausgebracht, war nur errötet, hatte auf dem Absatz kehrtgemacht und war durch die kleine Nebenstraße gelaufen, ohne sich noch einmal umzudrehen.

Helen sah erneut auf die Uhr. In ungefähr zwanzig Minuten wollte sich ihre Fakultät zum Mittagessen versammeln. Sie schloss die Augen. Sie konnte sich nicht länger vormachen zu arbeiten und überließ sich ganz ihren Erinnerungen an Tobias.

Wie gut sein Bild wirklich war, hatte sie erst gemerkt, als sie es zu Hause auspackte. Es passte wunderbar und sah über dem Kamin einfach perfekt aus. Sie brauchte es nur zu betrachten, um sich neu belebt zu fühlen. Dass es sie an seine dunkelbraunen Augen erinnerte, die in ihre schauten, war auch kein Nachteil. Sie hatte davor gesessen und die kleine Karte mit seiner Telefonnummer immer wieder in ihrer Hand gedreht, sich gesagt, dass sie ihn nie mehr sehen dürfte.

Und das hatte sie auch nicht. Stattdessen hatte sie sich aufgrund des Funkens, der neue Leidenschaft in ihr entfacht hatte, auf Richard gestürzt. Der hatte ihren Annäherungsversuch ebenso verwundert wie verzückt erwidert. Sechs Wochen später starrte sie voller Angst und Aufregung auf die dünne blaue Linie des Schwangerschaftsteststreifens.

Alfie. Allein beim Gedanken an ihn musste sie lächeln. Das war ihre letzte Schwangerschaft gewesen, ein unerwartetes Geschenk. Immer wenn sie an seinen strohblonden Haarschopf dachte, an sein breites, schiefes Grinsen und sein freches, ansteckendes Kichern, schmolz sie dahin. Er war einfach zum Niederknien, alle sagten das.

Natürlich gab es andere Momente. Aber in welcher Familie gibt es die nicht? Manchmal wurde es Alfie leid, von Dora verkleidet zu werden. Oder er wollte nicht ins Bett gehen und bekam einen heftigen Wutanfall. Oder Cassie bekam hysterische Anfälle, wenn er in ihr Zimmer eindrang und in ihren Sachen wühlte. Nicht selten zog sich Alfie die eine oder andere Schramme zu. Seine Neugier katapultierte ihn durchs Leben wie einen Kamikazeflieger, aber so waren kleine Jungs nun mal. Man konnte sie schlecht unter einer Glasglocke aufwachsen lassen.

Ja, es war Alfie gewesen, der sämtliche Gedanken an Tobias in eine angenehme, aber ferne Erinnerung verwandelt hatte. Manchmal hatte sie sich dabei ertappt, auf das Bild über dem Kamin zu starren und sich auszumalen, was alles hätte sein können. Aber das war ein harmloses Vergnügen, nicht mehr als eine Tagträumerei. Es hatte einfach nicht sein sollen.

Bis sie vier Jahre später eine Dozentenstelle an der Exeter University angetreten hatte und dort auf den Gastdozenten Tobias Grey gestoßen war. In diesem Moment hatte sie gewusst, dass das Schicksal die Karten neu gemischt hatte und ihr Leben kompliziert werden würde.

Nachdem sie ein paar endlose Minuten E-Mails abgerufen und aus dem Fenster gestarrt hatte, vor dem sich ein nicht versiegender Strom Studenten zur Cafeteria aufmachte, klopfte es an ihre Tür.

»Herein«, rief Helen erleichtert.

»Ich wollte nur schauen, ob es Ihnen besser geht?« Joan White, die mütterliche Fakultätssekretärin, streckte ihren Kopf durch den Türspalt.

Helen rieb sich die Schläfen. »Tut mir leid, Joan, aber mein Kopf steht nach wie vor kurz vor dem Explodieren. Ich glaube, ich muss nach Hause fahren.«

»Oh, Sie Ärmste. Ihr Gesicht ist ein wenig gerötet.« Die Frau zwinkerte ihr mitleidig zu. »Was für ein ungünstiger Moment, so kurz vor den Ferien.«

»Ja, das ist mal wieder typisch, nicht wahr?«, sagte Helen und versuchte, so etwas wie Bedauern vorzutäuschen. »Wirklich schade, dass ich nicht mitkommen kann. Aber amüsieren Sie sich, ja? Ich wünsche Ihnen wunderschöne Ferien.«

»Danke, Helen, das wünsche ich Ihnen auch.« Joan schloss die Tür leise hinter sich, und kurz darauf hörte Helen, wie der Rest der Fakultät das Gebäude verließ. Sie wartete, bis es draußen ganz still geworden war, und griff erst dann zum Telefon. Er ging beinahe sofort dran.

»Sie sind weg. Ich bin eine freie Frau.«

Tobias stieß ein kehliges Lachen aus. »Weißt du, Helen, ich wünschte, es wäre so.«

Das war das erste Mal, dass er sein Verlangen in Worte fasste, und es verschlug ihr den Atem. Was tat sie da? War sie verrückt geworden? Sie war eine verheiratete Frau mit drei reizenden Kindern, die zu Hause auf sie warteten. Wollte sie all das aufs Spiel setzen, nur um mit einem Mann zu flirten, den sie kaum kannte? Außerdem hatte sie dem Universitätsklatsch entnommen, dass er ebenfalls verheiratet war. Was war mit seiner Frau? Vielleicht interpretierte sie alles falsch. Vielleicht wollte er einfach nur mit ihr befreundet sein. Meine Güte, sie benahm sich wie ein Teenager. Das war doch lächerlich!

Sie schloss die Augen. Noch war es nicht zu spät. Noch konnte sie absagen, bevor irgendjemand verletzt wurde. Sie konnte in ihr Auto steigen und innerhalb einer Stunde in Clifftops sein. Innerhalb der erdrückenden Mauern des zugigen alten Hauses, wo sie auf Berge von Schmutzwäsche starren würde, die sich im Waschraum türmten. Wo sie überlegen würde, was sie Alfie zum Tee machen sollte. Wo sie reglos neben dem weichen, schnarchenden Körper ihres Mannes liegen würde, während ihr Leben langsam verfloss.

»Wir treffen uns in zwei Minuten auf dem Parkplatz«, sagte sie und legte auf, bevor sie ihre Meinung ändern konnte.

Sie verließen die Stadt auf der A30. Helen fuhr Tobias in ihrem Wagen hinterher und achtete darauf, die verbeulte Stoßstange seines alten Sportwagens nicht aus den Augen zu verlieren. Sie drehte das Radio auf, um nicht länger über ihr verantwortungsloses Handeln nachdenken zu müssen. Bei jeder Kreuzung war sie versucht umzudrehen, nach Hause zu fahren, dem Lauf der Dinge Einhalt zu gebieten. Aber sie brachte es einfach nicht über sich. Ihr ganzer Körper kribbelte vor Vorfreude.

Nach einigen Meilen nahmen sie eine Abfahrt und durchquerten ein hübsches Dorf. Sie fuhren an malerischen Strohlehmhäusern und einer alten Apfelweinpresse vorbei, bevor sie auf dem Kiesparkplatz des King's Arms hielten. Sie parkten nebeneinander und traten dann hinaus in die Sonne. Tobias schenkte ihr ein diabolisches Grinsen. »Ich freue mich sehr, dass du da bist. Ich hatte so das Gefühl, du könntest deine Meinung noch ändern, und habe ständig in den Rückspiegel geschaut, um zu sehen, ob du kehrtgemacht hast.«

»Das wollte ich auch«, gab sie zu.

»Nun, ich bin froh, dass du es nicht getan hast. Du darfst davonlaufen, wann immer du willst. Aber nachdem wir es bis hierher geschafft haben, sollten wir wenigstens etwas trinken, bevor du die Flucht ergreifst.«

Helen nickte, und sie liefen mit knirschenden Schritten über den Kies. Tobias legte eine warme, beruhigende Hand auf ihren Rücken, während sie den verrauchten Pub betraten.

Sie fanden ein ruhiges Eckchen, und Tobias bestellte die Getränke. Als sie sich auf die samtüberzogene Bank sinken ließ, sah sie sich nervös um. Sie waren meilenweit von zu Hause entfernt, trotzdem hatte sie das Gefühl aufzufallen. Einer der

Männer an der Bar schien sie anzustarren. Einen furchtbaren Moment lang fragte sie sich, ob er sie oder Richard kannte.

»Du siehst hübsch aus. Ich mag es, wenn du deine Haare so trägst.« Tobias war mit den Getränken zurückgekehrt und stellte sie auf den Tisch. Seine braunen Augen funkelten amüsiert. »Warum wirst du rot?«

»Ich werde nicht rot. Mir ist nur ein wenig warm.«

Tobias lächelte. Sie wussten beide, dass das gelogen war.

Sie griff nach ihrem Glas Weißwein. »Prost.«

»Prost.« Er nahm einen langen, tiefen Zug, wobei er sie nicht aus den Augen ließ. »Hast du Hunger?«, fragte er, nachdem er sein Bierglas wieder auf den kleinen Pappuntersetzer gestellt hatte.

Sie zuckte mit den Schultern. »Eigentlich nicht.« Sie war dermaßen aufgeregt, dass sie ohnehin keinen Bissen hinunterbringen würde.

»Ich auch nicht«, sagte er.

Sie saßen eine Weile da und sahen sich an, bevor sie beide in nervöses Gelächter ausbrachen.

»Ein bisschen seltsam ist das schon, oder?«

»Ja.«

»Weißt du, ich habe oft an dich denken müssen – seit dem Tag, an dem du in meine Galerie gekommen bist. Als ich dich dann auf dem Universitätsgelände entdeckt habe, konnte ich es kaum fassen. Es war wie ein Zeichen.«

»Du hast dich an mich erinnert?« Helen war erstaunt und gleichzeitig geschmeichelt.

Tobias nickte und senkte etwas verlegen den Kopf.

»Und da wären wir nun, und mir fällt nichts ein, was ich sagen könnte. Ist das nicht furchtbar?«

Helen war überrascht. Tobias war also auch nervös. »Mir geht es genauso«, gestand sie ihm.

»Worte sind nicht gerade meine Stärke. Ich kann besser

mit dem Pinsel umgehen.« Er schwieg. »Weißt du, ich würde dich gern eines Tages malen. Du hast eine so tolle Statur. Und deine Haut – sie strahlt.«

Helen starrte in ihr Weinglas.

»Tut mir leid.«

»Ist schon okay.«

»Ich wollte dir keine Angst machen.«

»Ich weiß.«

Nachdem sie sich an ihre Umgebung gewöhnt und neue Getränke bestellt hatten, entspannten sie sich, und die Unterhaltung kam richtig in Gang. Tobias war ein angenehmer Gesprächspartner. Er amüsierte sie mit Geschichten über Studenten und die exzentrischen Kunden seiner Galerie. Schon bald lachten und witzelten sie deutlich ausgelassener.

»Und jetzt erzähl mir bitte, was eine Frau wie du in so einem verschlafenen Nest an der Küste zu suchen hat?«, sagte er ohne Vorwarnung.

»Wie meinst du das?«, fragte Helen. Sie ließ den Blick über das dunkle Tattoo um seinen Oberarm schweifen. Sie musste sich beherrschen, es nicht zu berühren.

»Du bist so anders als die Leute hier.«

Helen war geschmeichelt. »Anders? Das wohl kaum. Früher vielleicht. Ich wollte mal etwas bewegen, etwas aus meinem Leben machen. Aber es kommt mir vor, als wäre ich siebzehn Jahre später als eine Hausfrau von Mitte vierzig wieder aufgewacht, die den englischen Mittelschichtstraum lebt. Das ist so was von deprimierend!«

»Auf mich wirkst du ganz anders, Helen.«

»Ich wollte nie nach Dorset ziehen«, gestand sie ihm. »Ich wusste, dass ich verrückt werden würde.«

»Warum hast du es dann gemacht?«

»Wegen meiner Familie.«

»Du hast sie an die erste Stelle gesetzt.«

Helen nickte.

»Das Pflichtgefühl hat über die Neigung gesiegt«, sagte er grinsend und verstummte. »Du bist eine gute Frau.«

Helen zuckte mit den Schultern. Jetzt, wo sie Tobias gegenübersaß, kam sie sich sehr, sehr unartig vor. Sie warf einen Blick auf seine Armbanduhr. Es war bereits halb vier. Wie konnte das sein?

»Musst du los?«, fragte er.

»Nein. Ich habe zu viel getrunken. Ich glaube nicht, dass ich im Moment Auto fahren kann.« Helen fühlte sich beschwipst, ihr war schwindelig vor Alkohol und Lust.

Tobias nickte. »Ich auch nicht.«

»Und was machen wir da?«

Ihre Frage blieb zwischen ihnen im Raum hängen und schien nur eine Antwort zuzulassen.

Er sah sie kurz an, griff in seine Hosentasche und zog eine lange Messingkette mit einem einzelnen Schlüssel daran hervor. Dabei sah er ihr tief in die Augen.

»Der gehört zu einem Zimmer im ersten Stock. Aber du kannst auch gehen, ohne dass du deswegen in meiner Achtung sinkst, Helen. Ich möchte dich nicht unter Druck setzen.«

Sie schluckte.

»Solltest du jedoch nur ansatzweise dasselbe empfinden wie ich …« Er streckte den Arm aus und liebkoste ihre Wange. Und als sei es das Natürlichste von der Welt, schmiegte sie ihr Gesicht in seine Hand. Sein Daumen fuhr in einer seltsam sinnlichen Geste über ihre Lippen, von der ihr schwindelig wurde.

»Ich bin älter als du.«

»Na und?«

»Ich bin verheiratet.«

»Ich auch.«

»Ich habe drei Kinder.«

»Ich weiß.«

»Und du willst mich trotzdem?«, fragte sie.

Er nickte. »Ich will dich schon, seit du an diesem stürmischen und regnerischen Tag mein Atelier betreten hast.«

Helen schluckte und schloss die Augen. Jetzt!, dachte sie. Jetzt musste sie in ihr Auto steigen und davonfahren. Sie durfte diesen Mann nie mehr wiedersehen. Jetzt musste sie sich von diesem Tisch erheben, sich für die Einladung bedanken und den Pub verlassen, das Weite suchen.

Sie öffnete die Augen. Die Kette mit dem Schlüssel glitzerte zwischen ihnen auf dem Tisch. Sie streckte die Hand danach aus, wog sie sorgfältig in ihrer Hand. »Niemand wird je etwas davon erfahren.«

Tobias lächelte.

»Ich meine das ernst.«

Er nickte. »Niemand wird je etwas davon erfahren. Das bleibt unser Geheimnis, Helen, das verspreche ich dir.«

Sie nickte zufrieden, trank ihren Wein aus und wandte sich wieder ihm zu.

»Und, kommst du mit?«, fragte sie.

Sie nahmen die schmale Treppe nach oben und befummelten sich kichernd, bis sie in ihr Zimmer stolperten. Tobias schloss die Tür hinter ihnen und lehnte sich dagegen. Ernst sah er ihr in die Augen.

»Alles in Ordnung?«

Helen nickte. »Und bei dir?«

Tobias bejahte. »Bist du sicher, dass du das willst?«

Helen nickte erneut.

Er ging auf sie zu, zog sie in seine Arme und küsste sie leidenschaftlich, bis sie sich schwindelig vor Begierde an ihn presste. Dann hielt er sie auf Armeslänge von sich ab und betrachtete sie.

»Meine Güte, bist du schön! Knöpf deine Bluse auf. Ich will dich ansehen.«

»Ich … äh …« Sie war nervös.

»Pst!« Er legte einen Finger auf ihre Lippen. »Nicht reden!«

Helen knöpfte langsam ihre Bluse auf, erwiderte Tobias' Blick und musste sich beherrschen, ihre Brüste nicht mit den Händen zu bedecken. Sie hatte sich schon lang niemandem mehr nackt gezeigt, außer Richard natürlich, und wusste genau, dass sie nicht mehr die Figur von früher hatte. Die Geburten und der Zahn der Zeit hatten ihren Tribut gefordert.

Tobias schien ihre Nervosität zu spüren. Lächelnd zog er sie in eine neue Umarmung und küsste sie so intensiv, dass sie ihre Aufregung vergaß und sich stattdessen auf das warme, samtige Gefühl konzentrierte, das sie dahinschmelzen ließ.

»Du bist wunderschön«, flüsterte er. »Ich würde dich gern so malen, wie du mit halb geschlossenen Augen in der Sonne stehst.«

Langsam fuhr er die Umrisse ihres Schlüsselbeins nach und ließ seine Fingerspitzen dann bis hinunter zu ihrem Handgelenk gleiten. Kurz verschränkten sie die Hände und sahen sich wie hypnotisiert an. Dann löste er den Gürtel um ihre Taille. Helen spürte, wie ihr ein Schauder über den Rücken lief, als er ihren Rock zu Boden fallen ließ und auf die Knie ging, um sie zu küssen. Als seine Lippen ihre Haut berührten, stieß sie einen leisen, ergebenen Seufzer aus und schloss die Augen.

Helen schrak schuldbewusst hoch. Tobias lag immer noch neben ihr, splitterfasernackt quer über dem hässlichen geblümten Bettüberwurf, den sie nicht einmal zurückgeschlagen hatten. Sie betrachtete die Rundung seiner breiten Schultern, die dunklen Haare auf seiner Brust, die sich bis zu seinen Lenden fortsetzten, die langen Beinmuskeln, die Farbe seiner Wangen im Schlaf und seine langen gebogenen Wimpern. Er war ein richtiger Mann und wirkte doch seltsam verletzlich, fast wie ein kleiner Junge. Sie spürte neue Lust in sich aufwallen und riss sich zusammen. Die Sonne stand tief am Himmel und tauchte das Zimmer in ein warmes bernsteinfarbenes Licht. Sie streckte den Arm aus und packte Tobias' Handgelenk, um einen Blick auf seine Armbanduhr zu werfen.

»Mist, Mist, Mist!« Sie sprang aus dem Bett.

Tobias öffnete träge die Augen. »Was ist?«

»Ich komme zu spät. Das ist los.« Sie rannte im Zimmer auf und ab, sammelte ihre Kleider ein, schlüpfte in ihre Bluse und stolperte dabei über ihren Rock. Die Innenseite ihrer Schenkel war klebrig. Sie versuchte das zu ignorieren, sie hatte keine Zeit mehr zu duschen.

»Du wirst doch nicht jetzt schon gehen?«, stöhnte Tobias vom Bett aus.

»Ich muss. Wegen Alfie. Er wartet im Kindergarten auf mich. Mrs. Kendall hat mich diese Woche schon einmal gerügt, weil ich zu spät gekommen bin.«

»Bitte belehr mich eines Besseren, wenn ich falschliege«, sagte Tobias gähnend. »Aber bezahlst du sie nicht dafür, dass sie deinen Sohn hüten?«

»Ja«, rief eine entnervte Helen, während sie hektisch nach ihrer Unterwäsche suchte. »Aber der Kindergarten macht um halb sechs zu, und so wie es aussieht, werde ich erst kurz nach sechs dort sein.«

»Sag einfach, du wärst im Stau stecken geblieben.«

Helen fischte ihren Slip unter dem antiken Schreibtisch hervor und warf ihn in ihre Handtasche. »Du verstehst das nicht! Es geht nicht nur um die Kindergärtnerinnen. Der arme Alfie wartet auf mich.«

Plötzlich wurde sie regelrecht von Schuldgefühlen überschwemmt. Sie stellte sich vor, wie er allein im Kindergarten saß, als Allerletzter, während Mrs. Kendall ungeduldig auf und ab lief. Was zum Teufel tat sie hier, in diesem Zimmer mit diesem Mann? Sie hatte eine Familie, einen Mann und Kinder, die sie verdammt noch mal brauchten.

Tobias sah, was sich in ihrem Gesicht abspielte, und sprang aus dem Bett. »Nein, nein, nein. Tu das nicht, Helen.« Er packte sie an den Schultern und zwang sie, ihn anzuschauen. »Fühl dich nicht schuldig deswegen, was wir gerade getan haben. Wir sind keine schlechten Menschen. Wir sind einfach zwei Erwachsene, die ein bisschen Spaß hatten.«

»Aber wir sind beide verheiratet, Tobias.«

»Ja, wir sind verheiratet, aber wir sind schließlich niemandes Besitz, oder? Du bist kein Gegenstand, den Richard unter Verschluss halten kann.«

Helen versuchte, ihn zu unterbrechen. Ehrlich gesagt hatte ihr Richard noch nie dieses Gefühl gegeben, aber Tobias brachte sie zum Schweigen, indem er einen Finger auf ihre Lippen legte. Sie roch sich selbst an ihm und schluckte schwer, war schier überwältigt von der schwindelerregenden Mischung aus Lust und Schuld.

»Helen, du hast es verdient, glücklich zu sein. Vertrau mir, wir haben nichts Falsches getan, okay?«

Helen schwieg. Es fühlte sich nicht so an, als hätte sie nichts Falsches getan.

»Okay?«, sagte Tobias erneut.

»Okay«, seufzte Helen.

»Und wann sehe ich dich wieder? Erzähl mir bitte nicht, erst im Herbst, wenn das College wieder anfängt, denn so lang kann ich auf keinen Fall warten.«

»Ich glaube nicht, dass … Es sind Sommerferien … die Kinder«, stammelte Helen.

»Ich ruf dich an.« Als Helen protestieren wollte, hob er gebieterisch die Hand. »Keine Sorge: Wenn du nicht reden kannst, sagst du einfach, ich hätte mich verwählt, dann lege ich auf.«

Helen nickte. Sie griff nach ihrer Handtasche und schlüpfte in ihre Schuhe. »Es tut mir leid, aber ich muss wirklich los.«

»Ich weiß.« Er küsste sie leidenschaftlich, als wollte er sie noch einmal für sich beanspruchen. »Und du bereust nichts?«

Sie lächelte zu ihm auf, während seine braunen Augen die ihren durchbohrten und sein Körper sich gegen den ihren drängte. Sie konnte spüren, dass er wieder steif war, und ein leises Stöhnen kam ihr über die Lippen. Er grinste sie triumphierend an.

»Nein«, sagte sie schließlich. »Ich bereue nichts.«

Es folgte ein schwüler Sommer voller Sex und verbotener Erregung. Von Schuldgefühlen überwältigt versuchte sie mehrmals, die Affäre zu beenden. Aber letztlich schaffte sie es nie, Tobias aufzugeben. Jedes Mal, wenn sie ihn verließ und den Stachel ihrer Schuld spürte, schwor sie sich, das wäre das letzte Mal gewesen. Aber er war wie eine Droge, und sie konnte einfach nicht von ihm lassen. Er war so anders als Richard, so jung, so gefühlvoll und überzeugend. Bei ihm fühlte sie sich schön. Er gab ihr das Gefühl, geliebt zu werden. Sie sagte sich, dass er ihr einziger Ausrutscher war, ein einmaliges Abenteuer. Stets hatten andere an erster Stelle gestanden – Richard, die Kinder. Alles, was sie wollte, war ein bisschen Spaß. Sie tat schließlich niemandem weh. Es war eine harmlose, einvernehmliche Liebelei zwischen Erwachsenen. Niemand würde je etwas davon erfahren.

Um auf Nummer sicher zu gehen, wählten sie Ort und Zeitpunkt ihrer Treffen sorgfältig aus. Er kam nie zu ihr nach Hause. Stattdessen suchte sie ihn in seinem Atelier auf oder in kleinen, abgelegenen Dorfpubs. Manchmal hielten sie einfach irgendwo an wie zwei heimatlose Teenager und machten sich ihr Bett im Kornfeld. Es war magisch. Endlich war der Sommer gekommen, brachte Wärme mit sich und die Natur zum Blühen. An Tagen, an denen die Vögel zwitscherten und die Bäume Schatten spendeten, fühlte es sich ganz selbstverständlich an, unter ihren Zweigen in Tobias' Armen zu liegen und den Wolken nachzusehen.

Nicht einmal in der letzten Ferienwoche konnte sie ihm widerstehen, obwohl sie ganz genau wusste, dass sie in Kürze beide an die Uni zurückkehren würden.

»Ich weiß, dass wir bald wieder am College unterrichten werden, aber ich muss dich sehen«, flüsterte er am Telefon. »Ich vermisse deinen Körper. Deine Haut. Deinen Duft.«

Helen schluckte. Dora stand neben ihr in der Küche, stopfte sich Frühstücksflocken in den Mund und schien in Tagträume versunken zu sein. Alfie schob Spielzeugautos über den Küchenfußboden, wobei er beeindruckend die Bremsen quietschen ließ und für laute Zusammenstöße sorgte. Cassie lag noch oben im Bett und genoss es, an ihrem letzten Ferientag ausschlafen zu können. Sie sollte den Tag mit ihren Kindern verbringen. Nächste Woche mussten die Mädchen zur Schule, dann würde wieder der hektische Alltag einkehren.

»Wenn du kommst, verspreche ich dir, dass ich dich vom Nacken, von der kleinen Kuhle an deinem Haaransatz, bis hinunter zu den Zehenspitzen küssen werde.«

Helen stieß einen unwillkürlichen Seufzer aus. »Ich werde da sein.«

»Im Ernst?«

»Ja, gib mir eine Stunde Zeit.«

»Toll! Wir treffen uns am üblichen Ort.«

»Ja.« Helen legte auf und wandte sich lächelnd an Dora. »Das war leider jemand aus der Arbeit, Liebling.«

Dora sah zu ihr auf. Sie sagte nichts, sondern schaufelte sich weitere Frühstücksflocken in den Mund.

»Ich muss an die Uni, es ist in letzter Minute was dazwischengekommen. Würdest du mit Cassie heute auf deinen Bruder aufpassen?«

Dora ließ den Löffel zwischen Schale und Mund in der Luft hängen und sah ihre Mutter an. »Heute?«

»Ja«, sagte Helen geduldig. »Nur ein paar Stunden.«

Dora seufzte. »Muss das sein?«

Helen spürte, wie das Blut in ihren Ohren zu rauschen begann. »Ja, es muss sein.«

Eine Pause entstand. »Das ist nicht fair«, jammerte Dora. »Warum heute?«

»Weil ich etwas Wichtiges erledigen muss.« Helen seufzte. »Ich muss mein Büro aufräumen, ein paar Unterlagen durchgehen und die Stundenpläne mit dem Dekan besprechen.« Die Lügen kamen ihr leicht über die Lippen.

»Kannst du Alfie nicht mitnehmen?«, fragte Dora.

»Nein.«

Dora stand auf, knallte ihre Schale in die Spüle und trat wütend gegen den Kühlschrank.

»Dora«, brüllte Helen. »Es reicht! Ich habe dich den ganzen Sommer unbehelligt gelassen. Ihr Mädels hattet in den letzten Wochen das Paradies auf Erden. Ich habe euch nicht einmal gebeten, eure Zimmer aufzuräumen. Da könnt ihr doch wenigstens ein paar Stunden auf Alfie aufpassen.«

Bei Cassie konnte man immer mit Wutausbrüchen rechnen, aber Dora war normalerweise friedlich. Helen hoffte, dass sie nicht auch bald damit anfangen würde, zu rebellieren. Zwei rebellische Mädchen würde sie nicht überleben.

Dora verzog das Gesicht. »Dürfen wir ihn wenigstens mit zum Strand nehmen?«, fragte sie.

Das beschäftigte sie also: Dora wollte an den Strand. Helen

musterte ihre Tochter einen Moment. Sie kannten die Regel: Der Strand war für Alfie tabu, außer ein Elternteil war mit dabei. Helen sah entnervt zwischen ihrer Armbanduhr und Dora hin und her. Im Grunde waren sie alt genug dafür.

»Du darfst ihn mitnehmen, aber ihr Mädchen müsst zusammenbleiben und ihn im Auge behalten. Ihr geht nicht schwimmen, verstanden?«

»Auch nicht, wenn wir ihm Schwimmflügel umtun?«

»Provozier mich nicht, Dora.«

»Strand«, rief Alfie begeistert vom Küchenboden aus. »Eis?«, fragte er erwartungsvoll.

»Ja, mein Schatz, du bekommst ein Eis.« Helen griff in ihre Tasche und zog eine Zehn-Pfund-Note hervor. »Das ist für euch. Ich verlass mich auf dich, Dora. Bitte, enttäusch mich nicht.«

Dora nahm die zehn Pfund aus ihrer ausgestreckten Hand. »Gut.«

Helen seufzte erleichtert. Wenn sie gleich losfuhr, konnte sie noch pünktlich sein.

Helen brauchte zehn Minuten, um sich fertig zu machen. Sie tauschte ihre Jeans gegen einen hellblauen Rock, der mit winzigen Gänseblümchen bedruckt war und Tobias gefiel. Dann fuhr sie sich mit einer Bürste durchs Haar, sprühte sich Parfüm in den Nacken und auf die Handgelenke und legte einen Hauch Rouge auf. Sie sah in den Spiegel. Gar nicht mal so übel, für mehr blieb keine Zeit.

Sie griff nach ihrer Handtasche, eilte die Treppe hinunter und rief Dora zu: »Tschüs, Liebes, ich bin bald wieder da.«

»Tschüs, Mum.« Ein erstickter Schrei ertönte aus der Küche.

»Seid brav«, fügte sie noch hinzu und kam sich wahnsinnig scheinheilig vor, während die Haustür hinter ihr zufiel.

Sie eilte die Stufe hinunter, sprang in den Wagen und wendete in der Auffahrt. Dabei sah sie Dora mit Alfie am Küchenfenster stehen. Sie strahlten und winkten, Alfies maisblondes Haar kitzelte Dora im Gesicht und brachte sie zum Lachen. Helen lächelte und winkte zurück. Dann sauste sie die Auffahrt hinunter, dass der Kies davonspritzte. Wenn sie Gas gab, konnte sie pünktlich sein. Vorausgesetzt, es gab keine blöden Traktoren.

Helen hatte Glück.

Sie schaffte es in Rekordzeit bis zur Landstraße, und erst als sie auf die Überholspur wechselte und aufs Gas trat, merkte sie, dass sie in ihrer Eile, zu Tobias zu kommen, ganz vergessen hatte, ihre Kinder zum Abschied zu küssen.

Dora

Elf Jahre zuvor

Die Luft war drückend schwer, als Dora über den Strand stolperte. In einer Hand hielt sie Alfies Rucksack, in der anderen die heiße kleine Faust ihres Bruders. Vor sich konnte sie sehen, wie Cassie mit Sam herumalberte. Sie schlenderten am Rand des Wassers entlang, hatten die Köpfe zusammengesteckt, einer blond, einer dunkel. Sie sah ihnen verärgert nach und versuchte sich stattdessen auf die rutschigen Kiesel zu konzentrieren. Dabei verfluchte sie ihre Mutter zum x-ten Mal an diesem Tag. Dora hatte unzählige Pläne für ihren letzten Ferientag gehabt, aber das hier hatte nicht dazugehört.

»Mach schon!«, trieb sie Alfie zur Eile an. »Wir verlieren sie sonst noch aus den Augen.«

»Nicht so schnell«, keuchte Alfie und stolperte über die glitschigen Steine.

»Wenn du nicht diese dämlichen Gummistiefel und diesen blöden Umhang anhättest, wärst du bestimmt schneller.« Dora war sauer. Alfie hatte gegen ihren Widerstand darauf beharrt, sein Superman-Kostüm anzuziehen.

»Du wirst schwitzen«, hatte Cassie gesagt.

»Du siehst darin aus wie ein Vollidiot«, hatte Dora hinzugefügt.

Aber Alfie ließ sich nicht beirren. »Ich brauche es.«

»Warum kannst du nicht als Kent Clark gehen, bevor er sich in Superman verwandelt? Dann könntest du deine normalen Sachen anziehen, und niemand weiß, wer du bist. Du wärst trotzdem verkleidet«, hatte Dora gesagt.

»Noch besser wäre es, du würdest als der Unsichtbare gehen«, bemerkte Cassie trocken.

»Nein. Superman. Superman ist der besteste Superheld von allen.«

Die Mädchen sahen sich an und verdrehten die Augen. Alfie machte seit Neuestem eine Action-Figur-Phase durch, und sie hatten schon viel von den »bestesten Superhelden« gehört. Sie erlaubten, dass er sich verkleidete, und konzentrierten sich auf das noch nervigere Thema Spielsachen.

»Du kannst kein Lego mit an den Strand nehmen«, sagte Cassie und musterte den wachsenden Berg, den Alfie neben der Tür anhäufte. »Das verlierst du bloß. Und schau mal«, fuhr sie fort und trat nach bunten Plastikteilen. »Wozu willst du dieses Auto mitnehmen? Die Batterien funktionieren nicht.«

»Das ist kein Auto«, erwiderte er. »Sondern ein Bagger.« Alfie ließ das Spielzeug über den Boden sausen, schwenkte geschickt seinen Arm und machte die entsprechenden Geräusche dazu.

Cassie seufzte. Beide wussten, dass es unmöglich war, vernünftig mit ihm zu reden. Aber Dora versuchte es noch einmal mit etwas mehr Geduld. »Wie wär's, wenn wir den Rucksack mitnehmen? Du kannst ihn auf dem Rücken tragen wie eine Art Raketenrucksack.«

»Superman hat keinen Raketenrucksack«, erklärte Alfie.

»Okay«, versuchte sie es erneut. »Aber angenommen, Superman will an den Strand gehen und sein Spezialwerkzeug mitnehmen – wo würde er es dann verstauen?«

»In seiner Unterhose?«, schlug Cassie vor.

Alfie kicherte.

»Danke, Cassie. Das ist wirklich sehr hilfreich. Nein«, sagte Dora, wieder an Alfie gewandt. »Er würde es in einen Raketenrucksack stecken.«

Alfie sah sie verunsichert an.

»Stimmt's, Cassie?«, sagte Dora und wandte sich Hilfe suchend an ihre Schwester.

»Klar«, sagte Cassie und seufzte erneut gequält auf. »Wisst ihr, mir ist im Grunde egal, welchen Kinderkram ihr mitnehmt. Aber wenn ihr euch nicht beeilt, gehe ich allein zum Strand. Und das sage ich nicht noch einmal.«

Dora war tief getroffen. Nicht nur, weil sie mit Alfie in die Kinderschublade gesteckt worden war, sondern weil das alles so unfair war. »Das geht nicht. Mum hat gesagt, dass wir beide auf Alfie aufpassen müssen«, argumentierte sie.

»Am besten, wir beeilen uns, denn sonst bin ich weg, und du kannst allein auf ihn aufpassen.«

Dora kochte vor Wut. Diese blöde Cassie mit ihren neuen Freunden und ihrem überheblichen Getue. Mum war auch nicht besser! Ständig telefonierte sie hinter verschlossenen Türen oder eilte zu irgendwelchen wichtigen Besprechungen an die Uni. Waren nicht gerade Sommerferien? Für sie gab es nichts Schlimmeres, als den Tag mit Cassie und Alfie verbringen zu müssen. Das nervte einfach nur. Dabei hatte sie vorgehabt, an den Strand zu gehen, in den Wellen zu planschen, eiskalte Cola direkt aus der Flasche zu trinken und die sonnenverbrannten Urlauber zu beobachten, die ihre Sachen für die lange Heimfahrt packten. Der Tag hätte perfekt sein können. Der perfekte letzte Ferientag, bevor sie am Montag wieder in Schuhe und Socken schlüpfen, nach ihrer Schultasche greifen und eines der wichtigsten Jahre ihres Lebens in Angriff nehmen würde, wie ihre Eltern das nannten. Die Prüfungen für die mittlere Reife hingen über ihr wie ein Fluch – die und Sam Skinner.

Cassie hatte vor einer Woche Sam kennengelernt, die mit ihrer Familie in einem nagelneuen Wohnwagen auf dem Campingplatz Urlaub machte. Sie trug die übliche Teenageruniform: zerrissene Jeans, abgewetzte Turnschuhe, ein T-Shirt mit dem Namen einer Band, eine Armyjacke. Ihr langes schwarzes Haar fiel ihr vors Gesicht wie ein Vorhang. Dora wusste nicht genau, wie sich die Mädchen kennengelernt hatten. Aber sie hatte sie gemeinsam über den Strand schlendern, Zigaretten auf dem Parkplatz rauchen und auf dem Deich sitzen sehen, wo sie sich eine Tüte Chips teilten und über Jungen redeten. Man musste kein Genie sein, um zu begreifen, dass Dora überflüssig und komplett durch Sam ersetzt worden war. Durch eine neue, bessere Version ihrer selbst.

»Ich habe Durst«, jammerte Alfie neben Dora. »Können wir stehen bleiben?« Seine kleinen Beine mühten sich ab, aber es war nicht leicht für ihn, mit Cassies und Sams langen Schritten mitzuhalten. Die Kiesel strahlten eine Hitze aus wie geröstete Kastanien.

»Gleich«, erwiderte Dora und verfluchte ihre Schwester und das blöde Mädchen. »He«, rief sie. »Macht ein bisschen langsamer. Wir kommen nicht mehr mit.«

Cassies Kichern wurde ihr vom Wind zugetragen. »Ich hab dir doch gesagt, dass du die Spielsachen zu Hause lassen sollst, Dora.«

Sie hätte sie umbringen können!

Auch wenn Cassie es nicht laut sagte, war klar, wohin sie gingen. Sie hatte Cassie und Sam schon Anfang der Woche mit ein paar Jungs zu den Klippen schleichen sehen. Sie hatte ihnen nicht nachspioniert, sondern sie nur im Auge behalten. Jeder wusste, dass Teenager nur aus zwei Gründen dahin gingen: um Party zu machen und rumzufummeln. Für beides war es der ideale Ort. Dora war auch schon mal da gewesen, im Rahmen einer albernen Mutprobe, und es gefiel ihr ganz und gar nicht dort. Aber ihr blieb keine Wahl, denn ihre Mutter hatte gesagt, dass sie zusammenbleiben müssten.

Es war noch nicht Mittag, aber die Sonne brannte vom Himmel und hüllte sie in einen geheimnisvollen Dunstschleier. Der Strand glitzerte, als würde sie ihn in einem Zerrspiegel betrachten.

Dora wischte sich die Schweißperlen von der Stirn und hielt nach ihrer Schwester Ausschau. Cassie und Sam waren endlich stehen geblieben. Ihre dunklen Silhouetten hoben sich dort vom Horizont ab, wo er von den steilen Klippen unterbrochen wurde, die jäh zum Strand abfielen. Dora musterte sie blinzelnd. Bei den Kieseln am Wasser konnte sie einen Fleck erkennen, dunkelrot wie Blut. Die Ebbe begann gerade, sie hatten den idealen Zeitpunkt erwischt.

Sam streckte die Arme aus und setzte einen Fuß auf den Felsvorsprung am Fuß der Klippe. Sie zog sich an der Wand hoch, während ihr langes Haar im Wind flatterte, und nahm dann Cassies Hand. Als sie ebenfalls oben stand, drehte sie sich zu Dora und Alfie um.

»Kommt ihr, oder was ist los?«, rief sie.

Dora seufzte. »Komm schon, Alfie. Es wird Zeit für ein Abenteuer.«

Ihr Bruder umklammerte ihre Hand. »Keine Angst«, sagte er und sah sie aus seinen großen Augen an. »Ich habe meinen Umhang dabei. Ich kann dich beschützen.«

Er sah so süß und ernsthaft aus, wie er mit seinem Umhang wedelte. Dora sah auf ihn herunter und drehte sich dann zum Felsen um. Wenn Helen wüsste, was sie da taten – sie würde sie umbringen.

Diese Klippe war eine Art Heiligtum von Summertown – ein Ort, den nur die einheimischen Teenager kannten, ein eifersüchtig gehütetes Geheimnis, in das nur wenige junge Urlauber aus der Stadt eingeweiht waren. Am Ende des Strandes, dort wo die Klippen der Lyme Bay steil abfielen und das Gestein Gezeitentümpel umschloss, lag tief im Felsmassiv eine geheime Höhle. Ihre Faszination bestand darin, dass sie nur bei Ebbe zugänglich war und man mit ziemlicher Entdeckerfreude und Todesverachtung gesegnet sein musste, um sie zu erkunden.

Innerhalb des Felsenrings war man sowohl vor der Flut als auch vor neugierigen Blicken geschützt. Aber wenn man den Gezeitenwechsel verpasste, saß man dort stundenlang fest und musste warten, bis das Meer sich bequemte, den Weg wieder freizugeben.

Auf der Highschool kursierte die Legende, dass der ältere Bruder eines Mitschülers auf diesen Ort gestoßen war, als er nach einer neuen Höhle suchte. Der Bruder hatte ein paar Freunden davon erzählt, die es wiederum ihren Freunden gesagt hatten. Die Neuigkeit sprach sich herum, und es dauerte nicht lang, bis die Teenager scharenweise dorthin pilgerten, um verbotene Partys zu feiern und sich heimlich zu treffen.

Je mehr sich die Nachricht verbreitete, desto mehr Legenden rankten sich um die Felsenhöhle. Erst war es ein altes Schmugglerversteck, dann wurde es zur Heimat eines verrückten Einsiedlers, und seit Neuestem hieß es, die Höhle sei die Grabkammer der Opfer eines berüchtigten Serienmörders. Dora wusste, dass die Geschichten bloß erfunden waren, trotzdem wollte sie auf keinen Fall dorthin.

Dora und Alfie näherten sich der Felsnase, hinter der Cassie und Sam verschwunden waren. Plötzlich tauchte Sams Kopf auf der anderen Seite wieder auf.

»Am besten, Alfie geht zuerst«, schlug sie vor. »Ich ziehe ihn hoch. Mit seinen kurzen Beinen schafft er es nicht über den Felsen.« So viel hatte Sam in der ganzen Woche, die sie sich kannten, noch nicht zu ihr gesagt.

»Das ist doch Wahnsinn«, erwiderte Dora. »Warum können wir nicht gemeinsam am Strand abhängen? Das wäre viel einfacher.« Sie ignorierte die Schilder, die an der Klippe befestigt waren und vor Erosion und Steinschlag warnten, und sah sich hilflos zum Parkplatz um. Er war nur noch ein kleiner Fleck am Horizont.

Sam ging nicht auf ihren Vorschlag ein und wandte sich stattdessen an Alfie. »Du willst die Fledermaushöhle sehen, oder, Alfie?«

»Ja«, rief Alfie. »Fledermäuse!«

Na toll, dachte Dora. Jetzt gab es kein Zurück mehr. Sie packte ihren Bruder an der Taille und schob ihn grob die Felswand hoch, während ihr sein roter Umhang ins Gesicht wehte.

»Streck die Hände aus«, forderte Sam ihn auf. »So, Bürschchen, jetzt hab ich dich.«

Plötzlich besaß Alfie kein Gewicht mehr. Dora ließ los, und Sam zog ihn über den Felsen. Sie sah zwei strampelnde rote Gummistiefel, die aus ihrem Blickfeld verschwanden.

»Ich kann fliegen«, hörte sie Alfie auf der anderen Seite der Felswand rufen. Seine Stimme hallte laut wider, seine Schreie schienen auf einmal die ganze Höhle zu füllen. Dora sah an der schwindelerregend hohen Wand empor und begann trotz der Hitze zu frösteln.

»Kommst du?«, fragte Sam.

Dora war an der Reihe. Sie kletterte an der Wand hoch, fand Halt an dem rauen Gestein. Sam ragte vor ihr auf, hielt ihr die Hand hin, doch sie ignorierte sie, weil sie zu stolz und zu wütend war, um Hilfe anzunehmen. Sie hatte die Felsnase fast überwunden, als ihr linker Fuß abrutschte und Geröll mit sich nahm. Dora versuchte, neuen Halt zu finden, und sprang über die Felsnase, wobei sie sich in Panik an einer Kante festhielt und zusammenzuckte, als ihre Hand Bekanntschaft mit einem scharfen Felssplitter machte.

»Alles in Ordnung?«

Dora nickte und versuchte, die Tränen zurückzudrängen. Sie war bloß blöd ausgerutscht, mehr nicht. Sie streckte die Hände aus und sah das knallrote Blut um die Steinchen, die in ihrer Handfläche kleben geblieben waren.

»Das sieht böse aus.«

»Ach Quatsch, das ist nur ein Kratzer.« Sie wollte nicht zugeben, dass es wehtat, also blieb sie einen Moment stehen und sah zu, wie die scharlachrote Körperflüssigkeit aus der Schnittwunde quoll. Sie bildete eine kleine Pfütze und lief dann langsam an ihrem Handgelenk herunter, bis sie träge auf den schieferfarbenen Felsen unter ihr tropfte. Dort blieb sie liegen und bildete einen leuchtenden, funkelnden Fleck auf dem warmen Stein.

»Ist wirklich alles in Ordnung?«, fragte Sam erneut.

Dora nickte. Sie sah nach oben. Die Klippen ragten düster und bedrohlich vor ihr auf. Sie führte die Hand an ihre Lippen und saugte an der Wunde, schluckte das metallisch schmeckende Blut hinunter, bis das Pochen etwas nachließ. Dann zog sie sich seufzend über den letzten Felsvorsprung und ließ sich in die Dunkelheit fallen.

Düstere Felswände ragten steil empor und trafen sich etwa zwanzig Meter über ihren Köpfen. Nur eine kleine Lücke im steinernen Baldachin ließ einen Fingerbreit Tageslicht in die Höhle. Dora sah nach oben und entdeckte weit über ihr einen blauen Spalt, doch sie musste den Blick gleich wieder abwenden. Ihr war immer noch schwindelig von der Hitze außerhalb der Höhle. Stattdessen betrachtete sie die tropfenden Wände, die sie umschlossen. Sie waren mit ekligen grünen

Flechten bewachsen und glänzten schleimig. Der ganze Fels war mit Graffiti übersät, sämtliche Wände waren mit Namen und Daten bedeckt. Einige waren eingeritzt, andere aufgemalt und wieder andere tief eingemeißelt worden. Letztere stammten vermutlich von den glühendsten Liebespaaren.

Der sandige Boden war mit dem Müll vergangener Partys übersät: Dosen, Flaschen, Zigarettenstummel und Schlimmeres lagen überall herum. Ein altes Fischernetz, eine verfaulte Holzpalette und ein vergessenes Ölfass standen an einem Ende der Höhle. Improvisierte Partydekorationen, die nicht mehr benötigt wurden. Im hinteren Teil der Höhle befand sich eine niedrige steinerne Bank, daneben Asche, die anzeigte, wo zuletzt ein Lagerfeuer gebrannt hatte. Sie leuchtete weiß im Dunkeln und erinnerte an blank genagte Knochen. Dora bekam Gänsehaut. Sie konnte nicht verstehen, warum man sich hier freiwillig aufhielt. Klar, man war vor neugierigen Blicken geschützt, aber es war kalt, stank nach fauliger Vegetation und nach feuchten, salzigen Algen. Ihr kam es einfach nur gruselig vor.

Doch Alfie schien das ganz anders zu sehen. Er rannte in der Höhle herum, stieß Schreie aus und jubelte. Seine entzückten Schreie hallten von den Wänden wider. Eine Möwe schrie in der Finsternis, schlug mit den Flügeln und ließ Dora zusammenzucken.

»Eine Fledermaus«, rief Alfie begeistert. Sie brachte es nicht übers Herz, ihn eines Besseren zu belehren.

Sam und Cassie standen am anderen Ende der Höhle. Dora sah, wie Sam nach dem Ölfass trat und ihre verblichene Armyjacke auszog. Sie legte sie auf den Boden, und Cassie setzte sich auf die eine Hälfte. Sam nahm den Saum ihres T-Shirts und wischte damit über die niedrige Steinbank. Sie sah aus wie der Opferaltar aus einem Indiana-Jones-Film, bei dem sie sich mehr gefürchtet hatte, als sie zugeben wollte. Während sie über den Stein strich, stieß Sam einen langen, tiefen Pfiff aus.

»Schau nur, Cass«, murmelte sie. »Der perfekte Opfertisch. Hübsch.«

Dora wusste nicht recht, ob sie sich zu ihnen gesellen sollte. Sie fühlte sich überflüssig und unbehaglich. Sie hatte nicht herkommen wollen. Sie hatte gedacht, dass sie am Strand abhängen würden.

Ach, was soll's, sagte sie sich, ging beleidigt zu ihrer Schwester und hockte sich auf die Kante des Ölfasses. »Das ist ja großartig«, sagte sie sarkastisch.

Cassie zuckte mit den Schultern. »Wir haben dich nicht gezwungen mitzukommen, Dora.«

»Ich hatte leider keine andere Wahl. Mum hat gesagt, dass wir zusammenbleiben sollen.«

»Wer sagt denn, dass wir immer tun müssen, was Mum sagt? Du bist ein großes Mädchen, Dora, oder etwa nicht?«, zog Cassie sie auf. »Kannst du nicht selber denken?«

»Aber Alfie ist auch noch da. Das ist einfach nicht fair.« Sie sah, dass Cassie vor Sam die Augen verdrehte. »Ach, vergiss es«, sagte sie und verstummte.

Sam zog eine Zigarettenschachtel aus ihrer Jackentasche, in der sich ein dicker, unförmiger Joint befand. Sie zündete ihn mit einem glänzenden Zippo-Feuerzeug an, zog ein paarmal daran und gab ihn dann Cassie. Dora sah zu, wie ihre Schwester einen tiefen Zug nahm, bevor sie den Rauch langsam ausstieß. Sie sah aus, als hätte sie das schon x-mal gemacht. Der Rauch hing wie feine Spinnweben in der nasskalten Luft.

»Jetzt schau nicht so schockiert, Dora«, sagte Cassie.

»Das tu ich doch gar nicht«, log sie.

»O doch. Du runzelst dann immer so die Stirn.«

»Was ist, wenn Alfie uns bei den Eltern verpetzt?« Sie sah

sich zu ihrem Bruder um, der begeistert über den sandigen Boden rannte. Er hatte einen langen Stock gefunden und schlug damit gegen die Höhlenwände.

»Nimm das! Und das!«, rief er seinen unsichtbaren Feinden zu.

Cassie zuckte mit den Schultern. »Na und? Was wollen sie uns schon groß tun?«

Dora fielen so einige Dinge ein, die ihre Eltern tun konnten, um Cassie zu bestrafen, aber sie machte sich nicht die Mühe, sie aufzulisten. Ihrer Schwester war offensichtlich alles egal.

»Möchtest du auch mal ziehen?«, fragte Sam und hielt ihr den Joint hin.

»Nein«, sagte Dora etwas zu hastig. »Äh, nein, danke«, wiederholte sie. »Ich rauche nicht.« Das klang ziemlich spießig. Dora wurde rot.

Sam zuckte mit den Schultern und verstaute ihr Feuerzeug. Sie legte sich rücklings auf den sandigen Höhlenboden, und Cassie ließ sich ebenfalls zurücksinken. Sie legte den Kopf in ihre verschränkten Hände und schloss die Augen.

Dora wusste nicht, was sie mit sich anfangen sollte. Sie sah sich nach Alfie um. Er stand auf einem Felsvorsprung und starrte in einen Gezeitentümpel, stocherte mit seinem Stock darin herum.

»Pass auf, Alfie. Die Felsen sind rutschig.«

Er ignorierte sie.

Na, toll! Weder Cassie noch Alfie schienen Wert auf ihre Gesellschaft zu legen. Sie drehte sich wieder zu ihrer Schwester um. Sie flüsterte Sam gerade etwas ins Ohr, das dieser ein tiefes, kehliges Lachen entlockte.

Sie wandte sich wieder Alfie zu, in ihren Augen dem geringeren Übel. »Was hast du da, Alfie?«

»Eine Krabbe.«

»Lass sehen.« Dankbar über die Ablenkung ging sie zu ihm und ging am Rand des Tümpels in die Hocke, um besser sehen zu können. Die Krabbe war ein winziges, fast durchsichtiges graues Ding. Alfie folterte sie, umklammerte mit beiden Händen den Stock und fuchtelte damit herum.

»Schnapp, schnapp, schnapp. Schnapp, schnapp, schnapp«, wiederholte er immer wieder. »Schnapp, schnapp, schnapp.«

»Dein Umhang hängt ins Wasser, Alfie«, mahnte Dora. Ein dunkler Fleck kroch über den roten Stoff, durchnässte ihn. Sand blieb daran kleben. Alfie schien das nicht zu stören. Er musterte die Bescherung schulterzuckend und wandte sich dann wieder dem Tümpel zu.

»Schnapp, schnapp, schnapp.«

Sie blieben eine Weile nebeneinander stehen, während Alfie in dem Gezeitentümpel herumstocherte und Dora ihm dabei zusah. Sie zeigte ihm Wellhorn- und Strandschnecken sowie eine verkrustete alte Seeanemone, die wie Beton am Felsen klebte. Alfie verlor das Interesse am Tümpel und erkundete die entlegensten Winkel der Höhle. Wortlos begannen sie, Treibholz zu sammeln und es im hintersten Winkel aufzutürmen. Keiner von beiden hinterfragte ihr Tun. Sie widmeten sich ihrer Arbeit in stiller Konzentration und errichteten einen fast einen Meter hohen Scheiterhaufen. Hier, im kühlen, stillen Innern der Klippe war es kaum vorstellbar, dass sich nur wenige Hundert Meter entfernt ein Strand voller Handtücher und schwitzender Leiber befand. Dass die Strandkiesel Hitze abstrahlten und bald ein neues Schuljahr anfing. Man vergaß schnell die Zeit – und die Gezeiten außerhalb dieser abgeschiedenen Welt.

Dora sah nach oben.

»Wie spät ist es, Cassie?«, rief sie.

Der blonde Haarschopf ihrer Schwester hob sich wenige Zentimeter vom Boden, während sie auf ihre Uhr blickte.

»Zehn vor eins«, erwiderte Cassie und ließ den Kopf erneut sinken.

Eine weitere Rauchwolke stieg träge über ihrem Kopf auf.

»Wie viel Zeit haben wir noch, bevor die Flut kommt?«

»Oh, eine Ewigkeit. Beruhig dich bitte, ja?«, schimpfte Cassie.

Dora fiel die Zehnpfundnote in ihrer Tasche ein, die Helen ihr am Morgen gegeben hatte. Passenderweise gab ihr Bauch ein lautes Knurren von sich. Alfie kicherte.

»Ich habe Hunger. Hast du Hunger, Alfie?«, fragte sie.

»Ja«, rief er begeistert. »Eis!«

Sie seufzte. Wenn Alfie neben ihr her trottete, würde sie eine Ewigkeit bis zum Parkplatz brauchen.

»Cass?«, rief sie.

»Was ist?«

»Wir haben Hunger. Ich hole uns Eis. Möchtet ihr auch welches?«

Gemurmel wurde laut, während Sam und Cassie über ihr Angebot diskutierten.

»Nö.«

»Aber sei so nett und bring jeder von uns zwei Dosen Cola mit, okay?«, bat Sam.

»Gut. Ich bin gleich wieder da. Und ihr passt auf Alfie auf, einverstanden?«

Cassie murmelte etwas.

»Okay?«, wiederholte Dora.

»Okay«, rief Cassie gedämpft.

Dora wandte sich an Alfie. »Du bleibst bei Cassie und Sam. Allein bin ich schneller. Ich bring dir ein Eis mit.«

»Oh«, jammerte Alfie enttäuscht.

»Ich brauche höchstens zwanzig Minuten, das verspreche ich dir.« Sie sah, wie Alfie verunsichert zu ihr aufsah. »Außerdem – wer baut den Treibholzturm weiter, wenn wir beide gehen? Mal sehen, wie hoch du ihn bauen kannst, bevor ich wieder da bin, einverstanden?« Sie sah sich nach ihrer Schwester um. »Vielleicht kannst du auch mit Cassie und Sam spielen«, fügte sie gehässig hinzu.

»Gut«, erklärte sich Alfie einverstanden. »Zwei Eis?«, fragte er erwartungsvoll.

»Klar«, versprach Dora. »Zwei. Bis gleich.«

»Tschüs, Cassie«, rief Dora erneut, damit ihre Schwester auch mitbekam, dass sie ging.

Vom anderen Ende der Höhle aus erreichte sie ein Kichern.

»Tschüs-üs-üs«, hallte es von den Wänden wider.

Dora schüttelte frustriert den Kopf. Sie war so was von doof! Warum musste ausgerechnet sie den ganzen Vormittag auf Alfie aufpassen? Wieso war sie diejenige, die den ganzen weiten Weg zurückgehen musste, um Eis zu holen? Das war einfach unfair!

Sie sah sich ein letztes Mal um. Alfie trottete langsam auf Cassie und Sam zu, einen gegabelten Ast Treibholz hinter sich herziehend. Seine Stiefel schmatzten laut im Schlick, und seine kleinen Schultern hingen vor lauter Enttäuschung. Dora hatte ein schlechtes Gewissen, gleichzeitig war sie froh, die stinkende Höhle verlassen zu können. Sie sehnte sich nach Sonne und frischer Luft.

Wie sich herausstellte, war es deutlich einfacher, die Höhle zu verlassen, als sie zu betreten. Innen waren die Felswände weniger steil, und jemand hatte praktische Fußstützen in den Stein geschlagen, sodass Dora sich problemlos hochziehen und auf die andere Seite springen konnte. Nach wenigen Sekunden war sie draußen, und ihre Füße landeten mit einem lauten Knirschen auf dem Kies. Sie klopfte sich die Hände ab und wartete ein paar Sekunden, bis ihre Augen sich an das grelle Tageslicht gewöhnten.

Nach der kühlen Höhle traf sie der Anblick des blendend weißen Strandes wie ein Schock. Als sie wieder etwas wahrnahm, merkte sie, dass keine dreißig Meter vom Eingang zur Höhle entfernt zwei Erwachsene lagen. Es waren zwei Frauen, die ihre Handtücher unweit des Felsschattens ausgebreitet hatten. Sonst war niemand hier, alle anderen hatten es vorgezogen, am anderen Ende des Strandes zu bleiben, in der Nähe zum Parkplatz, zum Eiswagen und zu anderen Menschen.

Dora fand das vernünftig. Im Vorbeigehen warf sie einen Blick auf die Frauen. Eine schaute nach unten, aber die andere stand und schien sie neugierig zu mustern. Dora konnte langes dunkles Haar und superschmale Hüften erkennen. Sie war viel zu schmal für eine Frau. Als sie weiterging, sah sie, wie sich der Mund des dürren Mannes öffnete und sein Gebiss weiß aufblitzte. Ob er eine Grimasse zog oder lächelte, war schwer zu sagen. Dabei hob er die Hand wie zu einem übermütigen Gruß. Sie senkte den Kopf und fühlte sich schuldig, weil sie in der Nähe der brüchigen Klippen gesehen worden war. Mit knirschenden Schritten trat sie den Rückweg an und ignorierte die Schweißperlen, die ihr den Rücken hinunterliefen.

Dora beschloss, direkt am Ufer entlangzugehen. Dort waren die Kiesel fester, und man kam leichter voran als auf den großen Steinen weiter oben. Außerdem bescherte ihr das Meer ab und zu einen erfrischenden Sprühnebel, mal ganz abgesehen davon, dass der Weg zum Parkplatz hier frei war. Denn je weiter sie vorankam, desto dichter lagen die Sonnenanbeter beieinander. Nackte Kleinkinder rannten quietschend und lachend zwischen dem Wasser und ihren Eltern hin und her. Frauen mit riesigen wogenden Brüsten und hummerroter Haut hingen schlaff in ihren Liegestühlen. Sie kam an mehreren halbwüchsigen Mädchen mit langen, schlanken und gebräunten Gliedmaßen vorbei, die nur so strotzten vor Selbstbewusstsein. Sie trugen winzige Bikinis. Als sie von ihrem lauten Gelächter verfolgt wurde, versuchte Dora, nicht gleich das Schlimmste anzunehmen.

Ein alter Mann, der seinen Angelhaken neu bestückte, nickte ihr freundlich zu. Sie erwiderte sein Nicken und heftete ihren Blick dann wieder auf den Horizont und ihr Ziel, den Eiswagen. Zum ersten Mal wurde ihr bewusst, dass es schwierig werden könnte, das Eis in die Höhle zu bringen, bevor es schmolz. Diese bescheuerte Cassandra!

Schließlich verließ sie das Ufer und lief an dem Bademeister vorbei, der zusammengesunken auf seinem Stuhl saß, bis der Eiswagen in Sicht kam. Er stand in seiner ganzen pink-türkisen Pracht in der Wendeschleife kurz vor der Deichmauer. Nirwana. Davor standen mehrere Menschen höflich Schlange, aber es waren höchstens sechs Personen vor ihr. Doras Hand wanderte zu ihrer Hosentasche, und sie zog den schmuddeligen Schein hervor, den Helen ihr gegeben hatte. Das Geld reichte für Eis und Cola, aber es dürfte schwierig werden, alles zurückzutragen. Cassie und Sam würden sich mit jeweils einer Cola begnügen müssen, aber das geschah ihnen nur recht.

»Was darf's denn sein, Miss?«, fragte der rundliche Mann, als sie an die Reihe kam.

»Zwei Eis bitte. Und drei Cola.«

»Aber sicher doch.« Der Mann drehte sich um und tauchte seine Arme in eine tiefe Eistruhe hinter ihm.

»Hier«, sagte er und reichte ihr die Coladosen. »Eiskalt.«

»Danke.« Sie zog sie zu sich heran und drückte eine davon an ihre Stirn. Das kalte Metall schmerzte auf ihrer Haut, aber sie ließ nicht locker und genoss den Kälteschock. Dann zog sie die Lasche auf und nahm einen großen Schluck. Schaum sprudelte aus der Dose, und sie verschluckte sich. Der kalte Schaum suchte sich einen Ausweg durch ihre Nase und tropfte vorn auf ihr T-Shirt.

»Da hat aber jemand Durst«, sagte eine amüsierte Stimme hinter ihr.

Dora drehte sich verlegen um und entdeckte Steven Page, den coolsten Jungen aus ihrer Klasse hinter sich in der Schlange. Sie schämte sich in Grund und Boden und wurde knallrot.

»Ich … äh … ja.«

Sie wusste nicht, was sie sonst sagen sollte. Sie lenkte sich ab, indem sie an dem klebrigen Fleck auf ihrem weißen T-Shirt herumrieb. Er schien unter ihren Fingern größer zu werden.

»Hattest du einen schönen Sommer?«, fragte er.

»Ich kann nicht klagen, und du?« Zum Glück klang sie gelassener, als sie sich fühlte.

»Na ja, du weißt schon, jedes Jahr dasselbe«, erwiderte Steven.

»Ja«, pflichtete Dora ihm bei. Davon konnte sie ein Lied singen.

»Und was machst du so?«

»Jetzt?«, fragte Dora.

»Ja«, sagte er grinsend.

»Ich hole bloß Eis.« Meine Güte, das war ja wohl offensichtlich!

Steven schien das nichts auszumachen. Er schlenderte zu ihr, beide Hände tief in den Hosentaschen seiner Jeans, und sah sie mit seinen durchdringend blauen Augen unter dem glänzend braunen Pony an. »Cool. Ich auch.«

»Und dann gehe ich zur Klippe. Meine Schwester ist dort.«

Steven runzelte die Stirn. »Zur Klippe, ja?«

Dora errötete. Jeder wusste über das Kliff Bescheid. »Äh, ja. Mein kleiner Bruder ist auch dort.« Es sollte kein falscher Eindruck entstehen.

Der Eismann räusperte sich laut. »Und zwei Eis. Das macht dann sieben Pfund fünfzig, Süße.«

Dora gab ihm die Zehnpfundnote. Als sie das Wechselgeld verstaute, sagte Steven: »Was ist mit deiner Hand passiert?« Er zeigte auf die knallrote Schramme in ihrer Handfläche.

»Ich bin blöd gefallen. Es ist nicht weiter schlimm.« Verlegen strich sie über die Verletzung.

»Nun, so wie es aussieht, kannst du etwas Hilfe gebrauchen.« Er wies mit dem Kinn auf die Getränke. »Soll ich dich begleiten?«

»Gern.« Dora wurde wieder knallrot. »Das wäre toll. Wenn es dir nichts ausmacht?«

»Cool. Warte kurz, ich sag bloß James Bescheid.« Dora sah in die Richtung, die Steven angezeigt hatte. James Buchan, ein weiterer Junge aus ihrer Klasse, saß auf der Deichmauer und musterte sie neugierig.

Dora spürte, wie sie Herzklopfen bekam, und plötzlich war ihr ein wenig mulmig. Eis tropfte auf ihre Hand, und sie leckte es schnell auf, um sich nicht noch mehr zu bekleckern.

Warum hatte sie Eis gekauft? Das war so was von kindisch. Und in dieser Hitze würde sie es schnell herunterwürgen müssen, bevor es sich in eine klebrige Masse verwandelte. Sie sah, wie Steven und James ein paar Worte wechselten. Der Junge auf der Deichmauer grinste Steven vielsagend an, versetzte ihm einen heftigen Stups und ging dann allein zum Strand zurück. Steven schlenderte zu ihr zurück.

»Bist du so weit?«

»Ja.«

»Cool. Komm, lass mich das tragen.«

Sie reichte ihm die beiden noch nicht geöffneten Coladosen, und sie marschierten über den Strand. Steven schlenderte lässig dahin, während Dora hektisch an beiden Eis leckte, allerdings vergeblich.

»Und, was hast du den Sommer über so gemacht?«

Dora hatte einen Blackout. »Ach, alles Mögliche.«

Steven nickte. »Ich auch.«

Schweigen. Dora konzentrierte sich auf das regelmäßige Knirschen ihrer Flipflops auf dem Kies und beschwor das Eis, seine chemischen Eigenschaften aufzugeben und gefroren zu bleiben.

»Ich habe diesen Austin-Powers-Film im Kino gesehen, in Bridport«, sagte er schließlich.

»Cool«, erwiderte Dora und sah zu, wie weiße Schlieren über die Waffel liefen.

»Ja, er ist ziemlich witzig.«

Erneutes Schweigen.

»Warst du schwimmen?«, versuchte es Dora und wies mit dem Kinn aufs Meer.

»Kommt gar nicht infrage! Das ist mir zu kalt«, erwiderte Steven.

»Wenn man erst mal drin ist, ist es schön.«

Steven sah Dora beeindruckt an. »Im Ernst?«

»Ja. Wärmer wird es nicht mehr. Ist der Sommer erst mal vorbei ...« Sie verstummte.

»Hm, vielleicht sollte ich es doch mal probieren.«

»Ja, das solltest du.«

»Gut, versprochen.« Er grinste sie an, und Doras Magen schlug einen Purzelbaum.

»Pass auf«, rief er und starrte auf das Eis in ihrer Linken. Sie konnte gerade noch sehen, wie die ganze Vanillepracht in den Kies fiel. Eine heranrollende Welle erfasste sie, und innerhalb weniger Sekunden hatte sie der salzige Schaum verschluckt. Seufzend musterte Dora die leere Waffel in ihrer Hand.

»Oh, Mist«, fluchte Steven. »Tut mir leid, ich hätte früher was sagen sollen.«

»Nein, das ist schon okay«, sagte Dora hastig. »Ich hatte sowieso keine Lust darauf.«

»Na ja, du hast ja noch das andere«, meinte er und zeigte auf das in ihrer Rechten.

»Das ist für meinen Bruder.«

Gut, wir machen Folgendes«, schlug Steven vor, der Spaß an der Herausforderung zu haben schien. »Wir werden es schaffen, dieses Eis heil zu deinem Bruder zu bringen. Mission Impossible.«

Dora kicherte.

»Lach nicht«, sagte er. »Das ist mein voller Ernst.«

»Entschuldige.« Dora imitierte Stevens konzentrierten Gesichtsausdruck und versuchte, ein Grinsen zu unterdrücken.

»Los komm, volle Fahrt voraus.«

Sie beschleunigten ihre Schritte, rempelten Kinder an, trampelten über Luftmatratzen sowie über zerfließende Picknickreste. Dora sah, dass die meisten Leute bäuchlings auf ihren Handtüchern lagen oder schlaff in ihren Liegestühlen hingen, in der Hitze dösten und vor sich hinträumten.

Die Sonne brannte mittlerweile erbarmungslos auf sie herab, tauchte den Strand in ein grelles Licht. Dora strich sich ein paar verschwitzte Strähnen aus der Stirn und marschierte neben Steven her. Als sie schließlich das Ende des Strandes erreichten, atmeten sie auf.

»Ich war, ehrlich gesagt, noch nie in der Höhle«, gestand ihr Steven, während sie sich an den Felsvorsprüngen hochzogen.

Dora staunte. Sie hatte geglaubt, alle coolen Kids aus der Schule würden dort abhängen. »Na ja, ich war auch erst einmal da, nämlich heute«, sagte Dora. »So toll ist es auch wieder nicht.«

»Wie bist du reingekommen?«

»Einfach da rauf. Von außen ist nichts zu erkennen, man muss genau wissen, wonach man Ausschau halten muss. Siehst du den Schatten an der Felswand, gleich links von dem abgestorbenen Baum?« Dora zeigte mit ihrer freien Hand auf einen verwitterten Baumstumpf, der aussah wie ein buckliger, alter Mann.

»Ja.«

»Direkt darunter ist eine Art Spalt im Fels. Man sieht ihn erst, wenn man direkt davorsteht.«

Dora und Steven gingen auf die Felswand zu. »Schau, siehst du ihn?«, fragte sie.

»O ja«, erwiderte Steven und pfiff leise. »Sehr schlau.«

»Mir nach!«

Dora sprang auf den Felsvorsprung. Da sie in einer Hand das Eis hielt, war das gar nicht so einfach, zumal ihre Wunde sie an den Sturz von vorhin erinnerte. Aber sie wollte sich vor Steven auf keinen Fall blamieren. Sie hielt sich an der falschen Stelle fest und hätte beinahe das Gleichgewicht verloren, hätte sie nicht ein Grasbüschel zu fassen bekommen. Als sie auf der anderen Seite im kühlen Höhleninnern landete, war sie schwer erleichtert.

»Alles okay?«, rief sie.

Kurz darauf tauchte Stevens Kopf auf. »Meine Güte, bei dir hat das ganz einfach ausgesehen.«

Dora lächelte. »Irgendwann hat man den Bogen raus ... Hier, wirf mir die Getränke zu und suche mit den Füßen in den Felsspalten Halt.«

Zwei Dosen Cola landeten auf dem Sandboden, gleich darauf kam Steven neben ihr auf.

»Aha«, sagte er und sah sich um. »Das ist also die berühmte Höhle.«

»Ja. Siehst du, ich hab's dir doch gesagt: So toll ist es nicht.«

»Wo sind dein Bruder und deine Schwester?«

Dora sah sich um. Sie entdeckte Cassie und Sam dort, wo sie sie zurückgelassen hatte. Cassies blondes Haar lag aufgefächert auf dem Boden und vermischte sich mit Sams rabenschwarzem.

»He«, rief sie. »Wir sind wieder da.«

Sie wusste nicht recht, wie Cassie auf Steven reagieren würde. Hoffentlich blamierte sie sie nicht vor ihm. Es wäre typisch Cassie, eine blöde Bemerkung zu machen.

»Du hast aber ganz schön lang gebraucht.« Cassie setzte sich auf. Sie rieb sich die Augen, als hätte sie geschlafen. »Hast du unsere Getränke mitgebracht?«

»Ja, aber es gibt nur eine Cola für jeden, sorry.«

Seufzend nahm Cassie Dora die Dosen ab.

»Gern geschehen«, erwiderte Dora sarkastisch. »Das ist Steven«, schob sie hinterher.

Cassie musterte ihn ausführlich. »Hi, Steven«, sagte sie schließlich. »Ich bin Cassie. Und das ist Sam.«

Sam winkte kurz und spielte dann wieder mit ihren gesplissten Haaren.

Dora atmete erleichtert auf. Cassie schien sich zu benehmen. »Wo ist eigentlich Alfie?«, fragte sie und sah sich in der Höhle um. Das Eis, das sie in der Hand hielt, war so gut wie verschwunden, nur eine winzige weiße Erhebung krönte die Waffel.

»Haha«, machte Cassie.

Dora sah ihre Schwester verwirrt an. »Was soll das heißen, haha? Wo ist er? Ich habe ihm sein Eis mitgebracht, und lang wird das nicht mehr überleben.«

Cassie schaute sich in der Höhle um, bevor sie wieder Dora anstarrte. Sie sah sie so merkwürdig an. »Er ist doch mit dir mitgegangen, oder?«

»Nein. Ich habe ihm befohlen, bei euch zu bleiben.«

»Aber … du hast doch gesagt, du nimmst ihn mit.«

»Nein, das habe ich nicht. Ich habe euch gebeten, auf ihn aufzupassen. Als ich gegangen bin, habe ich gesagt: ›Alfie bleibt bei euch.‹ Ich habe ihn aufgefordert, mit euch zu spielen.«

»Nein, Dora, du hast gesagt, dass du Alfie mitnimmst. Ich habe es genau gehört. Du doch auch, Sam, oder?«

Sam zuckte nur mit den Schultern.

»Wie dem auch sei, ich habe ihn nicht mitgenommen, Cassie, verstanden?«

Dora sah sich wütend um. »Er muss also hier sein.«

Cassie stand auf und klopfte sich den Sand von ihrem Jeansrock, bevor sie ins Halbdunkel der Höhle starrte.

»Alfie?«, rief sie. »Alfie, Dora hat dir dein Eis gebracht.«

Stille.

»Wenn das ein Witz sein soll, Cassie, ist das gar nicht lustig. Ich bin zwanzig Minuten lang durch die Hitze gerannt, nur um dieses Eis zu holen. Jetzt sag ihm gefälligst, dass er rauskommen soll, verstanden?«

»Das ist kein Witz.« Cassie schaute Dora direkt in die Augen. »Ich weiß nicht, wo er ist.«

Die beiden Mädchen musterten sich kurz und versuchten, aus der Mimik der anderen schlau zu werden. Dora wünschte sich inständig, ihre Schwester würde die Lippen zu einem Grinsen verziehen, ergeben die Hände heben und sagen, das Ganze sei bloß ein dummer Scherz, woraufhin Alfie kichernd aus irgendeiner dunklen Ecke kommen würde. Aber Cassie sah sie nur ratlos an, und Dora musste den Kopf abwenden. Sie konnte die Angst im Gesicht ihrer Schwester nicht ertragen.

»Los, kommt, er muss irgendwo sein. Er versteckt sich bloß, spielt uns einen Streich«, sagte Steven und versuchte, die Situation aufzulockern.

Dora lief zu dem Turm aus Treibholz, den sie und ihr Bruder noch keine Stunde zuvor errichtet hatten. »Alfie«, rief sie und hörte, wie sein Name von den Wänden widerhallte.

»Ich esse dein Eis auf, wenn du nicht sofort rauskommst. Hm, lecker, und erst die knusprige Waffel!«

Totenstille.

»Alfie! Alfie, komm jetzt raus!« Ihre Schwester fiel in ihr Rufen mit ein, ihre Stimme klang schrill, verängstigt.

Sie liefen an den Wänden der Höhle entlang, hielten nach dem pausbäckigen Gesicht ihres Bruders Ausschau, das sie aus einem Versteck angrinste.

Er wird mich jeden Moment anspringen, dachte Dora. Sie erreichte das alte Ölfass neben der Steinbank, wo ihre Schwester und Cassie gelegen hatten.

Sie wusste, dass es albern war, aber sie drehte es trotzdem um.

»Komm schon, Alfie. Das ist nicht lustig. Komm raus, verstanden? Wir müssen heim.«

Nichts. Sie drehte sich wieder zu ihrer Schwester um.

»Wo ist er, Cass?«

»Ich weiß nicht«, antwortete Cassie flüsternd.

»Nun, wann hast du ihn das letzte Mal gesehen?«

Cassie dachte einen Moment nach. »Vor einer Ewigkeit. Nicht mehr, seitdem du gegangen bist.«

Dora raufte sich verzweifelt die Haare. »Aber was hast du denn die ganze Zeit gemacht? Hast du ihn nicht in der Höhle gesehen oder wenigstens gehört?«

»Nein.« Cassie starrte zu Boden.

Ein männliches Räuspern ertönte. Dora drehte sich zu Steven um, sie hatte ganz vergessen, dass er auch da war.

»Hört mal, er muss irgendwo sein. Oder kann es sein, dass er allein aus der Höhle herausgefunden hat? Wie alt ist er?«

»Er ist erst drei«, sagte Cassie wimmernd.

»Könnte er über die Felswand zum Strand geklettert sein?« Stevens Stimme war ruhig und gelassen. Dora war froh, dass er bei ihnen war.

»K-keine Ahnung.«

Die beiden Schwestern sahen sich an. Dora hatte auch

schon festgestellt, dass es leichter war, die Höhle zu verlassen, als sie zu betreten. Aber konnte Alfie das tatsächlich allein geschafft haben?

»Wahrscheinlich ist er mir gefolgt. Vielleicht hat er es geschafft. Aber dann hätte ich ihm auf dem Rückweg begegnen müssen. Außer er ist in die andere Richtung gegangen, du weißt schon, in Richtung Gezeitentümpel.« Doras Stimme erstarb.

Niemand wollte sich diese Möglichkeit ausmalen.

Auf einmal schluchzte Cassie laut auf. »O Gott, wir müssen ihn finden.« Sie wandte sich flehentlich an Sam. »Wir müssen ihn finden, verstanden?«

Sam trat unruhig von einem Bein aufs andere. »Gut, okay. Lasst uns einen Moment nachdenken.«

»Wahrscheinlich ist er einfach in Richtung Eiswagen gegangen«, sagte Steven, »weil er Dora gesucht hat. Lasst uns noch einmal gründlich die Höhle absuchen, und wenn wir uns davon überzeugt haben, dass er nicht hier ist, suchen wir am Strand nach ihm, einverstanden?«

»Einverstanden«, pflichteten ihm Sam und Dora im Chor bei. Dora tätschelte den Arm ihrer Schwester. »Komm schon, Cass, das wird schon. Wir werden ihn finden, verstanden?«

Cassie blieb stumm, drehte sich einfach nur um und rannte ans andere Ende der Höhle, wobei sie laut Alfies Namen rief.

In den nächsten Minuten durchsuchten die vier Teenager die Höhle gründlich nach einem Lebenszeichen von Alfie. Sie hielten vergeblich nach Verstecken Ausschau, die sie beim ersten Mal vielleicht übersehen hatten, und riefen seinen Namen: erst lockend, dann in wachsender Panik. Ja, sie suchten sogar nach kleinen Fußabdrücken im Schlick, die ihnen zeigen konnten, welche Richtung er eingeschlagen hatte. Doch anscheinend hatte er sich in Luft aufgelöst.

Als sie sich kurz darauf wieder in der Höhlenmitte trafen,

war klar, dass sie draußen weitersuchen mussten. Schweigend kletterten sie nacheinander über den Felsvorsprung zurück an den Strand.

Es war höchstens eine halbe Stunde her, seit Dora die Höhle verlassen hatte, um Eis zu kaufen. Als ihre Füße wieder auf dem heißen Kies landeten, kam Dora die Landschaft völlig verändert vor.

Auf den ersten Blick war sie dasselbe Postkartenidyll wie vorhin: Noch immer schien die Sonne auf tausend glückliche Urlauber herab. Lautes Quietschen und Lachen erfüllte die Luft, rote Leiber glänzten wie Würstchen auf dem Grillrost, während sich in der Ferne die grasgrünen Hänge des Campingplatzes erhoben, von bunten Zelten und funkelnden Wohnwagen übersät.

Trotzdem traf sie die Sonne wie ein Schock. Dora spürte, wie ihre Schultern brannten, die Haut schien in der sengenden Hitze förmlich zusammenzuschrumpfen. Möwengekreisch, das blecherne Scheppern der Eiswagenglocke und das Kindergeschrei schwollen zu einem aberwitzigen Crescendo an. Vom Meer wehte eine steife Brise. Dora legte schützend eine Hand über die Augen und sah blinzelnd hinaus. Sie sah die weißen Schaumkronen sich brechender Wellen und hörte die Brandung ans Ufer klatschen. Nervös sah sie sich nach den Gezeitentümpeln um. Gischt spritzte hoch, funkelte in der Sonne auf wie ein Diamant und fiel dann vor die nächste heranrollende Welle.

Die Flut kam.

Sie schluckte klebrig-süße Galle hinunter und sagte mit einem drängenden Unterton zu Cassie: »Wir sollten uns aufteilen.«

Cassie nickte, war aber wie gelähmt vor Entsetzen.

»Wir sehen bei den Gezeitentümpeln nach«, schlug Sam vor.

»Ja, und Steven und ich gehen zurück zum Strand und fragen, ob ihn jemand gesehen hat. In zwanzig Minuten treffen wir uns auf dem Parkplatz, einverstanden?« Und dann noch einmal lauter: »Einverstanden?«

Sam und Cassie nickten erneut, drehten sich um und hasteten zu den Felsvorsprüngen.

Dora rang die Hände.

»Alles wird gut«, versuchte Steven sie zu beruhigen. »Du wirst schon sehen. Wahrscheinlich nimmt er die Strandbude auseinander. Oder steht nach Eis an.«

»Hoffentlich«, sagte Dora nur. »Hoffentlich.«

Sie spürte, wie Steven ihre Hand nahm und sie beruhigend drückte. Unter anderen Umständen wäre ihr schwindelig vor Glück gewesen: Steven Page und sie hielten Händchen! Unter anderen Umständen …

Sie sahen zum Strand hinüber, der sich vor ihnen ausbreitete. Plötzlich wirkte er endlos.

»Sollen wir uns aufteilen?«, sagte Dora unschlüssig.

»Am besten, wir gehen parallel zueinander: einer direkt am Ufer, der andere weiter oben am Strand. So können wir die ganze Breite abdecken. Einer von uns wird ihn bestimmt finden.«

Dora nickte und war dankbar für seinen durchdachten Vorschlag.

»Weißt du noch, was er anhat?«

Dora schluchzte, es war eine Mischung aus Lachen und Weinen. »Und ob ich das weiß. Er trägt ein Superman-Kostüm.«

Steven lächelte. »Das ist wirklich originell. Heute dürften nicht allzu viele Supermänner am Strand unterwegs sein. Wahrscheinlich haben wir ihn im Nu gefunden.«

»Ja«, pflichtete ihm Dora bei und spürte einen Hauch Optimismus. »Da hast du recht.«

Sie liefen in Richtung Parkplatz. Steven entschied sich für die mühsamere Route weiter oben am Strand, während Dora ihre Schritte zum zweiten Mal an diesem Tag in Richtung Ufer lenkte. Sie suchte es nach Spuren eines kleinen Jungen ab. In regelmäßigen Abständen konzentrierte sie sich vergeblich auf den Boden, wo sie nach Fußabdrücken ihres Bruders im beweglichen Kies suchte. Sie musterte die Familien, hielt nach dem Aufblitzen rotblauer Kleidung Ausschau und fragte immer wieder nach, ob jemand einen Jungen in einem Superman-Kostüm gesehen habe. Jedes Mal wurde mit nachsichtigem Lächeln und Kopfschütteln darauf reagiert.

Wiederholt blickte Dora auch aufs Meer hinaus. Die Wellen schlugen immer heftiger an den Strand. Sie sah ein kleines Mädchen auf einer Luftmatratze. Sein Vater stand neben ihm im Wasser. Plötzlich wurde es von einer Welle mitgerissen und verschwand im weißen Schaum. Sekunden später tauchte es mit wirrem Haar und verknoteten Gliedmaßen wieder auf. Schreck wich Heiterkeit, als es sah, dass sein Vater es packte und in Sicherheit brachte. Beide schoben die Luftmatratze vor sich her an den Strand.

Dora musste den Blick abwenden. Sie schaute wieder zu den Leibern hinüber, die über den gesamten Küstenabschnitt verteilt waren, und versuchte verzweifelt die Gedanken zu verdrängen, die sie regelrecht überwältigten. Ohne Schwimmflügel konnte Alfie nicht schwimmen.

An der Deichmauer traf sie sich mit Steven. Er kam kopfschüttelnd auf sie zu, und Dora spürte, wie auch dieser Hoffnungsschimmer verblasste.

»Tut mir leid, aber niemand hat ihn gesehen.«

Dora kaute an ihren Fingernägeln. »Was machen wir jetzt?«

Sie beschlossen, sich erneut aufzuteilen. Steven ging zur Strandbude, während Dora erneut zum Eiswagen lief und vor der Deichmauer auf und ab ging. Ein lächelndes altes Paar saß auf einer Bank und betrachtete schweigend den Horizont. Eine sonnenverbrannte Familie stritt sich darüber, wer was zum Campingplatz zurücktragen sollte. Ein erschöpfter Vater hatte beide Hände voller Tüten mit Fish & Chips. Keiner von ihnen hatte ihren Bruder gesehen.

Wenige Minuten später tauchten Cassie und Sam auf. Ihre Gesichter waren rot und verschwitzt. Dora starrte sie an, beschwor den Anblick eines kleinen blonden Jungen herauf, der wie eine Fata Morgana neben ihnen auftauchen würde. Aber sie waren allein. Als sie näher kamen, sah Dora, dass Cassies Knie aufgeschlagen waren und bluteten und dass sie etwas in den Händen hielt. Cassie entdeckte ihre Schwester und eilte zu ihr.

»Habt ihr ihn gefunden?«, fragte sie atemlos.

Dora schüttelte den Kopf.

»O Dora«, keuchte Cassie und hielt ihr ein nasses Stück Stoff entgegen. »Das ist sein Superman-Umhang. Sam hat ihn bei den Felsen an einem der Tümpel gefunden. Er ist klatschnass.«

Dora schluckte. »Bist du sicher? Ich meine, ist das wirklich seiner?«

Cassie schwieg. Sie sah sie nur an, worauf sich Dora der Magen umdrehte und Tränen in ihren Augen brannten.

»Und was jetzt?«, fragte sie. Sie bekam kaum noch Luft.

Zum Glück übernahm Sam das Kommando.

»Dora, du solltest nach Hause gehen und schauen, ob Alfie es irgendwie dorthin zurück geschafft hat. Wenn er nicht da ist, solltest du deine Eltern anrufen und ihnen sagen, was passiert ist. Und wir sollten mit dem Bademeister reden und weitere Leute zum Suchen auffordern.«

Cassie stöhnte. »O Alfie. O Gott, wo ist er bloß? Wir werden einen Mordsärger bekommen.«

Doras Gedanken überschlugen sich.

Bilder von Alfie stürmten auf sie ein: Alfie, der am Rand eines Gezeitentümpels steht, während eine riesige Welle heranrollt. Alfie, der von zwielichtigen Gestalten entführt wird. Alfie, der über gefährliche Landstraßen läuft, wo ihn ein riesiger Wohnwagen überfährt. Alfie, der in die Wellen watet, während sich seine kleinen Stiefel rasch mit Wasser füllen. Alfie, der gefährlich nah am Rand einer Klippe steht, während sein Umhang wild im Wind flattert.

Sie durfte den Strand auf keinen Fall verlassen. Nicht ohne Alfie.

»Dora.« Steven legte eine Hand auf ihre Schulter. »Los, Dora, lauf, beeil dich.«

Da warf sie den dreien auf dem Parkplatz einen letzten Blick zu und rannte los.

Helen

Gegenwart

Helen sitzt in Gedanken versunken im Wintergarten, als Dora zurückkommt. Die Tür fällt laut hinter ihr zu und kündigt ihre Rückkehr an. Helen weiß nicht, wie lang es her ist, seit ihre Tochter sie über die Schwangerschaft informiert hat. Aber die Abendsonne bescheint bereits die Baumwipfel, heizt den Wintergarten auf, lässt die alten hölzernen Querbalken ächzen und knacken wie arthritische Gelenke.

Helen weiß, dass sie sich nicht sehr nett verhalten hat, es wird höchste Zeit für eine Entschuldigung. Sie erhebt sich steif, stellt Teller und Tassen aufs Tablett und trägt es zurück in die Küche. Dann steigt sie erschöpft die Treppe hoch und findet Dora in Alfies Zimmer.

Dora sitzt in dem alten Schaukelstuhl am Fenster, hat das Gesicht zum Garten gewandt und ihre mittlerweile schlammbespritzten Beine unter sich gezogen. Helen bleibt unbemerkt in der Tür stehen und lässt das Bild ihrer Tochter auf sich wirken: ihren langen, schlanken Hals, ihre blasse Haut und ihre algengrünen Augen, die schmale, gerade Nase mit ein paar Sommersprossen und das widerspenstige dunkle Haar, das sie zu einem nachlässigen Pferdeschwanz zusammengebunden hat. Auch wenn sie jetzt eine junge Frau ist, hat Dora immer noch große Ähnlichkeit mit dem Mädchen, das vor wenigen Jahren durchs Haus rannte, den zappelnden, kichernden Alfie auf dem Arm. Oder auf Richards Schoß saß, während die beiden in ein Buch oder ein Puzzle vertieft waren. Wie hat es nur so weit kommen können? Zu zwei zutiefst verletzten Frauen, die nicht in der Lage sind, miteinander zu reden – von ein paar brutalen Sticheleien und schmerzhaften Auseinandersetzungen einmal abgesehen.

Man sieht sofort, dass Dora ihre Attraktivität gar nicht bewusst ist. Langsam dämmert es Helen, dass das unter Umständen ihre Schuld ist. Sie versucht sich daran zu erinnern, wann sie einer ihrer Töchter zum letzten Mal ein Kompliment gemacht hat, allerdings vergeblich. Kurz beschleicht sie ein Gefühl des Bedauerns. Sie weiß, dass sie keine besonders gute Mutter gewesen ist. Sie hat jedes ihrer Kinder in entscheidenden Momenten vernachlässigt und zahlt bis heute den Preis dafür. Ist es zu spät für einen Neuanfang?

Dora seufzt und rutscht auf dem Stuhl hin und her. Ja, sie ist schön – schön, aber verzweifelt.

Während Helen ihre Tochter beobachtet, fällt ihr auf, dass sie auf dem Stuhl sitzt, auf dem sie auch vor ungefähr dreizehn Jahren saß, als sie Alfie Tag und Nacht stillte und ihn sanft in den Schlaf wiegte. Sie erinnert sich an seinen süßlichen Duft nach Talkumpuder, an seine unglaublich zarte Haut und das rhythmische Saugen und Zupfen seiner Lippen an ihrer Brust. Damals sind Mutter und Kind nachts miteinander verschmolzen, durch eine natürliche Anziehungskraft, die genauso selbstverständlich und beharrlich ist wie Ebbe und Flut.

Sie hat gewusst, dass dieser Moment kommen würde. Sie hat ihn sich ungezählte Male vorgestellt: Eine ihrer Töchter eröffnet ihr, dass sie Mutter wird. Richard und sie haben sogar schon davon gesprochen, als die Mädchen fast noch Babys waren. Sie haben sich wunderbare Hochzeitsfeierlichkeiten und die Geburt ihrer Enkel ausgemalt. Wie unschuldig und naiv sie doch damals waren! Sie konnten sich diese Momente nur als absolut freudige Ereignisse vorstellen. Und sie freut sich ja auch für Dora, natürlich freut sie sich. Was Helen nicht erwartet, womit sie nicht gerechnet hat, war die unbeschreibliche Eifersucht, die sie bei Doras Worten empfand. Dass das Leben so grausam sein kann, hat ihr schier den Atem verschlagen und sie sprachlos zurückgelassen. Wie konnte sie nur?

Natürlich ist es völlig unnormal, dermaßen eifersüchtig auf die eigene Tochter zu sein, die von vorn anfangen, ein neues Leben gebären kann. Während Helen nichts bleibt außer ihrer Schuld, ihrer Reue und ihrer alles überdeckenden Trauer. Für sie gibt es keine zweite Chance. Sie hat ihre Chance gehabt und sie vertan.

Aber immerhin hat sie ihre brennende Eifersucht bezwungen. Sie hat sie unter Kontrolle und unter dem dringenden Bedürfnis begraben, sich mit Dora auszusöhnen. Sie will auf sie zugehen, sie in die Arme nehmen. Sie will ihrer Tochter sagen, dass alles gut wird, aber sie schafft es nicht. Es ist, als wäre sie gelähmt, als würden Angst und Reue und der verzweifelte Wunsch, nicht alles noch schlimmer zu machen, sie dort festhalten, wo sie gerade steht. Also bleibt sie, wo sie ist, und wagt es kaum zu atmen, bis Dora plötzlich den Kopf dreht und zusammenzuckt.

»Ich hab dich gar nicht kommen hören.« Die Stimme ihrer Tochter ist matt, gleich darauf dreht sie ihr tränenüberströmtes Gesicht wieder zum Fenster. Sie ist immer noch wütend.

»Nein«, erwidert Helen. Sie weiß nicht, was sie sagen, wie sie das Gespräch wieder in Gang bringen soll. Trotzdem zwingt sie sich, das Zimmer zu betreten. Sie setzt sich aufs Bett in der Ecke, wobei sie die blaue Decke unter sich glatt streicht.

»Es tut mir leid.« Helen schweigt, aber Dora bleibt stumm. Sie weiß, dass sie weitersprechen muss. »Es kam so unerwartet … Ich wusste nicht, was du von mir erwartest.« Sie holt tief Luft. »Wie geht es dir? Mit der Schwangerschaft?«

Doras Blick verharrt auf den Blumen vor dem Haus. »Morgens ist mir meist übel, und abends bin ich wahnsinnig müde. So müde wie noch nie in meinem Leben, bis in die Knochen.«

»Als ich mit Cassie schwanger war, war es genauso.« Helen erinnert sich mit einem leisen Lächeln. »Aber das sollte in wenigen Wochen vorbei sein.« Nach einer weiteren Pause fragt sie: »War es ein Unfall?«

Sie sieht, wie ihre Tochter zusammenzuckt. Falsche Frage. Sie versucht es erneut. »Ich meine ja nur, weil du vorhin so verstört gewirkt hast. Und da dachte ich, vielleicht freust du dich nicht darüber.«

Helen fragt sich im Stillen, ob Dora Probleme mit Dan hat. Er scheint ein netter Kerl zu sein, aber man kann nie wissen.

Dora seufzt und dreht sich endlich zu ihrer Mutter um.

»Ich habe Angst.«

Helen lässt sich Zeit mit einer Antwort. »Nun, das ist vollkommen normal, das geht den meisten Erstgebärenden so. Dein Körper macht eine enorme Verwandlung durch. All diese Hormone …«

»Nein, es ist mehr als nur das«, unterbricht Dora sie. »Ich habe Angst vor der Vergangenheit. Vor dem, was passiert ist. Ich habe Angst, dass es noch einmal passiert. Ich habe das Gefühl, eine Familie verloren zu haben. Eine neue zu gründen ist viel zu viel Verantwortung. Noch so einen Verlust werde ich nicht überleben. Das schaffe ich einfach nicht.«

So. Nun ist es heraus.

Helen schließt kurz die Augen und sucht nach tröstenden Worten. »Was damals passiert ist, war schrecklich … tragisch. Aber es ist vorbei, vergangen.«

»Woher willst du das wissen, Mum? Mal ganz ehrlich, keiner von uns hätte gedacht, du weißt schon … Keiner hat sich das auch nur ansatzweise vorstellen können. Die Konsequenzen, die so etwas haben kann.«

Dora verstummt erneut.

Sie scheint nicht weitersprechen zu können, aber dann sprudelt es nur so aus ihr heraus.

»Ich glaube nicht, dass ich mich der Verantwortung stellen kann, Mutter zu werden. Weißt du, ich frage mich immer noch, ob alles auch so gekommen wäre, wenn ich mich an jenem Tag anders verhalten hätte, anders gewesen wäre. Ich meine, wie kann ich bereit für ein Kind sein, wenn ich mich selbst noch wie ein Kind fühle? Wie das Kind, das ich damals am Strand war?«

»Aber genau das ist es, Dora. Du warst ein Kind.«

Helen fährt über die Falte zwischen ihren Brauen und versucht, die Kopfschmerzen zu vertreiben, die sich ankündigen.

»Vermutlich würden wir uns heute alle anders verhalten«, gesteht sie schließlich. Das würde sie weiß Gott tun, wenn sie könnte. Sie muss selbst mit unendlich viel Reue weiterleben. Sie fragt sich, ob das wohl der Moment ist, um ihre Schuld einzugestehen, ihr kleines schmutziges Geheimnis zu verraten. Aber Dora hat wieder das Wort ergriffen.

»Ich kann einfach nicht loslassen. Ich muss jeden Tag daran denken.«

»Das geht uns allen so, Liebling. Aber irgendwann muss man loslassen. Sich sagen, es war nicht meine Schuld.«

»Ach ja?« Dora mustert ihre Mutter durchdringend. »Glaubst du das wirklich?«

Helen schluckt. Sie weiß, was Dora hören will. Sie weiß, dass sie Dora von ihrer Schuld entbinden muss. Sie könnte sie laut aussprechen, die Worte, die sie sich seit jenem Tag im Stillen immer wieder vorgesagt hat.

Sag es. Sag es!, zwingt sie sich. Aber eine lähmende Angst hält sie zurück. Sekunden später sieht sie, wie die Hoffnung in Doras Augen genauso schnell wieder erstirbt, wie sie aufgeleuchtet ist.

Helens Wangen brennen vor Scham über ihre Feigheit, und sie versucht es anders. »Manchmal wache ich auf und finde es tröstlich, einfach nur in diesem Haus zu sein. An anderen Tagen ist es genau umgekehrt. Dann weiß ich, noch bevor ich die Augen aufschlage, dass ich kaum die Kraft haben werde, aufzustehen, weil ein schwarzer Tag vor mir liegt. Ein weiterer Tag, an dem ich nach vorn schaue und nichts als ein schwarzes Loch sehe.« Helen schweigt, sieht ihre Tochter durchdringend an. »Ein weiterer Tag ohne ihn. Ohne einander.«

Dora nickt. Sie versteht. Sie sind auseinandergerissen, die Familienbande vom Winde verweht worden. Jeder schmort in seinem eigenen Fegefeuer. »Fragst du dich auch manchmal, ob die Polizei sich getäuscht hat?«

Helen starrt hinaus in den Garten. »Nein«, lügt sie.

»Ich schon. Ständig.«

Helen denkt an die vielen Szenarios, die sie Nacht für Nacht wach halten, und zuckt zusammen vor Schmerz.

»Entschuldige, ist das zu viel für dich?«, fragt Dora.

»Nein, es tut gut, über ihn zu reden. Wir haben nie …« Sie verstummt.

Dora nickt. »Dan meint, das sei die Gelegenheit. Er findet, wir sollten sie dankbar beim Schopf ergreifen. Seiner Meinung nach gibt mir das Baby die Chance für einen Neuanfang. Aber er versteht das nicht. Denn es gibt keinen Neuanfang. Mit so etwas kann man nicht abschließen, es einfach auslöschen. Unser Leben geht einfach nur weiter. Und trotzdem musste ich herkommen. Ich werde das Gefühl nicht los, dass … Es ist die Ungewissheit.« Sie verstummt und streicht unbewusst über ihren Bauch. »Ich habe Albträume.«

»Was denn für Albträume?«

»Ich träume, dass ich falle, dass ich ertrinke. Ich habe Träume, in denen ich etwas Wichtiges verliere. Das kann alles Mögliche sein, aber es verfolgt mich. Es ist so furchtbar, wenn ich merke, dass es weg ist, für immer. Ich träume immer wieder davon. Neulich in der U-Bahn bekam ich Platzangst. Es war Berufsverkehr, und ich steckte mittendrin. Es war gespenstisch, so als würden Wellen über mir zusammenschlagen. Ich bin in Panik geraten. Dieses Gefühl, nicht weiterzuwissen, zu ersticken – ich bin völlig ausgeflippt.«

Helen schließt erneut die Augen.

»Tut mir leid, Mum, das ist bestimmt schmerzhaft für dich. Aber fragst du dich nicht auch, ob wir irgendwann erfahren werden, was wirklich passiert ist?«

»Aber was würde das ändern, nach all der Zeit? Dan hat recht. Du solltest dankbar sein und deine Chance nutzen.«

»Das möchte ich ja«, sagt Dora. »Wirklich. Ich möchte Dan nicht enttäuschen. Ich weiß nur nicht wie, wenn ich mich fühle, als würde ich auf einem gefährlichen Felsvorsprung balancieren. Wie kannst du alles als vollendete Tatsache akzeptieren? Willst du keine Antworten?«

»Es gibt keine Antworten, Dora. Wir haben weiß Gott danach gesucht. Wir haben gesucht und gesucht, aber es gab keine. Und das muss ich akzeptieren. Es ist das Schwierigste, was mir je auferlegt wurde, aber ich habe es getan.«

»Es gibt noch so viele offene Fragen.«

Helen sieht, wie ihre Tochter die Augen schließt und sich die Schläfen reibt – eine Geste, die sie so sehr an Richard erinnert, dass sie fast keine Luft mehr bekommt.

»Ich kann es einfach nicht glauben, bis …«

»Dora«, sagt Helen nachdrücklich, in dem verzweifelten Versuch, Dora Einhalt zu gebieten. »Du musst loslassen. Es wird höchste Zeit, dass du loslässt.«

Dora schüttelt den Kopf. »Nein«, sagt sie nur. »Das kann

ich nicht. Noch nicht.« Sie schaut wieder aus dem Fenster. »Noch nicht.«

Damit scheint ihre Unterhaltung beendet zu sein.

Helen seufzt. Wieder hat sie eine Gelegenheit verstreichen lassen. Sie schämt sich, dass sie nichts gesagt hat, ja, nicht einmal versucht hat, ihrer Tochter etwas von der Last zu nehmen. Egal, was sie sagt, egal, welchen Anteil sie an der Katastrophe hat – was geschehen ist, ist geschehen. Worte sind nicht in der Lage, daran etwas zu ändern.

Dora bleibt über Nacht. Helen bezieht das Bett in ihrem alten Zimmer, und nachdem Dora geduscht und sich umgezogen hat, sitzen die beiden Frauen in der Küche und essen gemeinsam zu Abend. Die Stimmung ist angespannt. Beide fühlen sich unwohl, sind verlegen wegen der Dinge, die sie gesagt haben, und wegen allem, was ungesagt geblieben ist. Der bewusste Tag wird nicht mehr erwähnt, genauso wenig wie Doras Schwangerschaft. Und gegen halb zehn sagt Dora, sie sei müde und gehe ins Bett.

Helen bleibt noch eine Weile im Wohnzimmer vor dem dröhnenden Fernseher sitzen. Sie sieht gar nicht richtig hin. Stattdessen malt sie sich aus, wie Dora oben im Bett liegt, in demselben Messingbett, in dem sie selbst bei ihrem ersten Besuch in Clifftops geschlafen hat. Sie war damals ebenfalls schwanger, mit Cassie. Es ist wie ein schlechter Witz, dass sich die Geschichte wiederholt.

Obwohl sie versucht hat, Dora zu trösten, hat sie im Grunde eine Riesenangst davor. Sie kann Dora nicht helfen und ihr auch nicht sagen, ihre Ängste seien unbegründet, weil sie das insgeheim selbst nicht weiß. Helen hat am eigenen Leib erfahren müssen, wie grausam das Leben sein kann. Wenn sie in der Lage wäre, darüber zu reden, wenn sie das

Gespräch noch einmal führen könnten, und zwar mit der schonungslosen Ehrlichkeit, zu der sie sich vorhin nicht aufraffen konnte, würde sie ihrer Tochter raten, beide Beine unter den Arm zu nehmen und davonzulaufen: vor den Tränen, dem Kummer und dem furchtbaren Schmerz, den das Leben für sie bereithalten wird.

Während Helen im Wohnzimmer sitzt und über Doras Problem nachdenkt, überfallen sie Bilder aus der Vergangenheit. Sie stehen ihr vor Augen wie verblasste Polaroids. Die Mädchen beim Muschelsuchen am Strand, dünn und sonnenverbrannt in ihren Badeanzügen. Richard, der an Weihnachten in seinem Arbeitszimmer sitzt und seinen hellen Haarschopf über ein Reißbrett beugt. Alfie, der kichert und wie wild mit seinen dicken Ärmchen und Beinchen zappelt, während Dora ihn in einem Wäschekorb über die gebohnerten Dielen zieht. Cassie, die schmollend die Treppe hochstapft, weil sie Hausarrest bekommen hat. Ihr Mann, der vor ihr zu den Klippen läuft, während sich sein Mantel im Wind bauscht. Alfie, der mit übrig gebliebenen Erbsen ein lachendes Gesicht auf die Tischplatte zaubert. Ihre drei Kinder, zwei blonde und ein dunkelhaariges, die die Köpfe zusammenstecken, während sie Gänseblumenketten basteln. Und schließlich Doras gequältes Gesicht, als sie an jenem Nachmittag mit der unfassbaren Nachricht in die Küche gestürmt kommt, die ihre ganze Welt zusammenbrechen lässt.

Die Bilder aus ihrem Leben branden über sie hinweg, bis Helen so von ihren Gefühlen überwältigt wird, dass sie die mühsam aufrechterhaltene Fassung verliert. Während der Fernseher die Wohnzimmerwände in buntes Licht taucht, weint Helen dicke, stumme Tränen.

Sie weint und weint um ein Jahrzehnt voller Reue und um das junge Leben, das sie ein für alle Mal verloren haben.

Helen

Elf Jahre zuvor

Als Helen wieder nach Hause kam, herrschte Totenstille. Sie schloss die Tür auf, zog sie mit einem leisen Klicken hinter sich zu und lehnte ihre Stirn kurz an die kühle Wand. Aus der Küche hörte sie das vertraute Summen des alten Kühlschranks, aber ansonsten war es mucksmäuschenstill. Die Kinder waren noch draußen, wahrscheinlich am Strand, wo sie Eis aßen und Limonade tranken, bis ihnen schlecht wurde. Sie lächelte. Es war der letzte Ferientag, da durften sie ruhig etwas über die Stränge schlagen. Sie würde ihnen etwas Gesundes zum Tee machen und sich ein besonderes Gericht für Richard ausdenken. Wenn er aus dem Zug aus London stieg, würde er sich bestimmt über eine selbst gekochte Mahlzeit freuen.

Ihr war heiß und schwindelig. Tobias war recht grob gewesen, und sie konnte immer noch sein Gewicht und das hohe Gras der Wiese spüren, die sie am Vormittag entdeckt hatten. Ihr Stelldichein war so gar nicht romantisch gewesen, eher erbärmlich und hastig. Aber Helen hatte sich von seiner Lust anstecken lassen. Sein Wunsch, sie zu besitzen, hatte sie erregt. Und anschließend hatte sie in seinen Armen gelegen und sich Tagträumen eines Lebens ohne Ehepartner, ohne Kinder und ohne Verantwortung hingegeben. Es war ein Spiel, das Tobias liebend gern spielte: sich vorzustellen, wie es in einem anderen Leben für sie hätte sein können. Sie spielte gern mit. Sie hatten zusammen auf dem warmen Boden gelegen, während im blauen Himmel über ihnen lange Grashalme tanzten und Tannensamen herabsanken.

Helen rief sich wieder zur Ordnung, schwebte förmlich durch den Flur und summte dabei einen dämlichen Popsong vor sich hin, der sich ihr auf der Heimfahrt ins Gedächtnis gebrannt hatte. Sie fühlte sich immer so lebendig, wenn sie von Tobias kam. Es war, als würde er ihre Batterien aufladen, ihr Leben von den Banalitäten des Alltags befreien. Tobias hatte recht. Er tat ihr gut.

Während sie durch den Flur lief, sah sie auf die Uhr. Es war fast drei. Mit etwas Glück konnte sie noch duschen und sich umziehen, bevor die Kinder kamen. An der untersten Stufe der Treppe drehte sie sich noch einmal um und betrachtete sich im großen Spiegel. Ja, der Unterschied war unübersehbar, sie sah unbeschwerter, glücklicher aus. Ob das Fremden auch auffiel? Während sie ihr Spiegelbild musterte, fiel ihr Blick plötzlich auf einen dunkelgrünen Fleck auf dem Rock mit dem Gänseblümchenmuster. Ein Grasfleck. Das musste passiert sein, als sie mit Tobias zusammen gewesen war. Mist! Sie rieb daran herum, wusste aber genau, dass sie ihn aus dem hellblauen Baumwollstoff nicht wieder rausbekommen würde. Der Rock war ruiniert. Seufzend drehte sie sich wieder um, aber als ihr Fuß die unterste Stufe berührte, hörte sie die Hintertür zufallen.

»Mum? Mum, bist du zu Hause?«

Oje, das war Dora. Sie waren schon wieder zurück.

»Hier bin ich«, rief sie munter, strich sich kurz übers Haar und fuhr sich schuldbewusst übers Gesicht. Sie hätte jetzt noch gut fünf Minuten für sich gebrauchen können.

Dora kam aus der Küche. Ihre Wangen waren knallrot, und sie schien kaum noch Luft zu bekommen. Ihr Atem ging stoßweise.

»Ist er hier?«, keuchte sie, während ihre Blicke nervös durch den Flur zuckten.

»Ist wer hier?« Helen zwang sich zu einem unschuldigen Lächeln, aber sie konnte nicht verhindern, dass auch sie rot wurde. Dora konnte unmöglich über Tobias Bescheid wissen. Das war ausgeschlossen.

Aber das Gesicht ihrer Tochter wurde noch röter, und ihr standen eindeutig Tränen in den Augen. Helen schluckte nervös.

»O Mum«, rief sie. »Es ist etwas Schreckliches passiert.«

»Was denn? Was ist passiert?« Sie schickte ein Stoßgebet zum Himmel. Dora konnte einfach nichts von der Affäre wissen. Bitte alles, nur das nicht!

»Alfie«, schluchzte Dora. »Er ist verschwunden.«

Das unschuldige Lächeln, das Helens Lippen umspielt hatte, erstarrte. Sie schüttelte den Kopf. »Was soll das heißen: Er ist verschwunden?«

»Wir können ihn nirgendwo finden.«

Helen trat näher, packte ihre Tochter am Arm und sah in ihre aufgerissenen Augen. »Wo ist er, Dora? Wo ist dein Bruder?«

Dora konnte dem Blick ihrer Mutter nicht standhalten, und Helen, deren Magen sich plötzlich panisch zusammenzog, krallte ihre Finger tiefer in den Arm ihrer Tochter. Dora zuckte zusammen und versuchte, sich ihrem Griff zu entwinden, aber Helen ließ nicht locker.

»Wo ist er?«, fragte sie erneut.

Dora schluchzte hysterisch. »Das weiß ich nicht! Wir haben ihn überall gesucht, aber er ist verschwunden.«

»Verschwunden? Wo ist Cassie?« Helen verstummte kurz.

»Soll das vielleicht ein schlechter Scherz sein, den ihr euch ausgedacht habt, um mich zu erschrecken? Wenn ja, ist das gar nicht komisch.«

»Nein«, flüsterte Dora. »Wirklich. Wir waren am Strand. Ich habe Eis geholt. Ich dachte, er ist bei Cassie. Aber er muss mir nachgelaufen sein, und jetzt können wir ihn nicht finden. O Mum …« Sie konnte ihren Satz nicht beenden. Tränen strömten über ihre Wangen.

»Wo ist Cassie?«, fragte Helen erneut.

»Sie ist am Strand.«

Helen reagierte sofort. Ihre Autoschlüssel lagen noch auf dem Tischchen im Flur, wo sie sie erst wenige Minuten zuvor abgelegt hatte. »Du dummes Blag! Ich habe dir doch gesagt, dass ihr zusammenbleiben sollt. Warte hier! Ich werde ihn finden. Wir unterhalten uns, wenn ich wieder zurück bin.«

»Mum, es tut mir so leid. Ich habe einfach …«

Helen hob die Hand, um ihre Tochter zum Schweigen zu bringen. »Über deine Bestrafung mache ich mir anschließend Gedanken. Wenn Alfie wieder da ist.«

Sie hörte sich Doras bemitleidenswertes Schluchzen nicht länger an. Stattdessen rannte sie aus dem Haus, sprang in ihren Wagen und fuhr mit quietschenden Reifen die Auffahrt hinunter.

Es war nicht weit bis zum Strand, aber als Helen auf dem Parkplatz hielt, hatte sie sich eingeredet, dass Cassie und Alfie auf der Deichmauer auf sie warten würden. Sie konnte sie regelrecht vor sich sehen: Zwei Blondschöpfe, die in der Nachmittagssonne glänzten, ihr zuwinkten und sorglos die Beine baumeln ließen. Das Ganze war bloß ein dummes Missverständnis. Dora hatte übertrieben reagiert.

Sie parkte auf dem Behindertenparkplatz und sprang aus dem Wagen, rannte zwischen den mit Liegestühlen und Picknickkörben bepackten Urlaubern hindurch, die mit Strandmatten und Luftmatratzen den Strand verließen. Einige musterten sie neugierig, als sie sich an ihnen vorbeidrängte, aber sie ignorierte sie. Sie musste zum Ufer, zu Cassie.

Und dann sah sie sie, genau dort, wo sie sich das vorgestellt hatte. Sie stand vor der Deichmauer. Doch im Näherkommen merkte sie, dass der zweite Blondschopf fehlte. Cassie stand neben einem Mädchen, das Helen nicht kannte. Es hatte lange schwarze Haare und extrem blasse Haut. Von Alfie fehlte jede Spur.

Helen stöhnte und rannte blindlings auf sie zu.

»Wo ist er?«, rief sie keuchend. Als Cassie schwieg, schrie sie erneut: »Wo ist Alfie?« Sie packte Cassies Arm und schüttelte ihn wild, bis ihre Tochter sich in eine Lumpenpuppe verwandelte, und sie spürte, wie sie jemand von ihr wegzog und leise murmelte: »Beruhigen Sie sich. Wir suchen schon nach ihm. Die Küstenwache ist bereits unterwegs. Wir werden ihn finden.«

»Sie verstehen das nicht«, sagte sie und drehte sich zu der Frau um, die sie festhielt. »Er ist doch noch ein Baby.«

»Ich kann verstehen, dass Sie das mitnimmt«, sagte die junge Frau beruhigend. »Wenn Sie bitte kurz mit mir kommen, Mrs. Tide.«

Erst jetzt fiel Helen auf, dass die Frau eine Polizeiuniform trug. Sie ließ sich in den Schatten der Markise von der kleinen Strandbude führen. Eine Menschenmenge scharte sich um sie, aber Helen ignorierte die Blicke und das Flüstern, suchte hektisch die Umgebung nach dem Gesicht ihres Sohnes ab. Warum standen alle bloß herum? Warum suchten sie nicht nach Alfie?

Sie starrte verzweifelt auf den Strand. Die Sonne stand bereits tief am Himmel, und ein paar bernsteinfarbene Wolken ballten sich über dem Meer. Sie konnte sehen, wie Fischerboote nach einem Tag auf dem Wasser an die Küste zurückkehrten. Bei den Buhnen entstand ein Tumult, als sich mehrere Möwen wild kreischend und mit den Flügeln schlagend um die Überreste eines Picknicks balgten. Ein Stück weiter wurde eine Plastiktüte über die Strandkiesel geweht. Helens Herz schlug einen Purzelbaum, als sie den kleinen Jungen sah, der ihr nachjagte. Doch ihre Hoffnung wich Verzweiflung, als sie merkte, dass es sich nicht um ihren Sohn handelte. Das war nicht Alfie. Sie sah sich erneut um und merkte, dass Cassie verschwunden war.

»Wo ist meine Tochter?«, fragte sie und drehte sich wieder zu der Polizistin um.

Die Frau legte ihr beruhigend eine Hand auf den Arm. »Man stellt ihr gerade ein paar Fragen.«

»Ich möchte zu ihr. Ich möchte hören, was sie zu sagen hat. Wo hat man sie hingebracht?«

»Sie ist in der Strandbude, aber ich glaube, es wäre besser, wenn …«

Helen ließ sie nicht ausreden. Sie sprang durch die offene Tür in den Laden. Als sie sah, dass er leer war, stürmte sie ins Hinterzimmer, aus dem leises Gemurmel kam.

Der kleine Lagerraum war dunkel und vollgestopft. Cassie hockte auf einem Stapel Kisten vor einem Polizisten, der sich auf einem Block eifrig Notizen machte. Cassies Blick schien sich an einem Fleck direkt vor ihr auf dem alten Linoleumboden festgesaugt zu haben. Sie pulte nervös an der zerfransten Kante eines Kartons und riss die Pappe in hunderttausend Stücke, die langsam zu Boden taumelten.

»Entschuldigen Sie«, sagte Helen zu dem Polizisten. »Ich bin die Mutter. Ich möchte auch hören, was sie zu sagen hat.« Ihr Ton duldete keine Widerrede.

Der junge Polizist nickte und wandte sich dann wieder an Cassie. »Ihr seid also vom Campingplatz aufgebrochen.«

Cassie nickte.

»Wann seid ihr an den Strand gekommen?«

»So gegen elf Uhr vormittags. Erst haben wir uns mit Sam getroffen, und dann sind wir zu den Klippen gegangen.«

»Wer ist Sam?«, fragte Helen barsch.

Der Polizist warf ihr einen mahnenden Blick zu. Er war nicht wütend, machte aber klar, dass er die Fragen stellte.

»Ist Sam das Mädchen vor der Tür?«, fragte er.

Cassie nickte. »Sie ist meine Freundin.«

»Und zu welchen Klippen, Cassandra?«, fragte der Polizist.

Helen wurde schwindelig. Cassie hatte Sam noch nie erwähnt, jedenfalls nicht, dass sie wüsste.

»Am Ende des Strandes«, fuhr Cassie fort. »Bei den Gezeitentümpeln. Da ist eine Höhle, in der manchmal Teenager abhängen. Sie wissen schon – einfach nur abhängen und so.«

Der Polizist nickte. »Kannst du uns die Höhle zeigen?«

»Ja, aber dort haben wir schon gesucht. Er ist nicht da.«

»Gut, aber wir würden uns dort auch gern umschauen. Du bist also gegen elf zu dieser Höhle gegangen, zusammen mit Alfie und Sam?«

»Ja. Und mit Dora, meiner Schwester. Sie war auch dabei.«

Der Polizist kritzelte wieder etwas auf seinen Block. »Wart ihr lang in der Höhle?«

»Ja. Bestimmt eine Stunde oder so. Dann hat Dora gesagt, dass sie Eis holt.« Cassie dachte kurz nach. »Nein, wir waren länger als eine Stunde gemeinsam dort. Ich weiß noch, dass sie mich nach der Uhrzeit gefragt hat, bevor sie gegangen ist. Es war kurz vor eins.«

Der Polizist nickte erneut und schrieb etwas auf seinen Block.

»Als Dora zurückkam, wollte sie wissen, wo Alfie ist. Ich dachte, sie macht Witze. Sam und ich haben Alfie nicht mehr gesehen, seit sie weggegangen war. Wir dachten, sie hätte ihn mitgenommen.«

Helen rutschte das Herz in die Kniekehlen, sie stieß ein hörbares Wimmern aus. »Also hat keine von euch auf ihn aufgepasst? Was hatte ich euch extra eingeschärft?«

Der Polizist hob die Hand. »Wenn Sie nichts dagegen haben, Mrs. Tide … Ich weiß, das ist schwer, aber es kommt auf jede Minute an.«

Helen nickte und biss sich auf die Zunge.

»Als ihr Alfie zum letzten Mal gesehen habt, war es also eins?«

Cassie nickte. Helen sah auf die Uhr. Es war fast vier.

»Glaubst du, er hat die Höhle verlassen und ist Dora nachgelaufen? Hat er gesagt, was er machen will? Wo er hinwill?«

Cassie schüttelte den Kopf. »Er war glücklich in der Höhle.« Plötzlich fiel ihr wieder etwas ein, und sie stieß ein lautes Schluchzen aus. »Er hat gedacht, es wäre eine Fledermaushöhle. Er hat die Möwen für Fledermäuse gehalten.«

Tränen brannten in Helens Augen: Ihr kleiner Junge war ganz allein da draußen.

»Und Sam und du, was habt ihr gemacht, als Dora Eis kaufen war?«

Cassie wurde rot. »Wir haben bloß geredet und, na ja, geraucht.«

Helen kochte innerlich. Cassie rauchte?

»Verstehe.« Der Polizist kritzelte noch etwas auf seinen Block.

»Was hatte Alfie an, als ihr ihn zum letzten Mal gesehen habt?«

»Sein Superman-Kostüm.«

Der Polizist lächelte unmerklich, als er das notierte.

»Kannst du es mir beschreiben?«

»Eine blaue Schlafanzughose, rote Gummistiefel, ein blaues T-Shirt mit dem Superman-Logo drauf und einen roten Umhang.« Cassie sah kurz zu Helen auf und wandte den Blick dann wieder ab. »Mum hat ein großes gelbes S darauf genäht. Wir haben den Umhang bei den Gezeitentümpeln gefunden. Besser gesagt, Sam.«

Helens Magen zog sich erneut schmerzhaft zusammen, ihr wurde übel. Sie wollte schreien, zwang sich jedoch, ruhig zu bleiben. Sie steckte sich die Faust in den Mund und biss sich fest auf die Finger. Das tat weh, aber es war ihr egal.

Der Polizist nickte erneut. Anscheinend hatte er das Kleidungsstück bereits gesehen.

»Wisst ihr, ob Alfie den Umhang in der Höhle ausgezogen hat?«

Helen hielt den Atem an, aber Cassie schüttelte den Kopf.

»Er könnte also die Höhle verlassen und ihn bei den Felsen abgelegt haben?«

Cassie nickte langsam. Helen hätte sie am liebsten gepackt und geschüttelt, aber sie biss nur noch fester in ihre Hand und spürte, wie sich ihre Zähne schmerzhaft ins Fleisch gruben.

»Gut. Das war sehr hilfreich, Cassandra. Wir werden Sam und dir weitere Fragen stellen müssen, aber das dürfte für den Anfang genügen. Ist deine Schwester hier?«

Cassie sah ihre Mutter an, die den Kopf schüttelte.

»Tut mir leid, Officer, aber ich habe sie gebeten, zu Hause zu bleiben, falls Alfie allein nach Hause findet. Ich bin sofort hergefahren, als ich erfahren habe, was passiert ist.«

Der Polizist machte eine letzte Notiz und klappte seinen Block anschließend zu. »Gut. Wir werden uns bei Ihnen zu Hause mit Dora unterhalten.« Er murmelte rasch etwas in sein knackendes Sprechfunkgerät und erhob sich dann. »Cassandra, du warst uns eine große Hilfe«, wiederholte er, bevor er sich an Helen wandte. »Machen Sie sich keine Sorgen, Mrs. Tide. Wir werden ihn finden. Wir haben bereits zwei Beamte zum Strand geschickt, die nach Ihrem Sohn suchen. Außerdem werde ich sofort die Küstenwache verständigen. Das ist natürlich nur eine Vorsichtsmaßnahme. Bestimmt spielt er irgendwo mit anderen Kindern oder baut am Strand eine Sandburg. Sie wissen ja, wie Kinder sind.«

Helen nickte und versuchte angestrengt, nicht darüber nachzudenken, warum man die Küstenwache verständigt hatte.

Alfie konnte nicht schwimmen.

Helen spürte, wie ihre Knie nachgaben, aber der Polizist war schneller, und seine starken Arme fingen sie auf, bevor sie zu Boden ging.

»Möchten Sie sich setzen, Madam?«

»Nein, nein, es geht schon.« Sie stieß ihn weg. »Mein Mann«, sagte sie. »Er ist in London. Ich sollte ihn anrufen.«

Sie konnte den Gedanken, Richard zu informieren, nicht ertragen, aber er musste Bescheid wissen. Er würde wissen, was zu tun war. Plötzlich hatte Helen unstillbare Sehnsucht nach den starken Armen ihres Mannes. Er würde den Jungen finden.

»Wo arbeitet er?«

»Tides Associates. Fitzhardinge Street.«

Der Polizist nickte. »Wir werden ihn sofort verständigen.«

Helen reagierte mit einem dankbaren Nicken, verließ dann den kleinen Laden und trat in den Lärm und das Chaos hinaus.

Sie kam sich vor wie unter Wasser. Sie wusste, dass es wichtig war, auf die Polizei zu hören, aber es fiel ihr schwer, sich auf etwas anderes als auf die Menschen zu konzentrieren, die gerade den Strand verließen. Sie wollte sie anschreien, ihnen befehlen zu bleiben. Sie wollte die Zeit anhalten, von Grüppchen zu Grüppchen laufen und nach Alfies Gesicht Ausschau halten.

Als die Polizei mit ihrer Befragung fertig war, begann sie mit Cassie von einem zum anderen zu gehen. Bei jedem, dem sie begegneten, blieben sie stehen und fragten, ob er einen kleinen Jungen in einem selbst gemachten Superman-Kostüm gesehen habe. Aber egal, wen sie ansprachen, jedes Mal wurde ihre Frage mit einem aufmerksamen, aber mitleidigen Kopfschütteln beantwortet. Der Strand leerte sich zunehmend, während sonnenverbrannte Urlauber ihre mühsam eroberten Plätze verließen und sich in die lange Schar derer einreihten, die zu den Autos und Zelten zurückkehrten. Am Ende blieben nur noch der leere Strand und der unvermeidliche Müll Tausender gedankenloser Touristen übrig. Während sie sich auf den Rückweg zum Parkplatz machten, trat Helen erschöpft nach Dosen, Plastikflaschen, Eisverpackungen und leeren Chipstüten.

Um sieben brach Helen die Suche ab, um Dora zu Hause anzurufen. Sie wusste, dass es ein frommer Wunsch war, dass die Polizei sie verständigt hätte, wenn Alfie in Clifftops angekommen wäre. Trotzdem hoffte sie inständig, er habe irgendwie nach Hause gefunden.

Dora ging beim ersten Klingeln dran.

»Ist er da?«, fragte Helen.

»Nein«, sagte Dora.

Helen wollte gerade auflegen, als Dora weiterredete.

»Soll ich kommen und dir beim Suchen helfen? Ich werde hier noch verrückt, so ganz allein. Vielleicht könnte ich …«

Helen legte auf und wandte sich wieder an den Polizisten neben ihr.

»Ich muss die Höhle sehen. Bringen Sie mich dorthin, bevor es dunkel wird.«

Der Polizist öffnete den Mund, um etwas zu sagen, aber der Ausdruck in Helens Augen ließ ihn verstummen. Stattdessen nickte er kurz. »Folgen Sie mir.«

Helen hatte Schwierigkeiten, in die Höhle zu gelangen. Ihr Baumwollrock war nicht unbedingt dafür geeignet, an einer Felswand hochzuklettern, und ihre Espadrilles rutschten an den Felsen ab. Doch der Polizist, der sie begleitete, half ihr mit seinen kräftigen Händen über den Felsvorsprung hinweg. Als ihr Fuß den Sandboden der Höhle berührte, holte sie tief Luft.

Es war ein trostloser Ort, nasskalt und düster, außerdem stank es nach schleimigen Flechten, fauligem Fisch und Schlimmerem. Was um Himmels willen war nur in die Mädchen gefahren, hierherzugehen? Helen verstand das einfach nicht.

Mit mahlenden Kiefern lief sie ein paar Minuten auf und ab und fuhr mit den Händen über die hohen Felswände. So als könnten ihre Finger eine geheime Tür im Stein ertasten, woraufhin ihr Sohn sich wieder in ihre Arme werfen und aus der Unterwelt zurückkehren würde, in die man ihn entführt hatte.

»Sie haben jeden Zentimeter abgesucht?«, fragte sie.

»Ja«, bestätigte ihr der Polizist. »Morgen nehmen wir eine Suchhundestaffel mit. Falls wir ihn nicht vorher finden.«

Helen schüttelte den Kopf. »Warum sind sie bloß hierhergekommen?«

»Ihre Tochter hat mir erzählt, dass es ein geheimer Treffpunkt für hiesige Teenager ist.« Er zeigte auf die Wände. »An den Graffiti kann man sehen, dass sie nicht die ersten waren.«

Helen warf einen Blick auf das Gekrakel und bekam Gänsehaut. Unfassbar, dass Alfie hier gespielt hatte. Das war kein

Ort für ein Kind. Sie schluckte. »Ich glaube, wir können gehen.«

Der Beamte nickte, und sie liefen auf den schmalen Spalt im Stein zu. Als Helen sich am Felsen hochzog, um auf die andere Seite zu gelangen, sah sie, dass die Sonne unterging. Alfie würde Hunger haben. Er würde sein Abendessen vermissen.

Sie blieben am Strand, bis es dunkel wurde und eine junge Beamtin ihnen freundlich nahelegte, nach Hause zu gehen. Helen wollte nicht heim, es war ihr unerträglich, ohne ihren Sohn zurückzukehren. Aber nun, wo das Licht schwächer wurde, konnten sie hier nichts mehr ausrichten.

Der Hubschrauber der Küstenwache war bereits angefordert worden. Sie konnten die Lichter der Suchboote in der Bucht sehen, aber man hatte ihnen gesagt, dass auch sie bald wieder den Hafen anlaufen würden. Es war zu spät und zu dunkel. Sie würden bis Sonnenaufgang warten müssen, um ihre Suche fortzusetzen.

Helen zerriss es schier das Herz, als sie mit Cassie ins Auto stieg und den kurzen Weg nach Hause fuhr. Beide nahmen den leeren Kindersitz wahr, der sie vom Rücksitz aus vorwurfsvoll anstarrte, verloren aber kein Wort darüber. Helen musste sich schwer beherrschen, den Fuß auf dem Gaspedal zu lassen und nicht kehrtzumachen, erneut an den Strand zu rennen und laut den Namen ihres Sohnes zu rufen.

»Kommt Dad nach Hause?«, fragte Cassie schließlich und durchbrach so die Stille.

»Ja. Er ist schon unterwegs. Er wird gleich da sein.«

Beide hofften inständig, dass Richard wisse, was zu tun sei.

Helen schlug auf das Lenkrad. »Wo ist er, Cass? Wo ist er bloß hingegangen?«

Cassie zupfte nervös an dem ausgefransten Saum ihres Jeansrocks. »Das weiß ich nicht«, flüsterte sie. »Ehrlich, ich weiß es nicht. Ich dachte, er ist bei Dora. Sie hat gesagt, dass sie ihn zum Eisholen mitnimmt. Dann ist sie mit einem Jungen aus ihrer Klasse aufgetaucht.«

Dora saß am Küchentisch, als sie zurückkamen, vor sich einen unangetasteten Becher Tee. Sie kaute nervös an den Fingernägeln und sprang auf, sobald sie hereinkamen. »Habt ihr ihn?«

Cassie schüttelte den Kopf, und Dora sackte wieder auf dem Stuhl in sich zusammen. Sie welkte dahin wie eine Sonnenblume bei Anbruch der Dunkelheit.

Helen ging zur Spüle und lehnte sich dagegen. Sie ließ den Kopf sinken und seufzte laut, um Angst und Anspannung abzubauen. Sie konnte nicht mehr denken, nicht mehr atmen. Es war, als befände sie sich in einem seltsamen Paralleluniversum, in dem ihre ganze Welt zusammenbrach. Während sie so mit gesenktem Kopf vor der Spüle stand, saugte sich ihr Blick an einem bunten Gegenstand fest. Es war Alfies Frühstücksschälchen. Das stand in der Spüle, wo sie es erst vor wenigen Stunden hineingestellt hatte. An seinem Rand klebten nach wie vor Reste.

»Was habt ihr euch bloß dabei gedacht?«, fuhr sie wütend die Mädchen an. Ihre Stimme war schneidend kalt, aber ihre Augen funkelten wie glühende Kohlen, als sie erst Dora, dann Cassie und schließlich wieder Dora musterte.

Die Mädchen tauschten nervöse Blicke. Sie konnte die Angst in ihren Augen sehen.

»Schaut mich an«, schrie Helen. »Erzählt mir, was passiert ist.«

»Es ist meine Schuld«, hob Cassie an. »Es war meine Idee, zu den Klippen zu gehen. Dora wollte eigentlich gar nicht mit. Aber als ich gesagt habe, ich würde gehen, meinte sie, wir müssten zusammenbleiben.«

»Ich habe euch gebeten, auf ihn aufzupassen. Ich dachte, ich könnte mich auf euch verlassen. Ihr seid schließlich keine kleinen Kinder mehr.« Ungläubig schüttelte Helen den Kopf. »Ich verstehe nicht, wie ein kleiner Junge an einem überfüllten Strand verschwinden kann.«

Cassie ließ beschämt den Kopf hängen.

»Er ist erst drei Jahre alt, verdammt noch mal!« Helens Stimme zitterte. »Ein Baby.«

»Mum«, sagte Dora flehend. »Wir haben wirklich …«

Helen schüttelte den Kopf. »Ich will nichts mehr davon hören, Dora. Ich habe euch befohlen, dass ihr zusammenbleiben sollt. Du hast deinen Bruder und deine Schwester allein gelassen, um Eis zu holen! Alfie ist dir nachgelaufen, und jetzt wird er vermisst.« Helen schüttelte erneut den Kopf. »Und das, obwohl ich euch gesagt habe, dass ihr zusammenbleiben sollt.«

»Mum«, sagte Dora kleinlaut. »Es tut mir leid.«

»Es tut dir leid!« Helen drehte sich zu Dora um. »Es tut dir leid? Glaubst du, das hilft Alfie, der ganz allein da draußen im Dunkeln ist?«

Dora begann zu schluchzen.

»Glaubst du, mit einer Entschuldigung ist es getan?«

Dora schüttelte den Kopf.

Cassie machte den Mund auf, um etwas zu sagen, aber Helen hob die Hand und gebot ihr zu schweigen.

»Eine Entschuldigung bringt Alfie auch nicht wieder zurück. Eine Entschuldigung führt nicht dazu, dass er kuschelig in seinem Bettchen liegt. Eine Entschuldigung schützt ihn nicht, füllt ihm nicht den Magen und schenkt ihm keine Geborgenheit. Es gibt vieles, was ich von euch hören will. Aber ›Entschuldigung‹ gehört nicht dazu!«

Helen spürte, wie sie am ganzen Körper zitterte, doch sie konnte einfach nicht aufhören.

»Was habt ihr euch bloß dabei gedacht?«, fuhr sie fort und schüttelte fassungslos den Kopf. »Er ist ein kleiner Junge … ein Baby.« Sie verstummte, und plötzlich fiel sämtliche Wut von ihr ab, und sie sackte auf dem Boden in sich zusammen wie eine Marionette. »Mein kleines Baby«, weinte sie. »Mein armes, kleines Baby.«

Minutenlang füllte lautes Schluchzen den Raum. Sie spürte eine Hand auf ihrer Schulter, schüttelte sie jedoch gereizt ab.

»Mum«, hörte sie Dora flehend sagen. »Mum!« Aber sie hatte kein Ohr für sie.

»Geht! Haut einfach ab! Geht mir aus den Augen. Ich kann deinen Anblick gerade nicht ertragen, Dora.«

»Mum?« Diesmal war es Cassie.

»Raus hier!«, schrie Helen. »Raus hier, alle beide! Geht mir aus den Augen!«

Das ließen sich die Mädchen nicht zweimal sagen. Sie hörte, wie sie in ihre Zimmer rannten, während Doras Schluchzen laut von den Wänden widerhallte.

Helen lag zusammengerollt auf dem Fußboden, bis ihr der Rücken wehtat und die kalten Fliesen ihre Haut unter dem dünnen Sommerrock gefühllos gemacht hatten. Es war unbequem, aber nichts im Vergleich zu der Angst, die in ihren Eingeweiden rumorte, wenn sie daran dachte, dass ihr kleiner Junge allein da draußen in der Dunkelheit war.

Sie hatte geglaubt, sich auf die Mädchen verlassen zu können, geglaubt, sie wären alt genug, um Verantwortung zu übernehmen. Aber sie hatte sich geirrt. Sie hatte sie gebeten zusammenzubleiben, aber Dora hatte ihr nicht gehorcht. Wären sie nur alle beieinandergeblieben! Dann hätte Alfie nicht davonlaufen können.

Schlüssel klirrten im Schloss. Helen erhob sich steif und ging ihrem Mann entgegen. Der betrat mit aschfahlem Gesicht und in einem verknitterten Anzug das Haus und nahm sie in die Arme. Sie blieben lang so stehen, hielten sich einfach nur fest, während ihnen die enorme Tragweite ihrer Situation bewusst wurde.

»Unser Baby«, flüsterte sie. »Unser armes Baby. Es ist allein da draußen.« Sie weinte.

Richard strich ihr übers Haar und tröstete sie wie ein verzweifeltes Kleinkind. »Wir werden ihn finden.«

Die Treppe knarrte. Helen sah nicht auf, spürte aber, wie Richard den Kopf drehte. Langsam breitete er die Arme aus, woraufhin sie den warmen Körper ihrer Tochter spürte, die in die Umarmung mit einbezogen wurde. Sie saugte den süßen Duft von Cassies goldblondem Haar ein und schloss die Augen. Richard hatte recht, sie würden ihn finden.

Mehrere Minuten später standen sie zu dritt im Flur, klammerten sich in der verzweifelten Hoffnung aneinander, Alfie bei Tagesanbruch wieder in die Arme schließen zu können. Als Helen schließlich die Augen öffnete, sah sie Dora allein oben an der Treppe stehen. Sie schaute erwartungsvoll und tränenblind zu ihren Eltern und ihrer Schwester hinüber.

Helen warf ihr einen eiskalten Blick zu. Wie hatte sie nur ihr Versprechen brechen können? Wie hatte sie Alfie und Cassie allein lassen und mit diesem Jungen abhauen können? Sie starrte Dora an, unfähig, ihre Abscheu zu verbergen, bevor sie ihr den Rücken zukehrte, um Richard einen Tee zu machen.

»Ich habe mit der Polizei gesprochen«, sagte Richard wenige Minuten später. Er war zu ihr in die Küche gekommen und saß nervös zappelnd am Küchentisch. »Sie werden gleich bei Tagesanbruch mit der Suche beginnen. Sie nehmen Hunde mit. Sie werden ihn finden, Helen, das verspreche ich dir.«

Helen schwieg. Stattdessen konzentrierte sie sich auf den Dampf, der aus der Tülle stieg. Sie fragte sich, wie lang sie die sengende Hitze ertragen würde, wenn sie ihre Hand über den Dampf hielt.

»Anscheinend haben auch viele Einheimische ihre Hilfe angeboten«, fuhr er fort. »Bill Dryden kommt gleich morgen früh. Wir werden Suchtrupps bilden und über die Klippen zum Strand gehen. Bestimmt hat Alfie sich nur verlaufen und schläft irgendwo bei den Klippen in einer kleinen warmen Felsnische. Oder in einer Ackerfurche von Farmer Plummer. In wenigen Tagen werden wir darüber lachen, du wirst schon sehen.« Sein Lächeln wirkte aufgesetzt.

Helen nickte, sie wollte ihm nur zu gern glauben. »Zum Glück hat er ein langärmeliges Oberteil und eine lange Hose an. Nie hätte ich gedacht, dass ich für seine Superman-Besessenheit einmal so dankbar sein werde.«

Richard lächelte schwach.

»Hast du Hunger?«

Er schüttelte den Kopf.

»Soll ich dir einen Tee machen?«

»Ich brauche nichts.«

Der Kessel zerriss die Stille mit durchdringendem Pfeifen, und Helen nahm ihn vom Herd. Sie wusste nicht mehr, was sie tun sollte. Schließlich drehte sie sich um und nahm gegenüber von Richard am Küchentisch Platz. Als sie den Stuhl zu sich herzog, schrammten die hölzernen Beine quietschend über den Fliesenboden – so laut, dass es in den Ohren schmerzte.

»Die Polizei hat angeboten, einen Arzt vorbeizuschicken, aber ich habe gesagt, das sei nicht nötig.«

Helen nickte.

»Ich bezweifle, dass wir heute Nacht ein Auge zutun werden. Aber ich kann die Vorstellung nicht ertragen, ein Schlafmittel zu nehmen und nicht dabei zu sein, wenn sie ihn finden. Habe ich das richtig entschieden?«

Helen nickte. Sie wusste genau, was er meinte. Sie wollte nichts nehmen, das ihren Schmerz betäubte. Sie musste spüren, wie er sich ihr tief ins Herz bohrte.

»Meinst du, die Mädchen kommen zurecht?«

Helen zuckte mit den Schultern.

»Es ist so still da oben.«

»Wahrscheinlich sind sie ins Bett gegangen. Dort sind sie am besten aufgehoben. Ich bin mir nicht sicher, ob ich ihnen gegenübertreten kann. Ich bin so enttäuscht von Dora.«

Richard hob den Kopf und sah sie an.

»Ich habe ihnen befohlen zusammenzubleiben. Ich habe gesagt, dass sie nur an den Strand dürfen, wenn alle zusammenbleiben.«

Richard starrte auf seine Hände. »Ich dachte, wir hätten vereinbart, dass der Strand für Alfie tabu ist, wenn keiner von uns dabei ist.«

Helen sah ihn schuldbewusst an. »Sie sind fast erwachsen, Richard. Ich dachte, ich könnte mich auf sie verlassen. Aber anscheinend hat Dora beschlossen, auf eigene Faust loszumarschieren. Sie ist Eis holen gegangen und hat einen Klassenkameraden getroffen.«

Richard seufzte, während sie schweigend beisammensaßen, schließlich räusperte er sich. »Mir war gar nicht klar, dass du heute arbeiten musst, Helen. Ich dachte, das Semester beginnt erst nächste Woche oder so.«

Helen spürte, wie sie verlegen errötete. Es schien ihr eine Ewigkeit her zu sein, dass sie mit Tobias in der Wiese gelegen und Sex gehabt hatte, während die Vögel in den Zweigen raschelten und die Grillen zirpten.

»Ich musste an die Uni«, stammelte sie. »Stundenpläne mit dem Dekan durchgehen.«

Richard nickte. »Tut mir leid, ich will damit auch gar nichts sagen. Es ist ja nicht so, dass …« Er hob ergeben die Hände. »Hauptsache, wir finden ihn gleich morgen früh.«

Als Helen in die erschöpften, verängstigten Augen ihres Mannes sah, überlegte sie kurz, ihm die Wahrheit zu sagen. Es war schließlich nichts Ernstes. Niemand hätte je davon erfahren müssen. Aber was brachte es, wenn sie Richard ihre Untreue gestand und ihn auch noch damit belastete? Würde es ihre Verzweiflung lindern?

Nein.

Sie konnte es ihm unmöglich sagen. Sie hatten auch so schon genügend Probleme, außerdem, was würde es ändern? Was, wenn sie tatsächlich an die Uni beordert worden wäre? Dann würden sie jetzt auch diesen Albtraum erleben. Nein, es gab keinerlei Grund, Richard die Affäre zu gestehen. Es war nicht ihre Schuld.

Helen ignorierte das nagende Gefühl in ihrem Bauch und nahm Richards Hand. Sie staunte, wie warm sie war, umklammerte sie fest mit ihren eiskalten Fingern.

»Ob er es wohl allein bis nach Hause schaffen kann?«, murmelte Richard. »Meinst du, er kennt den Weg?«

Helen schüttelte den Kopf. »Keine Ahnung, aber das habe ich mich auch schon gefragt. Er ist ein intelligentes Kind.« Sie sah in die stockfinstere Nacht hinaus und fröstelte. »Könnte er nach Hause finden, hätte er es längst getan.«

Richard sah abrupt auf. »Wie meinst du das?«

Helen schluckte. »Ich möchte ja daran glauben, ehrlich.« Sie verstummte und schluckte erneut. »Aber der Umhang«, sagte sie schließlich leise. »Warum lag er bei den Felsen, unweit der Gezeitentümpel? Warum hat er ihn dort ausgezogen?«

Richard schüttelte vehement den Kopf. »Das hat nichts zu sagen. So darfst du nicht denken. Wir müssen optimistisch bleiben. Wenn wir aufgeben, hilft uns das auch nicht weiter.«

»Ich gebe nicht auf. Ich sage nur …«

Richard hob die Hand. »Sei still, Helen, sei einfach still.« Er stand auf, wobei die Stuhlbeine wieder laut über die Fliesen schrammten. »Ich gehe duschen. Wir haben noch eine lange Nacht vor uns.«

Helen schlief in Alfies Zimmer, das heißt, sie lag in seinem Bett unter seiner Decke und saugte den süßen Kleinkindduft nach Babyshampoo, Knete und Babyatem ein, der so sanft war wie eine leichte Sommerbrise. Und während sie dort lag, überließ sie sich dem seltsamen Zustand zwischen Wachen und Schlafen, in dem man ebenso lebhafte wie unwirkliche Träume hat. In ihrem Kopf überschlugen sich die unmöglichsten Bilder: Tobias, der sich mit geschlossenen Augen und Schweißperlen auf der Stirn über ihr bewegt. Alfie, der bunte, fröhliche Kritzeleien auf den dunklen Wänden der Höhle hinterlässt. Dora, die mit diesem verängstigten Gesicht ins Haus platzt, und Richard, der starke, verlässliche Richard, der ihre kalten Finger in seine warme Hand nimmt und sie immer wieder aufs Neue tröstet. »Wir bekommen ihn zurück. Wir bekommen ihn zurück, das verspreche ich dir.«

Sie hatte nicht das Gefühl zu schlafen, aber irgendwann musste sie doch eingenickt sein, weil Richard sie plötzlich aus ihrem seltsamen Halbschlaf riss. »Es ist fast Tag. Es wird Zeit, dass wir unseren Jungen finden«, murmelte er.

Nachdem er aus dem Zimmer gegangen war, blieb Helen noch kurz in dem kleinen Bett liegen. Das Unfassbare von Alfies Verschwinden überwältigte sie erneut. Sie spürte, wie die Erkenntnis langsam in sie einsickerte, wie kaltes flüssiges Quecksilber, bis sich eine schmerzhafte bleierne Pfütze in ihrem Bauch gebildet hatte. Seufzend setzte sie sich auf und spürte, wie Angst in ihr hochschwappte.

Draußen war es noch dunkel, aber sie konnte hören, wie Richard unten in der Küche mit dem Geschirr klapperte, während er sich auf seinen Aufbruch vorbereitete. Bevor sie das Zimmer verließ, machte sie sorgfältig Alfies Bett. Er würde müde sein, wenn er nach Hause gebracht wurde.

Im Bad spritzte sie sich kaltes Wasser ins Gesicht und starrte in den Spiegel. Eine Wildfremde sah ihr daraus entgegen. Ihre grünen Augen waren ausdruckslos, gerötet und von verlaufener Schminke umrandet. Sie musste dringend etwas anderes anziehen, denn sie trug noch die Sachen vom Vortag. Sie zog sich das T-Shirt über den Kopf, hakte ihren BH auf und ließ den zerknitterten Baumwollrock auf den Fußboden gleiten. Wieder fiel ihr der dunkle Grasfleck auf. Er starrte sie vorwurfsvoll an. Helen musterte ihn kurz, nahm dann den Rock und warf ihn schluchzend in den Abfalleimer unter dem Waschbecken.

Dann setzte sie sich auf den Badewannenrand und schluchzte hemmungslos, zitterte und zuckte am ganzen Leib. Sie saß einsam und allein da, splitterfasernackt, hatte die Arme um ihren Körper gelegt und sehnte sich nach ihrem Baby. Der Schmerz über sein Verschwinden ging ihr durch Mark und Bein.

Als sie die Treppe hinunterkam, ließ Richard gerade Betty und Bill Dryden herein. Bill trat verlegen von einem Bein aufs andere, wobei er seine Mütze in den verwitterten Händen hielt. Aber Betty ging direkt auf Helen zu und zog sie in eine mütterliche Umarmung.

»Ihr Ärmsten, ihr müsst ja ganz verrückt sein vor Sorge! Ich setze Teewasser auf, einverstanden? Soll ich uns eine schöne Tasse Tee machen?«

Helen nickte in Bettys grau gelocktes Haar hinein und war dankbar, dass sich jemand um sie kümmerte.

»Wir gehen dann los, Helen«, sagte Richard. »Wir treffen uns mit der Polizei auf dem Parkplatz. Ich rufe dich an, sobald wir ihn gefunden haben.«

Helen nickte erneut und sah zu, wie Richard und Bill durch die Haustür nach draußen gingen.

»Komm!« Betty führte Helen in die Küche. »Machen wir erst mal Tee. Bald werden die Mädchen wach sein, und ihr müsst etwas frühstücken. Ihr müsst stark bleiben – Alfie zuliebe.«

Helen sah zu, wie sich die ältere Frau in der Küche zu schaffen machte, Teebeutel fand und Becher auf ein Tablett stellte.

»Ich werde etwas Zucker in deinen Tee tun, Helen«, sagte sie. »Du siehst so aus, als könntest du es gebrauchen.«

Helen nickte erneut. Es schien ihr die Sprache verschlagen zu haben. Dann drehte sie sich zu den bunten Kritzeleien um, die sie Anfang des Jahres aufgehängt hatte – lauter abstrakte Kunstwerke von Alfie. Sie hatte sie in der Vergangenheit oft angeschaut, doch nun sah sie sie mit ganz anderen Augen, ließ jeden Pinselstrich und jeden Farbfleck auf sich wirken, als sähe sie sie zum ersten Mal. Ein Bild hieß *Piratenschiff und Mond.* Ein anderes *Dinosaurier auf einem Schlitten.* Es schmerzte, sie anzusehen, aber Helen konnte den Blick nicht abwenden. Er war irgendwo da draußen. Sie würden ihn finden.

Falls das überhaupt möglich war, war der zweite Tag noch schlimmer als der erste. Das Haus füllte sich rasch mit Polizeibeamten und wohlmeinenden Freunden. Alle wollten unbedingt helfen, aber keiner wusste, was er tun sollte. Sie flatterten wie aufgeregte Hühner von Zimmer zu Zimmer, führten mit gedämpfter Stimme wichtige Gespräche, während Helen in der Küche sitzen blieb und fassungslos verfolgte, wie die Suche vonstattenging. Währenddessen blieb ihr Blick starr auf das Telefon gerichtet, in Erwartung eines

Anrufs von Richard, der ihr triumphierend verkünden würde, Alfie sei gefunden worden.

Gegen Mittag warf sie einen kurzen Blick aus dem Fenster und entdeckte mehrere Autos sowie einen großen weißen Lieferwagen am Ende der Auffahrt.

»Was wollen die denn?«, murmelte sie einem vorbeigehenden Polizeibeamten zu, der gerade ein Tablett mit Tee aus der Küche trug. Ihr fiel auf, dass er Daphnes feinstes Porzellan verwendet hatte.

Der Mann folgte ihrem Blick. »Die Geier kreisen schon«, sagte er entschuldigend. »Die Medien haben Wind von der Geschichte bekommen.«

Helen zuckte mit den Schultern. »Vielleicht können sie helfen? Wenn sie über den Fall berichten, meldet sich vielleicht jemand mit einer wichtigen Information?«

Der Polizist nickte höflich und ließ sie allein in der Küche zurück.

Kurz darauf kam Betty hereingestürmt. »Soll ich dir was zum Mittagessen machen, Helen? Du hast noch gar nichts gegessen. Du solltest wirklich etwas zu dir nehmen.«

Helen schüttelte den Kopf. »Ich kann nicht, wirklich nicht.«

Betty sah sie besorgt an. »Und was ist mit den Mädchen? Kann ich irgendetwas für die tun?«

Helen zuckte mit den Schultern. Seit dem Frühstück hatte sie keine von ihnen zu Gesicht bekommen. Cassie war in die Küche geschlichen, hatte sich eine Tasse Tee gemacht und war wieder verschwunden. Dora war gleich bei Tagesanbruch hinausgegangen und Bill und Richard in einer gewissen Entfernung gefolgt. Helen war froh gewesen, sie aus dem Haus zu haben.

»Das ist sehr lieb von dir, aber es geht uns gut. Ich glaube nicht, dass einer von uns wirklich hungrig ist.«

»Dann lass mich den netten Polizisten wenigstens ein paar Sandwiches machen. Die brauchen eine Unterlage, wenn sie weitermachen sollen.«

Helen nickte und entschuldigte sich dann. Sie konnte den Anblick oder Geruch von Essen nicht ertragen. Sie fühlte sich wie ein Fisch auf dem Trockenen. Jeder Atemzug schmerzte. Es war ein schrecklicher, brennender Schmerz, der in ihren Eingeweiden tobte. Jeder Atemzug markierte einen weiteren Augenblick ohne Alfie.

Sie war im Wintergarten, als Dora kurz darauf zu ihr stieß. Helen hörte sie erst, als sie wenige Meter hinter ihr stand und laut hustete, woraufhin sie überrascht zusammenzuckte und herumfuhr.

»Oh, du bist es.« Enttäuscht wandte Helen sich wieder dem Garten zu.

»Mum, ich muss dir etwas sagen. Etwas Wichtiges.«

Helen fuhr erneut herum und sah Dora durchdringend an. »Raus mit der Sprache.«

»Als ich gestern die Klippen verlassen habe, waren zwei Leute bei der Höhle. Sie lagen im Schatten der Felsen. Es waren Erwachsene, ein Mann und eine Frau. Ich weiß nur noch, dass er mich angegrinst und mir gewinkt hat. Es war ein wenig seltsam.«

Helen stockte der Atem.

»Der Mann hatte lange dunkle Haare«, fuhr Dora fort und zerrte nervös an den Ärmeln ihres T-Shirts. »Ich habe ihn zunächst für eine Frau gehalten. Er trug Jeans. Und ein T-Shirt, ein rotes, glaube ich. Ja, es war eindeutig rot.«

»Hast du die Frau gesehen?«

»Nein, sie konnte ich nicht richtig erkennen. Sie lag flach auf dem Boden.«

Helens Herz galoppierte in ihrer Brust. Zeugen! Sie mussten etwas gesehen haben. Warum hatten sie sich gestern nicht gemeldet? Vielleicht wussten sie, in welche Richtung Alfie gegangen war. Vielleicht konnten sie ihnen weiterhelfen. Das war ein Strohhalm, an den man sich klammern konnte.

»Warum hast du das gestern nicht erwähnt?«, schimpfte sie und sprang aus ihrem Sessel auf.

Dora wich vor ihr zurück. »Ich hab's vergessen. Es herrschte so eine Aufregung.«

Helen starrte sie ungläubig an. »Du hast es vergessen?«

»Es war alles so verwirrend. Ich habe mir solche Sorgen um Alfie gemacht.«

Helen zitterte am ganzen Körper. Sie packte Dora am Handgelenk und ging zur Tür.

»Komm mit!«

Im Laufschritt eilten sie durch den eichenholzvertäfelten Flur, bis sie Helens Arbeitszimmer erreichten. Sie drückte die Tür auf, ohne anzuklopfen, schließlich war es verdammt noch mal ihr Haus, und platzte mit der Nachricht heraus, bevor die Beamten auch nur piep sagen konnten.

»Meiner Tochter ist gerade noch was eingefallen. Etwas Wichtiges.« Sie sah Dora an. »Los, sag ihnen, was du mir gesagt hast.«

Dora sah eingeschüchtert zu ihr auf.

»Los«, drängte Helen sie. »Beeil dich!«

Richard blieb bis spätabends draußen. Schließlich kam er erschöpft und ganz grau im Gesicht nach Hause. Helen brauchte ihn nur anzusehen, um zu wissen, wie die Suche gelaufen war.

»Die Polizei möchte nachher mit uns sprechen, im Wohnzimmer. Bist du bereit?«

Helen nickte. Sie sehnte sich verzweifelt nach Neuigkeiten, nach irgendetwas, woran sie sich klammern konnte. Seit sie

Dora zur Polizei gezerrt hatte, hatte sie nichts mehr gehört. Natürlich war sie bereit.

Kurz darauf kam sie zu ihm ins Wohnzimmer. Sie saßen nebeneinander und hielten Händchen, als ein erfahren wirkender Beamter ihnen gegenüber Platz nahm. Helen sah, wie der Mann sorgfältig die Hosenbeine hochzog, bevor er sich setzte. Sie bemerkte auch seinen gestärkten weißen Hemdkragen. Er hatte kräftige, gebräunte Hände und ein sympathisches Gesicht. Bestimmt hatte er eine liebende Ehefrau und Kinder zu Hause, die sehnsüchtig auf ihn warteten. Plötzlich verspürte Helen einen eifersüchtigen Stich, weil sie ihn um sein unkompliziertes Leben beneidete.

»Ihr Sohn wird mittlerweile seit über vierundzwanzig Stunden vermisst«, ergriff er das Wort.

Helen biss sich auf die Unterlippe und nickte.

»Wir haben heute mit unseren Leuten und einem Heer aus Freiwilligen ein riesiges Gebiet abgesucht. Ich brauche Ihnen nicht zu sagen, dass wir uns große Sorgen um Alfie machen.«

Richard drückte Helens Hand, doch beide schwiegen.

»Die Suche an Land hat keinerlei Hinweise ergeben, was Ihrem Sohn zugestoßen ist. Wir haben keinerlei Spuren gefunden, die von der Höhle weggeführt haben, und auch keinen Beweis dafür, dass er allein losgezogen ist. Um Dora zum Parkplatz zu folgen oder nach Hause zu gehen. Trotz der vielen Strandbesucher haben sich noch keine Zeugen gemeldet. Der einzige Beweis, den wir haben, ist das Kleidungsstück, das wir bei den Gezeitentümpeln gefunden haben.« Er sah beiden direkt in die Augen. »Ich muss Ihnen nicht sagen, dass das äußerst besorgniserregend ist.«

Richard hüstelte. »Das muss nicht bedeuten, dass ... Er ist noch klein, aber nicht blöd, Officer.«

Der Polizist nickte unmerklich. »Ich weiß, Mr. Tide. Aber die Felsen waren bestimmt rutschig, und um diese Uhrzeit kam die Flut. Kleine Kinder finden Wasser faszinierend. Eine Welle hätte genügt, um ihn umzuwerfen, und auf dieser Seite des Strandes fällt das Ufer steil ab. Wir wissen, dass es dort eine gefährliche Strömung gibt.«

Helen verbarg ihren Kopf an Richards Schulter, versuchte das Bild zu verdrängen, das sich gerade vor ihr inneres Auge schob.

»Wir haben es mit einem äußerst wahrscheinlichen Szenario zu tun. Sie sollten darauf vorbereitet sein, verstehen Sie?«

Helen war wie gelähmt. Sie verbarg ihr Gesicht weiterhin an der Schulter ihres Mannes, konzentrierte sich auf eine langsame, regelmäßige Atmung, während sie seinen warmen, beruhigenden Duft einsaugte.

»Was ist mit dem Pärchen, das Dora bei den Klippen gesehen hat?«, fragte sie schließlich in dem verzweifelten Versuch, sich an etwas anderes klammern zu können.

Helen spürte, wie Richard sein Gewicht etwas verlagerte.

»Wir haben Ihre Tochter heute Nachmittag dazu befragt«, fuhr der Polizist fort. »Dora erinnert sich an einen Mann und eine Frau unweit der Höhle, als sie Eis kaufen ging. Sie konnte sie nicht genau erkennen, aber wir haben eine grobe Beschreibung, und das reicht uns vorerst. Wir werden versuchen, das Pärchen zu finden. Wir würden ihm gern einige Fragen stellen.«

»Ja«, stimmte Helen zu. »Sie müssen es finden. Vielleicht hat es gesehen, in welche Richtung Alfie gegangen ist.«

Der Polizist zögerte unmerklich. »Möglicherweise.«

»Sie müssen sie finden«, drängte sie ihn erneut, während neue Hoffnung in ihr aufwallte. »Sie müssen ihn gesehen haben. Oder?«, fragte sie an Richard gewandt.

Richard nickte, sah sie aber nicht an. Helen verstand nicht. Warum waren sie nicht ganz aus dem Häuschen über diese Information? Es war eine echte Spur. »Wissen Sie«, fuhr sie fort, »ich begreife nicht, warum Dora das erst heute erwähnt hat.«

Der Polizist schaltete sich ein. »Vermutlich hat sie das in ihrer Panik vergessen. Das ist ganz normal. Sie kann sich allerdings nicht erinnern, dass die beiden bei ihrer Rückkehr noch da waren. Sondern nur, als sie die Höhle zum ersten Mal verlassen hat.«

Richard hüstelte. »Gibt es noch andere Szenarios, die Sie sich vorstellen können, Officer?«

Der Polizist starrte in seinen Schoß, und ein scheußlicher Gedanke schob sich in Helens Bewusstsein, belästigte sie wie eine widerliche Schmeißfliege. Sie versuchte, ihn fortzuscheuchen, aber er kehrte laut summend zurück.

»Sie glauben, die beiden könnten ihn entführt haben?«, fragte sie. Ihre Stimme war kaum mehr als ein Flüstern.

Nun musste der Polizist den Blick abwenden. Er sah knapp über ihre Köpfe hinweg. »Wir werden alle möglichen Leute befragen. Sobald wir eine Spur haben, sagen wir Ihnen Bescheid.«

»Man kann doch nicht einfach an einem dicht bevölkerten Strand einen kleinen Jungen entführen. Das wäre doch aufgefallen. Das ergibt keinen Sinn. Er ist irgendwo da draußen, hat sich verlaufen. Er findet einfach nicht mehr nach Hause. Sie müssen ihn suchen.« Ihre Stimme wurde immer lauter und schriller, sodass Richard eine Hand auf ihren Arm legte, um sie zu beruhigen.

»Pst, Liebling«, sagte er. »Wenn du hysterisch wirst, hilft das weder uns noch Alfie.«

Helen biss die Zähne zusammen und verstummte. Diese verdammte Dora! Wie hatte sie diese wichtige Information bloß vergessen können. Erst ihr unverfrorener Ungehorsam, und jetzt auch noch das. Sie hatte wertvolle Ermittlungszeit verstreichen lassen, indem ihr wichtige Details entfallen waren. Helen war auch auf Cassie sauer, natürlich war sie das, aber Doras Versagen ließ sie kochen vor Wut.

»Wie bereits gesagt«, wiederholte der Polizist und erhob sich langsam aus seinem Sessel. »Sobald wir einen Hinweis erhalten, erfahren Sie es als Erste. Wir tun, was wir können. Sie sollten versuchen, sich etwas auszuruhen. Bleiben Sie sitzen, ich finde schon hinaus.«

Richard dankte dem Mann und zog dann Helen an sich. »Bleib stark«, flehte er sie an. »Wir müssen stark bleiben.«

Helen nickte, spürte aber, dass ihr Herz langsam wie ein von Feuer verzehrtes Holzscheit zu einem Häuflein kalter Asche zerfiel.

Nachts kam der Regen. Helen hörte, wie er leise auf den Efeu vor dem Schlafzimmerfenster prasselte. Sie sah zu Richard hinüber, entdeckte aber nur eine leere Kuhle auf seiner Seite des Bettes. Panik erfasste sie. Sie stand auf und rannte zum Fenster. Das Wetter schlug um.

Die Nacht war tintenschwarz. Dicke Wolken verdeckten den Mond. Helen konnte nicht einmal bis zum Obstgarten sehen. Alfie war irgendwo da draußen, und wo immer er auch sein mochte, er wurde nass.

Sie zog ihren Morgenmantel an und tapste schnell die Treppe hinunter in die Küche. Sie lag dunkel und leer da, bis auf das leise Summen der Geschirrspülmaschine war alles still. Betty musste sie eingeschaltet haben. Helen ging durch die Hintertür hinaus, stellte sich auf die tropfnassen Terrassenfliesen. Sie spürte den feuchten Stein kaum unter ihren nackten Füßen, genauso wenig wie die kalten Regentropfen, die auf ihre Haare, ihre Haut und ihren Morgenmantel fielen.

»Es regnet Bindfäden«, hätte Alfie gesagt. Er begriff noch nicht, dass diese Redensart nicht wörtlich genommen werden durfte, und rannte dann immer zum Fenster, um nach Bindfäden Ausschau zu halten. Allein beim Gedanken daran zuckte sie zusammen.

Sie ging durch den Garten, lief über den durchweichten Rasen auf die tropfenden Bäume des Obstgartens zu. Sie wusste nicht, wohin. Sie wusste nicht, was sie draußen zu suchen hatte. Sie wusste nur, dass sie nicht zu Hause im Bett liegen konnte, während ihr Sohn einsam und verängstigt herumirrte.

Regen strömte über ihr Gesicht, vermischte sich mit warmen, salzigen Tränen. Sie spürte, wie sie in den nassen, kalten Kleidern zu zittern begann, aber sie lief trotzdem weiter. Alfie war hier draußen, das wusste sie.

»Alfie«, rief sie mit schriller Stimme. »Alfie! Wo bist du?«

Auf ihre Rufe antworteten nur das Prasseln des Regens auf den Blättern des Birnbaums und das Rauschen der Brandung in der Ferne.

»Alfie, ich bin's, Mummy. Wo bist du?«, rief sie. »Alfie!«

Sie lauschte erneut, aber es war nichts zu hören.

Helen fiel auf die Knie. Sie spürte, wie die Feuchtigkeit aus dem Gras ihr Nachthemd hochkroch, aber es war ihr egal. Das war nichts im Vergleich zu dem, was Alfie empfinden musste. Sie musste seinen Schmerz teilen, um sich ihm nahe zu fühlen.

Sie legte sich ins nasse Gras, rollte sich ganz klein zusammen und zog die Knie an die Brust. Sie ließ zu, dass der Platzregen auf sie herunterprasselte. Während sie dort lag und schluchzte und schluchzte, rief sie ständig seinen Namen und schrie zum Himmel empor: »Nimm mich an seiner Stelle. Ich werde alles tun, was du verlangst, aber gib mir mein Kind zurück!«

Das ging so lang, bis ihre Stimme ganz heiser klang und sie am ganzen Körper unkontrolliert zitterte. Trotzdem konnte sie sich nicht von der Stelle rühren. Nicht, bis man ihr

Alfie zurückbrachte. Denn sie wusste, dass sie ohne ihn nicht weiterleben konnte.

Sie lag eine Ewigkeit dort, in der Kälte und Nässe, bis sie merkte, wie starke, warme Arme sie vorsichtig aufhoben und ins Haus zurücktrugen. Sie spürte, wie ihr die nassen Kleider ausgezogen und sie in eine warme Decke gehüllt wurde. Sie spürte das Brennen einer Wärmflasche in ihrem Schoß und hörte ihr Zähneklappern, als man ihr eine Tasse gesüßten Tee an die Lippen hielt. Dann hörte sie Richards leise besorgte Stimme, als er den Arzt rief. Und die ganze Zeit über wollte sie schreien vor Schmerz: »Lass mich! Lass mich leiden, lass mich diesen Schmerz spüren.« Insgeheim wusste sie genau, dass das nichts war im Vergleich zu dem, was Alfie spürte – wo immer er auch sein mochte.

Selbst mit den kleinen rosa Pillen, die der Arzt ihr gegeben hatte, waren die endlosen Stunden, die nun folgten, unerträglich. Sie erlebte die reinste Achterbahn der Gefühle: Sie spürte neue Hoffnung in sich aufkeimen, war fest davon überzeugt, dass ihr Kind irgendwo dort draußen war und lebte, wohlauf war, ja nur darauf wartete, gefunden zu werden. Nur um dann bei der geringsten Kleinigkeit – beim Anblick seiner mit Ketchup verschmierten Kleider, seiner Zahnbürste im Zahnputzbecher oder seiner kleinen Schuhe vor der Haustür – in eine neue Abwärtsspirale aus Verzweiflung und Schuldgefühlen gerissen zu werden. Sie schlief etappenweise, fiel in einen unruhigen Schlaf, bis sie hochschreckte und ihr Alfies Abwesenheit aufs Neue grausam bewusst wurde. Und die ganze Zeit über ging die Suche nach ihm erfolglos weiter.

Alle wollten helfen, alle boten ihre Unterstützung an. Aber niemand suchte so intensiv wie Richard. Es war, als wollte er damit seine Abwesenheit am Tag von Alfies Verschwinden wiedergutmachen. Er nahm sich kaum Zeit, sich auszuruhen, verließ bei Tagesanbruch das Haus und kam stundenlang nicht wieder. Wenn er kam, dann nur um zu duschen und sich ein frisches Hemd anzuziehen, bevor er erneut aufbrach und ein paar Worte mit den Journalisten wechselte, die nach wie vor am Ende der Auffahrt kampierten.

Ein vermisster kleiner Junge sorgt für herzzerreißende Schlagzeilen und steigert die Auflage. Von Helens anfänglicher Akzeptanz war so gut wie nichts mehr übrig. Sie fand die Meute zunehmend makaber und musste sich schwer beherrschen, ihr gegenüber nicht ausfallend zu werden. Richard war da toleranter. Er glaubte, das Interesse der Medien könnte helfen, Hinweise zu bekommen oder die Polizei bei der Stange zu halten. Deshalb blieb er immer ein paar Minuten stehen, um sie über den Fortgang der Suche zu informieren.

Dora begleitete ihn, folgte ihm wie ein Schatten. Helen sah sie kommen und gehen, blass und von Kummer zerfressen. Ein-, zweimal stand sie in der Tür und sah zu, wie Dora Betty am Küchentisch gegenübersaß, die ihre Hand hielt oder ihr die Tränen abwischte. Helen konnte den Anblick nie lang ertragen. Sie fand kein Wort des Trostes für ihre Tochter und verließ stets leise den Raum, bevor Dora sie bemerkte.

Cassie blieb in sich gekehrt und ausweichend. Sie verbrachte Stunden auf ihrem Zimmer und kam höchstens nachts länger heraus, wenn alle anderen schon ins Bett gegangen waren. Helen hörte die Dielenbretter knarren, wenn Cassie vor ihrer Schlafzimmertür auf und ab ging. Manchmal sah Helen sie tagsüber im Garten, wo sie durchs lange Gras lief und die Blütenblätter der dunkelrosa japanischen Anemonen berührte, die Daphne gepflanzt hatte, oder die Rinde der Platanen liebkoste, deren Blätter sich langsam schmutzig-gelb verfärbten. Obwohl sie ziemlich weit weg war, konnte Helen sehen, wie die Lippen ihrer Tochter sich hektisch bewegten, so als würde sie Selbstgespräche führen oder verzweifelte Gebete zum Himmel schicken.

Helen wusste, dass sie auf ihre Töchter zugehen musste. Dass sie Trost und Mitgefühl brauchten, aber sie brachte es einfach nicht über sich. Sie musste allein sein mit ihrer Trauer und ihrem Kummer. Sie hatte nichts zu geben, also umkreisten sie einander wie entfernte Planeten, als lebte jeder in seiner eigenen Schmerzsphäre. Keiner konnte sich dem anderen anvertrauen, ihm in die Augen sehen. Keiner konnte über das sprechen, was er durchmachte. Sie waren auseinandergerissen worden wie die sich gelb verfärbenden Blätter, die im kalten Herbstwind umhertrudelten.

Während aus achtundvierzig Stunden zweiundsiebzig und aus zweiundsiebzig vier schreckliche Tage ohne Alfie wurden, bemerkte sogar Helen in ihrem katatonischen Zustand, wie die Gesichter um sie herum stets grimmiger, die Münder nur noch zu einem schmalen Strich zusammengepresst und die Blicke gesenkt wurden, wenn sie vorbeiging. Sie erfuhr viel über Gezeiten und die Strömungen in der Bucht. Als sie eines Morgens nach unten kam und hörte, wie ein älterer Polizist über die Chance auf einen Leichenfund sprach, lief es ihr eiskalt den Rücken hinunter.

Eine Leiche.

Er sprach von Alfies Leiche, von seinen kleinen Knubbelbeinchen, seinem pausbäckigen Grinsen und dem strohblonden Haarschopf, der sich weigerte, flach anzuliegen, egal, wie oft sie ihn bürstete. Bis zu diesem Moment hatte sie sich einen letzten Rest Hoffnung bewahrt und geglaubt, dass er eines Tages nach Hause gebracht werden würde. Müde lächelnd und in eine Decke gewickelt würde er Fischstäbchen und Bohnen verlangen, bevor er in die Badewanne und schließlich ins Bett ging. Sie stellte sich vor, wie die Einheimischen strahlten und jubelten, während Richard ihn triumphierend auf den Schultern zurück zum Haus trug. Als sie die ernsten Gespräche über weitere Suchmaßnahmen hörte, wurde ihr plötzlich klar, dass diese Bilder reines Wunschdenken waren.

Mitte der ersten Woche gab es noch einmal Aufregung: Die Polizei war die Anmeldungen der Campinggäste durchgegangen und hatte festgestellt, dass um Alfies Verschwinden herum ein vorbestrafter Pädophiler auf dem Zeltplatz übernachtet hatte. Er hatte sich nicht bei den Behörden gemeldet, sondern war am Tag von Alfies Verschwinden abgereist.

Helen fand die Vorstellung pervers, Alfie könnte von einem Pädophilen entführt worden sein. Aber in diesem Fall gab es wenigstens noch Hoffnung, ihn lebend zu finden. Richard führte mehrere Gespräche mit der Polizei, zu denen sich Helen einfach nicht aufraffen konnte. Schließlich stellte sich heraus, dass nichts für eine Verwicklung des Mannes in den Fall sprach. Er hatte ein wasserdichtes Alibi, weil er am Tag von Alfies Verschwinden in Lyme Regis Bingo gespielt hatte. Es schien nur ein gespenstischer Zufall zu sein. Da sich die beiden Erwachsenen, die Dora bei der Höhle gesehen hatte, ebenfalls nicht gemeldet hatten, schienen sämtliche Spuren in einer Sackgasse zu enden. Die Achterbahntalfahrt hatte erneut begonnen, und der Waggon schien Geschwindigkeit aufzunehmen, bevor er in einem tiefen, lichtlosen Tunnel verschwand.

Die Zeit verging, die Tage gingen nahtlos ineinander über, bis der nette Polizist mit den kräftigen, gebräunten Händen und dem sympathischen Gesicht ihnen am zwölften Tag einen erneuten Besuch abstattete. Er nahm wieder in demselben

Wohnzimmersessel Platz und teilte Helen und Richard mit, dass man die Suche und sämtliche Ermittlungen am nächsten Tag einstellen werde. Es gebe keinerlei Hinweise, keinen Beweis für ein Verbrechen oder andere mysteriöse Umstände. Alfies Verschwinden schien ein tragischer Badeunfall zu sein.

»Und sonst passiert nichts? Einfach nichts?«, hatte Helen geflüstert. »Wie können Sie so etwas sagen? Unser Sohn wird vermisst. Bis ich nicht weiß, was ihm zugestoßen ist, kann ich die Hoffnung nicht aufgeben, dass er noch irgendwo da draußen ist und lebt. Sie haben nicht mal das Pärchen gefunden, das Dora gesehen hat. Wo ist es? Was sind das für Ermittlungen, die Sie da leiten? Sie könnten unseren Sohn haben«, schluchzte Helen laut. »Sie könnten ihn entführt haben.«

»Mrs. Tide«, hatte der Officer behutsam gesagt. »Es sind fast zwei Wochen vergangen. Wir sind allen Möglichkeiten nachgegangen, aber ich halte es leider für das Wahrscheinlichste, dass Alfie bei den Felsen gespielt hat. Wenn ihn das Meer mitgerissen hat, hatte er so gut wie keine Chance. Die Küste fällt dort sehr steil ab, und die Strömung ist stark.« Er schwieg einen Moment. »Ich befürchte, Mr. und Mrs. Tide, dass wir seine Leiche niemals finden werden.«

Helen schloss die Augen und schlug die Hände vors Gesicht.

»Nur noch ein paar Tage, Officer, bitte«, flehte Richard. »Wenn es am Geld liegt, können wir uns bestimmt …«

»Es liegt nicht am Geld«, versicherte ihm der Polizist. »Wir lassen die Akte natürlich offen, falls sich noch etwas ergibt. Aber wir müssen unsere Bemühungen zurückschrauben, unsere Leute abziehen. Es wird eine gerichtliche Untersuchung geben.«

»Das können Sie nicht machen.« Das kam von Dora. Sie

stand mit schreckgeweiteten Augen in der Tür, ihr Gesicht war verzerrt und leichenblass. Sie sah furchtbar aus. »Das können Sie doch nicht tun. Sie müssen weitersuchen«, kreischte sie. »Sie müssen einfach! Er ist da draußen, das weiß ich.«

Helen wandte sich an ihre Tochter. »Raus«, zischte sie.

»Aber Mum, das können die doch nicht machen. Er ist da draußen.«

»Ich sagte, raus! Du hast schon genug angerichtet.«

»Ich … ich … ich möchte doch nur …« Dora umklammerte die Türklinke, alles Blut war aus ihrem Gesicht gewichen. Helen ließ sie nicht ausreden.

»Wenn du nicht gewesen wärst, würde Alfie …«

»Helen!« Das kam von Richard. »Dora, deine Mutter ist außer sich vor Kummer. Sie weiß nicht, was sie sagt. Wie wär's, wenn du in die Küche gehst? Setz Tee für uns auf. Ich komme gleich und erkläre dir den weiteren Ablauf.«

Dora stand wie gelähmt in der Tür, sie war unter Helens eisigem Blick förmlich erstarrt.

»Du glaubst, es ist meine Schuld?«, flüsterte Dora und ließ Helen nicht aus den Augen.

»Dora, geh in die Küche. Und zwar sofort«, befahl Richard.

Dora machte auf dem Absatz kehrt und floh aus dem Zimmer. Helen sah zu, wie sie verschwand, und wiegte sich auf ihrem Sessel vor und zurück. Sie biss auf die Innenseite der Wange und schmeckte Blut, während ihr ein seltsames Wimmern entwich.

»Es ist alles meine Schuld. Es ist alles meine Schuld«, sagte sie weinend. »Ich bin die Mutter. Ich hätte ihn beschützen müssen. Er ist unschuldig, ein Kleinkind. Es ist meine Schuld, nicht wahr? Ich hätte ihn beschützen müssen. Bestraft mich. Bestraft mich, aber nicht mein Baby.«

In diesem Moment traf sie die Erkenntnis wie ein Vorschlaghammer. Es war ihre Schuld, dass er vermisst wurde. Es war ihr Fehler, dass ihr Kind nicht mehr da war. Eine Mutter muss ihre Kinder beschützen, muss sie verteidigen wie eine Löwin. Sie war eine Missgeburt, ein Monster, ihr standen egoistische Freuden näher als die Sorge um die eigenen Kinder. Sie hatte dieses Unglück über Alfie, über sie alle gebracht. Sie verging schier vor Scham und Schuld. Wäre sie doch nie ans Telefon gegangen! Hätte sie doch bloß abgelehnt, ihn zu treffen! Wäre sie doch zu Hause bei ihren Kindern geblieben, statt abzuhauen, um ihre schmutzigen Spielchen mit Tobias zu spielen.

Während Helen ihre unverzeihliche Schuld begriff, zog Richard sie an sich und hielt sie fest.

»Pst«, sagte er. »Pst, hör auf damit, verstanden?«

Sie konnte sein Herz unter dem Pullover schlagen hören. Es schlug schnell.

Der Polizist starrte auf seine Schuhe. »Es tut mir so leid, wirklich.« Er konnte ihnen nicht in die Augen sehen. »Im Namen des ganzen Teams möchte ich Ihnen unser aufrichtiges Beileid aussprechen.«

Helen schluchzte erneut auf.

»Es tut mir wirklich leid, aber wir haben alles getan, was in unserer Macht steht, das müssen Sie mir glauben.«

Sie glaubten ihm nicht. Sie konnten einfach nicht.

Gleichzeitig gab es nichts, was sie noch sagen konnten. Die Suche stand kurz davor, eingestellt zu werden.

Am nächsten Tag sammelte die Polizei ihre Unterlagen ein, trank einen letzten Tee in der Küche, spülte die Becher aus und verabschiedete sich feierlich von der Familie. Selbst die einzige Journalistin, die übrig geblieben war und stur am Ende der Ausfahrt ausgeharrt hatte, hatte ihre Habseligkeiten gepackt und war gefahren. Aus dem großen Coup war nichts geworden. Es gab neue Tragödien, denen man nachjagen konnte. In Bezug auf Alfie schienen alle die Hoffnung aufgegeben zu haben.

Da standen sie nun vor den Scherben ihres Lebens, eine zerstörte Familie, die nie mehr so sein würde wie vorher.

Dora

Gegenwart

Nichts regt sich, die Wohnung ist leer. Trotzdem verspürt Dora den Drang, laut zu rufen: »Ich bin wieder da, Dan!«, nachdem die schwere Metalltür mit einem lauten Knall hinter ihr zugefallen ist.

Schweigen.

Sie lässt die Reisetasche im Flur fallen und geht ins Wohnzimmer. Sie freut sich, wieder zu Hause zu sein, darauf, Dan wiederzusehen, deshalb ist sie enttäuscht, dass niemand da ist. Dora läuft durch den hallenden weißen Raum, bis sie vor Dans verschlossener Ateliertür steht. Sie weiß, was sich dahinter befindet. Es ist ein nüchternes Zimmer mit Betonboden, einem hellen Oberlicht und breiten Fenstern – ein perfektes Bildhaueratelier. Dan hat sich auf Anhieb in diesen Raum verliebt. Schon bei der ersten Besichtigung, als er herumgestapft und mit den Händen über die Ziegelwände gefahren ist, hat sie gewusst, dass dieses Loft für sie bestimmt ist. Hier entwirft er seine Skulpturen, baut seine Wachsformen und gießt sie mit Bronze aus.

Cire perdue, das Wachsausschmelzverfahren. Auf einmal kommen Erinnerungen an ihre zweite oder dritte Verabredung in ihr hoch, bei der Dan ihr sein bescheidenes Mietatelier in

Camden und die Handvoll Bronzefiguren gezeigt hat, die gerade darauf warteten, nach Brighton verschickt zu werden.

Es waren große, leicht verzerrte Menschenfiguren, in Posen, die an Momentaufnahmen erinnerten: ein alter schmerzhaft gebückter Mann, der versucht, etwas vom Boden aufzuheben. Ein kleiner Junge mit schlaff um seine Fesseln hängenden Socken, der einem Fußball einen energischen Tritt versetzt. Eine große schmale Gestalt mit Aktentasche in der Hand – vermutlich ein Geschäftsmann, der selbstbewusst ausschreitet, ein Handy am Ohr und den Mund zu einem barschen Schrei geöffnet. Eine erschöpft wirkende junge Frau mit einer Einkaufstasche am Arm, die auf Zehenspitzen dasteht, während sie mit dem anderen Arm auf eine nicht vorhandene Lebensmitteltheke zeigt. Die Figuren besaßen eine solide, metallene Präsenz, mit der sie die kleine Werkstatt vollkommen ausfüllten.

Sie umrundete sie langsam, staunte über die feinen, lebensechten Details wie Fingernägel, Haare, ein aufgeschürftes Knie. Jede Figur wirkte irgendwie realistisch und durch die gelängten Proportionen seltsam unscharf. Je länger man hinsah, desto mehr verloren die einzelnen Bestandteile ihre Form, als wären sie aus flüssiger Lava.

Dan erklärte ihr den komplizierten Herstellungsprozess, und sie war wie verzaubert davon. Sie hatte vorher noch nie richtig darüber nachgedacht und einfach angenommen, dass man einen großen Metallklotz nimmt und darauf einhämmert, bis die gewünschte Form herausgearbeitet ist. Doch die Wirklichkeit sah anders aus. Sie fand es faszinierend, dass er erst ein Lehmmodell anfertigen muss, das die Vorlage für die Bronzeskulptur bildet. Ist er mit den Details seiner ersten Skulptur zufrieden, umhüllt er sie mit einer Wachsschicht, die bis ins Detail perfekt ist, und anschließend mit einer weiteren Lehmschicht. Sind diese seltsamen Lehm- und Wachsschichten fertig, erhitzt er die Form, lässt das Wachs herausfließen und gießt flüssige Bronze in den so entstandenen Hohlraum zwischen den Lehmschichten.

»Das ist sehr teuer, sodass man sich keine Fehler erlauben kann«, gestand er ihr.

»Ja, das kann ich mir vorstellen«, sagte sie nachdenklich und strich über den Ärmel des Geschäftsmannes. Er trug winzige Manschettenknöpfe in Form von Schachfiguren. »Aber all die Arbeit mit dem Lehm und dem Wachs, nur um einen Hohlraum für das flüssige Metall zu schaffen – ist das nicht frustrierend? Fühlt es sich nicht an wie Verschwendung, wenn man sieht, wie es dahinschmilzt, oder man es nachher abschlägt? Warum nicht gleich in Lehm arbeiten?«

»Das ist ja gerade das Schöne daran«, schwärmte Dan. »Der Moment, in dem man den Lehm entfernt und das Werk vor sich hat, das wie ein Schmetterling aus seinem Kokon schlüpft, leibhaftig vor einem steht. Es ist der Moment der Wahrheit, in Bronze gegossen. Und Bronze hat so etwas Solides, sie ist so bleibend, so real.«

»Aber was ist mit den ersten Skulpturen? Denen aus Wachs und Lehm, meine ich? Du hast so viel Zeit in sie investiert, nur um sie dann wegzuwerfen? Allein beim Gedanken daran werde ich ganz melancholisch. *Cire perdue*. Das klingt traurig.«

Dan lachte. »Du bist zu sentimental. Die ersten Skulpturen sind schlichtweg notwendig. Erst sie erwecken die Bronzefiguren vor dir zum Leben. Hätte es sie nicht gegeben, könnte es die Figur nicht geben. Das Ganze ist Teil eines Prozesses, eines Lebenszyklus.«

Dora nickte, auch wenn sie nicht restlos überzeugt war. »Ich hätte die Geduld nicht dafür«, gestand sie ihm.

Dan schüttelte den Kopf. »Mit Geduld hat das nichts zu tun. Das ist eine Leidenschaft, besser gesagt eine Art Obsession. Ich bin besessen von der Vorstellung, diesen Moment, diese eine Bewegung im Leben eines Menschen festzuhalten, die alles verändern kann. Ich versuche, diesen Augenblick herauszuarbeiten und halte gewissermaßen die Zeit an.«

Er schwieg und schüttelte dann den Kopf. »Ehrlich gesagt ist es mehr als nur das. Es geht nicht nur darum, den Moment festzuhalten. Die Herausforderung besteht darin, die fließende Bewegung abzubilden, und zwar mit einem der dauerhaftesten und stabilsten Materialien überhaupt. Es gibt nicht viele Werkstoffe, die widerstandsfähiger sind als Bronze. Es geht um flüchtige Bewegungen versus dauerhafte Stabilität, verstehst du?«

Dora war ein wenig verwirrt, wusste aber, dass seine Skulpturen sie begeistern. Sie waren so lebensecht und aufregend, füllten die schäbige Werkstatt mit einer solchen Energie. Während sie sich daran erinnert, wird ihr bewusst, dass das der Moment war, in dem sie sich in ihn verliebt hat. Als sie ihn dort inmitten seiner Arbeiten stehen sah, mit seinem erhitzten Gesicht, das von einem Sonnenstrahl erhellt wurde, in dem Staubteilchen tanzten, spürte sie seine Leidenschaft, und etwas Warmes, Flattriges, Furcht einflößend Lebendiges erwachte in ihr.

Das ist fast drei Jahre her, und da steht sie nun, in ihrem gemeinsamen Zuhause, vor einer verschlossenen Tür und lauscht. Da ist nichts als Stille, und sie weiß, dass er nicht da ist. Sie ist versucht, einen Blick ins Atelier und auf seine jüngste Arbeit zu werfen, nimmt aber wieder davon Abstand. Es fühlt sich falsch an, eben weil er nicht da ist. So als spionierte sie hinter ihm her. Sie werden noch Zeit genug haben, sich auszutauschen. Zuerst einmal braucht sie eine Tasse Tee.

In der Küche entdeckt sie überall Spuren von Dan: halb volle Kaffeebecher und schmutzige Teller, die sich neben dem Abtropfgestell türmen. Ein vergessener Skizzenblock neben dem Telefon. Dora blättert kurz darin und erkennt Dans unverwechselbare Handschrift in den groben Skizzen von weiblichen Hälsen, Armen, Beinen und Schultern. Die Zeichnungen haben etwas Unheimliches, eine Reihe verstümmelter Gliedmaßen aus schwarzen Kohlestrichen, die sich eindrucksvoll vom weißen Hintergrund abheben. Neben dem Block liegt ein Stapel Rechnungen von seinen Lieferanten. Anscheinend war er am Wochenende äußerst produktiv. Sie freut sich für ihn. Dass er etwas Neues in Arbeit hat, macht auch ihren Aufenthalt in Dorset erträglicher. Als sie sich zur Spüle umdreht, um einen Becher auszuwaschen, entdeckt sie seinen Zettel auf dem Tisch. Er liegt unter einer benutzten Müslischale.

> Willkommen daheim, Schatz! Wir haben dich vermisst.
> Ich bin bei den alten Brummbären. Komm und leiste
> uns Gesellschaft.
> Kuss, Dan.

Dora lächelt. »Alte Brummbären« nennen sie die mürrischen alten Männer, die im Pub an der Ecke hocken. Sie nimmt Gormleys Wasserschüssel, spült sie aus und füllt sie mit frischem Wasser aus dem Hahn. Es schwappt auf das Linoleum, als sie sie wieder auf den Boden stellt. Vielleicht ist ihr doch nicht nach Tee. Es ist einer der Abende, die förmlich nach sanften Jazzklängen und einer kühlen Flasche Weißwein verlangen, nach der Chance, den Rest des Wochenendes zu genießen, bevor am Montagmorgen wieder der Ernst des Lebens beginnt. Sie macht den Wasserkocher aus und greift nach dem Hausschlüssel.

Dora ist auf der Heimfahrt von Summertown gut vorangekommen, und als sie durch die Nebenstraßen von Dalston zum Pub geht, ist es noch hell. Die Stadt um sie herum summt und brummt. Nach London zurückzukehren fühlt sich an, wie in eine tröstende Decke gehüllt zu werden. Beruhigender Verkehrs- und Menschenlärm umtost sie, bis sich die einzelnen Geräusche kaum noch auseinanderhalten lassen. Er überflutet sie, wird zur bloßen Geräuschkulisse wie das freundliche Summen eines Kühlschranks. Sie lässt die Schultern kreisen, um etwas gegen ihre Verspannungen zu unternehmen. Dabei merkt sie, wie endlos erleichtert sie ist, Helens eintöniges Leben in Clifftops und das Bilderbuchidyll in Dorset hinter sich gelassen zu haben. Es war ein anstrengender Besuch, bei dem unangenehme Wahrheiten ausgesprochen wurden. Doch das, was sie sich erhofft hat, ist nicht eingetreten.

Alle Welt scheint das erste warme Wochenende des Jahres zu genießen. Ein Auto fährt mit heruntergekurbelten Fenstern vorbei, lauter Hip-Hop schallt heraus. Sie überholt ein Arm in Arm dahinschlenderndes Pärchen und sieht, wie die beiden stehen bleiben, um sich zu küssen. Als sie die Straße überquert, saust eine Horde Kapuzenkids auf Skateboards laut lachend und fluchend an ihr vorbei. Sie haben das Selbstvertrauen und Draufgängertum der Jugend. Die Stadt pulsiert regelrecht im Spätnachmittagslicht.

Dora merkt, dass sie es kaum erwarten kann, Dan zu sehen, und beschleunigt ihre Schritte.

The Fox liegt nur einen Steinwurf von ihrer Wohnung entfernt. »Beängstigend nah«, hat Dan damals gewitzelt. »Es wird keinen Monat dauern, und wir sind Alkoholiker.« Das waren seine Worte bei einer Flasche Rotwein, die sie an einem der wackligen Holztische des Pubs tranken, um ihren neuen Status als Wohnungseigentümer zu feiern.

Dan und Dora lieben den Pub. Er ist ihr zweites Wohnzimmer. Sie sind an dem dunklen Winternachmittag darüber gestolpert, an dem der schleimige Makler ihnen die ehemalige Knopffabrik gezeigt hat. Dort, auf einem der abgewetzten roten Samtpolster neben dem rußigen Kohlenfeuer, haben sie auch gesessen und das Für und Wider eines Kaufs abgewogen. Sie haben versucht vernünftig zu bleiben, die Tragweite einer solchen Entscheidung zu berücksichtigen, und über das lecke Dach, die kaputten Dielenböden, die heruntergekommene Küche und die fleckigen Wandfliesen diskutiert. Aber insgeheim wussten beide, dass die Wohnung nur auf sie gewartet hat, und konnten ihre wachsende Begeisterung kaum verhehlen. Dort haben sie sich auch mit glänzenden Augen angestrahlt, mit ihren Biergläsern angestoßen und den Kauf ihrer ersten Wohnung besiegelt. Dorthin sind sie wenige Monate später zurückgekehrt, nachdem der Vertrag unterschrieben und die Schlüssel übergeben worden waren, um zu feiern und angesichts der enormen Renovierungsarbeiten, die da auf sie zukamen, nervös zu kichern.

Dora stößt die schwere Holztür zum Pub auf und betritt den dunklen Innenraum. Die üblichen Verdächtigen sitzen zusammengesunken an der Bar, alle haben Bierbäuche und Hängebacken. Dahinter entdeckt sie Dan. Er sitzt an seinem Stammplatz, hat ein halb leeres Glas Bitter vor sich stehen und beugt sich über die Sonntagsbeilage. Sie betrachtet ihn einen Moment, genießt die seltene Gelegenheit, ihn unbemerkt zu betrachten, wie Fremde es tun.

Er sitzt auf seinem Lieblingsstuhl mit der runden Lehne. Er ist eindeutig zu klein für ihn, aber Dora weiß, dass er ihn nie gegen einen anderen eintauschen wird. Sie kann ihm noch so oft sagen, dass das unbequem aussieht – er kehrt immer wieder zu ihm zurück. Er scheint die harte, gegen den Rücken drückende Lehne, die gedrungene Form und das nüchterne Holzgestell zu mögen. Im Moment hat er seine langen Beine übereinandergeschlagen und wirkt mit seinen runden Schultern wie ein moderner Gulliver unter lauter Liliputanern. Er trägt seinen Arbeitsoverall, und sie sieht rote Lehmspuren an seiner Wange. Anscheinend ist er direkt aus dem Atelier hergekommen, was nicht weiter verwunderlich ist, angesichts des Zustands ihrer Wohnung. Sein schönes Gesicht ist entspannt, und seine braunen Augen sind auf die Zeitung vor ihm gerichtet.

Er muss müde sein, denkt sie, denn ihr fällt die Brille mit Goldrand auf, die er normalerweise nicht aufsetzt. Sein schwarzes Haar reicht bis zu den Ohrläppchen und beginnt sich im Nacken zu kringeln. Er muss bald zum Friseur. Er blättert eine Seite der Beilage um und legt dann die Hand gedankenverloren auf Gormleys Kopf, der ihm treu zu Füßen liegt. Der Labrador öffnet ein Auge und schmiegt seine Schnauze dankbar in die Hand seines Herrchens.

Dora kann Gormley gut verstehen. Dans Hände sind ihr zuerst an ihm aufgefallen, als sie sich kennenlernten. Sie trank warmen Chardonnay bei einer Freundin, anlässlich der Buchpremiere einer anderen Freundin, als sie einander vorgestellt wurden. »Dora, du musst unbedingt Dan kennenlernen. Er ist Alices Cousin und ein genialer Künstler.«

Dora kannte Alice nicht. Vermutlich hatte sie etwas mit dem Buch zu tun, aber das war ihr egal. Als sie ihm die Hand gab, fielen ihr sofort seine Hände auf. Sie waren riesig und rau. Seine kräftigen Knöchel traten deutlich hervor, und eine rote Schramme zierte den linken Handrücken. Dora starrte wie hypnotisiert darauf. Es waren die Hände eines Arbeiters, die Hände eines Menschen, der mit Schmerz und Unglück, mit Leid, aber auch mit dessen Heilung vertraut ist. Die Hände eines Menschen, der weiß, wo er herkommt und wo er hingeht. Die Hände eines richtigen Mannes, eines Menschen mit Lebenserfahrung.

Sprachlos stand sie vor ihm und versuchte, die Röte zu kontrollieren, die sich langsam auf ihrem Gesicht ausbreitete.

Sie kam nicht umhin, sich zu fragen, wie sich diese Hände wohl auf ihrem Körper anfühlten. Sie hatte das Glück, das noch am selben Abend herausfinden zu dürfen.

Dora hatte damals nicht vor, sich zu verlieben, und zunächst redete sie sich ein, es sei pure Lust, nur eine starke sexuelle Anziehung, der sie nicht widerstehen konnte. Sie ging gern mit ihm ins Bett, weil er sie dann vergessen ließ, wer und wo sie war. Mit Dan konnte sie ganz in der Gegenwart leben, fühlte sie sich gut an. Sie wollte sich ihm gar nicht öffnen, ihm keine Geheimnisse anvertrauen. Sie trafen sich einfach, aßen gemeinsam zu Abend, gingen zusammen ins Bett und trennten sich am nächsten Morgen wieder – bis zum nächsten Treffen.

Dann veränderte sich etwas. Ein Gefühl bemächtigte sich ihrer, schlich sich in ihr Herz und sorgte dafür, dass es ihr morgens immer schwerer fiel, sich von ihm zu verabschieden. Sie ertappte sich dabei, in seiner Abwesenheit an ihn zu denken. Sie sehnte sich nach seinen Umarmungen, nach seinen Lippen auf ihrer Haut. Aber noch lieber wollte sie Zeit außerhalb des Schlafzimmers mit ihm verbringen. Sie wollte mit ihm ausgedehnte Schneespaziergänge auf den Primrose Hill machen und im Kino Händchen halten. Sie wollte am Samstagmorgen mit ihm Zeitung lesen, frisch gepressten Orangensaft trinken und am Sonntagnachmittag mit ihm und Freunden auf ein Bier gehen. Doch am allerliebsten wollte sie ihr Leben mit ihm teilen.

Ein Gedanke, der ihr eine Heidenangst einjagte. Aber ihn aufzugeben kam auch nicht infrage – so seelisch stabil hatte sie sich schon seit Langem nicht mehr gefühlt. Also setzte sie sich gegen die Stimme in ihrem Kopf durch, die rief: »Tu's nicht!«, und ließ ihn in ihr Leben – und ihr Herz.

Dan scheint ihren Blick zu spüren. Er schaut stirnrunzelnd in ihre Richtung, seine Augen müssen erfassen, bevor er seinen Mund zu einem breiten Grinsen verzieht. Als sie bei ihm ist, ist er bereits aufgestanden.

»He, du bist ja schon da, fantastisch!« Er zieht sie an sich und gibt ihr einen ausgiebigen Kuss auf den Mund. »Wie geht es dir?«

»Ganz okay. Ich bin gut durchgekommen«, sagt sie und sieht auf die Uhr. »Es war nicht viel Verkehr. Wahrscheinlich haben die meisten beschlossen zu bleiben und die Sonne zu genießen. Was hast du denn bei dem schönen Wetter hier zu suchen? Ich dachte, du wärst im Atelier oder wenigstens draußen, um dich an den letzten Sonnenstrahlen zu erfreuen.«

»Nein, du kennst mich doch. Ich hatte Lust auf einen herrlich altmodischen Schmuddel-Pub. Aber erzähl, wie geht es dir?« Er fragt sie erneut, sieht sie dabei besorgt an. »Bist du müde? Möchtest du an die frische Luft? Sollen wir uns raussetzen? Möchtest du etwas trinken?«

»Dan, bitte reg dich ab. Ich bin schwanger, nicht krank. Es geht mir gut. Am liebsten hätte ich einen doppelten Gin Tonic mit Eis und einer Scheibe …«

Er sieht sie beunruhigt an.

»Das war doch nur Spaß.« Sie hebt verzweifelt die Hände. »Ich nehme einen Orangensaft, entspann dich.«

Dan seufzt erleichtert auf und nickt. »Kommt sofort.«

Gormley klopft träge mit seinem Schwanz auf den Boden, zum Zeichen, dass er sich über Doras Eintreffen freut. Also beugt sie sich vor, um ihn zu tätscheln. »He, Gormley! Hast du mich vermisst?«

Gormley klopft erneut mit dem Schwanz und gähnt, wobei er seine rosa Zunge zeigt und ihr warmen, fleischigen Atem ins Gesicht pustet.

»Ich würde sagen, das heißt Ja.«

Dora setzt sich und greift nach der Zeitung, in der Dan gerade gelesen hat. Es ist ein Artikel über umweltfreundliches Sanieren, Wasseraufbereitungsanlagen, Komposthaufen und Solarkollektoren. Schön, wenn man sich das leisten kann, denkt sie und schiebt die Zeitung zurück. Als Dan zurück ist, stellt er ein Glas Orangensaft vor sie hin, bevor er sich auf seinem Stuhl zusammenfaltet.

»Und, wie war die Reise?«, fragt er.

»Oh, schön. Allerdings habe ich dich und Gormley vermisst. Wie war dein Wochenende? Hast du viel geschafft?« Es ist ein plumper Themenwechsel, aber Dan lässt sie erst einmal gewähren. Sie weiß, wie geduldig er ist. Er wird sicher nachhaken.

»Alles bestens. Ich habe das gesamte Wochenende im Atelier verbracht.«

»Das habe ich gemerkt.«

Dan sieht sie fragend an.

»Die Wohnung sieht aus wie ein Saustall.«

»Ach so, ja, tut mir leid. Ich wollte aufräumen, aber der gute Gormley hat mich gezwungen, zum Feiern in den Pub zu gehen. Jede Widerrede war zwecklos.«

»Und was feiert ihr?«, fragt Dora mit einem Lächeln.

»Ach, weißt du …«, Dan macht eine weit ausholende Geste. »Die Sonne, einen Gratisknochen vom Metzger, den Beginn einer neuen Skulptur, deine Rückkehr.« Er schweigt, sieht ihr in die Augen. »Das Baby.«

Dora greift nach ihrem Getränk und nimmt einen großen Schluck. Es ist dickflüssig wie Sirup – eindeutig ein Orangensaft, der in einer Flasche ganz hinten im Regal Staub angesetzt hat und nicht genug Zeit hatte, irgendwo im schönen Spanien genügend Sonne zu tanken. Das Getränk hinterlässt einen pelzigen Brei auf ihrer Zunge. »Und wie läuft es mit der Skulptur? Willst du mir nicht wenigstens ein bisschen davon erzählen?«

Dan sieht sie ungerührt an. »Nein, tut mir leid, die ist eine Überraschung. Trotzdem bin ich sehr davon angetan. Ich habe an diesem Wochenende mit dem Lehmmodell angefangen. Es fühlt sich anders an. Wie ein echter Durchbruch.«

»Das klingt interessant.«

»Ja, ich bin schon ganz aufgeregt. Die Aufträge der Grimshaws sind ja gut und schön, sie reichen fürs Nötigste, aber reich wird man davon nicht gerade.«

Dora nickt.

»Oh, bevor ich es vergesse: Dein Dad hat angerufen.«

»Ach ja?« Dora schweigt. »Alles in Ordnung?«

»Ja, alles bestens. Er hat uns zum Mittagessen eingeladen. Hast du Lust darauf? Ich kann mir eine Ausrede ausdenken, wenn du nicht hingehen willst.«

Dora überlegt einen Moment. »Ich denke, wir sollten hingehen. Es ist schon eine Ewigkeit her, dass wir bei ihnen waren. Außerdem sollten wir ihnen vermutlich unsere frohe Botschaft verkünden, oder was meinst du?«

»Vermutlich? Heißt das, du …?« Dan verstummt.

Dora zuckt mit den Schultern. »Na ja, jetzt, wo ich es Mum gesagt habe.«

»Verstehe«, sagt Dan langsam und sichtlich verwirrt. »Also erzähl, wie ist es gelaufen? Wie war deine Mum?«

»Oh, Mum war Mum. Und wird es auch immer bleiben.«

»Es gab also keinen Durchbruch?«

Dora schweigt einen Moment. »Ich glaube nicht.«

»Wirklich?«, fragt Dan und nippt an seinem Bier. »Aber sie muss sich doch gefreut haben, dass du ein Kind bekommst?«

Dora hört die Hoffnung in Dans Stimme. Sie lastet schwer auf ihr, und als sie antwortet, sind ihre Worte sorgfältig gewählt. »Hm, es hat sie eher überrumpelt, würde ich sagen. Ob sie sich gefreut hat? Eher nicht. Sie zeigt ihre Gefühle nur selten.«

»Aber sie muss doch irgendwas gesagt haben?« Dan lässt nicht locker. »Man erfährt schließlich nicht jeden Tag, dass man Oma wird.«

Dora weiß nicht recht, wie sie ihm das Gespräch mit Helen erklären soll. Sie will ihm nur ungern gestehen, dass sie geweint hat. Dass sie frustriert aufgeschrien hat und aus dem Wintergarten gestürmt ist. Dass anschließend betretenes Schweigen zwischen ihnen geherrscht hat, bis sie am nächsten Tag wieder in ihren Wagen gestiegen und weggefahren ist. Dan weiß ansatzweise über Alfie Bescheid, aber er kann nicht wissen, ja, wird nie verstehen, welche Auswirkungen das auf sie alle hat. Sie will ihn nicht enttäuschen, wirklich nicht. Aber sie weiß auch, dass sie ihn nicht belügen kann.

»Wir haben geredet. Wir haben über die Schwangerschaft gesprochen – und über Alfie. Schließlich habe ich all meinen Mut zusammengenommen und sie gefragt, ob sie mir die Schuld gibt.«

»Und was hat sie gesagt?«

Dora überlegt kurz. »Sie hat gesagt, dass es Zeit wird, loszulassen.«

»Na siehst du, und damit hat sie recht, weißt du.«

Dora schüttelt den Kopf. »Aber sie konnte es nicht aussprechen, verstehst du. Sie konnte nicht sagen: ›Dora, es ist nicht deine Schuld.‹«

Dan pult an einem Lehmrest an seiner Hand. »Sie meinte damit bestimmt …«

»Nein.« Dora schüttelt den Kopf. »Ich bin es leid, sie zu entschuldigen. Das habe ich in der Vergangenheit oft genug getan. Jetzt kann ich nicht mehr. Sie hat mir gesagt, dass ich damals noch ein Kind war. Dass ich loslassen soll. Aber als ich sie gefragt habe, ob sie glaubt, es sei meine Schuld, konnte sie nichts darauf erwidern. Wie du siehst, habe ich die ganze Zeit recht gehabt. Sie gibt mir die Schuld an Alfies Verschwinden.« Sie spürt, wie ihr die Tränen in die Augen steigen, während sie es laut ausspricht, und Dan streckt den Arm aus und drückt behutsam ihre Hand.

»Nun, dann hast du deine Antwort. Und so schmerzhaft das auch ist: Vielleicht musstest du wirklich nach Dorset fahren, um zu begreifen, dass es dir nicht gelingen wird, eine Beziehung zu deiner Mutter aufzubauen. Nun kannst du wenigstens sagen, dass du es versucht hast. Wenn eure Beziehung wirklich so gestört ist, wie du sagst, solltest du sie vielleicht eine Weile nicht sehen. Würde es dir dann besser gehen?«

Dora nickt und beißt sich auf die Unterlippe. »Ich habe nur gehofft ... Na ja, du weißt schon. Ich wollte doch nur ... Sie ist schließlich meine Mutter.« Stumm laufen ihr die Tränen über die Wangen.

»Ich weiß.« Dan drückt erneut ihre Hand.

»Früher«, sagt Dora. »Ganz früher, vor Alfie, bevor er überhaupt auf der Welt war und wir noch nicht lang in Clifftops wohnten, war Dad mal nicht da. Ein riesiges Gewitter kam vom Meer herein.« Sie lacht kurz auf. »Ich dachte, das Haus würde fortwehen.«

Dan lächelt sie nachsichtig an.

»Cassie und ich sind zu Mum ins Bett gekrochen. Dort lagen wir dann zu dritt und haben auf den Sturm gelauscht, der ums Haus tobte. Wir haben uns unter der warmen Decke zusammengekuschelt und diese Erfahrung miteinander geteilt. Und weißt du, was Mum damals zu mir gesagt hat?«

Dan schüttelt den Kopf.

»Das werde ich nie vergessen. Sie hat mich mit einem so unfassbar weichen Blick angesehen und gesagt: ›Hab keine Angst. Wir haben ja uns. Alles andere ist unwichtig.‹«

Dora schluchzt kurz auf.

»Ich dachte, dass sie mich liebt, einfach alles für mich tun würde. Und jetzt schau mich an.« Sie zuckt mit den Schultern. »Ich bin zu ihr gefahren, weil ich Hilfe brauchte, nach Antworten suche. Aber sie hat mich mehr oder weniger abblitzen lassen.«

Dan streicht mit warmen Fingern über ihre Hand.

»Aber vermutlich spielt das keine Rolle. Es ändert ohnehin nichts. Es ist passiert. Wir alle müssen damit leben.«

»Ja, aber das musst du akzeptieren, Dora. Akzeptiere es und schau in die Zukunft. Lebe dein Leben! Lebe es, so gut du kannst, mit den Menschen, die dich lieben. Klammer dich nicht an die Vergangenheit.«

Dora stellen sich sämtliche Nackenhaare auf. »Ich klammere mich nicht an die Vergangenheit, Dan. Ich lebe mein Leben, das einzige, das ich habe. Mit seinen guten Seiten und all dem Mist, der auch dazugehört. Aber ich kann einfach nicht vergessen, was mir passiert ist. Was uns passiert ist. Ich kann Alfie nicht vergessen.«

Sie verstummt, versucht, die Tränen zurückzudrängen, und schaut Dan flehend an.

»Verstehst du das? Das mit Alfie ist mir passiert. Ist uns passiert. Ich kann nicht loslassen. Und wenn ich ihn nicht vergessen, mit meinem Teil der Schuld nicht leben kann – wie soll ich dann nach vorn schauen und einem unschuldigen Kind eine gute Mutter sein? Das ist ein neues Leben, verdammt noch mal, für das ich verantwortlich sein werde. Das ist zu viel für mich. Ich glaube nicht, dass ich das schaffe.«

»Wir beide sind dafür verantwortlich, Dora. Ich bin schließlich auch noch da, schon vergessen?«

Dora sieht wieder Dan an. In seinen Augen steht eine solche Liebe und Besorgnis, dass sie am liebsten weinen würde. »O Gott, diese Hormone! Die machen mich ganz meschugge. Entschuldige.« Sie nimmt das Taschentuch, das er ihr reicht.

»Dora, ich weiß nicht, wie ich dir helfen soll. Aber eines

steht fest: Du musst eine Entscheidung treffen. Die Zeit läuft.«

»Ich weiß.«

»Du weißt auch, wie es mir damit geht, oder?« Er sieht sie ernst an. »Dora, ich möchte dieses Kind unbedingt. Aber wenn du das Gefühl hast, noch nicht so weit zu sein, nun …« Seine Stimme erstirbt.

»Ich dachte, Dorset würde mir guttun. Wieder dorthin zu fahren, mich meinen Erinnerungen zu stellen. Mit Mum zu reden. Aber ich habe nach wie vor das Gefühl, nur ein winziges Stück des Puzzles in Händen zu halten. Verstehst du das?«

Dan schüttelt den Kopf. Er versteht es nicht.

»Ich brauche einfach etwas mehr Zeit.«

Dan seufzt. Er nimmt sein Glas und trinkt den letzten Rest Bier aus. »Ich glaube, ich möchte nach Hause. Und du?«

Sie lässt ihr halb leeres Glas Orangensaft auf dem Tisch stehen. Darunter hat sich ein Ring aus Kondenswasser gebildet, der einen hässlichen hellen Fleck auf dem dunklen Holz hinterlässt. Sie reibt halbherzig daran herum und steht dann auf, um den Pub mit Dan zu verlassen.

Schweigend laufen sie durch die Dämmerung. Dora wünscht sich, dass Dan stehen bleibt und ihre Hand nimmt, aber er läuft mit weit ausholenden Schritten vor ihr her, während ihm der treue Gormley auf dem Fuß folgt. So hat sie sich ihr Wiedersehen nicht vorgestellt. Das Tröstliche an der Großstadt hat seine Wirkung verloren. In der Ferne hört sie eine Polizeisirene heulen, sie sieht den Müll, die Glasscherben und den Hundekot auf der Straße. Sogar die vertrauten Umrisse der Knopffabrik scheinen von Unheil verkündenden Schatten verschluckt worden zu sein. Schweigend steigen sie die Treppe hoch. Dora ist froh, als Dan den Schlüssel in die Haustür steckt und aufsperrt.

»Möchtest du noch etwas trinken?«, fragt sie in dem verzweifelten Wunsch, die Atmosphäre zu entspannen.

»Nein. Ich werde ein bisschen arbeiten, bevor ich schlafen gehe.«

Dora spürt die Ablehnung, lässt ihn aber ohne ein weiteres Wort gehen.

Sie bleibt neben dem Sofa stehen und sieht zu, wie er auf das Atelier zugeht, die Tür aufstößt, das Licht anmacht und die Tür fest hinter sich zuzieht, um den Rest der Welt auszuschließen – und damit vor allem sie. Sie seufzt. Sie weiß, was er hören will. Dass sie dieses Baby auch will, dass ihnen gar nichts Besseres hätte passieren können, und dass sie es kaum erwarten kann, Mutter zu werden. Aber sie kann ihm das einfach nicht sagen. Sie hat eine Riesenangst davor. Davor, wie sich ihre Beziehung verändern wird. Vor der Verantwortung und vor allem davor, nicht nur das kleine Wesen, das in ihr heranwächst, sondern auch alles andere zu verlieren, das Dan und sie sich aufgebaut haben.

Familien sind äußerst fragil, und sie weiß das besser als jeder andere. Dan kann reden, was er will: Er wird das nie verstehen, kann es auch gar nicht verstehen, weil er nicht durchgemacht hat, was sie durchgemacht hat. Bisher hat sie sich schützen können. Sie hat gelebt wie eine von Dans Skulpturen. Sie hat sich hohl gefühlt. Ihr warmes Inneres aus Lehm und die weiche Wachsschicht sind entfernt worden, sodass nur noch eine riesige Leere übrig blieb. Allein ist sie zurechtgekommen, weil sie sich vor dem Schmerz und den Verletzungen versteckt hat, die einen überfallen, wenn man zu viel von sich preisgibt. Aber sie ist nicht mehr allein: Da ist Dan und nun auch das Baby. Wie konnte sie sich nur in so eine dumme Lage bringen?

Seufzend dreht sie sich um und mustert das Wohnzimmer. Es ist mit den Spuren ihres Lebens übersät. Sie scheucht

Gormley in die Küche, bevor sie einen schwarzen Müllsack nimmt, mechanisch alte Zeitungen und Rechnungen, verwelkte Blumen, leere Weinflaschen, Toastkrusten und schiefe Kerzenstummel hineinwirft. Sie stellt Dans Kunstbücher zurück ins Regal, trägt schmutzige Tassen und Teller zurück in die Küche. Sie braucht zwanzig Minuten für den Abwasch und weitere zehn, um Staub zu wischen und einmal durch die Wohnung zu saugen. Als sie fertig ist, sieht alles wieder tadellos aufgeräumt aus.

Sie wirft erneut einen Blick auf die verschlossene Tür und nimmt durch den Türspalt eine Bewegung wahr. Er ist entweder in seine Arbeit vertieft oder wütend auf sie. So oder so: Sie weiß, dass sie allein schlafen wird.

In dieser Nacht träumt Dora, dass sie nach Münzen taucht. Das Wasser ist grün und schlammig, aber sie kann sie silbern auf dem Grund glitzern sehen. Sie rufen nach ihr. Sie taucht immer wieder aufs Neue hinab, ihre Hände wühlen im Schlick, ihre Lunge brennt, während sie das kühle Metall umschließt und wieder an die Oberfläche zurückkehrt, wo sie triumphierend nach Luft schnappt.

Noch eine Münze liegt auf dem Grund. Sie hat gesehen, wie sie sie angefunkelt hat. Sie kann sie auf keinen Fall dort unten lassen. Sie holt noch ein letztes Mal tief Luft und zwingt sich hinabzutauchen. Sie spürt, wie ihre Lunge schmerzt, aber die Münze ist in Reichweite, es fehlen nur noch wenige Meter.

Sie streckt die Arme im Halbdunkel aus, spürt den Schlick zwischen ihren Fingern. Nichts.

Sie muss zurück an die Oberfläche, ihr Körper verlangt dringend nach Sauerstoff, aber sie zögert: Sie ist da, nur noch eine Sekunde, mach weiter!

Ihre Hände tasten wahllos den Boden ab, bis sie plötzlich

etwas berührt. Kein kaltes Metall, sondern etwas Warmes, Fleischiges. Etwas Menschliches. In der Dunkelheit reißt sie panisch die Augen auf. Sie bekommt keine Luft mehr. Ihr ganzer Körper brennt, und ihr ist schwindelig. Sie versucht, an die Oberfläche zu gelangen, aber das, was sie berührt hat, hält sie fest. Starke unnachgiebige Finger haben sie gepackt und lassen sie nicht mehr los.

Sie versucht noch einmal, sich loszureißen, ihr Körper zappelt unter Wasser, während ihr Überlebensinstinkt einsetzt.

Aber der Griff lockert sich nicht, lässt sie nicht los.

In einem letzten verzweifelten Versuch entwindet sie sich der tödlichen Umklammerung und reißt den Mund auf, um laut zu schreien.

Dora wacht auf, weil der Wecker klingelt. Es ist sieben Uhr. Sie schaltet ihn aus und bleibt kurz liegen, lauscht auf den Regen, der aufs Dach prasselt, und auf das Wasser, das rhythmisch in die um das Bett verteilten Eimer und Töpfe tropft. Langsam verblasst die Erinnerung an den Albtraum. Noch so ein verregneter Montag – sie weiß nicht, woher sie die Kraft nehmen soll, um zu duschen, sich anzuziehen und mit der U-Bahn zur Arbeit zu fahren. Erst recht nicht mit dieser Übelkeit, die in ihr aufsteigt. Dabei hat sie noch nicht mal die Augen aufgeschlagen!

In letzter Zeit ist Dan so süß zu ihr gewesen, wenn sie sich so gefühlt hat: Er hat ihr Tee und Toast ans Bett gebracht. Sie tastet nach ihm, doch der Platz neben ihr ist leer. Sein Kissen liegt unberührt neben dem ihren. Er ist nicht zu ihr ins Bett gekommen, muss also auf dem Sofa im Atelier übernachtet haben. Sie hasst es, wenn sie getrennt schlafen, sich nicht vor dem Zubettgehen wieder vertragen.

Sie taumelt ins Bad und entspannt sich kurz unter dem heißen Duschstrahl. Dann zieht sie sich an und eilt in die Küche, wobei sie bittere Galle hinunterschluckt. Sie macht Tee und stellt Gormley eine Schüssel mit Trockenfutter hin, bevor sie das flauschige Etwas bemerkt, das aus dem schwarzen Müllsack ragt, den sie gestern Abend gefüllt hat. Sie greift hinein und zieht den geheimnisvollen Gegenstand an seinem plüschigen Bein heraus.

Es ist ein Teddy, einer von der altmodischen Sorte mit weichem lohfarbenen Fell und beweglichen Gliedmaßen. Das Preisschild hängt noch dran: 65 Pfund, nicht gerade billig. Dan muss ihn für das Baby gekauft haben. Für einen Teddy ist er ziemlich niedlich: ein dicker, runder Bauch, riesengroße Pfoten und Ohren. Sein Anblick und der traurige, vorwurfsvolle Blick aus seinen starren schwarzen Augen sind kaum zu ertragen.

Sie setzt ihn an den Rand des Küchentischs, bindet den Müllsack zu und starrt den Bären mehrere Minuten lang an. Bevor sie ihre Meinung ändern kann, greift sie zum Telefon.

»Hallo?« Die Stimme am anderen Ende meldet sich gleich nach dem ersten Klingeln, so als hätte die Person die ganze Zeit über neben dem Telefon gewartet.

Sie holt tief Luft. »Dad, ich bin's. Dora.«

Cassie

Zehn Jahre zuvor

Cassie saß umgeben von Mitschriften auf ihrem Bett. Sie musste eigentlich für Geschichte lernen, aber ihr Gehirn fühlte sich an wie Brei, und sie konnte nur noch an die kleine Schmetterlingsbrosche denken, die ganz hinten in der Schublade ihres Nachtkästchens lag. Ein Jucken ergriff von ihr Besitz, das sie nicht ignorieren konnte.

Sie schob ihre Unterlagen beiseite, streckte den Arm aus und zog den mit Diamanten besetzten Perlmuttschmuck aus der Schublade. Immer wieder drehte sie ihn in ihrer Hand hin und her. Er war so hübsch, schimmerte in sanften Pastellfarben, sogar im Licht dieses verregneten Nachmittags. Sie sah ihn sich eine Weile an, bevor sie die Nadel löste und mit den Fingerkuppen prüfte, wie spitz sie war. Das sollte genügen.

Sie streifte den Pulloverärmel hoch und drückte die Nadelspitze in ihre blasse Armbeuge, dort, wo die Haut am empfindlichsten war und sie die Folgen verbergen konnte. Dann hielt sie die Luft an und drückte zu, zuckte zusammen, als das Metall sich in ihre Haut bohrte. Rubinrotes Blut schoss neben der Nadel hervor, und während sie zusah, wie sich Tropfen bildeten und herausperlten, fuhr sie mit dem Dorn einmal über den Unterarm, wobei sie heftig ausatmete. Sie wiederholte die Aktion mehrmals und sah zufrieden zu, wie sich Schrammen kreuz und quer über ihre Haut zogen und warmes Blut ihre Arme herabrann. Als ihr ein wenig schwindelig wurde, ließ sie sich rücklings aufs Bett fallen und vom Schmerz überwältigen. Es tat gut, etwas zu spüren.

Als das Stechen langsam einem dumpfen Schmerz wich, kehrte Cassie in die Gegenwart zurück. Sie nahm ihre Umgebung wieder wahr und blieb noch eine Weile liegen, während sie darüber nachdachte, wie beschissen ihr Leben war. Nicht nur wegen des Tanzes im Rugby Club am Wochenende, als Rebecca mit Charlie Simpson abgezogen war. Nicht nur wegen ihrer Mutter, die ihr verbot, sich vor dem Abitur den Bauchnabel piercen zu lassen. Nicht nur wegen Doras lauter stampfender Popmusik, die verhinderte, dass sie sich auf ihren Geschichtsstoff konzentrieren konnte. Nicht nur wegen des Dauerregens, der sie wieder mal ans Haus fesselte. Nein, ihr Leben insgesamt war einfach total beschissen.

Sie drückte ein Taschentuch auf ihren blutigen Arm und hämmerte dann mit den Händen gegen die Wand. »Mach das gefälligst leiser.«

Doras neuester Lieblingssong wurde ein, zwei Dezibel leiser, bis sie nur noch ein dumpfes, unverständliches Dröhnen hörte. Das half, aber Cassie konnte sich trotzdem nicht konzentrieren. Die Reformation war so was von langweilig, und da Dora sich glücklicherweise auf ihr Zimmer zurückgezogen hatte, übte das Erdgeschoss einen unwiderstehlichen Sog auf sie aus. Ihre Mutter war vor über einer Stunde gegangen. Violet war für ein paar Tage zu Besuch, und die beiden Frauen waren in ihrem kleinen verbeulten Auto auf einen Bauernmarkt gefahren. Richard befand sich in der Arbeit. Das einzig wahrnehmbare Geräusch war das Brummen einer Motorsäge in der Ferne. Wahrscheinlich arbeitete Bill irgendwo im Garten. Das Haus gehörte ihr allein.

Sie zog den Ärmel über die Wunde, legte die Brosche zurück in ihr Versteck und ging auf Zehenspitzen an Doras Zimmer vorbei, bevor sie zum Gästezimmer lief, in dem Violet ihre Zelte aufgeschlagen hatte. Sie klopfte für alle Fälle vorsichtig an die Tür und drückte sie anschließend auf. Sie schlüpfte ins Zimmer und zog die Tür hinter sich zu. Sie blieb stehen und lauschte einen Moment, aber Doras Musik dröhnte gedämpft weiter. Da wusste sie, dass sie ungestört bleiben würde.

Violets Koffer lag offen auf dem Bett, ein bunter Fächer aus Stoffen quoll daraus hervor. Cassie zupfte an einigen Kleidungsstücken. Violet liebte enge, farbenfrohe Klamotten, und Cassie zuckte jedes Mal zusammen, wenn sie sich die Sachen vor dem Spiegel anhielt – ihr Stil war das nicht. Sie legte alles wieder so hin, wie sie es vorgefunden hatte, und ging dann zum Schminktisch. Violet war nicht besonders ordentlich. Der Tisch war mit Fläschchen und Tiegeln übersät, mit Kompaktpuder, Lippenstift und Lidschatten, mit Schmuck und Schals. Sie griff nach einem Parfümflakon und schnupperte misstrauisch daran, bevor sie sich damit betupfte. Dann nahm sie einen rubinroten Lippenstift und fuhr sich damit über die Lippen. Sie vervollständigte ihren Look mit dicken schwarzen Kajalbalken und trat einen Schritt zurück, um sich im Spiegel zu betrachten. Sie sah aus wie eine von Doras alten Puppen, nachdem sie heftig mit Filzstift bearbeitet worden war. Unter der Schminke hatte Cassie lila Augenringe in der Farbe vier Tage alter blauer Flecken. In letzter Zeit schlief sie ziemlich schlecht. Mit einem Kosmetiktuch wischte sie sich den Lippenstift ab und fuhr über ihre Augenringe.

Die Schminkutensilien langweilten sie, also drehte Cassie sich um, um den Rest des Zimmers auf sich wirken zu lassen. Ein aufgeschlagenes Taschenbuch lag auf dem Nachttisch, das laut Klappentext eine »schlüpfrige, unwiderstehliche Lektüre« versprach. Violets scharlachrotes Nachthemd blitzte unter einem Kissen hervor, und unter der Fensterbank standen mehrere Schuhpaare mit unglaublich hohen Absätzen. Doch ansonsten gab es nichts von Interesse. Cassie schlüpfte zurück in den Flur und ging nach unten, um nach weiteren verbotenen Schätzen Ausschau zu halten.

Das Büro ihrer Mutter war der nächste vielversprechende Ort, an dem sie sich umsehen wollte. Seit Alfie verbrachte Helen noch mehr Zeit als früher allein hinter verschlossenen Türen, den Kopf über ihre Bücher gebeugt. Manchmal fragte sich Cassie, ob sie überhaupt noch wusste, dass sie zwei nach wie vor quicklebendige Töchter besaß. So wenig, wie sie sich in letzter Zeit um sie kümmerte. Aber es hatte natürlich auch Vorteile, ignoriert zu werden. Sie konnte sich Dinge erlauben, für die ihre Freundinnen wochenlangen Hausarrest bekommen hätten.

Das Zimmer war dunkel, als sie es betrat. Der schwere Duft von Papier, Leder und Helens vertrautem Zitrusparfüm umfing sie. Cassie machte die Deckenleuchte an und ging zum Schreibtisch. Sie nahm auf dem Ledersessel Platz und ließ ihn mehrmals kreisen, bis ihr schwindelig wurde. Der ganze Schreibtisch war mit Unterlagen bedeckt. Sie nahm einige davon zur Hand und überflog sie, bevor sie sie zurücklegte. Lauter langweilige Arbeitsunterlagen. Sie wühlte in den Schreibtischschubladen, fand eine Packung extrastarker Pfefferminzbonbons, das Briefpapier ihrer Mutter, Gummiringe und Büroklammern, alte Kulis und Haftnotizen. Sie wollte gerade aufgeben, als ihre Finger auf einen Stapel stießen, der weit hinten in der Schublade lag. Neugierig griff sie danach.

Als Cassie sah, was sie da in Händen hielt, setzte ihr Herz einen Schlag aus: Es waren Babyfotos von Alfie. Abgenutzt und abgegriffen, so als wären sie unzählige Male liebkost und mit Tränen befleckt worden. Cassie starrte sie einen Moment an, ließ das breite Grinsen und die knallblauen Augen ihres

Bruders auf sich wirken. Auf einem Bild entdeckte sie eine große Schramme auf seiner Stirn: Cassie wusste noch, welch hässliches Geräusch sein Kopf beim Zusammenstoß mit dem Couchtisch gemacht hatte und welch markerschütterndes Geschrei die Folge gewesen war. Auf einem anderen Bild saß er auf einer Schaukel, seine knubbeligen Beinchen strampelten wie wild, während er hoch in den Himmel flog. Auf wieder einem anderen Bild sah er direkt in die Kamera. Er trug einen riesigen weichen Strohhut, dessen Krempe mit Blumen verziert war. Wahrscheinlich hatte er einmal ihrer Großmutter gehört. Während sie die Bilder durchsah, bekam sie einen dicken Kloß im Hals. Sie legte sie wieder in die Schublade, die sie mit einem lauten Knall schloss. Das sollte ihr eine Lehre sein, im Leben anderer herumzuschnüffeln!

Sie kontrollierte gerade, ob ihre Herumspioniererei Spuren hinterlassen hatte, und wollte das Zimmer bereits verlassen, als das Telefon klingelte. Ohne nachzudenken griff Cassie zum Hörer.

»Hallo?«

»Helen, bist du das? Bitte leg nicht auf.«

Cassie schluckte. Die Männerstimme war ihr vollkommen unbekannt, aber es schwang eine Verzweiflung darin mit, die sie innehalten ließ.

»Helen?«

»Ja«, flüsterte sie.

»Helen, bitte hör mir zu. Bitte! Ich drehe noch durch. Ich muss dich sehen. Ich weiß, dass du gesagt hast, du willst nichts mehr mit mir zu tun haben, aber ich kann dich einfach nicht aufgeben. Ich kann nichts mehr essen. Ich kann nicht schlafen. Und ich kann erst recht nicht mehr malen. Ich habe es weiß Gott versucht, aber ohne dich fühlt sich nichts richtig an. Ich liebe dich, so einfach ist das. Geht es dir genauso? Denkst du überhaupt noch an mich?«

Cassie erstarrte, war wie gelähmt von den Worten, die aus dem Hörer tropften.

»Helen, sag doch endlich etwas, bitte«, sagte der Mann drängend. »Ich flehe dich an!«

Ratlos legte Cassie vorsichtig wieder auf und rannte aus dem Arbeitszimmer ihrer Mutter, während ihr Gesicht vor Schock und Wut glühte.

Cassie stand gerade fröstelnd auf der Terrasse und paffte eine verbotene Zigarette, als Violet auf sie zukam.

»Keine Sorge«, sagte Violet, weil sie alarmiert zusammenzuckte. »Ich werde dich nicht verpetzen. Hast du noch eine für mich übrig?«

Cassie seufzte erleichtert und reichte ihr die Schachtel. Sie sah zu, wie Violet mit einem Cocktailglas in der einen Hand umständlich mit der anderen eine Zigarette herauszog, wobei ihre Armreife wild klimperten. Endlich gelang es ihr. Sie steckte die Zigarette zwischen ihre roten Lippen und beugte sich vor, um sich von Cassie Feuer geben zu lassen. Kurz erhellte das Streichholz Violets rundes Gesicht, bevor sie beide erneut von Dunkelheit verschluckt wurden. Sie standen nebeneinander, hatten die Arme fröstelnd um ihren Körper gelegt und pafften.

»Kaum zu glauben, dass fast schon Sommer ist«, sagte Violet lachend. »Es ist wirklich eiskalt.«

»Ja«, pflichtete ihr Cassie bei. Sie entschied sich, ein wenig Konversation zu betreiben. »Und, wie war's auf dem Markt?«

»Oh, schlammiger als in Glastonbury und voller Ökofreaks, die überteuerten Bio-Honig und Hanfkleidung verkaufen. Nicht so mein Fall, ehrlich gesagt.«

Cassie lächelte in der Dunkelheit.

»Aber es gab einen kleinen wunderschönen Blumenstand

mit herrlichen, handgebundenen Sträußen. Das habe ich genossen.«

Cassie wusste, dass Violet Floristin war, und lächelte höflich. »Du liebst deine Arbeit, nicht wahr?«

»Ja«, erwiderte Violet. »Allerdings. Ich habe Glück. Ich fände es unerträglich, tagein, tagaus etwas tun zu müssen, was ich hasse, wie so viele andere bemitleidenswerte Gestalten. Ich liebe Blumen. Oh, ich weiß, dass viele Leute das frivol und überflüssig finden, aber stell dir nur die Geburt eines Kindes ohne Blumenschmuck vor. Oder eine Braut, die zum Altar geführt wird, ohne einen schönen Strauß in den Händen zu halten. Einen Kranken im Krankenhaus, der nichts hat, an dem er sich freuen kann. Oder ein Grab ohne Blumenschmuck.«

Beim letzten Beispiel zuckte Cassie zusammen, aber Violet war so in ihren Monolog vertieft, dass sie nichts zu bemerken schien.

»Meine Arbeit zeigt, wie die Zeit vergeht. Genau wie die Jahreszeiten, denen die Pflanzen entstammen. Ich feiere alle wichtigen Momente im Leben, von Anfang bis Ende.« Violet schüttelte staunend den Kopf. »So gesehen ist die Arbeit einer Floristin wirklich wunderbar.«

Cassie nickte. So hatte sie das noch nie gesehen.

»Und, wie geht es dir, Cassie-Schätzchen? Meint es das Leben gut mit dir?«

»Ach, na ja.« Cassie kratzte mit der Turnschuhkappe Moos von einer Bodenplatte. »Es geht so.«

»Ich kann mich noch gut an meine Abiturvorbereitungen erinnern. Die reinste Folter! Dabei wollte ich nur mit meinen Freunden abhängen und Party machen.«

Cassie nickte zustimmend.

»Und, gibt es da irgendeinen netten Jungen, von dem ich wissen sollte? Keine Sorge«, fügte sie hastig hinzu. »Ich werde es deiner Mutter nicht weitererzählen.«

Cassie schüttelte den Kopf. »Eigentlich nicht.«

»Das erstaunt mich – so hübsch wie du bist! Ich hätte gedacht, die Jungs rennen dir die Tür ein.«

Cassie musterte Violet verstohlen. Kurz überlegte sie, ihr etwas zu erzählen, änderte ihre Meinung jedoch wieder. Violet war cool, aber Cassie wusste nicht, ob sie ihr trauen konnte.

»Was ist mit Dora?«, fuhr Violet fort. »Hat sie einen Freund?«

Cassie zuckte mit den Schultern. »Keine Ahnung. Wir reden nicht über solche Sachen. Wir bleiben eher für uns.«

Violet zog erneut an ihrer Zigarette und stieß den Rauch zum Nachthimmel empor. »Es war hart für euch Mädels, nicht wahr? Und was meint ihr, wie kommen eure Eltern damit klar?«

Cassie zuckte erneut mit den Schultern. »Schlecht. Wie wir alle.«

Violet nickte unmerklich. »Ja, das braucht Zeit. Du freust dich doch bestimmt auf die Uni? Auf einen Neuanfang?«

Cassie schluckte und nickte unmerklich. »Hast du studiert?«

»Ich?« Violet lachte laut auf. »Nein, nein, dafür war ich nicht schlau genug. Das habe ich lieber deiner Mutter überlassen. Damals ließ ich mich durch alles Mögliche ablenken.« Sie kicherte. »Ganz unter uns: Schon die Vorstellung, noch drei Jahre büffeln zu müssen, hat mich abgeschreckt. Ich konnte es kaum erwarten, ins echte Leben einzutauchen, mir einen Job zu suchen, ein bisschen Geld zu verdienen, unabhängig zu werden.«

Cassie sah sie neugierig an. »Du bereust es also nicht?«

»Oh, das kann ich so nicht sagen. Im Rückblick kann ich nicht mehr verstehen, warum ich so schnell den Ernst des Lebens kennenlernen wollte. Drei Jahre rumzugammeln wäre nicht schlecht gewesen – und meinem Liebesleben hätte das bestimmt gutgetan. Fast zwanzig Prozent der Bevölkerung lernen ihren zukünftigen Partner an der Uni kennen. Hast du das gewusst, Cass?« Violet nahm einen langen Zug von ihrer Zigarette. »Zwanzig Prozent! Überleg doch mal: Dein Mr. Right ist irgendwo da draußen und wartet auf dich.«

»Hm. vielleicht«, sagte Cassie mit einem kaum merklichen Lächeln. »Aber ich bin mir sicher, dass dein Mr. Right auch irgendwo da draußen ist.«

»Meinst du?«, fragte Violet. »Nun, das wäre schön. Man soll die Hoffnung nie aufgeben.«

Sie standen schweigend nebeneinander, rauchten und froren, bis Cassie all ihren Mut zusammennahm und das Gespräch auf das Thema lenkte, das sie schon den ganzen Nachmittag beschäftigte.

»Glaubst du, Dad ist Mums Mr. Right?«

Violet hob überrascht den Kopf. »Ja, natürlich. Wieso fragst du?«

Cassie zuckte mit den Schultern. »Ich weiß nicht, einfach so.«

»Deine Eltern sind füreinander geschaffen, Cassie.«

»Hm.« Cassie dachte an die eindringliche Stimme am Telefon.

Ich liebe dich. Denkst du überhaupt noch an mich?

Wer war der Kerl?

»Glaub mir, Cassie«, fuhr Violet fort und nippte an ihrem Cocktail. »Was die beiden durchgemacht haben, das genügt, um die stabilsten Beziehungen zu zerstören. Aber sie werden schon klarkommen. Es wird nur einige Zeit dauern, bis die Wunden verheilt sind.«

Cassie starrte in die Dunkelheit hinaus. Die dunkle Wolke hatte sich endlich verzogen, und sie konnte silberne Sterne am Nachthimmel funkeln sehen. *Es wird nur einige Zeit dauern, bis die Wunden verheilt sind.* War das wirklich alles, was fehlte?

»Ja«, sagte Violet leise. »Ihr werdet einfach noch eine Weile brauchen.« Plötzlich räusperte sie sich. »In der Zwischenzeit wird es September – und du kannst deine Zukunft selbst in die Hand nehmen. Das wird dir guttun, Cassie. Ich wette, du kannst es kaum erwarten, stimmt's?«

Cassie nickte erneut, schwieg aber in der Hoffnung, der Alkohol würde Violet die Zunge lösen und sie weitersprechen lassen. Aber sie schien plötzlich verstummt zu sein.

»Puh, ist das kalt«, sagte sie schließlich. »Wir sollten reingehen, Cass, bevor sich die anderen fragen, wo wir abgeblieben sind.«

Cassie nickte und war enttäuscht, dass sie nicht den kleinsten Hinweis darauf erhalten hatte, wer der seltsame Mann am Telefon war.

»Oh, und kein Wort über die Zigaretten, okay?«

»Klar«, versprach ihr Cassie und folgte einer taumelnden Violet durch die Hintertür in die warme Küche.

Niemand war erstaunter als Cassie, dass sie die Prüfungen bestanden hatte. Sie öffnete den Briefumschlag und starrte ungläubig auf das weiße Blatt Papier. Kalte Angst kroch in ihr hoch, als sie sich die Prüfungsergebnisse ansah.

»Und?«, fragte Helen nervös vom anderen Ende des Frühstückstisches aus.

Sie nickte. »Ich habe bestanden.«

»In allen Fächern?«

»Ja.«

Die Erleichterung darüber schien ihre Eltern kurzzeitig aus ihrer Starre zu reißen. Richard machte sogar noch am selben Abend eine Flasche Champagner auf, während Helen gar nicht so schlecht kochte. Sie stießen mit Alfreds und Daphnes besten Kristallgläsern auf sie an.

»Gut gemacht, Cassie, wir sind sehr stolz auf dich.«

Cassie wusste, dass sie ihren Stolz nicht verdient hatte,

kippte den Champagner aber trotzdem hinunter. Er prickelte säuerlich in ihrem Mund.

»Das heißt, dass du im September nach Edinburgh gehen wirst«, sagte Helen ein bisschen traurig.

Cassie merkte, dass Dora ihren Kopf noch tiefer über ihren Teller beugte. Sie beneidete ihre Schwester nicht darum, in Dorset festzusitzen und weitere zwei Jahre in diesem gespenstischen Haus verbringen zu müssen.

»Wir müssen einkaufen gehen«, sagte Richard. »Dir ein paar Sachen für dein neues Zimmer besorgen. Es wird Spaß machen, dich dorthin zu fahren. Ich war seit Jahren nicht mehr in Edinburgh.«

Cassie nutzte die Gelegenheit, um das Thema anzuschneiden. »Weißt du, Dad«, hob sie an. »Ich habe überlegt, ob ich nicht besser allein mit dem Zug nach Edinburgh fahre. Ich würde meine ersten Schritte gern auf eigene Faust tun, weißt du, mich einleben, ein paar Leute kennenlernen.«

Sie sah, wie ihre Mutter und ihr Vater einen kurzen Blick tauschten, sprach aber weiter.

»Ihr könnt mich nach ein paar Wochen besuchen kommen und nach dem Rechten sehen. Dann kann ich euch alles zeigen und werde mich freuen, vertraute Gesichter zu sehen. Du könntest auch mitkommen, Dora.« Ihre sorgfältig geprobte Ansprache war zu Ende, und sie wartete atemlos auf eine Reaktion.

Helen griff nach ihrem Glas Wasser. Richard legte sein Besteck auf den Teller und faltete sorgfältig die Hände – ein untrügliches Signal dafür, dass gleich eine »Diskussion« folgen würde.

»Du willst allein da rauffahren?«, fragte er. »Mit dem Zug?«

Cassie nickte und schnitt das letzte Stück Huhn auf ihrem Teller entzwei, wobei sie seinem Blick bewusst auswich.

»Aber wie willst du da deine ganzen Sachen mitnehmen?«

»Ich werde anfangs nicht viel mitnehmen. Nur ein paar Klamotten, Bücher und Bettzeug. Das meiste kann ich dort kaufen.« Sie sah in die Runde und lächelte aufmunternd. »Mir gefällt die Vorstellung, allein loszuziehen, meine Zukunft selbst in die Hand zu nehmen.«

Sie wählte bewusst dieselben Worte, die Violet verwendet hatte. Das klang gut, nach etwas, das ihre Eltern gutheißen würden.

»Das versteht ihr doch sicherlich. Nach allem, was passiert ist?« Sie hielt den Atem an. Konkreter hatte sie seit der Trauerfeier vor einem Jahr nie über Alfie gesprochen. Sie wusste nicht, ob sie zu weit gegangen war.

Richard nickte bedächtig und räusperte sich. »Ich denke schon. Helen, was sagst du dazu?«

Helen seufzte. »Ich kann verstehen, dass du deinen Freiraum brauchst. Bist du sicher, dass du allein zurechtkommst? Wirst du dich nicht einsam fühlen? Die meisten anderen Studenten werden von ihren Eltern begleitet werden, und wir würden uns selbstverständlich bemühen, dich nicht zu blamieren. Die Fahrt macht uns nichts aus. Wir könnten ein verlängertes Wochenende daraus machen.«

»Ihr könnt trotzdem kommen, Mum, bloß ein paar Wochen später. Nachdem ich mich eingelebt habe.«

»Nun, es wird bestimmt Spaß machen, dich dort zu besuchen, stimmt's, Helen?«, versuchte es Richard erneut und schlug endlich einen begeisterten Ton an. »Vielleicht könnten wir kurz vor Weihnachten kommen, unseren Besuch mit einem netten Einkaufsbummel und einem schönen Hotelaufenthalt verbinden?«

»Ja«, griff Cassie die Idee auf. »Zu dieser Jahreszeit soll es dort sehr schön sein.« Endlich entwickelten sich die Dinge so, wie sie sie haben wollte.

»Dass du allein reist, macht dir wirklich nichts aus? Du

wirst in London umsteigen müssen. Wirst du dich nicht verlaufen?«, äußerte Helen erneut ihre Bedenken.

»Mum, ich ziehe bald von zu Hause aus. Wenn ich es nicht allein mit dem Zug von Dorset bis Edinburgh schaffe, habe ich ein ernsthaftes Problem.«

»Hm«, murmelte Helen. Sorgenfalten zerfurchten ihre Stirn.

»Du bist fest entschlossen?«, fragte Richard ein letztes Mal.

»Ja«, erwiderte Cassie.

»Nun gut, dann machen wir es so.« Richard schwieg. »Aber wenn du es dir anders überlegst, ist das kein Problem. Ich würde mich freuen, dich fahren zu dürfen.«

»Ich weiß, Dad, danke.« Sie wusste, dass sie ihre Meinung nicht ändern würde.

»Würdest du mir bitte das Wasser reichen, Liebes?«

Cassie stieß einen erleichterten Seufzer aus. Die Sache schien ausgestanden zu sein.

Richard beugte sich vor und reichte Helen den Krug quer über den Tisch. Cassie sah, wie Helen kurz zusammenzuckte, als hätte sie sich verbrannt. Richards Finger hatten aus Versehen die ihren berührt. Ja, es würde ihr guttun wegzukommen.

Am Abend vor Cassies Auszug klopfte Dora leise an ihre Zimmertür. Cassie machte ihr auf und sah, wie ihre Schwester den riesigen Rucksack neben ihrem Bett beäugte.

»Und, alles gepackt?«, fragte sie.

»Ja.« Zu spät sah Cassie, wie Doras Blick auf den knallroten Schrammen an ihrem Arm ruhte. Hastig zog sie ihre Ärmel hinunter und warf sich aufs Bett. Sie ignorierte den entsetzten Gesichtsausdruck ihrer Schwester und brachte sie damit zum Schweigen. Dann kritzelte sie wieder hektisch in ihr Tagebuch, während sich ein beklemmendes Schweigen breitmachte.

Dora verstand und nahm eine alte Frauenzeitschrift vom

Stapel neben Cassies Bett und blätterte achtlos darin. »Und, wann geht es los?«

»Mum setzt mich um neun am Bahnhof ab.«

Schweigen.

»Hast du ein Glück.«

»Ach ja?«

»Ja. Du kannst abhauen und woanders von vorn anfangen.«

Cassie musterte ihre Schwester. »Die Uni ist nicht gerade ein Neuanfang, Dora. Sie ist nichts weiter als eine überschätzte Form von Schule. Man bekommt gesagt, was man tun und wann man es tun soll. Welche Hausaufgaben man machen und wann man sie abgeben muss. Welche Bücher man zu lesen und welche Prüfungen man abzulegen hat. Das ist keine echte Freiheit. Keine wirkliche Flucht.«

»Aber besser als mein Los«, jammerte Dora. »Ich hänge allein hier fest. Allein mit Mum und Dad, wenn er denn da ist.« Dora schwieg einen Moment, um auf das *Jobangebot des Monats* zu starren. Ihr fielen beinahe die Augen aus dem Kopf, bevor sie umblätterte. »Kannst du dir etwas Schlimmeres vorstellen?«

»Hm.« Cassie kaute an ihrem Füller. Sie würde auch nicht gern in Doras Haut stecken. »Das wird schon«, log sie. »Ehe du dich's versiehst, bist du auch ausgezogen.«

»Darf ich dich ab und zu besuchen?«

Cassie schwieg eine Idee zu lang. »Ja, natürlich. Vorausgesetzt, Mum und Dad erlauben es dir.«

Dora nickte. Sie wussten beide, wie launisch und seltsam ihre Eltern sein konnten. Manchmal waren sie übervorsichtig und die reinsten Kletten, wollten immer über alles genauestens informiert sein, nur um dann wieder seltsam abwesend und zerstreut zu reagieren, so als wüssten sie gar nicht mehr, dass sie überhaupt Töchter hatten.

»Manchmal würde ich alles darum geben, um von hier wegzukommen«, verkündete Dora plötzlich. »Ich verstehe einfach nicht, warum Mum und Dad bleiben. Meiner Meinung nach macht das alles nur noch schlimmer. Wenn wir weggezogen wären, irgendwo neu angefangen hätten. Zurück nach London gegangen wären ... Vielleicht wäre das einfacher gewesen. Vielleicht würden wir dann wieder das Gefühl haben, eine Familie zu sein.«

»Vielleicht«, sagte Cassie.

»Aber wenn Alfie irgendwo da draußen ist, wüsste er nicht wie er uns finden sollte, nicht wahr?«

Cassie schüttelte den Kopf. Dora hatte es nicht begriffen. »Ich glaube nicht, dass Mum und Dad wollen, dass es wieder genauso wird wie früher. Und genau das ist das Problem«, sagte sie. »Sie genießen das Leid. Sie schwelgen darin.«

»Ich weiß nicht.« Dora war skeptisch. »Im Moment machen sie nicht den Eindruck, irgendwas zu genießen.« Sie kaute auf ihrer Unterlippe. »Cass?«

»Ja?«

»Denkst du oft an ihn?«

»Nein«, erwiderte Cassie barsch. Auch das war gelogen.

»Ich schon.«

Cassie wollte nicht über Alfie reden. Sie setzte sich auf, klappte ihr Tagebuch zu und warf es aufs Bett, in der Hoffnung, das Gespräch so zu beenden. Als ihr Tagebuch auf die Bettdecke prallte, rutschten mehrere versiegelte blaue Umschläge heraus. Sie waren ausnahmslos an Cassie adressiert. Wer auch immer sie geschickt hatte, hatte sich die Mühe gemacht, ein kleines Herz über das I in ihrem Namen zu zeichnen. Dort, wo eigentlich der Punkt hingehörte. Cassie griff rasch danach und schob sie wieder zwischen die Seiten, aber es war bereits zu spät: Dora hatte sie gesehen.

»Willst du die nicht aufmachen?«, fragte sie und musterte die Briefe.

Cassie zuckte mit den Schultern. »Nö.«

»Von wem sind die?«

Cassie seufzte. »Von Sam.«

»Was? Von Sam vom letzten Sommer?«

»Ja.«

»Was will die denn?«

Cassie zuckte erneut mit den Schultern. »Keine Ahnung, ich habe sie schließlich nicht aufgemacht.«

»Warum nicht?«

Cassie runzelte genervt die Stirn. Wie sollte sie Dora erklären, dass sie nicht vorhatte, sich mit den Dingen zu beschäftigen, von denen in den harmlos wirkenden Briefen die Rede war? Sie wollte Sam und diesen fatalen Tag am Strand einfach nur vergessen.

Es schien jedoch, als könnte Dora Gedanken lesen. »Denkst du auch manchmal darüber nach, ob es unsere Schuld war?«, fragte sie kleinlaut.

Cassie erwiderte nichts darauf, sondern schob nur ihr Tagebuch unter das Kopfkissen und ließ sich wieder aufs Bett fallen. Sie schloss die Augen.

»Weißt du, ich muss einfach ständig daran denken. Wenn wir nicht zur Klippe gegangen wären. Wenn ich euch nicht allein gelassen hätte, um dieses blöde Eis zu holen.«

»Dora, halt's Maul, okay?«, schrie Cassie barsch.

Dora sah sie verletzt an. Tränen standen in ihren Augen. »Wir reden nie über ihn, keiner von uns. Ganz so, als hätte es ihn nie gegeben. Das macht mich wahnsinnig. Ich möchte doch bloß mit jemandem über ihn reden. Darüber, was passiert ist. Nur ein paar Minuten. Mehr will ich doch gar nicht.«

»Dora, ich sag das nicht noch einmal.« Cassies Wangen brannten vor Wut. »Halt einfach das Maul! Halts Maul oder verschwinde aus meinem Zimmer!«

»Warum redest du nicht mit mir? Wir haben so viel zusammen unternommen. Und jetzt verkriechst du dich nur noch auf deinem Zimmer, als könntest du meine Anwesenheit nicht mehr ertragen.«

»Dora, ich warne dich.«

Seufzend stand Dora auf. Sie warf die Zeitschrift vor Cassie auf den Boden. »Was stimmt nur nicht mit unserer Familie? Ihr ignoriert mich alle, dabei möchte ich mich nur an ihn erinnern. Ich vergesse Alfie, und das macht mich traurig.« Dora sah aus, als würde sie gleich in Tränen ausbrechen.

Cassie kam sich zickig vor, aber sie konnte einfach nicht anders. »Hast du dir überlegt, dass es uns noch trauriger machen könnte, wenn wir uns erinnern? Genau deswegen versuchen wir ja zu vergessen. Und dann kommst du und redest alle fünf Minuten von Alfie. Das ist nicht gerade hilfreich, Dora. Kein Wunder, dass Mum und Dad kaum miteinander reden. Bestimmt ist das auch deine Schuld. So gesehen ist es kein Wunder, dass ich es kaum erwarten kann, aus dieser Hölle wegzukommen. Ich möchte einfach nur meine Ruhe von diesem Scheiß haben. Und von dir! Lass es gefälligst auf sich beruhen! Meine Güte, du bist schließlich kein kleines Kind mehr. Hör auf, dich wie eines zu benehmen.«

Dora sagte nichts mehr. Sie marschierte aus Cassies Zimmer und knallte die Tür hinter sich zu.

Cassie legte sich rücklings aufs Bett und versuchte ihre Schwester zu ignorieren, die schluchzend durch den Flur lief. Sie wartete, bis sie Doras Zimmertür knallen hörte, und griff dann unter ihr Kissen, um das Tagebuch hervorzuholen. Bevor sie es sich anders überlegen konnte, nahm Cassie die vier hellblauen Umschläge heraus und zerriss sie in winzige Fetzen. Sie sah zu, wie sie zu Boden flatterten, Ascheteilchen nach einem Feuer gleich. Was auch immer darin stand, es konnte sie nicht mehr verletzen. Die Worte waren verschwunden.

Cassie legte sich wieder aufs Bett und schloss die Augen.

Sie spürte, wie es ihr wieder in den Fingern juckte, spürte ein heißes Kribbeln auf der Innenseite ihrer Arme. Sie versuchte, es zu ignorieren, doch es wurde immer hartnäckiger, bis sie es einfach nicht mehr aushielt. Sie schlug die Augen auf und griff nach der kleinen Schmetterlingsbrosche in ihrer Schublade. Sie konnte einfach nicht widerstehen.

Cassie rammte sich die blutige Nadel in die Haut.

In jener Nacht hatte Cassie wieder diesen Albtraum. Sie schreckte daraus hoch, und ihr Kissen war nass von Schweiß und Tränen. Sie wusste, dass sie nur geträumt hatte, aber sie machte die Nachttischlampe trotzdem an, weil sie die dunklen Schatten verjagen wollte. Sie war in der Höhle gewesen, hatte auf der Suche nach Alfie verzweifelt an den Wänden gekratzt, geschrien und gegen den unnachgiebigen Fels gehämmert. Obwohl sie mittlerweile hellwach war, konnte sie spüren, wie der raue Stein ihre Handflächen zerschnitt, wie die Fingernägel abrissen und die Haut blutete. Fröstelnd zog sie sich die Bettdecke bis unters Kinn.

Sie hatte geglaubt, dass es mit der Zeit besser würde. Sie hatte in den letzten Wochen nicht mehr von ihm geträumt. Aber plötzlich war Alfie wieder da. Diese dämliche Dora! Hatte sie das Thema unbedingt anschneiden müssen? Warum konnte sie nicht einfach vergessen wie der Rest der Familie? Weiß Gott, keiner von ihnen wollte das letzte Jahr noch einmal erleben, Nacht für Nacht wie ein Horrorfilm in Endlosschleife.

Es war entsetzlich gewesen

Ihr Magen zog sich zusammen.

Sie sah sich verzweifelt in ihrem Zimmer um, versuchte, sich auf etwas Normales zu konzentrieren, auf etwas Banales, das den Albtraum fernhielt, ihn nicht Wirklichkeit werden ließ. Sie versuchte, die CDs im Regal gegenüber zu zählen.

Eins, zwei, drei, vier. Unwillkommene Bilder stürmten von allen Seiten auf sie ein.

O Gott, und da stand sie wieder, am Ende des Strandes, sonnenverbrannt und benommen von den vielen Joints, und stolperte mit Sam bei den Gezeitentümpeln herum. Sie riefen beide Alfies Namen, mit heiseren, panikerstickten Stimmen. Ihre Zunge war schwer vom Geschmack des Marihuanas, und sie hatte Durst – einen solchen Durst, dass sie kaum noch etwas herausbrachte. Ihr fiel ein, wie plötzlich eine Welle über die Felsen schwappte und ihre Sandalen durchnässte. Das Wasser war so kalt gewesen, dass sie zusammenzuckte. Und dann Sams Schrei. Sie hatte sich umgedreht und gesehen, wie sie etwas über ihren Kopf hielt. Mach dich nicht lächerlich, hatte sie gedacht. Wir suchen nach meinem Bruder und nicht nach irgendwelchem Strandgut. Aber dann hatte sie mit stockendem Atem erkannt, dass das dunkle formlose Ding, das Sam hochhielt, Alfies Superman-Umhang war.

»Nein«, hatte sie gerufen. »Nein, nein, nein, nein, nein.« Sie hatte angefangen zu weinen.

Sam hatte sie schockiert und schweigend angesehen.

Sie weiß noch, wie sie sich die Haare gerauft, immer fester daran gerissen hatte, um die Situation in ihrer ganzen Tragweite zu erfassen. Sie hatte sich umgedreht und auf die Brandung gestarrt, die an die Felsen schlug, im Wasser nach einem Lebenszeichen von Alfie gesucht.

»Das muss nicht bedeuten – du weißt schon«, sagte Sam vorsichtig und wies mit dem Kinn auf die Wellen. »Vielleicht war ihm heiß. Vielleicht hat er ihn ausgezogen und ist zurück zum Strand gegangen, um Eis zu holen? Vielleicht«, wagte sie einen erneuten Versuch, »hat er nach deiner Schwester Ausschau gehalten?«

Cassie starrte sie hoffnungsvoll an. »Du hast recht.« Sie ignorierte das klamme Bündel in ihren Armen. »Wahrscheinlich ist er längst am Parkplatz, bei Dora und ihrem Freund. Das hat nichts zu bedeuten.« Sie trocknete ihre Tränen, schöpfte plötzlich neue Hoffnung. »Wir sollten Dora und Steven suchen, schauen, ob sie ihn gefunden haben.«

»Ja«, stimmte Sam ihr zu.

Plötzlich konnten sie es kaum erwarten, die abgelegenen Felsvorsprünge hinter sich zu lassen. Sie wollten zum Hauptstrand, in den Lärm der Familien eintauchen, die ihren Freizeitvergnügungen nachgingen.

Cassie schloss die Augen und schluckte schwer. Als sie sie wieder aufschlug, konnte sie den Schein der Nachttischlampe auf ihrer Bettdecke erkennen. Er beleuchtete einen kleinen Kreis rosa Rosen. Sie rieb den Stoff hektisch zwischen ihren Fingern, versuchte vergeblich, die inneren Bilder zu verdrängen.

Jetzt rannte Helen quer über den Parkplatz auf sie zu.

Obwohl sie selbst krank war vor Sorge, wusste Cassie noch, dass ihre Mutter seltsam ausgesehen hatte. Sie, die sonst so souverän war, stolperte und taumelte plötzlich in Espadrilles über den Asphalt, das Gesicht zu einer furchtbaren Grimasse verzerrt, die aussah wie eine griechische Maske: halb Wut, halb Angst.

»Wo ist er?«, hatte Helen im Näherkommen gekeucht. Als Cassie nicht antwortete, schrie sie erneut: »Wo ist er, Cassie?« Ihre Mutter packte sie an den Armen und schüttelte sie. Sie wusste noch, dass sie ganz schlaff geworden war wie eine Lumpenpuppe und zugelassen hatte, dass ihre Mutter sie in dieser schmerzhaften Umarmung hin und her beutelte. Es gab nichts zu sagen.

»Äh, Miss, sind Sie Cassandra Tide?« Ein großer Mann in Polizeiuniform sah sie besorgt an.

»Ja, die bin ich.«

»Ich muss Ihnen ein paar Fragen stellen. Damit wir Ihren Bruder finden können. Würden Sie bitte mitkommen?«

Cassie nickte und ließ sich von ihm in den Schatten einer Strandbude führen. Darin war es heiß und eng, aber es tat gut, von den Gaffern wegzukommen. Und sie hatte sämtliche Fragen beantwortet. Sogar als Helen in den beengten Lagerraum geplatzt und in der Tür stehen geblieben war, sie mit unverhohlener Abscheu angestarrt hatte, hatte sie sich auf einen seltsamen elefantenförmigen Fleck auf dem Boden konzentriert und jede Frage so gut wie möglich beantwortet.

Die einzigen Details, die sie wegließ, waren Sachen, über die man besser nicht sprach. Der intensive Tabakgeschmack der Joints beispielsweise, die sie mit Sam geraucht hatte, der sich in ihren Hals eingebrannt und auf ihre Zunge gelegt hatte. Sams Finger, die langsam ihren Oberschenkel hinauf und unter den Saum ihres Jeansrocks gewandert waren. Sams samtweiche Lippen, die die ihren berührt hatten, der zarte, süße Geschmack ihrer Zunge. Ja, sie hatte durchaus einige Details weggelassen, aber weil sie wusste, dass sie die Suche nicht vorangebracht hätten, hatte sie sie für sich behalten. Sie hätten auch nichts geändert.

Der Horror hatte kein Ende genommen. Sie bekam immer noch Gänsehaut, wenn sie an die verzweifelten Stunden zurückdachte, in denen sie mit ihrer Mutter den Strand auf und ab gelaufen war. Vor und zurück, vor und zurück, bis Cassie glaubte, vom Knirschen und Klacken der Kiesel unter ihren Füßen fast wahnsinnig zu werden. Schuldbewusst erinnerte sie sich, dass sie tatsächlich erleichtert gewesen war, als die Polizei ihnen behutsam nahegelegt hatte, nach Hause zu gehen.

Aber das Schlimmste stand da noch bevor, zum Beispiel der Moment, in dem ihre Mutter Dora und sie in die Küche rief. Cassie hatte sie noch nie so wütend gesehen. Es war Furcht einflößend gewesen. Sie hatte versucht, den Mund aufzumachen, etwas zu sagen. Helen gab eindeutig Dora die Hauptschuld, weil sie die Höhle verlassen und sich mit Steven getroffen hatte.

Helen hatte die Hand gehoben, und da blieben Cassie die Worte, die sie zur Verteidigung ihrer Schwester hatte vorbringen wollen, im Halse stecken, und sie schluckte sie brennend vor Scham hinunter.

Richard war eine Stunde später nach Hause gekommen. Cassie hörte die Reifen seines Wagens auf dem Kies knirschen, seine hastigen Schritte und anschließend den lauten Knall, mit dem er die Haustür hinter sich zuwarf. Sie hatte ihre rot geschwollenen Augen gerieben und ihr Zimmer verlassen.

Als sie die Treppe hinuntergekommen war, hatte sie gesehen, wie ihre Eltern sich in der Diele umarmten. Ihre Mutter hatte ihr den Rücken zugekehrt, aber sie konnte Richards Gesicht sehen. Es sah blass und verängstigt aus, und sein Gesicht lag halb im Schatten, den der Lampenschirm im Flur warf. Er hatte Helen mit einem Arm an sich gezogen und ihr mit der anderen Hand übers Haar gestrichen, während sie sich schluchzend an ihn klammerte. Er murmelte beruhigend auf sie ein, wie der Pferdeflüsterer, den sie im Fernsehen gesehen hatte, auf ein wildes Fohlen. Trotzdem musste er ihre Schritte gehört haben, weil er aufsah, als sie näher kam. Und als sich ihre Blicke trafen, war Cassie stehen geblieben, das wusste sie noch ganz genau.

Plötzlich hatte sie nicht mehr gewusst, ob sie sich zu ihnen gesellen durfte. Einen Moment lang schien die Zeit stehen geblieben zu sein. Cassie stand mit einem Fuß in der Luft wie erstarrt auf der Treppe, während Richard zu ihr hochsah. Seine Hand hob sich hell von Helens braunem Haar ab, während er einfach nur starrte und starrte. Sie wurde nicht recht schlau aus seinem Gesichtsausdruck. Es war, als würde er sie gar nicht richtig sehen, und sie bekam es mit der Angst zu tun.

Doch der Augenblick ging vorbei. Mit einem Kopfnicken bedeutete er ihr, zu ihnen zu kommen, und sie sauste die Treppe hinunter, während Richard die Arme ausbreitete und sie sich zu dritt weinend aneinanderklammerten und umarmten.

Sie konnte sich daran erinnern, dass sie lang so verharrt hatten, sich fest aneinanderklammernd, als hinge ihr Leben davon ab, während jeder sich seinem eigenen Schmerz hingab.

Es war, als würden sie ertrinken.

Als würden sie in der intensiven Umarmung ertrinken.

Inzwischen war Cassie hellwach. Sie wusste, dass es nicht helfen würde, wenn sie jetzt oder in einer Stunde die Nachttischlampe löschte. Sie würde heute Nacht kein Auge mehr zutun. Auf einmal war alles wieder da, ungefiltert und unerträglich. Ein Jahr war vergangen, und trotzdem fühlte es sich an wie in der ersten Nacht. Sie schielte zu ihrem Nachttisch hinüber. Der Wecker zeigte drei Uhr vierzehn an. Viele dunkle Stunden lagen vor ihr.

Sie zog die Bettdecke bis unters Kinn und schloss vergeblich die Augen.

Sam hatte etwa um die Uhrzeit angerufen, als die Polizei gerade alles gepackt hatte und abgezogen war. Cassies Herz war ihr in die Kniekehlen gerutscht, als Richard ihr das Telefon reichte. Es war einfach zu viel verlangt, zu hoffen, sie wäre einfach mit ihren Eltern verschwunden, ohne noch einmal von sich hören zu lassen. Trotzdem hatte sie sich an diesen Gedanken geklammert. Sie wollte nicht mit ihr reden. Am besten, jeder blieb bei seiner Geschichte und versuchte ansonsten, alles zu vergessen. Sie nahm ihrem Vater den Hörer ab und kehrte ihm den Rücken zu.

»Hallo?«

»Ich bin's, Sam.«

»Hallo.«

»Alles in Ordnung mit dir?«

Cassie wusste nicht, was sie sagen sollte, also schwieg sie.

»Gibt es Neuigkeiten?«

»Nein.«

Da war es Sam, die schwieg, und nur das ferne Summen der Telefonleitung war zu hören sowie die Stille, in die die beiden Mädchen hineinatmeten.

»Hat die Polizei noch einmal mit euch geredet?«

Cassie drehte sich zu ihrem Vater um. Er starrte aus dem Fenster und wusch die Tassen in der Spüle. Er sah aus, als wäre er mit seinen Gedanken meilenweit weg. Sie räusperte sich. »Sie haben uns alle befragt, glauben aber nicht, dass sie in nächster Zeit etwas finden werden. Sie glauben, dass er von den Felsen gerissen wurde.« Ihre Stimme war nur noch ein Flüstern. Sie brachte die Worte fast nicht heraus.

Sam gab einen seltsam erstickten Laut von sich. »Meine Güte, Cassie, das ist so was von schrecklich. Ich kann es kaum ertragen.«

»Das musst du ja auch nicht, oder? Er war schließlich nicht dein Bruder.« Es war ihr gerade erst herausgerutscht, als Cassie merkte, dass sie zum ersten Mal in der Vergangenheitsform von Alfie gesprochen hatte. Ihr wurde fast schlecht, als ihr das klar wurde.

»Ich weiß, ich meine …« Sam suchte mühsam nach den richtigen Worten. »Es tut mir leid. Es ist einfach nur schrecklich. Es tut mir so leid. Ich weiß nicht, was ich sagen soll.« Sie verstummte erneut. »Cassie, meinst du, du hättest der Polizei sagen sollen, dass …«

Cassie wollte nichts mehr davon hören. »Ich muss auflegen. Das Telefon wird anderweitig gebraucht. Danke für deinen Anruf.«

»Warte, Cassie, leg nicht auf …«

Aber Cassie hatte das Gespräch beendet, bevor Sam weiterreden konnte.

»Wer war das?«, fragte ihr Vater, das Gesicht nach wie vor zum Fenster gewandt.

»Oh, bloß eine Schulfreundin. Sie wollte mir sagen, dass ihr das mit Alfie leidtut.«

Richard nickte. »Wie nett von ihr.«

»Ja.« Sie verließ die Küche, um Nachfragen vorzubeugen.

Cassie hatte lang darauf gewartet, dass ihre Schuld sie einholen und mit voller Wucht treffen würde. Sie wusste, dass es nur eine Frage der Zeit war. Während sich das Haus mit wohlmeinenden Fremden und Polizeibeamten füllte, gab es keinen Ort, an dem sie sich hätte verstecken können. Sie wappnete sich innerlich gegen die Fragen und Vorwürfe ihrer Eltern.

Es gab nichts, was sie sich nicht selbst schon unzählige Male vorgeworfen hatte, aber sie wusste, dass es aus ihrem Mund schlimmer klingen würde. Ihren Eltern in die Augen sehen und zugeben zu müssen, dass es allein ihre Schuld war, war mehr, als sie ertragen konnte. Aber genau das hatte sie verdient, und auf lange Sicht brächte es Erleichterung. Sie verbrachte Stunden auf ihrem Zimmer, wappnete sich gegen das Klopfen an ihrer Tür.

Aber dazu kam es nie.

Stattdessen wurde gestritten, immer wieder.

Zuerst wegen der Trauerfeier.

Richard wollte eine, Helen nicht.

»Es gibt keine Leiche«, hatte Helen gesagt, als sie eines Morgens die Spülmaschine in der Küche einräumte, Teller und Besteck achtlos hineinwarf. Sie benutzte die ausdruckslose, monotone Stimme, die sie sich zugelegt hatte, seit die Polizei abgezogen war. »Warum sollen wir eine Trauerfeier abhalten, wenn es keine Leiche gibt? Die gerichtliche Untersuchung war ein Witz, nichts als Vermutungen und Spekulationen. Ich kann nicht verstehen, wie du das über dich ergehen lassen konntest.«

Cassie erstarrte. Sie war im Trockenraum, legte dort Kleidung zusammen und wollte unbemerkt bleiben.

»Weil es das einzig Richtige war«, erwiderte Richard. »So wie die Trauerfeier das einzig Richtige ist. Wir müssen Abschied nehmen.«

»Ich werde Abschied nehmen«, sagte Helen. »Sobald ich seine Leiche gesehen habe.«

»Liebes, du weißt, dass das unter Umständen nie passieren wird. Die Polizei hat es uns erklärt. Sämtliche Ermittlungen legen nahe, dass er ertrunken ist.« Richard versuchte, geduldig zu sein, aber seine Stimme war lauter geworden. Das Gespräch strengte beide sichtlich an. »Hör mal, würdest du bitte damit aufhören? Es ist wichtig, das Geschirr kann warten.«

Schalen wurden auf die Arbeitsplatte geknallt. »Ich verstehe einfach nicht, warum du so scharf darauf bist, mit allem abzuschließen, Richard. Ich hätte erwartet, dass du nicht eher ruhst, bis du eine befriedigende Antwort bekommen hast. Du bist doch sonst so detailversessen.«

Cassie hörte die Wut in der Stimme ihrer Mutter.

»Sollten wir nicht versuchen herauszufinden, was unserem Sohn tatsächlich zugestoßen ist, bevor wir die Hoffnung aufgeben und unser Leben weiterleben?«

Helen schwieg einen Augenblick. »Weißt du, manchmal wünsche ich mir, ich könnte ihn vergessen. Ich würde diesen Albtraum auch gern verdrängen. Aber es ist einfach noch zu früh für mich.«

»Ich habe ihn nicht vergessen!« Richard explodierte förmlich. »Wie kannst du mir nur so etwas unterstellen!« Er machte eine Pause. Cassie musste sich anstrengen, seine nächsten

Worte zu verstehen. »Ich sehne mich nach Alfie. Ich erlebe diesen Albtraum Tag für Tag aufs Neue, seitdem er vermisst wird, genau wie du. Ich frage mich ständig, was ich hätte tun können. Ob ich etwas anders hätte machen sollen. Wie ich ihn hätte beschützen, ihm ein besserer Vater sein können.« Seine Stimme brach. »Wie ich ihn hätte retten können.«

»Glaubst du etwa, mir geht es anders?«, schrie Helen, während ihre Stimme vor lauter Schmerz und Wut ganz hysterisch klang.

»Das weiß ich nicht, Helen. Ist das so? Ich verstehe immer noch nicht ganz, wo du an dem besagten Tag warst, oder warum ihn die Kinder mit an den Strand genommen haben. Wir hatten Regeln – strikte Regeln für diesen Fall. Ohne unsere Begleitung war der Strand für Alfie eigentlich tabu.«

»Ach, komm von deinem hohen Ross runter, Richard! Die Kinder, wie du sie nennst, sind keine Kinder mehr, sondern Teenager, fast schon Erwachsene. Ich musste an die Uni. Was hätte ich tun sollen? Alfie mitnehmen?«

Richard ignorierte die Frage. »Dora hat mir erzählt, du hättest sie gebeten, auf Alfie aufzupassen. Und dass du ihnen erlaubt hättest, zum Strand zu gehen. Dass du ihr Geld für Eis gegeben hast.«

Schweigen. Als Helen antwortete, klang ihre Stimme tief und kalt. »Richard, hast du hinter meinem Rücken mit Dora darüber geredet? Gibst du mir die Schuld an dem, was vorgefallen ist? Soll das heißen, es ist mein Fehler?«

Er antwortete nicht, sondern beschloss stattdessen, die Taktik zu ändern. »Ich wüsste bloß gern, was du so Wichtiges an der Uni zu erledigen hattest, das nicht bis zum Semesterbeginn warten konnte.«

»Meine Güte, Richard, du hast vielleicht Nerven. Habe ich dich je gefragt, was du so Wichtiges zu tun hast, dass du tagelang in London bleiben und rund um die Uhr arbeiten musst?«

»Das ist was anderes.«

»Ach ja? Warum denn?«

»Weil ich nicht derjenige bin, der sich in den Ferien um die Kinder kümmern wollte«, schrie Richard.

Helen sagte etwas, aber Richard übertönte sie. »Wenn du mir gesagt hättest, dass du Verpflichtungen hast, hätte ich vielleicht ein paar Termine verschieben können. Ich hätte an besagtem Tag von zu Hause arbeiten können. Aber du hast nie erwähnt, dass du an die Uni musst. Woher hätte ich das bitte wissen sollen?«

»Es war eine spontane Aktion«, schrie Helen. »Der Dekan wollte, dass wir reinkommen, die Stundenpläne besprechen und …« Plötzlich verstummte sie. »Richard, was tun wir? Willst du wirklich, dass ich mich rechtfertige? Suchst du nach einem Sündenbock? Was ist mit den Mädchen? Was ist mit Cassie, die an diesem Tag Gott weiß was mit ihrer neuen Freundin getrieben hat? Oder mit Dora, die am Strand gespielt und mit Jungs auf dem Parkplatz geflirtet hat, obwohl sie bei Alfie hätte bleiben müssen?«

Cassie stockte der Atem.

»Mach dich nicht lächerlich, Helen. Dora trifft keine Schuld.« Richards Stimme wurde wieder leiser. Cassie konnte nicht hören, was er als Nächstes sagte. Sie legte das Ohr an die Tür, aber es half nichts. Es war Helens Stimme, die sie hörte.

»Bitte, hör endlich auf, bitte«, schluchzte sie. »Nichts davon hilft uns weiter. Nichts davon bringt uns Alfie zurück.«

»Ich weiß«, erwiderte Richard kühl. »Und genau deswegen möchte ich, dass wir eine Trauerfeier abhalten.«

Woraufhin der Teufelskreis aus Trauer, Wut, Beleidigungen und Tränen von vorn anfing.

Cassie verließ auf Zehenspitzen den Trockenraum, die Kleider unterm Arm. Sie konnte das nicht mehr mit anhören.

Schließlich hatte sich Richard durchgesetzt. Die Trauerfeier war wenige Wochen später an einem kalten Herbstnachmittag abgehalten worden. Cassie hatte sich sorgfältig angezogen. Sie trug einen alten schwarzen Rock, ein dunkles Polohemd und führte ihre schluchzende Schwester durch den Mittelgang nach vorn. Die Kirche war brechend voll, in den Bankreihen entdeckte sie lauter bekannte Gesichter.

Im Vorbeigehen sah sie, dass Sam mit ihren Eltern ganz hinten in der Kirche stand. Für den Bruchteil einer Sekunde trafen sich ihre Blicke. Sam schien sie vielsagend anzusehen, als müsse sie ihr dringend etwas mitteilen, aber Cassie brachte es einfach nicht über sich, stehen zu bleiben und mit ihr zu reden. Deshalb nickte sie nur unmerklich und ging weiter bis zum Altar. Den restlichen Gottesdienst über ignorierte sie die Blicke des Mädchens, die sich in ihren Rücken bohrten.

Sie erinnerte sich noch daran, dass sie die Lieder stumm mitgesungen hatte, erinnerte sich an den Übelkeit erregenden Zahnarztbohrer, der sich in ihren Magen zu schrauben schien. Jemand – wer, wusste sie nicht mehr – hatte die Idee gehabt, ein paar von Alfies Lieblingsspielsachen neben den Sarg zu legen. Es zerriss ihr schier das Herz, seine geliebten Holzwaggons zu sehen, sein blaugelbes Dreirad, ein unübersehbares Mahnmal, das sie an all die wilden Runden durchs Haus erinnerte, bei denen er gegen die Fußleisten gedonnert war und Helen mit dem Lärm in den Wahnsinn getrieben hatte. Nie wieder würde sie das anarchische Grinsen sehen, mit dem er durchs Haus sprang. Nie wieder würde sie ihn mit schuldbewusster Miene in ihrem Zimmer ertappen, seine Hände mit Schminke verschmiert und ihre Ketten um seinen kleinen Körper drapiert. Nie wieder würde er freudig Schneeflocken mit der Zunge auffangen und sie als »lecker« bezeichnen. Nie wieder würde er sie unablässig damit nerven, Raumschiff oder Dinosaurier zu spielen oder ihm seine Lieblingsgeschichten vorzulesen. Nie wieder würde er seinen kleinen Kopf an ihr Bein lehnen und sie fragen, wohin der Mond ging, wenn es Tag wurde.

Cassie erinnerte sich daran, wie ihr Vater am Rednerpult gestanden, mit zitternden Händen und bebender Stimme von seinem »wunderschönen Jungen« erzählt hatte, bis ihm die Stimme versagte. Der Pastor löste ihn ab, klopfte ihm unbeholfen auf die Schulter und sagte ein paar tröstende Worte. Sie erinnerte sich an das hysterische Schluchzen ihrer Mutter, als der herzzerreißend winzige Sarg, der nichts als Luft enthielt, aus seiner Verankerung gehoben und hinaus in das graue Nachmittagslicht getragen wurde.

Und sie erinnerte sich daran, wie sie draußen auf dem Friedhof gestanden hatte, völlig gelähmt. Ihre Lippen waren zusammengepresst und ihr ganzer Körper steif vor Anspannung gewesen – vor lauter Angst, sie könnte, wenn sie sich nur einen Moment, nur eine Sekunde entspannte, den Mund aufmachen und aus Leibeskräften schreien: »Es ist alles meine Schuld! Ich habe ihn umgebracht.«

Als sie nach der Trauerfeier endlich begriffen hatten, dass Alfie nie mehr nach Hause kommen würde, sahen sie sich der traurigen Aufgabe gegenüber, ihr Leben weiterzuleben. Rückblickend staunte Cassie, dass das wirklich das Schwerste gewesen war. So schmerzhaft und turbulent ihnen die ersten Tage direkt nach seinem Verschwinden erschienen waren: Die Angst und die bis zum Zerreißen gespannten Nerven hatten dafür gesorgt, dass sie weitermachen konnten. Die Extremsituation bewirkte einen seltsamen Energieschub, der ihnen die Kraft gab, sich jeden Morgen anzuziehen, hinunterzugehen und weiterzumachen. Nach der Trauerfeier mussten sie sich plötzlich wieder ihrem Alltag stellen.

Sie reagierten höchst unterschiedlich darauf.

Ihr Vater verschwand, zog sich in sein abgedunkeltes Arbeitszimmer zurück, wo er das Gesicht zur Wand drehte und den Schatten der Vergangenheit Gesellschaft leistete. Wenn er sich dann endlich zeigte, war er nur noch ein Schatten seiner selbst. Gespenstisch blass schlich er durchs Haus, sein vertrautes Lächeln und seine sprichwörtlich gute Laune waren versiegt.

Ihre Mutter dagegen war höchst unberechenbar in ihrer Trauer. Sie schien schubweise davon erfasst zu werden. Mit zusammengepressten Lippen und steif vor Anspannung stürzte sie sich auf den Haushalt. Doch dann hielt sie den Druck nicht mehr aus, sich zusammenreißen zu müssen, überließ sich vollständig ihrer mütterlichen Trauer und klappte zusammen. Cassie hörte, wie sie hinter der Badezimmertür schluchzte und wehklagte oder in Alfies Zimmer Nacht für Nacht in sein Kissen weinte.

Am liebsten wäre sie allen aus dem Weg gegangen. Sie wollte nicht in das tieftraurige Gesicht ihres Vaters schauen oder die ungefilterten, mitternächtlichen Klagelaute ihrer Mutter hören. Vor allem wollte sie nicht in Doras Augen schauen und das Staunen, die Trauer und die unbeantworteten Fragen darin sehen, die ihrer Schwester unablässig durch den Kopf gingen. Doras Gesicht war wie ein Spiegel, der Cassie ins Rampenlicht rückte. Also ging sie ihr aus dem Weg, verbarrikadierte sich hinter ihren Schulaufgaben oder lenkte sich mit Freunden und Partys ab. Wenn sie zu Hause war, zog sie sich in ihr Zimmer zurück und hängte das Schild *Bitte nicht stören* an die Tür.

Es kam ihr wie eine Ironie des Schicksals vor, dass sie noch nie so beliebt in der Schule gewesen war. Alle schienen die Nähe des Mädchens zu suchen, das wirklich etwas *erlebt* hatte. Sie hörte, wie sie tuschelten, sich anstießen oder sie mit kaum verhohlener Ehrfurcht anstarrten, wenn sie ihnen auf dem Flur begegnete. Und das ab dem ersten Tag, an dem sie wieder zur Schule kam. Plötzlich wurde sie von den beliebtesten Mädchen zu den wildesten Partys eingeladen.

Wenn sie der Schlaf zu übermannen, sie Albträume die ganze Nacht wachzuhalten drohten, oder wenn sie einfach zu große Angst davor hatte, den Kopf aufs Kissen zu betten, schlich sie sich aus dem Haus. Sie konnte es kaum erwarten, seinen Mauern und der düsteren Traueratmosphäre zu entrinnen.

Mit den neuen Freunden gingen neue Erfahrungen einher: Alkohol, Pillen, Clubs, Sex. Cassie probierte alles aus, alles, was ihren Schmerz betäuben konnte. Sie liebte das warme Brennen in ihrem Bauch, wenn sie die Schnäpse hinunterkippte, die man ihr reichte, und den hübschen goldenen Schein, in den die Welt getaucht wurde, wenn sie die kleinen weißen Pillen nahm, die man ihr diskret in die Hand drückte. Plötzlich war alles in Ordnung, alle strahlten, alle waren glücklich. Es wurde getanzt, in die Hände geklatscht und gelacht. Sie wirbelte wie besessen unter den Stroboskoplichtern umher und wünschte sich, dieser Moment möge niemals enden.

Wenn die Clubs schlossen, schleifte sie alle mit an den Strand. »Lasst uns den Sonnenaufgang ansehen«, rief sie. »Das wird bestimmt toll!« Aufgedreht rasten sie über die gefährlichen Landstraßen zum Parkplatz, zur Wendeschleife an der Deichmauer. Cassie ging ihnen über die Kiesel bis zum Wasser voran.

»Und, wer geht mit rein?«, fragte sie provozierend und zog sich am Ufer aus.

»Das soll wohl ein Witz sein?«

»Du spinnst ja! Das Wasser ist eiskalt.«

»Weicheier«, zog sie sie auf, warf ihren BH von sich, streifte ihren Rock ab und warf sich nackt und kichernd in die eiskalten Wellen, tauchte hinein, bis sie kaum noch Luft bekam.

»Sie ist verrückt«, hörte sie sie flüstern.

»Du weißt das von ihrem Bruder, oder?«

»Das Mädchen hat ein ernsthaftes Problem.«

Ihre neuen Freunde pflegten dann langsam einer nach dem anderen in der Dunkelheit zu verschwinden. Sie ließen sie allein am Kiesstrand zurück, wo sie zitternd sitzen blieb, rauchte und sich dafür verfluchte, dass sie sich nicht traute, lang genug unter Wasser zu bleiben.

Cassie begann, allein am Imbissstand abzuhängen, saß dort am Fenster und sah zu, wie das Kondenswasser an ihrer Coladose herunterlief und ihre Fritten an der Winterluft kalt wurden. Dort traf sie auch den Mann mit dem schmalen goldenen Ehering und dem abblätternden Aufkleber an seiner Familienkutsche, auf dem stand: *Schrei, wenn du schneller fahren willst.* Er fuhr mit ihr zu abgelegenen Haltebuchten und tat Dinge mit ihrem Körper, nach denen sie stundenlang in der Badewanne sitzen und heiße salzige Tränen in das kalt werdende Wasser weinen musste. Die ganze Zeit über fragte sie sich, warum sie nichts empfinden konnte.

Deshalb hatte sie damit angefangen, sich zu ritzen. Nur dann fühlte sie sich richtig lebendig. Nur dann fühlte sie überhaupt irgendwas. Die Metallnadel, die in ihre Haut stach, das warme Blut, das ihre Arme hinunterlief, sich in ihren Händen sammelte oder scharlachrot auf das weiße Sanitärporzellan fiel, gaben ihr das Gefühl, lebendig zu sein, im Hier und Jetzt zu leben und sich unter Kontrolle zu haben. Vor allem aber gab es ihr das Gefühl, für das bestraft zu werden, was sie getan hatte und was sie keiner Menschenseele anvertrauen konnte.

In solchen Nächten wünschte sich Cassie nur noch, dass alles vorbei wäre. Hätte sie die Welt anhalten, sie daran hindern können, sich auch nur einen weiteren Millimeter auf einen neuen Tag zuzubewegen, hätte sie es getan. Aber der Tag kam unweigerlich, und es war jedes Mal furchtbar. Meine Güte, war das furchtbar! Wenn das Morgengrauen das Dunkel erhellte und sich ihr Kater mit einem lauten Pochen in ihren Schläfen bemerkbar machte, empfand sie wirkliche Schmerzen. Dann kroch sie mit ihrem geritzten, malträtierten Körper fröstelnd und zitternd unter die Bettdecke und verschloss die Augen vor der Wirklichkeit. Sie nahm sich vor, allem ein Ende zu bereiten, und fröstelte vor Fassungslosigkeit, dass ihre Eltern ihre nächtlichen Eskapaden nicht bemerkten und auch nicht die unerträgliche Wahrheit hinter ihren Seelenqualen.

Cassie sah ein Dreieck aus grauem Licht, dort, wo ihre Vorhänge nicht ganz schlossen. Bald würde es hell sein. Sie dachte an ihren Streit mit Dora am Vorabend zurück und bekam ein schlechtes Gewissen. Sie wollte nicht über Alfie reden, trotzdem war ihr klar, dass sie gemein gewesen war. Schließlich war sie diejenige, die fortging. Dora würde noch zwei Jahre mit Mum und Dad und den Erinnerungen an diesen furchtbaren Tag weiterleben müssen. Für ihre Schwester gab es keinen Ausweg, noch nicht.

Sie versuchte die Augen erneut zu schließen, ein letztes Mal. Sie war müde. Sie hatte die halbe Nacht damit verbracht, die Tragödie vor ihrem inneren Auge vorbeiziehen zu lassen. Es war anstrengend, solch heftigen Kummer und so schwere Schuld zu ertragen. Sie konnte es kaum erwarten, Dorset und all das hinter sich zu lassen. Als sie sich ein weiteres Mal tief in die Matratze fallen ließ und kurz davor war, sich süßem Vergessen hinzugeben, holte sie ein seltsames Geräusch in die Gegenwart zurück. Es war eine Art leises trauriges Seufzen. Sie glaubte zu träumen, aber dann hörte sie es erneut.

Cassie kniff die Augen zu. Nein, nein, nein, flehte sie stumm. Nicht schon wieder. Das kann doch nicht wahr sein.

Sie hörte ein Schlurfen, ein weiteres Seufzen.

Geh weg, dachte sie. Du bist nicht echt, ich weiß, dass du nicht echt bist.

Aber da war es wieder, das leise Seufzen. Es kam aus der hintersten Ecke ihres Zimmers.

Ihr Herz hämmerte wild gegen ihre Brust, und das Blut rauschte ihr in den Ohren. Sie wollte die Augen nicht öffnen, doch dann gewann eine morbide Neugier die Oberhand. Versuchsweise öffnete sie erst ein Auge und warf einen kurzen Blick in die hinterste Zimmerecke. Als sie die kleine Gestalt dort hocken sah, riss sie in Panik die Augen auf.

Er war in Schatten gehüllt und nur schwer auszumachen, aber zwei unverkennbare, durchdringend blaue Augen sahen sie aus der Dunkelheit vorwurfsvoll an. Vage konnte sie die vertrauten Umrisse seiner abstehenden Haare und die schmuddelige alte Decke erkennen, die er überall mit sich rumschleppte und in seiner kleinen geballten Faust hielt. Es war entsetzlich, ihn so bildhaft, so lebensecht vor sich zu sehen. Es war der Ausdruck in seinen Augen, der ihr am meisten Angst einjagte, denn es standen eine solch entsetzliche Traurigkeit und solche Vorwürfe darin.

»Cassie«, flüsterte er. »Cassie, spiel mit mir.«

Es war ihr kleiner Bruder. Es war Alfie.

Cassie unterdrückte einen Schrei und versteckte sich wild schluchzend unter der Bettdecke.

»Geh weg«, flehte sie lautlos. »Geh einfach weg! Ich wollte das nicht. Ich wollte dir nicht wehtun.«

Ein weiteres Seufzen ertönte, er war so nahe an sie herangekommen, dass sie hätte schwören können, seinen Atem auf ihrer Haut zu spüren.

»Cassie. Cassie. Cassie.«

»Lass mich in Ruhe. Bitte, lass mich einfach in Ruhe.«

Sie blieb zitternd unter der Decke liegen, bis die Morgensonne durch ihre Vorhänge drang und sie ihre Eltern im Erdgeschoss rumoren hörte.

Am Ende herrschte die blanke Hektik. Helen raste wie eine Wilde, um sie pünktlich zum Bahnhof zu bringen, und als sie ankamen, blieben ihnen nur noch wenige Minuten Zeit. Sie hatte gerade ihr Ticket bezahlt, und der Zug nach London-Waterloo fuhr ein. Cassie ließ sich zum letzten Mal von ihrer Mutter umarmen, griff nach ihrem Rucksack und kletterte dann die Stufen des letzten Abteils hoch. Sie winkte verstohlen, während der Zug den Bahnsteig verließ, und sah zu, wie ihre Mutter immer kleiner wurde, bis sie nur noch ein winziger, kaum erkennbarer grauer Fleck am Horizont war. Als sie aus ihrem Blickfeld verschwunden war, stieß Cassie einen leisen Seufzer der Erleichterung aus.

Endlich, dachte sie und steckte ihre Hand in die Manteltasche, um die kalte Schmetterlingsbrosche zu umklammern.

Dora

Zehn Jahre zuvor

Drei Tage vergingen, ohne dass Cassie sich gemeldet hätte. Dora sah zu, wie ihre Eltern mit einer seltsam stummen Tapferkeit ihrem Alltag nachgingen. Nach außen hin ließen sie sich ihre Sorgen um ihre Schwester nicht anmerken, die sich zum ersten Mal allein in die große weite Welt hinausgewagt hatte. Und obwohl sie eine durchaus überzeugende Vorstellung gaben, konnten sie Dora nicht täuschen. Sie spürte das Brodeln unter der Oberfläche. Sie merkte, wie der Kopf ihres Vaters herumfuhr, sobald das Telefon klingelte, wie ihre Mutter jedes Mal leise seufzte, wenn Cassies Name fiel. Sie warteten verzweifelt auf ein Lebenszeichen aus Edinburgh.

»Sie wird heute Abend anrufen«, überlegte Richard am dritten Abend laut, während sich seine Sorgenfalten vertieften. »Sie amüsiert sich einfach zu sehr, um sich Gedanken wegen uns zu machen. Sie lernt lauter neue Leute kennen, lebt sich ein, verschafft sich einen Überblick über das Kursangebot. Das ist alles recht so.«

»Ja«, stimmte ihm Helen zu. »Es muss schwer sein, ein Telefon zu finden. Bestimmt stehen alle Schlange, um zu Hause anzurufen. Hätte sie doch das Handy angenommen, das wir ihr angeboten haben.«

»Ja, in diesem Punkt war sie irgendwie seltsam. Sie ist eben sehr unabhängig, und genau das bewundere ich so an ihr. Mach dir keine Sorgen, Liebes, sie wird bestimmt anrufen, sobald sie ihren Kater ausgeschlafen hat.« Richard versuchte vergeblich, Helen aufzumuntern.

Dora saß schweigend daneben. Sie fand es extrem egoistisch von Cassie, nicht anzurufen. Sie müsste eigentlich am besten wissen, welche Sorgen sich ihre Eltern machten. Nicht jeder hatte das Glück, Clifftops entfliehen und woanders neu anfangen zu können. Es war schlimm genug, eifersüchtig zu sein, aber sich dann noch anhören zu müssen, wie ihre Eltern die Schwester entschuldigten ... Dora wurde fast wahnsinnig.

Als sie am nächsten Morgen den Schulbus nahm, war sie insgeheim immer noch sauer auf Cassie. Es regnete in Strömen, dicke Tropfen prasselten gegen das Fenster und liefen in Strömen diagonal über das Glas. Die Fenster beschlugen bereits. Der Busfahrer griff alle paar Minuten nach einem schmutzigen Lappen, um damit über die Windschutzscheibe zu wischen. Außerdem stank es nach nassen Turnschuhen und dem widerlichen Schwefelaroma aus Billy Cohens Lunchbox, der Eiersandwiches aß. Sie lehnte den Kopf gegen das Fenster, starrte blind auf die vorbeiziehende Landschaft und ärgerte sich über ihre Schwester, die sich irgendwo in Schottland herumtrieb.

Wenn das so weiterging wie an den letzten Abenden, würden sich die nächsten beiden Schuljahre endlos hinziehen. Sie hielt es einfach nicht aus, allein bei ihrer Mutter und ihrem Vater zurückzubleiben. Ihre Eltern waren zwar körperlich anwesend, aber geistig? Es war, als lebte sie mit zwei Zombies zusammen, wie man sie im Kino sieht. Mit zwei bleichen, stummen Gestalten, die scheinbar leblos durchs Haus irrten, bis sie plötzlich übereinander herfielen, jede Menge Gift verspritzten und die Zähne fletschten. Wenn sie ehrlich war, war Cassie auch keine angenehme Gesellschafterin gewesen. Aber wenigstens hatten ihre Musik, ihre Schminke und ihre Klamotten, die Dora sich ausleihen konnte, eine Abwechslung geboten. Ohne Cassie klaffte eine weitere Lücke im Haushalt, ein weiteres Loch, das sich nicht stopfen ließ. Es gab niemanden, mit dem sie reden, mit dem sie abhängen konnte. Die Einsamkeit fraß sie regelrecht auf.

»He, wie geht's?«

Die Begrüßung riss Dora aus ihren Gedanken. Sie sah auf und starrte in die blauen Augen von Steven Page. Er stand im Gang und sah auf sie herunter. Sein glänzend braunes Haar war klatschnass und hing ihm wirr ins Gesicht. Dora spürte, wie ihr Herz einen Schlag aussetzte.

»Ist der schon besetzt?«, fragte er und zeigte auf den freien Platz neben ihr.

Sie erstarrte wie ein Kaninchen im Scheinwerferlicht. Sie wurde rot, schüttelte den Kopf und sah ungläubig zu, wie er sich neben sie fallen ließ und sich durchs Haar fuhr, woraufhin ein feiner Sprühregen über ihnen niederging.

»Entschuldige«, sagte er und wischte mit seinem Ärmel über ihren Arm. »Beim Warten auf den Bus bin ich klatschnass geworden.«

Doras Haut prickelte, wo er sie berührt hatte, und sie spürte seinen warmen Oberschenkel neben dem ihren. Sie schluckte. Sag doch was, dachte sie. Irgendwas!

»Ja«, erwiderte sie schließlich. »Es schüttet.«

Es schüttet! Mehr fiel ihr nicht ein? Sie wandte sich wieder zum Fenster und versuchte verzweifelt, ihre glühenden Wangen zu verbergen.

»Geht es dir gut? Ich habe dich in letzter Zeit kaum gesehen.« Sie spürte, wie er sie musterte, und errötete noch mehr.

»Ja«, sagte Dora. »Es geht mir gut.« Dabei traf genau das Gegenteil zu.

»Komisch, dass wir seit dem Sommer kaum miteinander geredet haben. Seit dein Bruder ...« Er beendete seinen Satz nicht, und beide starrten sich verlegen an. »Ich war auf der Trauerfeier, weißt du.«

Dora nickte. Er war ihr damals gar nicht aufgefallen, aber Cassie hatte ihr anschließend gesagt, dass er da gewesen war. Sie schluckte. »Ich weiß. Danke, aber das wäre nicht nötig gewesen.«

Steven zuckte mit den Schultern. »Klar bin ich gekommen.« Sie saßen schweigend nebeneinander, bis er erneut das Wort ergriff. »Inzwischen ist ein Jahr vergangen. Wird es besser?«

Dora zögerte.

»Tut mir leid.« Er hob entschuldigend die Hände. »Das geht mich nichts an. Es war dumm zu fragen.«

»Nein«, sagte Dora. »Das ist schon in Ordnung. Niemand redet wirklich über Alfie. Alle machen nur Andeutungen. Es tut eigentlich gut, darauf angesprochen zu werden. Und nein«, fügte sie hinzu, »es wird nicht besser, zumindest noch nicht.«

»Ich kann mir das gar nicht vorstellen.«

Dora schloss die Augen. »Es ist so, als würde man mit einer Wunde leben. Man denkt, sie hat angefangen zu heilen. Man spürt, dass es ein bisschen besser wird. Es bildet sich eine Kruste. Aber dann passiert irgendwas, man sieht etwas, hört etwas ... Das kann das Geräusch des Eiswagens sein oder der Anblick eines kleinen Jungen, der gerade lernt, Fahrrad zu fahren. Und dann tut es wieder genauso weh wie beim ersten Mal. Es ist furchtbar. Ehrlich gesagt weiß ich nicht, ob sich das jemals ändern wird.«

Sie schaute Steven an und fragte sich, ob sie zu viel gesagt hatte. Ein einfaches Nein hätte auch genügt. Aber er sah sie mitfühlend an.

»Das muss schlimm sein.«

Sie zuckte mit den Schultern.

»Wie geht es deinen Eltern?«

Sie lachte kurz auf. »Sagen wir mal so: Bei uns zu Hause herrscht nicht gerade Partystimmung.«

Steven nickte, er schien über etwas nachzudenken. »Ich habe mich gefragt … na ja … ob du vielleicht, du weißt schon, mal mit mir ausgehen würdest? Wir könnten uns eine Pizza holen oder ins Kino gehen? Ein paar Kumpel von mir gehen am Freitagabend ins *Dog and Duck*. Ich habe letzte Woche meinen Führerschein gemacht. Ich könnte dich abholen, falls du unter Leute willst.«

Dora stockte der Atem. Wollte sich Steven Page, *der* Steven Page, tatsächlich mit ihr verabreden?

Ja, ja, ja, hätte sie am liebsten geschrien, natürlich möchte ich mit dir ausgehen! Welches Mädchen, das noch klar bei Verstand ist, würde das nicht?

Sie bekam Herzklopfen, als sie, ja was eigentlich, spürte? Aufregung? Glück?

Sie wollte gerade etwas sagen, ihre Antwort überlegt formulieren, als ein heftiger Windstoß einen Regenschauer gegen das Fenster drückte. Er prasselte gegen die Scheibe und ließ die beiden zusammenzucken.

»Meine Güte«, sagte Steven. »Es regnet wirklich Bindfäden.«

Bindfäden.

Dora spürte, wie ihr Lächeln erstarb. Sofort musste sie an den kleinen Alfie denken, daran, wie er aus den regengepeitschten Fenstern von Clifftops schaute und zusah, wie sich ein Sommergewitter über dem Meer entlud.

»Wo sind die Bindfäden, Dora?«, hatte er in seiner kindlichen Unschuld stets gefragt. »Ich sehe keine.«

Da war der Schmerz wieder. Ein paar wunderbare Sekunden lang hatte sie vergessen können und sich wie eine normale Sechzehnjährige gefühlt, die zum ersten Mal von dem Jungen, den sie mag, um eine Verabredung gebeten wird. Ihre Euphorie verflog genauso schnell, wie sie gekommen war. Die Wunde war wieder aufgebrochen, und sie spürte, wie sie tief in ihr pochte und sie einmal mehr in den Abgrund riss.

Sie konnte nicht mit Steven ausgehen. Wem wollte sie da eigentlich etwas vormachen? Wenn sie mit ihm abhing, würde sie das nur an jenen Tag am Strand erinnern. Daran, wie sie auf ganzer Linie versagt hatte. Sie hatte es nicht verdient, vergessen zu dürfen. Sie musste den Schmerz spüren, mit all seiner Wucht. Alfie zuliebe, für immer.

»Also, was sagst du?«, fragte Steven. »Sehen wir uns am Freitagabend?«

»Danke«, sagte sie. »Aber ich habe im Moment viel zu tun.«

»Oh.« Steven war enttäuscht. »Ich kann dich nicht überreden? Nicht einmal in ein oder zwei Wochen?«

Sie schüttelte den Kopf. »Eher nicht.«

Nun war Steven derjenige, der errötete. »Na gut.« Ein peinliches Schweigen entstand, bevor er auf seinem Sitz hin und her rutschte und seinen Rucksack öffnete. »Mir ist gerade eingefallen, dass ich noch ein paar Hausaufgaben fertig machen muss. Es macht dir doch nichts aus?«

Dora schüttelte ein wenig verletzt den Kopf, und als Steven sich mit einem dicken Biologiebuch beschäftigte, sah sie wieder aus dem Fenster. Die Regentropfen am Fenster sahen aus wie Tränen. Sie legte den Zeigefinger auf die Scheibe und verfolgte ihren Weg.

Ich habe das Richtige getan, redete sie sich ein. Sie konnte unmöglich mit Steven ausgehen. Das wäre einfach nicht in Ordnung.

Inzwischen war Wochenende, und ihre Eltern machten sich zunehmend Sorgen.

»Ich werde sie anrufen«, sagte Richard. »Es ist Samstagmorgen. Selbst wenn sie gestern Abend mit neuen Freunden aus war, müsste sie eigentlich auf ihrem Zimmer sein.«

Helen nickte. »Sie ist seit einer Woche weg, und wir waren wirklich geduldig. Ich finde, wir sollten anrufen.«

»Du hältst es also nicht für zu früh?«, fragte Richard.

»Nein. Ruf an!«

Dora hielt die Luft an, während Richard sich an der Pinnwand in der Küche zu schaffen machte, an der ein Zettel mit Cassies Adresse hing. Er wählte die Nummer und wartete schweigend auf ein Freizeichen.

»Hallo, ja, äh, hallo. Ich hätte gern mit Cassandra Tide gesprochen. Sie hat die Zimmernummer 132. Ihr Vater ist am Telefon.«

Dora wurde rot. Er klang so alt und umständlich. Sie sah regelrecht vor sich, wie die lässige Studentin am anderen Ende der Leitung die Augen verdrehte und loszog, um Cassie zu holen.

»Ja, natürlich kann ich warten. Danke.«

Dora saß am Küchentisch und überlegte, was sie Cassie fragen wollte. Sie wollte wissen, wie ihr Zimmer aussah, ob sie schon Freunde gefunden hatte, und vor allem, wann sie zu Besuch kommen durfte. Sie würde auf dem Boden schlafen, das machte ihr nichts aus – Hauptsache, sie kam eine Weile aus Dorset weg.

Mehrere Minuten vergingen. Sie fragte sich schon, ob man sie vergessen hatte, ob der Hörer irgendwo in Edinburgh neben dem Telefon lag, während Studenten daran verbeisausten, zu Vorlesungen und Partys, Pubs und Sportveranstaltungen gingen, während sie zu dritt wie angewurzelt in der Küche festsaßen.

Endlich sagte Richard wieder etwas. »Ja, ich bin noch dran.« Er hörte eine Weile zu und runzelte dann die Stirn. »Entschuldigen Sie, aber ich verstehe nicht. Was soll das heißen, sie ist nie aufgetaucht? Sie ist vor fast einer Woche abgereist. Vielleicht sind Sie ihr noch nicht begegnet. Sie wissen ja, wie diese Studenten sind.«

Wieder kehrte Schweigen ein, während Richard zuhörte. »Aber das ergibt keinen Sinn! Sie muss sich eingeschrieben haben. Wo sollte sie denn sonst sein? Was sollte sie denn sonst treiben?«

Dora kam näher und versuchte, aus dem undeutlichen Brabbeln am anderen Ende der Leitung schlau zu werden.

»Nein, tut mir leid«, sagte Richard mit fester Stimme. »Da muss bei den Einschreibungen etwas schiefgelaufen sein. Cassie ist letzten Samstag abgereist.« Richard hörte erneut zu. »Nein, allein. Sie ist mit dem Zug gefahren, sie hat darauf bestanden.«

In diesem Moment wusste Dora Bescheid.

Die Uni ist nicht gerade ein Neuanfang, Dora. Das ist keine echte Freiheit. Keine wirkliche Flucht.

Die Wahrheit traf sie wie ein Schlag. Cassie war gar nicht nach Edinburgh gefahren. Sie hatte es nie vorgehabt. Deshalb war sie so wild darauf gewesen, allein zu fahren. Nicht, weil sie unabhängig sein und allein an der Uni auftauchen wollte. Nicht, weil sie sich für sie schämte und Angst hatte, die ersten wichtigen Stunden mit ihrer inzwischen kaputten Familie verbringen zu müssen.

Als Richard das Telefonat beendete und sich ebenso schockiert wie ungläubig zu ihnen umdrehte, drängte sich Dora eine noch brennendere Frage auf: Wenn Cassie nicht in Edinburgh war, wo zum Teufel war sie dann?

»Was soll das heißen? Es gibt nichts, was Sie tun können?« Richard saß einem Polizeibeamten gegenüber – zu allem Überfluss derjenige, der sich im Vorjahr um Alfies Verschwinden gekümmert hatte. Er rang verzweifelt die Hände. »Unsere Tochter wird vermisst.«

»Ich verstehe Ihre Sorge, Sir, aber Cassie ist achtzehn. Vor dem Gesetz ist sie volljährig. Sie kann von zu Hause weggehen, wann immer sie will. Auch wenn ich nachvollziehen kann, wie beunruhigend es für Sie ist, nicht zu wissen, wo sie steckt, ist das leider ihr gutes Recht. Haben Sie Grund zur Annahme, dass sie in ein Verbrechen verwickelt ist?«

Helen sah Richard an, der nur mit den Schultern zuckte. »Das ist höchst untypisch für sie.«

Dora dachte an die vielen einsamen Spaziergänge ihrer Schwester zurück. Daran, dass sie spätnachts verschwunden war und gegen den Hausarrest verstoßen hatte. Ihr fielen die tiefen Schrammen ein, die sie an den Armen ihrer Schwester bemerkt hatte. Ihre nackten Arme hatten ihr schmerzhaftes Geheimnis enthüllt. Cassie wusste nicht, dass sie die Verletzungen gesehen hatte, aber ihr Anblick verfolgte Dora noch im Schlaf. Sie überlegte, ob sie sie erwähnen sollte, entschied sich aber dagegen und biss sich auf die Zunge.

»Sie haben also keinen Grund anzunehmen, sie könnte in ein Verbrechen verwickelt sein?«

»Woher sollen wir das wissen? Wir haben keine Ahnung, wo sie steckt. Deshalb brauchen wir Ihre Hilfe!«

Dora schämte sich für die dreisten Worte ihrer Mutter. Der Polizist tat nur seine Pflicht, das merkte sogar sie.

»Hat sie erwähnt, wohin sie will? Hat sie Freunde oder Verwandte, bei denen sie sein könnte? Einen festen Freund?«

Richard schüttelte den Kopf.

»Wissen Sie, in welcher Verfassung sie bei der Abreise war? Hat sie nervös gewirkt? Könnte sie sich etwas angetan haben?«

Dora schluckte laut.

»Natürlich nicht«, rief Helen empört. »Sie hat sich auf ihr Studium gefreut.«

Richard schüttelte den Kopf. »Wir wissen nur, dass sie den Zug nach London-Waterloo bestiegen hat. Sie hätte gegen Mittag in London ankommen, dann die U-Bahn nach King's Cross und von dort den Anschlusszug nach Edinburgh nehmen sollen.«

Der Polizist räusperte sich. »London ist groß.«

Dora begriff, dass es Zeit wurde, mit der Sprache herauszurücken.

»Sie hat mir etwas gesagt.« Sie spürte die bohrenden Blicke ihrer Eltern, sprach aber trotzdem weiter. »Am Abend vor der Abreise. Sie meinte, die Uni bedeute keine echte Freiheit, keine wirkliche Flucht. Ich habe mir damals nichts dabei gedacht, aber jetzt ergeben ihre Worte einen Sinn. Vielleicht hatte sie nie vor, auf die Uni zu gehen.« Sie schwieg einen Moment. »Vielleicht hat sie es sich anders überlegt.«

Dora sah ihre Mutter an, die sie mit ihren Blicken beinahe erdolchte.

Der Polizist nickte ihr aufmunternd zu. »Das ist eine wichtige Information, Dora. Hat sie sonst noch was gesagt? Hat sie Freunde, in London oder sonst wo, bei denen sie unterkommen könnte?«

Dora schüttelte den Kopf. »Nur die Freunde von damals, bevor wir hierhergezogen sind. Aber wir haben schon seit Jahren keinen Kontakt mehr zu ihnen. Mir fällt niemand ein.«

Der Polizist seufzte. »Nun, ich könnte die Londoner Verkehrspolizei bitten, die Überwachungskameras des Bahnhofs London-Waterloo auszuwerten. Wir kennen ja den Zeitraum, in dem Cassie mit dem Zug hätte eintreffen müssen. Vielleicht haben wir Glück. Vielleicht ist auf diesen Bildern zu sehen, wie sie sich mit jemandem getroffen hat. Oder in welche Richtung sie gegangen ist. Das ist nicht sehr wahrscheinlich, aber fragen kann ich.« Er machte eine kurze Pause. »Vielleicht telefonieren Sie die Krankenhäuser ab.« Er sah ihnen nicht in die Augen.

»Und das ist alles?« Helen war entsetzt. »Schon wieder wird ein Kind vermisst, und Sie unternehmen nichts?«

»Helen«, sagte Richard barsch. »Ich glaube nicht, dass das fair ist.«

Dora sah, wie sich das Gesicht des Polizisten etwas rötete.

»Ich verstehe Ihren Kummer, Mrs. Tide. Ich tue, was ich kann, aber in der Zwischenzeit sollten Sie überlegen, einen Detektiv einzuschalten – jemanden, der sich unabhängig von uns an die Fersen Ihrer Tochter heften kann. Vielleicht hat der mehr Glück.« Er hatte sich bereits erhoben und wandte sich zum Gehen. »Tut mir leid, dass ich sonst nicht viel für Sie tun kann. Sie wird bestimmt wieder auftauchen. So wie ich Cassie in Erinnerung habe, ist sie ziemlich patent. Versuchen Sie, telefonisch erreichbar zu sein, und geben Sie die Hoffnung nicht auf. Ich melde mich, sobald ich etwas in Erfahrung bringen konnte.«

Mit diesen Worten verabschiedete er sich.

Die Stunden, die folgten, erinnerten schmerzhaft an Alfies Verschwinden. Richard war außer sich. Er stürmte durchs Haus, erledigte wichtige Telefonate und führte hinter verschlossenen Türen intensive, hoch emotionale Gespräche mit Helen. Gleichzeitig warf er sich bei jeder Gelegenheit vor, nicht gemerkt zu haben, dass mit Cassie etwas nicht stimmte. War sie weggelaufen? Wurde sie irgendwo gegen ihren Willen festgehalten? Vielleicht war sie krank geworden oder, noch schlimmer, lag irgendwo unentdeckt in einem Straßengraben? Er verrückte Möbel, knallte Türen und ließ seinen Ärger an leblosen Gegenständen aus. Er war kaum wiederzuerkennen in seiner Wut und Panik.

Helen dagegen blieb stumm, schien unter Schock zu stehen. Sie saß auf dem Sofa, die Hände um die Knie geschlungen, und wiegte sich nach einem inneren Rhythmus vor und zurück. Ihre Lippen bewegten sich, aber Dora konnte die geflüsterten Worte nicht verstehen. Sie wusste auch nicht genau, ob sie das überhaupt wollte.

Sie hielt sich von ihren Eltern fern, ging ihnen sorgfältig aus dem Weg und war verwirrt, entsetzt und fassungslos. Ging das Ganze tatsächlich wieder von vorn los?

Mechanisch wie Roboter trafen sie sich zum Abendessen zu dritt in der Küche. Richard erzählte ihnen von dem Detektiv, während sie Essen auf ihren Tellern hin und her schoben, das unberührt blieb.

»Er wirkt sehr kompetent. Die Detektei hat eine Erfolgsquote von achtundneunzig Prozent in Vermisstenfällen, und er hat versprochen, sich höchstpersönlich um Cassie zu kümmern.«

Helen nickte, räusperte sich, als wollte sie etwas sagen, blieb dann aber stumm, während sie ihr Wasserglas auf dem Tisch mehrfach drehte. Ein durch Mark und Bein gehendes Quietschen entstand, und Dora sah, wie ihr Vater Helen einen bösen Blick zuwarf.

Richard schob seinen Teller weg. »Ich fühle mich einfach hilflos. Ich weiß nicht, was ich tun soll.« Seine Stimme brach. »Sagt mir bitte, was ich tun soll.«

Da sah Helen auf und starrte Richard an, als sähe sie ihn zum ersten Mal. Langsam streckte sie die Hand nach ihm aus. Dora sah den weichen Ausdruck in ihrem Gesicht, las in ihren Augen, wie verletzlich und verängstigt sie war. Aber genau in dem Moment, in dem Helen die Hand ausstreckte, schob Richard, der die Geste nicht bemerkt hatte, seinen Stuhl zurück und sprang auf.

»Tut mir leid, aber ich kann nicht rumsitzen, zu Abend essen und einen auf glückliche Familie machen.«

Dora sah, wie ihre Mutter zusammenzuckte und ihre Hand zurückzog.

In der Tür drehte er sich noch mal zu ihnen um. »Ich bin im Arbeitszimmer, falls ihr mich braucht.«

Ein schmerzhaftes Schweigen entstand, während die Tür hinter Richard zufiel.

Der Polizist hielt Wort und rief vierundzwanzig Stunden später an. Dora stockte der Atem, als er einem grimmig dreinschauenden Richard seine Erkenntnisse mitteilte.

»Was ist?«, flüsterte Helen. »Wir haben sie auch verloren, nicht wahr?« Sie hatte ihre Fingerknöchel an den Mund gepresst.

Richard legte leise auf und drehte sich zu ihnen um.

»Ich weiß es nicht, Liebes. Ich weiß es wirklich nicht. Sie glauben, sie auf dem Überwachungsband erkannt zu haben.«

»Wo? Was hat sie gemacht?«

Richard erklärte ihr behutsam, dass die Londoner Polizei das körnige Bild eines Mädchens entdeckt hatte, auf das Cassies Beschreibung passte. Das Mädchen sei gegen Mittag am Bahnhof London-Waterloo ausgestiegen. Doch statt zur U-Bahn zu gehen wie geplant, habe sie den Bahnhof zu Fuß verlassen. Die Kamera habe sie an der Abzweigung zur Westminster Bridge aus dem Blickfeld verloren, aber die Beweislage sei eindeutig: Cassie habe den Bahnhof freiwillig verlassen, die Polizei sei also nicht länger involviert. Es gebe nichts, was sie noch tun könne.

»Jetzt wissen wir wenigstens, dass es ihr gut geht, oder?«, fragte Dora und kaute nervös an den Fingernägeln. »Ich meine, sie ist eindeutig ausgerissen. Sie wurde nicht … nicht …« Sie verstummte.

Richard seufzte. »Ich weiß nicht, Dora.« Er schüttelte den Kopf. »Ich weiß gar nichts mehr.«

»Aber wir werden sie finden, nicht wahr? Es ist nur eine Frage der Zeit.«

Zum ersten Mal wusste Richard keine Antwort. Stattdessen griff er zum Telefon. Er hatte nur noch eine Mission, nämlich die, Cassie zu finden.

Dora staunte, welche Wut wie weiß glühende Lava in ihr aufstieg. Wie hatte Cassie es wagen können, einfach so abzuhauen?

Reichte es denn nicht, dass sie an die Uni hatte gehen können? Sie hatte den perfekten Vorwand gehabt, die Familie zu verlassen. Aber das hatte ihr nicht genügt. Sie hatte noch einen draufsetzen und spurlos verschwinden müssen, sie voller Kummer und Verzweiflung zurückgelassen.

Wie konnte sie nur so egoistisch sein? Das war bösartig und grausam. Ihre Schwester musste doch wissen, dass sie die Angst und den Schmerz über Alfies Verschwinden so erneut über sie bringen würde. War es ihr etwa egal, wie sehr sie litten?

Waren sie ihr keinen Anruf, keine E-Mail wert, die sie von ihren Qualen erlöst hätten?

Und vor allem: Warum hatte sie Dora nichts von ihren Plänen erzählt? Warum hatte sie sie nicht ins Vertrauen gezogen? Dass Cassie ihre Flucht geplant hatte, ohne Dora gegenüber auch nur ein Wort zu verlieren, nach allem, was sie zusammen durchgemacht hatten – das war das Schlimmste.

Was war nur aus dem Unsinn geworden, den Cassie noch wenige Jahre zuvor von sich gegeben hatte? Was war nur aus der Schwester geworden, die ihr feierlich verkündet hatte, dass sie zusammenhalten müssten, denn das täten Schwestern nun mal?

Was für eine gequirlte Scheiße! Das war typisch ihre Schwester. Allein beim Gedanken an diese Worte geriet Dora in Rage, weil es sie einmal mehr daran erinnerte, wie einsam sie war. Dora glaubte nicht, ihrer Schwester jemals verzeihen zu können.

Eine seltsame Atmosphäre stülpte sich über Clifftops, wie dicker Winternebel, der vom Meer hereinzieht. Die Stimmung war überaus angespannt. Helen zog sich in ihr Arbeitszimmer zurück, während Richard zu den seltsamsten Tages- und Nachtzeiten das Haus verließ. Wo Dora steckte, schien keinen zu interessieren, und so ertappte sie sich dabei, wie eine verlorene Waise durch die Flure von Clifftops zu geistern. Sie kochte sich ihre eigenen Mahlzeiten, suchte im Wäschekorb nach Klamotten und sah jeden Abend beim Zubettgehen im Spalt unter der Tür, wie sich der Schatten ihrer Mutter bewegte.

Die Zeit dehnte sich endlos, und Dora kämpfte gegen ihre totale Einsamkeit an. Sie überlegte schon, Steven anzurufen. Vielleicht war es nicht zu spät, ihn an sein Fluchtangebot zu erinnern. Doch am Ende konnte sie sich nicht dazu aufraffen, zum Hörer zu greifen. Heimliche Selbstzweifel hinderten sie daran, sich bei ihm zu melden. Irgendwann wandte sie sich an ihre Mutter und wagte es, morgens vor der Schule an ihre Tür zu klopfen.

»Alles in Ordnung?«, fragte Helen und musterte sie erschöpft von der Tür aus. »Hat dein Vater angerufen?«

Dora schüttelte den Kopf. »Ich dachte, du könntest das hier gebrauchen.«

Helen starrte die Tasse Tee an, die Dora ihr entgegenhielt, als wäre sie ein Ufo.

»Oh, danke.« Sie nahm sie entgegen und stellte sie vorsichtig an den Rand des Schreibtisches.

»Ich glaube, die Milch ist schlecht, tut mir leid«, sagte Dora. Keiner von ihnen hatte daran gedacht, einkaufen zu gehen.

Helen nickte. »Gehst du gleich zur Schule?«

»Ja.«

Helen war eindeutig in Gedanken. »Hast du was für die Pause dabei?«

Dora nickte. Sie hatte sämtliche Schränke durchsucht, bis sie ein paar Sultaninen und eine alte Packung Müsliriegel entdeckt hatte.

»Gut.«

Sie starrten sich einen Moment lang an, und Dora sah den Schmerz und die Sorge in den tiefvioletten Augenringen ihrer Mutter. Es war, als schaute sie in einen Spiegel. Sie wollte die Hand ausstrecken, sie berühren. Sie wollte von ihrer Mutter umarmt werden, ihre Arme um sich spüren, ihren frischen, sauberen Duft einatmen. In diesem Moment wurde ihr klar, dass sie alles darum geben würde, von der Frau im Arm gehalten zu werden, die sie als kleines Mädchen getröstet und beruhigt hatte. Die ihre Albträume stets verscheucht und ihr versichert hatte, dass alles wieder gut werde. Sie spürte, wie ihr die Tränen kamen, und drängte sie zurück.

Helen drehte sich zu ihrem Schreibtisch um. »Gut, danke für den Tee.«

»Mum«, sagte Dora in dem verzweifelten Versuch, das Gespräch noch nicht abbrechen zu lassen. »Cassie kommt schon irgendwie klar. Ich meine, sie ist achtzehn und taff. Sie kann auf sich selbst aufpassen, meinst du nicht auch?«

Helen musterte Dora eine Weile. »Ja«, pflichtete sie ihr schließlich bei. »Ich denke schon. Sie ist kein kleines Kind mehr.«

Dora wusste nicht, ob das eine Anspielung auf Alfie sein sollte, zuckte aber bei den Worten ihrer Mutter zusammen. Das mit Alfie würde auf ewig zwischen ihnen stehen. Würden sie jemals darüber hinwegkommen? Oder würde Helen sie nie mehr an sich heranlassen? Dora drehte sich schweigend um und ging, dabei hörte sie ein sanftes Klicken, als Helen die Tür zu ihrem Arbeitszimmer hinter sich zuzog.

Am Nachmittag des darauffolgenden Tages kam Richard durch die Hintertür gestürmt.

»Helen! Helen, bist du da?« Als er sah, wie Dora aus dem Wohnzimmer kam, rief er: »Los, Dora, schnell, wo ist deine Mutter?«

»In ihrem Arbeitszimmer vermutlich. Was ist denn? Hat man sie gefunden?«

Richard lief direkt zu seiner Frau und nahm ihre Hand fest in die seine. »Du musst ganz ruhig bleiben, versprochen?«

»Was ist denn, Richard? Um Gottes willen, rede schon!«

»Man hat sie gefunden.«

Dora spürte, wie ihr der Magen in die Kniekehlen sackte. Das hörte sich nicht nach einer guten Nachricht an.

»Los, sag schon, Richard, du machst mir Angst.«

»Sie … sie …« Richard kämpfte mit seinen Worten.

Dora sah, dass seine Hände zitterten. Sie schluckte.

»Sie ist von einer Brücke gesprungen«, stieß er schließlich hervor. »In die Themse.«

»Was?« Helen sah ihn entsetzt an.

Plötzlich hatte Dora das Gefühl, nicht mehr von dieser Welt zu sein, so unwirklich kam ihr alles vor.

»Ist sie …?«

Er schüttelte den Kopf. »Nein, sie lebt. Sie liegt im Krankenhaus.«

Helen seufzte erleichtert. Dora befürchtete, sie könnte gleich zusammenklappen.

»Gott sei Dank.«

Schweigen füllte das Zimmer, während sie Richards Worte in ihrer ganzen Tragweite auf sich wirken ließen.

»Was soll das heißen: ›Sie ist von einer Brücke gesprungen‹?«, fragte Helen schließlich. »Heißt das …?«

Richard nickte. »Ja. Sie hat versucht, sich umzubringen.« Sein Gesicht war kalkweiß, und Dora sah, wie schwer es ihm gefallen sein musste, das auszusprechen.

Helen schüttelte den Kopf. »Nein, das ist unmöglich. So

etwas würde Cassie nie tun.« Sie biss sich auf die Unterlippe. »Nein, es muss ein Unfall gewesen sein. Vielleicht ist sie gestürzt?«

Während sie wieder in Schweigen verfielen, sah Dora erneut Cassies verunstaltete Arme vor sich.

»Nein, es ist die Wahrheit«, fuhr Richard fort. »Jemand hat sie springen sehen – zum Glück, denn so konnte man sie rechtzeitig rausholen. Man hat sie ins St. Thomas Hospital gebracht. Sie wurde wiederbelebt und wegen einer Lungenentzündung behandelt. Außerdem hat sie sich von dem schmutzigen Wasser eine hartnäckige Infektion zugezogen. Man hat sie dabehalten. Anscheinend hat sie einen falschen Namen angegeben, deshalb hat es so lang gedauert, bis wir sie aufgespürt haben.« Er raufte sich die Haare. »Der Detektiv, den ich eingeschaltet habe, hat mich gerade angerufen. Ich werde mich sofort mit ihm treffen.«

»Ich komme mit«, sagte Helen sofort.

»Nein, Liebes«, sagte Richard sanft. »Ich glaube, es ist besser, du bleibst da.« Dora sah, wie er vielsagend mit dem Kinn auf sie zeigte. »Der Kerl hat mir nämlich geraten, es langsam angehen zu lassen, was Cassie betrifft, und ich glaube, er hat recht. Wir wollen sie schließlich nicht überrumpeln. Er scheint sich mit so etwas auszukennen. Ich werde sie morgen besuchen. Dann werde ich mit ihr reden und versuchen, sie behutsam zum Heimkommen zu bewegen.«

Helen schüttelte den Kopf. »Das ergibt doch keinen Sinn.«

»Ich weiß, Schatz.«

»Holst du sie nach Hause?«

»Ja«, sagte Richard.

»Gut, sie sollte bei uns bleiben, zumindest so lange, bis es ihr wieder gut geht.« Helen dachte einen Moment nach. »Ich werde die Universität verständigen. Bestimmt wird man ihr den Studienplatz freihalten. Wir können sie nach Hause holen, sie wieder aufpäppeln und in ein paar Tagen selbst hinfahren. Auf diese Weise verpasst sie nicht allzu viel vom ersten Semester.«

Dora starrte ihre Mutter ungläubig an, sie traute ihren Ohren kaum. Ihrem Vater schien es genauso zu gehen.

»Helen, hast du verstanden, was ich dir gerade gesagt habe?« Er war aufrichtig erschüttert. »Cassie hat einen Selbstmordversuch unternommen. Ich glaube nicht, dass ihr Studienplatz im Moment das Wichtigste ist.«

»Na ja, sie kann ja nicht ihre ganze Zukunft in den Sand setzen.«

Dora zuckte zusammen, aber Helen schien die bittere Ironie ihrer Worte nicht einmal zu bemerken. »Wir müssen zusehen, dass sie wieder auf die Beine kommt. Das ist nicht der richtige Zeitpunkt für Selbstmitleid oder irgendwelche Flausen. Sie muss an ihre Zukunft denken, an ihre Karriere.«

»Irgendwelche Flausen?« Sämtliche Farbe war aus Richards Gesicht gewichen. »Ich glaube kaum, dass es eine Flause ist, wenn man von einer Brücke in die Themse springt.«

»Wie würdest du es sonst bezeichnen?«

»Ich würde sagen, das ist ein Hilfeschrei. Oder noch schlimmer: ein Zeichen dafür, dass sie glaubt, ihr Leben sei nichts mehr wert.« Richard raufte sich erneut die Haare. »Ich verstehe einfach nicht, wie wir das übersehen konnten. Klar, sie war sehr still, vor allem seit der Sache mit Alfie. Aber eigentlich hatte ich den Eindruck, dass es ihr gut geht. Ich habe einfach nicht gemerkt, was da los war.« Er schüttelte wütend den Kopf. »Wie konnte ich nur so blind sein?«

»Es geht nicht um dich, Richard«, zischte Helen. »Sondern um Cassie. Und ich will, dass sie nach Hause kommt. Ich glaube, es ist das Beste, ich fahre mit nach London. Wenn wir den Abendzug nehmen …«

Aber Richard unterbrach sie. »Nein, bleib bei Dora. Ich mach das schon.«

Helen schüttelte erneut den Kopf. »Was zum Teufel hat sie sich nur dabei gedacht? Ich bin fast umgekommen vor Sorge.«

»Ich weiß«, sagte Richard. »Ich auch. Wenigstens haben wir sie gefunden. Ich werde sie heimbringen, das verspreche ich dir. Am Wochenende ist alles vorbei.«

Dora hörte ihnen mit leisen Zweifeln zu. Inzwischen sollten sie eigentlich wissen, dass alles, was mit Cassie zu tun hatte, nie einfach war.

Dora saß im Wohnzimmer und zappte sich durch das dämliche Samstagabendprogramm. Sie schwankte noch zwischen einem alten James-Bond-Film und einer Tierdokumentation, als sich die Scheinwerfer des Wagens ihres Vaters die Auffahrt hochtasteten.

Sie hatte sich vorgenommen, Cassie nach ihrer Rückkehr mit Gleichgültigkeit zu begegnen. Sie wollte ihrer Schwester nicht den Gefallen tun, ihr zu zeigen, welche Aufregung sie verursacht hatte und wie sehr sie vermisst worden war. Aber als der Moment gekommen war, ertappte sie sich dabei, neben Helen vor der Haustür zu stehen, besorgt in die Dunkelheit zu starren und nach dem Blondschopf ihrer Schwester Ausschau zu halten.

Es gab so vieles, was sie ihr sagen wollte.

Die Fahrertür ging auf, ein Licht im Wageninnern ging an, und Richard stieg aus. Er stemmte sich aus seinem Sitz, knallte die Wagentür zu und ging erschöpft auf die Haustür zu. Dora verrenkte sich den Hals, aber von ihrer Schwester fehlte jede Spur.

»Wo ist sie?«, fragte Helen, und Panik schwang in ihrer Stimme mit.

Richard erreichte die beleuchtete Haustür und sah zu ihnen empor. Dora sah die dunklen Schatten unter seinen Augen und staunte, wie alt er auf einmal aussah.

»Sie wollte nicht mitkommen.«

Helen zuckte zusammen. »Was soll das heißen? Sie wollte nicht mitkommen?«

»Genau das, was ich sage. Ich habe wirklich alles versucht, Helen, aber sie hat darauf bestanden, in London zu bleiben. Ich konnte sie nicht zwingen.«

»Aber ich dachte, man hätte sie aus dem Krankenhaus entlassen?«

Richard nickte. »Ja, das stimmt. Aber sie scheint in London bleiben zu wollen. Und ich kann sie nicht mit Gewalt zurückbringen«, fügte er leise hinzu.

»Warum denn das? Sie sollte bei uns sein, statt in London auf der faulen Haut zu liegen und sonst was zu tun. Wo ist sie? Womit will sie ihren Lebensunterhalt bestreiten? Du hast gesagt, dass du sie nach Hause bringst. Es geht ihr nicht gut, verdammt noch mal!« Helens Stimme klang nicht mehr panisch, sondern anklagend. Dora duckte sich in den Schatten. »Wusst ich's doch, ich hätte selbst hinfahren sollen.«

»Helen, ehrlich gesagt glaube ich nicht, dass das etwas geändert hätte. Vielleicht hätte es alles sogar noch schlimmer gemacht. Cassie hat kein Blatt vor den Mund genommen. Sie will in London bleiben. Sie will nicht nach Hause kommen. Viel hat sie nicht erklärt, nur, dass sie im Moment niemanden von uns ertragen kann. Sie braucht Zeit und ihren Freiraum.«

»Ihren Freiraum – wofür denn?«

Richard starrte Helen einen Moment lang an. Er schien etwas sagen zu wollen, überlegte es sich jedoch anders. »Sie sagt, sie müsse herausfinden, wer sie ist und was sie vom Leben will.« Er fuhr sich durchs Haar.

»Wer sie ist? Was sie vom Leben erwartet?« Helen schüttelte den Kopf. »Sie gibt einfach so einen guten Studienplatz auf?«

Richard zuckte mit den Schultern.

»Ich hoffe, du hast ihr klargemacht, dass das ein Fehler ist?«

»Helen, sie ist achtzehn. Ich konnte sie nicht zwingen. Ich habe mein Bestes getan.«

»Dein Bestes? Du hast dein Bestes getan?« Helen spuckte die Worte förmlich aus. »Du hast versprochen, sie nach Hause zu bringen. Cassie wird ihr Leben ruinieren, es einfach verplempern. Genau wie ich!« Helen stieß ein Schluchzen aus.

Richard musterte seine Frau gründlich. »Wie meinst du das?«

»Ach, vergiss es, du würdest es ohnehin nicht verstehen.«

Richard schüttelte gereizt den Kopf. »Du könntest es mir wenigstens erklären.« Er schwieg einen Moment. Als er weitersprach, klang er schon etwas beherrschter. »Ich habe getan, was ich für das Beste hielt. Sie ist unsere Tochter. Ich dachte, ich tue das Richtige.«

»Das Richtige? Du hast sie einfach sich selbst überlassen.« Sie schüttelte den Kopf. »Das ist doch wirklich lächerlich. Du bist schwach. Hast du wenigstens versucht, sie umzustimmen, oder hast du einfach nur mit den Schultern gezuckt und klein beigegeben? Und woher wollen wir eigentlich wissen, dass sie nicht gleich wieder von der nächsten Brücke springt, der sie über den Weg läuft?« Sie schüttelte erneut den Kopf. »Ich hätte mitkommen müssen.«

Dora schluckte und sah zu, wie ihr Vater sich wortlos an ihnen vorbeidrängte und im Flur verschwand. Helen machte auf dem Absatz kehrt und folgte ihm, wobei sie ihre Tochter allein auf der Schwelle zurückließ. Dora warf erst einen Blick in das Haus und dann in den dunklen Nachthimmel. Die Nachtluft roch nach Herbst und kündigte fallende Blätter an.

Sie konnte die schmale Sichel des Mondes hinter einem Wolkenschleier erkennen, aber der Großteil des Gartens war in Dunkelheit gehüllt. Sie konnte nicht einmal das Tor am Ende der Auffahrt sehen.

Wütendes Geschrei ertönte hinter ihr. Dora wusste, dass sie das nicht mehr ertragen konnte. Sie entschied sich für das geringere Übel, lief die Kiesauffahrt hinunter und in die Dunkelheit hinein.

Unterwegs merkte Dora, dass es viel kälter war als gedacht. Sie sehnte sich nach dem warmen Mantel, der neben der Hintertür hing, ging aber weiter und ignorierte ihre Gänsehaut. Es war ihr egal, was ihre Eltern dachten. Vermutlich hatten sie ihr Verschwinden nicht mal bemerkt. Und selbst wenn: Erst Alfie, dann Cassie, beide waren verschwunden. Und trotzdem war sie es, die sich unsichtbar vorkam. Sollten ihre Eltern sich doch einmal zur Abwechslung Sorgen um sie machen!

Eine noch dickere Wolkenbank schob sich vor den Mond, und Dora bemühte sich, ihre Augen an die Dunkelheit zu gewöhnen. Etwas raschelte in den Büschen neben ihr, und in der Ferne hörte sie den klagenden Ruf eines Fuchses. Dora riss sich zusammen. Es war beängstigend, in der stockfinsteren Nacht allein draußen zu sein, aber sie hatte nicht vor umzukehren. Sie wusste nicht, wohin, aber das war egal. Sie wusste nur, dass sie es keine Sekunde länger in dem Haus aushielt. Sie wollte keinen Streit und keine Vorwürfe mehr mit anhören müssen. Sie hatte sich nach Cassies Rückkehr gesehnt, und das war ihr auch noch genommen worden.

Diese verdammte Cassie! Ständig drehte sich alles nur um sie: um ihre Launen, ihre Tobsuchtsanfälle, ihre Bedürfnisse. Und jetzt das, damit hatte sie den Vogel abgeschossen. Egal, wie Dora die Sache betrachtete, sie ging ihr einfach nicht in den Kopf.

Cassie hatte sich doch nicht wirklich umbringen wollen? Sie wusste, dass sie seelisch mitgenommen war und nach wie vor um Alfie trauerte. Aber das ging ihnen doch allen so. Außerdem hatte sie einen Studienplatz gehabt, einen guten Grund wegzugehen. Warum sollte ausgerechnet sie Selbstmord begehen wollen? Was konnte sie bloß dazu bewogen haben, von einer Brücke zu springen? Das ergab einfach keinen Sinn.

Während Dora durch die Dunkelheit über die Landstraße stolperte, konnte sie an nichts anderes denken.

Es waren die Lichter, die Dora anzogen. Sie leuchteten warm zwischen den dunklen, wogenden Zweigen hervor, und sie erkannte Betty Dryden am Fenster des Cottages, ihren grauen Haarschopf, der über die Küchenspüle gebeugt war. Bill saß hinter ihr am Tisch und las Zeitung. Es war eine so idyllische, behagliche Szene, dass Dora kurz stehen blieb und das ältere Paar bei seinem abendlichen Ritual beobachtete. Die beiden sahen so zufrieden aus. So normal.

Betty drehte sich zu ihrem Mann um und sagte etwas, und Dora sah, wie Bill leise glucksend vom Tisch aufsah. Fast glaubte sie, seine tiefe, musikalische Stimme zu hören. Warum konnte das Leben ihrer Familie nicht so sein? Wann hatte sie zum letzten Mal miterlebt, dass ihre Eltern ein liebevolles Wort gewechselt hatten? Warum waren sie bloß so daneben?

Betty hatte gerade den letzten Teller abgespült und schlurfte zum Herd, um den Wasserkessel aufzusetzen, als Dora im Weitergehen einen Bewegungsmelder aktivierte. Plötzlich war sie in grellweißes Licht getaucht. Betty hob den Kopf, und Dora erstarrte. Sie schämte sich. Die alte Frau erkannte die wie angewurzelt stehen gebliebene Dora, nachdem sich ihre Augen an die Dunkelheit gewöhnt hatten. Mist!

Betty verschwand, und weil sie nicht wusste, was sie sonst machen sollte, steckte Dora die Hände in die Hosentaschen ihrer Jeans und trat hastig den Rückzug an.

»Dora? Bist du das?« Das war Betty, die in der Haustür stand und nach ihr rief.

Beschämt wirbelte Dora herum. »Ja, tut mir leid, Betty.« Die alte Frau stand auf der Schwelle und spähte zu ihr hinüber.

»Ich wollte euch nicht erschrecken. Ich mache bloß einen Spaziergang.«

Betty nickte, und Dora war dankbar, dass sie keine weiteren Fragen stellte.

»Möchtest du reinkommen? Draußen ist es kalt, und ich habe gerade Teewasser aufgesetzt.« Die alte Dame fröstelte und zog sich ihre wollene Strickjacke enger um die Schultern.

Dora zögerte. Sie wollte sich nicht aufdrängen, aber zurück nach Hause wollte sie auch nicht.

»Komm schon«, forderte Betty sie auf. »Trink einen Tee mit uns. Ich freue mich über Gesellschaft. Bill hat sich mal wieder hinter der Zeitung verschanzt. Außerdem habe ich gerade Haferkekse gebacken.«

Das gab den Ausschlag. Dora machte kehrt und trottete auf das Cottage zu, folgte Betty durch den niedrigen Türrahmen in das warme Innere des gemütlichen Feldsteinhäuschens. Sie musste den Kopf etwas einziehen, als sie die Küche betrat.

»Ah, hallo, Dora.« Bill begrüßte sie mit einem warmen Lächeln. »Was treibt dich an so einem kalten Herbstabend hierher?«

»Ich … äh … ich war gerade in der Nähe. Ich wollte kurz rausgehen, du weißt schon, ein bisschen frische Luft schnappen.«

Dora sah, wie Betty ihrem Mann einen warnenden Blick

zuwarf. »Ja«, stimmte er ihr mit einem freundlichen Lächeln zu. »Wenn man spazieren gehen will, ist ein Abend so gut wie der andere.«

Dora nickte und war dankbar, dass sie nichts weiter erklären musste. Sie spürte einen Luftzug, als Bill seine Zeitung zusammenfaltete und vom Tisch aufstand. »Würdet ihr mich kurz entschuldigen? Es gibt da eine Gartensendung im Fernsehen, die ich mir gern anschauen würde. Ich lasse euch Ladys mit eurem Tee allein.«

»Sieh zu, dass du fortkommst«, neckte ihn Betty. »Ich möchte mir schließlich nicht vorwerfen lassen, dich von deinen Kompostwürmern und robusten Stauden abzuhalten.«

Bill verließ das Zimmer. Während Betty mit Teetassen und einer Keksdose hantierte, nutzte Dora die Gelegenheit, die Küche auf sich wirken zu lassen. Sie war klein, aber perfekt geschnitten, die Steinmauern waren unverputzt. Es gab einen großen Herd sowie eine Küchenkrone mit glänzenden Kupferpfannen. In einer Vase auf der Fensterbank stand ein hübscher Trockenblumenstrauß, und neben der Heizung trockneten Bills schlammbespritzte Stiefel auf einer ausgebreiteten alten Zeitung. Auf dem Tisch lag ein aufgeschlagenes Heft mit Bettys berühmten Rezepten und wartete auf einen neuen Eintrag.

»Du solltest ein Kochbuch schreiben«, sagte Dora und starrte auf die krakeligen Notizen für ein Stachelbeer-Holunderblüten-Eis.

»Oh, dafür bin ich inzwischen etwas zu alt«, sagte Betty lachend. »Außerdem würde ich im Landfrauenverband keine ruhige Minute mehr haben. Ich kann förmlich hören, wie sie sagen würden: ›Betty Dryden hat sich schon immer für was Besseres gehalten!‹«

»Das stimmt doch gar nicht«, rief Dora. »Meiner Meinung nach stiehlst du jeder Fernsehköchin locker die Schau.«

»Was für ein Unsinn«, sagte Betty lachend, doch ihre Wangen nahmen Farbe an. Und so wie sie an dem gestrickten Teekannenwärmer herumfummelte, war klar, dass sie sich von dem Kompliment geschmeichelt fühlte.

»So«, sagte Betty, trug das Tablett zum Tisch und goss Milch in die Tassen. »Aber jetzt zu dir, Dora. Wie geht es dir, mein Kind?«

Dora nahm einen Haferkeks vom Teller, den Betty ihr hingeschoben hatte, und knabberte daran, während sie über eine Antwort nachdachte. Schließlich entschied sie sich für die Wahrheit. »Nicht so gut, fürchte ich.« Sie schwieg, holte tief Luft und sprach dann weiter. »Ich habe das Gefühl, dass alles um mich herum kaputtgeht, Betty.« Sie atmete noch einmal tief durch. »Und ich fürchte, das ist alles meine Schuld.«

»Was ist deine Schuld, Liebes?«

»Alles. Dass Alfie verschwunden ist, dass Cassie gegangen ist, dass Mum und Dad die ganze Zeit streiten. Alles ist meine Schuld.«

»Und wie kommst du darauf?« Die aufrichtige Besorgnis in den Augen der alten Dame ließ sie weiterreden.

»Weil alles an dem Tag vor einem Jahr begonnen hat. An dem Tag, an dem ich allein losgestiefelt bin, anstatt auf Alfie aufzupassen. An dem ich mich mit einem Jungen aus der Schule getroffen habe und deshalb erst spät zum Kliff zurückgekehrt bin.« Sie schlug die Hände vors Gesicht. »Und jetzt ist Cassie weggelaufen, was Mum und Dad wieder gegeneinander aufgebracht hat. Sie gehen sich regelrecht an die Kehle. Ich habe das Gefühl, dass ich für dieses furchtbare Durcheinander verantwortlich bin.« Sie lachte kurz auf. »Mum hat genau den richtigen Namen für mich ausgesucht. Es ist, als hätte ich an dem besagten Tag die Büchse der Pandora geöffnet und nichts als Leid über uns gebracht. Und ich weiß nicht, wie ich das wieder rückgängig machen kann.«

All das sprudelte förmlich aus Dora hervor. Obwohl sie Betty nicht in die Augen sehen konnte, spürte sie, wie die alte Frau ihre faltigen Hände nach ihr ausstreckte, und sie war dankbar für die Berührung.

»Das ist einfach zu viel für eine Familie«, sagte Betty kopfschüttelnd. »Es ist nicht deine Schuld, Dora. Es ist niemandes Schuld. Alfie ist etwas Schreckliches zugestoßen, aber wenn du dir die Schuld dafür gibst, hilft das niemandem weiter.«

Dora seufzte. Betty begriff einfach nicht, aber das tat keiner. Sie mussten ja auch nicht inmitten von Schmerz und Leid in Clifftops leben und die gequälten Gesichter ihrer Eltern ertragen. Sie waren nicht von einer Seelenqualen leidenden Schwester getrennt worden und wurden nicht von Erinnerungen an eine glücklichere Vergangenheit heimgesucht.

»Auch guten Menschen stoßen furchtbare Dinge zu. Das ist nun mal so im Leben. Aber egal, was passiert ist, eins weiß ich genau: Ihr seid nach wie vor eine Familie«, sagte Betty und drückte ihre Hand. »Ihr könnt von vorn anfangen.«

Dora schüttelte den Kopf. »Da täuschst du dich, Betty. Unsere Familie gibt es seit jenem Tag am Strand nicht mehr. Sie ist verschwunden, zusammen mit Alfie, ganz so, als wären wir mit ihm ertrunken.« Sie sah zu Boden. »Weißt du, ich kann mich nicht daran erinnern, wann wir uns gesagt hätten, dass wir uns lieben.«

»Aber deine Eltern lieben dich, Dora, natürlich tun sie das! Sie können es dir vielleicht im Moment nicht so gut zeigen, weil sie am Boden zerstört sind. Aber deine Mutter und dein Vater, sie lieben dich, Dora.«

»Nein! Das tun sie nicht, und das sollen sie auch nicht, weil alles meine Schuld ist. Ich verdiene ihre Liebe nicht mehr. Ich habe alles kaputtgemacht, alles zerstört.«

Eine tränenblinde Dora spürte, wie sie in eine warme, nach Haferkeksen duftende Umarmung gerissen wurde. Sie klammerte sich eine gefühlte Ewigkeit an die alte Frau und ließ sich von ihr trösten, bis sie glaubte, keine Tränen mehr übrig zu haben.

»Na, na«, sagte Betty und reichte ihr ein besticktes Taschentuch. »Alles wird gut, du wirst sehen. Nichts bleibt so, wie es ist. Ihr werdet neu anfangen. Es wird nicht leicht sein, aber es wird so kommen.«

Dora schüttelte den Kopf. Sie wusste, dass es so nicht weitergehen konnte. Niemand konnte so leben. Aber im Gegensatz zu Betty konnte sie sich einfach nicht vorstellen, dass es jemals besser werden könnte.

»Eines Tages wirst du selbst Familie haben, Dora. Dann wirst du das verstehen.«

»Nein«, sagte Dora heftig. »Das werde ich nicht. Wenn das bedeutet, dass ich mich jemals wieder so fühlen muss, will ich nie Familie haben.«

Betty sah sie an. Dora merkte, dass die Frau ihr nicht glaubte, doch sie war sich ganz sicher.

Sie wusste, dass sie auf ihren Instinkt hören musste. Und der sagte ihr, dass sie alle in einen tiefschwarzen Abgrund fielen und dass es noch sehr, sehr lang dauern würde, bis sie auf dem Boden aufschlugen.

Dora

Gegenwart

Dora versteckt sich. Sie weiß, dass das nicht sehr professionell ist. Sie weiß, dass sie bei ihrem Team sein und das Konzept für die Sunrise-Frühstücksflocken-Präsentation durchgehen sollte. Aber sie hat einfach nicht die Kraft dazu, beziehungsweise ihr Magen spielt da nicht mit. Irgendjemand war so schlau, ein paar Probierpackungen vom Kunden aufzumachen. Der Geruch nach zuckrigen, süß-sauren Frühstücksflocken hängt schwer in der Luft und sorgt dafür, dass sich ihr der Magen umdreht.

Diese verdammte Morgenübelkeit! Sie schluckt schwer und wirft einen Blick auf den Papierkorb unter ihrem Schreibtisch. Das ist ihre einzige Chance. Sie kann unmöglich durch das überfüllte Büro auf die Damentoilette rennen. Sie atmet tief durch den Mund ein und schließt die Augen, versucht, an etwas zu denken, das die Übelkeit vertreibt. Sie konzentriert sich auf Schnee. Schnee hat nichts Anstößiges an sich, er ist einfach nur ein kühles, weißes, wunderbares Nichts und ein tausend Mal schönerer Anblick als Frühstücksflocken.

Würg. Und schon muss sie wieder an Essen denken. Es ist die reinste Folter. Frühstücksflocken – im Moment gibt es nichts Schlimmeres für sie. Sie öffnet ein Auge und wirft einen kurzen Blick auf die Moodboards auf ihrem Schreibtisch. Freigestellte Kindergesichter mit brav gescheiteltem Haar, die sie mit einem perfekten Zahnpastalächeln angrinsen, während sie mit ihren Eltern am Frühstückstisch sitzen. Sie haben keinerlei Ähnlichkeit mit den Kindern, die sie kennt, aber es ist zu spät, um daran noch etwas zu ändern.

Beim Briefing ist es um verrückte Frühstücksflocken gegangen, um ein Produkt, das Kinder lieben und zu dem sie ihre Eltern überreden würden. Genau das ist die Herausforderung: genug Quälgeist-Power zu generieren. Aber was ihr da entgegenstarrt, sieht keinen Deut anders aus als tausend andere Werbekampagnen für Frühstücksflocken. Es ist extrem langweilig, und obwohl sich nicht viel Positives über das Produkt sagen lässt, kann man ihm eines ganz bestimmt nicht vorwerfen, nämlich, dass es langweilig ist. Als sie den Puffreis zum ersten Mal probiert hat, musste sie sofort ins Bad rasen. Die Kinder werden das Zeug lieben, so viel steht fest. Frühstücksflocken, die die Milch blubbern lassen, sind unfassbar cool. Der Geschmack ist allerdings eindeutig gewöhnungsbedürftig.

Sie hält ein Storyboard hoch und beäugt es kritisch. Alles dreht sich um einen Comic mit einem Superhelden namens Captain Fizz. Er kämpft gegen die Riesen des Frühstückstisches, hebt von einem Löffel ab und nimmt es mit einer Scheibe trockenem Toastbrot auf, durchschlägt eine Schale mit einem nicht sehr appetitlich aussehenden Müsli und setzt sich gegen einen gefährlich schleimig aussehenden Haferbrei zur Wehr. Das Ganze gipfelt in dem Slogan *You can't fight the Fizz*. Es gibt originellere Werbesprüche, aber die Chefs von Sunrise-Frühstücksflocken werden in etwa einer Stunde auf der Matte stehen. Außerdem ist es zu spät, um etwas daran zu ändern.

Dora seufzt. Das ist der Teil ihres Jobs, den sie am wenigsten mag: Kunden Ideen zu verkaufen, an die sie selbst nicht glaubt. Sie ihnen so zu verkaufen, dass sie zufrieden mit der Agentur und mit den übertriebenen Honoraren sind, die sie dafür in Rechnung gestellt bekommen. Manchmal hasst sie die Werbebranche.

Dora hat sich gerade wieder etwas gefangen, als Leela, die Kreativdirektorin, vor ihrem Schreibtisch auftaucht.

»Bist du so weit, Süße?«, fragt Leela. Sie hat ein Notebook und einen Stapel Unterlagen in der Hand. »Ich gehe in den Besprechungsraum und bereite alles vor.« Als sie Dora ansieht, verstummt sie. »Oh, du siehst aus wie ausgespuckt. Alles in Ordnung?«

Dora zwingt sich zu einem Lächeln. Die zierliche Leela mit ihrer makellosen kaffeebraunen Haut und dem dicken schwarzen Haar besitzt eine ziemlich spitze Zunge. Sie redet nie lang um den heißen Brei herum. »Ja, alles in Ordnung, ich habe gestern nur etwas Schlechtes gegessen. Ich schaffe das schon.«

»Bist du sicher? Ich meine, ich will ja nicht unhöflich sein, aber du siehst wirklich elend aus.«

»Im Ernst, Lee, ich schaffe das. Es ist nur dieser Gestank nach Frühstücksflocken.«

Leela lacht. »Ja, deshalb fliehe ich ständig nach oben. Da dreht sich auch mir der Magen um. Manchmal machen wir Sachen … na ja. Dominic sollte uns Schmerzensgeld für diese Kampagne bezahlen.«

Dora nickt. »Ich komme gleich nach, fang du schon mal an.«

»Gut.« Leela sieht sie besorgt an, wendet sich zum Gehen, dreht sich aber dann noch mal um. »Bitte verstehe das nicht falsch, aber möchtest du nicht etwas Rouge auflegen?«

»Bin ich blass?«

»Nun, du weißt, wie Cate Blanchett am Ende von *Elizabeth* aussieht?«

Dora lacht gezwungen. »Alles klar. Ich nehme Bronzepuder.«

Die Sunrise-Geschäftsführer sind pünktlich, und die Besprechung fängt gut an: Die Kunden lächeln und nicken zustimmend, als Dora die Kampagne und das Konzept vorstellt, das hinter der Figur des Captain Fizz steht. Die Kreativen zücken Grafiken und Storyboards, und als alles nebeneinander hängt, hat Dora ein gutes Gefühl. Die Sunrise-Geschäftsführer scheinen anzubeißen.

Bevor das Licht gedimmt wird, um die letzten Bilder an die Wand zu werfen, erhebt sich Dominic. »Tina, Rick.« Er wendet sich mit einem gewinnenden Lächeln an die Geschäftsführer. »Ich hoffe, ihr seid genauso begeistert von dem, was ihr gerade gesehen habt wie wir. Wir betrachten euren Etat als Ritterschlag für unsere Agentur. Es ist ein Privileg, mit euch arbeiten zu dürfen. Dass die Markteinführung des neuen Produkts unser erstes gemeinsames Projekt ist, stellt eine besondere Herausforderung dar. Ich finde, unser Team hatte ein paar sensationell gute Ideen, und wir freuen uns, sie in den nächsten Wochen weiter auszuarbeiten.«

Die Geschäftsführer lächeln Dominic wohlwollend an. Er hat die Gabe, dass Menschen sich in seiner Gegenwart sofort wohlfühlen. Außerdem gibt er seinen Kunden das Gefühl, der Nabel der Welt zu sein.

»Zum Abschluss möchten wir euch gern einen kurzen Werbefilm zeigen, den wir aus den Captain-Fizz-Spots zusammengestellt haben. Er soll die ungefähre Richtung unserer Kampagne aufzeigen. Wir glauben fest daran, dass wir es da mit einem Riesending zu tun haben. Wie Dora bereits sagte: Wenn es uns gelingt, die Aufmerksamkeit der Dreibis Achtjährigen zu kriegen, heißt es wirklich: *The sky is the limit.*«

Genau zum richtigen Zeitpunkt werden die Lichter im Besprechungsraum gedimmt, und alle konzentrieren sich auf den großen Plasmabildschirm, der eine Wand des Zimmers einnimmt. Dora dreht sich mit ihrem Stuhl, um besser sehen zu können. Sie hat den Film noch nicht gesehen, denn dafür fehlte die Zeit. Sie ist gespannt, welches Ass Leela noch zücken wird. Sie sieht, wie Leela sie angrinst. Sie wirkt zufrieden, und das ist ein gutes Zeichen.

Der Film beginnt harmlos. Man sieht, wie Captain Fizz gegen einige Konkurrenzprodukte kämpft. Die Geschäftsführer kichern auf ihren Plätzen, und Dominic zwinkert ihr unauffällig zu. Dann kommen kleine Kinder ins Bild. Sie sind etwa drei, vier Jahre alt, tollen auf einem Spielplatz herum, lachen und spielen. Als Dora die Szenen sieht, zieht sich ihr Magen schmerzhaft zusammen. Sie sitzt wie hypnotisiert im Dunkeln.

Die Kinder sind so angezogen wie ihr Werbeheld Captain Fizz. Sie tragen rote Hosen, blaue T-Shirts und lange, selbst genähte Umhänge. Während sie herumtollen, werfen sie lachend mit Frühstücksflocken um sich.

»Nimm das! Und das! *You can't fight the Fizz!*«, rufen sie fröhlich. Am Ende des Films schaut ein reizender blonder Junge direkt in die Kamera und verkündet mit einem unschuldigen, zahnlückenbewehrten Grinsen: »Ich liebe Captain Fizz. Er ist der besteste Superheld von allen.«

Dora wird von einer heftigen Übelkeitswelle überrollt. Ohne Vorwarnung beugt sie sich über den Tisch und kotzt über die auf Hochglanz polierten Schuhe des Sunrise-Vertriebschefs.

Sie sitzt an ihrem Schreibtisch und hat die Hände vors Gesicht geschlagen, als Dominic sie findet. Er klopft leise an, bevor er das Zimmer betritt, und nimmt im Sessel gegenüber Platz.

»Was zum Teufel ist bloß mit dir los?«

»Es ist … äh … nichts weiter, nur eine leichte Lebensmittelvergiftung. Es tut mir so leid. Ich dachte, ich hätte sie überstanden. Ich kann nur hoffen, dass ich die Arbeit unseres Teams nicht zunichtegemacht habe.«

Dominic winkt ab. »Vergiss das Team für einen Moment. Ein neues Paar Schuhe und ein Spritzer Raumduft – mehr war nicht notwendig. Die Kunden sind zufrieden abgezogen, und wir wurden mit Phase zwei beauftragt. Das ist ein tolles Ergebnis. Ich kann es selbst kaum glauben. Nie hätte ich gedacht, dass sie uns den Captain-Fizz-Scheiß abkaufen.«

Dora lächelt schwach.

»Nein«, fährt er fort. »Um dich mache ich mir Sorgen! Seit ein paar Wochen bist du nicht mehr du selbst. Und erzähl mir nichts von einer Lebensmittelvergiftung, mir kannst du das nicht weismachen, Dora. Wenn dich etwas belastet, wüsste ich gern, was es ist.«

Dora sieht ihn überrascht an. Dominic ist normalerweise nicht so gefühlsduselig. Er ist als Pitbull verschrien. Sie weiß nicht, was sie sagen soll. Sie könnte ihm die Wahrheit sagen, aber was genau ist eigentlich die Wahrheit? Dass sie schwanger ist und dass sie die Schuldgefühle nach einer zehn Jahre zurückliegenden Tragödie fast umbringen? Das dürfte für einen Pitbull schwer zu schlucken sein.

»Hör zu, Dominic, ich werde es dir erklären, aber nicht jetzt, einverstanden? Du musst mir vertrauen. Es ist privat. Ich weiß, dass ich das regeln muss.« Sie seufzt. »Ist es in Ordnung, wenn ich es für mich behalte? Sollte sich mein Zustand in wenigen Tagen nicht verbessern, darfst du gern wiederkommen und mich vor die Tür setzen.«

Dominic sieht sie besorgt an. »Ich würde dir gern helfen, wenn das möglich ist.«

»Wirklich, Dom, glaub mir, mir ist im Moment nicht zu helfen.«

Er starrt sie eine Weile an und hebt dann ergeben beide Hände. »Gut, ich werde dich kein zweites Mal fragen. Ich gebe dir zwei Wochen Zeit, und bis dahin möchte ich dich nicht mehr im Büro sehen, einverstanden?«

Dora nickt dankbar, weil er keine weiteren Erklärungen verlangt.

Er steht auf und geht zur Tür. »Du hast dich heute fantastisch geschlagen, weißt du das?«, sagt er, als er schon fast im Flur steht. »Und ich werde dich bestimmt nicht ›vor die Tür setzen‹, wie du das so schön formuliert hast. Ganz bestimmt nicht wegen einer lächerlichen Lebensmittelvergiftung. Außerdem waren die Schuhe grauenhaft«, sagt er mit einem Augenzwinkern.

Dora atmet erleichtert auf.

»So, und jetzt sieh zu, dass du ins Bett kommst, junge Dame, bevor ich noch mehr von deinem Frühstück auf meinem Teppich sehe!«

Ihr ist immer noch mulmig, also beschließt Dora, ein paar Meter zu Fuß zu gehen, statt den Bus zu nehmen. Draußen ist es warm. Den Pfützen auf dem Bürgersteig nach zu urteilen, scheint sie einen Regenguss verpasst zu haben. Die Luft ist feucht und so sauber, wie sie in London nur sein kann. Sie saugt sie förmlich ein und versucht, nicht an die Abgase zu denken, die sie ebenfalls inhaliert.

Sie läuft die Old Street entlang, nimmt die mit Flyern vollgepflasterte Bahnunterführung, die ein berühmtes Graffito von Banksy ziert, zum Hoxton Square, schlängelt sich zwischen Sozialwohnungsbauten durch, geht an kleinen Lebensmittelläden und alten viktorianischen Reihenhäusern vorbei, die von einer vermögenden Medienklientel schick renoviert worden sind.

Die Stadtverwaltung hat sich Mühe gegeben: Sommerblumen sprießen in allen Beeten, ihre fröhlichen Farben bilden einen starken Kontrast zu der grauen Stadtlandschaft. Sie sieht ein neongelbes Polizeiplakat, das um Mithilfe bei der Aufklärung eines Raubüberfalls bittet, und ein Stück weiter türmen sich Bierfässer vor einem Pub. Die Sonne tastet sich durch die Wolken, so als überlege sie, ob sie sich wirklich hervorwagen kann. Ihre Strahlen werden von den silbernen Fässern reflektiert und blenden sie mit ihrem grellen Licht.

Sie arbeitet sich weiter durch das Häuserlabyrinth vor, bis sie den Kanal sieht. Die Sonne zeigt sich nach wie vor, und als sie sie auf dem dunkelgrünen Wasser funkeln sieht, beschließt sie, den Treidelpfad zu benutzen. In beiden Richtungen ist niemand auf dem Pfad zu sehen. Sie bleibt einen Moment stehen, starrt auf das Wasser und sieht zu, wie es langsam vorbeifließt. Ein regenbogenfarbener Ölfilm treibt auf der Oberfläche, und eine leere Plastikflasche schwimmt auf die Brücke zu. Sie hüpft in der Strömung auf und ab wie das Floß eines Fischers.

Abseits des Verkehrs- und Menschenlärms ist es auf einmal seltsam ruhig. Dora gefällt die plötzliche Stille am Kanal, und etwas an der trüben schmutzigen Schönheit des Wasserwegs spricht sie an. Sie bleibt ein paar Minuten stehen, starrt auf die dunklen vorbeiziehenden Wassermassen, bis ein Radfahrer klingelnd auf sie zurast. Sie lässt ihn vorbei, bevor sie den Treidelpfad weitergeht.

Auf halbem Weg zieht sie ihre Jacke aus. Die Sonne hat an Stärke gewonnen. Zwei Enten planschen im Schilf. Wie gern hätte Dora etwas Brot dabei, um sie zu füttern! Ab und an kommt sie an Lastkähnen vorbei, die am Kai vertäut sind. Die meisten sind verwahrloste alte Dinger: Bei allen ist die Farbe abgeplatzt, das Holz fault, und die Abdeckplanen sind schmutzig. Aber ein oder zwei sind sehr gepflegt. Sie bewundert gerade ein schönes rotblaues Boot mit bunt karierten Vorhängen und mehreren über das Deck verteilten Geranientöpfen, als sie den Mann bemerkt, der auf sie zuläuft.

Er ist ziemlich weit weg, bestimmt hundert Meter oder mehr, aber sein Anblick – und der des Jungen neben ihm – trifft sie wie ein Schlag. Sie ringt nach Luft, alles Blut weicht aus ihrem Gesicht. Ihre Pupillen weiten sich vor Schreck wie die Blende einer Kamera. Sämtliche Geräusche um sie herum verstummen, während sie sich auf die beiden Personen konzentriert, die auf sie zukommen.

Sie sind noch fünfzig Meter weg, aber sie ist sich sicher, dass er es ist. Rappeldürr mit superschmalen Hüften und langem dunklen Haar.

Sie weiß, dass es der Mann vom Strand ist.

Dora starrt ihn an. Der Junge, der neben ihm herläuft, trägt eine Schuluniform. Er kann kaum Schritt halten. Ein riesiger Schulranzen hüpft auf seinem Rücken hin und her. Dora kann das Gesicht des Jungen nicht erkennen, er ist zu sehr auf den Weg konzentriert, der sich unter seinen Füßen abspult. Aber der schockierende Anblick seines strohblonden, in der Sonne glänzenden Haars genügt, dass Dora schwindelig wird. Sie streckt den Arm aus und stützt sich an dem Lastkahn ab.

Noch dreißig Meter … zwanzig. Sie kann den Blick nicht von den beiden losreißen.

Als sie noch etwa fünfzehn Meter entfernt sind, stolpert der Junge. Der Mann reißt an seinem dünnen Arm, halb gereizt, halb, um ihn zu stützen. Er zischt ihm etwas mit verzerrtem Mund zu, und Dora sieht, wie der Junge seinen hellen Schopf noch mehr senkt.

Noch zehn Meter. Sie steht wie angewurzelt da.

»Komm schon«, hört sie den Mann sagen, der den kleinen Jungen mehr oder weniger mitschleift. »Ich hab dir gesagt, dass wir zu spät kommen. Wir haben keine Zeit.«

Dora ignoriert den Mann, hat nur noch Augen für den Jungen. Sie will, dass er sie ansieht. Er hat helle, sommersprossige Haut, einen breiten Mund, die klaren blauen Augen ihres Vaters – all das sieht sie bereits ganz deutlich vor sich. Sie weiß, was kommt, muss aber trotzdem sein Gesicht sehen. Sie steht stocksteif da, wagt es kaum zu atmen, bis der Mann sie schließlich bemerkt. Er beäugt sie misstrauisch, während der Abstand zwischen ihnen immer kleiner wird, und legt schützend eine Hand auf die Schulter des Jungen.

»Meine Schuhe drücken«, wimmert der Junge.

Doras Herz setzt einen Schlag aus, als sie das Jammern des Jungen hört. Sie ist wieder am Strand. *Du bist zu schnell. Ich habe Durst. Können wir stehen bleiben?* Sie glaubt, Alfie zu hören, und es zerreißt ihr das Herz. Das ist Alfie.

Ohne nachzudenken tritt sie vor ihn hin, verstellt ihm den Weg. Sie weiß, was passieren wird. Sie macht sich keine Gedanken darüber, ob der Mann gefährlich sein könnte. Sie will dem Jungen nur in die Augen sehen. Sie muss sich davon überzeugen, dass er es wirklich ist.

»Was wollen Sie?«, fragt der Mann. Er klingt aggressiv, gereizt.

Sieh mich an, Alfie, sieh mich an, fleht sie innerlich.

Und schließlich tut er es. Als der Mann am Arm des Jungen zerrt und versucht, ihn auf den Grünstreifen zu ziehen, um ihr auszuweichen, schaut der Junge auf und sieht sie an.

Sie sieht ein schmales herzförmiges Gesicht, ein spitzes

Kinn … und hellbraune Augen, in denen Unsicherheit und Angst stehen.

Dora verschlingt ihn mit hungrigen Blicken, dann verlässt sie ihr Mut.

»Dad?«, fragt der Junge zögernd, während er zwischen Dora und dem Mann hin und her schaut.

»Komm schon«, sagt der Mann grob und an Dora gewandt: »Passen Sie auf, wo Sie hintreten.«

»Es tut mir leid«, stammelt sie. »Ich dachte … Ich dachte …«

»Blöde Kuh«, murmelt der Mann und verschwindet aus ihrem Blickfeld. Dora lässt sich auf den feuchten Boden sinken, ihr ganzer Körper wird von Schluchzern geschüttelt.

Die ganze Heimfahrt über denkt sie über das Erlebte nach. Hat sie wirklich geglaubt, es wäre Alfie? Zehn Jahre sind vergangen. Er kann gar kein kleiner Junge mehr sein, und allein die Tatsache, dass sie so fest davon überzeugt war, wenn auch nur für einen kurzen Moment, beweist ihr, wie durchgeknallt sie ist. Der Junge war kaum älter als acht oder neun, und Alfie wäre vierzehn, würde er noch leben.

Dora lehnt den Kopf an das mit Graffiti beschmierte Businnere und sieht die Döner- und Lebensmittelläden der Kingsland Road an sich vorbeiziehen.

Ist es das, was ich will?, fragt sie sich. Will ich, dass Alfie lebt? Kann es denn sein, dass er die letzten zehn Jahre ein zweites Leben irgendwo im Verborgenen geführt hat, weitab vom Schoß der Familie?

Sie hat das noch nie jemandem erzählt, aber wenn sie ganz ehrlich ist, ist ihr dieser Gedanke ziemlich vertraut. Er lauert im hintersten Winkel ihres Verstandes, direkt neben schrecklichen Geschichten von Pädophilen und Kinderschmugglern aus den Boulevardmedien, die so unerträglich sind, dass man gar nicht darüber nachdenken will.

Sie weiß, dass die Polizei jeder Spur nachgegangen ist. Dass Alfie aufgrund der Beweislage für tot erklärt wurde. Man hat sogar einen Totenschein für ihn ausgestellt, damit die Trauerfeier abgehalten werden konnte. Warum kann sie dann nicht loslassen? Warum diese Albträume, die Panikattacken, die verzweifelte Suche nach seinem Gesicht?

Wenn sie nicht durchdrehen will, muss Dora versuchen, die Möglichkeit, ihr Bruder könne noch leben, aus ihren Gedanken zu verbannen. Aber das ist leichter gesagt als getan, wenn ihr der Verstand böse Streiche spielt.

Seufzend fährt Dora mit dem Finger über ein winziges Strichmännchen, das jemand in die Lehne des Sitzes vor ihr geritzt hat. Dieser Tag verlangt ihr einiges ab: erst die Präsentation, dann die Übelkeit und schließlich die scheußliche Begegnung auf dem Treidelpfad. Als ihre Haltestelle in Sichtweite kommt, drückt sie auf den Knopf und verlässt den Bus wie eine alte Frau. Sie schleppt sich über den Bürgersteig bis zur Knopffabrik, klettert die drei Treppenabsätze hoch und ist erleichtert, dass Dan nicht zu Hause ist. Sie zieht die Schlafzimmervorhänge vor, schlüpft aus ihrer Arbeitskleidung und kriecht unter die Bettdecke. Sie will nichts als schlafen, liegt aber zwei Stunden später immer noch wach, als Dans Schlüssel schließlich im Schloss klappert.

Am Sonntag fahren sie direkt nach dem Frühstück nach Chichester. Die Straßen sind erstaunlich frei, und kurz nach elf sind sie da. Während sie in der Auffahrt halten, sieht Dora, wie sich hinter einem Fenster im ersten Stock jemand bewegt.

»Wir sind früh dran«, verkündet Dan.

»Ja, und ich glaube, wir wurden soeben gesichtet.«

Dan zieht den Schlüssel aus dem Zündschloss. »Bist du bereit?«

Dora atmet tief durch. Sie weiß nicht recht, ob sie bereit

für das ist, was dort drinnen auf sie wartet. Violet ist reizend, und es lässt sich nicht leugnen, dass sie ihren Vater glücklich macht – falls so etwas nach Alfies Verschwinden überhaupt möglich ist. Trotzdem findet sie es immer noch seltsam, die beiden zusammen zu sehen.

»Ja«, sagt sie, »ich denke schon.«

Dan liest ihre Gedanken. »Es ist komisch für dich, nicht wahr?«

Sie nickt. »Sie ist einfach so anders als Mum. So quirlig. Aber ich mag sie, und vermutlich wäre Dad sehr einsam ohne sie.«

Dan hebt die Hände in gespieltem Protest. »Mir brauchst du das nicht zu sagen. Ich weiß, dass sie ihm guttut. Außerdem ist sie sexy. Eine Art Mrs. Robinson, wenn du verstehst, was ich meine.«

»Sie könnte deine Mutter sein.«

»Ich will damit nur sagen, dass dein Dad eine gute Wahl getroffen hat. Sie hält ihn jung, schließlich wirkt sie sehr energiegeladen für eine Frau ihres Alters.«

Für Doras Geschmack betont er das Wort ›energiegeladen‹ etwas zu sehr, und sie verzieht das Gesicht. »Okay, es reicht. Ich möchte nicht darüber nachdenken, erst recht nicht, wenn wir gleich mit ihnen zu Mittag essen. Mir ist auch so schon übel.«

Dan nimmt Doras Hand, sein Blick wird plötzlich ernst. »Alles wird gut. Mit uns, meine ich.« Er streckt die Hand aus und streicht ihr eine Strähne hinters Ohr. »Es ist richtig, dass wir gemeinsam hergekommen sind. Dieser Besuch ist längst überfällig.«

Sie muss an ihren Vater denken und daran, wie lang ihr letzter Besuch bei ihm und Violet her ist. Und sie merkt, dass Dan recht hat. Sie sind sich viel zu lang aus dem Weg gegangen. Jetzt, wo sie hier im Auto sitzt und in Dans schönes, besorgtes und liebevolles Gesicht sieht, muss sie unwillkürlich zurücklächeln. »Ja, das stimmt. Dieser Besuch ist längst überfällig.«

Plötzlich fängt Dan an, breit zu grinsen. »Dann müssen wir nur noch unsere Fluchtroute planen.« Das spitzbübische Funkeln ist in seine Augen zurückgekehrt. »Falls dein Vater ausflippt, wenn du ihm von dem Baby erzählst. In Dorset habe ich dieses alte Jagdgewehr über dem Kamin gesehen. Wahrscheinlich wird er uns schneller zum Altar jagen und verheiraten, als du das Wort ›Hochzeit‹ aussprechen kannst.«

Diesmal zieht sie ihn an sich. Als ihre Lippen sich berühren, lacht sie immer noch.

Violet macht ihnen auf. »Dachte ich's mir doch, dass ihr das seid! Ich habe den Wagen gehört. Los, kommt rein, ihr zwei, und steht nicht so blöd rum.«

Sie zieht Dora in eine warme weiche Umarmung, füllt ihre Nase mit beruhigendem Bratenduft und mit ihrem Moschusparfüm. Irgendetwas daran erinnert Dora an ihre lang zurückliegende, verlorene Kindheit. Ihr wird schwindelig, und ihr kommen die Tränen. Verdammte Hormone, denkt sie im Stillen und wischt sich verstohlen die Augen.

Dann ist Dan an der Reihe.

»Komm her, du hübscher Kerl! Lass dich ebenfalls umarmen.«

Dan überlässt sich Violets üppiger Umarmung und grinst Dora über ihren Kopf hinweg vielsagend an. Dora dreht sich zum Flur und hüstelt, um ihr Kichern zu verbergen.

»Los, kommt rein«, sagt Violet geschäftig. »Fühlt euch ganz wie zu Hause! Dein Vater ist im Wohnzimmer.«

Dora und Dan betreten den Flur, ihre Schuhe versinken tief im teuren cremefarbenen Teppich.

»Immer geradeaus, ihr kennt ja den Weg«, sagt Violet.

»Ja, danke«, ruft Dora und läuft in Richtung Wohnzimmer.

Die wenigen Male, die sie ihren Vater in seinem neuen Zuhause besucht hat, staunte Dora jedes Mal, dass er beschlossen hat, sein altes Leben vollständig hinter sich zu lassen. Alles ist anders – nicht nur seine Frau, obwohl die auf den ersten Blick das Auffälligste ist.

In Doras Augen könnten die beiden Frauen in seinem Leben gar nicht unterschiedlicher sein: Helen ist verkrampft, Violet sinnlich. Helen ist reserviert, Violet locker. Helen ist eine typische Intellektuelle, Violet explodiert förmlich vor Tratsch und Klatsch. Genau deshalb sind die beiden vermutlich befreundet gewesen, denn Gegensätze ziehen sich an.

Aber nicht nur an Violet lässt sich die Veränderung festmachen. Dora muss nur durch den Flur des Hauses gehen, in dem Richard heute lebt, um zu sehen, was er alles in Dorset zurückgelassen hat.

Das Haus riecht noch neu. Wahrscheinlich ist es erst wenige Jahre alt, eines von sieben Häusern im Tudorstil, die außerhalb von Chichester errichtet worden sind. Hochflorige Teppiche, hohe Decken, magnolienweiße Wände und Designerarmaturen, wohin das Auge sieht – der Inbegriff von Vorstadtchic, gepaart mit der austauschbaren Inneneinrichtung des Bauträgers.

Hie und da erkennt man Spuren von Violets Geschmack in dem beigen Ambiente. Am Ende des Flurs entdeckt Dora mehrere Bilder, Silhouetten von sinnlichen Frauengestalten, bei deren Anblick Dan die Augen verdreht und Dora ein erneutes Kichern unterdrücken muss. Überall stehen brennende Duftkerzen und gefüllte Blumenvasen herum. Die Sträuße sind bunt und üppig und erfüllen das ganze Haus mit ihrem schweren Duft. Das Ganze wirkt etwas zu künstlich für Doras Geschmack und hat so gar nichts mit dem antiken lässigen Charme von Clifftops zu tun.

Dora versucht, nicht darüber nachzudenken. Es macht sie wütend, denn es ist eine Ironie des Schicksals, dass ausgerechnet Helen auf dem Familiensitz der Tides lebt, die sich so sehr gesträubt hat, überhaupt dorthin zu ziehen. Wohingegen ihr Vater sich mit einem Vorstadtidyll beschieden hat. Sie kann einfach nicht verstehen, warum er alles aufgegeben hat, aber anscheinend wollte er es so. Es ist schließlich Richard gewesen, der Helen verlassen hat. Dora kennt die Einzelheiten der Scheidungsvereinbarung nicht, doch scheint Richard Helen das Haus in Dorset bereitwillig überlassen zu haben. Wahrscheinlich erträgt er es einfach nicht mehr, dort zu sein – nicht nach dem, was Alfie zugestoßen ist.

Violet führt sie durch Schwingtüren ins Wohnzimmer. Dora entdeckt ihren Vater in einem Ledersessel am Ende des Zimmers. Die Sonntagszeitung ist vor ihm ausgebreitet, und der Fernseher läuft, das schimmernde Grün eines Golfplatzes füllt den Bildschirm.

»Schau mal, wer gekommen ist«, ruft Violet theatralisch, als wären Dora und Dan unangekündigt hereingeschneit.

Richard sieht auf, betrachtet sie durch eine Brille mit Metallgestell, bevor er aufspringt. »Ah, da seid ihr ja! Ich habe euch gar nicht kommen hören.« Er macht einen großen Schritt nach vorn und umarmt Dora. »Hallo, Panda, wie geht es dir?«

»Gut, Dad, und dir?«

»Ausgezeichnet, ganz ausgezeichnet. Und dir, Dan?« Mit ausgestreckten Händen dreht er sich zu ihm um. »Wie geht es dir, junger Mann?« Er schüttelt Dan herzlich die Hand.

»Sehr gut, Richard, danke. Entschuldige, dass wir so früh dran sind. Es gab weniger Verkehr als gedacht.«

»Aber das macht doch nichts«, versichert ihnen Richard, macht den Fernseher aus und räumt schnell die Zeitung weg. »Schön, dass ihr gekommen seid. Wir haben uns auf euch gefreut, nicht wahr, Vi?«

»Ja.« Violet grinst. »Dein Vater hatte die ganze Woche kein anderes Gesprächsthema mehr.«

»Pst, aber das musst du ihnen doch nicht auf die Nase binden«, sagt Richard lachend. »Dann denken die noch, wir hätten nichts Besseres zu tun, als dazusitzen und über sie zu reden.«

»Nun, hier wären wir jedenfalls«, sagt Dora mit einem verlegenen Lächeln.

»Ja, da seid ihr«, pflichtet ihnen Violet bei.

Sie mustern sich kurz. Dora spürt die Erwartungen, die auf ihr lasten. Plötzlich glaubt sie, an den vielen unausgesprochenen Worten zu ersticken. Zum Glück bricht Dan das Schweigen. Er dreht sich um und wirft einen Blick aus dem Fenster.

»Meine Güte, da habt ihr was geschafft! Der Garten sieht ganz anders aus.«

Er lügt. Dora kann nicht feststellen, dass sich der mit der Nagelschere geschnittene Rasen seit ihrem letzten Besuch vor mehreren Jahren groß verändert hätte. Aber zum Glück greift Violet das Thema begeistert auf.

»Richard war unheimlich fleißig. Die Büsche sind wirklich ziemlich gewachsen, seit wir sie letztes Jahr gepflanzt haben, und die Kletterrose wird im Sommer schöne Blüten tragen.«

»Was für ein interessantes Objekt«, fügt Dan hinzu und zeigt auf ein Riesending in der Mitte des Rasens.

»Echt, findest du? Richard war ziemlich sauer, als ich eines Tages damit nach Hause gekommen bin, aber ich konnte einfach nicht widerstehen.«

Sie stehen alle auf und betrachten die große steinerne Amphore, die einen ebenso konstanten wie beeindruckenden Wasserstrahl in die Luft schickt. Dora und Dan nicken höflich, während Violet ihren Monolog fortsetzt.

»Ich habe irgendwo gelesen, dass fließendes Wasser im Garten für ein gutes Feng-Shui sorgt. Es bringt Glück, gute

Gesundheit – oder Wohlstand. Ach, ich weiß es nicht mehr genau.« Sie lacht und winkt ab. »Für irgendwas ist es auf jeden Fall gut. Und nächste Woche kommt das Gewächshaus«, fügt sie aufgeregt hinzu.

»Wie hübsch«, ruft Dan übertrieben begeistert. »Wo kommt es hin?«

»Da drüben in die hinterste Ecke. Natürlich bin ich in erster Linie an Blumen interessiert, aber dein Vater wird versuchen, dort Gemüse anzupflanzen. Laut Richard hatte dein Großvater einen ziemlich grünen Daumen, Dora. Ich stelle mich also auf preisgekrönte Zucchini und Kürbisse ein. Vorausgesetzt, sie werden nicht von den Kaninchen angeknabbert. Die kommen von den Feldern und sind eine echte Plage.«

»Ich biete ihr immer an, welche zu schießen, aber davon will sie nichts wissen«, scherzt Richard.

Violet tätschelt liebevoll seinen Arm. »Ist er nicht furchtbar? Aber vielleicht haben wir im Garten noch Platz für eine deiner Skulpturen, Dan – vorausgesetzt, wir können sie uns überhaupt leisten. Wie ich gehört habe, kommst du gerade ganz groß raus in der Londoner Kunstwelt.«

Dan lächelt und tritt verlegen von einem Fuß auf den anderen. Das Lob verunsichert ihn, und er weiß nicht, was er sagen soll. Doch er braucht sich nicht zu quälen, denn Violet plappert weiter, bevor er den Mund aufmachen kann.

»Natürlich fragen mich die Leute, wie ich es schaffe, im Garten zu arbeiten, wo ich doch schon beruflich so eingespannt bin, aber es macht mir einfach solchen Spaß! Und seien wir ehrlich: Blumen zu arrangieren und ein Geschäft zu führen ist nicht ganz dasselbe, wie in der Erde zu buddeln und selbst etwas anzupflanzen, zum Wachsen zu bringen, nicht wahr?«

»Nein, vermutlich nicht«, stimmt Richard ihr zu und lächelt

Violet nachsichtig an. Dann wendet er sich an Dora und Dan. »Wusstet ihr schon, dass Violet mittlerweile drei Läden besitzt? Ein richtiges Floristenimperium.« Der Stolz in seiner Stimme ist unüberhörbar.

Dora fragt sich insgeheim, ob das das Geheimnis ihrer Beziehung ist. Richard war früher eher in sich gekehrt. Meist fand man ihn am Schreibtisch vor oder hinter der Zeitung statt auf Partys oder bei wichtigen Abendessen. Violets Läden sorgen dafür, dass sie unter der Woche zu tun hat, sodass Richard ungestört ist, bis sie zurückkommt. Dann steckt sie ihn mit ihrer guten Laune an – etwas, das er dringend nötig hat. Und es ist nicht zu übersehen, dass sie ganz verrückt nach ihm ist. Das merkt man schon daran, wie sie sich um ihn bemüht, wie sie bewundernd zu ihm aufsieht oder ihre Hand auf seinen Arm legt, während sie ohne Unterlass redet.

»Aber hier stehe ich und rede, während ihr bestimmt schon am Verdursten seid. Was darf ich euch bringen? Wir haben Sherry und Wein, oder wie wär's mit einem Bier für dich, Dan?«

Sie lehnen den Alkohol ab und entscheiden sich für eine »gute Tasse Tee«. Violet stolziert hinaus und lässt Dora und Dan mit Richard allein. Dora bemerkt, wie ihr Vater Violet hinterherschaut.

»Bitte setzt euch«, sagt er, wieder an sie gewandt. »Steht nicht so blöd herum, wir sind schließlich eine Familie.«

»Ja«, stimmt Dan zu.

»Also«, sagt Richard zu Dan, »wie ich höre, laufen deine Geschäfte gut.«

»Ja, in letzter Zeit kann ich nicht klagen«, sagt Dan. Er erzählt Richard von seinen neuen Aufträgen und der Ausstellung, während der nickt und anerkennend lächelt.

»Und du, Liebes? Wie läuft's in der Agentur?«

»Gut. Ich habe gerade ein paar wichtige Etats übernommen.«

»Das sind tolle Neuigkeiten«, sagt Richard begeistert. »Du bist wirklich clever. Wir sollten beim Mittagessen darauf anstoßen. Und was ist mit eurer Wohnung? Die liegt in Hackney, oder? Fühlt ihr euch wohl in London?«

Während Richard und Dan ein ausführliches Gespräch über Londoner Immobilienpreise und Immobiliendarlehen beginnen, nutzt Dora die Gelegenheit, sich ihren Vater genauer anzusehen. Er ist nicht mehr jung, aber auch nicht alt. Sein sandblondes Haar ist grau und schütter geworden, sie entdeckt eine kahle Stelle, die bei ihrem letzten Besuch noch nicht da war. Die Lesebrille, die ihm auf der Nasenspitze sitzt, und die Pantoffeln an seinen Füßen verleihen ihm etwas Großväterliches, und obwohl er recht schlank ist, zeichnet sich ein deutlicher Bauchansatz unter seinem blauen Wollpullover ab. Auf den ersten Blick sieht er aus wie ein ganz normaler Mann mittleren Alters, der mit Gewichtsproblemen und Haarausfall zu kämpfen hat. Aber Dora nimmt weitere kleine Veränderungen an ihm wahr, die tiefer gehen. Veränderungen, die nur diejenigen bemerken, die ihn schon lang gut kennen. Die Stirnfalten sind ein wenig tiefer geworden. Vielleicht sind es mehr als bei anderen Männern seines Alters. Seine Augen haben einen traurigen Ausdruck, den man kaum bemerkt, wenn er in seinem gemütlichen Sessel sitzt und mit Dan scherzt und lacht. Aber Dora bemerkt ihn sehr wohl.

Dan hat gerade das Thema auf Richards Architekturbüro gelenkt, als Violet mit einem Tablett klirrender Teetassen und einem Teller mit Keksen ins Zimmer kommt.

»Ich wusste nicht, ob ihr Earl Grey oder English breakfast wollt, also habe ich beides gemacht. Soll ich euch einschenken?« Sie strahlt sie an, und man muss einfach zurücklächeln. Violets unwiderstehlich gute Laune sprudelt nur so aus ihr hervor wie das Wasser aus der steinernen Amphore im Garten.

»Violet lässt es an nichts fehlen«, sagt Richard. »Mit ziemlicher Sicherheit habe ich ihr das zu verdanken.« Er klopft auf seinen stolzen Bauch.

»Und?«, fragt Violet, während sie die Teetassen herumreicht. »Habe ich etwas Wichtiges verpasst?«

»Noch nicht«, sagt Dan und wirft Dora einen vielsagenden Blick zu. Es ist so weit.

»Wir haben tatsächlich Neuigkeiten«, bestätigt Dora.

Richard sieht von seinem Tee auf. »Ach ja?«

»Ja. Gute Neuigkeiten.« Sie hat bereits beschlossen, es positiv zu sehen. »Ich bin schwanger.«

Überraschtes Schweigen.

»Wir bekommen ein Baby«, versucht sie es erneut.

Dora sieht, wie die Hand ihres Vaters zittert, als er Tasse und Untertasse auf den Couchtisch zurückstellt. Er schluckt schwer und sieht sie dann an. Sie weiß nicht, ob es am Licht liegt, oder ob ihm wirklich Tränen in den Augen stehen, aber sie scheinen hinter seinen Brillengläsern zu glänzen.

»Nun sagt doch was«, drängt sie.

»Schatz«, sagt Richard mit erstickter Stimme. »Schatz, das sind ja … wunderbare Neuigkeiten. Meine Güte, ein Baby! Mein kleines Mädchen bekommt ein Baby.«

Dora lacht. »Ja, so kann man das auch ausdrücken.«

Violet ist aufgesprungen. Sie hat Dans Hand genommen und führt einen lustigen Freudentanz vor ihm auf, bei dem jedes überflüssige Gramm an ihrem Körper aufgeregt hin und her wogt.

»Oh, ein Baby, wie süß! Ich gratuliere.« Sie drückt Dan einen weiteren Kuss auf die Wange und hinterlässt einen rubinroten Lippenstiftabdruck auf seiner unrasierten Wange.

Dora wirft ihrem Vater einen besorgten Blick zu. Er scheint Atemprobleme zu haben und zerrt an seinem Hemdkragen. »Ich weiß, das kommt etwas überraschend.«

»Nein, nein, das ist es nicht.« Er atmet tief durch, so als hätte er seine Lunge soeben wiederentdeckt. »Es tut mir leid. Das sind wirklich wunderbare Neuigkeiten. Es kommt nur ein bisschen unerwartet. Ich dachte eher, ihr würdet euch vielleicht verloben.«

»Dad«, ruft Dora. »Jetzt erzähl mir nicht, dass du so spießig bist? Mum war schwanger, bevor ihr geheiratet habt, oder?« Sie merkt, dass es nicht am Licht liegt. »O Dad, bitte weine nicht. Wir wollten dich nicht aus der Fassung bringen. Wir dachten, du freust dich.«

»Ich freue mich auch.« Richard nimmt die Brille ab und betupft sich die Augen mit einem Taschentuch. »Wirklich! Entschuldigt bitte, ich benehme mich wie ein alter Idiot.« Er umarmt Dora so fest, dass sie kaum noch Luft bekommt.

»Allerdings, Richard«, ruft Violet laut. »Ein Baby, das sind doch fantastische Neuigkeiten. Genau das hat dieser Familie gefehlt.«

Richard wischt sich erneut die Augen, geht dann zu Dan und klopft ihm auf den Rücken. »Ich gratuliere, junger Mann. Ich hoffe, du sorgst gut für meine Tochter und mein erstes Enkelkind.«

»Aber natürlich, Richard, da mach dir mal keine Sorgen.«

»Nein, natürlich nicht, ich weiß, dass du das tun wirst. Du bist ein guter Mann.« Er klopft ihm erneut auf den Rücken und sieht sich verlegen um. »Nun, ich weiß nicht, wie es euch geht, aber ich könnte etwas Stärkeres als Tee vertragen. Das muss gefeiert werden, findet ihr nicht?«

»Ich habe was im Kühlschrank.« Violet ist bereits aufgesprungen und schon fast aus der Tür, als sie sich mit einem vielsagenden Blick zu Dan umdreht. »Dan, würde es dir was ausmachen, mir kurz zu helfen? Ich weiß nicht, ob ich an die Champagnerflöten komme.« Sie zeigt mit dem Kinn in Doras und Richards Richtung.

»Natürlich.« Dan springt auf, wirft Dora einen aufmunternden Blick zu und verlässt hinter Violet das Zimmer, sodass Vater und Tochter allein zurückbleiben.

Dora geht quer durch das Zimmer und setzt sich auf die Lehne von Richards Sessel. »Tut mir leid, dass das so überraschend kommt. Ich wollte dich nicht damit überrumpeln. Es ist nicht leicht, das zu sagen.« Sie verstummt.

Richard blinzelt, setzt erneut die Brille ab und putzt sie mit seinem Ärmel. »Nein, Liebes, mir tut es leid. Deine Neuigkeit hat mich nicht aus der Fassung gebracht. Es ist eine Überraschung, aber eine ganz wunderbare.« Er schweigt, weiß nicht recht, ob er weiterreden soll. »Ich habe immer auf solche Familienanlässe gehofft: auf Hochzeiten, Babys – auf all die glücklichen Momente im Leben, nach denen man sich sehnt. Nur dass ich sie mir wahrscheinlich etwas anders vorgestellt habe. Na ja, du weißt schon. Dass wir alle zusammen in Clifftops sitzen und so.« Er schweigt erneut. »Weiß deine Mutter Bescheid?«

Dora nickt. Es ist das erste Mal seit Langem, dass Richard Helen überhaupt erwähnt.

»Freut sie sich?«

Dora weiß nicht, wie sie diese Frage beantworten soll, also nickt sie einfach nur, wenn auch etwas vage.

»Weißt du, du hattest recht, was deine Mutter und mich anbelangt. Cassie war nicht geplant, wir waren erst seit Kurzem zusammen, als sie sich ankündigte. Trotzdem, ein Fehler war das nicht. Ich bereue es keine Minute.«

»Als du erfahren hast, dass du Vater wirst …« Dora zögert, doch dann sprudelt es nur so aus ihr hervor. »Ich meine, wusstest du da auf Anhieb, dass du das Kind willst? Hast du dich darüber gefreut?«

Richard lacht kurz auf. »Es war natürlich ein Schock. Aber nachdem wir beschlossen hatten, es zu bekommen, haben wir nur nach vorn geschaut. Ich weiß noch, dass wir zuerst mit dem Zug zu ihren Eltern gefahren sind und es ihnen gesagt haben. Sie waren natürlich entsetzt.« Er stößt ein kurzes, trockenes Lachen aus. »Dann sind wir nach Clifftops gefahren und haben es meinen Eltern gesagt.« Richard verstummt plötzlich. Er ist ganz in Gedanken.

»Das muss unangenehm gewesen sein«, hilft ihm Dora auf die Sprünge.

»Na ja, damals war man etwas altmodisch. Aber wir hatten ohnehin beschlossen zu heiraten, so gesehen war das Drama bald vorbei.« Richard verstummt erneut.

»Unsere Neuigkeit muss schmerzhafte Erinnerungen wachrufen. An Mum, daran, Vater zu werden, und an ... na ja, alles andere.«

»Ja, das schon. Aber es geht nicht um meine Erinnerungen oder um mich. Es geht um dein Leben, Dora. Und ich hoffe nur, dass Violet und ich positiver reagiert haben als deine Großeltern, als wir ihnen sagten, dass Helen mit Cassie schwanger ist.« Er lacht noch einmal kurz auf und schweigt dann, während er seine Brille wieder aufsetzt. »Wie heißt es so schön? Die Geschichte wiederholt sich?«

»Oh«, ruft Dora vehement. »Hoffentlich nicht.«

Richard scheint seinen Fauxpas zu bemerken. »Nein, natürlich nicht. Ich meinte nicht ... Ich meinte natürlich nicht das mit Alfie. Nie hätte ich ...« Er verliert den Faden. »Tut mir leid, Liebes, ich stelle mich nicht sehr geschickt an, was? Ich freue mich sehr für dich, Dora. Du wirst eine wunderbare Mutter sein.«

»Meinst du?« Dora saugt die Worte förmlich auf.

»Natürlich. Und, freut ihr euch?«

»Dan ist begeistert. Er kann es kaum erwarten, Vater zu werden. Ich habe mich erst an die Vorstellung gewöhnen müssen«, gibt Dora zu.

»Wollt ihr heiraten?«

Dora seufzt. »Ehrlich gesagt, das weiß ich noch nicht. Es gibt Wichtigeres. Ich glaube, wir wollen uns eher auf das Kind konzentrieren. Außerdem, was ändert das schon? Heute gehen so viele Ehen in die Brüche …« Als ihr klar wird, was sie gerade gesagt hat, verstummt sie.

»Nun, da kann ich schlecht widersprechen.«

Sie sitzen eine Weile schweigend nebeneinander. Aus dem Wald hallt das Gurren einer Taube zu ihnen herüber. Dora fühlt sich sofort an Clifftops erinnert. Sie schließt die Augen. Sie kann das frisch gemähte Gras und die Meeresbrise in den Platanen beinahe riechen.

Richard räuspert sich und reißt sie aus ihrem Tagtraum. »Dora, ich möchte auf keinen Fall, dass dir die Fehler von deiner Mutter und mir das Leben schwer machen. Du weißt hoffentlich, dass ich dich sehr, sehr liebe, trotz allem, was passiert ist.«

»Ich weiß.« Dora streckt den Arm aus und drückt die Hand ihres Vaters.

»Ich bedaure nichts mehr, als dass es mit deiner Mutter und mir nicht geklappt hat. Ich war so in sie verliebt. Sie besitzen zu wollen und ihr einen Ring an den Finger zu stecken, war eines der grausamsten Dinge, die ich je getan habe – wenn auch nicht mit Absicht. Andererseits waren wir damals fast noch Kinder, und damals war das eben so. Aber Dan und du, ihr seid anders, das sehe ich.«

»Sind wir das? Sind wir wirklich so anders, Dad? Denn genau das beschäftigt mich. Ich weiß, dass wir nach Alfies Tod eine schwere Zeit durchgemacht haben, eine echt schwere Zeit. Aber ich habe immer gehofft, dass Mum und du wieder zusammenfindet. Es war ein Schock für mich, als du gegangen bist.«

»Ja, das kann ich mir denken. Aber Cassie war damals

schon ausgezogen, und du wolltest das Haus auch bald verlassen. Wir wollten niemandem etwas vormachen. Es war schließlich nicht zu verkennen, wie unglücklich wir durch dieses Haus gegeistert sind.«

»Das kann ich verstehen«, sagt Dora.

»Weißt du, nach Alfies Verschwinden haben uns so viele unbeantwortete Fragen gequält. Und dann diese Trauer, diese ungeheure Trauer. Wir fühlten uns am Boden zerstört – zu zerstört, um weitermachen zu können. Jedes Mal, wenn einer von uns versucht hat, den anderen zu trösten, hat das alles nur noch schlimmer gemacht. Wir haben die Fähigkeit verloren, miteinander zu kommunizieren, und wir haben auch den Respekt voreinander verloren. Die Kluft zwischen uns war unüberbrückbar. Wir haben uns gegenseitig zerfleischt.«

Dora staunt, dass ihr Vater so offen darüber spricht. So haben sie noch nie geredet. Sie schweigt, in der Hoffnung, dass er fortfährt.

»Ich mache mir Vorwürfe. Deine Mutter wollte nie nach Clifftops ziehen. Ich hätte auf sie hören sollen. Aber ich war egoistisch, blind für alles andere. Ich habe nicht richtig verstanden, was sie wirklich gebraucht hat. Das Haus stand an erster Stelle, es hat mich regelrecht vereinnahmt. Ich war so damit beschäftigt, den Haushalt angemessen weiterzuführen. Ich wollte mich genauso darum kümmern, wie meine Eltern das immer getan haben, es zu unserem Lebensmittelpunkt, zu unserem ganzen Stolz machen. Aber ich habe nicht das Geringste verstanden. Am Ende war es nicht das Dach über unserem Kopf, sondern eine Mauer, die zwischen uns stand. Du musst das doch auch gespürt haben, am Schluss, als wir noch alle zusammengewohnt haben?«

Dora nickt. Sie weiß genau, wie es damals war.

»Weißt du, es war eine solche Erleichterung, es los zu sein. Die Verantwortung abzugeben war einfach befreiend für mich.« Er sieht sich im Wohnzimmer um, als nähme er seine Umgebung zum ersten Mal richtig wahr. »Oh, ich weiß, dass dieses Haus nicht das ist, was ihr von mir erwartet. Und ganz unter uns«, fügt er verschwörerisch hinzu, »auf die Duftkerzen und den Klodeckelbezug könnte ich gut verzichten.«

Dora kann ein Lächeln nicht unterdrücken.

»Aber Violet macht es glücklich, und wenn sie glücklich ist, bin ich es auch – auf eine Art, wie ich es nach Alfie nie mehr für möglich gehalten hätte.«

»Wir vermissen ihn alle immer noch so, nicht wahr? Selbst nach all der Zeit.«

»Ja«, pflichtet ihr Richard bei.

Dora atmet tief durch. »Ich muss dich etwas fragen, Dad. Und ich möchte, dass du ehrlich bist.«

»Natürlich, Süße.« Seine klaren blauen Augen sehen sie an.

»Gibst du mir die Schuld, Dad? Du weißt schon, an dem, was an jenem Tag passiert ist?«

Richard sieht sie an. Er blinzelt und schüttelt dann heftig den Kopf. »Ach, mein liebes Mädchen, du denkst doch nicht ernsthaft, dass es deine Schuld war?«

Dora schweigt, sie möchte ihn auf keinen Fall beeinflussen.

»Dora, es war ein Unfall, ein schrecklicher, tragischer Unfall. Niemand war schuld. Ich habe in all den Jahren weiß Gott versucht, einen Schuldigen zu finden. Ich habe mir selbst Vorwürfe gemacht, deiner Mutter und in meiner Verzweiflung sogar Cassie, weil sie die Älteste ist. Ich habe mich dafür gehasst.« Er sieht ihr in die Augen. »Aber dir, dir habe ich nie die Schuld gegeben.«

Dora schüttelt den Kopf. »Das verstehe ich nicht. Es war mindestens genauso meine Schuld wie Cassies. Alfie muss mir gefolgt sein, als ich die Höhle verlassen habe. Ich habe ihn nicht gesehen. Ich hätte besser aufpassen müssen. Ich hätte früher zurückkommen müssen.«

»Nein! Euch Mädchen trifft keine Schuld. Ihr wart noch Kinder. Außerdem habe ich mit den Jahren gelernt, dass es nichts bringt, nach einem Sündenbock zu suchen. Davon wird Alfie nicht wieder lebendig.«

Sie schüttelt den Kopf und spürt, dass es da noch etwas gibt, das er nicht sagt und nicht mit ihr teilen will. Sie hakt jedoch nicht nach, und Richard schweigt. Schließlich sieht er sie an. »Da ist noch etwas, oder?«

Sie zuckt mit den Schultern. »Ehrlich gesagt, fühle ich mich etwas hilflos. Ich habe Angst, dass Dan und ich scheitern. Und noch mehr Angst habe ich davor, das Kind zu verlieren. Das Baby. Ich glaube irgendwie nicht, dass ich dieses Glück verdient habe, und noch einmal stehe ich so einen Verlust bestimmt nicht durch.«

Richard nickt. »Das kann ich verstehen. Ich habe auch nicht glauben können, dass ich es verdient hätte, glücklich zu sein. Nicht nach Alfie. Wenn ich mich dabei ertappt habe zu lächeln, ein Essen zu genießen, mit jemandem laut zu lachen, war ich anschließend am Boden zerstört vor Schuldgefühlen. Violet und ich sind zusammengekommen, nachdem ich deine Mutter verlassen hatte – eine ganze Weile danach. Wir sind uns in London über den Weg gelaufen. Ich kam gerade von der Arbeit, und sie machte eine Einkaufstour.« Er lacht leise. »Es war in der Lebensmittelabteilung von Selfridges, das weiß ich noch wie heute. Erst habe ich sie gar nicht erkannt. Sie saß an der Austernbar und hat meinen Namen gerufen. Alles, was ich sah, waren diese knallroten Schuhe, die unter einem Berg Einkaufstüten hervorschauten.«

Dora lächelt. Sie sieht die Szene regelrecht vor sich.

»Wir haben eine Flasche Wein zusammen getrunken und uns etwa eine Stunde lang unterhalten. Erst als wir uns verabschiedet haben, wurde mir klar, dass ich in dieser Stunde mehr gelächelt hatte als in all der Zeit nach Alfie.« Er schweigt eine Weile. »Ich fürchte, es gibt keinerlei Garantie im Leben. Ich sage das nur ungern, aber ich kann dir nicht versprechen, dass das Leben kein Leid mehr für dich bereithält. Aber sag mir eines, Dora: Was sollen wir tun? Aufhören zu leben? Aufhören, es zu versuchen, aus lauter Angst, verletzt zu werden? Ja, nicht alles im Leben läuft so, wie wir uns das vorstellen. Das Leben kann uns beschädigen – uns fast zerstören, aber Wunden können auch heilen. Wir können wieder zu Kräften kommen, wieder glücklich werden, auf eine Art, wie wir das nie erwartet hätten. Mit Menschen, von denen wir das nie gedacht hätten.«

Dora schluckt, und Vater und Tochter schweigen einen Moment, wobei beide sichtlich mit ihren Gefühlen zu kämpfen haben.

»Es war Violet, die mir geholfen hat, meinem Leben wieder eine Chance zu geben«, sagt er schließlich. »Sie war meine Rettung. Sie ist ein so warmherziger fröhlicher Mensch. Sie lässt nicht zu, dass ich mich zu ernst nehme. Und was noch wichtiger ist: Ich hoffe sehr, aus meinen Fehlern gelernt zu haben. Ich höre auf sie. Ich respektiere sie. Ich liebe die Begeisterung, mit der sie ihre Arbeit macht, ihren Wunsch, das Leben zu genießen, ihre Fähigkeit, das Gute in den Menschen zu sehen. Ich habe sogar gelernt, ihre Vorliebe für hohe Absätze zu lieben, egal, wie oft sie mir damit auf die Zehen tritt. Ich weiß, was für ein Glück das ist, eine zweite Chance zu bekommen. Vielleicht sind Dan und dieses Baby deine zweite Chance, Dora?«

Dora nickt. Sie sitzen eine Weile schweigend beieinander, bis Richard erneut das Wort ergreift.

»Weißt du, die Distanz zwischen uns, die werfe ich mir am allermeisten vor.«

Dora sieht überrascht auf. »Wie meinst du das?«

»Du. Cassie. Ich hätte die Familie besser zusammenhalten

müssen, nachdem wir Alfie verloren hatten. Aber ich war so mit meiner Trauer beschäftigt. Heute weiß ich, dass ich mich euretwegen mehr hätte bemühen müssen. Bei Cassie habe ich wirklich sämtliche Alarmzeichen übersehen.« Seufzend fährt er sich über den Nasenrücken. »Dann bin ich mit Violet zusammengekommen, und wenn ich etwas nicht wollte, dann euch Mädchen mit dieser Beziehung belasten. Ehrlich gesagt wusste ich nicht recht, wie ihr das aufnehmen würdet. Ich hatte Angst, es könnte euch verstören. Vielleicht war das feige von mir, aber ich habe beschlossen, mich eine Weile zurückzuziehen. Trotzdem habe ich immer gehofft, dass ihr eines Tages wieder zu mir zurückfinden werdet – und zueinander.« Er denkt kurz nach. »Weißt du, es macht mich traurig, dass ihr so wenig Kontakt habt. Hast du irgendwas von Cass gehört?«

Dora schüttelt den Kopf. »Im Grunde nicht.«

Wie soll sie ihm das erklären? Wie soll sie ihm erzählen, dass sie Cassie einmal aufgespürt hat? Dass sie vor einem schäbigen Café in Nordlondon stand und zusah, wie ihre Schwester hinter den beschlagenen Scheiben zwischen den Tischen hin und her huschte und einer Meute hungriger Schichtarbeiter Kaffee und Fritten servierte. Als sie gerade all ihren Mut zusammengenommen hatte, um das Café zu betreten, sah sie, wie ihre Schwester über die Bemerkung eines Kunden lächelte. Dieses warme herzliche Lächeln, das sich auf ihrem Gesicht ausbreitete, machte sie wieder zu der Cassie von früher. Als sie sie so zwischen den Tischen und Stühlen stehen sah, mit einer Kaffeekanne in der Hand und so vollkommen eins mit sich und der Welt, hatte Dora plötzlich kein Bedürfnis mehr, ihre Schwester zur Rede zu stellen. Stattdessen trottete sie zur U-Bahn zurück, ohne sich noch einmal umzudrehen. Cassie brauchte sie nicht. Sie war nicht das deprimierte, selbstmordgefährdete Mädchen aus ihren Träumen. Trotz all der Traumata und Tragödien hatte sie es anscheinend geschafft, prima ohne sie zurechtzukommen.

Das war das letzte Mal, dass Dora versucht hat, Cassie zu kontaktieren – und das, obwohl ihre Schwester sich ab und zu gemeldet hat. Zu jedem Geburtstag bekam Dora eine Karte – eine langweilige Karte mit Blümchenmotiv, auf der einfach nur stand: »In Liebe, Cassie«, mehr nicht. Bis an Doras einundzwanzigstem Geburtstag eine Karte kam, auf die Cassie eine Handynummer neben ihren Namen gekritzelt hatte.

Dora überlegte, sie anzurufen. Sie bewahrte die Karte monatelang auf, nahm sie immer wieder zur Hand, tat es dann aber doch nicht. Sogar an einsamen Abenden, an denen ihr nur eine Flasche Wein Gesellschaft leistete, kam sie nicht in Versuchung. Sie dachte an den Schmerz nach Cassies Flucht, nach ihrem Selbstmordversuch, oder stellte sich vor, wie Cassie in dem Café steht und ihre weißen Zähne im Neonlicht strahlen, als wäre sie vollkommen unbekümmert. Dann wusste sie, dass es keinen Sinn hat. Cassie hatte vor langer Zeit eine Entscheidung getroffen, und inzwischen ging jeder seinen eigenen Weg.

Dora schluckt. Sie weiß, dass ihr die Worte fehlen, ihrem Vater zu erklären, was sie in Bezug auf Cassie empfindet, trotzdem ist sie neugierig.

»Hast du sie kürzlich gesehen?«, fragt sie.

Richard nickt. »Violet und ich haben sie vor einem halben Jahr getroffen. Es scheint ihr gut zu gehen. Sie ist in Oxford, hat dort eine richtige Stelle gefunden. In einer interessanten neuen Firma.« Er schweigt. »Ich weiß, dass sie dich gern sehen würde.«

Er lässt die Worte im Raum stehen, bedrängt sie aber nicht. »Weißt du, Dora, »sagt er, »ich kann deine Ängste verstehen. Ich habe genügend Zeit meines Lebens damit verbracht, mir zu wünschen, ich hätte besser auf euch Kinder und auf mich selbst aufgepasst. Aber hätte ich dann die schönen Zeiten mit euch und eurer Mutter erlebt? Und die Zeit mit Violet? Ich glaube, dass man loslassen und auch mal ein Risiko eingehen muss. Wie sagt man so schön? ›Ein Leben in Angst ist ein nur halb gelebtes Leben‹?«

Dora nickt. Das klingt ziemlich vernünftig.

»Weißt du, Panda, ich habe auch keine Antworten, aber ich weiß, dass man viel zu viel Zeit mit unwichtigen Dingen verbringen kann: mit einem großen Haus, einem anstrengenden Job, einer perfekten Familie. Damit, alle Traditionen und damit verbundenen Erwartungen zu erfüllen. Letzten Endes zählt etwas anderes. Ich habe lang gebraucht, um das zu begreifen, aber ich weiß, dass es die Menschen sind, die einem am Herzen liegen. Nur auf sie und auf das Verhältnis zu ihnen kommt es an. Also halte dich an Dan, an dein Kind. Halt sie fest, und egal, was du tust: Lass sie nie mehr los. Halt dich an sie, mein Mädchen!«

Dora nickt erneut. Sie kann nichts erwidern, seine Worte haben sie tief berührt. Sie muss an all das denken, was ihr Vater verloren hat: seinen Sohn, seine Frau, sein Zuhause – in gewisser Weise sogar sie und Cassie. Alle sind sie weg. Doch da sitzt ihr Vater und lebt ein neues Leben, das ihm unerwartet geschenkt wurde, lernt aus seinen Fehlern, weiß Violet und die Dinge zu schätzen, die ihm wichtig sind.

Sie nimmt seine Hand und drückt sie. Eine Zeit lang bleiben sie einfach so im Wohnzimmer sitzen, schweigen und halten sich fest.

Schließlich kehrt Dan zurück. Er trägt ein Tablett mit Champagnerflöten und lacht über etwas, das Violet gerade gesagt hat. Er scheint die veränderte Atmosphäre im Zimmer gar nicht zu bemerken.

»So, da sind wir, Leute!«, verkündet er. »Champagner für uns, Mineralwasser für die Frau mit dem Kind.« Er reicht Dora mit großer Geste ein Glas.

Violet kommt hinter ihm mit einer Flasche Champagner ins Zimmer. »Wir müssen einen Trinkspruch ausbringen. Richard, wärst du so nett?«

»Aber natürlich.« Richard steht auf und hebt sein Glas. Sich räuspernd schaut er Dora an, bevor er das Wort ergreift. »Auf ein neues Leben. Möge es erfüllt und angstfrei sein.«

Violet lächelt ihm liebevoll zu. Alle stoßen miteinander an und tun so, als bemerkten sie Richards tränennasse Augen nicht, während sie an ihren Getränken nippen.

»Nun, in der Küche wartet ein leckerer Braten, der angeschnitten werden will«, säuselt Violet. »Welches unserer Alphamännchen gibt uns die Ehre? Du, Dan?«

»Es ist mir ein Vergnügen.«

»Prima. Warum gehst du mit Dora nicht vor, und ich räume hier ein wenig auf?«

Sie verstehen den Wink mit dem Zaunpfahl. In der Tür dreht Dora sich noch einmal um und sieht, wie Violet sich um ihren Vater bemüht. Sie zupft seinen Hemdkragen zurecht und murmelt ihm etwas ins Ohr, bis ein spitzbübisches Grinsen auf dem Gesicht ihres Vaters erscheint. Er beugt sich vor, drückt Violet einen Kuss auf die Wange, und als er sieht, dass Dora sie von der Tür aus beobachtet, zwinkert er ihr über Violets blonde Locken hinweg verstohlen zu. Dora verlässt lächelnd das Zimmer.

Alle sind erleichtert, als die Stimmung beim Essen zunehmend heiter und gelöst wird. Violet spielt weiterhin die Gastgeberin und den Spaßvogel, und schon bald ist die bedrückende Atmosphäre gänzlich verschwunden. Richard macht ein paar blöde Witze über den Nachtisch, und Dan sorgt für große Heiterkeit, indem er die peinliche Begegnung mit einem berühmten, von ihm schon seit Langem verehrten Künstler nachspielt. Niemand scheint bei traurigen Gedanken verweilen zu wollen.

Bei Einbruch der Dämmerung verabschieden sie sich. Als sie die Auffahrt hinunterfahren, dreht Dora sich noch einmal um und winkt. Sie sieht, wie ihr Vater und Violet vor dem Haus stehen. Richard hat den Arm um ihre Schultern gelegt, und sie sieht bewundernd zu ihm auf. Dora lächelt und wendet sich wieder Dan zu, legt ihre Hand auf die seine, die den Schaltknüppel umfasst. »Weißt du, du hattest recht.«

Dan nickt wissend. »Ich habe immer recht.« Er schweigt und setzt den linken Blinker. »Womit genau diesmal?«

»In Bezug auf Violet. Sie tut Dad wirklich gut.«

Er nickt, und Dora lehnt sich auf dem Beifahrersitz zurück, sieht die grünen Hecken an sich vorbeiziehen. *Ein halb gelebtes Leben.* Die Worte hallen in ihr nach. Seit Alfies Verschwinden haben sie alle ein verkrampftes, halb gelebtes Leben gelebt. Jeder auf seine Art. Ihr Vater hat nicht alle Fragen beantworten können, aber er hat ihr klargemacht, was sie als Nächstes tun muss.

Als die Hecken Straßenlaternen weichen und sie endlich die Augen schließt, sich dem hypnotischen Aufleuchten Hunderter Katzenaugen überlässt, die in der Dunkelheit auf sie zurasen, sieht sie nur ein Gesicht vor sich.

Cassie.

Es wird Zeit für einen Besuch bei Cassie.

Helen

Neun Jahre zuvor

Irgendwann hatte sich die Aufregung gelegt. Helen entging nicht die Ironie, dass hinter das Kapitel ihrer Ehe ausgerechnet dann ein Schlusspunkt gesetzt wurde, als der Rest der Welt sich anschickte, ein neues glanzvolles Kapitel aufzuschlagen.

Am Vorabend des Jahrtausendwechsels war das ganze Land mit letzten, hektischen Vorbereitungen auf die Party des Jahrhunderts beschäftigt. Aber als Helen an jenem Morgen aufwachte, gab es für sie nichts Dringlicheres, als Teewasser aufzusetzen, Müsli in eine Schale zu geben und die Heizung ein, zwei Grad wärmer zu drehen. Cassie lebte nach wie vor irgendwo in London, ohne je von sich hören zu lassen. Dora war übers Wochenende bei einer Freundin. Richard und sie hatten keine Pläne für den Silvesterabend. Sie wusste, dass sie den Abend bei einer Flasche Wein vor dem Fernseher verbringen würden, um den anderswo stattfindenden Trubel stumm zu verfolgen. Ihr war es recht so.

Sie tapste die Treppe hinunter und zog den Morgenmantel enger um sich, während sie durch den zugigen Flur in Richtung Küche ging. Als sie an der offenen Wohnzimmertür vorbeikam, fiel ihr etwas auf. Fast wäre sie einfach daran vorbeigelaufen, aber ein sechster Sinn sagte ihr, was ihre Augen noch gar nicht richtig wahrgenommen hatten. Langsam machte sie ein paar Schritte rückwärts, stellte sich in die offene Tür und warf einen Blick ins Zimmer.

Tobias' Gemälde von der stürmischen See hing noch in seinem vergoldeten Rahmen. Alles perfekt und unberührt – bis auf die brutalen Schlitze, die in der Leinwand klafften und die grellweiße Wand dahinter freigaben. So als wäre jemand mit einem Teppichmesser darauf losgegangen.

Helen spürte, wie ihre Beine nachgaben.

Sie machte einen Schritt nach vorn, ließ sich auf die Sofalehne sinken und betrachtete die Bescherung aus der Nähe. Das, was vom Gemälde übrig geblieben war, sah aus wie eine teure Kunstinstallation. An der Wand einer zeitgenössischen Galerie wäre es gar nicht weiter aufgefallen. Sie sah die Kritiker förmlich vor sich, die sich in ausgesuchten Lobeshymnen über den Symbolgehalt und die selbstbewusste ironische Aussage des Künstlers ergingen. Nur dass das keine Kunstgalerie war. Die einzige unbestreitbar symbolhafte Aussage, die hier getroffen worden war, zeugte vor allem von Wut und weniger von Ironie. Dafür gab es nur eine Erklärung.

Richard wusste Bescheid.

Er hatte von ihrer Affäre erfahren.

Helen hielt sich an der Sofalehne fest. Seit zwei Jahren war ihre Affäre beendet. Zwei Jahre waren seit Alfies Trauerfeier vergangen, bei der sie einen leeren Sarg in die Grube hinabgelassen und sich von ihrem Sohn verabschiedet hatten. Sie hatte erwartet, dass die Schuldgefühle mit der Zeit weniger würden, wachte aber immer noch jeden Morgen damit auf und konnte sich ihr Versagen als Mutter und Ehefrau einfach nicht verzeihen. Wenn sie sich im Spiegel ansah, dann nur mit Abscheu, der Selbsthass stand ihr ins Gesicht geschrieben.

Helen betrachtete den Schaden eine Weile und fühlte sich

wie gelähmt, weil sie den Konflikt scheute, der sie erwartete. Während sie so dasaß und wartete, bis sich ihr Gefühlssturm legte, stellte sie erstaunt fest, dass sich hinter der Schuld und der Angst so etwas wie Erleichterung verbarg. Sie stand kurz davor aufzufliegen. Gleich würde ihr schmutziges Geheimnis gelüftet werden. War es erst einmal heraus, würde sie nie mehr lügen, sich nie mehr verstecken müssen. Egal wie die Sache ausging, es wurde Zeit, sich alldem zu stellen.

Sie war in den letzten zwei Jahren weiß Gott oft genug versucht gewesen, Richard alles zu beichten. Die Worte hatten ihr nach Alfies Beerdigung tagelang auf der Zunge gelegen und wie Salz in einer Wunde gebrannt – so sehr, dass sie hätte schreien können vor Schmerz. Aber so schlimm sie auch litt, sie durfte Richard nicht noch mehr wehtun.

Sie hatte die Affäre sofort nach Alfies Verschwinden beendet. Und obwohl es ihr inneren Frieden verschafft hätte, Richard alles zu gestehen, wäre es barbarisch gewesen, einem Mann, der fast umkam vor Kummer, weiteren Schmerz zuzufügen. Doch die Angst hatte sie nie abschütteln können. Häufig hatte sie überlegt, ihrem Mann den Ehebruch zu gestehen. Aber sie wurde das Gefühl einfach nicht los, dass es reiner Egoismus gewesen wäre. Wenn sie ihr Gewissen erleichterte und ihn um Vergebung bat, bürdete sie ihrem Mann auch diese Last auf. Er müsste sie tragen, daran leiden, sie verarbeiten, irgendwie damit weiterleben. Und sie glaubte nicht, dass er dem gewachsen gewesen wäre.

Nach der Trauerfeier war ihr Leben seltsam unwirklich gewesen. Verschüttete Erinnerungen kehrten zurück. Sie erinnerte sich an den Lederduft des Autos, das sie nach dem Gottesdienst nach Hause gebracht hatte, an das nasse Taschentuch, das ihre Finger den ganzen Nachmittag über umklammert hatten. Erst später hatte sie bemerkt, dass es mit Alfred Tides Initialen bestickt war – und den Initialen ihres vermissten

Sohnes. Wieder zu Hause, hatte sich Richard in der Küche auf einen Stuhl fallen lassen und mit einem Glas Whiskey in der Hand hinaus in den Garten gestarrt. Sein Kompagnon David Chamberlain hatte ihm unbeholfen auf die Schulter geklopft und ihnen so oft sein Beileid ausgesprochen, bis Helen ihn am liebsten angeschrien und mitsamt seiner Frau hinausgeworfen hätte. Bill Dryden und seine Frau Betty, die sich beide rege an der Suche beteiligt hatten, waren ebenfalls mitgekommen. Betty machte Tee und reichte Teller mit Keksen herum, während Bill, Cassie und Dora am Küchentisch saßen und an glücklichere Zeiten dachten. Sie erinnerten sich an den Sommer im Jahr davor, in dem Alfie Bill beim Umgraben »geholfen« hatte. Bill brachte die Mädchen zum Kichern, indem er erzählte, wie Alfie mit einem unschuldigen Lächeln einen dicken zappelnden Wurm an die Lippen gehoben hatte. »Hm«, hatte er gesagt. »Bagetti.« Die drei mussten lachen, bis ihnen dämmerte, dass Alfie nie mehr Würmer mit Spaghetti verwechseln würde. Ihr Kichern machte Tränen und Schweigen Platz, und kurz darauf hatten sich Bill und Betty entschuldigt und waren gegangen.

Damit blieb nur noch Violet übrig, die sich in einem engen schwarzen Kleid und mit viel zu grellem Lippenstift in der Küche zu schaffen machte, Tee und Baked Beans auf Toast zubereitete. Keiner von ihnen hatte Appetit, aber immerhin lenkte sie das von dem heftigen, irgendwie angsteinflößenden Trauerprozess ab.

»Du bist ein Engel«, hatte Helen erschöpft geseufzt und sich noch ein Glas Wein eingeschenkt. »Danke, dass du gekommen bist.«

»Quatsch«, hatte Violet entgegnet. »Du brauchst Hilfe, also bin ich gekommen. Ich habe ohnehin nichts Besseres vor.«

Helen wusste noch, wie sich Richard geräuspert hatte.

»Wenn ihr mich bitte entschuldigen würdet. Ich glaube … Ich würde …« Er war blass und stotterte. »Ich glaube, ich würde mich gern kurz hinlegen.«

»Natürlich.« Violet tätschelte seinen Arm. »Geh nur, ich kümmere mich um die Mädels.«

Helen wechselte einen besorgten Blick mit Violet. »Er ist bloß müde«, sagte sie mehr zu sich selbst. »Es war ein langer Tag.« Doch es war erst drei Uhr nachmittags.

Kurz nachdem Richard die Küche verlassen hatte, klingelte das Telefon. Helen rannte hin und kam Cassie nur knapp zuvor. »Hallo?«

»Kannst du reden?« Es war Tobias. Sie hatten sich seit Tagen nicht mehr gesprochen.

»Ja. Warte kurz!« Ihre Stimme triefte vor Höflichkeit. Sie wandte sich an die anderen. »Das ist ein befreundeter Kollege. Es stört euch doch nicht?«

Violet nickte. »Los, Mädels, schauen wir nach, was im Fernsehen kommt. Vielleicht läuft ein alter Spielfilm?« Cassie und Dora waren Violet und ihren wiegenden Hüften nur widerwillig aus der Küche gefolgt, um Helen in Ruhe telefonieren zu lassen.

»Bist du noch dran?«

»Ja. Wie geht es dir, mein Schatz? Ich habe den ganzen Tag an dich gedacht. War es schlimm?«

»Ja. Unerträglich.« Sie schloss die Augen. »Es hieß, es ginge uns nach dem Trauergottesdienst vielleicht etwas besser, aber ehrlich gesagt fühle ich mich eher schlechter. Das Haus kommt mir so leer vor ohne ihn. Ich rechne jeden Moment damit, dass er hereingestürmt kommt, sein Abendessen haben will oder mich bittet, ein Spielzeug zu suchen.«

»Mein armer Schatz! Ich wäre gern in die Kirche gekommen, hielt es aber irgendwie für unpassend.«

»Ja«, stimmte ihm Helen zu.

»Wann kann ich dich sehen? Ich kann es kaum erwarten, dich in die Arme zu schließen, dich zu trösten.«

Helen atmete unhörbar ein und aus. »Tobias, du kannst mich nicht trösten. Mein Sohn ist tot.«

»Ich weiß, tut mir leid. Aber was kann ich tun, damit es dir wenigstens ein bisschen besser geht?«

»Ich glaube nicht, dass du irgendetwas tun kannst.« Sie schwieg und ließ ihre Worte auf ihn wirken. Es war das erste Mal, dass sie es aussprach, es sich eingestand. Plötzlich empfand sie die Vorstellung, mit Tobias zusammen zu sein, als abstoßend.

»Aber ich kann es doch wenigstens versuchen?«, sagte er flehend. »Ich vermisse dich.«

»Das ist kein guter Zeitpunkt. Meine Familie braucht mich.«

Tobias schwieg einen Moment. »Weißt du, ich brauche dich ebenfalls, Helen.«

Helen schüttelte den Kopf. »Nein, mein Platz ist bei Richard.«

Lautes Schweigen am anderen Ende der Leitung. »Was sagst du da, Helen?«

Sie seufzte. Sie war so müde, viel zu müde für dieses Gespräch.

»Ich weiß nicht, ich brauche einen klaren Kopf. Ich hätte dich damals niemals treffen dürfen. Es war ein Fehler, ein furchtbarer Fehler.« Auf einmal klang ihre Stimme ganz schrill und hysterisch. »Weißt du eigentlich, wie schuldig ich mich fühle? Mich lässt der Gedanke nicht los, dass wir zusammen waren, als Alfie starb. Kannst du dir vorstellen, wie es sich anfühlt, schuld am Tod des eigenen Sohnes zu sein? Ich kann mich niemandem anvertrauen, und das bringt mich schier um. Ich fühle mich so wahnsinnig einsam.« Sie stieß ein ersticktes, gequältes Schluchzen aus.

»Schatz, du bist nicht einsam. Ich bin für dich da. Warum treffen wir uns nicht? Wir können darüber reden. Danach wird es dir besser gehen, das verspreche ich dir. Ich kann dafür sorgen, dass es dir besser geht. Weißt du noch, wie glücklich ich dich machen kann?«

Bei seinen Worten drehte sich ihr der Magen um. »Nein, Tobias«, sagte sie. »Das geht nicht. Meine Familie braucht mich.«

»Ich bin also nicht mehr wichtig. Willst du das damit sagen?« Seine Stimme klang unangenehm weinerlich.

Helen fragte sich, wie sie diese kindische, egozentrische Seite an ihm nur hatte übersehen können. Sie dachte an ihre heimlichen Stelldicheins, in Hotelzimmern und auf dem Rücksitz seines Wagens, an die Momente voller Lust und Leidenschaft, an den Reiz des Verbotenen, und spürte, wie sich ihr Magen erneut umdrehte. Blind vor Verliebtheit hatte sie gar nicht gemerkt, wie abgeschmackt das alles war. Sie spielte die unverstandene Ehefrau, stellte Richard als nachlässigen zerstreuten Ehemann hin, während Tobias den perfekten Liebhaber gegeben hatte. Am liebsten hätte sie sich geschüttelt vor Abscheu. Wie hatte ihr das bloß passieren können? Wie hatte sie nur alles, was ihr etwas bedeutete, dafür aufs Spiel setzen können? All die Jahre mit Richard, in denen sie sich ein gemeinsames Leben aufgebaut, eine Familie gegründet hatten. Wofür? Für eine bedeutungslose Affäre.

Plötzlich sah sie Richard wieder vor der Kirche stehen. Sein Gesicht war blass und leidgeprüft, während er in die Ferne blickte und je einen Arm um seine Töchter gelegt hatte, die sich Trost suchend an ihn schmiegten. Dora hatte ihr Gesicht in seinem Jackett vergraben, und Richards Lippen hatten sich langsam bewegt und tröstende Worte gemurmelt, obwohl Helen spürte, wie er an seinem Kummer fast erstickte. Ihr guter, starker Mann. Wie dumm sie gewesen war!

»Im Moment nicht, fürchte ich«, sagte sie zu Tobias. Plötzlich sah sie die Dinge so glasklar. Sie hatte bereits ihren Sohn verloren und konnte nicht riskieren, auch noch ihre Töchter oder ihren Mann zu verlieren. »Es tut mir leid. Ich möchte nicht herzlos klingen, aber ich glaube, es ist besser, wenn wir uns nicht mehr sehen. Im Moment ist meine Familie das Wichtigste.«

»Wenn du etwas Zeit für dich brauchst …«

»Nein, darum geht es nicht.«

Tobias verstummte. Als er wieder etwas sagte, klang er gereizt. »Na, das sind ja völlig neue Töne. Wochenlang hat es geheißen: ›Tobias, ich will dich‹, ›Tobias, ich brauche dich‹. Und jetzt willst du einfach Schluss machen?«

»Es tut mir leid. Ich kann nicht mehr.«

»Das war's also? Es ist vorbei, einfach so?«

»Ja.«

»Verstehe.«

Beide schwiegen einen Moment. Sie konnte ihn am anderen Ende der Leitung atmen hören und merkte, dass sie nicht das Geringste für ihn empfand. Ihre Verliebtheit hatte sich in Luft aufgelöst.

Tobias ergriff als Erster das Wort. »Nun, dem ist wohl nichts mehr hinzuzufügen.«

»Nein.«

Er schwieg erneut. »Mach's gut, Helen.«

»Mach's gut«, sagte sie.

Doch er legte nicht auf. Es war, als wartete er darauf, dass sie ihre Meinung änderte. Aber Helen schwieg, und als es klickte, empfand sie nichts als Erleichterung. Sie blieb noch ein, zwei Minuten sitzen und lauschte auf das schrille Tuten des Freizeichens, bis sie die vertrauten Geräusche des Hauses wieder wahrnahm.

In den nächsten Tagen brach sie in regelmäßigen Abständen zusammen, und zwar ausgerechnet dann, wenn sie es am allerwenigsten erwartete. Sie fühlte sich einigermaßen okay, manchmal sogar fast normal, bis ihr irgendetwas unterkam, das sie fast umbrachte. Das konnte alles Mögliche sein, ein Spielzeug, das sie unter Sofakissen fand, Filzstiftmarkierungen an der Küchenwand, mit denen sie Alfies Wachstum festgehalten hatten, oder eine halb leer gegessene Schachtel Sultaninen, die sie in ihrer Handtasche entdeckte. Lauter Kleinigkeiten, die es jedoch schafften, ihr den Atem zu rauben. Sie musste sich dann ins Bad flüchten, wo sie zusammenbrach und ihrem Leid laut schluchzend freien Lauf ließ. Nachts, wenn der Schmerz besonders quälend war, ging sie manchmal in Alfies Zimmer, machte die Tür hinter sich zu, legte sich auf sein kühles Bett, atmete die Reste seines kostbaren Dufts ein und weinte sein Kopfkissen nass.

Richard schien zu gar nichts mehr zu gebrauchen zu sein. Ihr einst so starker, zuverlässiger Mann war nur noch ein Häuflein Elend. Bis zu dem Moment, in dem sie den Sarg in die Erde hinabgelassen hatten, funktionierte Richard. Er hatte jede wache Stunde damit verbracht, Alfie zu suchen. Als die Hoffnung schließlich schwand und die Polizei die Suche abblies, hatte er seine gesamte Kraft in die Vorbereitung der Trauerfeier gesteckt. Danach brach Richard zusammen.

Nach der Trauerfeier war er eine ganze Woche nur im Bett geblieben: Er lag im halbdunklen Schlafzimmer, den Kopf zur Wand gedreht, und trauerte um seinen Sohn.

Helen hatte Kontakt zu ihm aufnehmen, ihn unbedingt umarmen, von ihm umarmt werden und seine beruhigende Nähe spüren wollen. Nachdem sie in Alfies Kissen geweint oder ihrem Schmerz in der Abgeschiedenheit des Badezimmers freien Lauf gelassen hatte, pflegte sie zu ihm zu gehen, weil sie eine unstillbare Sehnsucht nach ihrem Mann hatte.

Sie setzte sich in die Dunkelheit, lauschte auf seine regelmäßige Atmung, wartete darauf, dass er mit ihr sprach. Sie überlegte, ihm die Wahrheit zu sagen, ihm zu erzählen, wo sie an jenem Tag gewesen war. Aber weder er noch sie hatten den Mund aufgemacht.

Am Ende hatte sie das Schweigen gebrochen, aber nichts von der Affäre erzählt. Stattdessen erzählte sie von Alfie. In stockenden, unvollendeten Sätzen erinnerte sie sich laut an ihren Sohn. Sie sprach über seine Geburt, über die kostbaren Momente, in denen Richard und sie sich über seine Wiege gebeugt und ihn im Schlaf betrachtet hatten. Sie erinnerte an Alfies Bestreben, ganz schnell groß zu werden, daran, wie er bereits mit einem halben Jahr seinen ersten Zahn bekommen hatte, mit nur sieben Monaten den Mädchen hinterhergekrabbelt war und mit elf Monaten seine ersten unsicheren Schritte gemacht hatte.

Sie erinnerte Richard an Alfies erstes Wort (»Dada«), daran, wie sie die ganze Nacht aufgeblieben waren, wenn er Windpocken oder gefährlich hohes Fieber hatte oder sämtliches Bettzeug vollkotzte, das sie besaßen. Wie sein Haar golden in der Sonne geglänzt hatte, als die alten Damen in Bridport stehen geblieben waren und entzückte Schreie ausgestoßen hatten, wenn sie ihn im Kinderwagen ausfuhr. Wie er dauernd Bücher aus den Regalen gezogen hatte, bis sie sie erschöpft eines Morgens eng wie die Sardinen hineingequetscht hatte. Wie er eines Sommernachmittags unschuldig im Garten gestanden war und faulige, unter dem Kirschbaum aufgelesene Kirschen an die frisch gestrichene Hauswand geworfen hatte. Wie er mit den Mädchen verrückte Tänze aufgeführt hatte, wenn sie ihre Lieblings-CDs einlegten und wild durchs Wohnzimmer wirbelten.

Sie grub eine Erinnerung nach der anderen aus, während sie am Fußende seines Bettes saß. Sie lachte und schluchzte abwechselnd, manchmal auch gleichzeitig, während Richard stumm dalag und mit abgewandtem Gesicht in die Dunkelheit starrte.

Einmal war sie vor lauter Bedürftigkeit und Einsamkeit nach oben gegangen, hatte sich wortlos ausgezogen und war zu ihm ins Bett geklettert, hatte ihren warmen nackten Körper an den Rücken ihres Mannes geschmiegt. Er war wach, das merkte sie an seiner Atmung. Sie wünschte sich, dass er sich umdrehte, sie in die Arme nahm. Sie wollte nur vergessen, den Schmerz unter dem vertrauten Duft seiner Haut vergraben. Aber Richard lag nur da, stocksteif und reglos, bis sie sich schließlich von ihm wegdrehte und einschlief.

Erschöpft und ratlos hatte sie sich Violet anvertraut.

»Ich weiß einfach nicht mehr, was ich tun soll. Ich mache mir solche Sorgen um ihn. So kann er nicht weitermachen. Er wird noch krank davon, und ich glaube nicht, dass ich alles allein bewältigen kann.«

»Na ja, ich bin ja auch noch da«, hatte Violet gesagt. »Da ich zu Hause nichts Dringendes zu erledigen habe, helfe ich euch gern.« Sie verstummte, als sie merkte, dass sie Helen missverstanden hatte. »Es muss schwer für dich sein. Wahrscheinlich ist er im Moment unsäglich traurig. Ich kann mir vorstellen, dass es für einen Mann schlimmer ist.«

Helen hatte skeptisch die Stirn gerunzelt. »Ach ja?«

»Weißt du, ich sage ja nicht, dass es leicht für dich ist«, hatte Violet entgegnet. »Du bist schließlich Alfies Mutter. Aber Richard ist der Mann, der Versorger und Beschützer der Familie. Vermutlich fühlt er sich, als hätte er euch alle im Stich gelassen, zumindest aber Alfie. Nicht dass er das getan hat«, beeilte sie sich hinzuzufügen. »Ich kann mir nur vorstellen, dass er furchtbare Schuldgefühle hat, der arme Kerl.«

»Aber es ist nicht Richards Schuld.«

»Oh, ich weiß. Niemand ist schuld«, entschuldigte sich

Violet. »So meine ich das gar nicht. Ich will damit nur sagen, dass Richard ein Ehrenmann ist. Ich kann mir vorstellen, dass er die Sache besonders schwernimmt, weil er sich wünscht, er hätte etwas tun können, um Alfie zu retten. Verstehst du, was ich meine?«

Helen nickte. Niemand verstand das besser als sie. Sie wachte jeden Tag mit der Schuld auf, den Tag lieber mit Tobias anstatt mit ihrem Sohn verbracht zu haben. Hätte sie sich anders verhalten, hätte sie an jenem Morgen eine andere Entscheidung gefällt, würde Alfie mit Sicherheit noch leben.

Violet riss sie aus ihren Gedanken. »Du solltest einen Arzt rufen. Vielleicht kann der etwas für Richard tun? Ihm Antidepressiva verschreiben, eine Therapie? Weißt du, heutzutage gibt es da viele Behandlungsmöglichkeiten.«

Helen schüttelte den Kopf. »Richard hat keinen Nervenzusammenbruch.« Sie schwieg. »Er trauert nur, gibt sich ganz seinen Gefühlen hin. Er hat sie noch nie gut ausdrücken können, und so etwas passiert nun mal, wenn man alles in sich hineinfrisst.«

Violet nickte.

»Ich weiß nicht, was ich machen soll, Vi.« Helen sackte am Tisch in sich zusammen. »Was soll bloß werden? Wie sollen wir in diesem Scherbenhaufen unseren Alltag bewältigen? Ich kann das unmöglich allein schaffen.«

»Meiner Meinung nach seid ihr noch weit von einem normalen Alltag entfernt. Die Zeit wird so manche Wunde heilen, du wirst sehen«, sagte Violet und tätschelte ihr den Arm. »Versuche, Geduld zu haben.«

Helen hatte nur mit den Schultern gezuckt. Was blieb ihr auch anderes übrig?

Letztlich war es erstaunlicherweise Violet gewesen, die zu Richard durchgedrungen war. Es geschah am letzten Tag ihres Besuchs. Helen bat sie, Richard ein Tablett mit Tee und Toast zu bringen, bevor sie abfuhr.

»Es macht dir doch nichts aus? Dabei kannst du dich gleich von ihm verabschieden … nicht, dass er darauf reagieren wird«, fügte Helen grimmig hinzu. »Aber vielleicht sagst du ihm einfach, dass du uns verlässt.«

»Klar, ich helfe dir gern, das weißt du doch.«

Violet hatte das Tablett genommen und war nach oben verschwunden. Als sie einige Minuten später nicht zurück war, wurde Helen neugierig. Sie schlich die Treppe hoch und wartete vor der Schlafzimmertür. Sie war nur angelehnt, sodass sie Violet auf ihrer Seite des Bettes sitzen sehen konnte. Richard hatte ihr den Rücken zugewandt. Violet wirkte verlegen, sie rutschte umständlich auf der Matratze hin und her und spielte mit den Knöpfen an ihren Blusenärmeln, während sie leise auf ihn einredete. Helen konnte nur hören, was sie sagte.

»Es tut mir so furchtbar leid, Richard. Ihr vermisst ihn alle so, und jeder trauert auf seine Weise. Ich kann verstehen, dass du dich von der Welt zurückziehen willst. Aber bitte vergiss in deiner Trauer nicht, dass du zwei wunderschöne quicklebendige Töchter hast, die da unten auf dich warten und dich brauchen. Und eine wunderbare Frau, die dich über alles liebt.«

Ein leises Seufzen erhob sich aus Richards Betthälfte.

»Helen macht sich große Sorgen um dich, wir alle tun das. Ich weiß, dass du wieder aufstehen wirst, wenn du so weit bist, und möchte keinerlei Druck auf dich ausüben. Wirklich nicht. Ich möchte dich nur daran erinnern, dass Alfie zwar tot ist, dein Haus aber noch voller Leben ist, das du genießen kannst, wenn du so weit bist.«

Violet schwieg und strich sich eine blonde Strähne hinters Ohr.

»Aber was sitze ich hier und rede! Eigentlich bin ich nur gekommen, um dir zu sagen, dass ich euch verlasse. Ich muss zurück nach Sussex, nach meinen Läden sehen. Es klingt seltsam, aber im Herbst gibt es für Floristen viel zu tun. Aber wenn ihr mich braucht, greift einfach zum Telefon. Dann komme ich sofort.«

Violet beugte sich vor und küsste Richard sanft auf den Scheitel – eine Berührung, bei der Richard zusammenzuckte. Er setzte sich plötzlich auf, nahm ihre Hand und starrte sie aus wilden dunklen Augen an.

»Ich kann das nicht«, krächzte er. »Ich kann so nicht weiterleben. Ich muss dauernd an ihn denken, wie er da draußen auf dem Meer ist. Wie sein kleiner Körper von den Wellen hin und her geschleudert, an den Felsen zerschmettert oder …« Richard versagte die Stimme. »Oder wie er auf den Grund des Meeres gezogen wird. Ich schließe die Augen und sehe, wie seine Haut von den Klippen zerschlitzt und sein schönes Gesicht weiß und aufgedunsen wird. Wie Fische an ihm knabbern, Krabben an seinen Händen und Füßen zerren.«

Helen lief ein Schauder über den Rücken. Das Herz schlug ihr bis zum Hals. Sie ertrug es nicht, Richards Albträume zu hören, schaffte es aber auch nicht, zu gehen.

»Mit Helen kann ich darüber nicht reden. Ich möchte sie nicht noch mehr verstören, das wäre einfach nicht fair. O Gott«, schluchzte Richard. »Ich möchte ihn einfach nur im Arm halten. Ich würde alles darum geben, ihn noch einmal halten, den Duft seiner Haut riechen, sein Haar berühren zu dürfen. Mein schöner Junge! Mein wunderschöner Junge ist tot.«

Nach diesen Worten hatte Richard einen Schrei ausgestoßen und sich Violet in die Arme geworfen. Er hatte seinen

Kopf an ihre Schulter gelehnt und laute, tierische Schluchzer ausgestoßen, wobei er am ganzen Leib zitterte.

Violet wusste nicht, was sie tun sollte. Sie saß einfach nur hilflos da, während Richard sich an sie klammerte. Dann hob sie langsam eine Hand und strich Richard über den Kopf. Während sie ihre Hand vor und zurück bewegte, gab sie tröstende Laute von sich, bis Richards Weinen verebbte. Die beiden blieben eine Weile so sitzen, dann sah Violet zur Tür, als spürte sie Helens Anwesenheit. Die beiden Frauen sahen sich über Richards Kopf hinweg an, bis Helens Lippen ein stummes »Danke« bildeten und sie auf dem Absatz kehrtmachte.

Violet reiste eine Stunde später ab – eine Stunde, nachdem Richard in seinem Morgenmantel heruntergekommen war. Er war in der Küche erschienen und hatte Teewasser aufgesetzt.

»Möchtest du eine Tasse Tee?«, hatte er Helen gefragt, so als hätte sie sich seine siebentägige, freiwillige Isolation nur eingebildet.

Sie beschloss, auf ihn einzugehen, so zu tun, als wäre sein Verhalten vollkommen normal. »O ja, das wäre toll, danke.«

»Ich glaube, ich werde am Montag wieder zur Arbeit gehen«, fügte er hinzu, während er Tassen aus dem Schrank holte.

»Oh, ich verstehe. Wenn du das wirklich willst?«

»Ja«, hatte er nur gesagt.

Mehr nicht.

Helen schüttelte sich. Die Erinnerungen waren nach zwei Jahren immer noch nicht verblasst, genau wie ihre Trauer und ihre Schuldgefühle nicht. Sie warf einen Blick auf das zerstörte Gemälde an der Wand, seufzte und erhob sich erschöpft von der Sofalehne. Draußen war es kalt, und ihre

Gelenke waren steif und schmerzten. Sie fühlte sich müde, alt und müde. Schützend zog sie den Morgenmantel enger um den Leib und lief durch den zugigen Flur, machte sich auf die anstehende Auseinandersetzung gefasst.

Sie betrat das Esszimmer und ignorierte die gerahmten Familienbilder auf der Kommode: Erinnerungen an glücklichere Zeiten. Seit Alfies Verschwinden hatte niemand mehr ein Foto gemacht. Es war, als wäre das Leben der Tides zum Stillstand gekommen, als gäbe es nichts mehr, was sich zu feiern lohnte. Ein trauriger Zustand, aber sie besaß nicht die Kraft, etwas daran zu ändern. Sie brauchte all ihre Kraft, um zu funktionieren.

Als Richard wieder zur Arbeit gegangen war, hatte Helen gehofft, alles würde besser. Die Mädchen gingen zur Schule, und Helen war für ein weiteres Semester an die Universität zurückgekehrt. Sie funktionierte nur noch: Wachte auf. Zog sich an. Ging zur Arbeit. Kaufte ein. Kochte. Putzte sich die Zähne. Ging ins Bett. Sie kam sich vor wie eine Schauspielerin, die ihren Platz auf einer riesigen leeren Bühne einnahm. Jeden Tag aufs Neue.

Sie ging Tobias aus dem Weg, so gut es ging, aber er stellte ihr nach. Er kam unangekündigt in ihr Büro und flehte sie an, zu ihm zurückzukehren. Er hinterließ Blumen und Zettel auf ihrem Schreibtisch und Nachrichten auf ihrer Mailbox. Helen ignorierte alles ausnahmslos. Sie wollte ihn nicht mehr sehen, nicht daran denken, welche Katastrophe ihre Affäre ausgelöst hatte. Jede Nachricht, jede Blume, die er pflückte und ihr zum Zeichen seiner Zuneigung schenkte, rief ihr ihre schreckliche Schuld ins Gedächtnis.

Alfies Tod hatte jede Leidenschaft in ihr erstickt. Außerdem machte er ihr etwas bewusst, das sie in ihrer Verblendung zuerst nicht begriffen hatte: Sie wollte Richard, nur Richard. Nun erst begriff sie, dass seine Zuverlässigkeit, seine festen Prinzipien sowie sein guter Charakter keine Zeichen von Schwäche, nichts Nerviges oder Langweiliges waren, sondern Eigenschaften, die man bewundern, an die man sich halten konnte.

Trotzdem war Richard seltsam abwesend. Geschäftsreisen hielten ihn häufig von zu Hause fern. Nach seiner Rückkehr streifte er dann ziellos durchs Haus, unternahm lange, einsame Spaziergänge zu den Klippen, um Stunden später schlammbespritzt und windzerzaust zurückzukehren – stets mit diesem abwesenden Blick in den Augen. Wenn sie abends ihre letzte Runde durchs Haus gemacht, sämtliche Türen verschlossen und alle Lichter ausgeschaltet hatten, zogen sie sich gemeinsam in ihr Schlafzimmer zurück, um dort keusch in ihre Nachtwäsche und stumm unter die Bettdecke zu schlüpfen.

»Gute Nacht, Liebling«, pflegte er förmlich zu sagen, mit der Stimme eines Mannes, der deutlich älter war als Anfang vierzig.

»Gute Nacht«, erwiderte sie daraufhin, drehte sich von ihm weg und zog die Decke bis unters Kinn, während sie sich im Stillen nach der Wärme seiner Berührung sehnte. Sie konnte sich nicht mehr daran erinnern, wann sie sich das letzte Mal geliebt hatten. Sie hatte neunzehn Jahre in einer Ehe verbracht, in der sie geglaubt hatte zu ersticken, nur um jetzt festzustellen, dass sie sich nach Geborgenheit und Verlässlichkeit sehnte. Das war mehr als nur eine Ironie des Schicksals, das war fast schon pervers. Aber sie wusste, dass sie genau das verdient hatte.

Während sich das Sorgenkind Cassie in London versteckte und Dora sich in ihrem Zimmer einschloss oder jede freie Minute woanders verbrachte, ertappte sich Helen dabei, wie eine verlorene Seele, wie ein Gespenst durch Clifftops zu streifen. Das leere, von ihren Schritten widerhallende Haus war das Kreuz, das sie tragen musste, ihre gerechte Strafe und ihr Fegefeuer.

Trotz der Schmerzen und des Leids, die sie sich gegenseitig zugefügt hatten, wagte sie es noch zu hoffen, dass Richard sie liebte. Sie musste ihm nur Zeit lassen. Zeit, seine Trauer zu verarbeiten. Zeit, seine Wunden zu heilen, und Zeit, sie neu zu entdecken, jetzt, wo sie auf ihn wartete.

Vor der Küche blieb Helen stehen. Vielleicht konnten sie jetzt, nach dem Auffliegen ihrer Affäre, die notwendigen Schritte unternehmen, um ihre Ehe zu retten. Von nun an würde es keine Geheimnisse oder Lügen mehr geben. Vielleicht war das das Feuer, durch das sie gehen mussten, um sich von alten Lasten zu befreien. Die letzten zwei Jahre waren die schlimmsten ihres Lebens gewesen, und trotzdem hoffte sie nach wie vor, dass sie eine Zukunft hatten. Schließlich war das alles, was ihr blieb.

Sie wappnete sich innerlich, holte tief Luft, stieß die Tür auf und betrat die Küche.

Richard saß am Küchentisch. Er hatte ihr den Rücken zugekehrt, aber sie sah, wie er erstarrte, als sie den Raum betrat. Noch bevor sie etwas sagen konnte, fing er an zu reden.

»Seit wann geht das schon, Helen?« Er sah sie nicht an. Seine Stimme war rau wie Sandpapier, als hätte er geweint. »Wie lang?«

Helen schluckte. »Es hat zwei Monate gedauert, vielleicht auch drei, aber es ist schon lang vorbei. Es hatte nichts zu bedeuten, Richard, nicht das Geringste.«

Ihre Worte klangen abgeschmackt, sogar in ihren Ohren. Sie ging um den Tisch herum, um ihn anzusehen, aber er wich ihrem Blick aus, wandte den Kopf ab und sah aus dem Fenster. Vor ihm auf dem Tisch lag ein Blatt Papier. Sie starrte darauf, und als er das merkte, schob er es auf sie zu.

»Wahrscheinlich möchtest du das zur Erinnerung behalten.«

Sie musterte das Blatt. Es war eine einfache Skizze, die Kohlezeichnung einer nackten Frau, die im Schatten eines Baumes lag. Der Künstler hatte sie in einer Pose dargestellt, die einem die Schamesröte ins Gesicht treiben konnte. Er hatte sich sogar die Mühe gemacht, die Skizze in der unteren rechten Ecke zu datieren und zu signieren. Helen starrte entsetzt auf die Zeichnung.

»Du siehst hübsch aus«, sagte Richard.

»Ich … ich wusste nicht, dass …«, stammelte sie.

»Versuch es nicht zu leugnen, Helen. Das bist eindeutig du. Als du vor Jahren dieses grauenhafte Gemälde angeschleppt hast, hast du mir selbst gesagt, dass er ein genialer Künstler ist. Er hat dich gut getroffen, findest du nicht?«

Helen schluckte erneut. Über die Affäre zu reden war eine Sache, aber mit so einem eindeutigen Beweis konfrontiert zu werden, kam unerwartet und beschämte sie tief. Der arme Richard.

»Wie … wo hast du das gefunden? Hat er es dir gegeben?« Helens Gedanken überschlugen sich.

Richard schnaubte leise. »Jemand hat sich meiner erbarmt und es an meine Büroadresse geschickt. Ich habe es gestern erhalten. Wahrscheinlich war es seine Frau, die mich armen Hahnrei informiert hat! Vermutlich war sie es leid, ständig von ihrem Mann betrogen zu werden, und hat beschlossen, etwas dagegen zu unternehmen.«

Helen biss sich auf die Innenseite ihrer Wange. Sie konnte die Vorstellung kaum ertragen, dass Richard den Umschlag mit dieser vulgären Skizze öffnete. In seinem Büro!

»Ich weiß nicht, was ich sagen soll. Es ist vorbei, das musst du mir glauben. Es ist schon lang vorbei. Seit der Trauerfeier. Ich konnte einfach nicht …«

Als Richard sie ansah, verstummte sie. In seinen Augen stand aufrichtige Abscheu.

»Du konntest nicht im Bett eines anderen, eines verheirateten Mannes liegen, während dein Sohn vermisst wurde? Tot war? Wie anständig von dir, Helen.« Seine Worte troffen von Sarkasmus. »Wie überaus edel.«

»Ich bin nicht stolz auf mich, Richard. Es hat mich die letzten Jahre sehr gequält. Ich wollte es dir sagen, ehrlich.«

»Warum hast du das dann nicht getan?«

»Ich wollte dich nicht noch zusätzlich belasten, Richard. Wir haben um unseren Sohn getrauert. Die Affäre war vorbei. Ich hielt es für das Beste.« Sie verstummte erneut.

Sie saßen sich am Tisch gegenüber. Richard starrte sie fassungslos an und schüttelte den Kopf.

Die ganze Zeit über lag das kleine weiße Blatt zwischen ihnen und erinnerte sie an alles, was in den letzten Jahren zwischen ihnen schiefgelaufen war.

»Liebst du ihn?«, fragte Richard schließlich.

»Nein«, rief sie. »Meine Güte, nein! Es war ein Fehler, ich war verknallt, mehr nicht.«

»Wann hat es angefangen? Ich möchte alles wissen. Erspar mir kein Detail. Ich möchte keine weiteren Lügen hören, verstanden?« Er sprach sehr laut.

Helen nickte. »Erst haben wir bloß geflirtet. Wir sind uns in Bridport zum ersten Mal begegnet, als ich in seine Galerie kam und das Gemälde gekauft habe.«

Richard nickte.

»Wir fanden uns anziehend, aber das war auch schon alles. Wir lebten damals noch nicht lang in Dorset, und es war keine einfache Zeit für mich, wie du weißt.«

Richard nickte noch einmal unmerklich und starrte dann wieder aus dem Fenster. Sie konnte Tränen in seinen Augen sehen. Am liebsten hätte sie die Hand nach ihm ausgestreckt, konnte sich aber gerade noch zurückhalten. Sie schuldete ihm eine Erklärung.

»Dann wurde ich mit Alfie schwanger. Tobias – die Erinnerung an ihn ist einfach verblasst, als wäre nie was gewesen. Du und ich, wir waren glücklich zusammen. Das weißt du doch noch?« Verzweiflung schwang in ihrer Stimme mit. Es war ihr wichtig, dass er sich an das erinnerte, was gewesen war, was wieder sein konnte.

»Wann hast du das erste Mal mit ihm geschlafen? Was war da plötzlich anders?«

»Es ist in meinem zweiten Jahr an der Uni in Exeter passiert. Er arbeitet dort als Gastdozent.«

Richard nickte. »Erzähl weiter.«

»Wir sind uns hin und wieder auf dem Universitätsgelände begegnet. Am Ende des Sommersemesters hat er mich zum Mittagessen eingeladen.«

»Ihr wart also mittagessen und seid rein zufällig zusammen im Bett gelandet?«

»Nein, ganz so war das nicht. Wir waren schon länger befreundet.«

Richard musterte sie misstrauisch. »Ich habe gesagt, keine Lügen, schon vergessen?«

»Na gut, wir waren mehr als nur befreundet. Wir haben ein paar Monate miteinander geflirtet. Seine Aufmerksamkeit hat mir gutgetan«, sagte sie seufzend. Sie wusste, dass es besser war, vollkommen aufrichtig zu sein. »Ich war einsam und gelangweilt. Ich war es leid, nur noch als Ehefrau und Mutter wahrgenommen zu werden. Ich hatte dieses Kleinstadtleben satt. Du und ich, wir haben kaum noch miteinander geredet, nur über die Kinder, darüber, wer wen zur Schule bringt, wer die Pausenbrote macht, die Rechnungen bezahlt und die Wäsche wäscht. Tobias hat mir das Gefühl gegeben, etwas Besonderes zu sein. Bei ihm habe ich mich attraktiv, begehrenswert gefühlt. Das hat mir gefallen. *Er* hat mir gefallen.«

»Es war also meine Schuld, willst du das damit sagen?«, fragte Richard verächtlich. »Ich habe dir nicht das Gefühl gegeben, eine Frau zu sein? Ich habe dich nicht genügend beachtet?«

»Nein, es war nicht deine Schuld, das behaupte ich doch gar nicht. Ich versuche nur, dir zu erklären, wie ich mich gefühlt habe. Und du musst zugeben, dass wir damals eine schwierige Zeit durchgemacht haben. Erst der Umzug, und dann musste ich mich an dieses Haus gewöhnen.«

»Ach so, ja. Dieses furchtbare Haus. Natürlich!« Es war eine Feststellung, in der eine gehörige Portion Bitterkeit mitschwang.

Helen ging nicht darauf ein. Das würde nichts bringen. »Wir haben kurz vor den Sommersemesterferien angefangen, miteinander ins Bett zu gehen. Du weißt schon, in dem Sommer, in dem Alfie gestorben ist. Und nachdem wir ihn verloren hatten, habe ich die Affäre beendet. Es dauerte nur ein paar Wochen, höchstens zwei Monate, und war ein schrecklicher Fehler. Wir hatten Alfie verloren, und ich konnte den Gedanken nicht ertragen, auch noch dich und die Mädchen zu verlieren. Das kann ich bis heute nicht.« Helen versagte die Stimme, und sie musste sich anstrengen, nicht die Fassung zu verlieren.

Richard hörte, wie mitgenommen sie war, und schaute sie zum ersten Mal an. Ihre Blicke trafen sich. Sie sah einen wahren Sturm der Gefühle in seinen klaren blauen Augen und streckte die Hand aus, konnte es kaum erwarten, ihn zu berühren. Richard warf kurz einen Blick darauf, rührte sich aber nicht. Stattdessen setzte er sein Verhör fort.

»Warum er? Warum ausgerechnet Tobias?«

Sie schüttelte den Kopf. »Keine Ahnung. Er war einfach da. Er hat mich begehrt.«

»Hast du dich von ihm angezogen gefühlt? Von Anfang an?«

»Ja«, gestand sie. Lügen brachte nichts.

»Wie oft habt ihr euch getroffen? Wie oft habt ihr miteinander geschlafen?«

»Das weiß ich nicht mehr. Acht bis zehn Mal ungefähr?« Sie konnte sich nicht mehr genau daran erinnern.

»Hast du ihn hier getroffen? Hast du jemals in unserem Bett mit ihm geschlafen?«

»Nein.«

»Wussten die Kinder davon?«

»Nein«, sagte sie erneut. »Ich war sehr vorsichtig, sie durften das auf keinen Fall mitkriegen.«

»Hast du je darüber nachgedacht, mich zu verlassen?«

Helen schwieg. Sie überlegte kurz und merkte, dass sie das nie getan hatte. So intensiv ihre Affäre mit Tobias auch gewesen war, so vielen albernen Tagträumen sie sich auch hingegeben hatten – kein einziges Mal hatte sie ernsthaft erwogen, Richard für ihn zu verlassen. »Nein.«

»Und es ist wirklich vorbei?«, fuhr er fort. »Du hast dich seit dem Ende der Affäre nie wieder mit ihm getroffen?«

»Nein, das schwöre ich dir. Das hätte ich nicht ertragen. Es ist vorbei. Alfies Verlust hat mir gezeigt, wie viel mir unsere Ehe bedeutet. Richard?« Sie starrte ihn an. »Richard, schau mich an!«

Er hob den Kopf, und sie sah ihm direkt in die Augen.

»Richard, ich liebe dich. Ich habe furchtbare Fehler gemacht, unglaubliches Leid verursacht. Ich weiß nicht, was die Zukunft für uns bereithält. Aber ich weiß, dass ich dich nicht verlieren will. Das könnte ich nicht ertragen. Unsere Ehe hat nicht gerade ideal begonnen. Wir haben schwierige Zeiten erlebt ... echt harte Zeiten. Aber eines weiß ich ganz genau, nämlich, dass ich unbedingt mit dir zusammen sein will.«

Sie meinte jedes Wort so, wie sie es sagte. Nach neunzehn gemeinsamen Jahren starrten sie sich über eine tiefe Kluft von Missverständnissen und Schmerz an.

Helen wusste, was sie zu dieser Kluft beigetragen hatte. Insgeheim hatte sie Richard stets vorgeworfen, sie in diese Ehe gedrängt zu haben. Sie hatte sich über seinen Entschluss aufgeregt, London zu verlassen und sie in diesem kleinen Kaff am Meer lebendig zu begraben. Sie hatte es gehasst, dass er sich Clifftops und seinen Eltern gegenüber in der Pflicht gefühlt hatte, hatte geglaubt, das wäre ihm wichtiger als sie und die Kinder.

Doch nun wusste sie, dass sie sich die ganze Zeit über geirrt hatte. Sie hatte übersehen, wie gut er war, wie stark, wie aufrichtig und liebevoll. Sie hatte ihre Animositäten ihm gegenüber und allem, wofür er stand, gehegt und gepflegt, nur um ihre Untreue zu rechtfertigen. Und später hatte sie in ihrer Trauer zugelassen, dass die Kluft immer größer wurde. Erst jetzt merkte sie, dass sie sich einen Mann wünschte, der sein Familienerbe respektiert und ein tief empfundenes Verantwortungsgefühl besitzt. Einen Mann, der es schaffte, seinen beiden Töchtern Halt zu geben, während er innerlich fast zusammenbrach. Einen Mann, der seine Scheibe Toastbrot jeden Morgen sorgfältig mit Butter bestrich und abends sämtliche Lichter löschte, die Türen abschloss und ihnen allen ebenso liebevoll wie zuverlässig einen Gutenachtkuss gab. Genauso ein Mann war Richard. Sie standen vor den Trümmern ihres gemeinsamen Lebens, und es blieb Richard, den sie wollte.

»Lass es uns noch einmal miteinander versuchen«, flehte sie ihn an. »Wir waren beide so lang in unserem eigenen Schmerz versunken, haben uns einsam und verloren gefühlt. Du bist der einzige Mensch auf der Welt, der versteht, was ich mit Alfie und allem, was danach kam, durchgemacht habe. Ich bin immer noch dieselbe wie früher.« Sie schüttelte traurig den Kopf. »Es hätte uns stärker machen können, anstatt uns auseinanderzubringen.«

Helen hob entschuldigend die Hände. »Ich weiß, es ist alles meine Schuld. Aber ist es wirklich zu spät für uns, Richard? Ist es wirklich zu spät, um neu anzufangen und die schönen Dinge wiederzuentdecken?«

Richard hielt ihrem Blick stand, sah ihr lang in die Augen. Dann streckte er wie in Zeitlupe die Hand aus und ergriff ihre ausgestreckten Finger. So blieben sie eine Weile schweigend sitzen, die Hände ineinander verschränkt.

»Ich weiß nicht, wie wir weitermachen sollen«, sagte er leise. »Ich glaube nicht, dass ich noch mehr einstecken kann.«

Helen nickte, während ihr die Tränen kamen.

»Aber ich möchte nicht allein weitermachen.«

Helen stockte der Atem.

Richard schluckte. »Wer weiß, wenn wir es langsam angehen lassen«, sagte er schließlich, drückte ihre Hand und schloss die Augen.

Helen hätte weinen können. Sie wusste, dass das mehr war, als sie verdient hatte. Sie hatte sich diesen Moment so oft vorgestellt, doch nie hatte es anders als in einer Trennung geendet. Dass Richard ihr eine zweite Chance gab, dass Hoffnung bestand, ihre Ehe zu retten, war mehr, als sie sich je erträumt hatte.

»Du wirst es nicht bereuen, Richard, das verspreche ich dir. Ich liebe dich. Und ich werde es dir beweisen, selbst wenn ich die nächsten neunzehn Jahre dafür brauche. Ich werde es dir beweisen.«

Richard nickte erneut und öffnete die Augen. Er atmete tief durch. »Wir haben beide so einiges gutzumachen. Vermutlich bin ich nicht ganz unschuldig an alledem. Ich hätte dir ein besserer, ein aufmerksamerer Ehemann sein müssen. Ich habe nicht immer auf deine Bedürfnisse geachtet. Wir fangen von vorn an, einverstanden? Wir tun es für uns, nur für uns beide – und für die Mädchen. Ich bin mir sicher, dass sie uns brauchen.«

Helen nickte traurig. Beim Gedanken an ihre Töchter und all das Leid, das sie über ihre Familie gebracht hatte, kamen ihr die Tränen. Richard streckte die Hand aus und wischte sie ab. Dankbar für seine einfühlsame Berührung schmiegte Helen ihr Gesicht in seine Hand und verharrte eine Weile so. Währenddessen lief ihr eine Träne übers Kinn und fiel auf das Blatt Papier zwischen ihnen. Sie landete auf den Kohlestrichen der Skizze und ließ die Frau in einem grauen Nebel verschwimmen, löschte sie aus. Helen warf einen Blick darauf und zuckte zusammen.

»Lass uns das verbrennen«, schlug sie schniefend vor und wischte sich die Nase. »Lass es uns vernichten. Ich kann den Anblick nicht ertragen.«

Richard nickte. »Gute Idee. Ein echter Neuanfang.«

Er streckte die Hand aus, um nach dem Blatt zu greifen, und entdeckte etwas darauf, das ihn erstarren ließ.

»Was ist?«, fragte Helen, als sie das merkte. »Was ist los?«

Er antwortete nicht, sondern stierte weiterhin auf das Blatt, während ihm das Blut aus dem Gesicht wich.

Sie senkte den Blick, begriff nicht, was seine Augen fesselte. Er schien Tobias' Signatur in der unteren Ecke zu fixieren, die Stelle, wo er seinen Namen und das Datum hingekritzelt hatte. Plötzlich drehte sich Helen der Magen um.

Das Datum. Da stand es schwarz auf weiß.

Das Datum, an dem Alfie verschwunden war.

Helen sah, was in Richard vorging, spürte, wie er in den Strudel seiner Gefühle gesogen wurde. Schließlich blickte Richard sie an, in seinen blauen Augen war von Vergebung nichts mehr zu sehen. Sie funkelten vor Wut.

»Du warst an jenem Tag mit ihm zusammen?« Es war kaum mehr als ein Flüstern.

Helen konnte nicht darauf antworten.

»Du warst mit Tobias Grey zusammen, als Alfie verschwunden ist?«

Sie öffnete den Mund, aber es kam kein Wort heraus.

»Du und dieser Mann, ihr seid in eine billige Absteige gegangen, um eurer schmutzigen kleinen Affäre zu frönen, während unser Sohn allein am Strand herumgeirrt ist? Du und dein Liebhaber, ihr habt gefickt, während unser Sohn ...« Richard versagte die Stimme, aber er sprach weiter, spuckte die letzten Worte förmlich aus. »Während unser wunderschöner Sohn von den Wellen mitgerissen wurde und ertrunken ist?«

Sie starrte ihn entsetzt an. Er warf ihr einen vernichtenden Blick zu.

»Du hast behauptet, du hättest arbeiten müssen. Du hast behauptet, man hätte dich an die Uni beordert. Du hättest nicht Nein sagen können.« Die Worte sprudelten aus ihm hervor. »Mein Gott.« Er schüttelte den Kopf. »Und die ganze Zeit über hast du mir das verheimlicht, hast mich glauben lassen, es sei ein schrecklicher, tragischer Unfall gewesen. Dabei hast du die ganze Zeit gewusst, dass unser Sohn noch leben könnte, wenn du nicht diese schmutzige Affäre gehabt hättest. Du hast ihn umgebracht.«

»Nein«, schrie Helen.

Richard schüttelte den Kopf. »Schau dir das an! Los, schau es dir an!« Er fuchtelte mit dem Blatt Papier vor ihr herum. »Wie kannst du es leugnen, mit dem Beweis direkt vor Augen? Du bist eine Mörderin. Du hast deinen Sohn ermordet. Man sollte dich einsperren. Wenn ich daran denke, dass du mich beinahe überzeugt hättest. Ich stand so kurz davor ...« Er deutete die Entfernung mit Daumen und Zeigefinger an. »So kurz davor! Meine Güte, wie konntest du nur?«

»Richard, du verstehst das nicht.«

»Was verstehe ich nicht, Helen?«

Er tobte. Es war furchtbar. Richard wurde normalerweise nie laut, so wütend hatte sie ihn noch nie erlebt.

»Was hast du vorzubringen, das dich aus diesem widerlichen Schlamassel befreien könnte?«

Sie sah ihn an. Er hatte recht. Es gab nichts, was sie sagen konnte. Es gab keine Entschuldigung. Sie war all das, was er ihr vorwarf. Es war ihre Schuld. Alfie war tot. Es war alles ihre Schuld.

»Richard, bitte …«

»Bitte, bitte! Bitte was, Helen?«, spuckte er förmlich aus. »Bitte, verlass mich nicht?«, sagte er mit schriller tränenerstickter Stimme.

»Ja«, sagte sie kleinlaut.

»Weißt du, ich habe von Anfang an gewusst, dass du mich nicht liebst.«

Helen sah ihn schockiert an, wusste nicht, was sie darauf sagen sollte.

»Ja, das stimmt«, fuhr er fort. »Ich weiß, du hältst mich für blöd, aber ich habe es gewusst. Ich bin das Risiko eingegangen. Ich war bereit zu warten. Ich dachte, ich könnte dir zeigen, was wahre Liebe ist. Ich dachte, ich könnte dich dazu bringen, mich zu lieben. Aber ich habe mich getäuscht.«

»Nein«, rief Helen verzweifelt. »Ich liebe dich, Richard, wirklich!«

»Ha!« Er stieß ein zynisches Lachen aus. »Liebe? Du weißt nicht, was das ist, Helen. Ich bin es leid. Ich bin diese kaputte Ehe leid, verstanden? Ich kann deine Nähe nicht mehr ertragen. Du widerst mich an.«

Richard erhob sich vom Küchentisch. Er sprang dermaßen plötzlich auf, dass der Stuhl, auf dem er gesessen hatte, umkippte und mit einem lauten Knall zu Boden fiel. Er schien es gar nicht zu bemerken.

»Ich gehe nach oben, aber an deiner Stelle würde ich mir aus dem Weg gehen, Helen.« Er fuchtelte gefährlich mit den Händen. »Ich kann mich im Moment kaum beherrschen. Bleib weg von mir!«

»Richard«, schluchzte sie. Ihr fehlten die Worte, aber sie sah ihn flehend an, während ihr die Tränen über die Wangen liefen.

»Was? Willst du, dass ich Mitleid mit dir habe? Ist es das, was du willst? Vergiss es, Helen! Geh mir einfach aus dem Weg. Das meine ich ernst!«

Er drehte sich um und verließ den Raum. Die Tür fiel schwer hinter ihm zu, und Helen blieb allein in der Küche zurück, zusammen mit dem umgestürzten Stuhl und dem Blatt Papier, das ihr Haus hatte einstürzen lassen wie ein Kartenhaus. Sie ließ sich auf den Küchenboden fallen und brach in Tränen aus.

Eine Stunde später zog Richard aus. Er packte eine Reisetasche, machte ein paar Anrufe und rannte die Treppe zu seinem Auto hinunter.

»Ich werde dich in einigen Tagen anrufen«, sagte er verächtlich. »Dann lass ich dich wissen, wo ich bin, falls die Mädchen mich brauchen.« Er ließ keinen Zweifel daran, dass ihm Helens Bedürfnisse vollkommen egal waren.

Helen nickte nur und biss sich auf die Unterlippe, damit sie nicht den Mund öffnete, flehte und bettelte.

Es war vorbei. Sie hatten sich nichts mehr zu sagen.

Kurz darauf raste Richard die Auffahrt hinunter und ließ Helen allein zurück. Nichts als die unheimliche Stille in dem riesigen leeren Haus leistete ihr Gesellschaft.

Dora

Gegenwart

Dora hält auf dem vernachlässigten Grünstreifen und starrt auf das baufällige alte Herrenhaus. Sie überprüft die Adresse in ihrer Hand, die auf der Rückseite eines abgegriffenen Umschlags steht: Swan House, Little Oxington. Die Adresse stimmt, aber eine Ruine hat sie nicht erwartet. Sie sieht so anders aus als die heruntergekommene Pension, die sie sich in den letzten Jahren vorgestellt hat. Bemerkungen, die ihre Eltern über Cassie und ihren Wohnort fallen ließen, haben bei ihr Bilder von einer Art Kommune mit Hasch rauchenden Hippies und Aussteigern in Hanfgewändern heraufbeschworen. Aber dieses Haus ist ganz anders, eher ein prächtiger Landsitz.

Zehn Jahre sind eine lange Zeit. Zehn Jahre, in denen Dora versucht hat, sich vorzumachen, dass die einst so von ihr verehrte Schwester nicht mehr existiert. Das ist ihr ziemlich gut gelungen. Im Rückblick sind ihre Erinnerungen an Cassie eine seltsame Mischung aus Hochglanzbildern aus der Kindheit und düsteren Szenen einer schrecklichen Jugend. Selbst zwischen den glücklichen Erinnerungen verstecken sich Wutanfälle und Türenknallen, Launen und Unbeherrschtheit, lange Phasen selbst gewählter Isolation. Es ist eine verwirrende

Mischung, aber vor allem erinnert sich Dora an das überwältigende Gefühl, zurückgewiesen zu werden. Von einer Schwester, der die ganze Welt zu Füßen lag und die trotzdem aus ihrem Leben verschwunden ist.

Ja, zehn Jahre sind eine lange Zeit. Dora glaubt, dass sie ihre Wut inzwischen unter Kontrolle hat. Sie ist nicht mehr das Mädchen von früher, der naive verträumte Teenager, der stets gefallen, stets in Harmonie leben wollte. Sie hat Karriere gemacht, hat einen festen Freund, eine eigene Wohnung. Ein Kind ist unterwegs.

Dass sich Cassie in zehn Jahren so dramatisch verändert hat, macht sie nervös. Was für ein Mensch erwartet sie in diesem Haus? Das alles macht ihr Angst, aber Dora weiß, dass die Zeit des Versteckspielens vorbei ist. Sie muss sich mit Cassie aussprechen. Sei es nur, um die Vergangenheit endlich ruhen lassen zu können.

Sie rutscht nervös auf ihrem Sitz hin und her, während sie den Wagen um einen riesigen Steinbrunnen lenkt, der mitten in der Auffahrt steht. Blasse junge Nymphen starren sie mit toten Augen an. Sie wendet sich von den weißen Steingesichtern ab, fühlt sich unwohl unter ihren Blicken und hält vor dem eleganten Herrenhaus. Sie stellt den Motor ab und atmet tief durch, während sie von neuen Schuldgefühlen überrollt wird. Sie hätte längst herkommen, sich viel früher dazu aufraffen sollen.

Dora sitzt wie angewurzelt da und hat ein schlechtes Gewissen. Sie widersteht dem Drang, den Schlüssel im Zündschloss herumzudrehen und sofort wieder die Auffahrt hinunterzusausen. Sie greift nach ihrer Handtasche und steigt aus, hinaus in die Hitze.

Es ist herrlich, die warme Luft umhüllt sie wie eine Decke und bringt einen berauschenden Sommerduft sowie den Ruf einer Amsel mit. Doras Schuhe knirschen auf dem Kies, und als sie den hochherrschaftlichen Portikus des alten Hauses erreicht, bleibt sie stehen und schaut an der Fassade empor.

Die Haustür liegt dunkel und abweisend vor ihr, ein klaffender schwarzer Mund, der einen starken Kontrast zu diesem heiteren Sommertag bildet. Ein Schauder läuft ihr über den Rücken, dann nimmt sie all ihren Mut zusammen und steigt zwei Stufen auf einmal hinauf. Plötzlich kann sie es kaum erwarten, sich dem zu stellen, was sie hinter dieser Tür erwartet. Sie hat es bis hierher geschafft und muss es so schnell wie möglich hinter sich bringen. Sie macht einen weiteren Schritt vorwärts und drückt fest auf die Klingel, bevor sie es sich anders überlegen kann.

Ein sehr großer Mann mit Rastazöpfen und treuen Hundeaugen unter schweren Lidern macht ihr auf. Er beäugt Dora misstrauisch.

»Kann ich Ihnen helfen?«, fragt er, während sein Blick nervös über die Auffahrt huscht, als erwarte er, dass Dora einen Fuß in die Tür stellt, um sich unrechtmäßig Zutritt zu verschaffen.

»Ist Cassie da?«

»Und wer möchte das bitte wissen?«

»Ich bin ihre Schwester Dora.«

Der Mann scheint sich etwas zu entspannen und mustert sie gründlich. »Sie sehen ihr gar nicht ähnlich.«

»Nein«, stimmt sie ihm zu.

Sie wartet einen Moment und hofft, hineingebeten zu werden, aber der Mann bleibt, wo er ist, und verwehrt ihr den Zutritt. Hinter ihm erklingt eine andere Stimme.

»Wer ist da, Jacob?«

Der Mann mit den Rastazöpfen zuckt zusammen. »Jemand, der zu Cassie will. Sie sagt, sie sei ihre Schwester.«

Plötzlich wird die Tür weit aufgerissen, und Dora sieht sich einem weiteren Mann gegenüber. Er ist attraktiv, hat eine glatte nussbraune Haut, wilde Locken und hohe slawische Wangenknochen. Er strahlt sie an.

»Du musst Dora sein«, sagt er und gibt ihr die Hand. »Ich bin Felix. Felix Reveley-Jones. Schön, dich kennenzulernen. Jacob musst du entschuldigen, er ist unser Verschwörungstheoretiker und hält jeden, der bei uns auftaucht, für einen Spion oder Journalisten, der unserem Geheimen Garten den Garaus machen will.«

Dora lächelt höflich und ergreift seine ausgestreckte Hand. Sie versteht nicht ganz, wovon er redet.

»Cassie erwartet dich bereits«, fährt Felix fort. »Komm rein. Sie ist wahrscheinlich hinten im Garten. Hast du uns gleich gefunden? Du bist aus London gekommen, oder?«

Dora nickt erneut und sieht sich aufmerksam um, während der Mann, der sich Felix nennt, sie in eine große Empfangshalle führt. Ihre Absätze klacken laut über den Marmorboden. Der Raum ist bis auf ein paar schlammbespritzte Stiefel neben der Tür und einen alten Eichentisch, der unter ungeöffneten Briefen begraben liegt, so gut wie leer. Darüber hängt das goldgerahmte Porträt eines finster dreinblickenden jungen Mannes. Er ist ganz in Schwarz gekleidet. Das Weiß seines Stehkragens bildet einen harten Kontrast zu den gedämpften Farben des Gemäldes. Der Mann scheint in die Ferne zu blicken, in eine trostlose düstere Zukunft. Graue Schatten zieren die anderen Wände und zeigen, wo einst andere Bilder hingen. Aus der Halle windet sich eine elegante Holztreppe zu den oberen Etagen hinauf. An ihrem Geländer fehlen ein paar Pfosten.

»Jacob, bitte schau doch mal, wo Cassie ist. Ich kümmere mich um Dora.«

Der Mann mit den Rastazöpfen wirft Dora einen weiteren misstrauischen Blick zu, bevor er wortlos durch eine Tür verschwindet.

»Denk dir nichts dabei«, fährt Felix fort. »Er ist wirklich sehr nett, wenn man ihn näher kennt.«

Dora lächelt und tritt verlegen von einem Fuß auf den anderen. Hoffentlich lässt ihre Schwester nicht lang auf sich warten. Ihre Nerven liegen blank. Sie wirft einen erneuten Blick auf das Porträt an der Wand. Der Mann sieht ziemlich griesgrämig aus.

»Mein Urgroßvater«, sagt Felix, dem ihr Blick nicht entgangen ist. »Reverend Robert Reveley-Jones. Eine echte Frohnatur, wie man sieht.«

Dora muss trotz ihrer Nervosität lächeln.

»Keine Ahnung, wie er meiner Urgroßmutter, Lady Catherine Swan, den Hof gemacht hat. Aber zum Glück hat er es getan, denn sonst wären wir nicht hier.« Felix macht eine weit ausholende Geste, die das riesige Herrenhaus einschließt.

»Es ist eine Weile her, dass Cassie und du Kontakt hattet, nicht wahr?«, fragt Felix und mustert sie mit aufrichtigem Interesse.

Dora wird misstrauisch. Sie fragt sich, ob er Cassies Freund ist und was er wohl über ihre Vergangenheit weiß.

Sie errötet bei dem Gedanken. »Ja«, sagt sie und räuspert sich. »Es ist eine Weile her. Ein paar Jahre.«

»Nun, ich weiß nur, dass sie sich freut, dich zu sehen und dir unsere Hütte zeigen zu können. Den Geheimen Garten haben wir nämlich hauptsächlich ihr zu verdanken.«

»Du arbeitest also auch hier?«, fragt Dora, die sich unter dem »Geheimen Garten« nichts vorstellen kann.

»Ja, ich denke schon. Es ist mein Haus. Mir gehören das Gebäude und das Grundstück. Ich fürchte, ich bin ein typischer Privatier: ein verzogener kleiner Junge, der sich mit seinem Erbe einen Traum erfüllt.«

»Das ist ein wunderschönes Haus«, sagt Dora.

»Ja, nicht wahr? Natürlich war es früher schöner, aber für uns reicht es.«

Während sie sich unterhalten, betreten zwei Frauen den Vorraum. Sie tragen große Kisten mit Gemüse und lächeln Dora und Felix im Vorbeigehen schüchtern zu.

»Hallo«, begrüßt Felix sie, bevor er sich wieder Dora zuwendet. »Das sind Scarlett und Sophie, unsere Köchinnen. Du solltest zum Abendessen bleiben, wenn sich das irgendwie einrichten lässt. Wir würden uns freuen.«

»Danke«, murmelt Dora und wünscht sich, dass Cassie sich beeilt. »Aber ich fürchte, ich muss bald zurück.«

»Kein Problem, vielleicht ein andermal?«

Zum Glück kehrt Jacob zurück, wie ein getretener Hund kommt er hereingeschlichen. Jemand folgt ihm.

»Da ist sie«, verkündet Felix.

»Hallo, Dora, lang nicht gesehen«, sagt Cassie, geht auf Dora zu und umarmt sie lächelnd.

Dora überlässt sich der Umarmung ihrer Schwester, ist aber angespannt und verlegen.

»Warum kommst du erst jetzt?«, fragt Cassie.

»Entschuldige« sagt Dora, löst sich von ihr und versucht, einen genaueren Blick auf sie zu werfen. »Die M25 war der reinste Albtraum. Es gab furchtbar viel Verkehr.«

Kaum ist es heraus, merkt sie auch schon, dass Cassie nicht ihre heutige Verspätung gemeint hat, sondern ihre krasse Abwesenheit während der letzten Jahre. Sie wird rot und sieht sich panisch in der Eingangshalle um. Das fängt ja gut an.

Sie hätte niemals herkommen dürfen.

»Meine Güte, entspann dich, okay? Das war nur ein Witz.« Cassie stößt ein lautes Lachen aus, das an ihren Vater erinnert – ein Laut, bei dem Dora sofort an Clifftops denken muss, daran, wie Cassie und sie in ihren Zimmern saßen, in Zeitschriften blätterten, um sich neue Frisuren und Klamotten anzusehen und über ein neues Supermodel oder einen abgehalfterten Popstar zu lästern. Sie entspannt sich ein wenig. Egal, was in den letzten Jahren passiert ist – Cassie bleibt Cassie.

»Tut mir leid. Ich bin ein bisschen nervös«, gesteht Dora.

Felix räuspert sich. »Nun, ich lasse die Ladys allein. Es war schön, dich kennenzulernen, Dora. Ich hoffe, wir sehen uns bald wieder.«

Dora nickt. »Ja, danke, gleichfalls.« Sie wendet sich wieder Cassie zu. »Gut siehst du aus«, platzt sie heraus. Und das ist nicht gelogen.

Cassie ist nicht die blasse Einsiedlerin, die Dora sich auf der Fahrt ausgemalt hat, im Gegenteil! Sie sieht so fit und gebräunt aus, als käme sie gerade vom Mittelmeer oder aus einem teuren Wellnessurlaub zurück. Dora staunt über den leisen Stich der Eifersucht. Cassie ist schon immer die Schönere gewesen.

Doch ihre Schwester scheint das Kompliment gar nicht wahrzunehmen. »Ich dachte, wir machen einen Spaziergang, wenn du Lust hast. So kommen wir ein wenig raus und können frische Luft schnappen.«

Dora nickt. »Das klingt gut. Ich würde mir gern ein bisschen die Beine vertreten, außerdem ist es ein wunderschöner Tag.«

»Gut, dann komm mit.«

Dora folgt Cassie und tritt durch den Marmorportikus hinaus ans Tageslicht. Ihre Schwester läuft schnell, ihre langen Beine machen weit ausholende Schritte, bis sie in einen Kiesweg abbiegt, der um das Haus herumführt. Während Dora sich bemüht, Schritt zu halten, fällt ihr auf, dass Cassie größer ist, als sie sie in Erinnerung hat. Sie hat ihre Haare zu einem dicken Zopf zusammengeflochten, der über ihren Rücken hängt und golden in der Sonne glänzt. Sie trägt ein weißes

T-Shirt, Turnschuhe und eine alte Jeans. Ihre Kleidung ist so schlicht, dass Dora ihr Sommerkleid und die Schuhe mit Pfennigabsätzen sofort bereut. Sie hatte geglaubt, ihr damit selbstbewusst und souverän gegenüberzutreten, aber stattdessen kommt sie sich spießig vor.

Sie umrunden das Gebäude und erreichen eine Stufenterrasse.

Von der erhöhten Position aus hat Dora eine gute Aussicht auf einen wunderschön angelegten Garten, der sich über den ganzen Hang erstreckt. Zwischen den Bäumen kann Dora Wasser glitzern sehen. Anstatt zum Rasen zu gehen wie erwartet, läuft Cassie im Stechschritt quer über die Terrasse und ein paar Stufen hinunter, bevor sie eine unauffällige Holztür in einer Ziegelmauer passiert. Dora muss den Kopf einziehen und folgt ihrer Schwester blind. Nach weiteren drei oder vier Schritten bleibt sie wie angewurzelt stehen. Sie schirmt die Augen gegen die grelle Sonne ab und sieht sich erstaunt um.

Sie stehen in einem abgeschiedenen, von hohen Mauern umgebenen Garten, der vom Haus aus nicht einsehbar ist. Er ist in jeder Hinsicht erstaunlich – nicht nur, weil es ihn überhaupt gibt, sondern auch wegen der überwältigenden Farben und Düfte, die Dora von allen Seiten überfluten.

Der Garten steht in voller Blüte. Kräftiges Rubinrot, Bernsteingelb, Amethystblau und Jadegrün verschwimmen miteinander. Sie sieht Fackellilien, Hängefuchsien, Rosen, Sonnenblumen und rosa Astern. Helianthus, Fetthennen und Kugeldisteln stehen stolz neben roten Dahlien. An einer Wand nicken dicke blaue Hortensienblüten schläfrig in der Sonne. Zu ihren Füßen recken dichte Lavendelkissen lila Kerzen zum Himmel und erfüllen die Luft mit ihrem schweren Duft.

Dora dreht sich verblüfft um die eigene Achse, entdeckt blühende Rosmarinsträucher, Basilikum und Minze, graugrüne

Salbeiblätter und Thymian. Hinter den Kräutern befindet sich ein ordentliches Gemüsebeet. Darin stecken hohe Bambusstäbe, an denen sich Bohnenpflanzen hochranken. Überall sprießt Grün aus dem Boden und verrät, wo Zwiebeln, Lauch und Karotten gepflanzt wurden. Und hinter dem Beet steht vor einer Mauer ein baufälliges Gewächshaus, das silbern in der späten Morgensonne glänzt.

Es ist wunderschön hier, ein malerischer Kräutergarten und eine winzige abgeschiedene Oase zugleich, in der die Zeit stehen geblieben zu sein scheint. Dora rechnet jeden Moment damit, dass eine Küchenmagd mit einem großen Korb und einer Schere auftaucht, um Kräuter und Gemüse fürs Abendessen zu ernten. Sie fühlt sich an das Kinderbuch *Der geheime Garten* erinnert, das sie früher so gern gelesen hat. Die ganze Landschaft strotzt nur so vor Leben, prall gefüllt mit Farben, Lauten und Düften. Dora sieht dicke, schwer mit Blütenpollen beladene Bienen in der Brise taumeln und Schmetterlinge, die fröhlich über den Blumenbeeten tanzen. Unter dem Insektensummen vernimmt sie das stete Rauschen von Wasser.

Letzteres kann sie bis zu einem kleinen Lilienteich zurückverfolgen, der sich in der Mitte des Gartens befindet. Daneben steht ein von rosa Klematis umrankter Torbogen und in seinem Schatten eine niedrige Holzbank. Genau darauf steuert Cassie zu. Sie fegt etwas Unsichtbares von der Sitzfläche, nimmt dann Platz und klopft neben sich. »Komm, setz dich zu mir.«

Dora geht unter dem Torbogen durch und genießt den schweren Duft nach Flieder und Basilikum.

»Und, wie gefällt dir unser Geheimer Garten?«, fragt Cassie. Während sie das sagt, mustert sie kritisch die Pflanzenreihen. »Das ist mein bescheidenes Projekt.«

Dora folgt ihrem Blick. »Dein bescheidenes Projekt?«, fragt sie.

»Ja, der Garten. Was sagst du dazu?« Cassie scheint sich über Doras Verblüffung zu amüsieren.

»Er ist fantastisch, wunderschön.« Dora sucht verzweifelt nach den richtigen Worten. »Hast du das alles angelegt?« Dora macht eine weit ausholende Geste.

»Nicht allein, aber im Grunde schon. Damit habe ich mich in den letzten Jahren beschäftigt.«

Dora staunt. »Seit wann hast du einen grünen Daumen?«

»Keine Ahnung, ehrlich nicht.« Cassie zuckt mit den Schultern. »Ich bin eines Tages hergekommen und habe angefangen, in der Erde zu buddeln. Es war die reinste Katastrophe. Alles war von Unkraut und Brombeersträuchern überwuchert, dazu kam das Gerümpel aus dem Haus, das man da abgeladen hatte.« Sie zeigt auf die Ecke mit dem Gewächshaus. »Aber nachdem ich eine kleine Fläche freigelegt und ein Blumenbeet angelegt hatte, habe ich gemerkt, dass sich unter all den Schichten etwas ganz Besonderes versteckt, das nur darauf wartet, wieder hervorgeholt zu werden. Die meisten Pflanzen waren noch da, sie waren bloß überwuchert und haben darauf gewartet, dass jemand sie zu neuem Leben erweckt.«

Dora sitzt neben ihrer Schwester auf der niedrigen Holzbank und lässt die verwunschene Umgebung auf sich wirken. Es ist schwer vorstellbar, dass der Garten einmal weniger perfekt gewesen ist als heute.

»Das war natürlich Bills Idee«, fährt Cassie fort.

»Bill?« Dora ist verwirrt.

»Ja, der gute alte Bill Dryden. Erinnerst du dich noch an unseren Gärtner?«

Natürlich tut sie das. »Bill war hier?«

Dora ist nach wie vor verwirrt.

»Ja, ich weiß. Ich war auch überrascht, als er eines Tages auftauchte. Es war ein ziemlicher Schock. Er hat behauptet, er würde einen alten Freund in Oxford besuchen und wolle nur mal nach mir sehen. Mum muss ihm die Adresse gegeben haben.«

»Bill Dryden hat dich besucht?« Dora schüttelt den Kopf.

»Ja. Um ehrlich zu sein, weiß ich gar nicht mehr, worüber wir geredet haben. Anfangs war es ziemlich peinlich. Aber dann haben wir über Dorset geplaudert, über das Haus, Mum und Dad, über dich und Alfie.«

»Ihr habt über mich geredet? Und über Alfie?« Dora kommt nicht mehr mit.

»Ja, aber nichts Besonderes. Nur darüber, wie wir ihn anflehten, uns in der Schubkarre herumzufahren. Wie wir einmal alle seine Blumentöpfe und Bambusstangen geklaut haben, um sie als Steckenpferde zu benutzen. Und wie Alfie sich einmal in einem Haufen frisch gemähten Gras versteckt hat und Mum fast ausgeflippt ist, weil er das Gras im ganzen Haus verteilt hat.« Cassie schweigt. »Weißt du noch, wie Bill uns gezeigt hat, wie man Geranien schneidet? Ich hatte das längst vergessen, aber er konnte sich noch genau daran erinnern. So ein reizender Mann. Er ist gestorben, hast du das gewusst?«

»Ja, ich war vor ein paar Wochen bei Mum. Sie hat es mir erzählt.«

Cassie sieht Dora neugierig an. »Du warst bei Mum? Und, wie war's?«

»Oh, das kannst du dir bestimmt vorstellen. Schwierig.«

Cassie mustert sie mit ihren klaren blauen Augen, aber Dora ist noch nicht so weit, sich zu öffnen.

Cassie zuckt mit den Schultern. »Wie dem auch sei, du wolltest die Geschichte vom Garten hören, oder? Ich habe in London gekellnert, einfach Zeit totgeschlagen, um ehrlich zu sein. Bis ich Felix kennenlernte. Wir haben uns angefreundet, und er hat mich eingeladen. Er hat den alten Kasten geerbt und wusste nicht recht, was er damit anfangen soll. Ich wollte übers Wochenende bleiben und muss zu meiner Schande gestehen, dass ich nie mehr gegangen bin. Swan House wurde mein neues Zuhause.«

Dora nickt und fragt sich insgeheim erneut, ob ihre Schwester und Felix ein Paar sind.

»Jedenfalls hat mich Bill besucht. Meine Güte, das ist bestimmt fünf Jahre her! Wir haben einen kleinen Spaziergang über das Grundstück gemacht. Er hat die Tür zu dem Garten entdeckt. Als er gesehen hat, was sich dahinter verbirgt, ist er fast ausgeflippt. Es war das reinste Chaos, aber er hat gesehen, welches Potenzial darin steckt. All das haben wir ihm zu verdanken. Er hat vorgeschlagen, dass ich mir die Hände schmutzig mache. ›Betrachte es als dein kleines Projekt‹, hat er gesagt. ›Wenn ich mich nicht täusche, scheinst du Zeit dafür zu haben.‹ Frech, was?« Cassie lacht.

»Verstehe«, sagt Dora. Aber das stimmt nicht ganz. Sie kann nicht verhindern, dass eine gewisse Bitterkeit in ihr aufsteigt.

Während Dora die letzten Jahre damit verbracht hat, gegen Schuld und Trauer anzukämpfen, scheint ihre Schwester gelebt zu haben wie im Paradies: in einem alten hochherrschaftlichen Liebesnest, die Hände in der Erde und die Sonne im Haar.

Das geht eben nur, wenn man die von Kummer und Leid überwältigte Familie im Stich lässt und sich einfach auf die Sonnenseite des Lebens schlägt.

»Ich habe ein paar Monate gebraucht, bis ich mich dazu aufraffen konnte«, fährt Cassie fort und scheint Doras Wut gar nicht zu bemerken. »Bills Vorschlag hat mich nicht mehr losgelassen. Trotzdem bin ich an diesem Tor vorbeigegangen, habe zwar ab und zu den Kopf durchgestreckt, ihn aber gleich wieder eingeschüchtert zurückgezogen. Bis ich eines Tages aufwachte und dachte: Heute ist es so weit. Ich fand ein paar alte Gartenhandschuhe, kam her und habe noch am selben Nachmittag angefangen, die Brombeersträucher zu entfernen. Und nach ein, zwei Wochen hat Felix mir anständiges Werkzeug besorgt. Bloß eine Schaufel und eine Gartenschere, einen kleinen Spaten und eine Schubkarre. Viel war das nicht, aber es hat gereicht, um dranzubleiben. Und je mehr Arbeit ich investiert habe, desto weniger wollte ich aufgeben. Es war eine Art Therapie für mich, wenn du so willst.«

»Das ist also der Geheime Garten, von dem Felix gesprochen hat?«, fragt Dora, die langsam anfängt zu begreifen.

»Ja, zum Teil«, sagt Cassie. »Der Garten war der Anfang. Wir haben dann begonnen, Gemüse und Blumen anzupflanzen. Freunde sind hergezogen und haben uns mit dem Grundstück geholfen, bis Felix gemerkt hat, dass wir gar nicht alles selbst verbrauchen können. Statt etwas wegzuwerfen, haben wir die Produkte auf Bauernmärkten verkauft. Es ist natürlich alles bio, und die alten Geldsäcke in der Gegend sind ganz verrückt danach. Inzwischen gehören nicht nur Obst und Gemüse zu unserem Sortiment. Wir stellen auch Marmeladen, Suppen, Kuchen her – ja sogar unser eigenes Müsli. Felix hat sich den Namen *Geheimer Garten* ausgedacht. Das passt ziemlich gut, findest du nicht?«

Dora nickt. Sie erkennt sofort, dass die Geschäftsidee zum Zeitgeist, zur Nachfrage nach regionalen Bioprodukten passt. »Aber woher wusstest du, was du alles machen musst?«, fragt sie und staunt über das Talent ihrer Schwester. »Ich wüsste gar nicht, wo ich anfangen soll.«

»Ich lese Bücher, jede Menge Bücher, und Bill hat mir geholfen. Ich habe ihm geschrieben, was ich so vorhabe, und er hat mir tonnenweise Informationen über verschiedene Pflanzen geschickt. Er hat mir Skizzen von Kräutergärten und Gemüsebeeten gemacht. Von ihm habe ich also auch gelernt.«

»Eine Art Fernstudium«, überlegt Dora laut. »Aber du bist

ein Naturtalent. Du hast den grünen Daumen. Den musst du von Grandpa geerbt haben.«

Cassie lächelt. »Ja, gut möglich. Mit den vielen Helfern ist eine Art Kooperative aus dem Projekt geworden. Wir teilen uns den Gewinn und stecken einen Teil davon in das Haus, um es zu erhalten. Felix ist damit komplett überfordert. Aber wir zwingen ihn dazu. Es hat sogar schon eine Supermarktkette Interesse angemeldet. Sie will unsere Produkte in hiesigen Filialen anbieten, aber wir sind etwas nervös deswegen. Wir wollen unseren guten Ruf nicht aufs Spiel setzen. Uns ist wichtig, dass die Firma klein bleibt und nur lokal agiert.«

»Ist Felix dein Freund?«

Cassie kichert. »Felix und ich? Um Gottes willen, nein, wir sind bloß befreundet.«

Dora nickt und weiß nicht recht, warum ihre Frage eine solche Erheiterung hervorgerufen hat. Auf sie hat er eigentlich ganz nett gewirkt.

Die Unterhaltung gerät ins Stocken. Dora schließt die Augen und atmet tief durch. Sie versucht, die Verspannungen in Nacken und Schultern zu lösen. Ihre Ohren erfüllt ein Klangteppich aus Insektensummen und Vogelzwitschern, und auf einmal merkt sie, wie gut es tut, mal aus London rauszukommen. Es war richtig herzukommen, ganz egal, wie sich die Sache entwickeln wird. Sie wendet sich ihrer Schwester zu, mustert sie misstrauisch, bevor sie ihr die nächste Frage stellt.

»Du bist also – glücklich?« Ihre Frage klingt aggressiver als beabsichtigt, und Cassie sieht sie lang an, bevor sie antwortet.

»Ja, ich denke schon.« Sie lehnt sich zurück und sagt mit einem schwachen Lächeln: »Es gefällt mir hier. Ich habe Freunde und den Garten, der mich beschäftigt. Das reicht mir fürs Erste.«

»Hm«, macht Dora. Sie versucht, ein zufriedenes Gesicht aufzusetzen, aber da ist wieder diese Bitterkeit. Sie will mehr wissen. Es gibt so viel Unausgesprochenes, das zwischen ihnen steht. Cassie scheint jedoch erst einmal genug geredet zu haben. Sie schließt die Augen und hält ihr Gesicht in die Sonne. So bleiben sie eine Weile schweigend auf der Bank sitzen, bis Dora den Mut hat, die nächste Frage zu stellen.

»Cassie?«

»Ja?«

»Ich muss wissen, warum du abgehauen bist. Du weißt schon, nicht den genauen Grund, aber warum auf diese Weise. Ich meine, erst gehst du an die Uni, während ich in Dorset bei Mum und Dad bleiben muss, und dann liegst du plötzlich im Krankenhaus, weil du angeblich einen Selbstmordversuch hinter dir hast. Anschließend verlässt Dad Mum und tut sich mit Violet zusammen, während ich mehr oder weniger allein in Clifftops zurückbleibe.«

Dora versucht, ihre Gefühle zu unterdrücken, aber in ihrer Stimme schwingt ein Vorwurf mit. »Warum hast du mir nicht gesagt, was du vorhast? Warum hast du mit niemandem geredet? War dir nicht klar, was deine Flucht für uns bedeutet?«

Cassie schüttelt den Kopf. »Das muss schlimm für dich gewesen sein«, sagt sie leise. Eine weitere Pause entsteht, die nur vom Flattern eines Vogels gestört wird, der sich von einem nahe gelegenen Birnbaum in die Luft schwingt.

Während das Flügelflattern die Luft füllt, spricht Cassie weiter.

»Ehrlich gesagt habe ich mir gar keine Gedanken über euch gemacht. Es tut mir leid, aber das ist die Wahrheit. Ich kann mir vorstellen, dass du dich ausgeschlossen gefühlt und geglaubt hast, du wärst mir egal. Aber damals konnte ich eure Nähe nicht mehr ertragen. In Clifftops habe ich ständig Alfies Anwesenheit gespürt, wurde immer wieder mit seinem Tod konfrontiert. Ich konnte es nicht ertragen, euch anzusehen, all das Leid zu sehen. Es war zu schmerzhaft. Insgeheim wusste ich, dass Edinburgh kein Ausweg ist. Ich wollte mich umbringen, allem ein Ende machen: Mums und Dads Erwartungen, dem ganzen Schmerz. Ich dachte, ihr wärt erleichtert, wenn ich nicht mehr da bin. Ich dachte, ich tue euch bloß einen Gefallen. Im Rückblick weiß ich, dass ich mich gründlich geirrt habe.« Cassie wendet sich ihrer Schwester zu und seufzt traurig. »Es war ziemlich grausam, nicht wahr?«

Dora nickt, und Cassie seufzt tief auf. Sie wirkt fest entschlossen. »Ich glaube, es wird Zeit, dass wir über alles reden. Unsere Geheimnisse haben uns dorthin gebracht, wo wir heute sind. Ist es das, was du willst?«

Dora schweigt. Sie hält die Luft an aus Angst, Cassie könnte ihre Meinung ändern, sobald sie etwas sagt. Aus Angst, die Stimmung, die ihre Schwester dazu bewogen hat, sich zu öffnen, könnte umschlagen. Doch Cassie macht keinen Rückzieher. Langsam aber sicher fährt sie mit ihrem Monolog fort.

»An dem Tag ...« Cassie verstummt. Ein Schatten gleitet über ihr Gesicht. »An dem Tag, an dem Alfie verschwand. Nun, du weißt ja, wie uns das alle dauerhaft verändert hat. Ich war nach seinem Tod ziemlich fertig. Wir alle waren fertig, jeder auf seine Art. Ich hatte jedenfalls schwer damit zu kämpfen. Ich konnte nicht mehr essen. Ich konnte nicht mehr schlafen. Ich war mir sicher, dass Mum und Dad mir die Schuld geben. Ich war mir sicher, dass sie mich dafür verantwortlich machen.«

»Für Alfie?« Dora ist schockiert. Hat Cassie sich etwa auch die Schuld daran gegeben?

»Klar, warum auch nicht? Wie konnte Alfie an einem überfüllten Strand verloren gehen, während ich auf ihn aufgepasst habe?«

»Wir waren beide für ihn verantwortlich, Cassie. Ich gebe mir ebenfalls die Schuld daran.« Dora wird übel, genau davor hat sie sich gefürchtet, aber Cassie schüttelt heftig den Kopf.

»Nein, Dora, da tust du dir unrecht. Glaub mir, es war nicht deine Schuld. Nicht im Geringsten. Wenn jemand in diesem Sommer unschuldig war, dann du. Du und Alfie natürlich. Der arme Alfie.«

»Ja«, seufzt Dora. »Der arme Alfie.«

»Weißt du, sie haben zwar nie was gesagt«, fährt Cassie nach einer kurzen Pause fort. »Aber ich wusste genau, was unsere Eltern denken. Zumindest glaubte ich das. Sie sind verstummt, sobald ich ins Zimmer kam, oder haben den Blick abgewandt. Ich hätte schwören können, dass Dad den Raum verlässt, sobald ich hereinkomme. Und all das hat nur bestätigt, was ich längst wusste: Es war meine Schuld!«

Cassie fährt mit der Kappe ihres Turnschuhs über die Erde.

»Ich konnte das nicht mehr ertragen. Ich wollte nur noch weg, aber wohin? Ich musste zur Schule gehen, Abitur machen. Mum und Dad hatten hohe Erwartungen. Sie schienen besser zu wissen als ich, wer ich eigentlich bin und was ich mit meinem Leben anfangen soll. Ich war so was von durcheinander. Ich hatte nicht die geringste Ahnung, was ich will. Also habe ich mich ins Vergessen geflüchtet, so oft ich nur konnte. Du weißt schon: Partys, Sex, Alkohol und Drogen. Ich glaube, ich wollte etwas fühlen, aber keine pubertäre Verwirrung und Trauer um Alfie.« Cassie reibt an einem Fleck auf ihrer Jeans herum.

Dora schluckt und fragt sich, ob sie genug Mut für ihre nächste Frage aufbringen wird.

»Hast du dich deshalb geritzt?«

Cassie dreht ihr Handgelenk, sodass die dünnen, silbrigen Narben sichtbar werden, die sich wie ein Spinnennetz über ihre gebräunten Unterarme ziehen. Dora zuckt bei ihrem

Anblick zusammen, aber Cassie zuckt nur die Achseln. »Das war ein weiterer Versuch, die Kontrolle zurückzugewinnen, nehme ich an.«

Dora nickt.

»Weißt du, als ich mein Abitur bestanden hatte, war ich völlig verzweifelt. Mein ganzes Leben lag vor mir, eine Zukunft, die Mum und Dad sich für mich gewünscht haben. Aber sie hatten keine Ahnung! Sie wussten nicht, dass ich nicht die tolle Tochter bin, für die sie mich hielten. Ich hatte das Gefühl zu ersticken. Ich musste da weg, musste weg von euch allen. Ich konnte die Vorstellung nicht ertragen, euch wieder zu enttäuschen. Deshalb bin ich nach London gegangen. Deshalb habe ich versucht, mich umzubringen.«

Dora glaubt, den Rest der Geschichte zu kennen, aber Cassie ist noch nicht fertig.

»Ich wurde ganz hysterisch, als ich im Krankenhaus aufgewacht bin und gemerkt habe, dass ich noch lebe. Ich konnte die Vorstellung nicht ertragen, nach Clifftops zurückzukehren. Obwohl sich Dad wirklich redlich bemüht hat, konnte ich mich nicht dazu überwinden. Ich konnte nicht nach Hause zurück, ich konnte euch nicht ins Gesicht sehen.

Schließlich habe ich einen Job als Kellnerin in einem schäbigen Café gefunden. Es war ziemlich scheiße dort. Die Bezahlung war schlecht, und die Gäste waren Schweine. Dann habe ich Felix kennengelernt. Wir haben uns angefreundet, und er hat mich auf seinen Familiensitz eingeladen. Nun, der Rest ist Geschichte, wie man so schön sagt. Seitdem geht es mir besser, und langsam arbeite ich meine Vergangenheit auf – und die Trauer und Schuld wegen Alfie.«

»Das kommt mir bekannt vor. Von Schuldgefühlen kann ich ein Lied singen.«

»Wie bereits gesagt, Dora«, sagt Cassie vehement. »Ich

wüsste keinen Grund, warum du Schuldgefühle haben solltest. Keinen.«

»Das sagst du. Dan sagt das, sogar Dad. Aber es hilft trotzdem nichts. Ich bin damals mit dir am Strand gewesen, es war also auch meine Schuld. Wenn Mum und Dad nur eine Sekunde lang gedacht haben, du könntest schuld sein, gilt das genauso gut für mich.«

»Glaub mir, Dora, das ist etwas anderes.«

»Aber warum? Warum sollte das etwas anderes sein? Ich bin nur anderthalb Jahre jünger als du. So groß ist der Altersunterschied nicht. Glaubst du, nur weil du wenige Monate älter bist, warst du mehr für Alfie verantwortlich?« Dora schüttelt den Kopf. »Das sehe ich anders.«

Cassie sieht ihrer Schwester direkt in die Augen. »Deshalb bist du gekommen, nicht wahr? Du kannst immer noch nicht loslassen, stimmt's?«

Dora schüttelt erneut den Kopf. »Nein, ich denke nicht.« Sie schweigt, dann bricht es nur so aus ihr heraus: »Damals in der Höhle. Ich muss ständig daran denken. Und du?«

»An manchen Tagen ja, aber nicht immer. Aber ich glaube, das ist gut, glaubst du nicht?«

Dora nickt, ist noch verwirrter als vorher. Sie hat immer geglaubt, Cassie wäre die Labilere. Doch sie scheint Frieden mit sich geschlossen zu haben, während Dora nach wie vor Schwierigkeiten hat, ihr eigenes Leben zu leben, von Albträumen und Panikattacken gequält wird.

»Warum bist du dann gekommen, Dora? Nach all den Jahren. Das ist kein Höflichkeitsbesuch, oder? Du suchst nach einer Antwort, hab ich recht?«

Dora nickt.

»Nun, dann raus mit der Sprache. Ich habe dir einen Teil meiner Geschichte erzählt. Solltest du mir nicht auch etwas erzählen?«

Es gibt keinen Grund, es länger zu verheimlichen. »Ich bin schwanger, Cassie.«

»Meine Güte.« Cassie sieht Dora mit einem erstaunten Lächeln an. »Das sind ja tolle Neuigkeiten. Warum hast du das nicht gleich gesagt, Dummerchen.« Sie beugt sich vor und legt eine warme Hand auf Doras Arm. »Hier sitze ich und rede nur von mir, während du mir höflich zuhörst und die wichtigen Sachen für dich behältst. Ich gratuliere! Wow, meine kleine Schwester wird Mutter.«

Dora sieht ihre Schwester erwartungsvoll an. Sie hat ganz anders reagiert als gedacht, längst nicht so verhalten wie ihre Eltern. »Du freust dich?«, fragt sie.

»Aber natürlich, und wie ich mich freue! Ich werde Tante.«

Cassie strahlt bis über beide Ohren, aber als sie ihre Schwester ansieht, gefriert ihr Lächeln. »Freust du dich nicht? Darum geht es doch eigentlich.«

»Ja, ich glaube schon. Ich habe mich so langsam an die Vorstellung gewöhnt. Dan ist ganz aus dem Häuschen deswegen, aber mir ist in den letzten Wochen klar geworden, dass ich eine Heidenangst habe. Wegen Alfie, verstehst du. Ich fühle mich wie gelähmt. Wie in einer Sackgasse. Wie kann ich mich über ein neues Leben freuen, während ich immer noch um Alfie trauere? Und wie kann ich überhaupt in Erwägung ziehen, Mutter zu werden, wenn ich bei meinem kleinen Bruder sträflich versagt habe? Was für eine Mutter werde ich sein, Cassie? Kannst du mir das sagen?«

Dora atmet tief durch, bevor sie weiterspricht.

»Es macht mir Angst, Mutter zu werden.« Sie schluckt. »Ich habe Albträume, Cassie. Furchtbare Albträume, in denen ich Dinge verliere, wichtige Dinge. Was, wenn ich dieselben Fehler noch einmal mache? Alles ist so zerbrechlich, geht so schnell kaputt. Ich glaube nicht, dass ich so ein Leid wie nach Alfies Tod noch einmal ertragen kann. Das würde mich umbringen. So stark bin ich nicht, verstehst du?« Die Worte purzeln nur so aus ihr heraus.

»Du musst diese Schuldgefühle hinter dir lassen, Dora. Sie sind völlig unberechtigt.«

»Wie kannst du das sagen, wenn du soeben angedeutet hast, dass deine Schuldgefühle dich beinahe in den Selbstmord getrieben haben?«

Cassie zuckt zusammen. »Das ist etwas anderes.«

»Ich verstehe nicht, warum. Was ist daran anders?«

Eine Pause entsteht, bevor sie antwortet. »Weil ich einen echten Grund habe, mich schuldig zu fühlen. Einen, von dem du nichts weißt.«

Die Sonne blendet Dora, doch trotz des grellen Lichts kann sie sehen, wie ihre Schwester aschfahl wird. Langsam dringen Cassies Worte bis zu ihr durch. Sie nisten sich in ihrem Hirn ein, wo sie laut und irritierend herumbrummen. Sie lässt sie dort eine Weile rumoren. Ein seltsamer Kontrast zur Stille des Gartens.

Einen echten Grund. Einen, von dem du nichts weißt.

»Komm«, sagt Cassie plötzlich. »Lass uns runter zum See gehen. Es ist wunderbar dort zu dieser Tageszeit. Außerdem bist du schon ein bisschen rot«, fügt sie hinzu.

Cassie ist aufgestanden und geht auf die niedrige Holztür zu, bevor Dora protestieren kann. Es bleibt ihr nichts anderes übrig, als zu folgen. Sie lassen den hinter hohen Mauern liegenden Garten und das Herrenhaus hinter sich. Sie gehen an einer Pergola und einer Eibe vorbei, die so alt ist, dass ihre schweren Äste den Boden zu berühren scheinen. Dann kommen sie auf den Rasen.

Cassie läuft schnell, hält den Rücken kerzengerade, doch ihre Schultern wirken verspannt. Sie ist Dora stets ein, zwei Schritte voraus. Während Dora hinter ihr durchs hohe Gras geht, sinken ihre Absätze in den weichen Boden ein, und sie hat Mühe, das Tempo zu halten.

Plötzlich ist sie wieder in Clifftops. Sie ist die nervige kleine Schwester, die hinter Cassie herrennt und sie unbedingt auf ihre aufregenden Abenteuer begleiten will. Sie kann das Schmatzen ihrer plumpen Gummistiefel förmlich hören, während sie über den Rasen stapft. Sie ist eine erwachsene Frau, trotzdem fühlt sie sich wieder wie eine Neun- oder Zehnjährige. Wäre es nicht so lächerlich, müsste man daran verzweifeln.

Dora beschließt ihre Schritte zu verlangsamen und den Garten in ihrem eigenen Tempo zu durchqueren. Sie muss dieses Spiel nicht spielen. Als sie das Seeufer erreicht hat, ist Cassie aus ihrem Blickfeld verschwunden. Dora blinzelt in die Sonne, sieht nach links und nach rechts, sucht nach einem Lebenszeichen ihrer Schwester.

Endlich entdeckt sie ihre dunkle Silhouette vor dem See. Cassie scheint sich vorzubeugen und etwas aus dem flachen Wasser zu holen. Dora geht vorsichtig in ihre Richtung. Als sie neben sie tritt, richtet sich Cassie gerade wieder auf und wirft einen Kiesel über die glatte Wasseroberfläche. Beide sehen zu, wie er dreimal übers Wasser hüpft und dann untergeht.

»Das konntest du schon immer gut«, sagt Dora.

Eine blaue Libelle fliegt dicht über dem Wasser.

Dora kann sehen, wie Wasserwanzen auf der Oberfläche des Sees dahingleiten. Mücken tanzen über dem Schilfrohr wie Staubpartikel. Am entgegengesetzten Ende schwimmt ein Schwan langsam an einem verfallenen Bootshaus vorbei und senkt elegant den Kopf, um nach Nahrung zu suchen.

»Es ist wirklich schön hier.«

»Ja, nicht wahr?« Cassie scheint nicht weiterreden zu wollen.

Sie steht einfach nur am Ufer, tritt von einem Fuß auf den anderen. Wenn Dora es nicht besser wüsste, würde sie nicht merken, dass sie nervös ist. Endlich bricht Cassie ihr Schweigen. »Komm, setzen wir uns unter die Trauerweide. Dort haben wir Schatten.«

Sie geht am Ufer entlang bis zu einem alten Baum mit tief hängenden Zweigen, teilt seine üppigen Zweige und bedeutet ihr, in den kühlen Schatten zu kommen. Nachdem sich die Zweige hinter ihnen geschlossen haben, ist es, als hätten sie einen abgeschiedenen dunklen Raum betreten. Die Blätter des Baumes schimmern geheimnisvoll in der Brise und erinnern Dora an Sommerregen. Sie zieht ihre Schuhe aus und setzt sich hin, schaut zu den Zweigen auf. Es ist schön, wie hinter einem Wasserfall.

»Dora, es gibt etwas, das ich dir sagen muss. Etwas, das ich noch nie jemandem gesagt habe.« Cassie holt noch einmal tief Luft, bevor sie weiterredet. »Weißt du, ich war so wütend an jenem Morgen, so unglaublich wütend. Ich kann die Wut immer noch spüren, die mich damals erfasst hat, als du raufkamst und mir gesagt hast, dass Mum uns allein lässt. Dass wir mit Alfie an den Strand müssen.«

Dora schluckt, wagt aber nicht, etwas zu sagen. Sie will ihre Schwester nicht unterbrechen, nicht jetzt, wo sie endlich redet.

»Weißt du, Sam und ich hatten einen Plan. Es war unser letzter gemeinsamer Tag. Wir wollten die Klippen erkunden und zusammen abhängen, nur wir zwei. Wir waren … wir waren mehr oder weniger ineinander verknallt. Ich war total verrückt nach ihr.« Sie wirft Dora einen vielsagenden Blick zu. »Wir wollten allein sein. Mit dir auf Alfie aufpassen war wirklich das Letzte, was ich an diesem Tag wollte.«

Dora macht in dem unheimlichen grünen Baumschatten große Augen.

»Bist du lesbisch?«

Cassie zuckt die Achseln. »Ja.«

Dora nickt langsam, während ihr einiges klar wird. »Ich bin nicht die, für die ihr mich gehalten habt. Felix und ich? Vergiss es!«

»Hast du eine Freundin?« Dora ist neugierig.

Cassies Wangen erröten leicht.

»Ja, es gibt da jemanden. Aber es ist noch zu früh, um etwas Genaueres zu sagen. Trotzdem, sie ist nett. Echt nett. Wir lassen es langsam angehen.«

Dora lächelt. Sie merkt, dass sie sich für Cassie freut.

»Wie dem auch sei, deshalb war ich an jenem Morgen so sauer«, fährt Cassie fort. »Dass Mum Alfie bei uns ablädt, um angeblich zur Arbeit zu eilen, was natürlich dreist gelogen war.«

»Gelogen?« Dora sieht abrupt auf. »Wie meinst du das?«

»Ist das dein Ernst?« Cassie sieht Dora erstaunt an. »Heißt das, du weißt das nicht?«

Dora schüttelt den Kopf. »Was weiß ich nicht?«

»Das mit der Affäre?«

Dora sieht Cassie verwirrt an. »Welche Affäre?«

»Mums Affäre mit Tobias Grey? Du weißt schon, der Künstler«, sagt sie, als sie Doras verständnisloses Gesicht sieht. »Der, der das scheußliche Gemälde gemacht hat, das Mum in Clifftops über den Kamin gehängt hat.«

Doras Gedanken überschlagen sich, und das vergessen geglaubte Bild einer düsteren Seelandschaft taucht vor ihrem inneren Auge auf. Sie schüttelt den Kopf. »Mum hatte eine Affäre mit einem Künstler? Bist du sicher?«

»Ja, ich weiß es aus erster Hand. Er hat einmal bei uns angerufen. Aber das ist schon lang her. Er dachte, er würde mit ihr reden, nicht mit mir. Ich wusste lang nicht, wer er war, aber irgendwann wurde mir alles klar. Ich tat so, als wisse ich mehr, als tatsächlich der Fall war, und am Ende hat Dad ausgepackt. Wie sich herausstellte, war sie mit Tobias zusammen, als Alfie verschwand. Ich glaube, das ist auch der Grund, warum Dad sie letztlich verlassen hat.«

»Meine Güte.« Dora ist schockiert. Sie kann es kaum fassen. Ihre Mutter war mit einem anderen Mann zusammen, genau an dem Tag, an dem Alfie verschwand. Sie hatte eine Affäre.

Sie denkt an ihre Begegnung mit Helen vor wenigen Wochen zurück. An ihre Sprödigkeit. Alfies Zimmer fällt ihr ein, das aussieht wie eine Zeitkapsel. Nichts daran wurde verändert, es sieht noch genauso aus wie an dem Tag, an dem er verschwand. So etwas wie Verständnis regt sich in ihr. Sie hat stets geglaubt, ihre Mutter würde das Zimmer nicht verändern, um sie zu bestrafen, um Dora an ihr damaliges Versagen zu erinnern. Aber nun sieht sie das in einem ganz anderen Licht.

Helen bestraft sich selbst, Tag für Tag. Dadurch dass sie in Dorset bleibt, in Clifftops lebt, inmitten der Erinnerungen an Alfie, und leidet. Sie hat sich ihr eigenes Gefängnis gebaut, als Strafe für ihr Versagen als Mutter. Sie musste die Schuld zunächst bei anderen suchen, denn die schmerzhafte Erkenntnis, dass sie mit Tobias zusammen war, als Alfie verschwand, war einfach zu viel für sie.

Dora schüttelt ungläubig den Kopf. Und sie hat immer gedacht … Ihre Gedanken überschlagen sich, während sie die Neuigkeiten auf sich wirken lässt und Cassie weiterredet.

»Weißt du, Dora, letztlich spielt es überhaupt keine Rolle, wo Mum an diesem Tag war.« Cassie versagt die Stimme, und Dora sieht überrascht auf. »Ich war es. Ich habe ihn umgebracht.«

Die Worte sind kaum mehr als ein Flüstern, aber sie dringen Dora ins Bewusstsein und rauben ihr beinahe die Luft zum Atmen. Sie ist schockiert, Tränen in Cassies Augen zu sehen. »Wovon redest du?«

»Du weißt nicht, was damals wirklich passiert ist, als wir in der Höhle waren. Keiner von euch weiß das.«

Plötzlich fragt sich Dora, ob Cassie wirklich glücklich ist. Sie hat so normal auf sie gewirkt, aber vielleicht war das alles nur gespielt.

»Wovon redest du, Cassie? Ich verstehe nicht ganz, was du sagen willst. Du machst mir Angst.«

Cassie lässt den Kopf hängen, kann ihr nicht mehr in die Augen sehen.

»Als du die Höhle verlassen hattest, als du Eis kaufen warst, da ist Alfie … Er ist zu uns gekommen. Er hat sich gelangweilt. Er wollte, dass wir mit ihm spielen.«

»Moment mal, willst du mir damit sagen, dass er bei dir und Sam in der Höhle war?« Dora runzelt verwirrt die Stirn.

Cassie nickt unmerklich. »Er hat einfach nicht aufgehört uns damit in den Ohren zu liegen, dass wir Stöcke sammeln und mit ihm nach Krabben suchen sollen. Keine Ahnung, warum.«

Dora erinnert sich an den Berg Treibholz, den sie gesammelt hat. Alfie war bei Cassie in der Höhle. Das ergibt überhaupt keinen Sinn. Warum hat sie deswegen gelogen?

»Er hat einfach nicht aufgehört, uns zu nerven«, sagt Cassie mit einem traurigen Lächeln. »Du weißt, wie er sein konnte. Weinerlich und wütend. Er war sauer, weil Sam und ich nicht mit ihm spielen wollten. Er stand da, schlug mit seinem Stock gegen die Felswand und stampfte mit seinen kleinen Füßen auf. Peng, peng, peng. Immer wieder. Das hat furchtbar gehallt. Der Lärm war unerträglich.«

Dora sieht ihren Bruder genau vor sich: seine kleinen geballten Fäuste und seine roten Gummistiefel, die auf den sandigen Höhlenboden stampfen.

»Sam und ich waren richtig zugedröhnt, wir wollten bloß im Sand liegen und zusammen sein. Ich war verzweifelt wegen Sams Abreise am nächsten Tag. Als du weg bist, wusste ich, dass das unsere letzte Chance ist. Aber Alfie hat einfach nicht aufgehört zu quengeln und Lärm zu machen. Er hat mich in den Wahnsinn getrieben.«

Dora kann sich das ausgezeichnet vorstellen: Alfie, der stampft und jammert, und eine verzweifelte Cassie, deren Nerven blank liegen und die kurz davor steht zu explodieren.

»Ich habe versucht, geduldig zu sein. Ich habe ihm gesagt, dass er am anderen Ende der Höhle nach Krabben suchen soll. Aber er meinte, das sei langweilig. Also habe ich ihm gesagt, er solle sich irgendwo verstecken und bis hundert zählen. Wir würden nach ihm suchen.«

»Er wollte nur mit jemandem spielen«, sagt Dora traurig.

»Nun, Alfie meinte, er könne noch nicht bis hundert zählen und Versteckspielen sei langweilig. Da habe ich die Geduld verloren. Wenn ihm so langweilig sei, solle er doch einfach verschwinden. Wir hätten ihn schließlich nicht gebeten mitzukommen.«

Dora sieht ihre Schwester ungläubig an.

»Ich habe ihm gesagt … Ich habe ihm gesagt, dass er uns allein lassen soll. Dass er dich suchen soll. Ich habe ihm gesagt, dass er einen Spaziergang machen und Muscheln sammeln soll. Er hat gequengelt und gequengelt. Nein, nein, nein. Er hat einfach nicht aufgehört und mit seinem Stock gegen die Wand geschlagen, wieder und wieder. Da habe ich es gesagt.«

»Was gesagt?« Doras Herz hämmert laut in ihrer Brust.

Cassie schlägt sich die Hand vor den Mund, als könnte sie nicht weiterreden. Doch dann bricht es aus ihr heraus: »Ich habe ihm gesagt, dass er schwimmen gehen soll, wenn ihm so langweilig ist.«

Dora schluckt. »Aber du wusstest …«

»Ja. Ich wusste, dass er nicht schwimmen kann. Er hat es mir sogar noch gesagt. ›Cassie‹, hat er gesagt, ›ich kann nicht schwimmen. Ich bin noch zu klein.‹ Und weißt du, was ich darauf geantwortet habe?«

Dora ist wie gelähmt. Sie weiß nicht, ob sie das, was jetzt kommt, überhaupt hören möchte. Aber sie möchte auch nicht, dass Cassie verstummt.

»›Aber Alfie, du bist ein Superheld‹, habe ich gesagt. ›Du kannst alles, stimmt's? Natürlich kannst du schwimmen.‹« Cassie starrt in die Ferne, während ihr eine Träne über die Wangen rollt.

Dora ist wie betäubt. Sie kann nicht glauben, was sie da hört. Die ganze Zeit, all die Jahre hat Cassie kein Wort darüber verlauten lassen, zu niemandem.

»Ich weiß, dass das grausam war. Ich weiß, dass es krank und total daneben war, und ich weiß bis heute nicht wirklich, warum ich das gesagt habe. Ich weiß nur, dass er mit seinen schmalen Schultern gezuckt und uns den Rücken zugekehrt hat. Dann ist er hinausgeklettert. Und willst du wissen, was ich empfand, als er weg war?«

Dora rührt sich nicht von der Stelle. Sie weiß nicht, ob sie noch mehr verkraften kann.

»Erleichterung. Nichts als Erleichterung, dass er endlich geht und mich mit Sam allein lässt.«

Dora schluckt, sie hat einen bitteren Geschmack im Mund.

»Wir … Dora, ich bin nicht stolz darauf … Wir haben, na ja, du weißt schon. Und dann bist du mit deinem Freund zurückgekommen. Es kam mir so vor, als hätte Alfie gerade erst die Höhle verlassen, aber ich wusste sofort, dass etwas nicht stimmt. Ich wusste, was ich getan hatte. Als du mich gefragt hast, wo er steckt, habe ich einfach gesagt, dass ich ihn nicht gesehen und gedacht hätte, er sei mit dir mitgegangen.« Sie schüttelt den Kopf. »Ich weiß nicht, warum ich das getan habe. In der Höhle war es so still – so unheimlich still. Ich habe die schlimmsten Bilder vor mir gesehen. Ich habe gesehen, wie er über die Felsvorsprünge stapft und gar nicht merkt, dass die Flut kommt. Wie Brandung und Gischt heranrollen. Ich habe mir vorgestellt, wie er am Ufer steht und auf die Wellen starrt, während sie über seine kleinen Stiefel schwappen. Ich wusste Bescheid. Ich wusste einfach Bescheid.«

»Du wusstest, dass er die Höhle verlassen hatte? Zu den Gezeitentümpeln gegangen sein könnte?«

Cassie nickt. Sie weicht ihrem Blick aus. »Ich wollte ihm nie etwas Böses. Ich wollte nie, dass Alfie was zustößt.«

»Aber warum hast du dann gelogen? Warum hast du nicht einfach die Wahrheit gesagt? Wir hätten ihn ... Vielleicht hätten wir ihn, du weißt schon ...« Doras Stimme ist nur noch ein Flüstern. »Vielleicht hätten wir ihn noch rechtzeitig gefunden.«

»Keine Ahnung.« Cassie schüttelt den Kopf, und eine weitere Träne läuft ihre Wange hinunter, tropft auf die Jeans und färbt das ausgeblichene Blau dunkel. »Ich war bekifft. Ich konnte nicht mehr klar denken. Ich hatte solche Angst. Ich wusste, dass wir Probleme bekommen würden, also bin ich einfach mit dieser Lüge herausgeplatzt, um Sam und mich zu schützen.«

»Warum hat Sam nichts gesagt? Die Polizei hat sie doch auch befragt, oder?«

»Sie hat sich einfach an meine Version gehalten. Nachdem wir uns alle getrennt hatten, um Alfie zu suchen, habe ich sie gewarnt und gesagt, dass wir bei meiner Version bleiben müssen. Ich wusste, dass man einen kleinen Jungen nicht allein an den Strand schickt. Ich wusste, dass man einem Kleinkind nicht sagt, dass es schwimmen gehen soll. Ich habe Sam erzählt, dass wir Probleme mit der Polizei bekommen würden, wenn jemals rauskommt, was ich gesagt habe, was wir an jenem Tag in der Höhle gemacht haben. Die Joints. Das, was wir miteinander getan haben. Alles würde rauskommen. Ich habe ihr erzählt, dass man uns wegen illegalen Drogenbesitzes festnehmen würde. Sie hatte Angst. Sie fand es zwar nicht gut, aber mir zuliebe hat sie mitgespielt.«

Plötzlich sieht Dora die Sammlung blauer Briefumschläge vor sich, die verstreut auf Cassies Teenagerbett liegen. Sams Briefe. Kein Wunder, dass Cassie so heftig reagiert hat! Kopfschüttelnd setzt sie die einzelnen Puzzleteile zusammen.

»Aber all die Zeit, die wir in der Höhle nach Alfie gesucht haben. Die Zeit, die wir verschwendet haben, obwohl du wusstest, dass er dort draußen ist?« Sie versucht, die ganze Tragweite von Cassies Geständnis zu erfassen. »Anschließend hast du zu Mum gesagt, du dachtest, er sei mit mir mitgegangen. Und deshalb hat sie mir die Schuld gegeben.« Dora erstickt beinahe an diesen Worten.

»Ich weiß. Es tut mir so leid.«

»Aber wozu diese Lügen?«

»Als ich damals Mums Gesicht gesehen habe, den Ausdruck in ihren Augen, wusste ich, dass sie mir nie vergeben würde. Und das konnte ich nicht ertragen. Also habe ich ihr gesagt, dass ich ihn nicht mehr gesehen hätte. Damals war mir das gar nicht klar, aber für dich war es die schlimmste Lüge, die ich mir hätte ausdenken können.«

Dora denkt an die wütenden vorwurfsvollen Blicke ihrer Mutter, an die quälenden Schuldgefühle, mit denen sie all die Jahre gelebt hat. An die leidvollen Stunden, in denen sie versucht hat, die Teile des Puzzles zusammenzusetzen, zu verstehen, warum Alfie die Höhle verlassen hat, welchen Grund es für ihn gab, die sichere Höhle zu verlassen und auf eigene Faust loszuziehen. Sie hat sich vorgestellt, wie er ihr in die grelle Sonne gefolgt ist, den Strand nach einem Lebenszeichen von ihr abgesucht hat, bevor er umgekehrt und zu den gefährlichen Gezeitentümpeln gegangen ist. Sie hat geglaubt, es sei ihre Schuld gewesen, allein ihre Schuld.

»Siehst du, Dora«, sagt Cassie und reißt sie aus ihren schmerzhaften Erinnerungen. »Wir alle haben Narben zurückbehalten und tragen schwer an unserer Schuld, aber ich bin die wahre Schuldige. Ich lebe Tag für Tag mit der Gewissheit, ihn zu den Felsen geschickt zu haben. Hätte ich gleich die Wahrheit gesagt, hätten wir vielleicht eine Chance gehabt, Alfie lebend zu finden. Ich lebe mit dem Leid, das ich über euch alle und über den armen Alfie gebracht habe.«

Cassie fährt sich durch die Haare, zieht ihren Zopf anschließend zu sich heran und spielt nervös mit den Spitzen unter dem Haargummi.

»Jetzt weißt du, dass ich dich im Stich gelassen, dich belogen habe. Ich hasse mich dafür, dass ich dir wehgetan habe. Du hast nichts falsch gemacht, Dora.« Ihre Stimme wird lauter. »Verstehst du das? Verstehst du das endlich?«

Dora schließt die Augen.

Das ist zu viel für sie.

Cassie liegt leise weinend neben ihr im Gras, aber Dora bringt es nicht über sich, sie zu trösten. Die Worte ihrer Schwester hallen in ihrem Kopf wider, und ihr dreht sich der Magen um.

Erinnerungen an jenen Tag stürmen auf sie ein. Helen, die aus der Auffahrt rast, um sich mit Tobias zu treffen. Cassie und Sam, die sich in der Höhle von ihr absondern. Alfie, der mit einem langen knorrigen Stock Krebse stupst. Eine Kugel Eis, die in die herandonnernden Wogen fällt. Der Anblick von

Alfies durchweichtem Umhang in Cassies Armen. Der ungläubige Blick ihrer Mutter, als sie erfährt, dass Alfie verschwunden ist.

Die Bilder hören nicht auf, auf sie einzustürmen. Ihr wird schwindelig. Sie presst die Finger gegen die Schläfen. Sie weiß Bescheid. Sie weiß jetzt alles. Jeder von ihnen hat seinen Teil zu den tragischen Ereignissen beigetragen, die letztlich zu Alfies Tod führten. Sie alle haben täglich dafür gebüßt. Für ihre Entscheidungen, für ihre Fehler und für ihre Geheimnisse. Und alle – Cassie, Helen, sie selbst, ja sogar Richard – haben ein Leben voller Reue und Schuld gelebt. Cassies heimliche Verliebtheit, ihr grausamer Vorschlag, ihre Lügen und Helens Affäre sind neue Puzzleteile, die das traurige Bild des Tages vervollständigen, an denen ihnen Alfie genommen wurde. Dora ist plötzlich klar, dass weder Tränen noch Vorwürfe, weder Geständnisse noch Selbstkasteiung Alfie je wieder lebendig machen werden.

»Hasst du mich?« Cassies Worte dringen langsam bis zu ihr durch. »Wenn ja, kann ich das gut verstehen. Es ist mir schwer genug gefallen, mir selbst zu vergeben. Es gibt also keinen Grund, warum du das tun solltest.« Sie spricht schnell, die Worte purzeln nur so aus ihr heraus.

Dora sitzt wie erstarrt unter den schimmernden Zweigen. Sie kann nichts erwidern. Beim Gedanken an Cassies Verfehlung wird ihr schlecht. Sie ist schockiert über die Untreue ihrer Mutter. Ihr schwirrt der Kopf von all diesen Enthüllungen. Sie braucht etwas Zeit.

Während die Stille unerträglich wird, sieht sie, wie ihre Schwester in sich zusammensinkt. Cassie sitzt wie ein Häufchen Elend im Schatten der Weide. Tränen haben Spuren in ihrem Gesicht hinterlassen, und die weißen, einander überlagernden Narben an ihren Handgelenken glänzen wie silberne Armbänder im grünlichen Licht. In diesem Moment weiß

Dora Bescheid. Sie weiß nicht, ob sie ihr verzeihen kann, aber sie weiß, dass sie sie nicht hasst.

»Ich hasse dich nicht, Cassie. Du hast dich selbst schon genug gehasst.«

Cassie stößt einen leisen Seufzer aus, dann verschränkt sie die Hände wie zum Gebet, dreht ihre Handgelenke nach innen, sodass die Narben nicht länger sichtbar sind. Sie bleiben eine Weile schweigend nebeneinander sitzen.

»Könnte ich die Zeit zurückdrehen und alles anders machen, würde ich es tun. Ich würde mich bereitwillig für Alfie opfern, nur um ihn zu beschützen. Das weißt du doch hoffentlich?«, sagt Cassie verzagt.

Dora nickt. »Ich glaube, das würden wir alle tun.«

Cassie hört auf, auf ihre Hände zu starren. »Hör zu, Dora, es gibt keinen Grund, warum du auf mich hören solltest. Wenn du zu deinem Wagen gehst, davonfährst und dich nie wieder bei mir meldest, kann ich dir keinen Vorwurf machen. Aber du sollst wissen, dass ich viel Zeit zum Nachdenken hatte. Ich weiß, dass wir die Zeit gern zurückdrehen, uns anders verhalten würden. Aber das geht leider nicht. Nichts davon kann unseren kleinen Bruder wieder zum Leben erwecken.«

Dora nickt erneut. Ihr kommen die Tränen, als sie merkt, dass ihre Schwester genau das ausspricht, was sie vor wenigen Minuten selbst gedacht hat.

»Glaubst du nicht, dass es das Beste wäre, von nun an nach vorn zu schauen und unser Leben zu leben, so gut es eben geht? Alfie zuliebe?«

Dora wischt sich über die Augen, während ihre Schwester weiterspricht.

»Vielleicht ist es noch zu früh, dass du mich an deinem Leben teilhaben lässt. Was ich an jenem Tag gesagt habe … Die Art und Weise, wie ich damals abgehauen bin … Nun, ich könnte es dir nicht verdenken.«

Dora schluckt. Sie weiß nicht, was sie darauf sagen soll.

»Eine Sache noch«, fährt Cassie fort. »Ich habe viel geredet, viel nachgedacht. Letztlich war es Bill Dryden, der mir geholfen hat, klarer zu sehen.« Sie breitet die Arme aus. »Die Restaurierung des Gartens – das habe ich für Alfie gemacht. Das ist meine Wiedergutmachung, wenn du so willst. Ich habe den Garten zu neuem Leben erweckt, und das war eine Art Heilungsprozess.« Cassie legt eine Hand auf Doras Arm. »In dir wächst ein Leben heran.« Sie sieht sie vielsagend an. »Es wird Zeit loszulassen, Dora. Du musst nach vorn schauen. Wir können ihn nicht wieder lebendig machen, aber wir können bei allem, was wir tun, an ihn denken. Ihn in Erinnerung behalten.«

Dora nickt. Plötzlich ergibt alles einen Sinn. Alles, wogegen sie angekämpft, vor dem sie sich gefürchtet hat, ist plötzlich wie weggeblasen. Sie braucht keine Angst zu haben. Sie muss sich nicht schuldig fühlen. Alfie, ihrer Familie und Dan zuliebe muss sie das Beste aus ihrem Leben machen. *Ein halb gelebtes Leben.* Die Worte ihres Vaters gehen ihr wieder durch den Kopf. Sie waren alle so sehr mit dem Tod beschäftigt, dass sie das Leben da draußen vergessen haben.

Sie sitzen eine Weile schweigend zusammen. Beide lauschen auf das Summen der Insekten und auf die Vögel, die außerhalb ihrer grünen Oase herumflattern. Ein Sonnenstrahl dringt zwischen den Zweigen der Trauerweide hindurch und fällt auf Doras Schoß. Sie spürt einen inneren Frieden, eine Ruhe, die sie schon lang nicht mehr empfunden hat.

Sie stellt sich vor, wie ihre Mutter in der Küche von Clifftops langstielige Rosen in eine von Daphnes Kristallvasen stellt. Wie Richard mit seinen pantoffelbewehrten Füßen in seinem beigen Wohnzimmer Zeitung liest, während Violet um ihn herumwuselt. Wie ihre Schwester auf der Erde kniet,

Pflanzen und Samen zum Leben erweckt. Wie Dan in seinem Atelier aus Ton und Wachs ein neues Kunstwerk erschafft. Und sie denkt an das Baby, an das winzige Etwas, das sich tief in ihr eingenistet hat. An seinen perfekten Herzschlag.

Sie denkt an sie alle und spürt nichts als inneren Frieden.

Helen

Gegenwart

Helen ist im Garten, reißt Disteln und Winden aus den Blumenbeeten vor dem Küchenfenster, als sie das aufdringliche Läuten des Telefons hört. Sie springt auf, zieht ihre Gartenhandschuhe aus und betritt das Haus. Hoffentlich schafft sie es, bevor der Anrufer auflegt. Sie hat Glück.

»Hallo?«

»Mum, bist du das?«

Helen stockt der Atem. »Dora?«

»Ja.«

Am anderen Ende der Leitung wird geschwiegen, und Helen bestürmen alle möglichen Fragen und Gedanken. Warum ruft Dora an? Sie haben sich seit ihrem Besuch zu Anfang des Jahres nicht mehr gesprochen. Ist etwas passiert? Ist alles in Ordnung mit dem Baby?

»Was ist passiert?«, fragt sie.

»Nichts, alles bestens.«

»Geht es dem Baby gut?«

»Ja«, sagt Dora erstaunt. »Dem Baby geht es gut. Uns allen geht es gut«, fügt sie hinzu.

»Oh, schön.« Helen entspannt sich ein wenig.

»Ich habe nur überlegt ... Ich dachte, vielleicht hast du

Lust auf einen Ausflug nach London?« Dora platzt mit der Frage heraus, und Helen spürt, wie ihr Herz übervoll wird.

»Ich soll dich besuchen?«

»Ja.«

»Wann denn?«

»Nächstes Wochenende vielleicht? Aber wenn du das nicht schaffst, können wir …«

»Nein«, sagt Helen rasch. »Nächstes Wochenende passt gut.« Sie überschlägt schnell ihre Termine. Die paar kann sie verschieben, das ist kein Problem.

»Bist du sicher?«

»Ja.«

»Gut.«

Eine weitere Pause entsteht, und Helen kann hören, wie ihre Tochter am anderen Ende der Leitung ruhig und gleichmäßig atmet.

»Geht es dir gut? Ist wirklich alles in Ordnung?«

»Ja, Mum, alles bestens.« Dora nennt Helen den Namen und die Adresse eines Cafés in Primrose Hill. Es ist eine Teestube namens *Rosie Lee*, abseits der bekannten Einkaufsmeilen.

»Ich freue mich, auf vertrautes Terrain zurückzukehren. Ich ruf dich an, falls ich Schwierigkeiten haben sollte, das Lokal zu finden.«

»Toll. Dann treffen wir uns dort am kommenden Samstag um elf?«

»Ja.«

»Gut.« Es entsteht eine weitere Pause. »Tschüs, Mum.«

»Tschüs, Dora.«

Helen hört ein Klicken, es wurde aufgelegt. Sie steht in der Küche, presst den summenden Hörer an ihre Brust und spürt, wie ihr auf einmal ganz warm ums Herz wird.

Am Samstagmorgen nimmt sie einen frühen Zug und kommt kurz vor zehn am Bahnhof London-Waterloo an. Innerhalb weniger Minuten sitzt sie in der Northern Line und fährt in Richtung Chalk Farm. Der U-Bahn-Waggon ist so gut wie leer, trotzdem riecht er nach den zahllosen Leibern, die während der Woche durch ihn hindurchgeströmt sind. Sie saugt den Geruch ein, fühlt sich sofort in die Zeit zurückversetzt, als Richard und sie frischverheiratet waren und als nervöse, frischgebackene Eltern in Nordlondon gelebt haben. Es scheint eine Ewigkeit her zu sein, seitdem ist so viel passiert.

Ihr gegenüber sitzt eine junge Frau, etwa in Doras Alter. Sie trägt ein funkelndes Nasenpiercing, das im Kunstlicht grell aufblitzt. Sie wippt mit dem Kopf zu Musik, die aus winzigen weißen Kopfhörern kommt. Helen fängt ihren Blick auf und lächelt. Das Mädchen kräuselt die Lippen, bevor sie höflich auf die Werbung über Helens Kopf starrt.

Tja, sie war eindeutig zu lang weg, um noch zu wissen, wie man sich in der Londoner U-Bahn verhält.

Helen wendet den Blick ab und spielt mit ihrem U-Bahn-Ticket. Ihre Gedanken kehren zu Doras Anruf zurück. Er war irgendwie seltsam, Dora hat ihr nicht verraten, warum sie sie auf einmal nach London einlädt. Das letzte Mal haben sie sich in Clifftops gesehen, als Dora ihr von der Schwangerschaft erzählt hat und sie über Alfie gesprochen haben, wenn auch reichlich verkrampft.

Seitdem hat Helen sich furchtbare Vorwürfe gemacht: Dora ist auf sie zugegangen, und sie hat sie abgewiesen. Wieder einmal hat sie ihre Familie im Stich gelassen. Sie ist wütend auf sich, weil sie zu viel Angst hatte, ihrer Tochter die Wahrheit zu sagen. Und das, obwohl Dora das so dringend gebraucht hätte.

Helen hat in letzter Zeit häufig kurz davor gestanden, sie anzurufen, aber jedes Mal, wenn sie in der Küche die Hand nach dem Hörer ausstreckte, das Bedürfnis hatte, mit ihr zu reden, hörte sie eine Stimme in ihrem Kopf, die eindringlich flüsterte: *Tu's nicht! Sie braucht dich nicht. Lass sie in Ruhe.* Es war einfacher, sich umzudrehen und mit alltäglichen Dingen abzulenken, ihr ruhiges Leben an der Küste weiterzuleben, als zum Hörer zu greifen und sich mit ihrer Tochter auszusprechen.

Es ist schon komisch mit Clifftops: Nach ihrem Umzug dorthin hat sie es als Gefängnis betrachtet, dem sie so schnell wie möglich entfliehen wollte. Nach Alfies Tod bestand ihre Strafe darin, dort zu bleiben. Und als Richard sie schließlich verließ, wusste sie sofort, dass sie dieses Kreuz auch weiterhin tragen musste. Richard wollte nicht mehr dort leben, daran ließ er im Lauf der zähen Scheidungsverhandlungen keinen Zweifel. Also blieb sie in dem riesigen alten Haus, gewissermaßen als Sühne. Wie sich herausstellte, war es ein schweres Kreuz, weil so viele schmerzliche Erinnerungen an Alfie damit verbunden waren.

Doch über die Jahre ist etwas Seltsames passiert. Das Haus ist ihr gewissermaßen in Fleisch und Blut übergegangen, hat sie schützend mit seinen steinernen Mauern umgeben, sie in eine tröstende Umarmung gezogen. Vielleicht liegt es an den anderen Erinnerungen, die dieses Haus ebenfalls birgt, Erinnerungen an glücklichere Zeiten mit Richard und den Kindern. Inzwischen kann sie sich ihnen sogar manchmal hingeben. Vielleicht liegt es auch an dem Garten, den sie pflegt, an so einfachen Tätigkeiten wie welke Rosenköpfe abzupfen, Disteln jäten oder Äpfel ernten. All das ruft ihr den natürlichen Kreislauf wieder ins Bewusstsein, das zeitlose, unabänderliche Versiegen und Anbranden von Lebenskraft.

Selbst Dinge, die sie anfangs gehasst hat, sind ihr inzwischen ans Herz gewachsen: der große, klapprige Herd, die verstaubten Antiquitäten und Gemälde, die zugigen alten

Fenster, die in der kühlen Meeresluft ächzen und stöhnen. Sie merkt, dass sie die Rolle der Aufseherin übernommen hat, zu einer Art Hüterin des großen Anwesens geworden ist. Ganz so, als beschütze und erhalte sie es – vielleicht für die nächste Generation? Niemand wundert sich mehr darüber als sie selbst. Aber wenn sie in den letzten zehn Jahren etwas gelernt hat, dann, dass das Leben voller Überraschungen ist – positiven wie negativen.

Und nun hat Dora angerufen. Sie ist erneut auf sie zugegangen und hat sie nach London eingeladen. Helen kommt nicht umhin, sich zu fragen, ob das nicht ein Zeichen ist. Ein Zeichen dafür, dass sich zwischen ihnen alles wieder einrenken lässt. Vielleicht ist die Vorstellung gar nicht so lächerlich, erneut am Leben ihrer Tochter teilhaben, sich mit ihr auf ihr erstes Enkelkind freuen zu dürfen. Sie weiß, dass das mehr ist, als sie eigentlich verdient hat, aber die Hoffnung stirbt zuletzt. Es fühlt sich an wie eine letzte Chance, die Kluft zwischen ihnen zu überwinden.

Es ist relativ mild für September, und in der Hauptstadt ist es deutlich wärmer als an der Küste von Dorset. Als Helen die U-Bahn-Station verlässt und die stark befahrene Straße entlangläuft, vorbei an lärmenden Autos mit quietschenden Bremsen, die stinkende Abgase ausstoßen, ertappt sie sich dabei, den Mantel auszuziehen und die Ärmel hochzukrempeln. Sie geht an schmuddelig wirkenden Reinigungen vorbei, an einem Gemüseladen mit einer traurigen Auswahl verschrumpelter Waren und an Sozialwohnungsbauten aus Backstein, bis sie nach links in die Primrose Hill Road einbiegt. Zu ihrer Rechten erstreckt sich einladend der gleichnamige Park. Sie bleibt jedoch an der Straße, denn sie will pünktlich im Café sein.

Die Teestube liegt am Ende einer ruhigen Wohnstraße, die von altehrwürdigen viktorianischen Häusern gesäumt wird.

Die Fensterfront wird von einer hübschen, von Kletterrosen umwucherten Markise geschmückt. Helen sieht mehrere Tische und Stühle auf dem Bürgersteig stehen. Es gibt gemusterte Tischdecken und Kissen, auf denen bereits Gäste sitzen und die Sonne genießen. Sie drückt die Tür auf und betritt den gemütlichen Innenraum.

Die schlichte Fassade täuscht, drinnen herrscht reger Betrieb. Selbstbewusste junge Berufstätige belegen die Tische. Sie sprechen in ihre Handys, nippen an Latte macchiato und lesen die Wochenendbeilage. Helen sieht sich nach einem freien Platz um und ist ganz verzweifelt, als sie keinen entdecken kann. Bis sie plötzlich merkt, wie ihr jemand hektisch zuwinkt.

»Mum, hier bin ich.« Es ist Dora. Sie sitzt in der hintersten Ecke an einem Zweiertisch und hat bereits eine Kanne Tee vor sich stehen. Helen scheint nicht die Einzige zu sein, die früh dran ist. Sie winkt ihrer Tochter kurz zu, bevor sie sich einen Weg zwischen den eng gestellten Tischen hindurchbahnt.

»Hallo.« Dora steht auf, und Helen tätschelt ihre Wange, drückt ihren Arm. Mit heimlichem Entzücken bemerkt sie den sanft gerundeten Bauch unter Doras T-Shirt. »Du siehst toll aus«, beglückwünscht sie ihre Tochter. »Du strahlst richtig von innen heraus.«

»Danke, Mum. Mir gefällt deine neue Frisur.«

Helen streicht sich verlegen übers Haar. »Es ist etwas kürzer geworden als gewollt, aber so langsam gewöhne ich mich daran.«

Dora lächelt. »Das steht dir gut.«

»Danke.«

Helen nimmt gegenüber ihrer Tochter Platz und legt ihren zusammengefalteten Mantel auf den Schoß, wobei sie den Stoff mit zitternden Händen wiederholt glatt streicht. Auf einmal ist sie furchtbar nervös. »Wie geht es dir?«, fragt sie. »Leidest du immer noch so unter Morgenübelkeit?«

»Nein, die hat vor ein paar Wochen aufgehört. Inzwischen geht es mir gut.«

»Toll. Das ist toll.« Sie sieht Dora an und merkt, dass sie die Wahrheit gesagt hat. Ihre Wangen und Brüste sind etwas voller, Haut und Haare glänzen. Sie sieht wunderschön aus.

Eine Kellnerin mit geblümter Schürze taucht neben Helen auf und lässt ihren Stift höflich über dem Bestellblock schweben.

»Möchtest du noch etwas?«, fragt Helen.

»Nein, danke, ich bin glücklich mit meinem Tee.«

»Einfach eine Tasse schwarzen Kaffee, bitte«, sagt Helen zu dem Mädchen in der Schürze, das etwas in seinen Block kritzelt und die beiden Frauen mit einem Nicken wieder allein lässt.

»Danke, dass du gekommen bist«, sagt Dora schließlich. »Ich war mir nicht sicher, ob du wirklich auftauchst.«

Helen schaut überrascht auf. Hat Dora wirklich gedacht, sie würde nicht kommen? Ist die Kluft zwischen ihnen tatsächlich so groß? Die Erkenntnis, dass sie es so weit hat kommen lassen, tut ihr körperlich weh.

»Ich habe mich über deinen Anruf gefreut«, gesteht sie schließlich. »Ich wollte dich auch anrufen, ehrlich. So oft war ich kurz davor, zum Hörer zu greifen, aber etwas hat mich immer zurückgehalten. Ich glaube, ich war mir nicht sicher, ob du überhaupt etwas von mir hören willst.«

Ihr letzter Satz klingt wie eine Frage, aber Dora reagiert nur mit einem Achselzucken. »Natürlich will ich das«, sagt sie schließlich.

»Wirklich?«

»Ja.«

»Aber es war alles so kompliziert – bei deinem letzten Besuch.«

Dora nickt.

»Ich habe blöd reagiert.«

Dora nickt erneut.

Das habe ich verdient, denkt Helen.

In diesem Moment kommt die Kellnerin mit dem Kaffee. Helen beschäftigt sich eine Weile mit dem Zucker, reißt das Papiertütchen vorsichtig auf. Anschließend rührt sie in ihrer Tasse und sieht zu, wie der silberne Löffel den dunklen Strudel rotieren lässt.

So ist unser Verhältnis, denkt Helen plötzlich. Dunkel, intensiv und bittersüß.

Sie hört auf zu rühren, klopft mit dem Löffel gegen ihre Tasse und legt ihn sorgfältig zurück auf den Unterteller.

»So«, sagt sie. »Da wären wir also.« Sie lächelt Dora nervös an, die etwas sagen will, jedoch wieder davon absieht und stattdessen einen Blick in die laminierte Speisekarte wirft. Sie biegt sie in ihren Händen hin und her und erzeugt ein seltsames Ploppen. Irgendwo hinter ihnen stößt ein Mann ein lautes wieherndes Lachen aus. Als es erstirbt, ergreift Dora endlich das Wort.

»Vor einigen Wochen habe ich Cassie besucht.«

Helen zuckt zusammen. »Ach ja? Geht es ihr gut?«

»Ja. Sie macht einen hervorragenden Eindruck.«

Helen ist sehr erleichtert. »Sie scheint ihre Berufung gefunden zu haben, nicht wahr?«

Jetzt ist es Dora, die nickt. »Ja, sieht ganz so aus.«

Sie verstummen beide.

»Wir haben über Alfies Verschwinden geredet.«

»Ja?« Helen klingt gelassen. Doch sie spürt, wie sie auf einmal einen ganz trockenen Mund bekommt, und greift mit zitternden Händen nach ihrem Kaffee.

»Cassie hat mir ein paar Dinge erzählt, die ich nicht wusste. Dinge, die an diesem Tag passiert sind. Dinge von sich – und Dinge von dir.«

Helen nimmt einen großen Schluck Kaffee. Er ist zu heiß,

aber sie zwingt ihn hinunter und verbrennt sich Zunge und Rachen. Jetzt ist es so weit. Sie wappnet sich innerlich gegen Vorwürfe und Anschuldigungen, staunt dann aber über Doras nächste Worte.

»Ich möchte das ehrlich gesagt gar nicht weiter vertiefen. Ich habe sehr viel nachgedacht und bin zu dem Schluss gekommen, dass die Umstände, unter denen Alfie ums Leben gekommen ist, und unsere Entscheidungen, die dazu geführt haben, gar nicht so entscheidend sind. Er ist tot, und damit müssen wir leben. Vielleicht wird es langsam Zeit, damit aufzuhören, uns mit Vorwürfen zu quälen?«

Helen sieht Dora verwirrt an. »Du weißt das mit Tobias?«

Dora nickt langsam.

Helen spürt, wie sie rot wird. Die Scham ist noch frisch. »Weißt du, ich wollte es dir bei deinem letzten Besuch eigentlich sagen. Wirklich. Aber es fällt mir nach wie vor schwer, das laut auszusprechen. Ich bin immer noch entsetzt über die Entscheidung, die ich damals getroffen habe.«

Dora nickt. »Das spielt keine Rolle mehr, Mum. Ich habe inzwischen ein paar Dinge verarbeitet. Wir vier haben viel zu viele Jahre mit Schuld und Trauer verbracht, findest du nicht auch? Nichts davon macht Alfie wieder lebendig. Nichts davon kann rückgängig machen, was an diesem Tag passiert ist.«

Nun ist es Helen, die nickt. Sie starrt in ihren Schoß. Sie will nicht weinen, nicht jetzt.

»Ich wollte dir nur sagen, dass ich inzwischen klarer sehe. Und dass du recht hast: Es wird Zeit loszulassen.«

Aus den Augenwinkeln sieht Helen, wie Dora sanft über ihren gerundeten Bauch streicht. Es ist eine so unbewusste intime Geste, dass Helen die Tränen nicht mehr zurückhalten kann. Sie sitzt mit hängendem Kopf da und weint stumm vor sich hin, bis sie spürt, wie Dora ihr eine Papierserviette in die Hand drückt.

»Hier.«

»Tut mir leid«, sagt Helen schniefend und betupft sich die Augen. Sie braucht eine Weile, bis sie sich beruhigt hat, und sieht Dora an.

»Ich hatte wirklich nicht vor zusammenzuklappen. Ich wollte mich heute bei dir entschuldigen.« Sie sieht, wie Dora den Kopf neigt. »Dafür, dass ich mich bei deinem letzten Besuch so blöd verhalten habe. Ich weiß, dass das nicht so rüberkam, aber ich freue mich riesig, dass du schwanger bist. Das sind großartige Neuigkeiten. Dan und du, ihr werdet tolle Eltern sein, da bin ich mir sicher.«

Da muss Dora den Blick abwenden.

»Dora, bitte sieh mich an! Ich muss dir etwas sagen. Es ist wichtig.«

Dora hebt den Kopf, und Helen sieht die Tränen in den Augen ihrer Tochter.

»Es schmerzt, das sagen zu müssen, aber irgendwie war ich eifersüchtig, als ich es erfahren habe. Ich weiß, das klingt albern. Ich bin deine Mutter und wünsche dir von Herzen alles Gute. Trotzdem spürte ich so etwas wie Neid, weil du von vorn anfangen kannst. Es ist ein neues Leben, ein neues Abenteuer.« Helen schweigt, fährt sich durchs Haar. »Es fällt schwer, älter zu werden, in den Spiegel zu schauen und zu merken, wie die Zeit vergeht.«

»Mum, du musst mir nichts erklären, wenn du das nicht willst. Ich möchte keine ollen Kamellen aufwärmen.«

»Nein, Dora, ich muss dir das einfach sagen. Ich möchte kein Mitleid. Ich habe Fehler gemacht – viele Fehler, die ich bereue. Ich konnte das, was ich besaß, erst schätzen, nachdem ich es verloren hatte: deinen Vater, euch Mädchen. Aber vielleicht hat das auch etwas Gutes, vielleicht kannst du aus meinen Fehlern lernen.«

Wieder nickt Dora langsam.

»Nachdem Alfie tot war, konnte ich den Tatsachen nicht ins Gesicht sehen. Ich habe verzweifelt nach einem Schuldigen gesucht, und es tut mir so leid, dass es dich getroffen hat. Das war entsetzlich unfair von mir, Dora. Es tut mir wahnsinnig leid.«

Als Helen Dora in die Augen sieht, entdeckt sie etwas hinter den Tränen. Erleichterung?

»Cassie habe ich auch im Stich gelassen«, fährt sie fort. Sie kann es kaum erwarten, alles auszusprechen. »Ich habe nicht gemerkt, was sie wirklich gebraucht hat. Ich habe sie mit meinen Vorstellungen unter Druck gesetzt. Und vor allem habe ich Alfie im Stich gelassen. Als er mich gebraucht hat, als ich ihn hätte beschützen müssen, war ich nicht da. Ich würde alles tun, um das rückgängig und alles richtig zu machen. Aber das kann ich nicht. Ich kann dir nur sagen, dass es mir leidtut. Es tut mir leid, dass ich euch allen wehgetan habe.«

Dora nickt erneut. »Es ist schon gut, Mum. Wir haben alle Fehler gemacht. Du hattest deine Gründe. Wir müssen sie uns nicht immer wieder vorhalten. Es war mir nur wichtig, dir zu sagen, dass wir das hinter uns lassen sollten. Ich habe es ein für alle Mal abgehakt, und endlich geht es mir gut.«

Helen senkt erneut den Blick. Ihr Mantel liegt zerdrückt in ihrem Schoß, und sie streicht ihn wieder glatt. Sie möchte Dora unbedingt fragen, ob sie ihr verzeihen kann, ob sie es irgendwie wiedergutmachen darf. Sie will wissen, ob sie ein wenig an ihrem Leben teilhaben darf, aber das ist bestimmt zu viel verlangt.

Noch einmal ertönt das laute, wiehernde Lachen des Mannes hinter ihnen. Dora sieht erst ihn an und dann Helen, sie verdreht die Augen. »Wollen wir gehen?«

Helen nickt, und Dora winkt die Kellnerin herbei, während Helen sich diskret mit der feuchten Serviette, die sie nach wie vor umklammert, über die Augen wischt, um die verschmierte Wimperntusche zu entfernen.

Nachdem sie gezahlt haben, schlägt Helen vor, auf den Primrose Hill hochzulaufen. Sie will sich noch nicht von Dora verabschieden, und in Clifftops gibt es nichts, was auf sie wartet. Die Sonne scheint, und sie würde sich vor der langen Heimfahrt mit dem Zug gern etwas die Beine vertreten.

»Ich war seit Jahren nicht mehr hier oben«, gesteht sie ihrer Tochter, als sie einen der Wege zum Gipfel nehmen. »Nicht, seit ihr klein wart. Euer Vater und ich sind einmal im Frühling mit euch hergekommen, als die Narzissen gerade aufgeblüht waren. Ich weiß noch, dass Cassie sich bis ganz nach unten kullern lassen wollte. Aber nach der Hälfte musste sie aufgeben, weil ihr schlecht war.« Helen lacht und sieht, wie Dora neben ihr lächelt. »Damals gab es weder das *London Eye* noch *The Gherkin*. Meine Güte, das ist bestimmt zwanzig Jahre her.«

»Ja«, pflichtet Dora ihr leise bei.

Sie gehen weiter, bis sie zu einer leeren Bank kommen, von der sich eine herrliche Aussicht über die Stadt bietet.

»Wollen wir uns kurz setzen?«, schlägt Helen vor.

Dora nickt. Sie setzen sich und lassen das hektische Treiben der Stadt auf sich wirken. Helen sieht, wie die Wolkenkratzer aus Beton und Glas ihnen in der Sonne zublinzeln. Sie erkennt den Fernsehturm, der wie ein Raumschiff über die Baumspitzen des Regent's Park hinausragt. Es kommt ihr alles so vertraut vor, wie ein Bild, das sie ein halbes Leben lang betrachtet hat. Einerseits fühlt sie sich noch genauso wie die junge Frau, die sie damals war, als sie mit Richard nach London zog. Andererseits ist seitdem so viel passiert. Sie holt tief Luft und legt eine Hand auf Doras Arm, sieht ihrer Tochter fest in die grünen Augen.

»Ich weiß, dass ich nicht immer eine gute Mutter war.«

»Mum.« Dora hebt die Hand, um Helen Einhalt zu gebieten, aber die lässt das nicht zu.

»Nein, lass mich bitte ausreden. Ich muss es einfach sagen.«

Doras Hand fällt schlaff herab.

»Ich war nicht gut zu euch. Ich habe euch enttäuscht.«

»Mum, du musst wirklich nicht …«

»Doch, das muss ich.«

Dora schweigt wieder.

»Ich hätte keiner von euch die Schuld an Alfies Tod geben dürfen. Eine gute Mutter hätte das niemals getan.«

Helen sieht, wie eine Träne über das hübsche Gesicht ihrer Tochter läuft. Sie streckt die Hand aus und wischt sie weg.

»Es tut mir leid, dass ich dich im Stich gelassen, dich so sehr verletzt habe. Kannst du mir verzeihen?«

Dora nimmt Helens Hand.

»Mutter zu sein ist etwas Wunderbares, aber es ist nicht einfach. Das wirst du selbst merken. Aber ich weiß, dass du deinem Kind eine gute Mutter sein wirst. Und wenn du mir eine zweite Chance gibst, würde ich gern versuchen, auch dir eine bessere Mutter zu sein.« Helen merkt, dass ihr ebenfalls die Tränen kommen. Sie fallen wie Sommerregen auf den Mantel in ihrem Schoß. Sie spürt, dass Dora ihre Hand drückt, und beiden Frauen ist die Kehle viel zu zugeschnürt, um etwas sagen zu können. Bis Dora ihre Stimme irgendwann wiederfindet.

»Am besten wir gehen es langsam an, in kleinen Schritten, einverstanden?«

Helen nickt.

»Außerdem braucht das Baby eine Großmutter«, fügt Dora hinzu. Sie zeigt auf ihren runden Bauch.

Helens Herz setzt einen Schlag aus. »Vielleicht können wir das wiederholen?«, schlägt sie vor. »Bevor das Baby da ist?« Sie hält den Atem an, wartet gebannt auf die Reaktion ihrer Tochter.

Dora nickt langsam. »Gern.«

Die beiden Frauen bleiben eine Weile auf der Bank sitzen und sehen schweigend zu, wie andere den steilen Hügel heraufkommen. Manche gehen schnell, andere langsam, manche joggen, und ein oder zwei kriechen fast, bleiben ständig stehen, um zu Atem zu kommen. Doch egal, welches Tempo sie vorlegen – Helen sieht, dass sie alle bergauf gehen, einen Fuß vor den anderen setzen und dem Gipfel näher kommen.

Dora

Gegenwart

Bauarbeiter klettern auf dem Dach der alten Fabrik herum, als sie die schwere Metalltür aufdrückt und die Treppe hinuntergeht. Sie sind seit sieben Uhr morgens zugange, verlegen Bleche und Dachrinnen, werfen große Stücke Isolierwolle und Teerpappe in die Schuttröhre.

»Huhu«, ruft einer von ihnen und winkt ihr zu, als sie den Bürgersteig betritt.

Sie lächelt. »Bis später.«

Es ist ein fröhlicher Haufen, die Leute haben viele Überstunden gemacht, seit sie gestern mit der Arbeit begonnen haben. Da sie sehr höflich sind, kann Dora über ihre Späße lachen. Es fühlt sich gut an, endlich etwas gegen das lecke Dach zu unternehmen, da der kurze Sommer vorbei ist und graues Nieselwetter herrscht. Zum Glück ist es heute trocken, wenn auch frisch und windig.

Während Dora die Straße hinunterläuft, sieht sie vertrocknete braune Blätter und Chipstüten, die der Wind neben ihr über das Pflaster fegt. Sie hat Glück. Ein halb leerer 38er-Bus hält genau in dem Moment an der Haltestelle, als sie dort ankommt. Sie steigt ein und nimmt einen der hinteren Plätze.

Sie ist sauer auf Dan, weil er das Interview mit der Lokalzeitung nicht verschieben konnte. Sie weiß, dass es eine tolle Gelegenheit ist und seinen Bekanntheitsgrad erhöht. Dass ihm der Artikel ein paar private Aufträge einbringen kann. Aber der Ultraschalltermin steht seit Wochen fest. Sie ist traurig, dass er nicht dabei sein und die Erfahrung, das Baby mit eigenen Augen zu sehen, mit ihr teilen kann.

»Hauptsache, du sorgst dafür, dass es nicht meine Nase oder meine Zähne bekommt. Die Zahnarztrechnungen können wir uns nicht leisten«, hat er noch gewitzelt.

»Ich glaube nicht, dass der Arzt nach Zähnen Ausschau halten wird, Dan. Hast du je einen Blick in die Bücher geworfen, die ich dir gegeben habe?«

»Natürlich habe ich das.« Aber sie merkt an dem schelmischen Funkeln in seinen Augen, dass er das nicht getan hat, noch nicht.

»Und du bist dir sicher, dass du nicht wissen willst, ob es ein Junge oder ein Mädchen ist?«

Dan hat die Achseln gezuckt. »Ich glaube nicht. Du?«

»Nein, ich lass mich lieber überraschen.«

»Gut, ich auch.« Er hat sie an sich gezogen. »Sieh zu, dass du einen Ausdruck bekommst. Du weißt schon, so ein Schwarz-Weiß-Bild, auf dem das Kind aussieht wie eine Riesengarnele im All. Ich ruf dich an, sobald ich mit dem Journalisten fertig bin. Am besten, wir treffen uns gleich im Anschluss.«

Er küsste sie leidenschaftlich auf den Mund, tätschelte ihren dicken Bauch und sauste dann los, um seine Verabredung in einem Café im East End zu treffen.

Riesengarnele!, denkt Dora und sieht durch die schmutzige Scheibe, sieht, wie die Läden und Cafés der Essex Road an ihr vorüberziehen. Sie ist ganz aufgeregt wegen der Untersuchung. Das wird das zweite Mal sein, dass sie das Baby sieht, und inzwischen steht sie der Schwangerschaft ganz anders gegenüber. Nicht nur, weil die furchtbare Morgenübelkeit endlich vorbei ist, sondern auch, weil sich ihre Beziehung zu Dan verbessert hat.

Seit ihrem Besuch bei Cassie in Swan House fühlt sie sich wie ausgewechselt. Irgendwie unbeschwerter, fröhlicher und selbstbewusster. Dabei ist das vollkommen lächerlich, denn sie muss sich nicht auf die Badezimmerwaage stellen, um zu sehen, dass sie inzwischen zwölfeinhalb Kilo zugenommen hat.

Dan und sie wissen genau, wie befreiend der Besuch bei ihrer Schwester auf sie gewirkt hat. Sie vermisst Alfie nach wie vor. Er fehlt ihr, und sie wünscht sich, die Dinge wären anders gelaufen. Aber sie quält sich nicht mehr damit, überhäuft sich nicht mehr mit Vorwürfen und sucht in Menschenmengen nicht mehr nach seinem Gesicht. Vor allem hat sie seitdem keine Albträume und Panikattacken mehr.

Sie wird sich nie richtig damit abfinden können, dass ihnen Alfie genommen wurde, aber Dora hat das Gefühl, endlich nach vorn zu schauen und ihren eigenen Weg finden zu können.

Sie legt eine Hand auf ihren wachsenden Bauch und streicht über die straffe Wölbung. Er ist hart und warm, und sie genießt, wie er sich anfühlt: Er ist so greifbar, so wirklich.

Als eine Gruppe Jugendliche zusteigt, wird es eng. Unter lautem Gejohle bezahlen sie den Fahrpreis mit ihren Chipkarten. Vermutlich Jungs, die gerade die Schule schwänzen. Der Lärm und das wilde Gehampel zerren an ihren Nerven. Sie sieht, wie der Wind Haare, Schals und Jacketts von Passanten zerzaust, und wünscht sich plötzlich, mit ihnen davongeweht zu werden. Sie springt auf und kann sich gerade noch rechtzeitig durch die piependen Türen schieben. Es sind nur noch zwei Haltestellen, den restlichen Weg bis zur Klinik kann sie zu Fuß gehen.

Es tut gut, nicht ins Büro zu müssen. Die meisten ihrer Bekannten dürften inzwischen an ihren Schreibtischen hocken und mit der täglichen Routine beginnen, auf Computerbildschirme starren, in Telefone sprechen, Verträge machen, Entscheidungen treffen.

Dora hat nicht oft Gelegenheit, London um diese Tageszeit zu erleben, wenn die Alten sich auf die Straße wagen und junge Eltern Kinderwägen in die Parks schieben. Sie hört Fahrradkuriere vorbeizischen und entdeckt hinter der Panoramascheibe eines Cafés mehrere Touristen, die sich über einen Stadtplan und einen Reiseführer beugen. Sie weicht einer blassen Krankenschwester aus, die gerade von der Nachtschicht kommt, und lehnt das Ansuchen eines engagierten Sozialarbeiters ab, der mit einem Klemmbrett herumfuchtelt und sich auf ahnungslose Passanten stürzt. Es ist dieselbe Stadt wie immer, trotzdem fühlt sie sich irgendwie anders an. Als sähe sie sie in einem ganz anderen Licht, erlebe sie in einem ganz anderen Rhythmus. Wahrscheinlich wird sie das alles besser kennenlernen, wenn das Baby erst da ist.

Alle in der Agentur haben toll reagiert. Dora hatte Angst, Dominic von der Schwangerschaft zu erzählen, aber er hatte sie einfach nur umarmt und sie gebeten, ihren Mutterschaftsurlaub mit der Personalabteilung abzustimmen. Die Stelle sei ihr sicher. Falls er enttäuscht war, für ein paar Monate auf seine frischgebackene Account Managerin verzichten zu müssen, hat er es sich jedenfalls nicht anmerken lassen.

Die Nachricht hat sich schnell herumgesprochen, und die Kolleginnen haben sich um ihren Schreibtisch versammelt. Alle wollten wissen, wie es ihr geht, wann das Baby kommt, ob sie schon einen Namen ausgesucht hat oder weiß, ob Junge oder Mädchen. Da nun alle ganz offen über die Schwangerschaft sprechen, wird sie für Dora sehr viel begreifbarer.

Gott sei Dank gibt es Leela, die nie lang um den heißen Brei herumredet. Sie hat sie einfach nur gemustert und gesagt: »Mist. Ich wollte schon fragen, wo du diesen tollen BH herhast. Deine Titten sehen fantastisch aus!«

Die Klinik ist nicht weit von der Bushaltestelle entfernt, und sie ist früh dran, als sie durch das Labyrinth aus Fluren und Stationen zum Untersuchungsraum geht. Dora nennt der Arzthelferin ihren Namen und setzt sich mit einer Klatschzeitschrift ins Wartezimmer. Vermutlich wird sie eine ganze Weile dort sitzen, denn es wartet bereits eine ganze Reihe von Frauen. Hoffentlich dauert es nicht zu lang. Man hat sie gebeten, mit voller Blase zu kommen, und sie muss dringend auf die Toilette.

Mit der aufgeschlagenen Zeitschrift in ihrem Schoß versucht Dora, sich auf einen Artikel über die perfekte Bikinifigur zu konzentrieren. Währenddessen sieht sie sich verstohlen die anderen Frauen an. Die meisten dürften um die zwanzig oder dreißig sein, doch eine Frau sieht älter aus. Sie hat einen wichtig aussehenden Aktenkoffer dabei und tippt etwas Dringendes in ihren Blackberry. Manche Frauen sind in Begleitung gekommen. Ihre Männer stehen herum, manche unbeholfen und verlegen, andere voller Stolz, während sie die Hand besitzergreifend auf die dicken Bäuche ihrer Frauen legen. Sie sieht, wie ein erschöpft aussehender Mann hinter einem wild kichernden Kleinkind herrennt, während seine Partnerin ihn nachsichtig anlächelt. Ganz hinten in der Ecke sitzt eine blass und elend aussehende Frau, die tief durch den Mund einatmet und verzweifelt eine Spucktüte umklammert. Dora erinnert sich an ihre Morgenübelkeit und schenkt ihr ein mitleidiges Lächeln.

Sie versucht, sie nicht anzustarren, aber sie kann einfach nicht anders. Vor allem die Bäuche faszinieren sie. Sie versucht, sie mit ihrem eigenen dicker werdenden Bauch zu vergleichen, aber das ist kaum möglich. Alle haben einen anderen Umfang, eine andere Form – von kaum wahrnehmbar über winzig bis riesig. Plötzlich spürt sie, dass es etwas Besonderes ist, hier zu sitzen, umgeben von so viel Hoffnung, Erwartung, von so viel werdendem Leben.

Eine Frau in einem Sari wird aus einem der Untersuchungsräume geführt, der Partner hinter ihr strahlt stolz und triumphierend. Während er sich an die Arzthelferin wendet, sieht Dora, dass die Frau auf ein kleines Schwarz-Weiß-Bild in ihrer Hand starrt. Sie scheint ihren Blick kaum davon losreißen zu können. Dora muss an Dans »Riesengarnele« denken und grinst. Das Paar bedankt sich bei der Arzthelferin und geht, und während es die Schwingtür passiert, kommen zwei weitere Frauen herein. Sie haben dieselben Frisuren – sorgfältig ausrasierte Bobs – und halten Händchen. Eine von ihnen ist eindeutig schwanger. Bei ihrem Anblick muss Dora sofort an Cassie denken.

Sie hat in den letzten Wochen viel an ihre Schwester gedacht. Für sie spielt es keine Rolle, dass ihre Schwester lesbisch ist. Sie freut sich, dass sie es ihr erzählt hat und dass Cassie offen über ihre sexuelle Orientierung sprechen kann. So etwas Wichtiges verheimlichen zu müssen war bestimmt nicht leicht. Trotz Cassies großer Klappe und ihres Muts weiß Dora, dass ihre Schwester Angst hatte, es ihnen zu sagen – aus Angst vor der Reaktion. Sie freut sich, dass sie Bescheid weiß und dass Cassie vielleicht jemanden gefunden hat, der sie glücklich macht.

Es sind die anderen Geheimnisse, die Cassie ihr im Garten von Swan House anvertraut hat, die Doras lang gehegte Schuldgefühle verändert haben. Sie hat ernst gemeint, was sie ihrer Mutter vor einem Monat auf Primrose Hill gesagt hat. Sie glaubt wirklich, dass es an der Zeit ist, in die Zukunft zu schauen und die Vergangenheit hinter sich zu lassen. Doch wenn sie an Cassie denkt und daran, was sie ihr über den besagten Tag erzählt hat, tut Dora sich schwer.

Sie hat nachts wach gelegen und an die Decke gestarrt, hat sich die Szene vorgestellt, zurückgespult und sie erneut vor ihrem inneren Auge vorbeiziehen lassen. So lang, bis sich die neuen Bilder, die Cassie ihr gegeben hat, mit ihren eigenen vermischt haben. Die Puzzleteile haben sich zu einem riesigen Panoramabild zusammengefügt. Wenn Dora einen Schritt zurücktritt, kann sie das ganze tragische Ausmaß erkennen und sehen, was sie alle dazu beigetragen haben. Obwohl es eine Erleichterung für sie war, endlich das ganze Bild vor sich zu haben, hat es neue, verstörende Gefühle in ihr geweckt.

Es ist vor allem Wut, die sie empfindet. Sie ist wütend, dass Cassie so grausam und egoistisch sein konnte, Alfie fortzuschicken und ihre Fehler so lang zu vertuschen, mit solch schmerzhaften, weitreichenden Konsequenzen. Sie weiß, dass es Fehler waren – die Fehler eines egoistischen Teenagers, aber nichtsdestotrotz Fehler.

Tief in ihrem Innern ist Dora klar, dass Cassie nie wollte, dass Alfie ertrinkt und stirbt. Sie hat es nicht mit Absicht getan, nichts an ihrem Verhalten war heimtückisch oder niederträchtig. Und Dora weiß besser als jeder andere, wie schlimm die Schuldgefühle gewesen sein müssen, die sie in den letzten zehn Jahren empfunden hat. Ihre Schwester hat einen hohen Preis bezahlt, sie hat gelitten.

Trotzdem hat sie sich bisher nicht dazu aufraffen können, Cassie anzurufen. Doch wenn sie es nicht schafft, ihrer Schwester ihren Teil der Schuld zu vergeben, kann sie ihre tragische Vergangenheit nicht hinter sich lassen und in die Zukunft schauen. Noch weiß sie nicht, ob sie bereit ist, die Wut verebben zu lassen. Sie ist zu präsent, und sie weiß einfach nicht, wohin damit.

»Dora? Dora Tide?«

Die Arzthelferin reißt Dora aus ihren Gedanken. Sie greift nach ihrer Handtasche, erhebt sich mühsam von ihrem Stuhl und geht zum Untersuchungsraum. Eine medizinisch-technische Assistentin begrüßt sie strahlend. Sie hilft ihr auf die Liege und macht sich an dem Gerät daneben zu schaffen.

»Ich bin Maria. Das fühlt sich jetzt ein bisschen kalt an«, sagt sie, während kaltes Gel auf Doras Unterbauch spritzt. »Haben Sie eine volle Blase?«

»O ja«, stöhnt Dora.

»Gut, keine Sorge, es dauert nicht lang. Ist das Ihr erstes Kind?«

Dora nickt.

»Schön, dann sehen wir es uns mal an, einverstanden?«

Wieder nickt Dora. Auf einmal ist sie ganz nervös und starrt erwartungsvoll auf den großen Bildschirm über ihr. Bisher ist ihr die Ultraschalluntersuchung wie reine Routine vorgekommen, eine Untersuchung, bei der sie einen Blick auf ihr Baby werfen kann. Wie sie jetzt so daliegt, umgeben von medizinischen Geräten und piependen Apparaten, bekommt sie es mit der Angst zu tun. Was, wenn etwas nicht stimmt? Was, wenn dem Baby etwas zugestoßen ist, ohne dass sie es bemerkt hat? Wenn Dan doch hier wäre!

Die Frau namens Maria drückt den Schallkopf auf ihre Haut und fährt damit hin und her, bis sich der Bildschirm plötzlich mit grauen und weißen Linien sowie mit seltsamen Schlieren füllt. Dora betrachtet das Bild sorgfältig, die Frau schiebt die Sonde weiter nach unten. Da erkennt sie auf einmal die Umrisse des winzigen menschlichen Wesens, das sich in ihr eingenistet hat. Sie kann einen Kopf im Profil sehen, ein winziges Stupsnäschen und die Rundung einer Wirbelsäule, bevor sich das Bild verändert und Dora die flüchtige Gestalt aus den Augen verliert.

»Das scheint mir ein richtiger Zappelphilipp zu sein. Ihr Baby hat sich gerade umgedreht. Ich werde versuchen, es erneut ins Bild zu holen. Komm schon, Kleines!« Die Assistentin drückt den Schallkopf tiefer in ihren Bauch.

Dora saugt jedes ihrer Worte gierig auf. Ein *Zappelphilipp*. Das klingt gut. Das klingt gesund. Das wird Dan gefallen. Sie ignoriert die schmerzende Blase. Die Assistentin darf so fest drücken, wie sie will, Hauptsache, sie kann noch einen Blick auf das winzige Wesen werfen. Dann ist es plötzlich wieder zu sehen, es ist unverkennbar ein Baby und keine Garnele. Als Dora sieht, wie der Winzling zappelt und strampelt, füllen sich ihre Augen unwillkürlich mit Tränen.

»Ein deutlicher Herzschlag«, sagt Maria, während sie auf das galoppierende Herz des Babys lauschen.

»Es schlägt so schnell, ist das normal?«

»Ja, das ist ganz normal.« Maria drückt ein paar Tasten und markiert ein paar undefinierbare schwarze Flecken auf dem Bildschirm. »Das sind die vier Herzkammern.« Schweigen. »Und da sieht man den Blutfluss. Alles sieht prima aus.«

Dora schluckt.

»Schauen Sie, da ist eine Hand«, sagt Maria. Sie bewegt den Schallkopf und vergrößert ein unscharfes Detail. »Da sind die fünf Finger der linken Hand.« Sie wiederholt die Prozedur. »Und hier die der Rechten. Alles bestens.«

Während sie mit der Untersuchung fortfährt, hakt Maria eine beängstigend lange Liste von Körperteilen und Körperfunktionen ab. Dora hat gar nicht gewusst, dass man sich überhaupt Sorgen um so etwas wie Knochenlänge, Kopfgröße oder die Durchblutung von Nabelschnur und Nieren machen kann.

Dora merkt, dass sie kaum noch atmet. Sie hat so lang mit sich gehadert, ob sie das Kind behalten soll, dass sie gar nicht an die furchtbaren Dinge gedacht hat, die eventuell nicht stimmen können. Zum Glück ist die Untersuchung bald ausgestanden, das Baby besteht jeden Test mit Bravour.

»Da, sehen Sie das?«, fragt Maria, während sie das Bild vergrößert. »Ihr Baby lutscht Daumen. Mal gucken, ob ich Ihnen ein Bild davon ausdrucken kann.«

Und dann ist es vorbei. Dora verlässt die Klinik, das Schwarz-Weiß-Foto ihres Babys eng an sich gepresst. Sie kann es kaum erwarten, es Dan zu zeigen.

Dora muss erst in einer Stunde wieder im Büro sein, also stellt sie sich in einer winzigen Sandwichbar für einen Käsetoast an und setzt sich anschließend auf eine Bank an einem kleinen begrünten Platz. Sie sieht zu, wie ein Flugzeug Kondensstreifen über den blauen Himmel zieht.

Die Sonne lässt sich ausnahmsweise blicken, aber es ist nach wie vor kalt. Sie zieht die Jacke enger und sieht, dass sie unten nicht mehr richtig zugeht. Dann holt sie das Bild von ihrem Baby aus der Tasche und bewundert seine Perfektion. Sie stellt keine Ähnlichkeit mit sich oder Dan fest, das Ganze erinnert eher an eine Aquarellzeichnung. Trotzdem kann sie sich von dem Anblick nicht losreißen. Ihr Baby! Sie und Dan haben neues Leben gezeugt. Das ist ein Klischee und trotzdem ein Wunder. Glücksgefühle überschwemmen sie, und zum allerersten Mal kann sie es kaum erwarten, ihr Kind kennenzulernen.

Dans Handy ist ausgeschaltet. Das Interview scheint gut zu laufen, aber Dora ist frustriert. Sie möchte ihre Begeisterung mit jemandem teilen. Sie will über die Ultraschalluntersuchung sprechen, über die Schmetterlinge in ihrem Bauch lachen – ein Gefühl, das von den Bewegungen des Babys herrührt, wie Maria ihr versichert hat. Sie will laut darüber staunen, dass ein menschliches Wesen in ihr heranwächst, ein echtes lebendiges Baby, das zappelt und strampelt und Daumen lutscht.

Sie dreht das Bild um und versucht es noch einmal auf Dans Handy. Sofort geht die Mailbox dran. Frustriert beginnt sie ihr Adressbuch durchzuscrollen. Bei einem Namen hält sie inne. Sie starrt darauf, bis die Buchstaben verschwimmen. Ihre Finger zögern über der kleinen grünen Taste. Sie überlegt kurz, strafft dann die Schultern und drückt darauf, hält sich das Handy ans Ohr, bis sie nach einer gefühlten Ewigkeit eine vertraute weibliche Stimme hört.

»Cassie, ich bin's, Dora. Wie geht es dir?« Sie lächelt. »Mir? Gut. Sehr gut sogar, ich komme gerade von der Ultraschalluntersuchung.« Sie hört einen Moment zu und schüttelt dann den Kopf. »Nein, alles bestens. Das Baby ist toll. Alles ist da, wo es hingehört – zum Glück!« Sie lacht über die Antwort ihrer Schwester und lässt sich auf die Bank fallen. »Und wie läuft's bei dir?«

Dora hört zu, bis eine Pause entsteht.

Jetzt oder nie!, denkt sie und holt tief Luft.

»Hör zu, ich habe mir überlegt, ob du vielleicht … keine Ahnung, mal zum Abendessen kommen willst? Ja, wir wohnen im Norden von London. So weit ist das gar nicht.«

Cassie spricht erneut, und Dora lächelt.

»Toll, bring deine Freundin doch einfach mit. Dann lernst du auch Dan kennen. Er kann es kaum erwarten, dich zu treffen.« Dora lauscht und nickt. »Ja, das fände ich auch schön.«

Während sich die beiden Schwestern verabreden, sieht Dora die goldenen Blätter aus der Krone einer großen Ulme wie eine Art Gruß vom Himmel herabsegeln und zu ihren Füßen landen.

Cassie

Gegenwart

Am Nachmittag des Heiligen Abends löst Cassie sich vorsichtig aus Scarletts warmer Umarmung, tapst durch den zugigen Raum und stellt sich unter die warme Dusche. Sie zieht sich rasch an, nimmt ihre kleine Reisetasche und den großen Strauß aus weißen Rosen, Stechpalmenzweigen und Winterjasmin und verlässt leise Swan House.

Es ist ein Wintertag, dessen Schönheit ihr Herz höherschlagen lässt. Es war schon richtig dunkel und trostlos, aber heute ist der Himmel klar und blau, und die Sonne glitzert silbern durch die kahlen Bäume. Das von ihr bestellte Taxi wartet bereits in der Auffahrt.

»Wohin soll's gehen?«, fragt der Fahrer, als sie hinten einsteigt.

»Zum Bahnhof, bitte.«

»Gern, Schätzchen.« Ihre Blicke treffen sich im Rückspiegel. »Schöne Blumen«, bemerkt er, während sie die Tür mit einem lauten Knall zuzieht.

»Danke, die sind für meine Mum.«

»Geht es über die Feiertage nach Hause?«

»Ja«, sagt Cassie mit einem schüchternen Lächeln. »Ich fahre nach Hause.«

Es war Helens Idee, Weihnachten in Clifftops zu verbringen. Alle sollen sich dort versammeln, wie in alten Zeiten. Cassie ist nervös, seit ihrer Flucht ist sie nie mehr dort gewesen. Sie bekommt Beklemmungen bei dem Gedanken, zu ihrer Familie und den Erinnerungen zurückzukehren, die in dem alten Haus weiterleben. Aber Helen hat sie überreden können. Sie hat keinen Zweifel daran gelassen, dass sie die Gastgeberin spielen möchte. Sie will alle um sich versammeln und die Brücken wieder aufbauen, die in der Vergangenheit abgerissen wurden, vielleicht sogar Frieden mit der Vergangenheit schließen.

Dem wollte sich Cassie nicht verweigern. So schwierig es auch ist, nach all der Zeit zurückzukehren – es sind schließlich nur ein paar Tage. Wenn Richard und Violet bereit sind, ebenfalls mitzufeiern, gibt es keinen Grund, warum sie das nicht schaffen sollte.

Trotzdem hat sie im Vorfeld Dora angerufen, nur um auf Nummer sicher zu gehen.

»Ja«, bestätigte Dora. »Dan und ich werden auch kommen. Und mein dicker Bauch, der übrigens von Tag zu Tag mehr Platz braucht. Ans Meer werde ich leider nicht gehen können, denn sonst verwechselt man mich noch mit einem gestrandeten Wal.«

Cassie lachte. »Du siehst bestimmt toll aus.«

»Hm«, war Doras skeptische Antwort. »Vor allem riesig.«

Schweigen. »Es wird seltsam sein, nicht wahr? Allein die Vorstellung, wieder dorthin zurückzukehren ...«

»Ja«, sagte Dora. »Aber ich glaube, es wird langsam Zeit.«

Cassie stimmte ihr zu.

Die beiden Schwestern plauderten noch eine Weile, wobei sie die schwierigen Themen ausließen. Weihnachten war also beschlossene Sache.

Es ist dunkel, als der Zug am Bahnhof von Weymouth hält, aber Richard wartet wie verabredet auf sie. Er hat den Mantelkragen hochgeschlagen, um die Kälte abzuhalten.

»Los, komm«, sagt er, nimmt ihre Tasche und umarmt sie mit seiner freien Hand. »Sieh zu, dass du ins Warme kommst. Die anderen sind schon da und warten auf dich. Deine Mutter kocht eines ihrer berühmten Menüs.«

Cassie runzelt skeptisch die Stirn.

»Keine Angst«, sagt Richard, während er den Wagen anlässt. »Die Imbissbude hat bis neun Uhr abends geöffnet. Dora hat sich schon erkundigt.«

Richards Wagen summt erst durch die Straßen von Weymouth und dann über die kurvigen Landstraßen. Ab und zu tauchen hell erleuchtete Häuser aus der Dunkelheit auf. Cassie sieht Familien um einen Tisch sitzen, essen und lachen. Sie sieht lodernde Kaminfeuer, mit Kugeln und Lichtern geschmückte Weihnachtsbäume, aufgeregte Kinder, die darum betteln, noch ein paar Minuten länger aufbleiben zu dürfen.

»Das sieht aus wie in der Weihnachtswerbung«, sagt sie, als sie an einem hell erleuchteten Cottage vorbeikommen.

»Ja«, pflichtet ihr Richard bei. Eine Pause entsteht, bevor er erneut das Wort ergreift. »Ich freue mich, dass du uns gesagt hast, was da draußen passiert ist. Du weißt schon, mit Alfie. Das war bestimmt nicht leicht.«

»Nein.« Sie weiß nicht, was sie sonst noch sagen soll.

Richard räuspert sich. »Und äh ... na ja, Scarlett ist uns ebenfalls herzlich willkommen. Ich hoffe, du denkst nicht ...«

Selbst im Dunkeln kann Cassie sehen, wie ihr Vater rot wird. Sie erlöst ihn aus seinen Qualen. »Danke, Dad. Ich habe sie gefragt, aber sie hatte schon was vor. Vielleicht treffen wir uns alle im neuen Jahr?«

»Ja«, sagt Richard. »Das wäre schön.« Er schweigt und

zeigt auf eine weitere Kurve. »Wie dem auch sei, wir sind alle sehr froh, dass du gekommen bist.«

»Na ja, ich kann mich schließlich nicht für den Rest meines Lebens verstecken, oder?«

»Wahrscheinlich nicht. Ich weiß, dass es deiner Mutter viel bedeutet. Und mir natürlich auch.« Für den Bruchteil einer Sekunde wendet er den Blick von der Straße ab, und sie sehen sich direkt in die Augen. Selbst im Wagendunkel sieht Cassie, wie aufgewühlt ihr Vater ist.

»Ich freue mich auch, dass ich gekommen bin«, sagt sie.

Sie schweigen wieder, bis Richard sich räuspert. »Und, wie läuft es so in Swan House? Verrätst du uns dein geheimes Müslirezept?«

Cassie lächelt. »Es ist nicht mein Geheimnis, sondern Scarletts. Mein Leben wäre keinen Pfifferling mehr wert, wenn ich es dir verrate.«

Richard lacht. »Na gut. Aber das mit dem Vertriebsweg hat so geklappt, wie ihr es euch vorgestellt habt?«

Cassie nickt. »Ja, letztlich hat sich alles in Wohlgefallen aufgelöst. Wir fangen ganz klein an, mit einem gut sortierten Gemüsehändler, der eher anspruchsvolle Kunden anspricht. Er gibt uns die Chance, einen festen Kundenstamm aufzubauen, und kümmert sich um den Verkauf unserer Produkte, während wir expandieren. Wir sind schon ganz aufgeregt.«

Es stimmt. Felix und die anderen sind ganz begeistert, wie sich das Geschäft mit dem Geheimen Garten entwickelt. Davon können sie nicht nur ihren Lebensunterhalt bestreiten, sondern machen zudem einen Gewinn, der zurück in die Firma und Swan House fließt. Sie haben vor, ein zweites großes Gewächshaus zu errichten und den Wintergarten zu restaurieren. Sie experimentieren mit neuen Rezepten und Produkten und wollen ein Erdbeerfeld zum Selbstpflücken anlegen. Es gibt viel zu tun.

Aber das alles wird erst nächstes Jahr stattfinden. Nun konzentriert sie sich auf ihre Rückkehr nach Hause. Beim Gedanken an Clifftops und an die anderen bekommt sie Schmetterlinge im Bauch. Sie hat in den letzten Jahren große Fortschritte gemacht, aber in Summertown ist sie nie wieder gewesen. Nie wieder an dem Ort, an dem die Zerstörung ihren Lauf nahm. Sie weiß, dass es höchste Zeit wird, hat aber trotzdem ein wenig Angst davor.

Richard scheint ihre Nervosität zu spüren. »Jetzt ist es nicht mehr weit. Alles in Ordnung?«

»Hm«, sagt sie nickend und merkt auf einmal, dass sie nicht die Einzige ist, die dieses Weihnachten seltsam findet. »Ist es okay für dich, nach all der Zeit wieder in Clifftops zu sein? Es muss dir doch komisch vorkommen. Und was sagt Violet?«

Richard lächelt. »Hättest du mir Anfang des Jahres gesagt, dass wir dort alle zusammen Weihnachten feiern, wäre ich tot umgefallen. Ich habe mir nicht vorstellen können, wie es ist, nach der langen Zeit in das alte Haus zurückzukehren. Aber es fühlt sich überraschend gut an, dort zu sein, ohne dass die Verantwortung für alles und jeden auf mir lastet. Mir war gar nicht klar, wie schwer ich daran zu tragen hatte. Komisch, wie sich manches verändert, nicht wahr?«

Cassie sieht ihren Vater von der Seite an und bemerkt eine gewisse Unbeschwertheit.

»Wir bemühen uns einfach«, fährt er fort. »Deine Mutter ist ganz reizend, und Violet, na ja, Violet hat ein so großes Herz, dass sie das Ganze nur als Vorwand für eine Riesenparty betrachtet.«

Cassie lächelt. »Ich freue mich, Dora und Dan zu sehen«, sagt sie dann. »Dora hat mich letzten Monat zum Abendessen eingeladen. Ich habe Dan kennengelernt und durfte ihren Bauch bewundern. Damals war er klein, aber sie meint, er wäre riesig geworden.«

Richard lacht. »Das ist er auch. Kaum zu glauben, dass noch mehrere Wochen fehlen. Sie sieht toll aus, aber wenn du mich fragst, kann das Kind jeden Moment kommen.«

Cassie sieht aus dem Wagenfenster und entdeckt das Ortsschild von Summertown im grellen Scheinwerferlicht. Noch einen Kilometer. Sie sind fast da.

Helen macht ihnen auf. Sie wirkt nervös, wie sie da mit ihrer langen, eng um den Körper gezogenen Strickjacke auf der obersten Treppenstufe steht, während Richards Wagen schwungvoll in der Auffahrt wendet. Cassie nimmt ihre Tasche und den Blumenstrauß vom Rücksitz und läuft über den knirschenden Kies zur Haustür. Sie mustern sich kurz, bevor Cassie sich in Helens ausgebreitete Arme wirft.

»Es ist so schön, dass du wieder zu Hause bist, Cassie.« Die Umarmung ihrer Mutter ist warm und innig.

»Danke, Mum. Ich freue mich auch, wieder hier zu sein.« Sie löst sich kurz von ihr und lässt zu, dass Helen ihr übers Haar streicht, die Hand auf ihre Schulter legt.

»Nicht weinen«, fügt Cassie hinzu. »Es ist schließlich Weihnachten.«

Helen nickt und beißt sich auf die Unterlippe. »Ich weiß. Ich bin nicht traurig. Ich bin glücklich. Es tut so gut, euch zu sehen. Schön, dass ihr beide nach Hause gekommen seid.«

Wie auf Kommando taucht Dora hinter ihr im Flur auf. »Ich habe den Wagen gehört. Ihr kommt genau richtig zum Abendessen, ihr Glückspilze!« Hinter Helens Rücken schneidet sie eine vielsagende Grimasse, sodass Cassie sich schwer zusammenreißen muss, nicht laut zu kichern. Die beiden Schwestern umarmen sich, und Cassie spürt Doras prallen Bauch.

»Du hast nicht übertrieben«, meint Cassie und tritt einen Schritt zurück, um ihre Schwester anzusehen. »Der ist wirklich riesig.«

»Ich weiß.« Dora tätschelt strahlend ihren Bauch. »Wie war die Fahrt? War es angenehm im Zug?«

»Na ja, das Übliche. Der Zug hatte Verspätung, war überfüllt, und gut gerochen hat es auch nicht. Aber jetzt bin ich ja hier. Oh«, sagt sie, als ihr die Blumen wieder einfallen. »Die sind für dich, Mum.« Sie gibt Helen den Strauß.

»Die sind wunderschön. Sind die aus deinem Garten?«

Cassie nickt. »Die Rosen züchten wir im Gewächshaus.«

»Wie raffiniert.« Helen neigt den Kopf und riecht an den Blumen. »Danke. Kommt, gehen wir in die Küche. Ich suche nur schnell eine Vase, und dann erzählst du mir, wie es bei dir so läuft.«

Sie folgt ihrer Mutter in den Flur. Das Haus sieht genauso aus wie früher: dieselben verblassten Tapeten und schweren Eichenpaneele, dieselben zerschrammten Fußleisten und abgetretenen Teppiche. Im Vorbeigehen sieht sie, dass sogar noch dieselben Fotos auf der Kommode stehen. Es ist seltsam beruhigend, dass Clifftops in vielerlei Hinsicht unverändert geblieben ist.

Helen drückt die Schwingtür zur Küche auf. Es duftet köstlich nach Lammbraten, Knoblauch und Rosmarin. Cassie knurrt der Magen, ihr läuft das Wasser im Mund zusammen. Erst dadurch wird ihr bewusst, dass sie seit heute Mittag nichts mehr gegessen hat und fast umkommt vor Hunger.

»Hoffentlich hast du Appetit mitgebracht«, sagt Helen, als könne sie Gedanken lesen. »Ich habe einen riesigen Braten gemacht – viel zu viel für uns sieben. Aber der schmeckt auch noch kalt am zweiten Weihnachtsfeiertag.«

»Er duftet köstlich«, ruft Cassie. »Wie kommt denn das?«

Helen lacht kurz auf. »Na gut, na gut.« Sie hebt entschuldigend die Hände. »Ich gebe es zu, ich habe mir helfen lassen.«

Noch einmal saugt Cassie den köstlichen Duft ein. »Ich würde sagen, du hast einen fantastischen Lehrmeister gefunden.«

»Oh, den besten, den man sich vorstellen kann. Betty Dryden hat angeboten, mir das Kochen beizubringen. Einmal die Woche gehe ich die paar Meter zu ihrem Haus, und dann werkeln wir zusammen in der Küche. Sie verrät mir sämtliche Tricks und bringt mir ihre Lieblingsrezepte bei. Und das ist eines davon: niedergegartes Lamm mit Knoblauch und Rosmarin, dazu Süßkartoffeln und mit Honig glasiertes Gemüse.«

»Oh, lecker! Allein dafür hat sich die Fahrt gelohnt.«

Helen lächelt. »So schlecht koche ich doch nicht, oder?«

»An deiner Stelle würde ich diese Frage lieber nicht beantworten, Cassie. Das ist eine Falle«, sagt Dora, die gerade mit einem leeren Tablett in die Küche gestürmt kommt. »Dad sucht nach dem Dekanter, und mir fehlen noch Weingläser.«

Sie erstarrt.

»Was riecht denn hier so gut?« Misstrauisch sieht sie zwischen Helen und Cassie hin und her. »Ist das das Abendessen?«, fragt sie ungläubig.

Cassie nickt. »Mum nimmt Kochunterricht bei Betty Dryden.«

»Na so was«, sagt Dora. »Dann kann ich Dan sagen, dass wir nicht zur Imbissbude fahren müssen.«

Helen lächelt gequält. »Die Gläser und der Dekanter sind in der Kommode im Esszimmer. Nehmt die guten, wir haben schließlich etwas zu feiern.«

Dora nickt. »Cassie, warum begleitest du mich nicht? Du kannst mir beim Gläsertragen helfen.«

»Geht nur«, pflichtet Helen ihr bei. »Ich mach schnell alles fertig und komme gleich nach.«

Cassie folgt Dora ins Wohnzimmer. Fasziniert sieht sie zu, wie ihre Schwester vor ihr herläuft. Sie watschelt so merkwürdig, kippt das Becken nach vorn und wackelt mit den

Hüften. Erstaunlich, wie sehr sich ihr Körper verändert hat. Sie wirkt plump, aber voller Leben. Dora dreht sich um und ertappt sie dabei, wie sie sie anstarrt.

»Komisch, was? Wenn ich mich zufällig im Spiegel sehe, muss ich gleich ein zweites Mal hinschauen. Ich weiß, dass ich schwanger bin. Ich spüre die Tritte des Babys, aber das …« Sie zeigt auf ihren dicken Bauch. »Er ist so riesig.«

»Ich finde, du siehst toll aus«, sagt Cassie. Sie meint es ernst. »Du spürst, wie sich das Kind bewegt?«

»Ja. Es ist sehr unruhig. Möchtest du mal fühlen?«

Cassie weiß nicht so recht, aber Dora hat ihre Hand bereits gepackt und auf ihren Bauch gelegt.

»Warte, es muss jede Sekunde so weit sein.« Cassie hält den Atem an. Sie weiß nicht, ob sie etwas spüren wird, als plötzlich wie aus dem Nichts etwas gegen ihre Handfläche stößt. Es ist der kräftige Hieb oder Tritt eines heftig um sich schlagenden Armes oder Beines.

»Ach du meine Güte«, sagt Cassie lachend. »Das ist vielleicht seltsam. Schön, aber irgendwie seltsam.«

»Wem sagst du das! Du solltest das mal von innen spüren.«

Cassie grinst. Sie glaubt nicht, dass sie jemals erleben wird, wie es ist, ein Kind auszutragen. Sie glaubt nicht, dass sie das überhaupt will, freut sich aber für Dora.

»Wow, das ist also meine Nichte oder mein Neffe.« Sie beugt sich ein Stück vor, während ihre Hand nach wie vor auf dem Bauch ihrer Schwester ruht. »Hallo, Kleines, hier ist deine Tante Cass. Ich kann es kaum erwarten, dich kennenzulernen.« Es folgt ein weiterer Hieb oder Tritt. Cassie lacht. »Ich glaube, das sollte Hallo heißen.«

Cassie staunt immer noch über die Verwandlung, die Dora durchgemacht hat, seitdem sie sie im Sommer in Oxford besucht hat. Nicht nur körperlich, sondern auch seelisch. Sie strahlt eine gelassene Heiterkeit aus. Anscheinend hat Dora ihr Gefühlschaos endlich überwunden und ist mit sich im Reinen. Cassie freut sich, sie so zufrieden zu sehen.

Kurz schweigen beide Schwestern, als wüsste keine, was sie sagen soll.

»Danke für das Abendessen neulich«, hebt Cassie an. »Ich habe mich sehr gefreut, Dan kennenzulernen. Er scheint ein netter Kerl zu sein.«

Dora nickt. »Ja, das ist er. Er mag dich ebenfalls.«

»Ich wusste nicht, ob ich nach deinem Besuch in Swan House jemals wieder was von dir hören würde. Was ich damit eigentlich sagen will, Dora, ist … na ja … Es bedeutet mir viel, dass du angerufen hast.« Am Ende bringt sie die Worte doch noch heraus.

Dora strahlt. »Das ist schon in Ordnung. Ich habe schließlich nur eine Schwester.«

Da ist es Cassie, die strahlt. »Nun, du hast echtes Glück mit mir gehabt.«

Sie merkt, dass es eigentlich nichts mehr zu sagen gibt. Es wird ein wenig Zeit brauchen, fühlt sich aber so an, als würden sie sich langsam einander annähern.

»Und, haben sich Mum und Violet schon gefetzt? Ich habe doch keine filmreifen Szenen verpasst, oder?«, witzelt Cassie.

Dora grinst. »Bisher konnten sich alle noch zusammenreißen.«

»Warte nur, bis wir alle ein paar Drinks intus haben.«

Dora lacht. »Hör bloß auf!«

»Komm«, sagt Cassie und greift nach dem Tablett mit den Gläsern. »Wir sollten lieber reingehen. Die verdursten bestimmt schon da drin.«

»Das wurde aber auch Zeit«, ruft Dan, als sie kurz darauf das Wohnzimmer betreten. »Hallo, Cassie, schön, dich zu sehen. Du siehst gut aus.«

Er umarmt sie, und Cassie überlässt sich bereitwillig seinen starken Armen und seinem warmen Seifenduft. Sie mag Dan. Er ist nett und natürlich und außerdem völlig vernarrt in ihre Schwester. Sie freut sich, dass Dora ihr Glück endlich zu schätzen weiß. Als Dan sie wieder loslässt, spürt sie, wie Gormley sich gegen sie drängt und sie mit seinem begeistert wedelnden Schwanz peitscht.

»Hallo, Gormley, da bist du ja«, sagt sie strahlend und tätschelt den Hund. »Schön, dich zu sehen.«

»Jetzt bin ich aber dran«, sagt eine hohe Frauenstimme. »Ich möchte dich auch begrüßen.« Es ist Violet in einem tollen roten Seidenkleid. Sie zeigt etwas zu viel Dekolleté und etwas zu viel Bein.

»Hallo, Violet, wie geht es dir?« Die beiden Frauen umarmen sich innig.

»Fantastisch, danke! Es ist so schön, wieder hier zu sein. Ist es nicht toll, dass deine Mutter uns zu Weihnachten eingeladen hat? Gerade habe ich zu Betty gesagt, wie viel Arbeit es ist, uns alle zu bewirten.«

Cassie nickt. Dora hatte recht. Trotz der spürbaren allgemeinen Verlegenheit bemühen sich alle, die Situation zu entspannen. Richard steht hinter ihr und strahlt, während er allen Glühwein einschenkt. Sie dreht sich um und sieht, dass Betty Dryden auf einem der niedrigen Sofas sitzt.

»Bleib sitzen, Betty«, sagt sie, als die alte Dame mühsam versucht aufzustehen. »Ich komme zu dir.« Sie geht auf sie zu und drückt sie. »Ich vermisse Bill auch.«

Bettys Augen füllen sich mit Tränen. »Er war sehr stolz auf dich, weißt du. Er hat sich immer so über deine Briefe und Fotos gefreut. Er hat sie mir abends vorgelesen.«

»Ihm verdanke ich meinen Job«, sagt Cassie. »Wenn er nicht gewesen wäre …«

»Pst«, bringt Betty sie mit einer energischen Geste zum

Schweigen. »Deine harte Arbeit hat dich dorthin gebracht, wo du heute stehst. Bill hat dir vielleicht den Einstieg erleichtert, aber deinen Erfolg hast du dir ganz allein verdient.«

Cassie zuckt mit den Schultern. »Trotzdem, ich habe ihm viel zu verdanken.«

»Gut, ihr Lieben«, sagt Helen, die gerade den Raum betritt. »Das Essen ist fertig. Kommt ihr bitte alle ins Esszimmer? Und nehmt eure Getränke mit. Richard, holst du den Wein?«

Dora und Dan gehen voran. Dan legt seine Hand beschützend auf den Rücken ihrer Schwester, während er sie aus dem Zimmer führt. Der Labrador folgt ihnen auf dem Fuße. In der Tür beugt Dan sich zu Dora und flüstert ihr etwas ins Ohr. Ihre Schwester lächelt zu ihm auf und streicht ihm über die Wange. Violet ist die Nächste, ihre hochhackigen Schuhe sorgen für einen wiegenden Gang. Richard wiederum hilft Betty vom Sofa auf. Cassie sammelt die Weingläser ein und trägt sie ins Esszimmer. Die Vorhänge sind zugezogen, Kerzen brennen auf Kommode und Tisch, sodass der Raum in ein sanftes bernsteinfarbenes Licht getaucht wird. Helen hat weiße Leinentischwäsche und Silberbesteck aufgelegt. Vor jedem Gedeck stehen kleine Sträuße aus Stechpalme und Winterbeeren.

»Das sieht fantastisch aus, Mum.«

»Danke«, sagt Helen und tritt einen Schritt zurück, um ihr Werk zu begutachten. »Das ist hübsch, richtig festlich, nicht wahr? Die Sträußchen hat Violet gemacht.« Sie wirft der anderen ein vorsichtiges Lächeln zu, und Violet strahlt zurück.

»Nun, Helen, ich muss schon sagen, es duftet köstlich«, fügt Violet hinzu und erwidert so das Kompliment.

Cassie zwinkert ihrer Schwester zu und sieht, wie Dora ein Kichern unterdrücken muss.

»Steht nicht herum«, sagt Helen. »Nehmt bitte Platz.«

Nachdem sich alle gesetzt haben, erfüllen Stimmengewirr, Gläserklirren und Besteckklappern den Raum. Richard geht um den Tisch und schenkt nach, während der Rest darauf wartet, miteinander anzustoßen.

Er räuspert sich. »Ich glaube, es ist angebracht, dass wir an diesem schönen Abend der Freunde und Verwandten gedenken, die nicht mehr unter uns weilen. Auf unsere lieben Verstorbenen.«

Cassie merkt, wie ihre Mutter Richard ansieht. Eine Pause entsteht, in der alle an diejenigen denken, die an der Tafel fehlen. An Daphne und Alfred, an Bill – und natürlich an Alfie. Betty schnieft leise. Cassie streckt den Arm aus, um ihre Hand zu drücken.

»Auf unsere lieben Verstorbenen«, wiederholt Richard. Er hebt das Glas, und alle führen auf seinen Trinkspruch hin schweigend die Gläser an die Lippen.

»Wenn du erlaubst, Richard«, meldet sich Dan zu Wort, als sie ihre Gläser abstellen wollen und erwartungsvoll auf die dampfenden Speisen in der Tischmitte starren. »Ich möchte auch etwas sagen.«

Cassie sieht zwischen Dan und ihrer Schwester hin und her. Doras Augen glänzen, und ihre Wangen sind unverkennbar gerötet.

»Es sind Zwillinge«, ruft Cassie und bringt damit alle zum Lachen.

»Nein«, sagt Dan. »Soweit wir wissen, ist nur ein Baby da drin.« Er tätschelt beschützend Doras Bauch.

»Trotzdem kann ich gut verstehen, wenn ihr mit Achtlingen rechnet – angesichts der Ausmaße meines Bauches«, schaltet sich Dora ein, was einen weiteren Heiterkeitsausbruch zur Folge hat.

»Nein, im Ernst, wir möchten euch etwas mitteilen.«

Es herrscht eine gespannte Unruhe, bis Dora plötzlich aufsteht und Dans Hand nimmt. »Wir wollen euch sagen, dass wir heute Morgen in London geheiratet haben«, sagt sie lächelnd.

Verblüfftes Schweigen.

Cassie sieht zwischen Dora und Dan hin und her. Ihre Schwester strahlt bis über beide Ohren. Sie wirft einen flüchtigen Blick auf ihre Mutter, die mit offenem Mund dasitzt und Dora mit unverhohlenem Erstaunen anstarrt. Cassie sieht, wie ein Schatten über ihr Gesicht gleitet, der genauso schnell verschwindet, wie er gekommen ist. Helen reißt sich zusammen und lächelt ihrer Tochter wohlwollend zu. Dann wird es laut. Violet kreischt entzückt. Richard springt auf und schüttelt Dan wie wild die Hand, wobei er ihn aufgeregt beglückwünscht. Helen zieht Dora an sich, während Cassie sitzen bleibt und sie schweigend anstrahlt, darauf wartet, bis sie an die Reihe kommt, das glückliche Paar zu beglückwünschen.

»Ihr Heimlichtuer«, ruft Richard. »Ihr habt euch also heute Morgen einfach davongeschlichen und den Bund der Ehe geschlossen? Ihr glaubt wohl, dem ganzen Firlefanz so entgehen zu können?«

Cassie sieht, wie Helen Dora loslässt und sie forschend ansieht. Sie weiß, dass ihre Mutter enttäuscht ist. Wahrscheinlich fühlt sie sich ausgeschlossen, weil sie bei der Zeremonie nicht dabei sein durfte. Aber wenigstens versucht sie, sich nichts anmerken zu lassen.

»Wolltet ihr kein Fest feiern? Wir hätten eine fantastische Hochzeit für euch organisieren können. Ich habe mir immer vorgestellt, dass ihr in der kleinen Kirche von Summertown heiratet. Wir hätten ein Zelt im Garten aufstellen können.«

»Ich weiß, Mum«, unterbricht Dora ihre Mutter. »Tut mir leid, dass wir dich um dieses Familienfest gebracht haben, aber wir haben uns Anfang der Woche spontan dazu entschlossen. Wir wollten kein großes Trara darum machen. Für uns hat es sich gut angefühlt. Und ich weiß nicht, ob ich es über mich gebracht hätte, in dieser Kirche zu heiraten.«

Helen nickt verständnisvoll.

»Ich dachte, es wird langsam Zeit, eine ehrbare Frau aus ihr zu machen«, fügt Dan grinsend hinzu, wobei er den Arm um Dora legt.

»Ich hoffe, du bist nicht allzu enttäuscht. Wir wollten es so.«

Helen schüttelt lächelnd den Kopf. »Nein, mein Schatz, wenn du glücklich bist, bin ich auch glücklich.«

Cassie sieht, wie ihre Mutter sich entspannt.

»Nun, ich bin stinksauer«, ruft Violet theatralisch aus. »Ihr habt mich um einen Vorwand gebracht, mir ein schickes neues Kleid zu kaufen. Danke, Dora!«

Richard verdreht die Augen, und alle brechen in lautes Gelächter aus.

»Nun, anscheinend gibt es noch etwas, worauf wir trinken können«, fügt er hinzu. »Auf das glückliche Paar. Frohe Weihnachten!«

»Frohe Weihnachten«, entgegnen alle im Chor.

Als sich die Aufregung gelegt hat, beugt Betty Dryden sich zu Cassie vor. »Worum ging es, Liebes?«, flüstert sie. »Bekommen sie Zwillinge?«

Alle sind sich einig, dass Helens Essen eine Wucht ist. Zu siebt sitzen sie um den alten Mahagoniesstisch herum, reden, lachen und tun sich am Lammbraten und einem ausgezeichneten Cabernet Sauvignon gütlich, den Richard mit großer Geste aus dem Keller geholt hat.

Cassie greift tüchtig zu und beobachtet ihre Tischgenossen aufmerksam. Ihre Eltern scheinen sich in den letzten Monaten aneinander angenähert zu haben. Ihre Gespräche und ihr Lachen wirken so unbeschwert wie schon seit Jahren nicht mehr. Die spürbare Gereiztheit, die unverhohlenen Beleidigungen und schnippischen Bemerkungen sind verschwunden. An ihre Stelle ist ein aufrichtiger, liebevoller Austausch getreten, eine echte Zuneigung. Allem Anschein nach sind ihre Eltern wieder Freunde geworden.

Nach dem Abendessen ziehen sich alle ins Wohnzimmer zurück. Helen macht Kaffee und fördert einen Teller mit feinen, selbst gemachten Petits Fours zutage, die Betty am Vormittag gebacken hat. Anschließend schlägt eine von Rotwein und Cognac etwas beschwipste Violet vor, Scharade zu spielen. Dora und Richard liefern sich ein Kopf-an-Kopf-Rennen und halten die ganze Gesellschaft bis weit nach elf Uhr wach. Es wird getrunken und gelacht.

»Meine Güte, ist es wirklich schon so spät?«, ruft Betty nach einem Blick auf die Uhr. »Fast hätte ich die Mitternachtsmette vergessen.«

Nach ausgiebigen Umarmungen und vielen Küssen brechen die Gäste auf und wünschen sich gegenseitig Gute Nacht. Richard, Violet, Betty und Dan gehen zur Dorfkirche. Cassie und Dora bleiben lieber zu Hause. Es gibt einiges aufzuräumen, und Dora ist müde. Die Schwestern bleiben in der Tür stehen und winken zum Abschied.

»Ich bin fix und fertig«, ruft Dora, als die letzten Scheinwerfer aus der Auffahrt verschwunden sind. »Ich helfe dir beim Geschirrspülen, leg mich aber gleich danach hin. Sonst bin ich morgen früh ein Wrack.«

»Und verpasst den Weihnachtsmann, falls du nicht früh genug aufstehst«, zieht Cassie sie auf.

»Haha«, lacht Dora. »Schläfst du in deinem alten Zimmer?«

»Ich denke schon. Ich bin fest davon ausgegangen, dass ...«

»Ja, ich habe dein altes Zimmer für dich vorgesehen, Cass«, unterbricht Helen sie, die gerade mit den letzten Gläsern aus dem Flur kommt. »Richard und Violet bekommen das Gästezimmer. Dora und Dan sind in Doras Zimmer. Also habe ich dich in dein altes Zimmer gesteckt. Es macht dir doch nichts aus?« Helen verstummt verunsichert.

»Das ist schon in Ordnung, Mum«, versichert Cassie.

»Sehr gut«, sagt Helen.

Sie scheint noch etwas hinzufügen zu wollen. Die drei stehen verlegen beisammen, bis sie endlich den Mund aufmacht. »Ich weiß, dass ihr müde seid. Lasst uns morgen aufräumen. Ich würde euch nämlich gern etwas zeigen. Kommt ihr bitte mit nach oben?«

Die Mädchen nicken neugierig und gehen hinter Helen die Treppe hoch, wobei sie einen kurzen Blick wechseln. Sie gehen an ihren früheren Zimmern und am Bad vorbei, bis sie vor Alfies altem Zimmer stehen bleiben.

Helen holt tief Luft und dreht sich zu ihnen um. »Ich dachte, es wird Zeit, Alfies Zimmer auszuräumen.«

Dora legt eine Hand auf den Arm ihrer Mutter. »Mum, das ist eine tolle Idee. Wirklich, es wird höchste Zeit.«

Helen spielt mit einem Ring an ihrem Finger und dreht ihn nervös hin und her. »Ich wusste nicht, ob ihr etwas dagegen habt.«

Cassie schüttelt den Kopf. »Nein, wir sollten endlich nach vorn schauen.«

»Ihr habt also nichts dagegen?«

»Nein«, rufen beide im Chor.

»Im Ernst, Mum«, sagt Dora. »Das ist genau das Richtige. Es muss furchtbar sein, mit diesem ... Schrein zu leben. In dem alles noch so ist wie damals, als Alfie starb.«

Helen nickt. »Vermutlich werde ich es als befreiend empfinden, ein paar Dinge wegzugeben. Ich hatte Angst, ihr würdet euch aufregen, aber es scheint der richtige Zeitpunkt zu sein.«

Cassie nimmt ihre andere Hand. »Wir können dir dabei helfen, Mum. Du musst das nicht allein tun.«

»Danke, Mädels. Ich habe Anfang der Woche ein paar Kleinigkeiten ausgemistet, aber es hängen so viele Erinnerungen daran.« Sie erwidert Cassies Händedruck. »Vielleicht wollt ihr ein paar Sachen behalten?« Sie dreht sich zu Dora um. »Zur Erinnerung, und für das Baby natürlich.«

»Danke, Mum«, sagt Dora. »Die Idee gefällt mir.«

»Gut. Wollen wir reingehen?«, schlägt Helen vor.

»Ja«, sagt Cassie und holt tief Luft. »Gehen wir.«

Helen drückt die Tür auf, und beide Frauen folgen ihr leise ins Kinderzimmer.

Es ist noch früh, als Cassie am nächsten Morgen aufwacht, noch nicht mal sechs, und draußen ist es dunkel. Sie bleibt unter der Daunendecke liegen, genießt die Wärme und die Stille im Haus. Als sich ihre Augen langsam an die Dunkelheit gewöhnt haben, betrachtet sie die Poster und Zeitschriftenausschnitte, die wie Trophäen an den Zimmerwänden hängen – Erinnerungen an eine längst vergessene Kindheit.

Sie kommt sich vor wie um zehn Jahre zurückversetzt. Gleichgültig mustert sie die ausgezehrten Models, die mürrischen Mienen und die schwarz umrandeten, düster dreinblickenden Augen der Rockstars – Helden einer vergangenen Zeit. Es lässt sich nicht leugnen, dass sie damals eine Grunge-Phase durchgemacht hat.

Plötzlich weiß Cassie genau, wo sie hinwill. Sie sieht auf die Uhr. Niemand wird merken, dass sie sich davongeschlichen hat. Wenn sie sich beeilt, ist sie vor dem Frühstück wieder zurück. Sie springt aus dem Bett, hüpft durchs Zimmer, schlüpft in alte Jeans, in zwei Paar dicke Socken, in ein T-Shirt und einen Fleecepulli. Draußen ist es kalt, sie muss sich warm einpacken.

Unten in der Küche sind nur das Brummen des Kühlschranks und Gormleys leises Schnarchen zu hören. Der

Hund öffnet ein Auge, als sie vorbeigeht, klopft zur Begrüßung mit dem Schwanz auf den Boden, gähnt und schläft wieder ein. An der Garderobe findet sie jede Menge Mäntel und Stiefel, die Auswahl ist groß. Die meisten sehen aus, als hätte sie schon seit Jahren niemand mehr getragen, wahrscheinlich stammen sie noch von den Großeltern. Im Grunde ist es egal, wie sie aussieht, also entscheidet sie sich für eine große Wachstuchjacke. Sie riecht nach feuchter Erde und nach Tabak und lässt sie plump aussehen. Gleichzeitig verspricht sie Sicherheit und Geborgenheit, also zieht sie sie an und schließt die Druckknöpfe. Anschließend schlüpft sie in ein altes Paar Gummistiefel und schleicht leise durch die Hintertür hinaus.

Die eiskalte Luft sticht in ihre Wangen und versucht, durch jeden Spalt ihrer Kleidung zu dringen. Aber sie schlägt den Jackenkragen hoch und steckt die Hände tief in die mit Wollstoff gefütterten Taschen. Mit hochgezogenen Schultern wendet sie sich fest entschlossen den Klippen zu. Am fernen Horizont ist nur ein schwaches stahlgraues Schimmern zu erahnen, als sie in den Garten hinausstapft und weiter zum tiefer gelegenen Obstgarten geht.

Cassie läuft und läuft, und langsam wird aus Morgengrauen eine verwaschene pastellfarbene Morgenröte. Als ihr langsam warm wird und sich die Muskeln entspannen, lässt sie die Schultern sinken, hebt den Kopf und nimmt die Umgebung in sich auf. Genau wie ihr Zimmer ist auch die Landschaft relativ unverändert. Der Winter sorgt zwar für eine gedämpfte, erdige Farbpalette, aber als sie über schlammige Wege und Felder läuft, begrüßen sie alte Bekannte.

Da ist die verkrüppelte alte Eibe, die einsam und allein in Farmer Plummers Weizenfeld steht. Die unerbittliche Meeresbrise hat sie im Lauf der Zeit so gebeugt, dass ihre Zweige den Boden streifen. Cassie kommt an Hecken vorbei, die sich ihr in blassen Wintertönen präsentieren. Sie streicht über das raue Holz eines alten Schlagbaums, bevor sie darüber klettert, und fühlt sich von seinem leisen Ächzen getröstet. Da ist das beruhigende, stetige Rauschen des Baches, in dem sie im Sommer immer Stöckchen haben schwimmen lassen. Das gleichmäßige Schmatzen ihrer Gummistiefel gibt ihr das Gefühl, wieder ein kleines Mädchen zu sein. Es ist verstörend, aber auch seltsam tröstlich. Sie ist nach Hause zurückgekehrt.

Der Anblick des Meeres lässt sie erstarren. Als sie auf den Klippen steht, liegt sie plötzlich vor ihr, die asphaltgraue Brandung. Im frühen Morgenlicht sieht sie unheimlich und gefährlich aus – eine Gezeitenmaschine, die tief unter ihr kalt an die Küste brandet. Sie bleibt kurz stehen, saugt die salzige Luft ein und weiß plötzlich nicht mehr, ob sie wirklich dort hinuntergehen will. Aber umkehren will sie auch nicht. Also setzt sie fest entschlossen einen Fuß vor den anderen und schlägt den Weg zum Strand ein.

Als sie den Kiesstrand erreicht hat, ist die Sonne aufgegangen. Doch der Himmel ist bedeckt, und das Licht dringt nur schwach durch die dichte Wolkendecke. Inzwischen kann sie hören, wie die Wellen brüllend ans Ufer schlagen, bevor sie das Wasser wieder mit einem bedrohlichen Geräusch durch die Kiesel zurücksaugen. Am Ende des Strandes kann sie eine Kolonie steifbeiniger Möwen erkennen. Ihre Federn werden vom rauen Winterwind zerzaust. Und hinter ihnen, weit in der Ferne, sieht sie die Gischt, die über den Gezeitentümpeln aufsteigt. Mit festen Schritten läuft Cassie über den Kies.

Es ist das erste Mal, dass Cassie seit der erfolglosen Suche nach Alfie das Kliff aufsucht. Nach zehn Jahren macht sie sich auf den Weg zur Höhle. Sie staunt, dass ihre Hände und Füße sich noch an Felsnasen und Spalten erinnern. Sie zieht sich problemlos über den Felsvorsprung und lässt sich in die Höhle fallen, wobei ihre Füße knirschend auf dem Sandboden landen. Sie blinzelt mehrmals, versucht, die Tintenschwärze vor ihren Augen zu durchdringen. Langsam lichtet sie sich ein wenig und erlaubt es ihr, sich im Halbdunkel umzusehen und ihre Umgebung in sich aufzunehmen. Sie erkennt an die Felswände gekritzelte Graffiti und einen großen Berg Flaschen und Dosen am Ende der Höhle. Ein verblichenes rotes T-Shirt hängt von einem langen Ast Treibholz.

Cassie fröstelt. Wenn sie sich nicht bewegt, dringt ihr die Kälte in Mark und Bein.

In der Mitte der Höhle steht die niedrige Steinbank. Sie erinnert mehr denn je an einen Opferaltar. Sie geht darauf zu und erinnert sich plötzlich mit erstaunlicher Klarheit an den bewussten Tag. An das Aufblitzen von Sams weißem Gebiss, die mit kehligem Lachen auf einen ihrer Witze reagiert. An Alfies schrilles Kreischen, der in den dunkelsten Winkeln auf Fledermausjagd geht. An das stete Tropfen der Flechten, während Sam und sie sich so lang geküsst haben, bis ihr schwindelig geworden ist und sie aufhören musste. An Dora, die im Eingang zur Höhle steht und die Hände in die Hüften gestemmt hat. Sie sieht verschwitzt und wütend aus.

Cassie schließt die Augen und atmet tief durch. Sie hat Gänsehaut und könnte wider besseres Wissen schwören, Sams Joint in der Luft zu riechen. In der dunklen Höhle ist ihr, als wären die letzten zehn Jahre einfach ausgelöscht worden. Die Zeit spielt ihr einen grausamen Streich, sie ist wieder in den Schatten dieses tragischen Tages gefangen.

Cassie geht in die Mitte des Raums. Die Steinbank ist kalt und feucht unter ihren Fingern. Sie fährt über ihre rauen Kanten und pustet eine dünne Schicht Sand von der Oberfläche, genau wie Sam damals. Ihr Atem bildet weiße Wölkchen vor der schwarzen Höhlenwand. Es ist klirrend kalt, kälter als draußen am Strand, aber sie ignoriert die unwirtlichen Umstände. Als sie die beschmierten Höhlenwände ansieht, weiß sie auf einmal, warum sie gekommen ist. Sie weiß, was sie tun muss.

Es dauert nur wenige Minuten, bis sie ein verrostetes, halb im Sand vergrabenes Metallstück gefunden hat, und weitere zwanzig Minuten, um ihr Werk zu vollenden. Anschließend lässt sie das Metall fallen und tritt zitternd einen Schritt zurück, um zu begutachten, was sie geschaffen hat.

Die Worte schimmern ihr entgegen, heben sich weiß von dem grauen Fels ab.

Für Alfie Tide – unseren geliebten Sohn und Bruder.

Das stumpfe Werkzeug hat sich als erstaunlich effizient erwiesen. Es ist keine großartige Gedenkstätte, nichts im Vergleich zu dem Garten, den sie zum Leben erweckt hat. Aber es fühlt sich gut an. Es ist der richtige Ort dafür. Es ist unauslöschlich, wird bestehen bleiben und an das kurze Leben ihres Bruders erinnern.

»Adieu, Alfie«, flüstert sie. »Es tut mir leid.«

Aus weiter Ferne ertönt ein leises Seufzen, ein trauriges Flüstern, das gleich darauf wieder erstirbt.

Cassie dreht sich um und starrt in die Dunkelheit.

»Hallo?« Sie weiß, dass es albern ist, aber sie ruft es trotzdem.

»Hallo-allo-allo«, hallt ihre Stimme unheimlich von den hohen Felswänden wider.

Sie hält den Atem an.

Nichts.

Alles nur Einbildung oder vielleicht eine Möwe, die in den steilen Wänden der Klippe nistet. Ein Schauder läuft ihr über den Rücken, und sie wendet sich zum Ausgang, kann es plötzlich kaum erwarten wegzukommen. Die Höhle wird bleiben, ihre unheimlichen dunklen Wände werden schweigen. Auf einmal sehnt sie sich nach Tageslicht, nach ihrer Familie, die oben im Haus auf sie wartet.

Als sie sich in Bewegung setzt, fällt plötzlich Geröll hinter ihr zu Boden. Es stammt von einem der Felsvorsprünge weiter oben und landet direkt vor ihr auf dem Sandboden. Panisch und mit weit aufgerissenen Augen fährt sie erneut herum. »Ist da jemand?«

»And-and-and.« Das Echo verhöhnt sie erneut.

Schweigen.

Sie zittert. Sie wird verrückt, die Höhle jagt ihr langsam Angst ein. Da war nichts, nur ein kleiner Steinschlag. Ihre Bewegungen haben vermutlich einen Luftzug erzeugt, der die Steine in Bewegung gesetzt hat. Es wird höchste Zeit zu gehen.

Cassie läuft mit großen Schritten auf den Ausgang zu, zieht sich an der Felswand empor und hinüber auf die andere Seite. Die Sonne steht höher am Himmel, und sie wendet ihr das Gesicht zu, lässt zu, dass ein scharfer Windstoß ihre Haut peitscht.

Sie will gerade auf den Strand hinunterspringen, als sie überrascht innehält.

Da ist es wieder!

Dieses traurige leise Seufzen, kaum mehr als ein Windhauch in ihrem Nacken, aber es ist eindeutig da. Sie spürt, wie sie Gänsehaut bekommt, und wirbelt herum, starrt erneut nach unten in die Dunkelheit.

Nichts. Da ist nichts, sie spinnt.

Ihre Sinne spielen ihr einen Streich. Sie muss schleunigst zum Haus zurück.

Cassie lässt sich rasch auf den Strand fallen, ein lautes Knirschen ertönt. Sie stolpert, richtet sich auf und läuft am Ufer entlang zurück. Während sie über die Kiesel geht, beschleunigt sie ihre Schritte.

Knirsch, knirsch, knirsch.

Sie starrt wie hypnotisiert auf den Horizont und stellt sich vor, wie das Haus auf den Klippen langsam zum Leben erwacht.

Knirsch, knirsch, knirsch.

Sie denkt an Dora, Helen, Richard und die anderen, die sich in ihren Betten umdrehen, vom Tageslicht und der Aussicht auf Weihnachten geweckt werden.

Knirsch, knirsch, knirsch.

Während sie über den Kies stolpert, lässt sie sie nacheinander vor ihrem inneren Auge vorbeiziehen: ihre alles andere als vollkommene Familie, die versucht, das Beste aus dem Leben und der Liebe zu machen, die sie miteinander verbindet.

Mehr braucht sie gar nicht zu wissen, um den Widerhall von Alfies kleinen Gummistiefeln zu akzeptieren, während ihr die Erinnerungen auf dem Fuß folgen.

Epilog

»Atmet sie?«

»Ja.«

»Bist du sicher? Ich kann gar nicht sehen, wie sich ihr Brustkorb hebt und senkt.«

»Sie atmet, Dan, glaub mir.«

»Sie sieht so süß aus. Ist sie nicht süß?«

Dora schaut lächelnd auf ihr schlafendes Kind hinunter. »Sie ist perfekt.«

Sie streckt die Hand aus, um ihrer Tochter eine dunkle Locke aus der Stirn zu streichen.

»Weck sie nicht auf«, flüstert Dan.

»Nein, nein.«

»Was sie wohl träumt?«

»Keine Ahnung. Ich weiß nicht genau, ob vier Wochen alte Babys träumen. Tun sie das?«

»Tja, gute Frage.«

Sie bleiben noch einen Moment stehen, schwelgen im Anblick ihrer Tochter, die sicher und geborgen in ihrem Moses-Körbchen liegt, bevor Dan ihre Hand nimmt und sie sanft aus dem Raum zieht. Während er die Tür hinter sich schließt, dreht er sich lächelnd zu ihr um. »Komm, ich möchte dir gern etwas zeigen.«

Seine Hand ist warm, als er sie quer durch die Wohnung zu seinem Atelier führt. Sie spürt seine Aufregung. Dieser Raum war monatelang tabu für sie, aber Dora merkt, dass er ihr endlich zeigen will, was er beinhaltet. Er drückt die schwere Tür auf und zieht sie in den hell erleuchteten Raum. Sie sieht sich neugierig um.

Er hat aufgeräumt. Das Atelier wurde von seinem üblichen Chaos befreit. Ton und Wachs, fleckige Laken, Werkzeuge und Chemikalien sind auf die Seite geräumt worden oder türmen sich unter der auf zwei Böcken ruhenden Tischplatte. Tatsächlich ist der Raum so gut wie leer. Nur ein großes Objekt steht in der Mitte und wird von einem blütenweißen Laken verhüllt. Misstrauisch beugt Dora sich vor.

»He, ist das nicht eines der Laken, die ich erst letzte Woche gekauft habe?«

Dan hebt in gespielter Unschuld die Hände. »Ach ja? Ich habe es einfach heute Morgen aus dem Schrank gezogen.«

Trotz allem muss Dora lächeln. Sie kann Dans breitem Grinsen nicht widerstehen.

»Wie dem auch sei«, sagt er achselzuckend. »Ich habe dich nicht wegen des Lakens hergebeten. Was darunter liegt, ist wichtig.«

Dora mustert ihren Mann. Alle möglichen Gefühle stehen ihm ins Gesicht geschrieben: Nervosität, Aufregung, Ungeduld, Stolz und eine unterschwellige Sorge.

»Ich hoffe sehr, dass es dir gefällt, denn ich habe es für dich gemacht. Du hast mich inspiriert, du und der Weg, den du zurückgelegt hast.«

Dan streckt den Arm und zieht an dem Laken. Es flattert mit einem leisen Rauschen zu Boden und enthüllt eine riesige Bronzestatue, etwa anderthalbmal so groß wie Dora. Sie braucht eine Weile, um ihre Ausmaße zu erfassen. Die Skulptur ist atemberaubend, allein schon wegen ihrer Größe und des Materials. Im Neonlicht glänzt das Metall wie dunkle Melasse. Es ist goldbraun, aber hie und da kann sie eine gesprenkelte Patina erkennen, eine grünlich-blaue Verfärbung der Oberfläche, die die anmutige Wölbung eines Beines oder ein markantes Schlüsselbein betont. Langsam kann sie die Figur in ihrer Gänze erkennen, als Summe ihrer Teile. Sie dreht sich bewundernd zu ihm um.

»O Dan«, sagt sie, und ihre Stimme ist kaum mehr als ein Flüstern. »Sie ist bezaubernd. Einfach bezaubernd.«

»Sie heißt *Pandora.*«

Die Skulptur zeigt eine Frau, die auf einer niedrigen Bank sitzt. Sie hat die Beine unter sich gezogen und den Kopf leicht geneigt, als wäre sie tief in Gedanken versunken. Einer ihrer Arme ist schützend um ihren deutlich gerundeten Bauch gelegt, während der andere sanft auf der Lehne ruht. Die Handfläche zeigt nach oben, die Hand ist geöffnet. Die Frau betrachtet aufmerksam den Gegenstand in ihrer offenen Hand.

Dora geht um die Figur herum, betrachtet sie von allen Seiten. Sie streicht über die geschwungenen, glänzenden Konturen, die sanften Rundungen und bewundert Dans Kunstfertigkeit. Das Metall fühlt sich seltsam warm unter ihren Fingern an, wahrscheinlich wurde es von den Atelierlampen und der Elektroheizung in der Ecke aufgeheizt. Die Statue wirkt unheimlich lebendig. Dan hat gesagt, dass sie Pandora heißt, sie ist also nach ihr benannt. Doch sie kann sehen, dass die Frau ihr nicht nachgebildet ist. Gesicht, Frisur und Statur sind eindeutig anders. Aber etwas an ihrer Haltung, an der Krümmung ihres Rückens, der Wölbung ihres Bauches und an den aus dem Gesicht gebundenen Haaren ähnelt ihr. Es ist, als hätte Dan ihr ganzes Wesen erfasst und in Bronze gegossen. Sie tritt näher und mustert erneut das Gesicht der Frau, betrachtet es ausgiebig. Ein solch innerer Frieden liegt auf ihrem Gesicht, dass Dora weinen könnte.

»Was sieht sie da?«, fragt sie und merkt kaum, dass sie flüstert.

»Schau genau hin«, sagt Dan.

Dora geht auf die ausgestreckte Hand der Frau zu. Darin liegt eine winzige, juwelenbesetzte Schachtel. Ihr Deckel ist aufgeklappt, und Dora beugt sich vor, um einen genaueren Blick darauf zu werfen. Sie kann ein feines Kettchen erkennen, vielleicht ist es auch ein Bettelarmband, an dem mehrere Buchstaben baumeln. O, H, P, E. Sie sieht Dan fragend an.

»Ändere die Reihenfolge. Welches Wort erhältst du dann?«

Sie überlegt kurz und lächelt. »*Hope* – Hoffnung. Sie hält die Hoffnung in der Hand. Es ist die Büchse der Pandora.«

Dan nickt. »Gefällt sie dir?«, fragt er.

Ihr fehlen die Worte. Das ist einfach zu viel für sie. Mit seinem unglaublichen Talent und Unmengen von Geduld hat Dan aus so simplen Materialien wie Ton, Wachs und Metall etwas so Schönes, absolut Ergreifendes geschaffen. Die Skulptur ist perfekt, sie ist das perfekte Symbol für ihre gemeinsame Zukunft.

Die Büchse der Pandora ist geöffnet. Alles Unheil wurde bereits in die Welt entlassen, wo es Chaos und Leid verursacht hat. Aber Dora weiß, dass das keine Rolle mehr spielt. Denn was bleibt, ist die Hoffnung. Solange Dan, sie und ihre wunderschöne kleine Tochter zusammen sind – sie, Cassie, Helen, Richard und Violet, von denen jeder sein eigenes, chaotisches, verrücktes Leben lebt –, gibt es Hoffnung. Das weiß sie inzwischen. Hoffnung und Liebe – was will man mehr vom Leben verlangen?

Dora nimmt Dans Hand und führt sie an die Lippen. »Sie ist absolut perfekt.«

Grinsend zieht sie ihn aus dem Atelier in ihre Wohnung, hinein in ihr gemeinsames Leben, während ihnen der Widerhall ihres Lachens auf dem Fuß folgt.

Dank

Mein aufrichtiger Dank gilt meiner fantastischen Agentin Sarah Lutyens und dem wunderbaren Team von Lutyens & Rubinstein sowie Kate Mills, Lisa Milton, Susan Lamb, Jade Chandler, Gaby Young, Vanessa Radnidge, Fiona Hazard, Matt Hoy, Jaki Arthur und all den anderen genialen Menschen bei Orion und Hachette, Australien, die an diesem Buch gearbeitet haben.

Besonderen Dank schulde ich meiner Schwester Jessica, weil sie das Manuskript öfter gelesen hat, als einem Menschen zuträglich ist. Und weil sie mir auf ebenso behutsame wie witzige Art klargemacht hat, wo sich noch etwas verbessern lässt. Dank gebührt auch Mari Evans für ihre frühen Ermutigungen und Ratschläge, Ilde Naismith-Beeley für ihren nie versiegenden Kaffeenachschub und ihre gehörige Portion Optimismus.

Ohne die Unterstützung und Geduld meiner Freunde und Verwandten, insbesondere von Matt, Jude und Grace, hätte ich nie mit dem Schreiben begonnen. Danke! Dieses Buch ist euch in Liebe gewidmet.

Die Landschaft von
GEHEIMNIS der GEZEITEN

Hannah Richell
über ihr ganz
persönliches Dorset

Als Kind habe ich mich auf dem Land mit am wohlsten gefühlt, wenn ich mit unseren beiden Hunden durch Felder und Wälder getollt bin. Ein perfekter Moment für Tagträume. Dieses Foto fasst die vielen Spaziergänge, die ich als Kind gemacht habe, perfekt zusammen. Ich kann förmlich hören, wie meine Gummistiefel über den schlammigen Weg schmatzen, und der hölzerne Zaunübertritt knarrend protestiert, als ich mich daran hochziehe, um mit einem Sprung auf der anderen Seite der Weide zu landen. Ich liebe diese Zaunübertritte, sie sind so etwas typisch Englisches, ja eine regelrechte Aufforderung, weiterzumarschieren, die Gegend zu erkunden, nicht innezuhalten.

Als Richard Helen zum ersten Mal nach Clifftops mitnimmt, macht er mit ihr einen Spaziergang zum stürmischen Golden Cap. Dabei könnten sie an diesem Wegweiser vorbeigekommen sein.

»Die Klippe, die du vor uns sehen kannst, ist der höchste Punkt der Südküste Englands. Sie hat ihren Namen vom gelben Sandstein des Gipfels. Ich habe darin immer eine Art goldene Krone gesehen.«

Helen starrte auf den kahlen Fleck, der die Klippe krönte. Im trüben Licht des bedeckten Himmels wirkte es nicht golden, sondern eher schmuddelig und senffarben.

Richard schien Gedanken lesen zu können. »An einem Sonnentag sieht es eindrucksvoller aus. Von dort hat man eine tolle Aussicht. Der Weg ist es wert, das verspreche ich dir.«

Sehen Sie es, dort in der Ferne, von Nebelschwaden umgeben? Das ist das Golden Cap. In jedem Dorseturlaub bin ich mit meiner Familie hinaufgelaufen, und obwohl der Weg zum Gipfel ganz schön anstrengend ist, ist die Aussicht einfach spektakulär. An einem klaren, sonnigen Tag funkelt das Meer tiefblau, die Felder und Klippen der Umgebung sind von einem umwerfenden Grün. Man kann meilenweit sehen, bis nach Dartmoor. Ist es bedeckt und windig, hat man beinahe den Eindruck, man würde dort oben mit den Möwen fliegen.

Das ist der Strand von Seatown an einem besonders nassen, windgepeitschten Tag. Genau so muss Helen den fiktiven Strand von Summertown erlebt haben, als sie mit Richard zum ersten Mal dorthinkam – ganz und gar verlassen, bis auf zwei umgedrehte Fischerboote.

Richard hatte auf einen romantischen Strandspaziergang gehofft, aber das bleifarbene Meer brandete an den Kiesstrand und ein unangenehmer Wind umtoste sie, zerrte an ihren Mänteln. Fröstelnd stolperten sie die Küste entlang, bis sie beide klein beigaben und mit eingezogenen Köpfen zum Wagen eilten.

»Na, das war ja ein voller Erfolg«, scherzte Richard und drehte die Autoheizung auf. »Es gibt wirklich nichts Schöneres als einen englischen Frühling.«

Im Sommer sieht es dort natürlich ganz anders aus, dann drängen sich hier Familien und Urlauber, und in der schmalen Allee, die zur Küste hinunterführt, stauen sich die Autos und Wohnwagen. Die grünen Felder im Hintergrund sind voller ordentlich geparkter Autos, deren Kühlerhauben in der Sonne funkeln.

Es ist der Strand von Seatown, der mich zu den Ereignissen an jenem tragischen Sommertag inspiriert hat, die das Leben der Tides unwiderruflich verändern. Ich habe mir immer vorgestellt, dass die Felsenhöhle irgendwo hinter den Klippen am Ende des Strands liegt.

Diese alte Kirchenruine in der Gemeinde Stanton St. Gabriel am windgepeitschten Hang des Golden Cap hat mich zu der Szene inspiriert, in der Dora auf das Grab ihrer Großeltern stößt. Einer Legende nach soll die Kirche, nachdem sie im 19. Jahrhundert aufgegeben wurde, als Lagerraum für Schmuggler gedient haben. Heute steht das Ensemble unter Denkmalschutz und ist auf jeden Fall einen Besuch wert. In dieser Gegend spürt man die Geister der Vergangenheit ebenso wie den Atem der Geschichte.

Als Kind habe ich mich an jedem Strandtag in Dorset gefühlt wie auf Schatzsuche. Mein Großvater hat uns ermuntert, die Gezeitentümpel nach Muscheln abzusuchen, und meine Geschwister und ich haben jedes Mal gehofft, ein besonderes Fossil unter den Millionen von Kieseln zu finden. Wenn wir nicht gerade auf der Suche nach neuen Kostbarkeiten waren, haben wir oft Steine übers Wasser hüpfen oder Stöckchen schwimmen lassen.

In Lyme Regis sehen sogar die Laternenmasten aus wie Fossilien, und ich bin mir sicher, dass diese Bank an einem wärmeren Tag äußerst einladend aussieht – sie ist wie dafür gemacht, sich hinzusetzen und heiße, salzige in Zeitung eingewickelte Fish & Chips zu essen.

Auf mich wirkt die Küste von Dorset mit ihren Extremen und Kontrasten wie ein sich ständig veränderndes Landschaftsbild. An einem Sonnentag wimmelt es hier nur so von Leben, Lärm und leuchtenden Farben. Unter einem stürmischen Himmel ist sie heftig, wild, und unberechenbar. Diese Fischerboote zum Beispiel: Normalerweise würden sie auf dem Wasser schaukeln und die Fischer würden vielleicht gerade die Netze einholen. Aber wenn sie bei Unwetter an Land gezogen werden, wirken sie gespenstisch-melancholisch. Diese wechselnden Stimmungen und Farbschattierungen machen Dorsets Küste zu einer perfekten Kulisse für die Geschichte der Familie Tide.

In so einer Regen durchnässten Gasse wie dieser in Bridport habe ich Tobias Greys Atelier und Galerie angesiedelt. Hier könnte Helen wütend hineinstolpern, um sich vor dem Unwetter in Sicherheit zu bringen – nur um sich bald darauf in ganz anderen Tumulten wiederzufinden.

Dieses Foto habe ich auf meiner letzten Dorsetreise gemacht, bevor ich 2005 mit meinem Freund Matt nach Australien ausgewandert bin. Die Gegend bedeutet mir so viel, dass ich sie ihm vor der Abreise noch unbedingt zeigen wollte. An einem sonnigen Tag sind die Kreidefelsen der Küste gleißend weiß, während sich das Meer endlos weit erstreckt und in den Himmel übergeht.

Das bin ich im Jahr 2005, beim Auffrischen alter Erinnerungen im Gastgarten des Anchor Inn in Seatown. Dort war es immer herrlich, außerdem ist es einer der Orte, wo wir Kinder Cola trinken (und zwar direkt aus der Flasche!) und jede Menge Chips essen durften – allerdings nie ohne die Warnung: Verderbt euch nicht den Appetit aufs Mittagessen! Da ich beim Schreiben von *Geheimnis der Gezeiten* keinen Zugang zu alten Familienfotos hatte, habe ich mir öfter diese neueren Fotos angesehen – sie haben mir geholfen, mich dorthin zurückzuversetzen und die damit verbundenen Gefühle wachzurufen. Erst jetzt, wo ich miterlebe, wie mein Roman um die Welt geht, und meine eigenen Kinder groß werden, beginne ich zu begreifen, wie stark Kindheitserinnerungen sein können.

Hannah Richell
im Juli 2012

LESEPROBE

aus dem neuen großen Roman
von Hannah Richell

ISBN 978-3-453-29163-8
Erhältlich ab September 2014, auch als E-Book

Mehr Informationen zum Buch finden Sie auf www.diana-verlag.de
sowie www.herzenszeilen.de

Diana Verlag

Über das Buch

Als Lila von einem Unbekannten ein altes Cottage am See erbt, steht sie vor einem Rätsel. Um Antworten zu finden, bricht sie auf. Doch schon bald merkt Lila, dass über dem idyllischen Ort dunkle Schatten liegen. Spuren der früheren Bewohner deuten auf einen überstürzten Aufbruch hin, und ein mysteriöser Brief lässt ein Unglück erahnen. Nach und nach stößt Lila auf das tragische Schicksal einer jungen Frau und ihrer Freunde, die vor fast drei Jahrzehnten ein Jahr lang in dem Haus am See lebten. Die Folgen ihrer Geschichte wirken bis in die Gegenwart fort und werden Lilas Leben für immer verändern.

Prolog

1981

Es sind die winzigen Details, die ihr auffallen: das feuchte, mit Butterblumen übersäte Gras unter den Füßen. Die vor Insekten summende Luft. Das Rascheln ihres Nachthemds im Wind. Während sie das Cottage verlässt und zum spiegelglatten See hinuntergeht, sind ihre Sinne geschärft. Sie hört eine Ente, die sich platschend im Schilf versteckt, und das langsame Pochen ihres Herzens. Nur kurz allein sein, denkt sie. Mich waschen, schwimmen gehen, den Kopf freibekommen. Mich gegen das wappnen, was vor mir liegt.

Bald wird sie nicht mehr hier sein.

Auf halber Höhe des Hangs stolpert sie auf dem unebenen Boden und fängt sich wieder, läuft weiter bis zum Ufer. Der See liegt vor ihr, ein blaues, zum Himmel emporschauendes Auge. Schatten langsam vorbeiziehender Wolken gleiten darüber, und während sie hinsieht, beginnt das Bild zu flirren wie eine durch Sommerhitze heraufbeschworene Fata Morgana. Sie blinzelt, und das Flirren hört auf.

Sie steckt einen Zeh ins kühle Nass und watet hinein. Zäher Schlamm und Schlick quellen zwischen ihren Zehen hervor, und die Feuchtigkeit kriecht dunkel am Saum ihres Nachthemds empor. Um sie herum breiten sich kleine Wellen aus.

Es muss an der Sonne liegen, dass sie zunehmend das Gefühl hat, durch den verschmierten Sucher einer Kamera zu schauen: Ganz so, als watete sie nicht durch einen See, sondern durch einen Traum. Die Kiesel fühlen sich unter ihren Füßen zwar ziemlich real an, genau wie das kühle Wasser, das ihr inzwischen bis zur Brust reicht. Der Stoff ihres Nachthemds breitet sich auf der Seeoberfläche aus, treibt auf ihr wie die Blätter einer Blüte. Wirklich und unwirklich zugleich.

Sie stößt sich ab und schwimmt hinaus, dorthin, wo das Wasser tief und dunkel ist. Dann hält sie inne, um zu sehen, wie der Wind über die Seeoberfläche streicht, sie aufwühlt. Ihr Blut kühlt ab, und sie spürt das Gewicht – die Arme und Beine, die Schwere ihres Nachthemds und ihr langsam schlagendes Herz. Sie sieht, wie das Cottage in der Ferne kippt und die Baumwipfel sich leicht wiegen.

Das ist ein Traum, sagt sie sich, legt den Kopf nach hinten, schwebt zwischen Himmel und Erde und lässt sich treiben.

I

Lila

Juli

Lila sitzt am Rand einer leeren Picknickbank, vor sich ein Kaffee zum Mitnehmen. Obwohl es draußen so warm ist, wie schon lange nicht mehr, ist im Park kaum etwas los. Es ist die ungewöhnlich ruhige Stunde, wenn die Angestellten nach der Mittagspause wieder in ihre Büros zurückgekehrt sind und die Schulen die Kinder erst noch ausspucken müssen. Von ihrem Platz aus kann Lila durch die Panoramascheibe des Parkcafés schauen, wo eine Frau gerade den Getränkekühlschrank auffüllt. Ein Stück weiter beugt sich ein Stadtgärtner über ein Beet welker Blumen. Eine leere, vom Wind erfasste Gießkanne rollt klappernd an ihm vorbei. Ganz in der Nähe steht ein Kinderwagen im Schatten einer großen Platane.

Darin schläft ein Baby. Lila kann die Wölbung eines Köpfchens hinter einer hellen Decke erkennen. Seine Wangen sind rosig, und ein Haarbüschel schaut unter seiner Baumwollmütze hervor. Lila sieht fasziniert zu, wie das Kind im Schlaf das Gesicht verzerrt, seine Lider ein-, zweimal flattern und sich dann wieder beruhigen. Die Mutter ist beim Planschbecken.

Sie hat ihre Schuhe und Socken ausgezogen und tobt mit einem kleinen etwa zwei, drei Jahre altem Jungen im flachen Wasser. Lila sitzt auf der Bank und beobachtet sie hinter ihrer dunklen Sonnenbrille, dreht den Kaffeebecher in ihren Händen.

»Schau, Mummy, eine Biene.« Der Junge zeigt auf etwas im Wasser, und seine Mutter kommt näher, beugt sich neben ihm hinunter. Lila nippt an ihrem Kaffee und lässt den Blick zurück zum Kinderwagen schweifen. Sie kennt das Modell. Sie weiß, dass die Bremse festgestellt ist. Dass man den weißen Griff um 180 Grad nach oben drehen muss, um sie zu lösen. Sie hat es vor wenigen Wochen selbst im Laden ausprobiert. Sie schluckt den bitteren Kaffee herunter. Wie einfach es doch wäre!

Die Mutter und ihr Sohn waten wild um sich spritzend ans andere Ende des Beckens. Sie klettern hinaus und laufen auf ein paar Büsche beim Café zu, suchen nach etwas, mit dem sie die Biene aus dem Wasser befördern können. Der Junge rennt über den Asphalt und schreit dann auf. Er hat etwas am Fuß. Seine Mutter eilt zu ihm, wischt ihm Schmutz von der Fußsohle, drückt ihn an sich und krempelt seine durchnässten Hosenbeine weiter hoch.

Schwaches Sonnenlicht fällt durch die Zweige des Baumes über Lila und lässt Lichtflecken über ihre nackte Arme tanzen. Aus der Ferne hört man das Geräusch eines Schuhs, der einen Fußball trifft. Das entzückte Kreischen eines Kindes, das auf der Schaukel angeschubst wird. Ein Flugzeug hoch in der Luft. Die Mutter und der Junge betreten das Café. Lila sieht, wie sie nach etwas fragen – nach einem Pappbecher. Lila schaut zum Kinderwagen hinüber und steht auf.

Sie ignoriert den Schmerz in ihrem Brustkorb und konzentriert sich stattdessen auf das laute Klopfen ihres Herzens, als sie nähertritt. Die Lippen des Babys sind jetzt gespitzt, sie öffnen und schließen sich, saugen im Schlaf. Eine Fliege summt über dem Dach des Kinderwagens und landet dann auf der Decke, krabbelt auf das Gesicht des Babys zu. Lila macht einen Schritt weiter nach vorn, kämpft gegen den Drang an, das Insekt zu verscheuchen. Die schmerzhafte Lücke in ihrem Innern bringt sie fast um. Es könnte so einfach sein!

Sie streckt die Hand aus, gestattet sich, den Griff des Kinderwagens zu streifen. Das Plastik ist warm unter ihrer Hand. Das Baby bewegt sich. Hinter sich hört sie platschende Füße im Planschbecken, das Kichern des kleinen Jungen. »Nimm sie, Mummy.« Lila schaut auf das schlafende Baby hinunter und bekommt Gänsehaut. Sie seufzt laut und entfernt sich vom Kinderwagen, vom Baby. Sie dreht sich um und betritt den Weg um das Becken, in dem Mutter und Sohn mit vereinten Kräften versuchen, die Biene aus dem Wasser zu fischen.

»Sie lebt«, hört sie den Jungen entzückt rufen.

»Nicht anfassen«, warnt ihn die Mutter. »Sonst sticht sie dich noch.«

Als Lila vorbeigeht, schaut die Frau auf und lächelt sie an. Lila nickt der Frau unmerklich zu, während hinter der Sonnenbrille Tränen in ihren Augen brennen. Sie nimmt den Weg durchs Parktor, überquert den Zebrastreifen und erklimmt den Berg. Den gesamten Heimweg über hat sie Herzklopfen.

Reiß dich zusammen, Lila, beschwört sie sich. Reiß dich verdammt noch mal zusammen.

Der Mann steht vor ihrer Haustür, als sie durchs Gartentor tritt. Er hat ihr den Rücken zugekehrt, trägt eine Motorradlederkombi und Helm und drückt mehrmals auf die Klingel.

»Hier bin ich«, sagt sie.

Als er sich umdreht, kann sie nur zwei dunkle Augen erkennen, die sie durch das Visier des Helms mustern. Ein Funkgerät knackt neben seinem Revers. »Sind Sie Lila Bailey?«

»Ja.«

»Eine Sendung für Sie, Sie müssen unterschreiben.«

Nickend nimmt sie das Tablet in Empfang, kritzelt ihre Unterschrift auf das Display und gibt das Gerät zurück. Dafür bekommt sie einen steifen cremefarbenen Umschlag, der in feinsäuberlicher Handschrift an sie adressiert ist. Ohne ein weiteres Wort geht der Kurier zu seinem Motorrad. Es springt mit lautem Knattern an und saust den Berg hinunter. Lila klemmt sich den Umschlag unter den Arm und macht sich mit ihren Schlüsseln am Schloss zu schaffen.

Im Haus bückt sie sich, nimmt Imbiss-Flyer sowie verschiedene Rechnungen von der Fußmatte und legt sie mit der Kuriersendung zu dem wachsenden Stapel ungeöffneter Post auf dem Flurtischchen. Doch es ist ein Umschlag zu viel, und der ganze Papierkram ergießt sich über den Boden. Sie überlegt, einfach alles so liegen zu lassen, bis ihr einfällt, dass Tom dieses Chaos als Erstes zu Gesicht bekommen wird, wenn er heute Abend nach Hause kommt. Während sie sich vorsichtig den Brustkorb hält, geht sie in die Hocke, sammelt die Umschläge auf und stapelt sie zu zwei ordentlichen Stößen auf dem Tisch. Das letzte Stück ist das cremefarbene Kuvert des Kuriers. Während sie es auf den Stapel legt, spürt sie, wie etwas darin hin und her rutscht. Sie zögert und schüttelt den Umschlag. Er enthält eindeutig etwas Kleines, aber Schweres. Neugierig tritt sie einen Schritt zurück, den Brief nach wie vor in der Hand, und trägt ihn die Treppe hoch.

Im Bad lässt Lila Wasser in die Wanne laufen – Wasser, das so heiß ist, wie sie es gerade noch aushält. Sie schaut zu, wie Dampf aufsteigt und der Spiegel über dem Waschbecken beschlägt. Mit einem tiefen Atemzug greift sie zu ihren Tabletten und nimmt zwei davon, bevor sie erneut den Umschlag in die Hand nimmt.

Die Schrift ist ihr fremd, der Poststempel verschmiert und

unleserlich. Sie schiebt den Finger unter die Lasche und zieht ein getipptes Schreiben sowie mehrere gefaltete Unterlagen heraus. Sie schüttelt den Umschlag ein letztes Mal, und ihr fällt ein schwerer Silberschlüssel in die Hand. Sie starrt ihn eine Weile an, dreht ihn anschließend um und spürt die beruhigende Rundung zwischen ihren Fingern. Als sie soweit ist, greift sie nach dem Schreiben und beginnt zu lesen.

Eine Stunde später kommt Tom nach Hause. Undeutlich sieht sie die Umrisse seines Gesichts über der Wasseroberfläche. Sie sieht, wie er Augen und Mund erschreckt aufreißt, bevor sie keuchend auftaucht.

»Meine Güte«, ruft Tom, sich an die Brust fassend. »Ich dachte schon ...« Kopfschüttelnd starrt er sie an. »Was machst du da?«

»Na, was wohl! Ich bade.«

Tom fährt sich durchs Haar. »Tut mir leid, aber du hast mich erschreckt.« Er holt tief Luft und lockert den Knoten seiner Krawatte. »Und, wie war dein Tag?«

»Gut.« Sie greift nach dem Waschlappen. »Und deiner?«

»Gut.« Er zögert. »Warst du draußen?«

»Ja, ich bin in den Park gegangen. Es war schön.« Sie schafft es nicht, seinem Blick standzuhalten, trocknet sich lieber das Gesicht ab.

»Prima.« Er lächelt. »Hast du mit Suzie über die Arbeit gesprochen?«

Lila nickt.

»Und?«

»Im Moment ist nicht viel los.« Das Wasser wird kalt, Lila setzt sich auf, schlingt die Arme um die Knie und stützt das Kinn darauf. »Die meisten unserer Kunden kürzen ihre Etats ... Sie meint, dass ich mir so viel Zeit nehmen soll, wie ich brauche.«

»Das ist toll.« Tom sieht sich im Bad um, und sein Blick bleibt am Schlüssel auf der Waschbeckenablage hängen. »Was ist denn das?« Er greift danach, wiegt ihn in der Hand.«

»Der kam heute mit der Post.«

»Wozu gehört er?« Er greift nach dem Umschlag und den Unterlagen daneben.

»Keine Ahnung.« Lila versucht, sich nicht zu ärgern, dass er ihre Privatkorrespondenz liest, ohne sie vorher um Erlaubnis zu fragen.

»Wer ist Gordon & Boyd?«

»Eine Anwaltskanzlei, nehme ich an.«

Er schaut von dem getippten Schreiben auf. »Hat das was mit dem Testament deines Vaters zu tun?«

»Keine Ahnung.« Sie versucht, gelassen zu klingen. »Ich glaube eher nicht. Es ist eine andere Kanzlei.«

Tom sieht sie an wie eine Wildfremde. So als wollte er einschätzen, ob sie ihm freundlich oder feindlich gesinnt ist. Schulterzuckend legt er den Schlüssel zurück auf die Waschbeckenablage. »Gut. Sehen wir uns unten?«

»Natürlich.« Sie sieht ihm nach, wartet, bis sich die Tür hinter ihm geschlossen hat, bevor sie den Warmwasserhahn aufdreht und noch einmal untertaucht.

Sie essen gemeinsam in der Küche zu Abend. Lila im Schlafanzug, ihr Haar feucht vom Baden. Tom hat sich über den Teller gebeugt, trägt immer noch sein zerknittertes Hemd und die Anzughose. »Hast du dich heute mit jemandem getroffen?«, bricht er schließlich das Schweigen.

»Nein.«

»Hast du morgen schon was vor?«

Sie schüttelt den Kopf.

»Mum will dich anrufen. Sie lässt fragen, ob du Lust hast, Ende der Woche mit ihr in die Stadt zu gehen?«

Sie mustert ihn eindringlich. »Du musst keine Verabredungen für mich ausmachen, Tom.«

»Das tue ich auch gar nicht. Sie will dich sehen.«

Lila zieht eine Braue hoch, bevor sie sich wieder aufs Essen konzentriert. Sie hat keinen Hunger, schiebt das Huhn auf dem Teller hin und her, als könnte sie es zum Verschwinden bringen, indem sie es in immer kleinere Stücke schneidet.

Er seufzt. »Lila, ich versteh das schon: Erst der Herzinfarkt deines Vaters … und dann …« Er kann es nicht aussprechen, und sie kann ihm nicht in die Augen schauen. Tom räuspert sich und versucht es erneut. »Ich glaube nur, dass es dir nicht gut tut, dich so abzuschotten. Du trauerst, ja, aber vielleicht ginge es dir besser, wenn du ausgehen und Freunde treffen würdest.«

Lila schüttelt den Kopf. »Es geht mir gut. Ich hab dir doch gesagt, dass ich im Park war.«

»Ja, aber allein durch die Gegend laufen ist nicht …«

»Tom«, erwidert sie warnend. »Hör auf, mein Leben zu organisieren. Hör auf, mich heilen zu wollen.«

Er hebt ergeben die Hände, und beide konzentrieren sich wieder auf ihre Teller. Nur das gelegentliche Klappern von Besteck ist zu hören.

»Und, was wirst du wegen des Briefs unternehmen?«, fragt er schließlich. »Die Sache kommt mir ziemlich seltsam vor.«

Lila nickt. »Ich weiß. Warum sollte mir jemand ein Stück Land vermachen?«

»Es könnte zum Nachlass deines Vaters gehören.«

Sie schüttelt den Kopf. »Das glaube ich nicht. Das wurde schon vor Wochen geklärt. Ich habe etwas Geld geerbt, von Grundbesitz war nie die Rede. Außerdem steht in dem Brief, dass es eine anonyme Schenkung ist.«

Tom runzelt die Stirn. »Hast du einen Blick auf die Karte geworfen? Es ist ein ziemlich großes Stück Land. Kennst du die Gegend?«

»Nein. Es scheint sehr abgelegen zu sein … Am nördlichen Rand des Peak District. Ich war noch nie in dieser Gegend und kenne erst recht niemanden von dort.«

Toms Stirnfalten werden tiefer. »Am besten, du rufst morgen in der Anwaltskanzlei an und versuchst, mehr herauszufinden. Irgendwas müssen die dir doch sagen können.«

»Ja.« Sie schiebt ihr Essen an den Tellerrand und legt ihr Besteck sorgfältig in die Mitte. »Und wenn das nichts ergibt, könnte ich hinfahren und mich persönlich dort umsehen.«

Toms Hand erstarrt, Messer und Gabel schweben über dem Teller.

»Warum erstaunt dich das so? Ich habe die Karte und den Schlüssel. Schaden kann es ganz bestimmt nicht.«

Tom schürzt die Lippen. »Es ist nur alles etwas seltsam.«

»Wir könnten zusammen hinfahren«, schlägt sie behutsam vor. »Dieses Wochenende … oder nächstes. Es würde uns gut tun, mal rauszukommen, und sei es nur für kurze Zeit.«

Tom zögert. Sie merkt, dass er über ihren plötzlichen Tatendrang staunt. Natürlich findet er das merkwürdig, nachdem sie sich die letzten Wochen im Haus verkrochen und kaum etwas anderes getan hat, als zu schlafen, zu weinen und ziellos durchs Haus zu laufen. Aber ein unbekannter, weit entfernter Ort – einer, wo man sie nicht kennt, wo niemand weiß, was passiert ist … das klingt seltsam verlockend.

Doch Tom schüttelt den Kopf. »Ich kann nirgendwohin – nicht bis mein neuer Entwurf durch ist.«

»Na ja«, sagt sie und schaut auf den Tisch. »Ich kann auch allein fahren.«

»Nein«, sagt Tom rasch. »ich möchte gern mitkommen. Gib mir ein, zwei Wochen Zeit, dann begleite ich dich.« Er schiebt den Teller weg und lächelt sie an. »Du hast recht, so ein Tapetenwechsel könnte Spaß machen … eine Art Abenteuer.«

»Gut«, willigt Lila ein. »Ich werde warten. Ein, zwei Wochen.« Sie nimmt seinen Teller, stellt ihn auf ihren und trägt beide zur Spüle, wo sie die Essensreste in den Müll wirft. Keiner von beiden scheint richtig Appetit zu haben.

Als sie später im Bett liegen, greift Tom nach ihr und versucht, sie an sich zu ziehen. Seine Finger berühren die Prellungen an ihren Rippen, und sie atmet scharf ein.

»Entschuldige«, sagt er. »Tut es immer noch weh?«

»Ja.« Sie dreht sich weg und starrt in die Dunkelheit. Natürlich tut es noch weh. Sie hat Angst, dass es für immer wehtun, dass der Schmerz in ihrer Brust niemals aufhören wird.

»Entschuldige«, murmelt er erneut.

Sie spürt, wie er sich auf der Matratze dreht, und weiß, dass er auf dem Rücken liegt und an die Decke starrt. Sie sind nur durch wenige Zentimeter voneinander getrennt, trotzdem ist da eine Riesenkluft zwischen ihnen. Es gibt so vieles, worüber sie nicht geredet – so vieles, dem sie sich noch nicht gestellt haben. Wörter und Bilder drängen in ihr Bewusstsein. Sie schiebt sie beiseite, versucht sich stattdessen auf Toms langsamer werdende Atmung zu konzentrieren.

Sie weiß, dass sie kein Auge zutun wird. Ihr Körper ist angespannt, ihre Gliedmaßen sind unruhig, und ihre Gedanken rasen. Sie hat Angst – Angst davor, einzuschlafen, Angst vor dem Gefühl, in einen dunklen Abgrund zu fallen, das Bewusstsein zu verlieren. Sie wartet, bis Tom leise schnarcht, schlüpft dann vorsichtig aus dem Bett und geht auf Zehenspitzen ins Bad.

Das Fläschchen mit den Tabletten ist halb voll. Die Ärztin war bei der Verschreibung sehr großzügig, hat ihr aber nahegelegt, die Einnahme längstens nach zwei Wochen einzustellen, wenn die Angst nachlasse. Aber Lila hat sich an die Entspannung gewöhnt, die dann in ihr aufsteigt und den Schmerz lindert, allem Grübeln seinen Schrecken nimmt.

Deshalb schraubt sie den Deckel auf und spült zwei weitere Pillen mit Leitungswasser hinunter.

Lila geht in die Küche. Der Brief liegt immer noch auf dem Esstisch, daneben glänzt der Schlüssel im Schein einer Straßenlaterne. Während Lila darauf wartet, dass die Medikamente ihre Wirkung tun, zieht sie einen Stuhl vom Tisch weg, nimmt den Schlüssel und wiegt ihn in der Hand. Stadtgeräusche werden laut – ein Martinshorn in der Ferne, hohe Absätze, die sich laut klappernd und rasch auf dem Bürgersteig entfernen, das leise Bellen eines Hundes. Während die schlimmsten Bilder in ihrem Kopf verblassen, grübelt sie über den Schlüssel und das mysteriöse Schloss nach, in das er passt. Darüber, was wohl hinter der Tür liegen mag, die er öffnet.